九州文库

天门进士诗文选

第二卷

李国仿　校注

九州出版社
JIUZHOUPRESS

图书在版编目（CIP）数据

天门进士诗文选. 第二卷 / 李国仿校注. -- 北京：
九州出版社，2023.3

ISBN 978 - 7 - 5225 - 1262 - 4

Ⅰ. ①天… Ⅱ. ①李… Ⅲ. ①中国文学—古典文学—
作品综合集 Ⅳ. ①I212.01

中国版本图书馆 CIP 数据核字（2022）第 191756 号

天门进士诗文选. 第二卷

作　　者	李国仿　校注	
责任编辑	沧　桑　蒋运华	
出版发行	九州出版社	
地　　址	北京市西城区阜外大街甲 35 号（100037）	
发行电话	（010）68992190/3/5/6	
网　　址	www.jiuzhoupress.com	
印　　刷	唐山才智印刷有限公司	
开　　本	710 毫米×1000 毫米　16 开	
印　　张	31	
字　　数	432 千字	
版　　次	2023 年 3 月第 1 版	
印　　次	2023 年 3 月第 1 次印刷	
书　　号	ISBN 978 - 7 - 5225 - 1262 - 4	
定　　价	98.00 元	

目 录
CONTENTS

说明: 目录标题中括号内的人名为注者所加,以方便读者识别。标题中的书名号从略。带有"＊"的为基于《天门进士诗文》的增补篇目。

刘必达（会元，春坊右中允）

刘必达（1579—1636年），派名道达，字士征、天如，天门西北张泗港人。张泗港为旧地名。今渔薪镇解场村有自然村名张氏岗、官屋台。进士刘浑孙之父刘必祯为其二弟，进士刘临孙祖父刘人渐为其父刘人豫胞兄。

清康熙二十三年（1684年）版《湖广通志·卷三十四·人物志·安陆府》第12页记载："刘必达，字士征。天启壬戌科进士第一。授编修、注起居官，谕敕纂修国史，晋侍讲。《神宗实录》告成，赐金帛，升春坊右中允。因母春秋高，决计请归。恩诏再起，竟陈情终养，卒。达生平乐易无忤，胸怀坦直。服官十余年，以清正著，里人至今称之。所著有《小山亭集》行世。"

登万花山顶数前后诸山

刘必达

红云千丈颜渥赭，三月桃花太妖冶[1]。万花山顶花争开，雨丝雾縠织山下[2]。山下人看山上人，后人肩到前人踝。山樵引我陟其巅，都入画图谁能写[3]。老僧破院秋复秋，松撑屋椽萝补瓦。我从山顶数诸山，山高山低供挥洒。烟来即暮去即朝，别有寒暑非冬夏。陇上不闻归犊鸣，林间但见栖鸦打。此地泉石如逢仙，霓为车兮风为马[4]。

题解

本诗录自熊士鹏编、清道光癸未（1823年）版《竟陵诗选·卷五》第3页。

注释

[1]渥赭(wò zhě):犹渥丹。润泽的朱砂。形容颜色红润。

[2]雾縠(hú):像轻纱一样的烟云薄雾。

[3]山樵:樵夫。

陟(zhì):登高。

[4]霓为车兮风为马:以彩虹为车,以风儿作马。化用李白《梦游天姥吟留别》中的诗句"霓为衣兮风为马"。

苦 雨

刘必达

竟日门常掩,唯凭旧燕过。那能同客饮,犹不废吾歌。崖白明寒火,沙黄涨远波。无聊消永昼,农圃事如何[1]?

巢如阿阁小,屋与白云平[2]。鸟向波中立,鱼看树杪行[3]。晚钟窥塔近,孤火浴江明。夜半流泉响,都成瓦滴声。

题解

本诗录自丁宿章编、清光绪九年(1883 年)版《湖北诗征传略·卷二十八》第18 页。

注释

[1]永昼:漫长的白天。
农圃:耕稼,农耕。

[2]阿阁:四周有檐的楼阁。

[3]树杪(miǎo):树梢。

宿圭峰寺

刘必达

削壁疑无地,青苍匪一天。户开花径入,藤倒石根牵。松浪补泉响,山云随鸟还。聊分僧梦外,怕到磬声边。

题解

本诗录自熊士鹏编、清道光癸未(1823年)版《竟陵诗选·卷五》第4页。

游双岩寺和成苾韵

刘必达

疑无路处径微开,水石湾环入得来。残茗有僧当客送,落花无鸟报春回。我如饭颗吟诗苦,君自莲台击钵催[1]。踏遍空山都莫问,休教屐齿破苍苔[2]。

题解

本诗录自熊士鹏编、清道光癸未(1823年)版《竟陵诗选·卷五》第4页。

成苾(bì):僧名。

注释

[1]饭颗:李白赠杜甫一首"饭颗山"诗,戏言杜甫作诗过于辛苦,因而身体日渐消瘦。

莲台:莲花台座,亦称"莲座",佛像的座位。此处指佛寺。

击钵催:催促之下写成诗篇。比喻诗才高,诗艺强,文思极为敏捷。典自"击钵催诗"。《宋史·王僧孺传》:竟陵王萧子良与有才学的人,经常在夜晚聚集,在蜡烛上做上记号,限定时间写一首诗。有一天晚上,萧子良说:

"蜡烛点烧掉了一寸,做一首四韵诗,怎么样?"萧文琰说:"这有什么难处呢?"于是就和丘令楷、江洪几个人,敲打铜钵立韵。铜钵的声音一停止,诗也就写成了,并给在座的人传阅。

[2]休教屐(jī)齿破苍苔:不能让木屐踏碎苍苔。化用宋代叶绍翁《游园不值》:"应怜屐齿印苍苔,小扣柴扉久不开。"

屐齿:木头鞋底下的齿。

题　画

刘必达

置屋芳洲外,周遭峭壁多。渔船轻雨雪,浪里自高歌。

题解

本诗录自熊士鹏编、清道光癸未(1823年)版《竟陵诗选·卷五》第4页。

过庐墓台

刘必达

骨立危如此,筇扶步未能[1]。谁怜庐墓客,却似住山僧。泪落三更月,魂飞五夜灯。相随黄土窟,色笑见何曾[2]。

题解

本诗录自清同治十二年(1873年)版《汉川县志·卷十五·名迹》第5页。原文前有古迹记载:"庐墓台在观音泉南。明万历中邑人黄孝子溥筑。天门刘必达《过庐墓台》诗。"

庐墓:古人为父母或师长服丧时在墓旁修筑小屋守墓,称为庐墓。

注释

[1]骨立:"哀毁骨立"的省略。形容因居亲丧悲损其身,瘦瘠如骨骸支立。

筇(qióng)扶:扶杖。筇:一种竹,实心,节高,宜于作拐杖。

[2]色笑:和颜悦色。旧称侍奉父母为承色笑。

行人子羽修饰之

刘必达

郑所用以修词者,即以其官用之也[1]。夫行人之将命者久矣[2]。讨论之后,寄修饰于子羽,岂无谓哉[3]?且国事惟期共济耳,用其所闻与用其所见,事不同而功无异焉。此郑之命,复以子羽为之乎?子羽者,其官行人也。行人载命而出,载命而入。十二国之风土人情[4],毕现于车马轮辕之下;十二国之猜嫌好尚[5],尽入于听闻睹记之中。若之何不以修饰之权寄之也[6]?当其修,非务省耳。我为今日之弱国,则其所不当言于大国者,锄而去之[7]。盖子羽曾以牺牲玉帛履人之庭[8],而知当世之诸侯皆多忌也。方其饰,非务多耳。我为王室之懿亲,则言有不能藏其固陋者,改而张之[9]。盖子羽曾以过都越国见人之行,而知今日之人情皆尚文也[10]。修之,至于合礼者存,避讳者去[11]。使人求我以谄,而谄不可得;求我以慢,而慢亦不可得。所谓不失己,亦不失人,礼之经也[12]。饰之,至于意义可味,言语可观。使人欲卑视我,而我不可卑;欲轻尝我,而我不可轻[13]。所谓见其长,不见其短,小国之道也。山川草木,昔所历之境界,尽成今日之文章;士马刍粮,昔所遇之情形,俱是言中之扼要[14]。所以既当草创,乐得子羽之裁成[15];业已精详,必假行人之增损[16]。虽然饰之矣,而辞犹寡色也,或者驰驱于外,久疏简毕之故乎[17]?盖自借润于东里,而子羽复将命以行矣[18]。

题解

本文录自林祖藻主编、兰台出版社 2014 年版《明清科考墨卷集·第三十七册·第一一一卷》(影印本)第 489 页。田启霖编著、广西师范大学出版社 2016 年版《明清会元状元科举文墨集注·第二册》第 793 页收录本文,题前作者介绍云:"刘必达(生卒年不详),天启二年(1622 年)壬戌会试第一名。其他不详。"

行人子羽修饰之,语出《论语·宪问》:"为命,裨谌(bì chén)草创之,世叔讨论之,行人子羽修饰之,东里子产润色之。"郑国外交辞令的创制,裨谌拟稿,世叔提意见,外交官子羽修改,子产作文词上的加工。行人:古时外交官。子羽:即公孙挥。子产:即公孙侨。郑国正卿。

注释

[1]修词:修饰词句。

[2]将命:奉命。

[3]无谓:没有意义。

[4]十二国:指战国时的十二诸侯国。

[5]猜嫌:猜忌嫌怨。
好尚:爱好崇尚。

[6]若之何:为什么,怎么。

[7]我为今日之弱国:我们鲁国现在是弱国。这是以孔子的口气说的。明清科举考试规定用八股文体,题目出自"四书""五经",行文模仿古代圣贤的口气,称"代圣贤立言。"
锄而去之:此处指删减不合适的文字。

[8]牺牲玉帛:祭祀所用牲畜和珪璋及束帛

[9]懿亲:特指皇室宗亲、外戚。
固陋:闭塞、浅陋。
改而张之:改张,"改弦更张"的

意思。

[10]过都越国:到过都城。
尚文:崇尚文饰。

[11]避讳:避忌。

[12]礼之经也:此处与下文"小国之道也"不对称,当有文字脱漏。

[13]欲轻尝我,而我不可轻:同卷第494页同题同作者文作"欲玩视我,而我不可玩"。轻尝:此处是"忽视""轻视"的意思。

[14]士马:兵马。引申指军队。
刍粮:供应军队的粮草。

[15]裁成:编制而成。

[16]精详:精细周详。

[17]寡色:无色。
久疏简毕:很久疏于简札。

[18]东里:古地名。在今河南新郑。春秋郑国大夫子产居此,因而被称为东里子产。孔子曾多次论及东里子产。

参考译文(引自田启霖、刘秀英编著,黑龙江大学出版社2017年版《明清会元状元科举文墨今译·第二册》第886页)

郑国所任用修饰词句的人,即以其为撰写辞令的使官任其职。主管外交官子羽的修饰辞令由来已久了。研究讨论之后,委托子羽损益修改,这难道没有什么意义吗?况且国家大事只是期望同舟共济,采用其所听到的与采用其所见到的,其所作事务不同而功绩贡献没有差别呢。这郑国的外交辞令,又让子羽做这件工作吗?子羽这个人,他就是作行人即专职外交官。行人奉命而出国,奉命而进入他国。十二个诸侯国家的风土人情,全都出现在车轮马蹄之下;十二国的猜忌嫌怨及爱好崇尚,都纳入亲闻亲见之中。怎么能不把修饰辞令的权力寄托于他呢?当他修饰辞令时,不专心追求减少好言好语。我国是今日的弱小国家,而其对强大国家所应当讲的,铲除消灭邪恶之事。子羽曾携带祭祀所用的牲畜和珪璋及束帛踏进他国的宫廷,而了解到当世的诸侯都多有猜忌。当他修饰辞命时,不专心追求多用好言好语。我是王室的至亲,而所说不能掩盖其浅薄丑陋,改正而张扬优秀的世故人情。子羽曾到过许多国家的都城并且看到过各行各业的人,而了解今日各国人情都喜欢崇尚文饰。修饰辞令,达到合乎礼义者就存在,有所顾忌者就去掉。以奉承求我做某事,而奉承我不可能得到我的帮助;以傲慢求我做某事,而对我傲慢也不能得到我的帮助,所谓不失掉自己的人格尊严,也不失掉为人和礼义的常规。修饰辞命,至于意义可玩味,言语辩说值得一看。假使有人想瞧不起我,而我不能小看自己;想让我吃粗茶淡饭,而我不可被戏弄,所谓看到其大国之长,看不到其以小国为短的道理。山川草本,从前所经历的境界,完全成为今天的华彩文章;兵马粮草,昔日所遇到的情形,完全是辞令中的关键词。因此既已写完草稿,高兴得到子羽裁剪而形成外交辞令。已经精细周详,必须依靠行人子羽增加减少而使之无误。虽然经过修饰了,而辞语还缺少文采,或者奔走于国外,长久疏远文献书信的缘故吧?这些辞令大概自然借助于东里子产之手进行润色,而子羽持之又奉命出使诸侯各国了。

皇明七山人诗集序

刘必达

　　文之难工,莫如韵语,而律为甚[1]。律有五、七言,而七言为甚。盖古风可任意排宕,而律则动有法程[2]。句短则调易苍,而语长则气滋弱[3]。譬之用兵,纪律之师与野战之众孰优?强弩之穿与短兵之接孰艰?不待智者辨之耳。故李于鳞谓:"七言律,诸家所难,王维、李颀颇臻其妙;杜子美篇什虽多,愤焉自放矣[4]。"王元美谓:"王维、李颀虽极风雅之致，而调不甚响；子美虽不无利钝，终是上国武库[5]。"信若此是[6]。有唐三百年来，几无全盛，而何论其他！难可知已。

不佞为诸生时，仅知攻呫哔[7]，于此道良浅。比入中秘，得发箧遍读汉魏以来迄昭代诸名家所喁咏，颇有会心，而于七言近体尤号昌歜之嗜[8]。因思先正评制举业有云："八股文字与造化相侔生长[9]。收藏一篇，备四时之气[10]。"今溯其体裁，大抵仿佛律诗[11]，而至于五十六字，包含元气，尤非泛泛帖括可比[12]。

偶见坊间有《七子诗》一编，实先得我心[13]。但胪列皆缙绅先生，仅一山人厕其间[14]，又生当其时，为素所狎习者，余固不无遗珠也[15]。唐以诗赋取士，而李杜两宗匠不由制科[16]。今士以经义显，而推敲于簿领公余，据所就反有加于烟霞枕漱者上哉[17]。缅维历下、琅琊诸君子皆名公钜卿，不翼而蜚声宇内[18]。山中被褐行吟、技以穷工者，不知凡几[19]，非附青云而声施其道无由[20]。每欲历搜古今山人诗梓行于世，而力有未逮[21]。姑昉《七子诗》义例，近选隆万以来耳而目者七人，亦如其数，以为别部鼓吹[22]。

取材既具，尚阙其一。适同门汪岁星持其尊君年伯介如先生《邮燕诗草》见示，强半近体[23]。余受而卒业，见其沉雄尔雅，直逼开元、大历，使七子而在，当把臂入林焉[24]。有是哉，草泽洵多逸才[25]。远求之天下，讵忍近失之同志[26]？爰汇为《七山人集》，付诸剞劂[27]。岁星曰："七才子脍炙人口久矣，而兹集另结气味，其为江瑶柱耶，酪苍头耶[28]？六山人羽仪宇内久矣，而家君备数作者，其为狐腋聚耶，貂尾续耶[29]？手眼各别，知罪何常[30]？明公盍弁数语为此集玄晏，庶悬诸国门，不至覆瓿贻哂[31]。小子行且捧檄而南，赍副墨为趋庭启事，奚啻分金茎露、佐称觞耶[32]？"不佞唯唯，爰述畴昔管见，颜诸首简[33]。

噫嘻[34]！序诗而独有当于近体，仍不离八股伎俩，识者将毋笑予有猎心也欤[35]！抑不佞楚人，家在郢中，阳春白雪，请先击节，为属和者唱[36]。至于技工选精，具耳皆可为钟期，毋俟不佞赘矣[37]。

时天启乙丑仲秋吉旦^[38]，景陵刘必达题。

题解

本文录自刘必达辑、明天启五年(1625年)版《皇明七山人诗集》。

山人：指隐士。

注释

[1]工：细致，精巧。

韵语：押韵的语句。指诗、词、曲等。

律：律诗的简称。

[2]古风：诗体名。唐代及其以后，称古体诗为古风，以区别于近体诗。

排宕：豪放，奔放。亦言推广放开。

法程：法则，程式。

[3]调：格调。

气：气韵，韵味。

[4]李于鳞：李攀龙，字于鳞。

"七言律"一句：语出李攀龙《唐诗选序》。原文为："七言律体诸家所难，王维、李颀颇臻其妙；即子美篇什虽众，愦焉自放矣。"

颇臻其妙：稍稍达到妙处。臻：至。

杜子美：杜甫，字子美。

篇什：《诗经》的"雅"和"颂"以十篇为一什，所以诗章又称篇什。

愦(kuì)焉自放：纷乱不受拘束。

[5]王元美：王世贞，字元美。

"王维、李颀虽极风雅之致"一句：语出王世贞《艺苑卮言·卷四》。原文为："王维、李颀虽极风雅之致，而调不甚响。子美固不无利钝，终是上国武库。"

不无利钝：多少有一点不足。利钝：偏指失败。

上国武库：此处称誉杜甫为国家最好的诗人。上国：大国。指中国。武库：称誉人的学识渊博，干练多能。晋代杜预(死后赠征南大将军)博学多才，在朝中治事周全得当，人称杜武库。意思是如同储存兵器甲仗的仓库，诸般兵器无所不有。

[6]信：果真，的确。

[7]不佞(nìng)：谦辞。不才。

诸生：明清两代称已入学的生员。俗称秀才。

咕哔(chè bì)：形容低声细语。泛称诵读。

[8]中秘：宫廷珍藏图书文物之所。

发篋(qiè)：开启小箱子。

迨：至，到。

昭代：政治清明的时代。常用以称颂本朝或当今时代。

喁(yú)咏：疑指吟咏。

会心：领悟，领会。

近体：近体诗。诗体名。与"古体诗"相对而言，亦称今体诗。唐代形成的律诗和绝句诗的通称。

昌歜(chù)：又称昌菹(zū)。腌制的菖蒲根。传说周文王嗜昌歜，孔子慕文王而食之以取味。后以指前贤所嗜之物。昌：通"菖"。

[9]先正：亦作"先政"。前代的贤臣。泛指前代的贤人。

制举业：指八股文。

八股文字与造化相侔生长：语出明代袁黄《游艺塾续文规·卷四》："八股文字与天地造化相侔，首二比春也，次二比夏也，次二比秋也，末二比冬也。"侔：齐等，相当。

[10]备四时之气：具备四季的正气。此处承上文"与造化相侔生长"。

[11]仿佛：效法。

[12]帖括：泛指科举应试文章。明清时亦指八股文。

[13]坊间：街市上。多指书坊，书店。

得我心：遂我心，称我心。

[14]胪(lú)列：罗列，列举。

缙(jìn)绅：原意是插笏(hù)于带，旧时官宦的装束，转用为官宦的代称。

厕其间：夹杂在里面。

[15]狎习：亲近熟习。

不无遗珠：多少有一点遗珠之憾。

遗珠：喻指弃置未用的美好事物或贤德之才。

[16]李杜两宗匠不由制科：指李白、杜甫应试不第。

宗匠：技艺高超的工匠。常比喻在政治上或学问上有重大成就，众所推崇之人。

制科：科举取士非常设科目的统称。由皇帝根据国家需要或自身好尚设置。不拘常格，录取者优予官职。以制科取士称制举。

[17]今士以经义显，而推敲于簿领公余，据所就反有加于烟霞枕漱者上哉：当今读书人凭借科举考试而获得功名，在办完公事的闲暇时间吟诗作赋，凭依所从事的职业，反而比那些隐士的诗赋还要强。

经义：古代科举考试的一种方法。它以儒家经书文句为题，使考生论其意义，故称为经义。亦指科举考试文体之一。即以经书中文句为题，应试者作文阐明其中之义理。始于北宋熙宁四年(1071年)，至南宋后期已形成固定格式，至明代，更演变为八股文。

簿领公余：指办完公事的闲暇时间。簿领：官府记事的簿册，文书。

据所就：疑指凭依所从事的职业。

烟霞：烟雾与云霞，指山水胜境。

枕漱：枕石漱流。用石头当枕头，用流水漱口齿。指隐居山林的生活。也借指闲逸的生活。

[18]缅维：遥想。

历下、琅琊:指李攀龙、王世贞。历下:古邑名。在今山东省济南市东,李攀龙为历下人。琅琊:琅琊邑。王世贞属琅琊王氏余脉的太仓王氏。

名公钜卿:同"名公巨卿"。指有名望的权贵。

蜚声:扬名,驰名。

[19]被褐行吟:穿着粗布衣,边走边吟咏。

技以穷工:技法极其精致。

不知凡几:不知道总共有多少。形容同类的人或事物非常多。

[20]非附青云而声施其道无由:如果不是依附名望地位极高的人以传播名声,那就没有别的办法了。

其道无由:找不到门径,无法办到。

[21]梓行:刻版印行。亦泛指出版。

未遑:表示没有时间或不可能做某件事情。可译为"没有空闲""来不及"等。

[22]姑昉(fǎng)《七子诗》义例:姑且按照《七子诗》的体例。昉:起始。义例:著书的主旨和体例。

隆万:指明隆庆、万历年间。

别部:氏族的分支。此处有"非主流"的意思。

鼓吹:乐曲声。

[23]同门:指同学,谓同出一师门下。

尊君:对别人父亲的敬称。

年伯:科场称谓。科举时代作为对与父亲同年登科者的尊称。明代中叶以后亦用以称同年的父亲或伯叔,后用以泛指父辈。

见示:敬辞。对方把某物给自己看。

强半:过半,大半。

[24]余受而卒业:我收下诗集,诵读完毕。卒业:谓全部诵读完毕。

沉雄:诗文深沉雄浑。

尔雅:雅正,文雅。

开元、大历:开元至大历时期是唐诗的兴盛阶段。昔人编诗,以开元、大历初为盛唐。开元:唐玄宗李隆基年号(713—741年)。大历:唐代宗李豫年号(766—779年)。

把臂入林:挽着手臂,进入竹林。借指与友归隐。

[25]有是哉,草泽洵多逸才:有这样的说法,民间确实有高手。洵:诚然,确实。逸才:过人之才。

[26]讵忍:岂忍,怎忍。

同志:犹同性。性质相同。

[27]剞劂(jī jué):本指刻镂的刀具,此处是雕版、刻印的意思。

[28]江瑶柱:江珧(yáo)的肉柱,即江珧的闭壳肌。是一种名贵的海味。

酪苍头:茶的谑称。苍头:奴仆。

[29]羽仪:比喻受人重视为表率。

备数:充数。一般用作谦辞。

狐腋聚:狐腋下的毛皮虽然很少,

但聚集起来就能缝成一件皮袍。因以"集腋成裘"比喻积少成多或集众力而成一事。腋:指狐腋下的毛皮。

貂尾续:貂尾不够,续上狗尾。本指封官过滥,比喻续加的不如原有的。常用作自谦之词。

[30]手眼:比喻本领才识。

何常:何尝,哪曾。

[31]明公盍弁(biàn)数语为此集玄晏,庶悬诸国门,不至覆瓿(bù)贻哂(shěn):您何不写下几句话放在前面,作为对这部诗集的题品,但愿经得起指摘,不至于用这部诗集来盖酱罐,贻笑大方。

明公:旧时对有名位者的尊称。

盍:何不。

弁:放在前面。

玄晏:晋皇甫谧沉静寡欲,隐居不仕,自号玄晏先生。他曾为左思的《三都赋》作序。后因以玄晏泛指高人雅士或山林隐逸。亦用为待人题品诗文的典故。

庶:庶几。也许。表示希望。

悬诸国门:悬挂于国都的城门。形容诗文精益求精,经得起指摘。《史记·吕不韦列传》记载,秦代吕不韦让门客记录见闻,合著《吕氏春秋》,共有二十多万字,内容丰富,纵横古今天下。吕不韦命人将全书公布于咸阳城门上,并悬有千金,告知众人有能增损一字的就赏赐千金。

覆瓿:西汉刘歆对扬雄评论侯芭,

谓其著作只能用来盖酱罐。比喻著作学术价值不高。后因以此为谦辞,喻己著作毫无价值。

贻哂(shěn):遗留下讥笑。

[32]小子行且捧檄而南,赍(jī)副墨为趋庭启事,奚啻(chì)分金茎露、佐称觞耶:我将要到南方出任官职,携带诗文去接受父亲的教诲,这岂止是承受甘露和美酒可以比拟的。

小子:对自己的谦称。

捧檄:接到委任官职的通知。

副墨:指文字,诗文。副:辅助。墨:翰墨。意谓文字并非道的本身,不过是传道之助,故称副墨。

趋庭:指孔子之子趋而过庭,并闻孔子言诗礼事。后引申为晚辈接受长辈的教诲。

启事:典自"山公启事"。晋山涛甄拔人物的启奏。此处指被征召入朝。

奚啻:何止,岂但。

金茎露:承露仙人掌以铜为之,金茎是其铜柱。汉武帝造此以承接秋天之露,并认为和玉屑而饮之可以长生。

佐称觞(shāng):陪酒。佐:陪。称觞:举杯祝酒。

[33]不佞唯唯,爰述畴昔管见,颜诸首简:我连连称是,于是将以前的想法写下来,放在卷首。

唯唯:恭敬的应诺声。

畴昔:往日,从前。

管见:管中窥物。比喻所见浅小。

多用为自己意见的谦辞。

首简:指一本书的最前边。

[34]噫嘻:叹词。表示慨叹。

[35]有当:适合,合宜。

猎心:"见猎心喜"的略语。看见别人打猎而感到高兴。某种情况触动自己原有的爱好,不免跃跃欲试。

[36]抑:文言连词。表选择,相当于或是、还是。

郢中:本为明承天府(明嘉靖十年由安陆州升)府治(今湖北省钟祥市郢中街道办事处)。此处代指承天府。时景陵县(今天门市)为承天府所辖。

阳春白雪:战国时楚国的高雅歌曲名。宋玉《对楚王问》:"客有歌于郢中者,其始曰《下里》《巴人》,国中属而和者数千人;其为《阳阿》《薤(xiè)露》,国中属而和者数百人;其为《阳春》《白雪》,国中属而和者不过数十人而已。"李周翰注:"《阳春》《白雪》,高曲名也。"后因用以泛指高雅的曲子。

击节:打拍子。

属和(zhǔ hè):跟着别人唱。

[37]技工选精:此处指入选诗的工巧、挑选者的精心。

钟期:钟子期。春秋时楚国人,善知音。

毋俟不佞赘:不待我赘述。

[38]天启乙丑:明天启五年,1625年。

吉旦:农历每月初一。

林可任(林增志)密印草序

刘必达

予果能知人乎哉? 偶以文相士,得数十人于千百人中,因得一人于数十人中,暗中摸索,遂与林子可任成独知之契。每一把玩其文,雅而不俚,典而不晦,精而不凿,新而不诡。状其用笔,神化所至。如李将军用兵,无部伍行阵,而进退舍止自如[1]。又如程不识刁斗严明,无暇隙可犯[2]。度其人,清韵逸致,足以蝉蜕世外;又必智深勇沉,且能经纶宇内。已而对其人,果然。及读其平日密印揣摩之文,又复然。余始爽然曰:"文之与人,磁铁应而薪火传也,如是夫!"顾世有读可任文者,如见其人;挹可任人者[3],更想其文。爱之重之,金谓是宜在中秘,无烦以吏事[4]。余曰:"不然。司马子长传循吏[5],合阅春秋战国凡五人,而为相者四。谓国家不宜以吏治扰相业可耳,若谓相必不习吏,吏必有妨于相,岂通论哉[6]?"扬子云称一代才人[7],晚年著书,悔其少作,且谓雕虫小技,壮夫不为[8]。由今观之,《太玄》《法言》与《剧秦美新》之论,有以异其人乎?非其文不足道也。苏子瞻《刑赏忠厚之论》,犁然有当于主试者[9],识之曰:"应是我辈人。"至今读其文,一切书札策奏疏表诸制作,道理贯心肝,忠义填骨髓。当时不独称为文士,而后世且号为名臣,时而外补,时而内召,或吏或史,唯所置之[10]。彼亦直寄焉,以行其所学报其所知而止,恶问官方位置哉?予以文知可任,以可任知政,亦且自知不敢以文章误人,必不以人之害政、害事,误天下苍生。予果能知人乎哉?

题解

本文录自吴履谦编、清道光丙申(1836年)版《竟陵文选·卷中》第25页。原文标题下注"系中允本房会元"。

林可任:林增志,字任先、可任,号念庵,浙江瑞安人。明崇祯元年(1628年)戊辰科进士,会元。授蒲圻令,多仁政。南明隆武朝文渊阁大学士、礼部尚书。永嘉密印寺为林增志旧日读书处。

注释

[1]李将军用兵,无部伍行阵,而进退舍止自如:语出《史记·李将军列传》:"广行无部伍行陈,就善水草屯,舍止,人人自便。"李将军:李广。部伍:军队的编制单位,部曲行伍。舍止:停驻,居留。

[2]程不识习斗严明,无暇陈可犯:语出《史记·李将军列传》:"程不识正部曲、行伍、营阵,击习斗,士吏治军簿至明,军不得休息,然亦未尝遇害。"程不识:西汉名将。曾任边郡太守,治军严谨。作战时,所部行伍营阵严整,匈奴贵族不敢贸然进攻,与李广同为当时名将。习斗:古代行军用具。斗形有柄,铜质;白天用作炊具,晚上击以巡更。

[3]扼:扼慕。牵念,羡慕。

[4]佥:都,皆。

中秘:中书省和秘书省的合称。

无烦:不需烦劳,不用。

[5]司马子长:司马迁,字子长。

[6]吏治:官吏的作风和治绩。此处指地方基层官员的业绩。与下文"相业"相对。

相业：宰相的功业。亦喻巨大的功绩。

通论：通达的议论。

[7]扬子云：扬雄（前53—18年）。字子云，蜀郡成都（今四川成都）人。西汉文学家、哲学家、语言学家。

[8]壮夫：豪壮之士，豪杰。

[9]苏子瞻：苏轼，字子瞻。

犁然有当于主试者：指主考官欧阳修欣赏苏轼的文章，在《与梅圣俞书》中说："读轼书，不觉汗出，快哉快哉！"犁然：犹释然。自得貌。有当：适合，合宜。

[10]外补：旧时称京官外调。

内召：古时称大臣被皇帝召见为内召。

或吏或史：意思是或外补为官吏，或内召为太史。

唯所置之：有全凭处置的意思。

谭年伯七十寿叙

刘必达

岁壬戌同年四百人，而蜀赤城谭印在最恂恂肫笃，厌浮夸[1]。每晤其人，若翠竹青松，可纳凉飔而荫清影[2]，不自知其膝之前也。一日，印在执余手曰："吾欲西归，将与子别矣！"余曰："何遽也[3]？"印在曰："吾父春秋且七十，不肖先以贫故，就近暂栖一毡，尤可晨昏割脯脡而供潆瀡，如在膝下[4]。今越数千里外远矣，孺子纵不能问视寝膳，而于宾友称觞上寿时[5]，顾盼孺子独不在膝下，吾父有不索然少味者乎？叨列同门，吾父每闻吾子粲花之论则色喜[6]，孺子将借一言以觞吾父也。"

余斯时亦为慈氏年六十，思恩恩图归[7]，少毕人子一日之欢而不得请。见印在之得请，方跃然喜，且爽然失也[8]。顾安所得鸿文大篇，侑封公康爵，而光印在五色斑斓衣乎[9]？余不得归寿吾母，余之时也，吾母必不以为怼[10]。印在之得归寿其父，又印在之时也，封公必深以为乐。

封公为名御史曾孙。蚤岁籍诸生，偃蹇名场，固以余庆寄之印在矣[11]。生平敦孝友,事继母得其欢心。而周贫乐施[12],垂老不倦。此封公之自为寿而即印在之所以寿封公者也。人子所以显扬其亲者,岂必以制科为荣[13]?老人所以怡然于人子之显扬者,其必以人子之有勋名为美。异日,印在绾铜墨而能含膏吐雨,守柱下而能激浊扬清,列琐垣而能伏蒲请剑,调盐梅而能论道经邦[14]。印在之小有所施,是封公之小年也[15];大有所施,是封公之大年也。子而能仕,父教之忠[16]。吾故曰:"印在之所以寿封公者,即封公平日之自为寿者也。"予愿与印在共勉之哉。

题解

本文录自吴履谦编、清道光丙申(1836年)版《竟陵文选·卷中》第27页。

注释

[1]岁壬戌同年四百人:壬戌科同榜进士四百人。壬戌:明天启二年,1622年。同年:唐代进士入第之后,称同登金榜之人为同年。

悒悒:恭谨温顺貌。

肫(zhūn)笃:意为人品诚恳笃厚,可以信赖。肫:即诚恳。

[2]凉飔(sī):凉风。飔:凉风。

[3]遽(jù):急。

[4]脯脡(tǐng):干肉条。

滫瀡(xiū suǐ):本指类似粉面一类调料,拌和使食物光滑。指柔滑爽口的食物。

膝下:指父母的身边。

[5]问视寝膳:问寝视膳。每日早晚问安,每餐在旁伺候。指子女侍奉父母的孝礼。

称觞(shāng)上寿:举起酒杯祝人长寿。称觞:举杯祝酒。

[6]叨列同门:我叨光为同榜进士。叨:犹忝。表示承受之意。常用作谦辞。同门:同出一师门下的同学。

吾子:对对方的敬爱之称。一般用于男子之间。可译为"您"。

粲(càn)花:言谈之美,犹如百花灿烂。形容言论优美精妙,引人入胜。也指委婉美妙的言谈。

[7]慈氏:此处指慈母。

恳恩:请求恩典。

[8]爽然:茫然。

[9]安所:哪里,什么地方。

侑(yòu)封公康爵:举酒为谭年伯祝寿。侑:劝。多用于酒食、宴饮。封公:封建时代因子孙显贵而受封典的人。康爵:大酒器。

光印在五色斑斓衣:为谭印在的

孝行添彩。五色斑斓衣：典自"舞蝶斑衣"。出自《二十四孝》的故事。《艺文类聚》卷二十引《列女传》：相传春秋时楚国老莱子事亲至孝，年七十，常著五色斑斓衣，作婴儿戏。上堂，故意扑地，以博父母一笑。

[10]怼(duì)：怨恨。

[11]蚤岁籍诸生：年少即成秀才。蚤岁：早年。指年少之时。蚤：通"早"。籍：登记名册。诸生：明清两代称已入学的生员，俗称秀才。

偃蹇(yǎn jiǎn)名场：科举不得志。偃蹇：困顿。名场：指科举的考场。

余庆：指留给子孙后辈的德泽。

[12]周贫乐施：周济贫穷，乐于施舍。

[13]制科：科举取士非常设科目的统称。由皇帝根据国家需要或自身好尚设置。不拘常格，录取者优予官职。以制科取士称制举。

[14]绾铜墨：指任知县。铜墨：原指铜印墨绶，后以此喻县官。汉制，县官授铜印黑绶，故谓。

含膏吐雨：比喻造福百姓。膏雨，播撒滋润农作物的及时雨。

守柱下：指任御史。柱下：周秦置柱下史，后因以为御史的代称。

激浊扬清：比喻除恶扬善。

列琐垣：身为朝臣。琐垣：指朝廷。亦指京都官署或京官。琐：青琐。装饰皇宫门窗的青色连环花纹。垣：紫垣。

伏蒲：汉元帝欲废太子，史丹候帝独寝时，直入卧室，伏青蒲上泣谏。事见《汉书·史丹传》。后因以伏蒲为犯颜直谏的典故。

请剑：指朝臣直言谏诤，大胆敢为。汉成帝时，丞相故安昌侯张禹以皇帝老师的身份尊贵有加。朱云上书求见成帝，说："现今朝中大臣上不能辅佐君主，下无益于人民，都是占着官位白吃饭。请皇上赐我一把尚方斩马剑，以杀一儆百。"成帝问杀谁，朱云答是张禹。

调盐梅：位居宰相。盐梅：盐和梅子。盐味咸，梅味酸，均为调味所需。《尚书·说命》下："若作和羹，尔唯盐梅。"此为殷高宗命傅说为相之辞。后来诗文中常以盐梅指宰相或职位权力相当于宰相的人。

论道经邦：讲论治国之道，并用以管好国家。

[15]小有所施：小展其材。

小年：短促的寿命。

[16]子而能仕，父教之忠：儿子是有才能之士，必定是父亲教以忠诚之理的结果。语出《左传·僖公二十三年》："子之能仕，父教之忠。"

上李道尊(李佺台)弭盗书

刘必达

敝邑当襄汉下流,河伯为虐,靡岁不登[1]。兹复连年苦旱,金沙焦烂,禾黍槁立[2]。间有桔槔得水者,食心食根之虫[3],又从蜂起。昔与鱼鳖争居,今与蝗虫夺食矣。而大盗啸聚草泽,猖狂江河[4];称干比戈,树帜扬盖[5];肆然公行,白昼不伏。虽赤子弄兵潢池,实巨魁发纵指示[6]。此时沿江一带,商旅罕至,舟楫不通,各镇几于罢市。

仰祈年台老公祖,念灾疲下邑,民不堪命,亟檄潜、沔,搜乘简卒,及时剪灭[7],宁此万姓。若复迁延[8],便有滋蔓难图之势。其所关国计民生非小者,万惟垂察[9]。

题解

本文录自清康熙七年(1668年)版《景陵县志·卷十二·杂录志》第34页。原文标题下有"李讳佺台"几字。

李道尊:李佺台,字仲方,福建南安人。明万历三十五年(1607年)丁未科进士。道尊:对道一级行政长官的敬称。

注释

[1]敝邑:谦辞。用来对人称自己所在的县。

襄汉:汉水流至湖北省襄阳以下的部分。

河伯为虐:河水肆虐。河伯:传说中的河神。

靡岁不登:接连几年歉收。

[2]槁立:枯槁而立。

[3]桔槔(jié gāo):井上汲水的工具。在井旁架上设一杠杆,一端系汲

器,一端悬、绑石块等重物,用不大的力量即可将灌满水的汲器提起。

食心食根之虫:指蝗虫。

[4]啸聚:互相招呼着聚合起来。旧时多指盗贼结伙。

江河:犹江湖。

[5]称干比戈:手执盾,举起戈。语出《尚书·牧誓》:"称尔戈,比尔干,立尔矛,予其誓。"举起你们的戈,排列好你们的盾,竖起你们的矛,我要宣

誓了。

树帜扬盖：高举起义造反的旗帜。树帜：树立旗帜。借指起义。扬盖：揭盖。比喻把事情显示出来。

[6]赤子弄兵潢池：谓造反的百姓在积水塘玩弄兵器。弄兵：玩弄兵器。旧时对人民起义的蔑称。潢池：积水塘。

巨魁发纵指示：首领操纵指挥。

[7]年台：对同年的尊称。

老公祖：旧时士绅对知府以上地方官尊称公祖。对地位较高者，亦称老公祖、大公祖和公祖父母。流行于明清。

搜乘简卒：检阅兵车，挑选士卒。

剪灭：犹歼灭。

[8]迁延：拖延。多指时间上的耽误。

[9]万惟垂察：万分地期盼您明察。

上按台修城书

刘必达

敝邑城垣褊小，素称泽国，水患频仍，城圮池淤[1]。久际承平，戈涸甲朽[2]，突闻贼警，四顾无策。今幸新任陈父母缮城修筑，众论金同[3]，咸曰："先年修筑永镇观，修筑板桥湾及东西护城两堤，悉从均摊，事克有济。夫当此赋重时加派似不可行，然实有至情焉[4]。"粮在殷实者什九，而在细户者什一[5]。且城卑难守，大家世族咸思奔徙；而险固足恃，寒门单族亦必重迁[6]，此大小所以有同愿也。狡贼所至，用侦最密，本地宵壬伺隙[7]。援引譬，根本固而枝节联，是一邑有金汤，则四野无骇散矣[8]。从来城池大事，凡有筑建，本邑不足，犹借派邻封，岂一境内外敢分畛域[9]？且恒人卫性命急于顾财货，而保妻子深于赴公事[10]。况积锱成钜，所出无几[11]；而镂金铸鼎，所全实多[12]。此加派所不俟上闻而自下陈也。往例可效，不为创非常之原；舆情允孚，不啻下流水之令[13]。夫举事有名若弗美，而其实大有益于地方者，此类是已。某等不识忌讳，同集士民，合词上请[14]，恳祈台台老公祖，俯采狂瞽，酌议均摊，立赐施行[15]，则景城邑幸甚，士民幸甚[16]。

题解

本文录自清康熙三十一年(1692年)版《景陵县志·卷之四·城图志城郭考》第6页。原题为《右中允刘必达上按台修城书》。右中允：官名。明清詹事府所属机构右春坊职官。与右庶子、右谕德等共掌记注、纂修之事。明洪武十五年(1382年)始置。明洪武二十五年(1392年)，改詹事院为詹事府，始为詹事府右春坊属官。额二人，正六品。按台：对巡按的尊称。明代有巡按御史，为监察御史赴各地巡视者。

注释

[1]敝邑：谦辞。用来对人称自己所在的县。

褊(biǎn)小：土地狭小。

圮(pǐ)：塌坏，倒塌。

[2]承平：太平，持久太平。

戈凋甲朽：义同"朽戈钝甲"。形容兵器钝朽。

[3]陈父母：指时任景陵知县陈席珍。父母：父母官。旧时称州县地方官。

佥同：一致赞成。

[4]至情：至诚的感情。

[5]什九：指十分之九。指绝大多数。

细户：小户。指平民。

[6]寒门单族：门第微贱孤寒。

重迁：谓不轻易迁居。

[7]宵壬：小人，奸人。

[8]援引譬：同"引譬援类"。援引相类似的例证来说明事理。引：援引。譬：比方。

骇散：受惊而逃散。

[9]邻封：本为相邻的封地。泛指邻县，邻地。

畛(zhěn)域：界限，范围。

[10]恒人：常人，一般的人。

妻子：妻子和儿女。

[11]积锱(zī)成钜，所出无几：积小成大，每一个出钱的人又出得不多。锱：古代重量单位，六铢等于一锱，四锱等于一两。

[12]镂金：雕镂物体，中间嵌金。

铸鼎：相传夏禹曾收九牧之贡金铸造九鼎，以象百物，使民知神奸。

[13]舆情允孚，不啻(chì)下流水之令：下令顺应民意，无异于顺应水流之势。舆情：群情，民情。允孚：谓得人心，使人信服。不啻：无异于，如同。下流水之令：下顺民心之令。语出《史记·管晏列传》："下令如流水之源，令顺民心。"

[14]合词：联名上书。

[15]台台老公祖:同"老公祖台台"。公祖:旧时士绅对知府以上地方官的尊称。对地位较高者,亦称老公祖、大公祖和公祖父母。流行于明清。台台:旧时对长官的尊称。

狂瞽(gǔ):愚妄无知。多用作自谦之辞。

酌议:斟酌商议。

[16]景城邑:指景陵城及景陵县。景陵:天门古称。天门市在明称景陵。五代后唐以前称竟陵,五代晋至清雍正四年称景陵。

幸甚:非常幸运,非常幸福。

陈侯(陈梦琬)重建东岳庙碑记

刘必达

颂贤令者,必曰神君[1],明乎神与令之并尊也。神如水在地,方疏污而茹清,分膏而溥泽,无之而非民利者[2],按祭法咸得有祠。而潜之祀独岿然矶上,盖汉水自芦洑而下,西折入潜,奔腾喧豗,势若建瓴[3],实惟矶砥柱之。矶不敢恃,则吁徼神贶[4],以恃无恐。故祠与矶相庇如唇齿焉。迩岁矶流震激,祠址悬岸;神圣露处,鲛鱓侵宫[5]。即潜之篱社室庐[6],岌岌乎将不自保。士绅暨父母每过其下,辄心悸神摇,不忍近视。顾念时俭费繁,安得当事者慨然任之,为潜邑造祉乎?

属不佞年友陈大夫,以忠臣世裔筮仕入潜[7]。甫下车谒祠,见颓垣断桷,陋不可仪,旋集里耆诏之曰:"尔潜阛邑之大,墉崇栉比,谁为表镇者乎[8]?乃使神栖靡奠,上雨旁风,万一神怒欲徙,潜又安能晏焉而已[9]?"里耆谓:"欲葺祠,请先以矶商;矶安则祠安,此万世之利。"大夫曰:"次第兴举,为费奈何?"父老逡巡不敢应[10]。大夫曰:"若曹固丛任于我矣[11]。虽灾氛频仍,廪庚萧然[12],计诚无所出。第吾为若邑长,神弗歆民,有司之罪也[13]。"遂慨然捐赀若干,听诸慕义者稍佐之,度可布工。

爰简里胥之勤慎者董其事,随鸠匠庀材[14],构前后殿六楹、东西各五楹。负殿而峙者，一为子孙祠，大夫众人之母，而驺虞麟趾，化被南国也[15]；一为福禄祠，大夫受禄于天，而饮食五福，敷锡庶民也[16]。逮至僧舍宾居、醑廪茗厨，靡一不具[17]。缭以垣树，周饰丹碧。轺轩之使，纪纲之仆[18]，凡经行斯境者，望而知为奇观焉。自是上帝称享，冯夷靖戢[19]。秋水偶至，不复敢与矶抗，惟逦迤循矶而去[20]。百堵安，万室盈。先王因成民而致力于神，大夫致力于神以及民，其揆一也[21]。

盖大夫，东牟人，泰岱在其封内者，维岳降灵，所助者顺，此与受金简玉书于沧水使者绝相类[22]。不然，前此葺祠之议，竟成筑舍，大夫才五阅月而告成[23]，岂人力哉？不佞达典在掌故，窃欲取大夫之功，置之西门豹、史起、殷衷之中，恐大夫尚夷然弗屑矣[24]。大夫讳梦琥[25]，宣城靖献公后。

按：郑子产曰："山川之神，凡水旱疠疫之灾，于是乎禜之皆有功于境内者也。"朱熹亦曰："非境内山川与我不相关，自不当祭之。"今东岳行祠遍天下，而四岳则各祀于境内，岂非以触石而出、肤寸而合，不崇朝而遍，惟泰山者乎[26]？

题解

本文录自清康熙三十三年（1694年）版《潜江县志·卷六·乡祀志·庙祠》第8页。标题原为《景陵中允刘必达记》。

注释

[1] 神君：旧时对贤明官吏的敬称。

[2] 疏污而茹清：除污纳清。

分膏而溥泽：普施恩惠的意思。

无之而非民利：没有哪一件不是为了民众的利益。

[3] 喧豗（huī）：哄闹声。喧：声音大且繁闹。豗：水撞击声。

建瓴（líng）：即"建瓴水"之省，谓倾倒瓶中之水，形容居高临下、难以阻挡的形势。

[4] 吁徼（jiǎo）神贶（kuàng）：呼吁并恳求神灵的恩赐。

[5] 鲛蜃（shèn）：鲨鱼和蛤蜊。泛指水族。

[6] 簴（jù）社：泛指祠庙。簴：古

代挂钟磬的架子上的立柱。社：古代指土地神和祭祀土地神的地方、日子以及祭礼。

[7]属（zhǔ）：恰好遇到。

年友：同年。唐代进士入第之后，称同登金榜之人为同年。

筮仕：古之迷信，人将出仕，先占卜凶吉谓之筮仕。借指初次做官。

[8]下车：旧时官吏初到任为下车。

桷（jué）：方形的椽子。

里耆：乡里的耆老。

墉崇栉比：崇墉栉比。高墙犹如梳齿般排列。

谁为表镇者乎：哪个建筑能够成为镇河的标志呢？

[9]晏：安定，安乐。

[10]逡（qūn）巡：退却。

[11]若曹固丛任于我矣：你们原本将这个任务聚集在我身上。

[12]廪庾（yǔ）：粮仓。

[13]神弗歆民：神不享受民众的祭品。

有司：官吏。古代设官分职，各有专司，故称。

[14]董其事：主持其事。

鸠匠庀（pǐ）材：招聚工匠，准备材料。形容建筑工程的准备。鸠：聚集。庀：准备。

[15]驺（zōu）虞麟趾：驺虞和麒麟。均为传说中的仁兽。

化被南国：教化遍及江汉。南国：南方之国，周之南土，即江汉一带地区。

[16]敷锡：施赐。锡：通"赐"。

[17]醑（xǔ）：美酒。

[18]輶（yóu）轩：古代使臣乘坐的一种轻车。

纪纲：统领仆隶之人。后泛指仆人。

[19]冯夷靖戢：水神安静收敛。冯夷：河神。指河伯。

[20]逦迤：迤逦。曲折连绵貌。

[21]先王因成民而致力于神：语出《左传·桓公六年》："夫民，神之主也。是以圣王先成民而后致力于神。"人民，是神灵的主宰。因此圣明的君王先使人民安居乐业，而后才致力于祭祀鬼神。成民：谓养民而使之有成就。

揆（kuí）：道理，准则。

[22]受金简玉书于沧水使者：指禹从沧水使者那里得到导水简书。《吴越春秋》云："九山东南曰天柱山，号宛委，承以文玉，覆以磐石，其书金简青玉为字，编以白银。禹乃东巡，登衡山，杀四马以祭之。见赤绣文衣男子，自称玄夷沧水使者。谓禹曰：'欲得我简书，知导水之方者，斋于黄帝之岳。'禹乃斋，登石篑山，果得其文，乃知四渎之眼百川之理，凿龙门，通伊阙，遂周行天下。"

[23]筑舍：典自"筑舍道傍，三年不成"。意谓造房子请教路人，三年也

造不成。比喻人多口杂,办不成事。

五阅月:经过了五个月。

[24]西门豹、史起:西门豹,战国魏人,为邺令,曾开水渠十二条,引漳水以灌邺地之田。史起,战国魏人,也为邺令,曾引漳水灌邺地之田,以富河内,民歌颂之:"西门溉其前,史起灌其后。"语出左思《魏都赋》。

殷裒(póu):晋时人,为荥阳令。兴学教民,民知礼让。

夷然弗屑:夷然不屑。心中泰然,毫不在意。

[25]琓:音 chōng。

[26]东岳行祠:东岳行宫。为供奉东岳泰山真君之所。

岂非以触石而出、肤寸而合,不崇朝而遍,惟泰山者乎:语出《春秋·公羊传》:"触石而出,肤寸而合,不崇朝而遍雨乎天下者,唯泰山尔。"山中云气与峰峦相碰击,吐出云来,如人以两手之四指平铺,先分两处向下覆之,由分而合,渐肖云合之状,合之甚易,不是整个早晨普天之下都在下雨。崇朝:终朝,整个早晨。

任氏三烈碑记

刘必达

圣人南面而听天下,必自人道始。人道者,人心之所淯也[1]。人心不死,故人道不坠。虽转盼死生之顷,有确乎其不可拔者也。不佞发未燥时,习闻吾乡有三烈云。三烈,蜀人,司训任公之妻李,与其二女幺哥、留哥也。仓皇遇盗,母女同时厉声骂贼,视死如归。当时自邑令长至台使皆义之,闻于朝,立其坊,颜其庐,就蜀里祠之[2]。又表其墓,祠于吾邑,至今祀春秋不衰[3]。

杨侯至,闻其事而嘉之,复为之庀材鸠工,拓故宇,广祭田,请于学使者,衣冠其子孙,以供骏奔祐尝之役,祠事始犁然大备矣[4]。于是委不佞曰:"斯三烈也,余金宪碑之,郭司马青骡辞之,李宗伯本宁记之[5]。今日者,起故维新,广田增祭,亦重典也,太史其碑焉[6]?"不佞瞿然曰:"吾恶乎碑诸[7]?当年舍生投渊之情,母子环抱之状,征诸铭诔,形诸诗歌,具于奏疏,亦既炳炳烺烺矣[8],吾恶乎碑诸?无已,请体我侯风教之旨[9],推而衍之,可乎?"

《易》："风自火出，曰家人，利女贞[10]。"夫夫妇妇而家道正，正家而天下定。任氏一家，妇从夫，子从母，弟从兄，矢死靡它，各率其贞，盖由其先光禄廷尉及孝子公，皆言物行恒刑于率先[11]，故当猝然忽然时，敬其身不顾其死若此哉！或叹其事最奇惨，而三烈甘之。固有同赴江则快，不赴不同则不快。一时见且闻者，疏其事则快，表其墓则快，旌其门、颜其间则快[12]。迄于今，骨冷门单，有谈说当日景状者，行者住，坐者起，岂非人心之慕义无穷，而人道之有关教化者大哉？侯之加意斯举也，人心益正而人道益明。庶几乎蜀楚之间遐哉，有汉广之风乎[13]？斯祠不朽！三烈不朽！侯之德教亦与之俱不朽云！

题解

本文录自吴履谦编、清道光丙申（1836年）版《竟陵文选·卷中》第30页。文后按语云："予观天门旧志载此文，为修志者改坏。亟取中允公本集，稍加删减，庶令文成体立。"

任氏三烈：指任高妻李氏及两女。任高，任昉后裔，成都府温江县人。由景陵（今天门）训导升万载教谕，与妻女同舟赴任，至景陵净潭，夜被盗劫，妻女投水死。任氏三烈祠旧址在今天门市西寺路东、体育场西南。

注释

[1]淆：彻底地掺和。

[2]颜：题写匾额。

[3]表其墓：立墓表。表置墓前或墓道内，刻载死者生平事迹，颂扬其功德，以表彰于外，故称墓表。

[4]庀（pǐ）材鸠工：准备材料，招聚工匠。形容建筑工程的准备。庀：准备。鸠：聚集。

请于学使者，衣冠其子孙：向学使者请示，给她们家子孙一个士人的身份。学使者：即学政。地方专管考试的官。衣冠：衣和冠。古代士以上戴冠，因用以指士以上的服装。此处为穿衣戴冠。

骏奔：急速奔走。参见本书第一卷李维桢《松石园记》注释[20]"荐笾豆，骏奔走"。

礿（yuè）尝：禴（yuè）尝。本指春秋二祭。后泛指祭祀。原文为"瀹尝"。

犁然：明察，明辨貌。

[5]李宗伯本宁：指李维桢。李维桢字本宁，曾任礼部尚书。当时称礼部尚书为宗伯。

[6]太史:翰林。作者刘必达中进士后官翰林院编修。

[7]吾恶乎碑诸:我怎么能写碑记呢? 恶乎:疑问代词,犹言何所。诸:表示语气,相当于"啊"。

[8]铭诔(lěi):记叙死者功德的文体名。

炳炳烺烺(lǎng):光亮鲜明。形容文章辞采声韵之美。

[9]无已:不得已。

体:仰体。谓体察上情。

[10]风自火出,曰家人,利女贞:语出《周易·家人》:"家人。利女贞。象曰:风自火出,家人。君子以言有物,而行有恒。"家人卦:有利于妇女的占问。《象辞》说:本卦外卦为巽,巽为风;内卦为离,离为火。内火外风,风助火势,火借风威,相辅相成,是家人的卦象。君子观此卦象,从而省悟到言辞须有内容才不至于空洞,德行须持之以恒才能充沛。

[11]言物行恒:参见上一条注释。刑:通"型"。法式,典范,榜样。

[12]疏其事:上疏陈述三烈之事。旌其门:封建社会旌表所谓忠孝节义的人,由朝廷官府赐给匾额,张挂门上。

[13]汉广之风:指江汉女子高尚出众的特质。《诗经·汉广》是一首爱情诗,产生于周代江汉流域。诗歌咏叹一南方女子之高尚出众,不可求得。

泮水呈祥赋

游文褧

天启辛酉二月,若有物自东来,蜿蜒于学宫之树杪。既而泮池水涌丈余,红光烛天,鼋鲤自水中飞入棂星门者不可数计。其底似金狮子形,经日水如山立不散,见者莫不骇愕。次年,刘公必达会试第一,王公鸣玉同榜入翰林、改谏垣。人杰地灵其验云。

惟天启之御极,属辛酉之仲春。遵祖宗之功令,值三载之宾兴。庆玉衡之起运,诞发祥于景陵。有神物之自天,乘云气以东来。忽风生于苹末,乃如轮而如颓。方蜿蜒于宫树,复环绕于庭阶。俄而泮池水涌,腾起百丈。红光纠结,永日如嶂。其闪闪也如日,其团团也如盖,其旋转也如毂,其潆绕也如带。隐隐隆隆,奇奇怪怪,变幻翕忽,莫可名态。予时挟策往观,喟然叹曰:"有是哉,是物之显异也!"岂楚王之济江,浮萍实于水滨?岂交甫之适野,弄遗珠于汉津?岂阳侯之奋怒,鼓白波于洞庭?岂天吴之作祟,仍洪水于襄陵?而胡为乎!

若海水之蜃楼,潜泣珠之鲛人;若钱塘之舞潮,迎胥涛之巨神。如银汉之倒泻,高挂于碧云;如黄河之下注,震撼于龙门。如江海之翻澜,摇天而荡日;如瀑布之飞泉,溅珠而喷玉。显龙宫于海藏,现水怪于燃犀。而予不觉银海生花,五色无主;形神俱丧,舌强欲吐。恍惚之间,若有所谕;神虽不言,默示以意。

若谓子既素称夫涉猎,胡不追忆夫睹记?虎啸而生风,龙兴而致云。雨零而础润,蛛网而喜临。灯火爆而得钱财,乾鹊噪而至行人。里社鸣而圣人出,黄河清而圣人生。河出图,洛出书,兆文明之瑞;而麟游郊,凤仪庭,显至治之征。兹者天道之著象,夫岂虚幻而难凭?当必有异人焉!钟扶舆之间气,萃光岳之精英;振文澜于学海,漱芳润于词林。行且开两间之泰运,沛八表之甘霖。调元气于玉烛,转日毂于昆仑;勒鸿名于鼎彝,竖骏业于无垠。

倘谓予言之未信,请以俟夫来春。既而刘君必达以会元而及第,王君鸣玉以谏议而显名。喜天道之不爽,爰走笔而特书,以自附于斯文。

题解

本文录自清康熙八年(1669年)版《安陆府志·卷三十一·艺文志》第18页。原题为《竟陵泮水呈祥赋》。"若海水之蜃楼"中的"若",原文无,据下文补。

清康熙七年(1668年)版《景陵县志·卷之五·学校志》第19页记载:"泮池……是年二月春,泮池水踊跃数丈许,有声如雷,有物如龙,蜿蜒行水上,逾时犹不减。阖邑观者如堵。此异人将出之兆也。次年春榜,刘必达举礼闱第一人。教谕游文褧(jiǒng)《泮水呈祥赋》按:自明设科以来,景两会元。前为鲁铎,后为刘必达。历年一百二十,俱值壬戌,先后不爽,亦异矣哉!"

游文褧:字絅(jiǒng)卿,武昌江夏人。由举人任景陵教谕。

刘君(刘必达)墓志铭

贺逢圣

　　熹宗哲皇帝壬戌春会试天下士,逢圣承乏易三房。适边警正殷,揭晓议二月之二十五日各房呈卷,主者或十卷,或八卷,少亦六七卷,独余仅送三卷。细批尚未具,不谓养淳朱相国欣然有当,亟索余加批。二十三日之夜,崑柱何相国老师注:"可为天下式。"于是在事诸公谓余房卷作第一人矣。有指一字教余者,公头卷允称冠场,再三研阅,只首篇多一"盖"字。余唯唯谢,吁满幅五百余言,仅多一"盖"字,亦庶几道于头烘色迷矣。而识者犹严及一字甚矣,尊酒细论之,果为大方家也。次早拆卷,余与林鹤胎年兄安心孙处后辈之分,绝不他起一念。同门李颍玉收掌试卷,出闱语余曰:"会元在年兄房矣。赖年兄镇定,声色不动,以此服人。"余曰:"有是哉?范景仁出拜就列,向敏中大耐官职,彼何人也耶? 一门士偶取会元,而遽作如是观也哉!"自是,当事力主勿置首甲。余不以语人,私侦刘子动静,则道气凝然可掬。已乃得二甲之十一人,诣余跃喜相告:"门生幸矣! 昨年母六十,未遑称觞。今叨恩二甲,一介寒微,便获以鹭补拜北堂前,门生幸矣!"余因笑谑之:"青出于蓝而青于蓝。夫夫,犹鸂鶒补也。"有是哉,公德器乃尔也! 观政时力求允归,某尚书义形于色:"世岂有不晓人事如此会试第一人? 我顾放行也耶!"余随规士征以祝母寿而色喜,子部公可自致也。礼闱冠多士,尚宜应常吉选,我不必必得,亦不必必不得,听其渠成可耳。则有福清相国公言于众:"会元若不在选中,我当揭请。"则有武进宗伯亦公言于众:"卷既糊名,何当又揭?"相国之揭怜才也,公也,非私也。宗伯勿揭,重士始进也,亦公也,非私也,迄今皆可想见前辈风度焉。而卒之鉴收于武进之手,夫行止内外,真非人所能为。士征于是乎可与闻道矣,于是乎可与语学矣。嗣后出素业相订,其人澹泊宁静,匪夷所思。久之,衙门前辈,人人为士征知己,同以大受期许,且不虞缪及逢圣。嗟乎! 至诚而不动者,未之有也,子舆氏岂欺我哉?

余从未以告刘子,悯其观化,此一段不宜不藏诸石。士征而有知也,余虽后死,异时相及黄泉,师生间将无各沾沾,已见大意也哉!余因合前后观之,中会元不预一甲,欣然以介母寿;负公杖引为己幸,怡然而赋遂初。夫富贵患难,亦生人砥石也。士征过此两关,则小有歇处矣。惜乎吾见其进也,未见其止,夫人何以竟中道哉?士征戊辰亦分考得士,则林太史为首,同门诸君子交欢无间,隆师笃友,挽近世恐难再偻一指。针芥渊源,殆若不谋而合,盖士征元感者微矣。

按状:士征讳必达,别号天如。弱冠里选,督学王先生拔第一,遂食饩。万历乙卯举于乡,天启壬戌会试第一人,选庶吉士。甲子秋授编修,纂修国史,展书经筵。己巳春升右春坊右中允。生于万历己卯十二月二十六日,卒于丙子五月十一日,享年五十八。父官允,赠如其官。母成氏,封太安人。妻曾氏,封安人。子二:长肖孙,郡廪生,娶徐氏;次鲁生,邑庠生,娶周氏。女一,适大参李公之子茂才。呜呼!士征家世若此,殁亦可以永宁矣。墓在某山之阳,某年某月某日某时葬。圣铭曰:

举世流竞独回澜,力求颍州为承欢。司马役法岂争端,忠宣不言展也安。曲突徙薪效泥丸,桑邦无恙鸿渐磐。稽首两足尽涅槃,不有醇儒夜漫漫。人生大德炳如丹,游奕反风久远看。新阡郁郁神理完,学者宗之如虬鸾,象贤济美世琅玕。

题解

本文录自贺逢圣著、清同治八年(1869年)版锦树山房刻本《贺文忠公遗集·第四卷》第13页。原题为《明故右春坊右中允刘君墓志铭》。

贺逢圣:字克繇,一字对扬,湖广江夏人。明万历四十四年(1616年)进士。授编修。累迁礼部尚书、文渊阁大学士。

文中"负公杖"的意思是,承受公堂之杖。指刘必达副主武会试,命以文进士题,违帝意,被革职。国家图书馆藏抄本《国榷·七十二》第39页记载:明崇祯四年(1631年)十月丁巳,"左春坊左中允杨世芳、刘必达以主武闱削籍"。乾隆版《天门县志》记载,刘必达墓在"县东",距鲁铎墓"三里许"。

王鸣玉（陇右道）

清乾隆乙酉（1765年）初版《天门县志·卷十四·宦迹》第14页记载："王鸣玉，字六瑞。天启壬戌进士，入庶常，改给事。以直节著。魏阉憎其不附己，出为陇西观察。濒行，犹疏数千言，请远金壬，乾纲独断，奸人侧目。抵任，会旱久，所部犷悍骚然，犯禁发矿。众议动师剿之，鸣玉持不可，驰谕云：'汝，良民，苦岁乃然，毋恐！官来生汝，其速止，否则诛汝！'乃披发徒跣，行赤日中，吁嗟而祷之，霖雨大沛，啸聚皆解散。陇民相庆曰：'观察生我，不则雁锋镝久矣。'其不逞者皆感恩私泣。怀宗即位，特旨召还，补刑科，以失纠司寇逸囚降外。寻迁膳部郎，以疾引归。"

韦公寺

王鸣玉

左安门外澹如汀，畏客频邀过水亭[1]。一片尘羞溪面照，十分酒入客脾醒。荷含秋意多相向，蝉作乡音乍可听。花合灯分钟定夕，今宵旅梦各星星[2]。

题解

本诗录自刘侗、于奕正编，明崇祯八年（1635年）版《帝京景物略·卷三·韦公寺》第67页。丁宿章编、清光绪九年（1883年）版《湖北诗征传略·卷二十八》第24页收录本诗，文字有异："左安门外绕长汀，畏友频邀过水亭。一片尘羞溪面照，十分酒入客脾醒。荷含秋意多相向，蝉作乡音乍可听。花落灯残钟定后，今宵旅梦各惺惺。"

金泉寺(二首)

王鸣玉

寒光引我踏层冰,人影风声悄欲崩[1]。客使到门钟鼓出,孤吟分却佛前灯。

泉寺传为铁爵新,袈裟被襫问前因[2]。山深不得官家历,城市传来明日春[3]。

游康乐园

王鸣玉

到山山即主,遇主山亦喜。夕郎吾父执,犹子而客礼[1]。绝口天下事,进酒故人子。临溪泉作导,棹舟峰若徙[2]。洞皎无需月,鱼狎出人履。南宫书满架,北苑画殊侈。焚香同展觌,清奇疗俗鄙[3]。老僧古之愚,不顾且去矣。主人发长啸,尔我安得此[4]？日落水尽处,曲折总难纪。

题解

本诗录自清光绪八年(1882年)版《京山县志·卷之二十一·艺文》第2页。

康乐园:明代京山进士郝敬曾任礼科给事中、户科给事中。46岁辞职回京山后,在鄢郝建康乐园(当地俗称书房岭),不通宾客,闭门著书。

注释

[1]夕郎:黄门侍郎的别称。汉时,黄门郎可加官给事中,因亦称给事中为夕郎。此处指郝敬。

父执:父亲的朋友。

犹子:侄子。

[2]棹舟:划船。原文为"掉舟"。

[3]展觌(dí):相见。

俗鄙:指庸俗鄙俚之气。

[4]长啸:撮口发出悠长清越的声音。古人常以此述志。

题如意寺

王鸣玉

吾邑京旧侣,披采此读书[1]。松涛喧砚北,有响楼钟余[2]。问字生曦晚,承风意傥如[3]。昨宵灯一点,不信是僧庐。

崇祯庚午立秋日,西湖茶使王鸣玉题[4]。

题解

本诗录自京山市钱场镇长林山村南如意寺后山摩崖石刻,由焦知云先生录文。题目为本书编者所加。

注释

[1]吾邑:指作者的家乡,明称景　陵,今天门。

披采:广为采集。

[2]砚北:谓几案面南,人坐砚北。指从事著作。

[3]问字:据《汉书·扬雄传》载,扬雄多识古文奇字,刘棻(fēn)曾向扬雄学奇字。后来称从人受学或向人请教为问字。

承风:接受教化。

傥如:安闲自得的样子。

[4]崇祯庚午:明崇祯三年,1630年。

试王羌特联

王鸣玉　王羌特

绿萍浮碧水【王鸣玉】,
红日挂苍天【王羌特】。

怀饼遗亲,子不敢食先父【王鸣玉】。
吐哺下士,公无以国骄人【王羌特】。

题解

两联录自牛勃、马树平主编,甘肃文化出版社2008年版《甘谷史话》第55页。原文为:"王羌特,字冠卿,号笠夫,伏羌人。12岁通四书、《孝经》《春秋》大意。陇右道王鸣玉闻其名,召见试以对:'绿萍浮碧水',王羌特即对以'红日挂苍天'。王鸣玉大加赞赏。待酒席间王鸣玉又出上联:'怀饼遗亲,子不敢食先父。'王羌特对曰:'吐哺下士,公无以国骄人。'王鸣玉大加称赞:'真奇童也。'"

请停贡例以惜名器疏

王鸣玉

窃惟国家三途并用,除乡会两标外,额贡循资,恩贡考选,皆以文字为致身地[1]。故虽门户单寒之士，肉食纨绔不敢与相颉颃，岂非重诗书不耻以贿闻也哉[2]？其他事例输资尽属末局，虽先年例贡偶一举之，限人限时，随举随罢。天启二年，工部以陵工议开，巡视科道臣刘弘化、刘芳力持不可[3]。先年，户部以济边议开，奉旨"各款俱允"，惟例贡独停[4]，盖于万不得已之中寓爱惜名器之意焉。须巡视台臣疏上，部议陵工十月限完，事急无措，暂开贡例，内有"十人可得半万"之语，工完即止。法非不善，而部疏争执，科臣调停，稍示两存之，遂倚马铜山金穴一往不返[5]。夫以陵工则十月已报竣，可以止矣；若曰济边，虽尽天下之庠序而贡之，毋乃犹未足乎[6]？臣约而言之，有不必者三，有不可者三——

广宁陷矣，辽阳失矣。兵无片甲，饷无粒米。此告身易一醉之时，犹不以正途为市，顾冒滥于河清凤见、玺出命新之日乎[7]？其不必者一。

兵可核也而不核，饷可查也而不查，稍一留心，可余数百万。乃泥沙虚掷于纸兵，而锱铢滥取于正途乎[8]？其不必者二。

例开于宾兴之年，天下廪监，辐辏云集[9]。今已五阅月，咨送吏部不过数十人[10]，所得几何而冒鹭爵之虚名。其不必者三。

廪生曾经学臣优取，尽一时誉髦，阅各省贤书，中式大半[11]。今一趋于贿，士风日下，士气日卑，所忧不但在乏财矣。其不可者一。

富者倒出囊中，贫者闻之借贷。仕宦之捷径取偿于他日[12]，欲世不浊、民不穷，岂可得乎？其不可者二。

两部取数既多，吏部选法益壅，正缺又少，势必与资郎[13]。等是朝廷以正途为饵，而愚天下之寒生也[14]？彼跅弛之才陷身末局，欲返初服又可得乎[15]？其不可者三。

有此三不必、三不可，而冒昧行之，得少失多，当事者可不深长思耶[16]？

题解

本文录自上海书店 1990 年版《明熹宗实录·卷之四十七·天启四年冬十月》(影印本)第 2464 页。文前署名为"兵科王鸣玉"。兵科指兵科给事中。明制分设吏、户、礼、兵、刑、工六科给事中掌侍从规谏,稽察六部之弊误,有驳正制敕违失之权。

贡例:疑指纳贡与例监。明代科举制度准许人捐纳钱财入国子监,由生员捐纳者称纳贡,而由普通民人捐纳者称例监。清代有例贡,性质相近。

名器:名号与车服仪制。用以区别尊卑贵贱的等级。

注释

[1]窃惟:私下考虑。谦辞。

三途:指封建时代取得官职的三条途径:举荐、征辟、科甲。

乡会:指乡试、会试。

标:量词。犹支,队。

额贡:当指"出贡"。按年资轮次到京,吏部选任小官。

循资:按年资逐级晋升。

恩贡:参见本书第三卷附录《部分科举名词汇释》第3条。

致身:原谓献身。后用作出仕之典。

[2]单寒:谓出身寒微。

肉食:指高位厚禄。亦泛指做官的人。

纨绔:细绢制的裤。古代贵族子弟所服。借指富贵人家子弟,含贬义。

颉颃(xié háng):谓傲视。

耻以贿闻:以用财物买得虚名为耻。

[3]陵工:营缮帝王陵墓寝庙的工程。

议开:此处指谋开贡例之事。

科道:明清六科给事中与都察院各道监察御史的合称。

力持:极力坚持。

[4]先年:往年,从前。

济边:济助边饷。

例贡:与上文"贡例"同。

[5]科臣:明代六科给事中官的通称。

遂倚马铜山金穴一往不返:于是器重贤能的时代一去不复返。

倚马:形容才思敏捷,为文顷刻而成。刘义庆《世说新语·文学》载,袁宏文思敏捷,为桓温记室。桓温北征,唤"袁依马前令作,手不辍笔,俄得七纸",文章极为可观。李白《与韩荆州书》:"请日试万言,倚马可待。"

铜山金穴:比喻极其富有。

[6]庠序:古代地方学校的泛称。与天子的辟雍、诸侯的泮宫等大学相对而言。后人通释庠序为乡学,亦以庠序概称学校或教育事业。

毋乃:莫非,岂非。

[7]此告身易一醉之时:这是拿朝廷的委任状换得一醉的时候。告身:古代授官的文凭。

正途:明清仕途有正、异之分,凡进士、举人、贡监等出身为正途;吏员、捐纳、杂流等出身为异途。

冒滥:假冒浮滥。

河清凤见、玺出命新:指虚拟的盛世瑞应。玺出命新:疑与"凤玺"有关。《春秋合诚图》曰:尧坐舟中,与太尉舜临观,凤凰负图授尧。图以赤玉为匣……其章曰"天赤帝符玺"。玺:玺章。

[8]泥沙虚掷于纸兵:像丢弃泥沙一样,将兵饷白白地浪费在虚构的兵员上。

锱铢滥取于正途:向正途出身者任意索取微利。锱铢:比喻微利,极少的钱。

[9]宾兴:西周时地方向天子荐举人才的制度。亦称乡举里送。

廪监:廪监生。向国子监捐资而得。

辐辏:集中。

[10]五阅月:经过了五个月。

咨送:谓移文保送。移文是旧时

文体之一,指行于不相统属的官署间的公文,亦泛指平行文书。

[11]学臣:指学政。地方专管考试的官。

誉髦(máo):俊美,俊杰。

贤书:本意指举荐贤能的名单。此处指乡试举人名录。

中式:科举考试合格。

[12]取偿:得到补偿。

[13]与:给予。

资郎:出钱捐官之人。

[14]等是:为何。

寒生:贫苦的读书人。

[15]跅(tuò)弛之才:指旷放、不受旧礼法约束的人。

返初服:指希望辞官退隐之意。初服:指出任官职前的衣服。

[16]冒昧:鲁莽轻率。

当事者:当权者。

深长:长远,深远。

请修举屯田疏

王鸣玉

辽事初起,兵饷都尽,仓猝无策,不得已议发帑,议加派,议搜括[1]。特一时权宜之便计,岂久安长治之吁谟乎[2]?今奴虽鸷伏三年[3],又复狡焉思动矣。微独奴[4],即各镇边之人,兵苦战不得息,地蹂躏不可耕。充国之困先零,孔明之屯渭田,虽时为[5],然奈何弃可乘之时、置自然之利而劳焉？按逃亡病故之虚数乃取盈，而撄膏枯髓竭之滨民以应之[6]，犹不足焉。脱有不测[7]，未知帑可再发、派可再加、搜括可再议否？今各边本色折色无算，而关门海外绥中、遵化、密云以及各边，奚啻数百万，司农呕心沥血[8]，无可奈何，尚欠二百万。明旨屡廑会议[9]，言者欲汰兵减饷。夫骤而议汰，不至散为绿林不止也[10]；骤而议减，不至哗为群嚣不止也[11]。不汰不减，而以骄子奉之，势必如索果粟，不餍不休[12]。不待敌国胜负之变，未困虏而先困中国矣。然则舍此更有奇策乎？屯之为利，臣同官林宗载前日曾专言之，奉明旨"屯田既有七善，何不着实举行"，而但未及所以行之之法也[13]。

请自山海以逮各镇，如兵每万各简弱者三之一以屯，人予旱地二十亩，准粮九月，宽其所入，以示屯之有利[14]。利之所在，人忘其死，其谁不黾勉从事者[15]？约而言之，不但七善，更有五利焉。以此租抵月粮，则无汰兵减饷之名，而有汰之减之之实，其利一。抵饷屯租，取自边士，则脚费自减[16]，而津门之六千万渐次可裁，其利二。米贵于珠，军不饱宿；边屯产数[17]，则价贱而士腹易果，其利三。牛马仰给，全藉刍粳，边屯亩备，则草料充而骑可腾骧[18]，其利四。饥寒不迫，人心有恃，屯之所以不能已也，其利五。

【有阙文】是困虏而不困中国，兵马用而苦无兵马，岂非惜饷之急乎？或曰，忘奔操之时，士饱暖而不服习，以其卒予敌也[19]。夫春作者以三月始六月终，秋获者以十月始十二月终，他月皆可待，操旱田更多余闲。况所简特不任战三之一[20]，其可战可操者，固不妨也。且昔之望风而逃，调募岂皆不操之兵，亦岂尽为屯妨者乎？或曰，债帅怯而贪，平时攘虚饷以自肥，相沿成风，牢不可破，谁肯割见在之利以为国减饷者[21]？是不然[22]。夫债帅之爱功名也，甚于其爱财货也。如一帅得万人，能简弱者三千人授屯，是能于每万金中减司农饷三千两，取该道履亩实册简军若干，屯田若干亩，代饷子粒若干石，备报部移咨本兵，照军功加俸一等，以开屯减饷之多寡，为本帅赐爵之崇卑[23]。彼冒矢石以杀虏固功，此开边利以困虏亦功也。况彼危此安，人情尤乐趋乎。屯之于兵，相利不相妨，断无疑矣。第不图，待事功迫促，士无固志，将有危心[24]，人力不齐，农具未备，然后见日求夜，稍稍不效，而曰屯不可为，此非屯之罪也。又屯熟之后，穰穰满家，贪弁横索，起税催粮[25]，致攻苦之兵，得不偿失，究必抛荒，鞠为茂草[26]，而曰屯不可为，此又非屯之罪也。信能力破诸弊，坚意必行，则二百万之逋金可省[27]，数十万之人心可固。能富能强，可战可守，司农得免攒眉，中外不至竭泽[28]，所谓久安长治吁谟非耶？若夫顺天时，因地利，买犊计种，酌盈济虚[29]，则有论功行赏、鼓舞振作之方略，惟在当事者急图之。

题解

本文录自张萱著、1940 年哈佛燕京学社版《西园闻见录·卷之九十一·屯田》第 27 页。文前云："天启四年四月，兵科王鸣玉《请修举屯田疏》曰。"《明熹宗实录·卷之五十八·天启五年四月》记载上疏时间为天启五年四月癸卯，时王鸣玉任兵科给事中。《续修四库全书》1170 子部杂家类收录该书，本文在第 143-144 页。据巴蜀书社 2000 年版《中国野史集成续编》第 10 册第 618 页收录的《皇明通纪·卷五十六·天启》(影印本)第 7 页相关记载改动数处。

修举：推行。

屯田：利用戍卒或农民、商人垦殖荒地。

注释

[1]辽事：指明末于辽东防御女真入侵之事。

帑(tǎng)：国库或国库所藏的金银财帛。

加派：正项以外增收的赋税。

搜括：搜求，搜索，搜集。

[2]特：但，仅，只是。

便计：简便易行的打算。

吁谟(yù mó)：远大宏伟的谋划。

[3]鸷伏：当为"蛰(zhé)伏"。蛰

伏：伏处。

[4]微独：不单是，不仅仅。

[5]充国之困先零：公元前 61 年，先零与诸羌结盟，起兵反汉。汉后将军赵充国自荐为将，于秋天攻破先零部，诸部不战而服。赵充国奏准留吏士万人沿湟水(青海东部，黄河上游支流)屯田。先零：汉代羌族的一支。

孔明之屯渭田：指诸葛亮屯兵渭水河畔，虽然采取了屯田法，但旷日持久,灯油耗尽。

时为:犹专为,单为。

[6]取盈:谓取足赋税。

撄(yīng):扰乱。

[7]脱:倘若,或许。

[8]本色折色:自唐末至明清原定征收的实物田赋称本色;如改征其他实物或货币称折色。

无算:不计其数。极言其多。

绥中:原文缺"绥"。

奚啻:何止,岂但。

司农:指户部尚书。汉代官名,掌管钱粮。东汉末改为大农,由魏至明,历代相沿,或称司农,或称大司农。

[9]明旨屡廑(qín)会议:帝王挂念此事,屡屡降旨,让大家讨论对策。明旨:对帝王旨意的美称。廑:关注挂念。会议:聚会论议。

[10]绿林:指聚集山林间的反抗官府或抢劫财物的武装集团。

[11]群嚚:各种喧闹的声音。此处指议论纷纷。

[12]餍(yàn):满足。

[13]同官:同僚,旧时称在同一部门做官的人。

林宗载:此处史实指,天启五年(1625年)三月,刑科给事中林宗载上书,称"相其闲旷,画地屯种,臣以为有七善焉"。得旨:"遣饷差官滋扰,不若责成守道。屯田既有七善,何不著实举行?"

前日曾专言之:原文为"前人曾专

之",据《皇明通纪》改。

着实:踏实,认真。

[14]以逮各镇:原文为"以建各镇"。逮:到,及。

简:挑选。

以示屯之有利:原文为"以示之有利",据《皇明通纪》改。

[15]黾(mǐn)勉:勉励,尽力。

[16]脚费:脚钱。脚力钱,运费。

[17]边屯产数:戍边屯田见效快。数:通"速"。快。

[18]腾骧(xiāng):腾跃貌。

[19]服习:谓习熟武艺。

以其卒予敌也:等于是把士兵断送给敌人。语出西汉晁错《言兵事书》。

[20]所简特不任战三之一:所挑选的人只是不善于作战的人,占总数的三分之一。任战:善于作战。

[21]债帅:用以称借行重贿而取将帅之高位者。唐大历以后,政治腐败,凡命一帅,必广输重略。禁军将校欲为帅者,若家财不足,则向富户借贷;升官之后,再大肆搜刮民脂民膏偿还。因被称为债帅。

攘:侵夺。

见在:现时,现在。

[22]是不然:这种说法不对。

[23]取:会合。

道:指兵备道。

履亩:谓实地观察,丈量田亩。

子粒:泛指粮食。

备报部：详细地上报户部。

移咨：移送咨文。

崇卑：高低，高下。

[24]第不图，待事功迫促：假如闲时不加图谋，等到任务急迫。事功：犹职责，任务。迫促：急促，急迫。《皇明通纪》为"第不图之暇时，待事切迫"。

固志：指稳定的情绪，坚定的主张。

危心：谓心存戒惧。

[25]穰穰(ráng)：丰熟貌。

贪弁：贪婪的武官。弁：武官服皮弁，因称武官为弁。

横索：勒索。

起税催粮：原文为"起视催粮"，据《皇明通纪》改。起税：交纳或收取赋税。

[26]攻苦：犹刻苦。谓过艰苦的生活。

鞠为茂草：全是茂密的杂草。形容荒凉衰败的样子。鞠：通"鞠(jū)"。尽。

[27]信：果真。

则二百万之逋(bū)金可省：原文为"则一百万之边金可省"，据《皇明通纪》改。因为上文有"尚欠二百万"之语。逋金：拖欠的钱款。

[28]攒眉：皱起眉头。不快或痛苦的神态。

中外：朝廷内外。

[29]买犊计种：买进耕牛和牛犊，从事农耕。买犊：旧指弃武就农或结束战争。

酌盈济虚：同"酌盈剂虚"。形容取多补少，调剂余缺。

巩昌府迁学碑记

王鸣玉

郡邑之间有大利害，昭然耳目而人不知，知而不肯言，言而不见信，信而不果行者，非必尽瞆瞆也[1]。曰："利害远，未必及我，目前劳怨[2]，不得不避耳。"夫人自处利害外，其于世何关？若置身利害中而有所畏忌，阴要其实，阳远其名，此亦事之贼也[3]。

余出守陇之暇，远瞻泽宫左右，山童水缓，又板屋数椽，对峙门屏，若目有翳而胸有垒[4]。顾语诸生曰："吾非形家者流，恐风水不能不为汝曹分过[5]。"遂决意补救，而诸生犹踌躇不报，无亦为利害内外两种人所持乎[6]？然无一人非余言者，工仅一箕[7]。

适武陵徐君至，曰："此何益！不如徙而南。"问之父老，故学基也。前此人文蔚起，喜事者轻变易转，不吉则更张之[8]，为害甚矣哉！徐君翔行谛视国中，南向冈不吉，盛衰在目，一日而履几穿[9]。旦起，门如市，众议金同[10]。形于梦卜，乃谋复旧宇，期三月告成[11]。土木之费出之捐助，泥水之役出之召募，不敢以片瓦株茅妨于农牧，抑余尝亲是役矣[12]。

敝邑人文甲三楚，泮宫枕山带湖，左右有桥，众议宜塞，沮于细人之口，竟成筑舍[13]。辛酉之春，二三同袍躬亲畚锸，咄嗟筑为高墉[14]。壬戌，刘公必达魁南宫[15]。丁卯，谭公元春首解额[16]。而不佞鸣玉鹿鹿顽疏，曾侧名于铜龙金马之间[17]。可谓风水人文，漠然如隔肤之痛痒耶？徽山川与先圣之灵，使今日之巩昌，为昔日之景陵，此自陇人士身受之[18]，余不敢贪天功。若夫舆人之谤、泽门之讴，则愿与同事诸君子分任焉[19]。

附上梁文[20]，曰：

我朝右文，不为不久[21]。崇祯之初，赫濯未有[22]。前乎此者，如日见斗[23]。凶匪止四，阳厄于九[24]。阉尹执国，士类蒙丑[25]。媚祀之请，节钺为首[26]。飧议配圣，太学生某[27]。先师怒起，殛诸癏狗[28]。筑室未成，伏锧而朽[29]。玉迁于陇，实左名右[30]。瞻彼泽宫，似非材薮[31]。门峙东隅，所向偏枯[32]。占风望气，疑其有无[33]。乃咨众议，金曰匪迁[34]。在昔文盛，向明而居[35]。师儒壮往，屡变厥初[36]。岂无逸足，贤路崎岖[37]。谋之不臧，覆此前车[38]。或议善后，临期掣肘[39]。一言以决，曰仍尔旧。鸠工庀材，有口有手[40]。天表栋梁，隆起如阜[41]。敢告先灵，三迁非偶[42]。人鬼同谋，有誉无咎[43]。宋臣苏轼，罪蒙安置[44]。见迫于人，卜筑自避[45]。畚土运甓，士以为贽[46]。玉至于斯，得安即次[47]。孽重罚薄，徽天之赐[48]。矧兹廊庑，俎豆所寄[49]。学以致道，工居其肆[50]。歌斯咏斯，履仁蹈义[51]。天佑斯文，知作者意[52]。久而弥昌，谅非多事[53]。牲酒告虔，恕其不备[54]。

赐进士第,陕西布政使司分守陇右道兼管粮饷驿传、按察司副使,奉旨召选吏科左给事中、前侍经筵、翰林院庶吉士[55],湖北景陵王鸣玉撰。

赐进士第、奉政大夫、协正庶尹、吏部稽勋清吏司郎中、安定张国绅书[56]。

题解

本文录自清康熙二十七年(1688 年)版《巩昌府志·卷之二十六》第 49 页。标题下注"明王鸣玉守道"。文末撰文、书丹者据汪楷编、甘肃人民出版社 2011 年版《陇西金石录·下》第 23 页补。据考证,此文作于明崇祯元年(1628 年)。

巩昌府:古政区名。本巩昌路。明洪武二年(1369 年)改置,治所在陇西(今陇西县)。属陕西布政使司。辖境相当于今甘肃会宁、定西、通渭等县以南至文县,陇西漳县、礼县、宕昌、武都等县以东地。

注释

[1]瞶瞶(guì):看不见的样子。亦喻糊涂、不明事理。

[2]利害远,未必及我:清乾隆元年(1736 年)版《陇西志·卷之十》第 6 页同题文作"利害未必及我"。

劳怨:劳苦和怨恨。

[3]贼:祸害。

[4]出守:由京官出为太守。此处指朝官出为外任。

泽宫:天子行大射礼的处所,又是考试贡士的场所。也叫射宫、辟雍。此处指府学。

山童:山无草木。

垒:垒块。比喻心中郁积的不平之气。

[5]形家:旧时以相度地形吉凶,为人选择宅基、墓地为业的人。也称堪舆家。

者流:称某一品类的人。

恐风水不能不为汝曹分过:意思是风水不好,影响你们的举业。汝曹:你们。分过:分担过失、过错。

[6]不报:不答复。

无亦为利害内外两种人所持乎:"无亦……乎"是用委婉的语气表示肯定的格式。可译为"不也……吗"。

[7]一篑:一筐。篑:盛土竹器。

[8]更张:比喻变更或改革。

[9]翔行:缓步。

谛视:仔细察看。

国中:指王城之内。此处指府城。

几:几乎,差不多。

［10］金同：一致赞成。

［11］形于梦卜：现形于梦。梦卜：泛指做梦和占卜。

期三月：以三月为期限。

［12］抑：语气词。用在句首，无义。

［13］敝邑：谦辞。用来对人称自己所在的县。此处指湖广景陵（今湖北天门）。

三楚：战国楚地疆域广阔，秦汉时分为西楚、东楚、南楚，合称三楚。后多以泛指今湖南、湖北一带。

泮宫：古时的学校名称。

沮：沮弃。诋毁放弃。

细人：见识短浅之人。

筑舍：典自"筑舍道傍，三年不成"。意谓造房子请教路人，三年也造不成。比喻人多口杂，办不成事。

［14］辛酉：明天启元年，1621年。

同袍：泛指朋友、同年、同僚、同学等。

畚锸（běn chā）：挖运泥土的工具。畚：用草绳或竹篾编成的器具。锸：锹。

咄嗟（duō jiē）：一呼一吸之间，即一霎时，顷刻。

高墉（yōng）：高墙。

［15］壬戌：明天启二年，1622年。

刘公必达魁南宫：指刘必达会试第一，为会元。南宫：指礼部会试，即进士考试。

［16］丁卯：天启七年，1627年。

谭公元春首解额：指谭元春乡试第一，为解元。解额：唐制，进士举于乡，给解状有一定名额，故称解额。明清之乡试录取举人的数额亦有定额，又称解额。因举人皆由地方解送京师参加会试，故名。

［17］不佞（nìng）：谦辞。不才。

鹿鹿：平凡。

顽疏：愚钝而懒散。

侧名：列名。

铜龙金马：借指朝官。铜龙：汉太子宫门名。门楼上饰有铜龙。亦借指帝王宫阙。金马：汉代宫门名。学士待诏之处。

［18］徼（jiǎo）：通"侥"。

先圣：前代的圣人，旧时特指周公、孔子。

身受：谓亲身受到。

［19］舆人：众人。

泽门之讴：典自"邑中黔"。《左传·襄公十七年》：宋皇国父为太宰，为平公筑台，妨于农收。子罕请俟农功之毕，公弗许。筑者讴曰："泽门之皙，实兴我役。邑中之黔，实慰我心。"杜预注："皇国父白皙而居近泽门。子罕黑色而居邑中。"春秋时，宋国乐喜（子罕）因皮肤黑，家住邑中，被人称为"邑中黔"，他曾建议宋平公到农忙过后再筑台，受到人民的称赞。后用为咏恤民良吏之典。

分任：分别承担。

［20］上梁文：文体名。建屋上梁时用以表示颂祝的一种骈文。

［21］右文：崇尚文治。

[22]赫濯:威严显赫的样子。

[23]如日见斗:犹如日当中天却出现昏夜斗星。语出《易·丰》。

[24]凶匪止四:不仅只有四凶。四凶,相传为尧舜时代四个恶名昭彰的部族首领。后世多用以比喻凶狠贪婪的朝臣。匪止:不仅。

阳厄于九:指阳九之厄。阳九:古代术数学家以四千六百一十七岁为元,初入元为一百零六岁,内有旱灾九年,谓之阳九。故后以"阳九之厄"或"阳九之会"用为灾难年月或不幸时运之典。

[25]阉尹执国:指魏忠贤执国秉。阉尹:管领太监的官。

[26]媚祀之请,节钺(yuè)为首:指浙江巡抚潘汝桢首请给魏忠贤在杭州西湖建立生祠。节钺:符节和斧钺,古代授予将帅,作为加重权力的标志。

[27]飨(xiǎng)议配圣,太学生某:指北京国子监一名叫陆万龄的监生,上疏声称魏忠贤的德行感天动地,应该在孔庙里设立牌位,与孔子一起享受万世香火。飨:通"享"。祭祀,祭献。太学生:在最高学府国子监学习的学生,简称监生,可直接考取举人。原文为"大学生",据乾隆版《陇西志》改。

[28]先师:儒教名词。即已逝世的导师。宋代,先师的称号只属孔子。

殛(jí):诛杀。

瘈(chì)狗:疑指疯狗。

[29]伏锧(zhì):古代有腰斩的死刑,施刑时罪犯裸身俯伏砧上,故称。

[30]玉迁于陇,实左名右:指作者王鸣玉调任陇右道,实因不愿依附魏忠贤而左迁。

[31]材薮:人才聚集处。

[32]偏枯:偏于一方面,照顾不均,失去平衡。

[33]占风望气:察看风向云气。此处指勘察风水。

有无:此处意思偏于"无"。

[34]佥曰匪迁:一致认为迁学之事不能拖延。

[35]向明:朝南。

[36]师儒壮往,屡变厥初:呼应上文"喜事者轻变易转"。意思是府学"在昔文盛,向明而居",而以往的学官违背"壮于前趾,往不胜为咎"的古训,屡屡贸然迁学,导致府学异于文风昌盛时的地址。

师儒:古代指教官或学官。

壮往:疑出《易·夬》初九爻辞"壮于前趾,往不胜为咎"。意思是强盛在足趾前端,贸然前往必不能取胜反导致咎害。

厥初:最早,开初。

[37]逸足:比喻出众的才能或人才。

贤路:指贤者仕进的机会。

[38]谋之不臧:人的谋划欠妥。

[39]临期:原文为"临歧",据乾隆版《陇西志》改。

[40]鸠工庀(pǐ)材:招聚工匠,准备材料。形容建筑工程的准备。鸠:聚集。庀:准备。

有口有手:指有舆论支持、有人员参与。

[41]天表:指天生美好的仪容。

阜:泛指山。

[42]先灵:祖先的神灵。

[43]同谋:同时营求。

有誉无咎:有赞美而无责备。

[44]安置:宋时官吏被贬谪,轻者称送某州居住,稍重者称安置,更重者称编管。

[45]见迫:被迫。

卜筑:择地建筑住宅,即定居之意。

[46]畚土运甓(pì),士以为贽(zhì):士人运土运砖,将其视作对先生面的见面礼。甓:砖。原文为"甕",据乾隆版《陇西志》改。贽:执物以求见。

[47]得安即次:得以即刻安歇。安、次:安次,停歇,住下。乾隆版《陇西志》作"安得即次"。

[48]徼天之赐:求天上的神灵恩赐。

[49]矧(shěn):况且。

俎(zǔ)豆:俎和豆都是祭祀、宴会用的器具。谓祭祀,奉祀。

[50]学以致道,工居其肆:孔子弟子子夏有关学以致用的言论。出自《论语·子张》。子夏曰:"百工居肆以成其事,君子学以致其道。"就是说,各

种工匠身在工肆完成他们的劳作,以其工致其所用。君子则通过学习致力于"道"的实现。子夏以百工与君子对比,意在说明君子同百工一样,都要学以致用,只不过其所学所用的对象是不同的。

[51]履仁蹈义:践行仁义。

[52]斯文:指礼乐教化、典章制度。

作者:开始,创作者。

[53]谅非多事:实在不是做多余的事。

[54]牲酒告虔:以牲酒祭拜,向先灵表示诚敬。

不备:不详尽。书信结尾套语。

[55]陕西布政使司分守陇右道兼管粮饷驿传、按察司副使:这是王鸣玉写这篇碑记时的职务。

奉旨召选吏科左给事中,前侍经筵、翰林院庶吉士:这是王鸣玉原在京城的职务。如按任职先后排列,就是翰林院庶吉士、侍经筵、吏科左给事中。

侍经筵:指翰林院侍讲学士、经筵官。翰林院侍讲学士:官名。元明清翰林院均置此职,讲论文史,甚为清显。并不实际担任讲经之职,实任需加经筵官之衔。明品等为从五品,清为从四品。主要任务为文史修撰,编修与检讨。经筵:皇帝御席,与侍讲、侍读等官讲论经史,谓之经筵。

[56]协正庶尹:文勋官名。明置,

以授从五品文官再考称职者。

沈沧洲先生（沈惟耀）去思碑记

王鸣玉

世之欲有为于时者，勿论秩之内外、局之炎冷，但相其地所宜，为时所可为，与职所不得不为，即当栉垢爬痒，嘉与维新，然不办一片血诚，烈然高断，将必取熟软以媚耳目为也[1]。

邑谕沈沧洲先生，郧甲族也[2]。壬子，沧洲兄念莪与余同乡举。及余备员夕郎，又与沧洲弟炎洲有同舍之谊[3]。炎洲处天沸地涌时，气干虹霓，笔横秋霜，天下壮之。每与余合樽促坐，辄口沧洲不置[4]。曰："吾兄，种学绩文士也[5]。吾辈有今日，多兄奖提之功。"而止以明经格得京武学司训，余以是得数数过从，疏肠白意，时暖人以布帛之词[6]。

既余出守陇右，值先生振铎吾邑[7]。声迹相避，然积资已久[8]。甫数月，即蒙台使荐，遂有今洧川令之迁[9]。适余环召，取道归里，犹得与其寅亚及诸弟子员祖道国门外，一时綦履轮蹄[10]，填塞街陌。华哉！是日也。余因进问先生谕竟陵状，则合词对曰："先生于人无溪刻，每有造请，各醉清光以去[11]。洪于酒，健谈笑，终无一媟亵语，尤怜爱单寒而曲成之[12]。曰：'昔韦玄成接人[13]，贫贱者益加敬。吾岂为钱神铜臭遂起异同见乎？'所举乡贤、孝子、节妇，例旧有馈遗，先生却之，曰：'将以朝廷重典为奇货乎，直道安在[14]？'诸生有冤抑事，白长吏及学使[15]，昭雪乃已。其最大者，莫如修学宫一事。邑自柯观察迁学北郭后，百有余年，外蚕食，内鞠茂草[16]，先生按图复其旧。殿阁斋庑之间，苍鼠窜瓦，蟏蛸网户[17]，心甚悲之，曰：'世人于贝阙珠宫，丹垩黰采之不遗力[18]，而游圣人之门者，听其荒破而不为意，登枝弃本之谓何[19]？'于是捐俸首倡，焕然一新。且展其履任之期，必观厥成而后去。有师若此，吾辈请砻石以志不朽，太史氏顾靳一言乎[20]？"

余曰:"先生真所谓欲有为于时者也。即修学宫一事,岂易得之于如水青毡乎[21]?鲁叔孙所馆虽一日,必葺其墙屋[22];郭有道每至,必躬自洒扫[23],此与扫除天下岂有二旨耶?丈夫一登仕版,大之桑土绸缪[24],小之竹头木屑。在天下,则城狐社鼠之必殛[25];在一邑,则荆榛蓬蒿之悉剪,其义一而已矣。今圣朝御宇,海内肃清,有炎洲之黜幽陟明[26],有沧洲之革故鼎新,又有念莪民部主持留都之钱刀货贝,所谓欲得元结数十辈,参差为牧伯[27],何忧天下哉!而兹固萃之沈氏一门矣,况今先生所迁洧川,此惠人枌榆之乡,革芍药之陋习,新乘舆之德政[28],又岂无可言者乎?"

于是诸公是余言而勒之贞珉[29]。

题解

本文录自吴履谦编、清道光丙申(1836年)版《竟陵文选·卷中》第1页。

沈沧洲:沈惟耀,字沧洲。天启末任景陵县教谕。

去思:旧时地方绅民对有德政去职官吏的怀念之情。

注释

[1]栉垢爬痒:去脏抓痒。比喻清除邪恶。

嘉与维新:鼓励革故鼎新。嘉与:奖励优待。维新:反对旧的,提倡新的。通常指变旧法,行新政。

血诚:丹心,赤诚。

烈然:凛然。

高断:英明判断。

熟软:软熟。谓柔和谄媚。

[2]甲族:指世家大族。

[3]备员:充数,凑数。

夕郎:黄门侍郎的别称。汉时,黄门郎可加官给事中,因亦称给事中为夕郎。

[4]合樽:合尊,共同饮酒。樽:酒器。

不置:不舍,不止。

[5]种学绩文:培养学识,积累文才。绩文:写文章。

[6]明经:明清时称贡生为明经。

司训:明清时县学教谕的别称。

数数(shuò):屡次,常常。

过从:来访,相互往来。

疏肠白意:近似虚心白意。谦虚淡泊的意思。白意:心中淡然无所沾滞。

[7]陇右:亦称"陇西"。甘肃省旧时别称之一。

振铎：古代鸣铃以教众。后引申为从事教职的代称。铎：有舌大铃。

[8]声迹相避：声望与事迹不为人所知。

积资：指累积升官的资历。

[9]洧(wěi)川：古县名。明洪武二年(1369年)迁治今洧川镇。明清属开封府。

[10]环召：经常用以指被放逐之臣或在京城之外的臣僚返回京城。

寅亚：当为对同僚兄弟的敬称。寅：同僚。

祖道：古人于出行前祭祀路神，称祖道。后也指饯行。

国门：国都的城门。引申为一般城门。

綦(qí)履：履綦。鞋子下面的饰物，引申为履迹，足迹。

轮蹄：车轮与马蹄。犹言车马。

[11]合词：联名上书。此处是众口一词的意思。

溪刻：刻薄，苛刻。

造请：登门拜见。

醉清光：形容醉态。清光：容颜。

[12]蝶亵(xiè xiè)：轻薄，猥亵。

单寒：谓出身寒微。

曲成：多方设法使有成就。

[13]韦玄成：字少翁，鲁国邹(今属山东)人，丞相韦贤之少子。韦玄成少好学，为人谦逊，尤敬贫贱。

[14]重典：隆重的典礼。

直道：指诚信、忠实，恪守儒家道德规范。

[15]白长吏及学使：向长吏和学使陈述。

长吏：旧称地位较高的官员。

学使：即学政。明直、省提督学政、督学政省称。由朝廷在侍郎、京堂、翰林、科道、部属等官中选进士出身者简派，三年一任。不问本人品阶高低，任学政期间，地位与督、抚平等。

[16]柯观察迁学北郭：参见本书第二卷谭篆《重修景陵学宫记》注释。柯观察：指时任湖广按察司金事、荆西道柯乔。观察：明清时道的行政长官别称观察。

鞠：通"鞠(jū)"。尽。

[17]蟏蛸(xiāo shāo)：蜘蛛的一种，脚很长。通称蟢(xǐ)子。

[18]贝阙珠宫：用贝类和珍珠装饰的宫阙。借指神仙的宫殿。阙：皇宫门前两边的楼。

丹垩(è)髹(xiū)采：涂红刷白，泛指油漆粉刷。垩：一种白色土。髹采：赤多黑少的彩色。

[19]登枝弃本：攀上高枝，就把根本抛弃了。

[20]砻石：磨石，刻石。

太史氏：此处指王鸣玉。太史：翰林。

顾靳：顾惜，吝惜。

[21]青毡：借指祖先留存之物。《晋书》卷八十《王献之传》：王献之为人寡言少语，却有胆识。"夜卧斋中，

而有偷人入其室,盗物都尽。献之徐曰:'偷儿,青毡我家旧物,可特置之。'群偷惊走。"

[22]鲁叔孙所馆虽一日,必葺其墙屋:《左传》载,鲁叔孙昭子居一日,必葺其墙屋,去之如始至。

[23]郭有道每至,必躬自洒扫:明江东伟《芙蓉镜寓言》:"郭林宗每行宿逆旅,辄躬自洒扫。及明去,后人至,见之曰:此必郭有道昨宿处也。"郭有道:郭泰,字林宗,人称有道先生,山西介休人,东汉末太学生首领。

[24]仕版:记载官吏名籍的册子。也引申指仕途,官场。

桑土绸缪:比喻事先做好防备工作。桑土:指桑根皮。绸缪:紧紧缠绕。

[25]城狐社鼠:城墙上的狐狸,土地庙里的老鼠。比喻仗势作恶的小人。

殛(jí):杀死。

[26]御宇:统治天下,也指天下。

肃清:清平,太平。

黜幽陟明:黜陟幽明。黜退愚暗的官,晋升贤明的官。

[27]留都:古代王朝迁都后,常称旧都为留都。如明代迁都北京后,以旧都南京为留都。

钱刀货贝:指货币。钱刀:金钱。刀:古代一种刀形钱币。货贝:古代用贝壳做的货币。亦借指财货珍宝。

元结:字次山,号漫叟、聱叟,河南鲁山人。唐代文学家。

参差:几乎。

牧伯:州郡长官的别称。古代州长既称州牧,又称方伯,二者合而省之则为牧伯。

[28]惠人:施恩惠于他人的人,仁慈的人。

枌(fén)榆:乡名,汉高祖的故乡,借指故乡。

芍药之陋习:指游乐之习。芍药:《诗经·郑风·溱(zhēn)洧》:"维士与女,伊其相谑,赠之以勺药。"勺药即"芍药"。后因以芍药表示男女爱慕之情,或指文学中言情之作。

乘舆:借指帝王。

[29]是:赞同,认为正确,肯定。

贞珉(mín):石刻碑铭的美称。

哭伯素(黄问)

王鸣玉

天启四年秋九月十七日,故同年孝廉蕲水谕黄子伯素客死[1]。其友王鸣玉时官长安,僦舍贮米以待子至[2],无何有传子病且死。余叱之,心疑之。后有见子死且殡者,乃不能不信之、哭之。接子之友,哭。发子家书,哭。检子诗文笔札,又哭。时吾两亲在子舍,艴然投箸曰:"往年丧汝叔,丧汝子,吾未见汝哭至此!吾老人板舆远涉何为[3]?奈何以汝知己之感,废吾膝下之欢乎?"予于是臆结语塞不能言,亦何忍终不言哉?

时当七夕之夜,抆泪焚香[4],哭之曰——

呜呼!交之难言久矣。予与子交十三年,子之肝肠意气、议论文章,无不可以师我、友我。其生平孝友姻睦之行,特立独往之志,淹雅鸿骇之才[5],无论知与不知,皆为子惜。然能知子之心、识子之天性者,交游中恐不多得。尝与子学矣,一字之得不以私予。晓窗夜烛,析义抗言,各成其才之所近而止,则子之老识虚衷可思也[6],吾当哭子于社。尝与子旅矣,风马雪驴,子先我后,正不择便,约不失期,甚者童仆资斧,不问予而问子,则子之平情恕道可思也[7],吾当哭子于途。尝与子功名之际矣,壬戌之役,我吊子贺,我为子而投笔,子为我而弹冠。而且勉我为词臣,诫我以荒饱[8]。俱出俱入,共耐半载之寒暄;或醉或醒,不废客中之吟啸,则子之高怀远度可思也[9],吾当哭子于邸。所不同者,予缓子卞,予华子朴,予钝子敏,予肥子羸,予陋子博,予懒子勤,予疏子慤[10]。余冲口好尽,子择人而言。余世味颇轻,子名根太重[11]。余兴寄一醉,子志在千秋。余枕席意淡,子香粉情笃。然每当风雨论心、文酒发议之会,未尝不韦弦共佩、药石并投[12]。使子与余再得交十三年而别,左右提挈,庶几各随短长自见,而今竟已矣!去岁遗余书:"王郎能为简洁文字,可洗近来奏疏恶习。若国家大议大事,须待黄教官到时商量,勿漫作今人纸上忠义。"

呜呼!子言虽存,子魂焉往?敝裘已穿,青毡尚暖[13]。半生贫苦,笔酣墨饱,徒借他人之酒杯;十载迍邅,汲短绠长[14],惟怜《陵阳》之心血[15]。为子之造物者,不亦太惨乎?予今且归矣,萧然三亩,余不忍过。皤然二老[16],余不忍拜。凄然一棺,予不忍见。奄奄者嫠,茕茕者孤[17],予俱不忍问。犹记畴昔之夜[18],连床而寝,子患肠鸣,呻吟之声,不辨虫鸟。夜半,子哭呼予语曰:"托妻寄子,子或办此。"

余佯寝不应。再呼予语，则叱子曰："是何言也！"呜呼！余今应子矣，子死矣！

题解

本文录自吴履谦编、清道光丙申(1836年)版《竟陵文选·卷中》第3页。

伯素：黄问，字伯素，天门人。与王鸣玉为同榜举人。

注释

[1]同年孝廉蕲水谕黄子伯素客死：我的举人同榜、蕲水教谕黄伯素死于异地他乡。

[2]僦舍(jiù shè)：租屋。

[3]艴(fú)然投箸(zhù)：非常生气地扔掉筷子。

板舆：代指官吏在任迎养父母。

[4]抆(wěn)泪：擦眼泪。

[5]姻睦：谓对宗族和睦，对外亲亲密。姻：亲于外亲。睦：亲于九族。

淹雅鸿驳：高雅渊博。"鸿驳"当为"鸿博"。指学识渊博。

[6]析义：分析说明文章意义。

抗言：对面交谈。

虚衷：虚心。

[7]资斧：旅费。

平情：公允而不偏于感情。

恕道：宽仁之道。

[8]词臣：旧指文学侍从之臣，如翰林之类。

荒饱：谓无功受禄，晏安享乐。

[9]高怀远度：大志远谋。

[10]卞：急躁。

愬：谨慎。

[11]世味：指功名宦情。

名根：指好名的根性。

[12]韦弦共佩：化用成语"韦弦之佩"。意为同以有益的规劝来警诫自己。韦：熟牛皮。弦：弓弦。典出《韩非子·观行》。

药石：药剂和砭石。

[13]青毡：青毡制品。如帐篷、帽冠等物。指清寒贫困的生活。

[14]迍邅(zhūn zhān)：处境不利，困顿。

汲短绠长："绠短汲长"的化用。绠：汲水用的绳子。汲：从井里打水。本义为吊桶的绳子短，打不了深井里的水。比喻能力薄弱，难以担任艰巨的任务。此处反其意而用之。

[15]陵阳：古曲名。与《白雪》同属高雅而和者寡的曲子。

[16]皤(pó)然：白貌。多指须发。

[17]奄奄者嫠(lí)，茕茕(qióng)者孤：指寡母和孤儿。

[18]畴昔：往日，从前。

律堂碑文

王鸣玉

真公在西塔始为堂、为阁，次为藏、为房、为田、为库[1]，又次为桥、为亭、为路、为山门，于此可谓劳而功矣。真公曰："再少一碑。"予曰："又多乎哉？"真公曰："再得一碑而去，吾愿毕矣！"予曰："汝以身去，以碑守乎？以众守，抑以律守乎[2]？汝为众望，佛则以律守律。吾为佛宽众，何如以不守守心[3]？堂，犹夫公庭也，良者誓不入，奸者讵难出[4]？藏，犹夫经史也，勤者市肆可学，偷者父书可焚[5]。房，犹夫火宅也，贤者世守之，不肖者邮传之[6]。田，犹夫农亩也，义者耦耕而食，黠者越畔而芸[7]。库，犹夫私囊也[8]，廉者一钱不选，贪者万贯非多。桥梁亭榭，犹夫辋川金谷也，韵者以之邀风月[9]，俗者以之系马牛。汝未能保汝之身，如此一片石，安能必此西塔之堂之藏之房之田之桥梁亭榭，如汝之四大五蕴也哉[10]！"乃亟呼曰："真公，真公，真乎？否也。"此足以碑矣，亦足以守矣。

题解

本文录自清乾隆乙酉(1765 年)初版《天门县志·卷二十四·余编》第 32 页。

注释

[1] 真公：僧名。清康熙七年(1668 年)版《景陵县志·卷十二·人物志·仙释》第 24 页记载："照真，字一如。结社匡庐，(归)建西林塔。"

藏 (zàng)：道教、佛教经典的总称。

[2] 抑以律守乎：还是以戒律来持守呢？律：佛教的戒律。

[3] 宽众：疑指待人宽厚得民心。

守心：持正之心。

[4] 公庭：古代国君的庙庭或朝堂之庭。庭：堂前地。

讵难：岂难。

[5] 市肆：市中店铺。

偷者：浅薄之人。

父书：父亲读过的书册。

[6] 火宅：佛教谓人有六情七欲，未脱烦恼，如居火坑之中，故名火宅。

不肖：不才，不贤。

邮传：古时传递文书、供应食宿和车马的驿站。此处是把它当作驿站的意思。

[7]耦(ǒu)耕：两人各持一耜(sì)的合力并耕，是西周流行的一种协作劳动方式。泛指耕作。

越畔：越过田界。

[8]私橐(tuó)：私囊。私人的钱袋。

[9]辋川：水名。即辋谷水。诸水汇合如车辋环凑，故名。在陕西省蓝田县南，源出秦岭北麓，北流至县南入灞水。唐诗人王维曾置别业于此。

金谷：为晋代富豪贵官石崇的别墅园林，在今河南洛阳西北金谷涧中。

韵：风雅。风韵雅致。

[10]四大：佛教名词。指地、水、火、风。

五蕴：佛语。指构成现实人的五种物质和精神现象，色(形相)、受(情欲)、想(意念)、行(行为)、识(心灵)。

熊开元（南明随征东阁大学士）

　　熊开元(1598-1676年)，字玄年，号鱼山。嘉鱼县陆溪口人，生父为天门城关人。明天启五年(1625年)乙丑科进士。除崇明知县，调吴江。明崇祯四年，征授吏科给事中，坐事谪外，不赴。久之，起山西按察司照磨。十三年，迁行人司副，以官卑失望，往见首辅周延儒，欲有所陈述。延儒适有事外出，不肯听取。开元大憾，遂数面奏，论延儒隐事，触帝怒，被廷杖系狱，遣戍杭州。南明唐王立，累擢为随征东阁大学士。后弃家为僧，常住安徽休宁仰山。清康熙十三年(1674年)至九华山，寂后葬于黄山丞相原。

　　清乾隆乙酉(1765年)初版《天门县志·卷十四·宦绩》第15页记载："熊开元，字鱼山。在妊，母为嫡所逐，依外家嘉鱼以生，遂籍嘉鱼。"

　　1928年版、天门市岳口镇邬越村《熊氏宗谱·卷二·恩公世系》第2页记载：清公二房第六世，熊一桢，字干甫，选贡。祖父恩公居城内。"明天启时进士、历任至礼部尚书、邑志遗载开元公者，桢公之子也。初，公侧室有娠，嫡母徐氏妒恨，不能容。公不得已，以朱评《周易》付妾，遣归嘉鱼母陈家，命之曰：'生女则嫁之，男则俟其达而执此以归吾宗。'既生，陈姓私以报公，公名以开元，隐不令徐知耳。至开元举进士，持《周易》来谒，公已殁而徐犹存，力斥而远之，遂涕泣奠墓而去。后以时事日非、无祜志痛，远隐名山，不知所终。今其子孙犹聚族嘉鱼。"另据本书第一卷徐成位《先考徐公(徐麟)行状》，"嫡母徐氏"系徐成位女或侄女。

　　沈文祖著、苏州大学出版社2010年版《廉石千秋：苏州清官廉吏史话》收录《熊开元：直言进谏廉能爱才》一文。第一、二段摘录如下（引用时文字有所改动）：

　　熊开元，字玄年，号鱼山，崇祯元年(1628年)到吴江任知县。他本为湖北天门人，因为母亲是妾，被大老婆逐回到娘家嘉鱼县生下他，遂入籍嘉鱼。万历四十五年(1617年)丁巳考取秀才第一名，四十六年戊午成举人。天启五年(1625年)乙丑科考中三甲第175名进士，七年任崇明(今属上海)知县。他为官清廉，一身正气，疾恶如仇，清除恶势力毫不留情，许多贪赃枉法的事经他审理后都得到严厉处理，在崇明享有较高的威望，受到当地百姓的尊敬和爱戴。由于他政绩突出，崇祯元年(1628年)被调往吴江任职。崇明的父老乡亲得知知县要离开崇明，舍不得他走,请求朝廷把他留下,最终没有成功。为不忘他所取得的功绩,百姓自发为他立了一块"去思碑",以示永久纪念。……他还亲自组织清理出全县隐瞒的田亩数以万计,赋粮数以千计,上司用"廉能"两字来称赞他。

穿云栈

熊开元

尽日凝云谷口封,倦还飞鸟亦迷踪[1]。何如近借斋厨钵,鞭取耕烟白耳龙[2]。

题解

本诗录自四库全书本《御选明诗·卷一百十三》第1页。

苏州市吴中区西有花山,旧名华山,去阳山东南五里。山石峭拔,岩壑深秀,相传山顶有池,生千叶莲,服之羽化。花山有摩崖石刻《穿云栈》(熊鱼山)。

穿云栈:穿越云雾的栈道。栈道,是在险绝的地方傍山架木而成的道路。

注释

[1]迷踪:迷失道路。

[2]斋厨:寺院的厨房。

鞭取耕烟白耳龙:化用李贺诗中神仙呼龙耕田种瑶草的吟咏,描写自己的隐居生活。李贺《天上谣》:"王子吹笙鹅管长,呼龙耕烟种瑶草。"

鞭取:驱赶。

白耳龙:传说中的白耳朵的神龙。

吴门与金正希(金声)夜哭

熊开元

碧血何曾洒,丹心不可砭[1]。谁人呼马角,与子泣龙髯[2]。半壁留吴越,群奸布网钳[3]。吾将披发去,长向海山潜[4]。

题解

本诗录自熊士鹏编、清道光癸未(1823 年)版《竟陵诗选·卷六》第 9 页。

吴门:指苏州或苏州一带。为春秋吴国故地,故称。

金正希:金声,字正希,一字子骏,号赤壁,湖北嘉鱼人,一说安徽休宁人。明崇祯元年(1628 年)进士。历任副总兵、御史等职。清兵入关后,举兵抗清被擒。1645 年死于南京,谥文毅。

注释

[1]砭:用石针刺穴治病,引申为刺或规劝。

[2]马角:指灾异之兆。

泣龙髯:同"龙髯攀泣"。谓痛悼帝王之死。此处指痛悼崇祯皇帝。

[3]半壁留吴越:指清军已压境,尚未渡江,江南为南明之地。

网钳:典自"罗钳吉网"。罗、吉指唐明皇时侍御史罗希奭(shì)、吉温。罗像一把铁钳,吉像一张罗网。后指肆意诬陷。

[4]吾将披发去,长向海山潜:指"被发入山"。披散着头发到山上去。指离开俗世而入山隐居。

感事赘言一

熊开元

历观往牒,三代迄今,莫不由中叶之衰崛然再起[1]。本朝高皇帝以布衣之杰,取天下于胡元,有禹契之功,无汤武之过,宜尔本支百世、亿万斯年[2]。今国祚未侔唐宋,子孙未有失德,绿林凶丑辄犯京师,致烈皇帝升徂[3],不五十日,贼亦奔亡,此天不祚酬之明验也[4]。

虏乘贼敝,一举而收两京[5],不烦血战,似有渔人之利焉。然所与共天下者,皆我乱臣贼子、贪官污吏、暴将骄兵之数者而已矣。之数者居恒无善状,当事有腥闻[6],取财无厌,夺子女无厌[7],杀人无厌,一旦有急,天方欲尽诛之,以快斯民之怒,徒以反面事仇,无所加问[8]。取财如故,夺子女如故,杀人如故,即不能取、不能夺、不能杀,而先所取之财、所夺之子女,已充轫宫廷[9],先所杀之人已弥满地下,而谓天必眷之,使尽为开国承家之彦,虽至愚且暗[10],有以知其必不然,而弘光、隆武、永历之兴,皆不能再岁[11],其故何也?《书》曰:"与治同道,罔不兴;与乱同道,罔不亡[12]。"国家之乱本由官邪。三朝继起[13],未闻有卧薪仰胆、破釜沉船之意。不过立一君,升授百十员将吏,颁几纸诏书,差遣几使臣,上几封事,批答几敕旨[14],如斯而已矣。之数者不但于中兴无与也[15],所升授之将吏必互相倾轧。侯一人,则群耻为伯;相一人,则群耻为卿[16]。甚有竖儒、厮养得五六品官夷然不屑者[17]。至于差遣使臣,借征兵问饷为索赂之囮,应则跂署上考,不应则夷陷深文[18];他如辇毂之下选胜征歌,皇华之亭繁装盛从[19],劣状不能枚举。既无愧惮,宁有忠忧?封事日上[20],无非市利攘官;批答若流,不过调停安慰。凡此者,本欲以鼓劝人心,而适以增其悖慢[21];本欲以联络诸夏,而适以速其叛离[22]。以此冀中兴,如一人树谷,千百手坏其根,岂独无益而已乎?唯立君与颁诏,一以为宗社,一以告宗社之有人,似不容已,然亦有说焉。兵法先声而后实,唯此举宜先实而后声。潜于九地,动于九天,使敌不知所自来,所谓如神之智也。今士马一未闲,刍粮一未具,乃嘐然自号为王者问罪之师[23],无半寸之实,而腾千仞之声,使敌并力以图我,或同姓并,大敌未图我,而我先自图,皆目前已事,良可为殷鉴也[24]。

今武冈失守,乘舆未卜所如[25]。宗子、价人诚切同仇之愤[26],祗宜外此一身,以付能者,约曰:"谁能尽略诸名位赭衣从事者,吾与俱[27];谁能尽置诸子女轻骑长往者[28],吾与俱;谁能所过须一饱无私货财者,吾与俱。不能,则南山东海,吾蹈而死焉!徒误尔将士不得白头,徒误我生灵不能安枕[29]!吾不忍,吾不为也!"由是说似于人情不近,然谓人情不爱名位、子女、货财,则开元之说诚迂[30]。人情而必爱名位、子女、货财也,不能为子孙计,亦当为终身计、十年数年计。若今日极人臣之位、尽生人之乐[31],明日偿以性命,虽行路乞人不欲。数朝之为名位、子女、货财者,何以异此?而后起者必尤效之,同趋于尽[32],真可谓不近人情矣!况士各有志。功名之士,以垂勋竹帛为悦;忠孝之士,以安社稷为悦;有道之士,以尧舜君民为悦[33]。层累而上[34]，名位、子女、货财犹敝帚也，可谓世无其人耶！今诚能用前约法，宗子、价人与大将言，大将与偏裨士卒言[35]。深明之以是非，浅譬之以祸福。谭言不中则嗟叹从之[36]，嗟叹不足则痛哭从之。一军之内，但得十许人同心同德，亿万人离心离德不足忧也。既宅心乎忠孝，乃力图夫安攘[37]。尽革条陈议覆之陋，事面商即定，计甫定即行[38]。视敌虚实，为我避就。以处女之密，成脱兔之奇[39]，所至不烦血刃，必有殊功。数节之后，迎刃而解。与我同志者，既闻风而相慕；非我族类者，亦鸥鸰而好音[40]。为黄巾、赤眉而莫保其首领，孰与为鞯鞯，为囚首胡服而不免于诛求[41]？孰与为衣冠，不言鼓劝而鼓劝莫大焉[42]，不言联络而联络莫迅焉？张承业曰[43]："高祖、太宗复生，无敢居王上者。"虽箕山阳城不改维城之节，而朝觐讴歌讼狱非至德所能避矣[44]。定鼎之后，上焉者或为张良、赤松子之游，下焉者亦可寻石守信诸人良田美宅、歌儿舞女之乐[45]，既泽加于四海，亦快足其天年。视前此所为，孰得孰失，而谓愚言于人情不近也。若复循行故事，牵引文法[46]，三劝三让，布告闻知，购求冕玉[47]，修理行宫，厚征兵饷，备设官僚，看详章奏，此宋人所谓议论定时虏已过河者也[48]。吾党不足惜，堕高皇之大业，斩百姓之余命，不忍言、不忍见矣！

题解

本文录自《四库禁毁丛刊补篇·第七五一册》（影印本）中的熊开元《鱼山剩稿·卷二·议》第17页。《感事赘言》共三篇，本文为第一篇。

注释

[1]往牒：往昔的典籍。

三代：指夏商周三个朝代。

中叶：中世，中期。

[2]本朝高皇帝：朱元璋。庙号太祖，谥号开天行道肇纪立极大圣至神仁文义武俊德成功高皇帝。

胡元：对元朝的贬称。

禹契：夏禹和商的始祖契。

汤武：商汤和周武王的合称。

宜尔：宜然。应该这样。

本支百世：谓子孙昌盛，百代不衰。本支：本枝。主干与枝叶。

斯：语助词。

[3]国祚（zuò）：国家的命运。

侔(móu):齐等,相当。

绿林凶丑:指李自成。绿林:原为山名,在当阳县东北。西汉末年,新市人王匡、王凤聚众起义,藏于绿林。以后,这支义军被称为绿林军。后世的侠义小说中,将强盗称为绿林,将强盗中能扶弱抑暴、劫富济贫者称为绿林好汉。凶丑:凶恶的人,也指反叛作乱的人。

致烈皇帝升祖:致使崇祯皇帝登上山陵自缢。烈皇帝:崇祯皇帝朱由检死后庙号怀宗,清兵入关,谥怀宗,后改庄烈帝;南明谥思宗,后改毅宗。祖:通"殂"。死亡。

[4]祚(zuò)酬:报之以保佑。

[5]虏:指清军。原文此处为"〇",据别本补。

贼:指李自成。

两京:明永乐后指南京和北京。明太祖朱元璋建都南京,称应天府。后燕王朱棣起兵夺得帝位,迁都北京,称顺天府。合称两京。

[6]居恒无善状:平时就没有好的事迹。居:平时。恒:经常。

腥闻:秽恶的名声。

[7]无厌:不满足、没有节制。

子女:年轻貌美的女子。

[8]徒以反面事仇,无所加问:只是从反面为仇敌做事却无人过问。事仇:"腼颜事仇"的省略。指不知羞耻地为仇敌做事。无所加问:不过问。

[9]充牣(rèn):同"充仞"。充满。

[10]开国承家:谓建立邦国,继承封邑。

彦:贤士,俊才。

至愚且暗:极为愚钝而不明事理。

[11]弘光:南明福王朱由崧年号(1645年)。

隆武:南明唐王朱聿键年号(1645—1646年)。凡二年。

永历:南明桂王朱由榔年号(1647—1661年)。凡十五年。郑成功及其后代在台湾沿用至1683年。

再岁:岁月再现。

[12]与治同道,罔不兴;与乱同道,罔不亡:语出《尚书·太甲下》:"德惟治,否德乱。与治同道,罔不兴;与乱同事,罔不亡。"实行德政天下就能治理好,反之,天下就会有灾乱。采用与治国之道相同的办法,没有不兴盛的;采用与乱国之道相同的办法,没有不灭亡的。同事:行事相同。

[13]三朝:指南明弘光、隆武、永历三朝。

[14]敕旨:帝王的诏旨。

[15]无与(yù):不相干。

[16]侯一人,则群耻为伯;相一人,则群耻为卿:封一人为侯,那么大家就以封伯为耻;封一人为相,那么大家就以封卿为耻。侯之下为伯,相与卿均为执政的大官。

[17]竖儒:对儒生的鄙称。

厮养:奴仆,仆从。

夷然不屑:形容不以为然、鄙夷轻

视的神情。

[18]囮(é):囮头(进行讹诈的由头)。

跍(zhí)署上考:谓官吏考绩虚列为上等。跍:跳跃。

夷陷深文:同"深文周纳"。歪曲或苛刻地援引法律条文,陷人以罪。

[19]辇毂(niǎn gǔ)之下:皇帝车驾近旁。

选胜征歌:寻游名胜之地,征召歌者歌唱。

皇华之亭:指福州皇华亭。

[20]封事:古时臣下上疏奏事,防有泄露,用袋封缄,称为封事。

市利攘官:谋取利益,夺取官职。

[21]悖慢:违逆不敬,悖理傲慢。

[22]诸夏:周代王室所分封的诸国。此处指明宗室所封诸藩王。

[23]哓(xiāo)然:大而中空的样子。

[24]殷鉴:谓殷人子孙应以夏的灭亡为鉴戒。后泛指可以作为借鉴的往事。

[25]乘舆:皇帝、诸侯乘坐的车子,通称乘舆。后代因不敢直呼皇帝,用乘舆作为代称。

所如:所往、所去之处。

[26]宗子:皇族子弟。

价人:谓卿士掌军事者。

[27]赭(zhě)衣:古代囚衣。因以赤土染成赭色,故称。指囚犯,罪人。

吾与俱:我与他一块去。

[28]轻骑:单骑。

[29]生灵:指生民、百姓。

[30]诚迂:确实为迂阔之论。

[31]极人臣之位:位极人臣。官居宰相之职,为臣位的最高级别。

[32]尤效:效尤。仿效坏的行为。

同趋于尽:同归于尽。指一起死亡或一同毁灭。

[33]有道之士:有道德有才能的士人。

尧舜君民:指尧舜时代君民平等、世界清宁、人人安居乐业的理想世界。

[34]层累:谓逐层积累。

[35]偏裨:偏将,副将。

[36]谭言:言谈。

[37]宅心:居心,存心。

安攘:谓排除祸患,使天下安定。

[38]尽革条陈议覆之陋:全部革除朝廷公文的陋习。条陈:条奏天子的呈文。议覆:论议并答复。

甫:刚刚。

[39]以处女之密,成脱兔之奇:"守如处女,出如脱兔"的化用。形容处于守势时,像姑娘那样文静、持重,而当进攻时,就像奔跑而出的兔子一样快速敏捷。语出《孙子·九地》:"是故始如处女,敌人开户;后如脱兔,敌不及拒。"

[40]鸱鸮(chī xiāo)而好音:恶声之鸟食桑葚而变音,比喻不善之人感恩惠而从化。语出《诗经·鲁颂·泮水》:"翩彼飞鸮,集于泮林。食我桑

葚,怀我好音。"翩翩而飞猫头鹰,泮水边上栖树林。吃了我们的桑葚,回报我们好声音。

[41]黄巾:东汉末年张角所领导的农民起义军,因头包黄巾而得名。

赤眉:指汉末以樊崇等为首的农民起义军。因以赤色涂眉为标志,故称。

孰与:用于比较询问,相当于"与……相比怎么样""比起……来怎么样"。

鞨鞨(mò hé):我国古代东北的一个民族。

囚首:头发蓬乱如囚犯。

胡服:指古代西方和北方各族的服装。后亦泛称外族的服装。

诛求:需索,强制征收。

[42]衣冠:代称缙绅、士大夫。

不言鼓劝而鼓劝莫大焉:不说是鼓动劝说,却没有比这更大的鼓动劝说了。鼓劝:鼓动劝说。

[43]张承业:字继元,本姓康,同州(今陕西大荔)人。唐末五代初宦官。为宦官张泰养子。他尽心于国,积金粟,招兵买马,劝课农桑,为李存

勖立帝业,出力最多。

[44]箕(jī)山阳城:阳城箕山。在今河南登封东南告成镇。相传尧时巢父、许由隐居于此。

维城:借指皇子或皇室宗族。《诗经·大雅·板》:有"宗子维城"语,谓帝王的德政乃是保护宗子的坚城。后因以维城为咏宗室子的典故。

至德:最高的道德,盛德。

[45]张良:西汉初年的重要谋臣。字子房。

赤松子:古代仙人。《列仙传》称其为神农时雨师。

石守信:北宋初名将。

[46]循行故事:按照先例办。

牵引文法:拘泥于法规。

[47]冕玉:冠冕、玉佩,为官者必服佩戴的等级标志。

[48]宋人所谓议论定时虏已过河者:北宋政府机构庞大臃肿,官制叠床架屋,办起事来互相牵制,效率极低,后人称他们"宋人议论未定,而金人兵已过河"。

龚　奭（吏部主事）

　　清康熙三十一年（1692 年）版《景陵县志·卷之十·人物志》第 29 页记载：
"龚奭(shì)，字君路，号昔庵。天启辛酉科举人第七名，崇祯辛未科进士。公性
敏，少孤。为诸生时，见重于学谕陆公怀赟，然贫不能自给。母张孺人辄励之曰：
'汝穷年弗获，曾不如吾鬻履之易售也。'公掩卷长泣，益攻苦弗辍。年逾三旬，始
举孝廉。遂陈情乞恩，得丰县教谕，迎养署中，怡然承欢。时丰士史文奎、宣城孙
襄、徐州万寿祺咸假馆执经问业，后俱成名。辛未登第，授桃源令。邑苦征役难
偿，有司先后被褫(chǐ)。公即日上疏叩阍，请蠲(juān)旧逋(bū)。奉宸(chén)
谕：'龚奭著用心料理，以苏疲邑。'公陛辞赴任，招抚流亡，缓征却耗，民始效义。
时黄河为害，修缮有方。障堤植杉，逾月忽茂，人以为精诚所至，而公自处坦如。
复筑城、修学，百废俱举。寻举循良，称卓异。擢兵部主政，甫就职，敕令掌铨曹。
毅然以得人事君为己任，甄拔所加，望风款服。未几，丁内艰回籍。服阕，屏威交，
与诸弟涤觞为欢，盖友于固其天性也。癸未贼变，舆疾出城而终。著有《秋水堂
文》《鱼圊诗集》，散溙无传。"

礼窑变观音

龚　奭

　　因缘非所作，自在具威仪。烟火观空幻，琉璃入妙思。不知身异
器，但觉性原磁[1]。礼拜窑开际，当其晏坐时[2]。

题解

　　本诗录自刘侗、于奕正编，明崇祯八年（1635 年）版《帝京景物略·卷三·报
国寺》第 30 页。

　　礼：礼拜，顶礼膜拜。

窑变观音:瓷观音像。

注释

[1]异器:不同的器物。
性原磁:疑指瓷观音像的"瓷"与

观音的"慈"谐音。磁:旧同"瓷"。
[2]晏坐:安坐,闲坐。

有兔在林四章赋答观生

龚 奭

有兔在林,有虞张之[1]。相戒勿出,终焉藏之。

有兔在毕,具曰用之[2]。用之则宜,谁其纵之?惠我良园,朝夕共之,尽如是用之。

有兔在园,不思其林。维今之林,不尚有深园之音矣,惟予之心矣。

有顾者牲,衣绣以入。彼其之子,不与我偕出。偕出伊何?君子有穀[3]。于以衣之,空庭落木。

题解

本诗录自清顺治十三年(1656年)版《新修丰县志·卷之十·艺文》第13页。作者名下注"吏部"。

"有兔在林"诗题出自《诗经·国风·周南·兔罝(jū)》。

观生:张逢宸,字观生,江苏丰县人。崇祯间贡生。明末清初文人。龚奭中进士之前,以举人身份官江苏丰县教谕,与沛县阎尔梅、丰县张逢宸交往颇深。

注释

[1]有虞:有忧患。
[2]毕:古时田猎用的长柄网。
[3]伊何:如何。
[4]有穀:有福泽。

阅观生诗知阎翁尚在附致肉絮因成一律

龚 奭

如此霜寒日,知君扉未开。何人怜袜垢,爱老肯市回。眼拭萤新火,床支龟古苔[1]。似闻千里笑,肉絮尔弛来。

题解

本诗录自清顺治十三年(1656年)版《新修丰县志·卷之十·艺文》第13页。

阎翁:阎尔梅,字用卿,号古古,别号白耷山人,江苏沛县人。明崇祯庚午举人。与铜山万寿祺并称明末"徐州二遗民"。明亡后,龚奭与阎尔梅失去联系,通过张逢宸才得知阎尔梅的一些消息。

肉絮:疑指腊肉、棉布。

注释

[1]眼拭萤新火,床支龟古苔:作者猜想阎尔梅回到阔别多年的旧居,挥去眼前的萤火虫,在布满青苔的房间,龟支床足,颐养天年。《史记·龟策列传》说,南方一老人用乌龟垫床脚,二十余年,老人死,龟犹不死。

赠曾同轨

龚 奭

以我养生拙,从君指下呼。乍交知白首,相戒失铉珠[1]。车马来门满,声名入肆殊。故方焚莫尽,有诏问淳于[2]。

题解

本诗录自清康熙七年(1668年)版《景陵县志·卷十二·人物志·方伎》第20页。文前有曾同轨传略:"曾同轨,医深儒理,神解铉机;颐养清健,视履不衰。"

注释

[1]铉珠:疑指玄珠。比喻贤才或宝贵的事物。

[2]故方:原来的药方。

淳于:淳于意,西汉临床医学家。

新选奏疏

龚 奭

奏为疲邑义不敢避积逋,势难考成,恳乞天恩谕令分别新旧,宽免带征,以弘抚字,以图实效事[1]。

臣恭逢圣明,叨举礼闱,循例为令,属皇上轸念兵荒地方改用科甲[2]。臣适值此县,自思发肤顶踵,皆高厚长养之恩;东西南北,一惟天子所使[3]。各图其易,孰任其难?臣所为欣然就道,庶几借以自试也[4]。然竭犬马之力,止能为其可为而已。但琴堂之席未暖,考功之罚立至[5],往事不能悉举。据臣所知,近年官此地者,如知县许璞、刘体乾、刘邦杰、乔光顾、杨玉廷、谢兴之、王万龄、张铉、范联芳、陈新政、蒋及筠、朱长庚、李惟凤、管九功等,或降或斥[6],一十四人。其中岂无一二实心任事之臣[7]?特以事穷于不可为,故功名之路无由自奋耳[8]。恐一笔行勾,即以臣为十四人之续,桃之积负如故也[9]。

今闻其地滨河为治,岁受水灾。邑无城郭,井里萧条。言抚字而无民可抚,言催科而无土可耕[10]。流亡已非一日,则荒芜何止数村!即新赋尚不可问,何况旧逋!至若甫及受事辄言催科[11],则其地已沟壑矣、民已鱼鳖矣!是名为急公,实未能急公,臣之不敢也!

考成虽有定式,然新旧各有司存[12]。新旧不分,则后人代前人受过,而转累后人。使臣苦心区处[13],止为前令偿欠。既无救于前令之降斥,而臣之欠额如故,降斥将亦随之。继臣而来者,又将代臣受过。为地任人,何至以地阱人[14],而终无益于地?究竟作何底止,亦皇上所深惜也[15]。

臣思司农考试之法,惟见征最为画一[16]。然此带征之说,可以绳海内、平等州县[17]，而不可施于极灾极疲之桃源。若眷兹子遗[18]，竭力于新随令偿旧，彼匹夫得一金，无论征新征旧，总此一金。分而应之，止得其一金之用，而新旧仍存不了之局也。惟正之供，何敢轻言请蠲[19]？而事有不可为者，法又穷于考功，将何策而处此？望皇上以臣疏下司农，考成之法暂宽带征，容臣到任后逐一细心经理，度其民之逃复、灾之轻重、本县欠额之多寡，因而察臣新赋如何拮据[20]，以法外之仁，施于有一无二之穷邑，即他处不得援以为例。但有一分可为，臣誓鞠躬尽瘁，仰副任使[21]。庶几荒瘠惮人，得与优游仙令同戴尧天矣[22]。

臣新进愚昧，冒渎天听，字句冗长逾格，不胜战栗陨越之至[23]。

【崇祯四年九月初四日具奏[24]，十三日奉旨："疲邑久弊，必须设法整顿。这奏内事情该部酌议具覆[25]。"又奉旨："俱依议。龚夷著用心料理，以苏疲邑[26]。"】

题解

本文录自清乾隆三年(1738年)版《重修桃源县志·卷之九·艺文上》第7页。桃源县：今江苏省泗阳县。元称桃源县，属淮安路。明延用桃源县。1914年，因与国民党元老宋教仁故乡湖南省桃源县名相重，复改称泗阳县。

注释

[1]奏为……事：这句话是本文的真正标题。按照常规，奏议或公呈的标题由具体时间、具体人、具体事三个要素构成。"为……事"是奏议或公呈题目中表述主题词的一般格式。它提示奏章或公呈的主要内容，是题目的要素之一。

疲邑：疲敝之县。

积逋(bū)：指累欠的赋税。亦谓积欠赋税。

考成：旧指在一定期限内考核官吏的政事成绩。

宽免：从宽减免或赦免。

带征：本年未完成或历年积欠钱粮，根据数量多寡，规定年限日期，每年除征收当年钱粮外，并加征前欠应纳之数，称为带征。

抚字：谓对百姓的安抚体恤。

[2]恭逢圣明：敬逢治世。圣明：封建时代对所谓"治世""明时"的颂词。

叨举礼闱：有幸为礼部所举。指

中进士。叨:犹忝。表示承受之意。常用作谦辞。礼闱:指礼部或其考试进士的场所。

轸(zhěn)念:悲痛地思念。

科甲:汉唐取士,皆有甲乙等科,后世因称科举为科甲。此处指科甲出身。

[3]顶踵:头顶与足踵。借指全躯。

一惟:一唯。谓完全听从。

[4]就道:上路,动身。

庶几:希望,但愿。

[5]琴堂:县衙。《吕氏春秋·察贤》载,孔子的学生宓(mì)不齐,在治理单父(shàn fǔ)的时候"弹鸣琴,身不下堂而单父治"。后将琴堂比作仁者之治,又据此典把县衙门亦称作琴堂。

考功:官署名。明代吏部设考功清吏司,考核官吏的政绩。

[6]斥:罢免。

[7]实心任事:真心实意承担事务或担负责任。

[8]特以事穷于不可为,故功名之路无由自奋耳:只是因为事情从根本上就是办不到的,所以桃源的县令们在求取功名的路上没有门径自我奋发。自奋:自我奋发而欲有所为,自勉。

[9]一笔行勾:一笔勾去。比喻不提往事或全部加以取消、否定。

积负:积欠。

[10]催科:催收租税。

[11]甫及:刚到。

受事:接受职事或职务。

[12]司存:执掌,职掌。

[13]区处:安排,处理。

[14]任人:委用人。指委人以官职。

阱人:使人入陷阱。

[15]底止:尽头,止境。

深惜:极其痛惜。

[16]司农:指户部尚书。汉代官名,掌管钱粮。东汉末改为大农,由魏至明,历代相沿,或称司农,或称大司农。

画一:一致,一律。

[17]绳:衡量。

[18]眷:眷顾。

孑(jié)遗:遭受兵灾等大变故多数人死亡后遗留下的少数人。

[19]正之供:正供。常供,法定的赋税。

蠲(juān):蠲免。免除租税、罚款、劳役等。

[20]拮据:经济窘迫,钱不够用。

[21]仰副任使:有不负使命的意思。仰:敬辞。下对上表示尊敬。副:相称,符合。任使:指差事,使命。

[22]惮人:劳苦的人。惮:通"瘅(dàn)"。

优游:悠闲自得。

仙令:对县令的美称。

同戴尧天:共同生活在太平盛世。

[23]新进:谓新入仕途或新中科第。

冒渎天听:冒犯皇上。天听:古谓天有意志和知觉,因称上天(天帝)的听闻为天听。

陨越:亦作"殒越"。本义是颠坠、惶恐。封建社会上疏皇帝时的套语。谓犯上而表示死罪之意。

[24]具奏:备文上奏。

[25]该部酌议具覆:皇帝批阅奏折的常用语。表示让相关衙门斟酌商议,备办回复。具覆:备办回复的文件。

[26]料理:整治。

龚氏族谱叙

龚　奭

宗法斁,氏谱彰;世家炽,姓苑香[1]。缅旧族于洪都,留遗芬于渤海[2]。上溯太昊之后,以水纪官;远追炎帝而前,后土作氏[3]。循良跻于召杜【遂公】,节义媲于夷齐【舍公、胜公】[4]。荆楚仙人丰姿端雅【祈公】,南峰居士气度安闲【郯公】。越国公佩玉鸣金,金曾封以千户【愈公】;宋丞相垂绅正笏,笏恰比于满床【茂公四世同朝】[5]。此典册所昭垂,宜谨承于勿替也[6]。

则有风城胜迹,天邑名区[7]。门临柘水之旁,派衍桃溪而上[8]。其犹龙矣,看变化于吴天;兹益共焉,认伛偻于楚地。山接撒花台畔,池连种柳河边。雪里飘梅【江西祖茔地名】,香生四野;霄中散绮,霞绚一城[9]。律中黄钟,徵羽角商之始;爵颁丹诏,侯伯子男之先[10]。此所以仿六一之规模,而为四千之系牒也[11]。

且夫谱原以兴教化、叙彝伦[12],岂徒侈冠盖之荣、缙绅之富哉[13]!是故白鹿驯扰,以纯孝格天心也;黄金荣归,以精忠膺主眷也[14]。读则新纶叠赉,覃恩及于重闱也;耕则积谷赈饥,懋赏逮于下里也[15]。捧列贤之像赞,生者宜何如振兴也;览中阃之褒旌,丈夫宜何如激励也[16]。前人之遗烈,后人表彰之;前人之茂规,后人法守之[17]。凡谱中所备载,皆来许所宜遵[18]。合宗庶以大同,綮修明其谁属[19]?趁今日芸窗校正,删除虚虎鲁鱼;示来兹草宅法程,更望腾蛟起凤[20]！

明崇祯赐进士出身、桃源县正堂、敕升吏部天官昔庵氏奭撰[21]。

题解

本文录自清光绪六年(1880 年)版、天门市横林镇鄢滩村《龚氏族谱》。

注释

[1]宗法斁(dù),氏谱彰;世家炽,姓苑香:宗法败坏,可以通过族谱来彰显;家族兴盛,在《姓苑》中的地位就高出一等。斁:败坏。氏谱:宗族谱系。世家:家世,世系。姓苑:关于中国姓氏来源的著作。南朝宋何承天撰,共十卷。

[2]旧族:指旧时曾有一定社会政治地位的家族。

洪都:江西省旧南昌府的别称。因隋唐宋三朝地为洪州州治,又为东南都会,故有此名。明曾置洪都府,旋改南昌府。

遗芬:比喻前人留下的盛德美名。

渤海:渤海郡。汉宣帝时,渤海郡岁饥民乱,龚遂为太守。

[3]上溯太昊之后,以水纪官:《左传》曰:"共工氏以水纪官,故为水师而水名。"龚姓以共工治水有功而引以为荣,尊其为得姓始祖。太昊:即伏羲。古代传说中的部落首长。

远追炎帝而前,后土作氏:传说炎帝后代共工氏有子名叫句龙,在黄帝时担任后土,其后代就以官名的一字为姓,称为后氏。

[4]循良跻于召杜:指龚遂七十多岁为渤海郡太守,安抚而不镇压,很有政绩。龚遂:字少卿,山阳南平阳(今山东邹县)人。循良:谓奉公守法的官吏。召杜:"召父杜母"的略称。指西汉召信臣和东汉杜诗。他们都曾为南阳太守,且皆有善政,使人民得以休养生息,安居乐业,故南阳人为之语曰:"前有召父,后有杜母。"见《汉书·循吏传·召信臣》《后汉书·杜诗传》。

节义媲于夷齐:指龚舍、龚胜不仕王莽新政。龚舍:武原(今江苏邳州)人,西汉任谏议大夫。重节义,拒不仕王莽新政,与龚胜一同归乡,二人并称"楚两龚"。龚胜:西汉楚国彭城(今江苏徐州)人,字君宾。与龚舍相友,并以名节著称。节义:谓节操与义行。夷齐:指伯夷、叔齐。殷代遗民、不食周粟饿死于首阳山下的隐士伯夷、叔齐的合称。

[5]越国公佩玉鸣金,金曾封以千户:指南唐越国公龚愈。龚愈官至礼部尚书,金紫光禄大夫,太子太傅,封上柱越国公,赐紫金鱼袋,食邑一千七百户。

宋丞相垂绅正笏,笏恰比于满床:指龚茂良。龚茂良,字实之,南宋兴化军(治今福建莆田龚屯)人。宋淳熙元年(1174年)拜参知政事,叶衡罢相,龚茂良以首参代行宰相职。垂绅正笏:垂下大带的末端,双手端正地拿着朝笏。形容朝廷大臣庄重严肃的样子。绅:古代士大夫束在衣外的大带。笏:朝笏,古代臣子朝见国君时双手所执的狭长板子,供指画、记事等之用。

[6]典册:记载典章制度等的重要册籍。

昭垂:昭示,垂示。即显示给人看。

宜谨承于勿替:后世应该传承先祖的业绩,不能让优良的传统断绝。谨承:敬慎奉行。替:废弃,断绝。

[7]风城:即今天门市。《元和志》卷二十一"竟陵县":"县城本古风城,古之风国,即伏羲,风姓也。南临汉水。"

[8]柘水:指天门河上游一段,俗称渔薪河。天门龚姓有居于天门河泮的黄土潭(今黄潭镇)、爪龙潭(今天门城区官路居委会)支系。

桃溪:当指今天门市横林镇陶潭以北、牛蹄支河北鄢滩村一带。这里是天门部分龚姓的始迁地。陶潭古称陶(桃)溪潭。

[9]其犹龙矣……霞绚一城:此处叙述龚姓从吴地迁居湖北,散居天门各地。称颂先祖,眷念原籍。犹龙:谓

道之高深奇妙,如龙之变化不可测。伛偻(yǔ lǚ):典自"伛偻丈人"。《庄子·达生》:"仲尼适楚,出于林中,见佝(gōu)偻者承蜩,犹掇之也。"后用指称乡里老者。

[10]律中黄钟,微羽角商之始:黄钟为十二律中的第一律。宫商角微羽中,宫为第一音。宫与"龚"同音。宫商角微羽:古代音乐中所指音阶的术语,相当于今天西洋音乐中的12356。

爵颂丹诏,侯伯子男之先:天子分封诸侯,公侯伯子男中,公为第一等。公与"龚"同音。公侯伯子男:周代封建诸侯,各国君分公、侯、伯、子、男五等爵位,诸侯其统称。爵颂:列爵分土。指分封诸侯。丹诏:皇帝所发出的文书称诏,因用朱笔书写,故称丹诏。

[11]仿六一之规模:效仿欧阳修所创谱例。欧氏世系表又称横行体,为欧阳修所创。它世代分格,五世一表,人名左侧有一段生平记述,由右向左横行。六一:指欧阳修。欧阳修自号六一居士。

四千:极言其多。并非确指。

[12]兴教化、叙彝伦:兴起政教风化,理顺宗族伦常。教化:儒家用语。特指以民为主要对象的政治教育和道德感化。叙:顺,次序。彝伦:指伦常。古指人与人之间通常的道德关系和正常的社会秩序。

[13]岂徒侈冠盖之荣、缙绅之富

哉:难道只是加强人们官宦家世的印象? 侈:侈人。谓加强人们在某个方面的印象。冠盖:仕宦的代称。缙绅:原意是插笏(hù)于带,旧时官宦的装束,转用为官宦的代称。

[14]白鹿驯扰,以纯孝格天心:陈孝意守孝,白鹿驯伏,是因为孝心感动上天的缘故。白鹿驯扰:《北史·卷八十五·列传·第七十三·节义·陈孝意》:"后以父忧去职,居丧过礼,有白鹿驯扰其庐,时人以为孝感。"纯孝:至孝,谓完美无缺的孝行。格天心:孝心感动上天。格:感通。天心:天意。

黄金荣归,以精忠膺主眷:狄仁杰披金字之袍,是因为纯洁忠贞受到君主眷顾的缘故。《幼学琼林·衣服》:"精忠膺主眷,狄仁杰披金字之袍。"狄仁杰任幽州都督时,武则天为了表彰他的功绩,赐给他紫袍、龟带,并亲自在紫袍上写了"敷政术,守清勤,升显位,励相臣"十二个金字。膺主眷:受到君主的器重和恩赐。

[15]读则新纶叠贲(bì),覃恩及于重闱:读书则新颁的恩诏光耀门庭,朝廷的封赠恩及祖辈父辈。贲:光耀。覃恩:广施恩泽。旧时多用以称帝王对臣民的封赏、赦免等。重闱:代指父母或祖父母。

耕则积谷赈饥,懋(mào)赏逮于下里:务农则积储食粮赈济饥民,上面的奖赏及于乡里。懋赏:奖赏以示勉励,褒美奖赏。下里:谓乡里,乡野。

[16]捧列贤之像赞,生者宜何如振兴:手捧各位先贤的画像,要思考活着的人该怎样振兴我们龚氏家族。

览中闱(kǔn)之褒旌,丈夫宜何如激励:阅读族谱中表彰妇女的文字,要思考该怎样以此激励我们这些男人。中闱:内室。闱本指宫内的小巷,借指为内宫或妇女居住的内室。此处指妇女。褒旌:犹褒表。

[17]遗烈:前人遗留的业迹。

茂规:好的法度、准则。

法守:谓按法度履行自己的职守。

[18]备载:详细记载。

来许:来世,后世。

[19]宗庶:宗子和庶子。称为族人兄弟所共宗(尊)的嫡长子为宗子。妻所生之子长子为嫡子,其弟们称庶子。

繄(yī)修明其谁属:靠谁来发扬光大呢? 繄:句首、句中助词。有时相当于"惟"。修明:发扬光大。

[20]芸窗:书斋的别称。以内有驱虫之芸香,故称。

虚虎鲁鱼:多作"鲁鱼虚虎"。《抱朴子·退览》:"书三写,鱼成鲁,虚成虎。"后因以指因形近而致的文字讹误。

来兹:指未来的岁月,来年。

法程:效法。

腾蛟起凤:比喻才华出众,就像蛟龙腾跃、凤凰奋飞一样。语出王勃《滕王阁序》。

[21]正堂:明清两代称府县的长官。

吏部天官:后世习称吏部或吏部尚书为天官。此处为"吏部之官"的意思。龚奭曾官吏部稽勋司。

昔庵氏:龚奭号昔庵,原文为"习庵氏"。

为母六十乞言引

龚　奭

世论父母者,恩同而职异。父职劳者也,母职逸者也。若乃母一身耳[1],代父为子,代父为父为师,又代其子为子,代其子为孙。冰霜自矢,荼蓼备尝[2]。为子者,欲避内举之嫌,而不邀名公一言白其苦,犹区区称觞为务,罪莫大焉[3]!如奭之母是也[4]。

奭之母,苦母也。夫"苦"之一字,佞其亲者讳言之。而"节孝"二字,则人子所欲滥施于亲不顾其安者,孰知皆从我母苦境中确然实历[5],而其子又不敢自白,则但存其苦,以听之立言君子,如范蔚宗之善搜者而已[6]。

题解

本文录自清康熙七年(1668年)版《景陵县志·卷十二·人物志·节孝》第77页。清康熙三十一年(1692年)版《景陵县志·卷之十一·人物志·节妇》第92页记载,龚奭母张氏"幼贫早寡,苦节极孝,内外无间。享年七十有二而终"。

乞言:向长者乞取善言。此处指向名流乞取龚母寿序寿诗。

引:文体名。相当于序,而较序短。此处相当于现在的征文启事。

注释

[1]若乃母一身:如果你的母亲将父职、母职集于一身。

[2]冰霜自矢:保持自身坚贞清白的操守。

荼蓼(tú liǎo):两种草名。荼味苦,蓼味辣,比喻艰难困苦。

[3]内举:举荐亲友。

不邀名公一言白其苦,犹区区称

觞(shāng)为务,罪莫大焉:不请名流写几句话叙述龚母的艰难困苦,还微不足道地举杯祝寿,没有比这更大的罪了。名公:名流。白其苦:指叙述龚母的艰难困苦。区区:小,少。形容微不足道。称觞:举杯祝酒。

[4]如奭之母是也:我龚奭的母亲就是这样啊。

[5]实历:亲身经历。

[6]立言:泛指写文章。

范蔚宗:范晔(398—445年),字蔚宗,顺阳(今河南南阳淅川)人,南朝宋史学家、文学家。其《后汉书》博采众书,结构严谨,属词丽密,与《史记》《汉书》《三国志》并称"前四史"。

附

邑侯龚公(龚奭)生祠记

朱大成

崇祯乙亥冬,邑侯龚昔庵先生以治行高第入为兵曹郎,攀车雨泣者近万人,数百里内趾相错也。桃邑从无生祠,乃始得祠先生,一月而成,则相与抚膺祠前,曰:"天乎!此后桃民恐不复有生之乐矣。"

桃故瘠土,治濒黄淮。十岁不能三四稔,死、徙略尽,以故地多不毛。败井颓垣,萧条极目。强有力者食不税之田,愚者负无田之税。桃民业以死、徙闻,而胥吏益相缘为奸。及捧府牒,则缧者、号者、行乞者相望于道。然地当南北之冲,奉使而过者又不肯少贷也。先是邑中递马每骑私贴至一百八十余金,皆加之无地贫丁,大抵充诸人鲜衣靡食、旦夕饮博之需,仅以羸马支应。急则泥门远避,责仍归诸里中。盖二者为害,循环不已。

侯下车,廉得其故,进绅儒三老论之曰:"土之荒,以无民。民之逃、死,以地多兼并,胥吏为奸,力役不堪也。是在反其所为而为,则其余乃可次第举。"故先审地。官给一单,名曰《清供》。令买者、卖者各列其亩数多寡,无许溢奇。侯曰:"如是而可以议征矣。"乃作《易知单》,给一纸,载地亩、税额之数,立勾销簿,付主椿者掌之,使民自行封纳,不设权衡。又备正马四十三匹,副马如之,差等其价,酌其刍栈医药之费。马户所得甚赢,而民间所出乃反省一千八百有奇。当是时,老稚欢呼,如脱桎梏焉。又下审编之令,死者削之,徙者复之,额不足者有地代丁以苏之。先是桃源之征两税也,或先一岁征,或先半岁征之。民苦鞭朴,辄称贷富室,出子钱过于母。侯曰:"如是则民输一金,偿二金不足也,民宁不死且徙乎?"遂下令曰:"绅儒之好义者,邑居而富于财者,按季输之。远乡贫民,春夏之税以麦,秋冬之税以菽与稻,不须先时贷也。"盖岁为吾民省万金有余。河工烟墩、归仁堤,关系皇陵。岁费河帑不赀,民间赔累倍之。侯搜费若干,砌烟墩以障洪流,栽柳五千余株以护归仁堤。乙亥岁饥,流寇灰焚凤阳。侯发官帑,籴米楚中,又请贷仓米牧养。饥民之壮者,人日给三升,使之浚濠、筑土城,一月竣事,民赖以安。收募民间废铁,作兵甲火器之用。凡侯之事,事实用而不费财劳民,大率类此。当侯之拜疏莅桃也,爱侯者曰:"灾桃何能报绩?"乃期月而政成,相与叹诧以为神。庶务既集,民日奉约束惟谨。侯遂多饶暇日,亲为诸士诵说经义。诸士咸感自修彬彬质有其文焉。散衙,上食太夫人,必言今日所见某人,所平反某事。在任四载,囹圄一空。治装之日,萧然出桃,敝箧而已。

嗟乎!桃之幼者长矣,徙者归矣,贫困者、赢者除矣。一旦舍我而去,即痛哭流涕,岂能尽其区区!方欲走告,海内钜公乞椽笔以不朽吾侯。吾辈一段孺慕之私,人所不能代宣,相与向老天泣而道之,非能扬挖万一也。使观风者凭吊斯祠,知侯之贤,因悉吾民之苦,采入《循良》,以光史册,且期后之君子拜斯祠而观斯记,知桃如是则生,不如是则死且徙,而或踵侯之已事行之,则吾桃之子若孙,乃常沐侯泽于无穷,斯吾辈自己之私情也。

侯讳奭,字君路,号昔庵,湖广景陵县籍,江西南昌县人。崇祯辛未进士。

题解

本文录自清乾隆三年(1738年)版《重修桃源县志·卷之九·艺文上》第34页。

朱大成:桃源县人,明万历贡士,兴县知县。

谭元礼（户部主事）

谭元礼，字服膺，号柘泉。解元谭元春胞弟。明崇祯四年（1631 年）辛未科进士。曾任德清县令，官至户部主事。著有《黄叶轩诗集》。

清康熙十二年（1673 年）版《德清县志·卷七·治行传·名宦》第 8 页记载："谭元礼，字服膺，湖广景陵人。崇祯辛未进士。壬申冬莅任。宏才绩学，夙号宗工。至其抚琴而治也，操介若冰，化映一溪；省追呼，简讼牒，所云'闭门官舍冷，殆亦犹东坡'焉，以故吏佚民驯。尤喜奖拔士类，《清溪课士录》而外，又有《渐社》一刻，遍及杭嘉数郡。时悯南粮折银为巨蠹所蚀，上请十年带征夏税，绢疋丝绵，积欠万余金，力叩大司农，得旨蠲（juān）免，尤惠民之大者。所至题咏遗爱满清溪之邑，蒸蒸成化雨矣。报最擢部曹，舟次邗沟而卒，惜伟业未究云。"

谭元礼墓在天门市黄潭镇黄嘴村九组朱家岭西侧，西与松岭坡谭元春墓隔金带湖相望。

卖 衣

谭元礼

已解绨袍去，愧非脱赠情[1]。临尊谋醉易，向仆喜装轻[2]。袖贮余香永，书添半箧平[3]。要知归信在，寒不耐凄清。

题解

本诗录自丁宿章编、清光绪九年（1883 年）版《湖北诗征传略·卷二十八》第 22 页。

注释

[1]已解绨(tí)袍去,愧非脱赠情:自己是卖绨袍而非赠人。绨袍:厚绸做的袍。比喻不忘旧情。《史记·范雎蔡泽列传》载,范雎原为魏大夫须贾门客,后因受辱入秦,为秦相。须贾使秦,范雎扮穷人去见他。天寒,须贾见其衣敝单薄,"取其一绨袍以赠之"。后遂用绨袍赠、范叔袍等指不忘旧情,或赠予寒士之物。

[2]临尊:临樽。端杯。

[3]箧(qiè):小箱子。

窑变观音赞

谭元礼

何以悟世,惟音可观。滞彼形器,见身无端[1]。
陶人为陶,水火土佐。烟销窑开,有观音坐。
是观音来,匪窑也变[2]。世化若烟,空借色现[3]。
有冠岌如,有衣褶如[4];有目湿如,厥情汲如[5]。
像法住世,世惊以奇[6]。我作平想,香凝风吹。

题解

本诗录自刘侗、于奕正编,明崇祯八年(1635年)版《帝京景物略·卷三·报国寺》第30页。

窑变观音:瓷观音像。

注释

[1]滞彼形器,见身无端:指凝聚成人像,现身于无因。形器:指人的形体。无端:无因。

[2]匪:通"非"。

[3]空借色现:佛教把客观世界的万事万物叫做"色",并认为"色"是不真实的、虚幻的,即所谓"色即是空"。还原回去,即所谓"空即是色"。

[4]岌如:高耸的样子。

褶如:指衣服褶纹明显的样子。

[5]湿如:指眼眶湿润的样子。

厥情汲如:指观音像端庄慈爱,导

人向善。厥:其。汲如:汲善(导人向善)的样子。

[6]像法:佛教语。正、像、末"三时"之一。谓佛去世久远,与"正法"相似的佛法。像法的时限说法不一。一般认为在佛去世五百年后的一千年之间。

住世:谓身居现实世界。与"出世"相对。

晚晴步金鱼池

谭元礼

帘开我为晚晴出,万叶沉绿浅深一。滴滴跃跃洗池塘,朱鱼拨剌表文质[1]。接餐生水水气鲜,霞非赤日碧非莲。儿童拍手晚光内,如我如鱼急风烟。士女相呼看金鲫,欢尽趣竭饼饵掷。不携一樽淡然观,薄暮奕奕有此客[2]。

题解

本诗录自刘侗、于奕正编,明崇祯八年(1635年)版《帝京景物略·卷三·金鱼池》第11页。

注释

[1]滴滴(shāng):流荡貌。原文为"滴滴"。

跃跃:跳动貌。

朱鱼:金鱼。

拨剌(là):鱼尾拨水声。比喻鱼疾游。

文质:文采和本质。

[2]樽:古代盛酒的器具。

奕奕:闲习貌。

赠徐元叹(徐波)

谭元礼

君为泉来为我来,察君神色几徘徊。谈深烛跋重重见,恰有残光夜半开[1]。

题解

本诗录自清康熙十二年(1673年)版《德清县志·卷九·艺文志》第22页。署名为"邑令谭元礼,湖广人"。

徐元叹:徐波,字元叹,号顽庵,一号落木老人,江苏苏州人。与钟惺、谭元春交好,是竟陵派重要成员之一。诗才清逸,不落凡近。明亡后,居天池落木庵。

注释

[1]烛跋:谓烛将燃尽。

和谭梁生重过半月泉见简四绝句

谭元礼

真是爱泉好,非因苏子过[1]。绿阴兼素魄,凑就一泓多[2]。
偕客临泉少,孤光独步宜。幽人筇未响,翻作共游时[3]。
形似是神似,冰凝一缕魂。涓涓相属处,幽寂不堪论[4]。
仄径多泉意,何须坐槛看[5]。好从霜月里,平酌此中寒。

题解

本诗录自清康熙十二年(1673年)版《德清县志·卷九·艺文志》第22页。
半月泉在德清县城关。

注释

[1]苏子:苏轼。苏轼《半月泉苏轼、曹辅、刘季孙、鲍朝懋、郑嘉会、苏固同游,元祐六年三月十一日》云:"请得一日假,来游半月泉。"

[2]素魄:月的别称,亦指月光。

[3]幽人:幽隐之人,隐士。

筇(qióng):一种竹。实心,节高,宜于作拐杖。

翻作:写作。翻:按照曲调写歌词,谱制歌曲。

[4]涓涓:缓流,细流。

相属(zhǔ):接连不断。

[5]仄径:狭窄的小路。

浙社序

谭元礼

楚人有适越者,越之士爱其赏奇弄笔如闲倩,又喜其不执一说绳束笔墨[1],争投以文字。始削筒拾之,筒满。既开篋藏之[2],篋满。卒乃散堆架上。楚人不忍焚,复不能尽囊以去,掠肤吸气,洗髓沥汁,聊用配《越绝书》一种[3]。昔吕伯恭与浙士讲举业不辍[4],朱子书相规。伯恭答书,以为若不开此一路,则法堂前草深一丈[5]。前辈用心如此,诵之钦仰而已[6]。

浙社者,十五国各系以"风"始,自余不而及西浙,将由浙渐暨海内[7]。盖越之士适有兹请,楚人漫诺而题之尔,践是诺何日哉[8]?

题解

本文录自清康熙十二年(1673年)版《德清县志·卷九·艺文志》第5页。署名为"邑令谭元礼,湖广人"。

浙社:此处指浙社诗集。浙:古水名。浙江,今钱塘江。亦指浙江中、上游的新安江。此处当指新安江,"西浙"一带。

注释

[1]楚人:此处指湖广人,即作者自己。

适越:到浙江。

闲俦:疑指闲暇时的同伴。

不执一说:不拘泥于某一定论。

绳束:束缚。

[2]箧(qiè):小箱子。

[3]掠肤吸气,洗髓沥汁:此处比喻费尽心力整理诗文的过程。洗髓:道教谓修道者洗去凡髓,换成仙骨。亦比喻彻底改变思想、习性。

配:媲美。

越绝书:又称《越绝记》。浙江现存最早的地方志。东汉袁康撰,吴平编定。

[4]吕伯恭:吕祖谦,字伯恭,婺州(今浙江金华)人。南宋著名理学家、文学家。

举业:指科举时代专为应试的诗文。

[5]法堂前草深一丈:形容没有学人的踪迹。参见本书第一卷周嘉谟《重修儒学并创建尊经阁魁星楼记》注释[24]。

[6]钦仰:景仰,敬慕。

[7]十五国:指《诗经·国风》分布的地区。此处前后文的意思是,《诗经·国风》中没有浙西的。

自余:其余,此外。

渐暨海内:影响到海内。渐:浸泡,熏染。暨:至,到。

[8]漫诺:疑指随意承诺。

践是诺:履行这一诺言。

苏商碑记

谭元礼

今夫商,相语以利,相示以数,相周以知[1]。监于四方之货以知其贵贱,赢粮跃马,如猛鸟之鸷发[2]。捐亲戚,去坟墓,涉风波,牵车牛,远服贾,何为哉?其将为某邑日用不足、供亿不给、往而备其不时之需乎,抑锱铢刀锥唯利是知也[3]?厨传不饰,古今以为美谭[4]。至人生所需,日不过饭二升,岁不过布二疋。奈何忧不足而竭人之汗血供我之口体为耶?昔有仕于吴者,未尝市吴中一物。予读史时,辄为仰止[5]。甫下车时[6],集市人而告之曰:"予莅兹土,只如一家于此与客于此之人,有价则与,无则不与;价足则与,价不足则不与。小人居市,敢不知市乎?是予幸也,否则是予过也。"予持论素如此[7]。适奉宪禁,感往事愀然,为之记[8]。后之观者,将怃然于斯文[9]。

题解

本文录自清康熙十二年(1673年)版《德清县志·卷八·艺文志》第46页。

苏商:让商业恢复生机。

注释

[1]相语以利,相示以数,相周以知:语出《国语·齐语》:"相语以利,相示以赖,相陈以知贾。"互相谈论生财之道,互相交流赚钱经验,互相展示经营手段。

[2]赢粮:担负粮食。引申指携带粮食。

鸷(zhì)发:猛烈发作。谓顿时显露出来。

[3]供亿:根据需要而供应。亿:估量。

抑锱铢刀锥唯利是知也:还是贪图刀锥之利呢?抑:文言连词。表选择,相当于或是、还是。锱铢:比喻微利,极少的钱。刀锥:比喻微末的小利。

[4]厨传:古代供应过客食宿、车马的处所。

美谭:美谈。

[5]仰止:仰慕,向往。止:语助词。

[6]下车:旧时官吏初到任为下车。

[7]持论:把自己的主张发表出来,立论。

[8]宪禁:法律、禁令。

愀(qiǎo)然:忧愁貌。

[9]怃(wǔ)然:惊愕貌。

沈 伦（广西兵备道）

四库全书本《广西通志·卷六十九·名宦》第3页记载："沈伦，湖广天门人。己丑进士。顺治八年知梧州府。慈惠温良，操持刚介。时梧疆初辟，百姓逃匿，疮痍未起。伦多方招徕，民渐安集。未几，六师征讨，伦悉心经理，不累民间一粟一丝。又时时为镇将开诚婉谕，调剂辑和。故地方即甫定，而百姓安堵，皆伦之力也。政事暇，辄进诸生课艺，奖劝多士，翕然向风。伪安西寇梧，筹划劳瘁力竭。城陷，不屈而死。"

章学诚著、1922年吴兴刘氏嘉业堂刊《湖北通志未成稿·忠义》第33页记载："沈伦，字彝士，号景山，天门人。顺治己丑进士，超授梧州知府，奉符之官在道，部檄赴长沙定藩王军参谋议，甚见敬礼，奏疏悉属焉。比至梧，梧兵燹后伤残未复，以惠声招来之。天下初定。边陲皆宿重兵，有戍卒夺民妻，伦念文武未和，兵民方求衅，欲使自惩之，语卒曰：'尔何敢然，诬耳。'即遣去，阴使还妇于民，民相传咤，伦阴闻于帅，帅大惭服，诛卒徇于军，民情帖然。又有举人为仇诬异志，缙绅相株连，将蔓延大狱，伦请藩府亟趋举人会试，其事遂解。最入，且迁官，适孙逆来袭梧，伦与镇将撄城分守，城陷，不屈死，梧人立祠祀之。乾隆二十九年，诏入《忠臣传》，祀昭忠祠。"

据1929年版，天门市净潭乡白湖口村、横林镇沈滩村《沈氏宗谱·纶音》第11页、15页、17页诰命，沈伦为广西兵备道。

送程质夫（程先达）任随州学正

沈 伦

何以求今夕，于兹不可谖[1]。鳣堂随世远，苜味因君存[2]。漉酒题巾水，寻秋揖雪门[3]。季梁敦古处，相对应忘言[4]。

题解

本诗录自清康熙七年(1668 年)版《景陵县志·卷十二·杂录志》第 41 页。

程质夫:程先达,字质夫,天门人。明崇祯十二年(1639 年)己卯科举人。清授随州学正,历国子学录,擢兵部司务、工部员外,升山西平阳知府。

学正:清代府学官称教授,州学官称学正,县学官称教谕,负责教育所属生员。

注释

[1]谖(xuān):忘记。

[2]鳝(zhān)堂:语出《后汉书》卷五十四《杨震传》:后有冠雀衔三鳝鱼,飞集讲堂前,都讲取鱼进曰:"蛇鳝者,卿大夫服之象也。数三者,法三台也。先生自此升矣。"后以鳝堂称讲学的处所。

苜味:"苜蓿风味"的简称。苜蓿,一种价钱便宜的蔬菜。苜蓿风味比喻教书生活的清苦。

[3]漉(lù)酒:滤酒。

巾水:今石家河。

[4]季梁:春秋初随国贤臣。随都(今湖北随州市)人。

敦古:厚古。

夜泛东湖

沈　伦

　　一拳刹影着烟蒙,四处苍茫未有中[1]。荷力支持香不了,波声收拾梦将同[2]。人疑雁字沿桥立,醉遣霜威到树红[3]。作客故乡频动定,还留朝气补虚空。

题解

本诗录自清康熙七年(1668 年)版《景陵县志·卷之三·舆地志》第 23 页。

注释

[1]刹(chà):佛塔顶部的装饰,即相轮。亦指佛塔、佛寺。

[2]支持:作出姿势。

收拾:犹领略。

[3]雁字:成列而飞的雁群。群雁 飞行时常排成"一"或"人"字,故称。

题白湖四季图

沈 伦

白湖水,何融融,春来景物乐无穷。说甚么幌帘村里,讲甚么芳草林中[1],湖上步从容。桃花浪,杨柳风,几个渔人声气通[2]。最喜的,波光天际碧,人泛夕阳红。

白湖水,何渳渳[3],夏来景物风光美。说甚么绿柳阴浓,讲甚么黄云绿绮,湖上行且止。荷钱中,芦荻里,中有高人卧未起[4]。最喜的,月趁一笛风,云飞片帆纸。

白湖水,何悠悠,秋来景物倍清幽。说甚么征劳塞外,讲甚么闺怨楼头[5],湖上好闲游。红蓼岸,白苹洲,如鲫骚人泛月舟[6]。最喜的,波纹涵雁影,天际入河流。

白湖水,何井井,冬来景物万绿屏[7]。说甚么雪压西山,讲甚么梅开东岭,湖上美风景。楚水凝,吴江冷,若个才人天机秉[8]?最喜的,半幅渔火明,一竿蓑笠影。

题解

本诗录自1929年版,天门市净潭乡白湖口村、横林镇沈滩村《沈氏宗谱》。原题为《八世祖伦公题白湖四季图》。

白湖:湖名。在今天门市净潭乡白湖口村东。今为农田。

注释

[1]幌帘:帘幌。帘幕。

[2]声气:指朋友间共同的旨趣和爱好。

[3]渳渳(mǐ):弥弥。满溢貌。形容辽阔广大的样子。

[4]荷钱:指初生的小荷叶。因其形如钱,故名。

[5]征劳:征役之劳。征:征役。旧指因服兵役、劳役或公务而出外跋涉。

[6]红蓼(liǎo):蓼的一种。多生水边,花呈淡红色。

[7]屏(bǐng):隐藏。

[8]若个:哪个。

天机:犹灵性。谓天赋灵机。

秉:通"禀"。承受。

欧阳鼎（万泉知县）

清康熙三十一年（1692年）版《景陵县志·卷之十·人物志·进士》第34页记载："欧阳鼎，字长卿，号象庵。顺治甲午科第二名举人，己亥科进士。考选推官。著有《韵会政事》。改授万泉知县。"

清乾隆二十三年（1758年）版《万泉县志·卷四·职官》第8页记载："欧阳鼎，江南景陵人。进士。康熙七年任（知县）。洁己爱民，邑人思慕。"

清光绪二十年（1894年）版《沔阳州志·卷八·选举·举人》第5页记载："顺治十一年甲午科举人，欧阳鼎，寄景陵籍，《通志》作景陵人。"同版《沔阳州志·卷九·人物志·宦迹》第12页记载："欧阳鼎，字长卿。为诸生时素著古文名，督学高世泰、郜邸元先后特拔之，由明副车举顺治甲午乡试第二，己亥会魁。授万泉令，民有逋赋鬻其子者，捐俸代赎。康熙己酉分校棘闱，苦心搜阅，竟染沉疴，归舍，卒。"

赠兰翁老父台（李馨）

欧阳鼎

禹书十七问灵威，吐凤雕龙百代辉[1]。北里笙歌皆寂历，南窗交火自纷飞[2]。白庚才许分昆弟，绛甲何须论是非[3]。绣岭祥光流谱下，也从仙露觐奎薇[4]。

题解

本诗录自清康熙七年（1668年）版《景陵县志·卷十二·杂录志》第46页。原题"同前题"。

兰翁老父台：指时任景陵代理知县李馨。李馨，字兰若，陕西狄道县人。贡生。清康熙六年(1667年)由京山县丞委署。老父台:旧时对州县官吏的尊称。

注释

[1]禹书十七问灵威:意思是李馨得仙人之助,得治世良方。《吴地记》载:"在县西一百三十里中有洞庭,深远世莫能测。吴王使灵威丈人入洞穴,十七日不能尽,因得禹书。"

禹书:传说大禹治水时神授予他的"金简玉字"天书。

灵威:"灵威丈人"的简称。传说中仙人名。

吐凤雕龙:称颂文才。吐凤:称颂文才或文字之美。雕龙:指经过精雕细琢,文辞优美。

[2]寂历:寂寞。

南窗:向南的窗子。泛指窗子。

[3]白庚才许分昆弟,绛甲何须论是非:意思是才比李白,寿比绛人。

白庚:庚白。《新唐书·文艺传中·李白》:"白之生,母梦长庚(太白)星,因以命之。"后因以庚白代指李白。

昆弟:哥哥和弟弟。

绛甲:典自"绛人甲子"。指年高。《左传·襄公三十年》:绛县老人用"甲子"回答他的年龄,有"四百有四十五

甲子"。

[4]绣岭祥光流谱下,也从仙露觐奎薇:疑指称颂对方从陕西带着治县良方来到此地,此地的人们将从奎垣和薇垣一睹对方的风采。

绣岭:山名。在今陕西省临潼县骊山上,有东绣岭、西绣岭。以山势高峻,如云霞绣错,故名。

谱:治谱。指南齐傅琰家有治县良方,故其家人政绩显著。《南齐书·傅琰传》载,傅琰父子政绩显著,世人认为傅家有"治县谱",世代相传,不告诉外人。后来把父子兄弟做官、政绩显著称为"治谱家传"。

仙露:"仙露明珠"的简称。仙露甘润,明珠晶莹。形容人的神采秀异脱俗。

觐(jìn):进见,访谒。

奎薇:疑指奎垣、薇垣。此处用以称颂对方的文才和仕途。奎垣:文人荟萃之地。薇垣:明清时常以薇垣称相当于中书省的中枢机构或布政司。

题双节传

欧阳鼎

吾邑城南三十里有梅溪焉,古梅千百成林。环溪皆李氏,而李母王暨其姑并在焉[1]。王孺人少有妇德,早年丧夫,断指矢志,教养子媳,督课童仆,敦孝友以修族谱,簪珥以构义庄[2],殆妇德中不多有者。事九十媚姑,克尽其孝,内外无间。予与梅溪李母,姨表兄弟也,故知之最悉。夫古今孝子节妇,湮没弗传者多矣。如李母节孝,古今罕俪[3]。嗟夫!玉骨冰肌,傲雪凌霜,当与梅溪争芳矣!

题解

本文录自清康熙七年(1668年)版《景陵县志·卷十二·人物志·节孝》第83页。该文前有王氏传略:王氏,邑梅溪人。生十七,归生员李佐。谨事媚姑甘氏。至二十四,失所天,断指矢志,以内凛然难犯也。一日谓儿注曰:"尔父困诸生尝修谱,置义田,孝友,遗志终不可泯。"遂捐资……

注释

[1]姑:称夫之母,公婆。

[2]簪珥:发簪和耳饰。古代多为高贵妇女的首饰。此处指脱簪珥。

义庄:旧时族中所置的赡济族人的田庄。

[3]罕俪:指少有伦比。

刘浑孙（*永平司理*）

　　刘浑孙(1612—?)，派名赖浑，字厚承，号曙甫，天门西北张泗港人。张泗港为旧地名。今渔薪镇解场村有自然村名张氏岗、官屋台。

　　清道光元年(1821年)版《天门县志·卷之二十二·人物·文苑》第13页记载："刘浑孙，字厚承。性颖异。为文不起草，援笔立就。成进士，授永平司理。刚直耿介，鞠狱无冤，廉能声著畿辅。寻以公出，卒于行署。"

登一杯亭

刘浑孙

　　也买轻舠问古滩，高台原向石根蟠[1]。江回白雪分山绕，树拥平沙拂水寒。渔父解呼亭畔酒，梨花曾倚旧时栏。仍然万井生烟火，有鹤归来不可弹。

题解

本诗录自熊士鹏编、清道光癸未(1823年)版《竟陵诗选·卷十》第7页。

注释

[1]轻舠(dāo)：小船。
高台：丁宿章编、清光绪九年(1883年)版《湖北诗征传略·卷二十八》为"高亭"。

挽皓月上人

刘浑孙

上方依旧锁栖霞,放尽梧桐几树华[1]。到枕钟声驱客梦,押帘荷影散樵家[2]。还疑一棹寻烟去,岂是孤筇入谷赊[3]。谁赴他年泉石约,挂瓢空惹故人车[4]。

题解

本诗录自熊士鹏编、清道光癸未(1823 年)版《竟陵诗选·卷十四》第 14 页。

上人:《释氏要览·称谓》引古师云:"内有德智,外有胜行,在人之上,名上人。"自南朝宋以后,多用作对和尚的尊称。

注释

[1]上方:住持僧居住的内室。亦借指佛寺。

[2]押:通"压"。

樵家:打柴的人家。

[3]孤筇(qióng):一柄手杖。谓独自步行。

[4]挂瓢:典自"许由挂瓢"。旧以许由挂瓢比喻清高自守,隐居遁世。相传许由隐居箕山之下,颍水之阳,躬耕自食,以手掬饮。人遗一瓢,挂于树,风吹历历作声,以为烦,弃之。

程一璧（北隶长芦盐运司知事）

清康熙三十一年（1692 年）版《景陵县志·卷之十·人物志·进士》第 32 页记载："程一璧，字文琰。顺治丙戌科举人，壬辰科进士。出授安阳知县，调北隶长芦盐运司知事。景陵里役利弊相沿日甚，公上条陈详明剀切，各宪允其议，大为革除，邑人德之。"

赠兰翁老父台（李馨）

程一璧

函关紫气拂丹台，仙吏声名远近来[1]。茶井清流溥雾瓮，巾湖明月注霞杯[2]。愿分化雨锡邻圃，喜见魁躔逼上台[3]。自愧微才当寿域，遥将词赋拟邹枚[4]。

题解
本诗录自清康熙七年（1668 年）版《景陵县志·卷十二·杂录志》第 46 页。原题"同前题"。

兰翁老父台：指时任景陵代理知县李馨。李馨，字兰若，陕西狄道县人。贡生。清康熙六年（1667 年）由京山县丞委署。老父台：旧时对州县官吏的尊称。

注释
[1]函关紫气拂丹台：意思是李馨自陕西到景陵任职。

函关：函谷关，秦关名。古代传说，老子曾乘青牛到西方游历，途经函谷关赴流沙而终未返回。司马贞索隐引《列仙传》："老子西游，关令尹喜望见有紫气浮关，而老子果乘青牛而过也。"

丹台:天门旧有丹台观、丹台井。丹台井现存,在天门中学旧址内。

仙吏:仙界、天庭的职事人员。

[2]茶井:指文学泉,又名陆子井,俗称三眼井,在今天门市文学泉路南侧。相传陆羽曾在此取水品茶。

溥(tuán):形容露水多。

巾湖:此处当指西江和西湖。清道光元年(1821年)版《天门县志·卷之六·山川》第18页记载:"县河至姜家河又东三里,为西江,又曰巾江。在县西门外。陆鸿渐所歌即其处也。"

霞杯:盛满美酒的酒杯。

[3]化雨:比喻善于施教,犹如雨水滋润植物一样。

魁躔(chán):指北斗星的运行度次。原文为"魁缠"。

上台:星名。在文昌星之南。

[4]寿域:语出《汉书·礼乐志》:"驱一世之民,跻之仁寿之域。"谓人人得尽天年的太平盛世。

邹枚:汉邹阳、枚乘的并称。北魏郦道元《水经注·睢水》:"梁王与邹、枚、司马相如之徒极游于其上。"两人皆以才辩著名当时。后因以邹枚借指富于才辩之士。

刘临孙（弋阳知县）

刘临孙(1622—?)，派名赖临，字继今、楫庵，天门西北张泗港人。张泗港为旧地名。今渔薪镇解场村有自然村名张氏岗、官屋台。

清道光元年(1821年)版《天门县志·卷之二十二·人物·文苑》第13页记载："(刘浑孙)从弟临孙，少孤好学。祖和平令渐甚器之，俾从浑孙共笔砚，切磋砥砺，相期有成。顺治壬辰，同捷南宫。起家弋阳令。公余，不废吟咏。惜其亦陨于任也。"

清康熙二十二年(1683年)版《弋阳县志·卷之二·名宦》第21页记载："刘临孙，景陵人。由壬辰进士知县事。壬戌会元刘必达之从侄也。为人恂恂若孺子。退食之暇，博览群书，伊唔彻曙。著作甚富，刻有《甜雪斋集》百二十卷，誊稿数四，皆手自为之；及《弋佣小草》《响石轩稿》《批评八大家》行世。"

宿龟峰

刘临孙

削壁疑无地，青苍匪一天。户开花径入，藤倒石根牵。松浪补泉响，山云带鸟还。与僧分梦后，应妒磬声先。

题解

本诗录自清康熙二十二年(1683年)版《弋阳县志·卷之八·艺文五·诗》第22页。署名"知县刘临孙，景陵人"。

龟峰：龟峰山。同版《弋阳县志·卷之一·疆域》第29页记载："县南二十里，玉亭乡有三十二峰，名状各异。中峰之顶有三巨石，皆如龟形，号三叠龟，故总名龟峰。"

游暠山

刘临孙

游人未至寺先知，接杖开扉翻笑迟[1]。行至庵前惊一顾，虎踪如许不遮篱。

题解

本诗录自清康熙二十二年（1683年）版《弋阳县志·卷之八·艺文五·诗》第22页。

暠（hào）山：暠阳山。同版《弋阳县志·卷之一·疆域》第32页记载："暠阳山，在万全乡。峰峦耸翠，四山环拱。上有八景三异。"

注释

[1]翻笑：反笑，却笑。

游双岩寺

刘临孙

笋雨吹香过枳林，减舆未许起幽禽[1]。寻逢奇石腰苔入，静思翻同云壑深。

题解

本诗录自清同治十年（1871年）版《弋阳县志·卷十三·艺文·文征》第41页。

注释

[1]枳林：刺林。枳：一种带刺的树。

减舆：减少舆从。

幽禽：隐栖在林中的鸟。

游南岩

刘临孙

石佛晶晶向壁胎,钟声淅沥和烟回[1]。教停不借防蹊仄,坐未移时鸟信催[2]。

题解

本诗录自清同治十年（1871 年）版《弋阳县志·卷十三·艺文·文征》第42 页。

注释

[1]向壁胎:此处指石佛"就壁斫石成之"。刘临孙《游南岩记》:"佛像古洁,其世尊罗汉诸像不下数十,皆就壁斫石成之,如画悬空立。"胎:事物的根源或初基。

淅沥:拟声词。形容细小的雨雪声、风声、落叶声等。

[2]蹊仄:幽蹊仄径。僻静狭窄的小路。

鸟信:江淮船户称农历三月的东北风为鸟信。

吊姜侯（姜绾）

刘临孙

桐乡来是匪无源,墟墓家园细细存[1]。阡易应猜回马处,碑残犹记过车门。先生自厌衣冠老,后裔能知稼穑尊[2]。景水弋山盟两地,他年付与叟童论[3]。

题解

本诗录自清道光元年（1821 年）版《天门县志·卷之二十·循良》第 7 页。

95

姜侯:姜绾,字玉卿,江西弋阳人。进士。明成化十六年(1480年)任景陵(今天门)知县。六年后擢南京监察御史。

注释

[1]桐乡:汉大司农朱邑曾为桐乡吏,有惠政,死后葬于桐乡,乡民为之立祠,祭祀不绝。后因用为称美地方官德政的典故。此处当指景陵(今天门)。

墟墓:丘墓,墓地。

[2]衣冠:代称缙绅、士大夫。

[3]景水弋山:代指景陵与弋阳。

弋署送乾明寺懒云还竟陵

刘临孙

十年前俱少年人,相见唯惊鹤发新。为问而师知甚健,更能于我羡长贫[1]。梦回还觉荷风软,衣冷正怜柳月巡。蔬圃竹坞勤课护,与君分得老农因[2]。

题解

本诗录自清康熙八年(1669年)版《安陆府志·卷三十五下·七言律》第33页。

乾明寺:清道光元年(1821年)版《天门县志·卷之六·山川》第26页记载:"东禅寺又曰乾明寺。寺前长堤接东门河街。"

注释

[1]而师:你的师傅。

[2]竹坞:竹舍,竹楼。

课护:疑指护理。课:谓致力于,

从事。

因:机会。

仙圃长春

刘临孙

频来日月挂峰鬟,蹀躞桃津性太顽[1]。村鸟不飞红树外,酒楼多在藕花湾。似闻远岫吹箫过,如见当年跃兔还【即张鹤鸣炼丹事】。何事石门题野鹤,儿孙解守旧时山[2]。

题解

本诗录自熊士鹏编、清道光癸未(1823 年)版《竟陵诗选·卷十》第 7 页。
仙圃:传说中仙人种药草的园圃。

注释

[1]峰鬟(huán):鬟峰。像女子环形发髻一样的山峰。

蹀躞(dié xiè):小步行走。

[2]石门:借指贤者。汉焦赣《易林·革之旅》:"石门晨开,荷蒉疾贫,遁世隐居,竟不逢时。"

题曹溪汪氏山房

刘临孙

半壁稜稜白石堆,翠微迢递带樵回[1]。天开卵色当轩落,树过溪声抱石来[2]。烟外竹瞷含雨意,山头枫老见霜才[3]。村村卧犬田田犊,谁话桑麻共举杯[4]。

题解

本诗录自熊士鹏编、清道光癸未(1823 年)版《竟陵诗选·卷十》第 7 页。

注释

[1]稜稜(léng):威严貌。威严方正的样子。霜气严冬之貌。

翠微:泛指青山。

迢递:连绵不绝貌。

[2]卵色:蛋青色。古多用以形容天的颜色。

[3]竹腥(qú):竹瘦。

[4]桑麻:泛指农作物或农事。陶潜《归园田居诗五首》其二:"相见无杂言,但道桑麻长。"

牵船草堂诗

刘临孙

却泊林中刺史艇,不浮水上志和家[1]。闭关卜籀无人启,许我频来踏落花[2]。

题解

本诗录自清康熙七年(1668年)版《景陵县志·卷十二·人物志·仙释》第15页。熊士鹏编、清道光癸未(1823年)版《竟陵诗选·卷十》第7页载,刘临孙《题牵船草堂》诗:"不向湖头泛钓槎,数椽宛似志和家。闭关竟日无人到,许我频来踏落花。"

牵船草堂:天门鄢韵(鄢谷音)自建草堂名。

注释

[1]志和:唐代诗人张志和,自号烟波钓徒。其《渔歌子》是名世之作。

[2]闭关:闭门。

卜籀(zhòu):占卜。

游文星塔记

刘临孙

　　川游者首仙湖,曰以远;山游者首赭亭,曰以虎患[1]。兼山川游者首龟峰,曰以舟车妨,主人步不可十里,留不可竟日,故屐齿常限焉[2]。若夫举航可岸、登岸可峰、晨夕勿时拘、晦明堪自主者[3],唯文星塔为最。

　　塔因于石崖,崖悬急流中。登塔者不以游以望。东望灵山自待宾而还,山在东者以数十计,而皆莫有遁焉者。南望宝峰自峦山而还,山在南者以数十计,而皆莫有遁焉者。西望象山自藐姑而还,山在西者以数十计,而皆莫有遁焉者。唯北蔽于城,城亦因山耳。晨烟缥缈,人踪历落[4],堪望者正复不少也。一级一周,级凡七,每间其一以新归路。崖不草而苔,苔青青茂茸,步者不忍蹴[5]。旁为茂林,竹木森阴。接崖麓无断者,俯瞰之如置身崖树巅而踞其上。登而下视焉,溪光飘忽,塔影倒曳,如浮水上,如举空中,目为之眩,心为之摇,人往往不能自必[6]。

　　烟云直入,微凉渐生,乃出塔就所谓茂茸者席焉。语同行某某曰:"事故有不如人意者。此滩波澜潆折,如往而复,当不减兰泽[7]。使得青蓑绿笠、垂钓理纶其间,宁让王方平耶[8]?"语已,留连不可去。遥望隔岸茅舍数十间,竹篱隐蔽,忽有筏自篱间出,载鹭鹚筏上,行歌而来[9]。从者曰:"此渔人也。"呼舟子并楫而还。

题解

　　本文录自清康熙二十二年(1683年)版《弋阳县志·卷之八·艺文》第1页。署名"知县刘临孙,景陵人"。

注释

[1]曰以远:因为路途远。曰:句　　首、句中助词。无实义。

赭(zhě)亭:赭亭山。同版《弋阳县志·卷之一·疆域》第 30 页记载:"县东五十里,山形方正如削,望之亭亭,其色赤,无林木。"

[2]龟峰:龟峰山。同版《弋阳县志·卷之一·疆域》第 29 页记载:"县南二十里,玉亭乡有三十二峰,名状各异。中峰之顶有三巨石,皆如龟形,号三叠龟,故总名龟峰。"

竟日:整整一天。

屐(jī)齿常限:指登山临水常受限制。屐齿:"屐齿登临"的略语。南朝宋诗人谢灵运性喜山水,常穿着一种前后齿可以装拆的木屐以登临。后因用为登山临水的故实。

[3]晦明:阴暗和晴朗。

[4]历落:疏疏落落。

[5]茙(róng)茸:疑为"绒茸"之误。当理解为"茸茸",形容毛发等浓密柔软。

蹴(cù):踏。

[6]自必:自己坚信,自以为必然。

[7]濚(yíng)折:回旋曲折。

兰泽:长兰草的沼泽。

[8]理纶:整理鱼线,指垂钓。纶:钓鱼用的线。

宁让:难道亚于。

王方平:王弘之,字方平,琅琊临沂(今山东临沂北)人。南朝宋名士。家贫,而性爱山水,求为乌程令,寻以病归。宋武帝、宋文帝征召,不就。平时喜好钓鱼,常垂钓于上虞江边,傍晚回家,经亲故门前,各以一两条鱼置门内而去。

[9]鹭鹚(lù cí):鹭鸶(sī)。

游南岩记

刘临孙

有告余者曰:"南岩堪游,与龟峰并。"予过其言:"叔于田,巷无居人[1]。"龟峰出而谁谓弋有山者[2]?重瞳子击破秦军,诸侯皆从壁上观[3],俯首伏膝,莫敢独当一队。有龟峰而外语山也[4],可乎哉?然乐其近且喜其未尝传也,与某某等赴之。

石壁千寻,摩天无阶,负日俯仰,望同匹练垂云[5]。当其半隙,若悬峰之挂霄汉间。岩下洞穴透迤,空中而旷,度可置千余人[6]。每晨曦初起,夕晖斜照,荒荒漠漠,不可名状[7]。

寺随岩架立,不瓦而栋,不檐而藩[8]。合烟合雾,云皆从户牖中出[9],石浪护其顶。缥缈冥幻,人往往不能自定[10]。佛像古洁,其世尊罗汉诸像不下数十,皆就壁斫石成之,如画悬空立,令人肃肃生悸矣[11]。飞檐削出,不作矮垂[12],风雨亦勿敢窥。久之淡人思,亦复深人思。岩壁传有二十余字,字漫灭不可考[13]。以其景过清,与某某谋,唯登高而望可了之。

群山拱映,龟峰值其西南,如相翼状,而岩反屹然不应。大溪当其前,望之漾折如带[14]。怪石异木,辄随其折处。石为之浮,树为之摇。其与波上下者,水石都无辨,唯苔者分耳。远岚起伏,视之缥碧,作一层峻崿相送[15]。的的历历又一层至,重岭叠嶂、缨峦带阜者[16],殆莫定其层数,然皆贡秀献奇,不敢稍匿其光景。

予顾之长叹,至不能言。其近弋而又近龟峰如此,乃数百年不传,何哉?昔刘梦得尝爱泰华[17],谓此外无奇;爱荆山,谓此外无秀。乃见九华,方深悔前言之失也。柳柳州云:"游山者,宜旷与奥[18]。"兹其奥者欤?古有市隐,如东陵、伯休辈[19],名不可得闻。兹岩其隐者欤?张氏子凿石室以居,郡守庾翼欲表之,因逸不见[20]。以地志考之,适当其处兹,当非其别馆欤?他姑勿论,即壁间二十余字,宁蚀啮几尽,不索名贤一题吟。正如渔阳鼓吏纸毛字褪,刺不谩投[21]。何无忌之至浔阳也[22],远、永二师来会。远师持名望,从徒百余,高言华论,举止可观[23]。永师衲衣半胫,荷杖捉钵[24],松下飘然而至。无忌谓众曰:"永公清散之风[25],乃多于远公矣。"予取为南岩赠,并示龟峰,何如也?聊以志吾前言之过而已。

题解

本文录自清康熙二十二年(1683年)版《弋阳县志·卷之八·艺文》第2页。

注释

[1]叔于田,巷无居人:语出《诗经·郑风·叔于田》。意思是郑庄公的弟弟太叔段去打猎,巷里居住的人没有一个能比得上。

[2]龟峰出而谁谓弋有山者:意思是除了龟峰山,弋阳县哪座山还能称

得上山呢?

[3]重瞳子:指项羽。谓眼中有两个瞳子,旧时人们认为非凡人之相。古传说舜与项羽眼中都有两个瞳子。

从壁上观:亦作"作壁上观"。在营垒上往下观看他人交战。比喻坐观成败不予帮助。

[4]语:谈论。

[5]匹练垂云:就像白绢从云间下垂。原文为"练垂云",据清同治十年(1871年)版《弋阳县志·卷之十二·艺文·文征》同题文补。

[6]度(duó):计算,推测。

[7]荒荒漠漠:黯淡迷蒙的样子。

不可名状:无法用言语来说明、描绘。名:说出。状:描绘。

[8]不瓦而栋,不檐而藩:不用砖瓦却能建成栋宇,没有屋檐却能遮蔽风雨。

[9]合:聚合。

户牖(yǒu):门窗。

[10]自定:犹自安。

[11]世尊:佛陀的尊号之一。意为世间及出世间共同尊重的人。

肃肃生悸:指佛像肃穆,让人心生恐惧。

[12]不作緌(ruí)垂:没有门帘一类的东西。緌垂:像帽带下垂。緌:古时帽带打结后下垂的部分。

[13]漫灭:磨灭,模糊不清。

[14]潆(yíng)折:回旋曲折。

[15]缥碧:青绿色。

峻崿(è):高峻的山崖。

[16]的的历历:清晰分明。

缨峦带阜:山峦丘阜萦回环抱。

[17]刘梦得尝爱泰华:唐代诗人刘禹锡爱华山。他的《华山歌》有诗句"高山固无限,如此方为岳"。刘梦得:刘禹锡,字梦得。泰华:太华山。在陕西东部,华山之主峰。

[18]柳柳州:柳宗元,字子厚,后人称柳柳州,唐河东人。

旷与奥:空旷辽阔与深邃幽僻。风景分为旷奥的想法最早见于柳宗元的《永州龙兴寺东丘记》:"游之适,大率有二:旷如也,奥如也,如斯而已。"这是风景旷奥概念的雏形。

[19]市隐:隐居闹市。

东陵:亦称"东陵侯"。秦东陵侯邵平的别称。邵平于秦亡后隐居种瓜。

伯休:韩康,一名恬休,后汉隐士。

[20]张氏子凿石室以居:清康熙二十二年(1683年)版《弋阳县志·卷之六·隐逸》第53页记载:"晋,张某隐居石室,其名不可考。按旧志云,在弋阳南十余里,琢石为室,其形如囷(qūn)。郡守鄱陵庾翼欲表荐之,隐而不见。即其居,因以为号焉。"

[21]渔阳鼓吏:指祢(mí)衡。典自刘义庆《世说新语·言语》:"祢衡被魏武谪为鼓吏,正月半试鼓,衡扬枹(鼓槌)为《渔阳掺挝》(鼓曲名),渊渊有金石声。"

纸毛字褪:典同"名纸毛生"。名纸毛生原谓名片受磨起毛致字迹漫灭。后以喻长时间求谒而不得见。《后汉书·祢衡传》记载,祢衡初至颍川,怀刺求谒,而久无所投,至于刺字漫灭。

[22]何无忌:东晋将领。东海郯(tán,今山东郯城)人。曾与刘裕等人起兵讨伐篡位的桓玄,后官至江州刺史,在卢循之乱中与徐道覆作战战死。

浔阳:今江西九江。晋时浔阳郡属江州。

[23]高言华论:高妙华丽的谈论。

举止可观:举止达到相当高的程度。

[24]荷杖捉钵:挂着锡杖拿着钵。

[25]清散:清雅散淡。

游暠阳山记

刘临孙

弋南无名山。非无名山也,夫山而可名也,传其北山亦佳甚,唯西犹有憾。

乙未春,予偶有西征之役[1]。闻所谓暠山者,寺僧颇奇。来自兵燹间,忽得荒山,诛茅而居[2]。屋以百,徒众以数十。锄地而佳石列为阶,寻源而清泉会于厨。类有慧者,遂往造焉[3]。

初入山不觉异,唯路甚逶迤,稍行渐不逢人。两崖翼立,才通一径。有涧流,乍大乍小,辄随其径而曲折,以护山根。是时方仲春,残叶犹依树,作秋冬飘纷状坠涧。中者铿然时一响,忽有樵人行歌林间[4]。问其路,不释斧,举手遥东指。行数步,回顾樵人,佚不见[5]。得非随行人语以官长来耶[6]?因戒从者,到山不必白姓字,令僧人作俗面孔相向[7]。渐行山益险,择然后可步,面面皆如壁,疑无路者。东行,人忽尔西向,已乃渐折而南旋焉[8]。登者力力,气不能息;下者碌碌,气不容息。备登陟之阻,而同行有致者反以为极快[9]。渡桥桥横数木耳,泉涓涓清冽可取饮。有鱼潜其下伏不动,迫视一笑[10],乃石也耶!桥渡为茂林[11],林间一隙以入。入林中,行者俯视地,仰视垂枝，左右视藤刺，心目无暇者。攀葛拊丛，扪胸叠肩，造其巅，谓已峻极。先行者憩。

前山则又倍之。路稍开，忽不逢石。有指者曰："此即山寺也。"止，从人剥啄[12]，选阶石休焉。忽有僧自内出，开户微哂曰："吾师固云尔[13]，盖师即建寺僧季智也。"予色然而骇[14]。因策杖延坐[15]，为我煮茗烧笋，细话山中事。俯视群峰，若坠谷中。树摇其巅，如翻浪弄潮于人足趾间。树雅善覆，山不能自出树梢间。竹承其缝，日光被隔，觉高于林一二尺许，不下。有僧襵衲入[16]，方采野蔬作供接众。予顾语僧曰："兹山埋野榛荒烟中数百年，今不深自藏匿，乃为师所得，然唯师固足以当此。但惜不置之稍近，一夺弋南诸峰之垒尔。"僧曰："予舍博山而就此，正爱其名字不挂名胜中，故自置福田、庵斋，僧田二百三十有零。又寺邻王文启助田柒十叁亩，于万全乡以供馈粥[17]。将有终焉之志[18]。予方幸而子乃惜之，何哉？"予亦默然别去。然此行也，于西可以不憾。

题解

本文录自清康熙二十二年（1683 年）版《弋阳县志·卷之八·艺文》第 4 页。

嚆（hào）阳山：同版《弋阳县志·卷之一·疆域》第 32 页记载："嚆阳山，在万全乡。峰峦耸翠，四山环拱。上有八景三异。"

注释

[1]乙未：清顺治十二年，1655 年。

役：征役。旧指因服兵役、劳役或公务而出外跋涉。

[2]兵燹（xiǎn）：指因战乱所致的焚烧破坏。燹：兵火。

诛茅：芟（shān）除茅草。引申为结庐安居。

[3]造：拜访。

[4]行歌：边走边唱。

[5]佚：隐逸。

[6]得非：莫非是。

[7]相向：相对，面对面。

[8]已乃：旋即，不久。

[9]有致：有情致。富有情趣。

[10]迫视：逼视，逼近看。

[11]桥渡为茂林：清同治十年（1871 年）版《弋阳县志·卷十二·艺文》第 100 页同题文为"逾桥为茂林"。

[12]剥啄：象声词。敲门声。

[13]哂（shěn）：微笑。

固云尔:早就说过,本来就是这样。

[14]色然而骇:变为惊骇之色。色然:变色貌。

[15]策杖:扶杖。

延坐:请坐。

[16]有僧襭(xié)衲入:有个和尚用僧衣兜着东西进来。襭:把衣襟掖(yē)在腰带间来兜东西。

[17]饘(zhān)粥:即厚粥,稠粥。

[18]终焉之志:在此安身终老的想法。

七星塘记

刘临孙

余治弋之五年春,民物恬熙,土膏初动,因展轮于弋之西郊劝农事也[1]。简骖从,持糗粮,将历览此地之形胜焉[2]。晡后抵荷塘,谒方先生祠[3],即过吴山寺。行数里许,见有池,周遭数百,晦中有一培塿突出,树鸟钩辀,潜鱼泼剌[4]。近岸系渔筏三四,因同谭子只收释舆登筏,至石上憩坐,移时而返[5]。询之土人[6],曰:"此七星塘也。相传有七星坠此,因名焉。"塘为方氏世业,畜鱼供祀岁输粮[7]。遇大旱,族中相戒无遏防[8],泄其水灌他姓田,计叁十亩,亦义举也。此虽如坳界盆石,无大生趣,然过焉寓目,令人有濠间川上之想[9],故记之。

时顺治戊戌仲春某日也[10]。

题解

本文录自清康熙二十二年(1683年)版《弋阳县志·卷之八·艺文》第6页。

注释

[1]民物:泛指人民、万物。

恬熙:安乐。

土膏:肥沃的土地。

展轮(líng):让车轮转动。指乘车。轮:车轮。

劝农事:古代政府官员在春夏农忙季节,巡行乡间,劝课农桑,称劝农。

[2]骖从:古时贵族的骑马的侍从。

糇(qiǔ)粮:干粮。

历览:遍览,逐一地看。

形胜:美好的山河、楼阁、园林等。

[3]晡(bū):申时,午后三时至五时。

[4]晦:昏暗不明。

培塿(lǒu):小土丘。

钩辀(zhōu):鹧鸪鸣声。

泼刺:象声词。

[5]谭子只收:谭籍,字只收,号鹿柴。谭元春嗣子,谭元春弟谭元亮之子,谭篆胞兄。恩贡生。

释舆:弃车轿。

移时:过了好一会儿。

[6]土人:旧指世居本地之人。

[7]世业:祖先所遗留的产业。

供祀:谓供给祭祀。

岁输:每年运送到京师或指定地点的贡赋。主要是粮米,多由水路运输。

[8]过防:防止,阻止。

[9]过焉:从这里经过。焉:于此。

寓目:犹过目,观看。

濠间:典自“濠濮间想”。《庄子》记有庄子与惠子同游濠梁之上和庄子垂钓濮水的事。后以濠濮间想谓逍遥闲居、清淡无为的思绪。

川上:典自“川上之叹”。孔子看河水永不停息地流去而发出的叹息。感叹时光流逝的迅速。《论语·子罕》:“子在川上曰:逝者如斯夫,不舍昼夜。”

[10]顺治戊戌:清顺治十五年,1658年。

募修璋琥岩文

刘临孙

癸巳冬,余偶以吏事西征,小憩圆通僧房[1]。栋宇崔巍,金姿庄严[2]。取山之名花怪石以作供,引洞之曲流清泉以会厨。嵌岩峭壁,修竹乔木,高入云表[3]。予为之心舒目朗,低徊不能去[4]。越三月,而僧从际持璋琥岩一疏示予,且属为文[5],曰:“岩,当邑之东,东坐西向。前放生池,又前香炉峰。赭亭者,其后山也。右鹤石,左增山,望之盖如翼焉。凡景之所设,疑有天工[6]。兹予所述,盖一二之略也。自宋开之,明修之,今则圮坏,足令信者衰矣[7]。际既乐其山川之胜,而弋民复颇信公之言,曷为我序而重修之[8]?”

予闻之,一时幽兴异态,苍然到目。昔慧远至浔阳,见庐山闲旷,可以息心,乃立精舍[9]。以去水犹远,举杖叩地,曰:"若此可居,当使朽壤抽泉[10]。"言毕,清流涌出。夫名区胜地,自以位置奇人。桓伊既为远公立东林,而陶范复舍宅作西林以奉永公[11]。今圆通、璋琥,东西相望,不减匡庐二林[12]。使上人钵缘既至[13],安知不有同趣相引,如桓、陶二公者?顾虎头穷措大耳,刹注百万,止将维摩一躯,好事者自应尔尔[14]。

僧行矣,予游屐虽未及,然姓名先通,用告山灵[15]。公事粗了,当携谢公惊人句来,一酬夙慕耳[16]。

题解

本文录自清康熙二十二年(1683年)版《弋阳县志·卷之八·艺文》第8页。

璋琥岩:寺名。位于弋阳县朱坑镇上童村正北约一公里的山谷中。岩:当指庵、寺。

注释

[1]癸巳:清顺治十年,1653年。

吏事:政事,官务。

僧房:僧人居住的房舍。

[2]金姿:指佛像。

[3]嵁(kān)岩:高峻的山岩。

云表:云外。

[4]低徊:徘徊,流连。

[5]疏:文体名。疏引。旧时募捐簿前简短的说明文字。

示予:给我看。

属(zhǔ):古同"嘱"。嘱咐,托付。

[6]天工:天然形成的工巧。与"人工"相对。

[7]圮(pǐ)坏:毁坏,废弛,坍塌。

衰:减少。

[8]际:逢。

弋民:弋阳县的百姓。

曷为我序:何不为我们璋琥岩写一篇募修的序文呢?曷:古同"盍"。何不。序:同上文"疏"。

[9]闲旷:安静空阔。

息心:梵语"沙门"的意译。谓勤修善法,息灭恶行。

精舍:佛寺,僧舍。

[10]朽壤:腐土。

[11]"桓伊"一句:指晋太元中江州刺史桓伊资助慧远法师建成庐山东林寺。

"陶范"一句:指东晋太和二年(366年),太府卿陶范创建庐山西林寺。

[12]匡庐:庐山。相传周有匡姓七兄弟结庐隐居于此,故名。

[13]上人:《释氏要览·称谓》引古师云:"内有德智,外有胜行,在人之上,名上人。"自南朝宋以后,多用作对和尚的尊称。

[14]顾虎头穷措大耳,刹注百万,止将维摩一躯:唐代张彦远《历代名画记》记载:"(顾恺之)所画维摩一躯工毕。将欲点眸子,乃谓僧众曰:'第一日观者,请施十万;第二日观者,请施五万;第三日观者,可任其施。'及开户,光照一寺。施者填咽,俄而及百万。"

顾虎头:晋代画家顾恺之,字虎头。

穷措大:比喻贫穷的读书人。

刹注:认捐。

尔尔:如此。

[15]游屐:出游时穿的木屐。亦代指游踪。

山灵:山神。

[16]粗了:刚刚完了。

携谢公惊人句:冯贽《云仙杂记》记述李白登落雁峰时感叹说:"此山最高,呼吸之气想通天帝座矣,恨不携谢朓惊人句来,搔首问青天耳。"惊人句:达到惊人地步的诗句语言。

夙慕:旧有的慕求,平素的爱慕。

祭景陵令方梁文

刘临孙

呜呼!遇合之数岂偶然哉[1]?或并时而相慕,或异世而相感;或其人已往[2],而流风遗韵犹得于故老之所传闻[3],而数代而后遂得因彼子孙以想见其形容,虽所遇不同,而要之不可谓之无所合也[4],独予于公尤异焉?

余生也晚,不及见公矣。辛卯春[5],偶宿戚友村中,梦一伟人,乌纱绛服,手刺云访予者[6],觉而异之。及明,从断碣中得公姓名,或曰此令所额某宦墓道也[7]。述梦同游,相视而叹。

后一年,而予成进士。又一年,而承乏兹邑[8]。又二年,而始读《弋志》,见公仕历于《乡贤》中。予不觉仰而慕、俯而感,追念畴昔之夜,不啻如前日事也[9]。

呜呼！凡梦生于因，因必生于情之所已接与耳目所已经。盖公之令景也[10]，已百六七十年矣。凡公所以治景民与景民所以事公者，予皆不得及而见之。意者予忝斯邑[11]，于公之子孙偶为一日之长，而公预知之耶？抑予虽不获亲炙公化[12]，而予之先人必有蒙其泽者，是亦其宿因也耶[13]？然予独怪其在景不意梦而梦，在弋矣宜梦也而反不梦。朱邑有言："子孙奉祀我，不如桐乡[14]。"倘亦景民德公甚深，而公之灵遂流连于蒹葭云水之间而不去耶[15]？

今予已二年于兹，而始访公里居，吊公之藏，得勿后欤？然因公子孙以详公生平、形容，固不若畴昔者乌纱绛服、手刺相访者之亲也；读《弋志》而睹公历仕始终，固不若荒垄断碣、摩挲姓字者之异也[16]。遇之奇则思之必固，予之与公殆所谓神交者非欤？然则公之精神所存，犹征梦于数百年后[17]，闻见不及之人及梦矣，而终无一语。使公而在，岂肯自言其所私耶？于是而公所以治景民与景民所以事公者，皆可知也已，予所以低徊企慕而不禁其唏嘘屡叹也[18]。尚飨[19]！

题解

本文录自清康熙二十二年(1683 年)版《弋阳县志·卷之八·艺文》第 6 页。清康熙三十一年(1692 年)版《景陵县志·卷之十二·艺文》第 55 页收录本文，标题为《纪前令方公异梦》，多处文字不同。

清康熙三十一年(1692 年)版《景陵县志·卷之九·秩官志·知县考》第 31页记载："方梁，字星野，江西弋阳人。由举人隆庆三年任。"

注释

[1]遇合之数：相遇的规律。遇合：犹碰到。数：规律，必然性。

[2]并时：同时代。

往：亡去。

[3]流风遗韵：前代流传下来的风雅韵事或好的风尚。

故老：遗老，当时的老人。

[4]形容：外貌，形体和容貌。

虽所遇不同，而要之不可谓之无所合也：子孙虽所遇见的先祖与真人不同，但重要的是遇见了。要之：总之，重要的是。不可谓之无所合：不能说没有遇见。

[5]辛卯：清顺治八年，1651 年。

[6]乌纱绛服:指头戴乌纱帽、身着绛色官服。绛服:赤色之服。古官服常用绛色。

手刺:旧时官场中拜谒时用的亲笔写的名帖。此处作动词用,手持名帖。

[7]断碣:断碑。

额:碑额。此处为题写碑额的意思。

[8]承乏:所任职位一时无适当人选,暂由自己来充数。旧时在任官吏常用的谦辞。

[9]畴昔:往日,从前。

不啻(chì):无异于,如同。

[10]令景:担任景陵知县。令:县一级的行政长官。此处活用为动词,担任县令。

[11]意者:表示测度。大概,或许,恐怕。

予忝(tiǎn)斯邑:我愧为弋阳县令。忝:辱,有愧于,常用作谦辞。

[12]抑予虽不获亲炙公化:或是我虽没有亲受方梁公的教诲。亲炙:

亲自受熏陶、教益。炙:火烤肉。比喻熏陶。

[13]宿因:前世的因缘。

[14]朱邑:字仲卿,庐江舒县人。西汉官员。年轻时担任舒城县桐乡(今安徽桐城)的啬夫,官至大司农。朱邑弥留之际,嘱咐儿子:"我原来做桐乡的官吏,那里的百姓爱戴我。我死后一定要埋葬在桐乡。后代子孙供奉我,也不如桐乡的百姓。"他的儿子将他安葬在桐乡城西,百姓果然一起为他立墓修祠堂,年年祭拜他。

[15]德:感激。

蒹葭(jiān jiā):蒹是荻,葭为芦苇。本指在水边怀念故人,后以"蒹葭"泛指思念异地友人。语出《诗经·秦风·蒹葭》:"蒹葭苍苍,白露为霜。所谓伊人,在水一方。"

[16]摩挲:模糊不清。

[17]征:证明,证验。

[18]企慕:仰慕。

[19]尚飨(xiǎng):希望死者享用祭品。多用作祭文的结语。

鄢谷音(鄢韵)传

刘临孙

鄢谷音,邑中高士也[1],自称紫渡樵客。读书深思,诗文歌赋出入汉魏间[2]。幼补诸生,历试高等,久而棘闱蹭蹬,啸歌自如[3]。甲申贼变,放浪渔樵[4],仿白乐天石楼、邵尧夫安乐窝,制茅屋,为息隐计,颜曰"牵船草堂[5]"。寄题颇工,远迩属和[6]。予亦作记与诗志之,刻《弋佣集》中,吴楚人士传为佳话。

新朝定鼎前后,督学使者慕其名,檄就试[7]。鄢子远游冀北,不乐应征。冀北诸名流慕其名,佩其文,翕然宗之,自以为嬗行可厌也[8]。复之东海,诸守令慕其名,思招致之,欲分猪肝一片[9],不可得。已乃买舟彭蠡,访予弋阳,相与把臂讽吟、掀髯谈笑者六月有奇[10]。上下同寅慕其名,求一识荆亦不可得[11]。卒谢予去。

忆乡先达毛槐眉令海盐时[12],鄢子偶来游,邀留花幕。忽一日念北堂离久[13],辄挂归帆。槐翁强为维系,还所赠而别,槐翁益加叹服[14]。逢人说项,刘四骂人人亦不恨,殆类是欤[15]!

至生平著述,古文时艺,有父宅揆[16],弟允谐、男旨、侄晋时合刻《来归草》暨持社、文变几社、文起焕社、梅溪社《天下名篇》诸选刻。诗有《紫渡吟》《泛凫草》《二吹草》《咋庵辍草》四稿,俱行于世。

题解

本文录自清康熙七年(1668年)版《景陵县志·卷十二·人物志·隐逸》第15页。

鄢谷音:鄢韵,字谷音。天门市横林镇芦埠村一组鄢家滩人。

注释

[1]高士:指隐居不仕或修炼者。

[2]出入汉魏间:疑指作品具有"汉魏风骨"。出入:谓或出或入,有相似处,亦有相异处。汉魏:汉魏风骨。指汉魏诗歌爽朗有力的动人风貌。

[3]诸生:明清两代称已入学的生员。俗称秀才。

棘闱蹭蹬:指参加科举考试,不中。棘闱:科举时代试院的别称。古代试士,用棘围试院,以防止闲人擅自进入,故称。蹭蹬:困顿,失意。

啸歌:大声吟咏,歌唱。

[4]甲申贼变:指明崇祯十七年,甲申(1644年),李自成攻陷京师。

放浪渔樵:混迹于渔人和樵夫之中。放浪:浪游,浪迹。

[5]颜:题写匾额。

[6]属(zhǔ)和:指和别人的诗。

[7]新朝定鼎:此处指清朝建立。传说夏禹曾收九州之金,铸造九鼎,夏商周三代都把它们作为传国的重器。后世称新朝定都建国为定鼎。

檄就试:意思是发公文请他参加选拔考试。

[8]翕(xī)然:一致。

羶(shān)行:令人仰慕的德行。

[9]之东海:之是往、到的意思。

招致:招而使至,收罗。

欲分猪肝一片:意思是愿意受牵累。典自"仲叔猪肝"。《后汉书》卷五十三《周燮传序》记载,闵仲叔寄居安邑,因贫病买不起肉,每天买猪肝一片,屠户有时不给,被安邑令听得,命县吏照常供给。仲叔知道后,叹道:"我岂能以口腹拖累安邑地方!"便离开安邑他去。后即用以表示牵累主人的典实。

[10]把臂讽吟:挽着手臂,讽诵吟咏。

掀豗(huī):喧豗。喧闹。

[11]同寅:旧称在同一处做官的人。

识荆:也作"识韩"。李白《与韩荆州书》:"白闻天下谈士相聚而言曰:'生不用封万户侯,但愿一识韩荆州。'何令人之景慕,一至于此!"韩荆州:即韩朝宗,时为荆州长史。迫切期望亲见自己所仰慕和敬佩的人叫"识荆"或"识韩"。

[12]乡先达:指同乡显达的前辈。

毛槐眉:毛一骏,字翰如,号槐眉,天门人。举人。

令:此处指任县令。

[13]北堂:指母亲的居室。代指母亲。

[14]叹服:赞叹佩服。

[15]逢人说项:比喻到处替人家说好话或讲情。凡是替人家说好话或讲情的,都叫做说项。项:指唐朝人项斯。

刘四骂人人亦不恨:《旧唐书·刘祎之传》:"父子翼,善吟讽,有学行……性不容非,朋像有短常面折之。友人李伯药常称曰:'刘四虽复骂人,人都不恨。'"后以刘四骂人谓用俏皮浅露的语言骂人。

殆:大概,几乎。

[16]时艺:即时文、八股文。

宅揆(kuí):谓总领国政。此处指总管。

谭　篆（翰林院检讨）

谭篆，字玉章，号灌村。解元谭元春季弟谭元亮之子。清顺治十五年（1658年）戊戌科进士。著有《灌村诗集》《高话园诗集》《四枝馆诗集》等。

清雍正十一年（1733年）刊竟、四库全书本《湖广通志·卷五十三·人物》第18页记载："谭篆，字灌村，天门人。顺治戊戌进士，选庶常。庚子典试江南，公明严正，得人最盛。补国子司业，经指授者，皆以文名。嗣纂修《孝经》，进侍讲。每入值，惓惓（quán）以用正人、端国本为言，恩赉有加。因母病，告养归里，承欢六年。及母逝，庐墓三载。凡伯叔子侄贫之者，皆资给训课之。推宅与从弟帘。帘没，代养孀母，抚遗孤成立。同村数百家濒水苦涝，独任修筑，不以累众。又，条陈里役利弊，邑人德之。"

谭篆墓在天门市黄潭镇黄嘴村九组朱家岭西侧，北与谭元礼墓相邻，西与松岭坡谭元春墓隔金带湖相望。

忆昔（三首）

谭　篆

忆昔逢丧乱，余年方十一。不知悲所遭，啼饥号寒漂[1]。三年破舟中，江湖波涛疾。绝粮烟火冷，全家托草实。意气黄仲子【谓黄问友】，居食留奔逸。西堂辟榛花，东圃推芋栗[2]。招魂得暇栖，梦醒盗贼怵。辛苦赖双亲，艰危有今日。

天意属昭代，军声贼先去[3]。临去纵剽戮，云日昏不曙[4]。浮尸障行舟，膏腥填沮洳[5]。可怜万姓躯，鸦犬恣饱饫[6]。赤眼向生人，鸟兽欺众庶。入门辟蒿莱，敝庐风雨除。大兵洗杀气，从兹免惊惧。

家世本儒术，艰危出乱离。劬劳父母恩，教训方及时[7]。藏书委涂炭,漫漶无全辞[8]。残篇古周礼,初授口参差[9]。视履有近训,言笑必端仪[10]。家贫给灯火,洒栗饲寒饥。至今存手泽,开卷空泪垂[11]。

题解

本诗录自谭篆著、旧刻本(刻印年代不详)《高话园诗初集》第3页。

注释

[1]此句中疑有文字脱误。这一首比后两首少两句。

[2]芋栗:橡栗。因其形似芋芳,故名。一说指芋芳和橡栗。

[3]昭代:政治清明的时代。常用以称颂本朝或当今时代。

[4]剿戮:杀戮。

[5]沮洳(rù):指低湿。

[6]饱饫(yù):饱食。

[7]劬(qú)劳:劳累,劳苦。

[8]漫漶:模糊不可辨别。

[9]参差:差池,差错。

[10]视履:指审察行迹。端仪:端庄的仪态。

[11]手泽:犹手汗。后多用以称先人或前辈的遗墨、遗物等。

烹茶诗

谭 篆

客自江南来,馈我峒山茶。素瓷裹箬叶,殷勤向天涯。薄如秋蝉翼,香如楚畹花[1]。故人千里念,珍重敢拜嘉[2]。物微不可亵,况乃雨前芽。竟陵西塔水,荒井晒残霞。汲之幽淙冷,松火剪杈枒。一室洪涛溅,轻烟透绿纱。清供三四盏,微香不浪奢[3]。无言对嘉客,日寒数归鸦。

题解

本诗录自谭篆著、旧刻本(刻印年代不详)《高话园诗初集》第41页。

注释

[1]畹花:"九畹花"的省略。指兰花。

[2]拜嘉:指拜受赏赐或馈赠。

[3]浪奢:此处有随便张大、不俭约的意思。

忆南苑

谭 篆

畿南风景近如何,七月郊原锁绿萝[1]。猎马放归金甲暗,弹丸收去野狐多。梵宫冷落无烟火,樵路荒茫有斧柯[2]。平沼楼船空系水,白苹红蓼老清波。

题解

本诗录自谭篆著、旧刻本(刻印年代不详)《高话园诗初集》第17页。

南苑:即南海子。元明清三代皇家苑囿。地处北京城南十公里,是古代北京地区规模最大、历时最久的皇家游猎场所。

注释

[1]畿南:今北京南。畿:多指京城管辖的地区。

[2]梵宫:原指梵天的宫殿。后多指佛寺。

斧柯:斧柄。

楚故宫

谭 篆

寒日下红墙,西风扫大荒。城乌啼故树,野雀守空仓[1]。相国怀沙痛,王孙抱柱伤[2]。不情呜咽水,江汉日汤汤[3]。

题解

本诗录自清康熙二十六年(1687年)版《湖广武昌府志·卷之十·艺文志》第79页。

注释

[1]城乌:城上的乌鸦。

[2]相国怀沙痛:指屈原悲楚国衰败而作《怀沙》。相国:屈原被楚怀王封为左徒,地位仅次于令尹。令尹在同时代的其他国家叫相国。怀沙:楚国左徒屈原悲楚国衰败而作《怀沙》,旧谓其为屈原决心以身殉国的绝命辞。

王孙抱柱伤:楚大夫申包胥姓王孙氏。吴兵破楚,申包胥乞师于秦。秦王不许。申于秦廷抱柱哭泣七日七夜,终于感动了秦王。

[3]不情:无情,薄情。

汤汤(shāng):水流盛大貌。

汉川城西小山

谭 篆

楚王台殿已千秋,白日江城古戍楼[1]。往事仙凡空逝水,多情词赋独荒丘[2]。松声绝涧朝云出,牧笛前村暮雨收。梦泽山川风景在,高唐何处问凝旒[3]。

题解

本诗录自谭篆著、旧刻本(刻印年代不详)《高话园诗初集》第2页。标题下注"里人名为阳台"。阳台:山名,在今汉川市城西。传楚怀王于此地梦游阳台与神女相会,又名仙女山。

注释

[1]戍楼:边防驻军的瞭望楼。

[2]仙凡:借喻皇宫内苑与宫外。

[3]高唐:战国时楚国台观名。在云梦泽中。传说楚襄王游高唐,梦见巫山神女,幸之而去。

凝旒(liú):代称帝王。

登鲁文恪（鲁铎）梦野台

谭 篆

百年文物见层台，祭酒风流旷代才[1]。华表仙归悲故郭，昆明劫尽认残灰[2]。莲塘柳路凭栏外，刹影湖阴逼座来[3]。我辈登临心自省，遭逢可得是邹枚[4]。

题解

本诗录自清康熙三十一年（1692 年）版《景陵县志·卷十二·艺文志》第18 页。

鲁文恪梦野台：参见本书第一卷鲁铎《己有园》诗题解。

注释

[1]层台：多层高台。

祭酒：国子监祭酒。此处指曾任此职的鲁铎。

旷代：绝代，世所未有。

[2]华表仙归悲故郭：典自"鹤归华表""华表千年"。陶潜《搜神后记》云：汉代丁令威，辽东人。学道灵虚山，道成化鹤，飞回故里，停于城门华表柱之上。一少年见后举弓欲射，鹤乃飞，徘徊空中而言："有鸟有鸟丁令威，去家千年今欲归。城郭如故人民非，何不学仙冢累累。"遂高飞入云。后喻时光流逝之疾。

昆明劫尽认残灰：典自"昆明劫灰"。传说汉武帝挖昆明池，在深处发现灰墨，问东方朔，朔不知，说可以问西域胡。到东汉明帝时，西域僧人竺法兰来洛阳，有人问起此事，他说："经云，天地大劫将尽，则劫烧，此劫烧之余。"见南朝梁释惠皎《高僧传·竺法兰》。后以昆明劫灰等指大灾难的遗迹。

[3]刹（chà）：佛塔顶部的装饰，即相轮。亦指佛塔、佛寺。

[4]邹枚：汉邹阳、枚乘的并称。北魏郦道元《水经注·睢水》："梁王与邹、枚、司马相如之徒极游于其上。"两人皆以才辩著名当时。后因以邹枚借指富于才辩之士。

舟中秋思

谭 篆

秋来泽国采菰蒲,蔽野飞蝗草树枯[1]。海外欃枪频战伐,中原鸡犬尽征输[2]。寒螀日落声偏急,独鹤天边影自孤[3]。高兴晚来时一醉,渔歌隐隐出平湖。

题解

本诗录自谭篆著、旧刻本(刻印年代不详)《高话园诗初集》第16页。原诗四首,本诗为第四首。

注释

[1]菰(gū)蒲:茭白与菖蒲,均生于水边。

[2]欃(chán)枪:彗星的别名。喻指叛乱、动乱。

战伐:征战,战争。

征输:征收赋税输入官府。

[3]寒螀(jiāng):即寒蝉。

宿三滗河上

谭 篆

栖霜雁影落平沙,浅草河洲日已斜。几叶樯帆来远浦,一廛灯火聚荒涯[1]。贫村冷寺僧无语,小店饥年酒不赊。千里长堤襄水恶,鱼龙争破万人家[2]。

题解

本诗录自清光绪十九年(1893年)刻本《湖北下荆南道志·卷之二十三·诗》第39页。

三澨(shì)河:今天门河。此处指天门河上游。《史记索隐》:"今竟陵有三参水,俗云是三澨水。"澨水源出湖北京山之潼关山,又名司马河,西流折南流至天门,名为汉水,又东流至汉川界入汉水。

注释

[1]浦:水边。

一廛(chán):泛指一块土地,一处居宅。

[2]襄水:古水名。又称襄江、襄河。即今湖北省襄阳市以下汉水河段。

鱼龙:鱼和龙。泛指鳞介水族。

留题东湖禅房

谭 篆

栖云小立道林庄,六月荷溪送晚凉[1]。不必买山随意定,闭门灯影叩钟长[2]。

住得心情亦自由,渔歌起处恼沙鸥。未消茶火三更足,残月东梢恰一钩[3]。

柏子香前人影寒,竹根敲破太无端[4]。云中一夜归何语,独立苍苔晓露残[5]。

题解

本诗录自清康熙八年(1669 年)版《安陆府志·卷三十五下·七言绝句》第10 页。

东湖禅房:指明清时天门东湖中的东禅寺。旧号乾明。

注释

[1]栖云:指隐遁。

小立:暂时立住。

道林庄:此处借指东湖禅房。道林:晋之高僧支遁,字道林。支遁曾驻锡于天门西湖西塔寺。

[2]买山:《世说新语·排调》:

"支道林因人就深公买印山。深公答曰：'未闻巢、由买山而隐。'"晋人支道林向深公提出买山隐遁，深公感到这笔买卖无法做，故提出疑问。后因称退隐为买山。

[3]荼火：形容声势浩大、气氛热烈的场面。荼：茅草花，白色。火：火焰，赤色。

[4]柏子香：香名。

[5]云中：云霄之中，高空。常用指传说中的仙境。

辛丑五月归养（三首）

谭篆

中夜思慈母，彤庭拜表初[1]。花阶辞丽日，玉署授奇书[2]。扈跸衣香在，编年史笔除[3]。何能轻去国，萱草北窗虚[4]。

史阁多吾友，别离执手难[5]。几年同问字，昔日共弹冠[6]。画省留风雨，瀛台忆馆餐[7]。牵衣南浦远，絮语祝亲安[8]。

老病慈亲苦，辛勤独子归。未知松菊在，岂曰钓游非。御柳河边远，宫莺郭外稀。皇州望不见，隐隐五云飞[9]。

题解

本诗录自谭篆著、旧刻本（刻印年代不详）《高话园诗初集》第13页。

辛丑：清顺治十八年，1661年。

注释

[1]彤庭：汉代皇宫以朱色漆中庭，称为彤庭。后泛指皇宫。

拜表：上奏章。

[2]玉署：指玉堂。翰林院别称。

[3]扈跸(bì)：随侍皇帝出行至某处。跸：指帝王的车驾或行幸之处。

[4]去国：离开京都或朝廷。

萱草：借指母亲。

[5]史阁：史馆。

[6]问字：据《汉书·扬雄传》载，扬雄多识古文奇字，刘棻(fēn)曾向扬雄学奇字。后来称从人受学或向人请教为问字。

[7]画省：指尚书省。汉尚书省以

胡粉涂壁,紫素界之,画古烈士像。

瀛台:台名。在北京清故宫西苑太液池（即今中南海）中,也名南台,跃台。

[8]南浦:南面的水边。后常用称送别之地。

[9]皇州:帝都,京城。

甲辰初春(二首)

谭 篆

谷口新春异,闲居野兴偏[1]。自从归旧里,真觉愧时贤[2]。好雨嘉蔬润,初风弱柳牵。登楼宜此日,高吟是尧天[3]。

村舍门临水,溪鱼亦暖游。倦飞回塞雁,晴浴弄沙鸥。野径滋芳草,春田散牧牛。南湖初涨雨,暇日问轻舟[4]。

题解

本诗录自谭篆著、旧刻本(刻印年代不详)《高话园诗初集》第 30 页。清康熙八年(1669 年)版《安陆府志·卷三十五上·五言律》第 20 页收录本诗,题为《寒河》。

甲辰:清康熙三年,1664 年。

注释

[1]谷口:借指隐居之地。谷口本为地名,在今陕西泾阳县西北。西汉隐士郑子真,修身养性,不是自己织布做成的服装就不穿,不是自己种的粮食就不吃。汉成帝时,大将军王凤礼聘郑子真出山,但他始终不改初衷,在谷口岩下耕种庄稼,在京城以清高著称于时。后因作咏隐士之典。

[2]时贤:当时有才德的人。

[3]尧天:太平盛世。

[4]南湖:参见本书第二卷谭篆《南湖谣》题解。

乙巳除夕

谭　篆

闲身经岁仗亲安,送腊迎春尽日欢[1]。户外梅风吹彩胜,檐前松火照辛盘[2]。屠苏暖饮人多醉,爆竹喧声夜不寒[3]。检点朝衣浑破旧,侍儿还笑未休官。

题解

本诗录自谭篆著、旧刻本(刻印年代不详)《高话园诗初集》第46页。标题下注"是日立春"。

乙巳:清康熙四年,1665年。

注释

[1]亲安:安亲。使父母安宁,孝养父母。

[2]梅风:指早春的风。

彩胜:即幡胜。唐宋风俗,每逢立春日,剪纸或绸作幡戴在头上或系在花下,以庆祝春日来临。

辛盘:旧俗农历正月初一,用葱韭等五种味道辛辣的菜蔬置盘中供食,取迎新之意。

[3]屠苏:药酒名。古代风俗,于农历正月初一饮屠苏酒。

忆寒河

谭　篆

寒河烟水接襄流,想到溪边风景幽[1]。三径名花香草舍,一园凉月照书楼[2]。采菱歌断南湖夜,下钓船移野火秋[3]。此际日归归未晚,北山犹谢薜萝羞[4]。

题解

本诗录自清康熙三十一年(1692年)版《景陵县志·卷之三·舆地志》第13页。

寒河:当指牛蹄支河流经新堰西寒土岭的一段。谭元春世居地在寒河以南,今岳口镇徐越村一组(八二湾)。清道光元年(1821年)版《天门县志·卷之六·山川》第25页记载:"寒河在县西南二十五里,汉北小河也。其北有寒土岭,昔谭元春结庐其南,中有蓑桥、柳庵、红湿亭、简远堂诸胜迹。"

注释

[1]襄流:指汉江。汉江襄阳以下又称襄江、襄河、襄水。原文为"湘流"。

[2]三径:代指隐士的家园。语出陶渊明《归去来兮辞》:"三径就荒,松菊犹存。"

[3]南湖:参见本书第二卷谭篆《南湖谣》题解。

[4]北山犹谢薜萝羞:比喻作者归隐之意。北山:古人常以"北山志"借指归隐的愿望。南朝梁吴均《酬别江主簿屯骑》诗:"我有北山志,留连为报恩。"薜萝:薜荔和女萝。均为野生植物,常攀缘于山野林木或墙壁之上。借指隐者的住处。

登剪石台忆鹿柴(谭籍)

谭 篆

木叶西风下,游子尚忘归。欹石漱寒水,青松护破扉[1]。叩关时独坐,林鸟语依依。芙蓉艳落日,陂田晚稻肥。叹息渚中莲,秋来失芳菲。野鸽巢檐下,客榻走蚍蛾[2]。琴书纷在眼,空亭闭夕晖。稚儿相送罢,竹露已霑衣。

题解

本诗录自谭篆著、旧刻本(刻印年代不详)《高话园诗初集》第32页。

剪石台:位于今天门市岳口镇徐越村一组(八二湾)。谭元春为其名为剪的爱妄以及珍爱之石而筑。参见本书第三卷熊士鹏《游剪石台记》。

鹿柴:谭籍,字只收,号鹿柴。谭元春嗣子,谭元春弟谭元亮之子,谭篆胞兄。恩贡生。

注释

[1]攲(qī):歪斜,倾斜。

[2]蛜蝛(yī wēi):同"伊威"。虫名。鼠妇的别名。一种生活在墙根或缸瓮底下的小虫,体圆而扁,灰色多足。

南湖谣

谭 篆

一夜清明雨,南湖春水生。溪深夹两桨,溪浅送篙声。

湖入野田水,游鱼争上流。开船惯打网,到岸潜垂钩。

不耕郭北地,不驾浮梁船[1]。关税十分九,里正横索钱[2]。

不爱楚田美,但望楚水深。水深鱼得聚,水浅伤鱼心。

题解

本诗录自谭篆著、旧刻本(刻印年代不详)《高话园诗初集》第36页。

南湖:当指谭家湖。在谭元春世居地八二湾以南、岳口镇原谭湖村一带,今岳口工业园。据本诗"湖入野田水,游鱼争上流",又据谭篆《忆寒河》:"采菱歌断南湖夜,下钓船移野火秋。"谭篆《甲辰初春(二首)》:"自从归旧里,真觉愧时贤。""南湖初涨雨,暇日问轻舟。"

注释

[1]浮梁:不良。

[2]关税:古代指水陆关卡对通过的货物征收的税。

里正:古代乡里主管户籍的基层组织小官吏。里为地方基层行政区划名,是最小的地方行政管理单位。

横索:勒索。

西塔寺

谭 篆

西塔知名寺,唐贤旧草堂[1]。湖淳波四照,林茂柳千章[2]。曲径规岩磴,飞甍架石梁[3]。跻攀舒眼阔,憩息解衣凉。一阁全形胜,重闉远颉颃[4]。笙歌喧雁渚,灯火露渔庄[5]。词赋升平业,交游礼法场。髫年还记忆,此日但苍茫[6]。门掩残僧在,亭欹蔓草荒[7]。支持思往哲,补缀叹穷乡[8]。仙吏来何晚,经时属小康[9]。褰帷询父老,驻马按城隍[10]。万族勤生聚,幽踪亟表彰[11]。里求桑苎旧,茶辨水泉香[12]。取次图救度,经营审剧旁[13]。楼高凭远翠,桥敞列垂杨。质朴先民制,风华茂苑长[14]。纸窗非绣幌,竹槛似方航[15]。暇日成秋兴,今年得岁穰[16]。雨收秔稻卧,风振芰荷妆[17]。即景思标署,前言惬忖量[18]。登临词客健,彳亍病夫妨[19]。旷览延青嶂,欢游倒夕阳[20]。樽携鱼出网,坐迟月临冈。痛枕拌衰白,深宵转激昂[21]。自今存胜迹,此地续孤芳[22]。碑版题名远,诗篇体物详[23]。清流争吐凤,贱子效啼螀[24]。蓟训云飘忽,苏耽鹤渺茫[25]。吟魂如可作,遥夜下星光[26]。

题解

本诗录自清康熙三十一年(1692年)版《景陵县志·卷之三·舆地志》第18页。

西塔寺:参见本书第一卷吴文企《西塔寺施田疏》题解。

注释

[1]唐贤:指陆羽。

[2]淳(tíng):深。
千章:指大树千株。

[3]岩磴(dèng):险峻的山路。

飞甍(méng):高耸的屋脊。

[4]重闉(yīn):指几重宫门或城门。

颉颃(xié háng):谓不相上下,相抗衡。

[5]雁渚:指雁常栖息的水中小块陆地。

渔庄:渔村。

[6]髫(tiáo)年:幼年。

[7]欹(qī):歪斜,倾斜。

[8]支持:排遣。

往哲:先哲,前贤。

补缀:泛指修补。

[9]仙吏:本指仙界、天庭的职事人员。此处作"神仙吏"理解,指时任景陵(今天门)知县。

经时:历久。

小康:稍安。

[10]褰(qiān)帷:东汉刺史到任,迎接他的车子照例要挂着赤帷裳。但冀州刺史贾琮到任时,登上车子说:"刺史必须广视听,察美恶,怎么能挂起帷裳来塞自己的耳目呢?"吩咐把帷裳褰起来。所属各地听到此事,都深为震动。见《后汉书·贾琮传》。后亦以褰帷称高级地方官履任。褰:撩。

驻马按城隍:停下马巡视城池。

[11]万族:犹万类。

生聚:繁殖人口,聚积物力。

幽踪:谓归隐。

[12]里求桑苎旧,茶辨水泉香:指踏访桑苎庐旧迹,以文学泉水煮茶。桑苎:桑苎庐。陆羽故居。原在天门西湖西塔寺附近。

[13]取次:谓次第,一个挨一个地;挨次。

救度:佛教、道教用语。谓救助众生出尘俗,使脱离苦难。

剧旁:三面相通的道路。

[14]先民:古代贤人。

茂苑:花木茂美的苑囿。

[15]竹槛:竹栏杆。

方航:方舟。

[16]岁穰(ráng):丰年。

[17]秔(jīng)稻:粳稻。秔:同"粳"。

[18]即景:眼前的景物。

标署:疑指题名。标:题写。

前言:前人的言论。

忖量:思量。

[19]彳亍(chì chù):小步走,走走停停貌。

[20]旷览:广览。

青嶂:如屏障的青山。

[21]栀(cì):疔疖之类。此处原文模糊。

衰白:谓人老体衰鬓发疏落花白。

[22]孤芳:独秀的香花。常比喻高洁绝俗的品格。

[23]碑版:泛指碑碣。

体物:描述事物,摹状事物。

[24]吐凤:《西京杂记》卷二:"雄(扬雄)著《太玄经》,梦吐凤凰,集《玄》之上。"后因以吐凤称颂文才或文字之美。

贱子:谦称自己。

啼螿(jiāng):寒蝉。秋风初起,蝉鸣树上。用为咏秋令之典。

[25]蓟训:典自"蓟训历家"。葛洪《神仙传》载,蓟子训是齐地人,三百多岁而颜面不老。当时的达官贵人们争相拜见。蓟子训以仙术同时造访了二十三家。

苏耽:传说中的仙人。葛洪《神仙传·苏仙公》载,相传他升飞前留给母亲一个柜子,扣之可得日常所需,后其母开柜视之,从中飞出两只白鹤,柜就不再灵验了。三百年后,有一只白鹤停在郡城东北楼上,它就是苏耽。

[26]吟魂:诗人的灵魂。

遥夜:长夜。

白竹寺

谭　篆

古寺临残照,春风野气昏。溪田开麦浪,石壁护云根。白竹才经岭,桃花又一村。年年寒食节,瀑水灌山门[1]。

题解

本诗录自熊士鹏编、清道光癸未(1823年)版《竟陵诗选·卷十》第2页。

白竹寺:旧址在今天门市黄潭镇黄嘴村白竹台,谭元春墓东南,与谭墓隔金带湖相望。清乾隆乙酉(1765年)初版《天门县志·卷之二·建置》第38页记载:"白竹寺在县西北,离城十五里。天启时谭元春捐解额坊金为阁资。"

注释

[1]寒食节:节日名。在清明前一日或二日。

瀑水:谓瀑布。此处指河水。白竹寺前有白龙河。

山门:佛寺的外门。因古代寺院多居山林而得名。通常是三个门并立,象征"三解脱门",即"空门""无相门""无作门",故又称"三门"。

燕署对雨忆白竹寺碧公

谭 篆

遥想空山雨，春深闭户眠。林花香石屋，溪水灌松田。宿草交情见，孤钟世事捐[1]。羁栖金马客，归梦向江天[2]。

题解

本诗录自谭篆著、旧刻本（刻印年代不详）《高话园诗初集》第 7 页。标题下注"寺在先伯父征君墓左"。先伯父征君：指谭元春。后人称谭元春为谭征聘。征聘：征召聘请。明崇祯八年（1635 年），天子行荐举法，编修王用予以谭元春名上，谭元春辞不就。

注释

[1]宿草：隔年的草。　　　　　　　　[2]金马客：指翰林学士。

世事：尘俗之事。

宿蒿台文殊寺

谭 篆

百里村晴过眼青，倦人匹马夕阳停。溪洄岸立蒿台路，浅草平坡柏子庭。清磬客心栖夜静，孤灯僧定适春冥。年来厌看繁文字，消受蒲团一卷经。

题解

本诗录自谭篆著、旧刻本（刻印年代不详）《高话园诗初集》第 47 页。

蒿台文殊寺：旧址在今天门市胡市镇蒿台村。《高话园诗初集》第 66 页《寄蒿台文殊寺僧》："霄城何日去，春水上蒿台。"由此可知，蒿台文殊寺在天门境内。霄城,古县名,西晋末置,治今天门市东北。属竟陵郡。北周改名竟陵县。

赠别柳敬亭

谭 篆

江山遗此老,幸及见平生。曾对青溪月,重听御苑莺。浮沉随幻世,啼笑感诸卿。垂钓扁舟去,沧波日暮情。

题解

本诗录自谭篆著、旧刻本(刻印年代不详)《高话园诗初集》第63页。

柳敬亭:名逢春,本姓曹,明末清初江南泰州人。说书名噪一时。

舟中遇沈友圣(沈麟)

谭 篆

征士江东秀,诗名压大荒[1]。能赓天宝曲,不炷济南香[2]。击筑辞燕月,停云忆楚湘[3]。逢君犹梦里,春水荡沙棠[4]。

题解

本诗录自谭篆著、旧刻本(刻印年代不详)《高话园诗初集》第48页。

沈友圣:沈麟,字友圣,华亭(今上海松江)人。隐居不仕,与吴伟业、顾如华等人交厚。

注释

[1]征士:指不接受朝廷征聘的隐士。

大荒:荒远的地方,边远地区。

[2]能赓天宝曲,不炷济南香:意思是,诗法盛唐而又不追随复古拟古、固守唐音的"济南(李攀龙)诸君子"。

赓:赓诗。和诗。天宝曲:指盛唐诗歌。天宝:唐玄宗年号。济南:指李攀龙。李攀龙,字于鳞,号沧溟,山东济南人。与王世贞同为"后七子"首领。

[3]击筑:敲击筑。指慷慨悲歌。

筑:古乐器,似筝。

停云:本为陶渊明所作怀念亲友诗名。指思念亲友。

[4]沙棠:沙棠舟。用沙棠木造的船。

怀冒巢民(冒襄)

谭 篆

霜月扬州客,到今复五年[1]。故人楼下醉,软语夜深眠[2]。翠袖翻新曲,银灯和旧篇[3]。梅花消息断,有梦向吴天[4]。

题解

本诗录自谭篆著、旧刻本(刻印年代不详)《高话园诗初集》第45页。原题为《怀冒巢民二首》,本诗为第一首。

冒巢民:冒襄,字辟疆,号巢民,如皋(今属江苏)人。明末副贡,授台州推官未就任。与方以智、陈贞慧、侯方域友好,时称"明末四公子"。谭篆游扬州,与冒襄订交。

注释

[1]霜月:冬月。

[2]软语:柔和而委婉的话语。

[3]翠袖:指女子。

[4]吴天:指苏南浙北地区。

悼董宛君(董小宛)

谭 篆

朴巢冒先生《影梅庵忆语》,伤姬董宛君作也[1]。碧缋云沉,细绚雨散[2]。九秋托之梦里,一卷具见当年[3]。虽松楸泣灵瑟之魂,埋香瘗骨[4];而菖兰收宋玉之曲,绿嫩红新。可怜旧月旧花,空刺心于芸阁[5];所叹无宾无友,仅长望乎蓬邱[6]。赋应惭玉人,聊写春怨;歌以慰夫子,莫抱秋愁。

馥馥湘中兰,含芳守一阁[7]。秋风不肯情,飒飒摧残萼。
绿珠亦已碎,空断高楼魂。抱泪送明月,莫过杜宇村。
不愿化珠玉,愿生万丈丝。有时珠玉碎,不见兔丝离[8]。
月明三五前,月缺在望后。月自有圆夜,月知有消瘦。
蝴蝶他年梦,鹦哥昨日声[9]。罢琴郎有念,知不抱秦筝[10]。

题解

本诗录自冒襄辑、康熙冒氏水绘庵刻本《同人集·卷之六·影梅庵悼亡题咏》第22页。署名"竟陵谭篆灌湘"。

董宛君:指董小宛。名白,字小宛,又号青莲女史。明末秦淮名妓。后从良嫁于如皋才子冒襄为妾,相从九年而亡。

注释

[1]朴巢冒先生:冒襄,字辟疆,号巢民,又号朴巢。

[2]碧繶(yì)云沉,缃絇(qú)雨散:碧繶、缃絇:指妇女所穿的锦鞋。语出唐温庭筠《锦鞋赋》:"碧繶缃絇,鸾尾凤头。"繶:用丝线编织成的带子。絇:古时鞋头上的装饰,有孔,可穿系鞋带。云沉、雨散:典自宋玉《高唐赋序》:"妾巫山之阳,高丘之阻,旦为朝云,暮为行雨,朝朝暮暮,阳台之下。"暗示楚怀王遇巫山神女,成为后世文人骚客寄迹青楼的代称。云沉雨散,暗示女主人公乃是一名青楼女子。

[3]九秋:指董小宛从良嫁于如皋才子冒襄为妾,相从九年。

[4]灵瑟:湘灵之瑟。此处代指湘灵。语出《楚辞·远游》:"使湘灵鼓瑟兮,令海若舞冯夷。"

瘗(yì):埋藏。

[5]芸阁:芸香阁。秘书省的别称。因秘书省司典图籍,故亦以指省中藏书、校书处。

[6]蓬邱:蓬丘。蓬莱山。

[7]馥馥:形容香气很浓。

[8]兔丝:菟丝子。一种寄生植物,藤状,缠绕于多种植物上。由于其

茎不长，缠绕、寄生的特点，在古诗文中，多有寄寓。此处比喻妻室。

[9]蝴蝶他年梦：典自"胡蝶梦"。《庄子·齐物论》："昔者庄周梦为胡蝶，栩栩然胡蝶也，自喻适志与！不知周也。俄然觉，则蘧蘧然周也。不知周之梦为胡蝶与，胡蝶之梦为周与？周与胡蝶，则必有分矣。此之谓物化。"后因以喻迷离惝恍的梦境。

[10]秦筝：古秦地(今陕西一带)的一种弦乐器。似瑟，传为秦蒙恬所造，故名。

舟泊桃源吊龚昔庵(龚奭)祠

谭 篆

黄沙弥漫若边城，帆卷滩高一磬声。桃李遗阴存故旧，衣冠肃制见峥嵘[1]。垣荒草际河山冷，香断龛前日月生。渤海几人追舄履，汉臣应许结蓬楹[2]【祠在关庙旁】。

题解

本诗录自清康熙三十一年(1692年)版《景陵县志·卷之十·人物志》第30页。

桃源：桃源县。今江苏省泗阳县。元称桃源县，属淮安路。明延用桃源县。1914年，因与国民党元老宋教仁故乡湖南省桃源县名相重，复改称泗阳县。

龚昔庵：龚奭，号昔庵，天门进士。曾任桃源知县。

注释

[1]峥嵘：高峻深邃，气象非凡貌。

[2]渤海几人追舄(xì)履，汉臣应许结蓬楹：称赞龚奭师法龚姓前贤，桃源人于关庙旁建专祠，想必关帝也会认可的。

渤海：渤海郡。汉宣帝时，渤海郡岁饥民乱，龚遂为太守。

舄履：步履。原文为"舄羽"。

李氏节孝诗（李母王孺人并子占黄）

谭　篆

浑源岳嶙峋,气淑河漳濑[1]。仙媛粉台古,石姥苔发新[2]。笃生孝廉母,贤哉节孝人[3]。俯仰三世间,至行溢天真[4]。世德相承藉,奕奕振华簪[5]。褒封符朝典,公论协乡评[6]。方今清晏日,八荒拜恩纶[7]。策勋盟府外,忠孝在百征[8]。次及节与义,咸得邀殊荣。悬知丹凤诏,早晚下黎亭[9]。

又:

盛义可表里,懿孝竟旌门[10]。千载清江上,再传了不闻。美哉节与孝,子母后先承。孝初缘节植,节复缘孝成。萱堂羞甘毳,入阁茹苦辛[11]。双鳞冰可跃,一燕丝长纫[12]。石坚抱山骨,松劲老霜棱。蓬首终妇职,蒿目振家声[13]。庇阴兰蕙苗,秋旻鹗雕横[14]。含笑捧毛橇,和怡长田荆[15]。母曰吾愿毕,可以慰尔亲。子曰志未逮,罔极地天恩[16]。异哉节与孝,淑善钟一门。采风国十五,唐魏风尤古[17]。在魏歌《陟岵》,在唐歌《鸨羽》[18]。仁孝本天成,声光动海宇[19]。我生非空桑,絜独无父母[20]？蓼莪不须删,南陔良可补[21]。

题解

本诗录自清康熙二十一年(1682年)版《黎城县志·卷之四·艺文》第6页。署名为"竟陵谭篆侍讲"。

占黄:李占黄,山西黎城人。曾任天台知县。

注释

[1]浑源岳嶙峋:意思是北望浑源恒山,山石峻峭、重叠。浑源:山西浑源州。岳:此处指恒山山脉。嶙峋:形容山石峻峭、重叠。

气淑:温和美好之气。

[2]仙媛:仙女。传说恒山有山洞,为桃花仙女修行之所。

石姥苔发:形似老妇的石头上发

状的青苔。

[3]笃生:谓生而得天独厚。

孝廉:明清时对举人的美称。

[4]至行:卓绝的品行。

天真:指人的纯朴德行。

[5]世德:累世的功德,先世的德行。

承藉:同"承籍"。继承先人的仕籍。此处是继承的意思。

奕奕:一代接一代。

华簪:华贵的冠簪。古人用簪把冠连缀在头发上。华簪为贵官所用,故常用以指显贵的官职。

[6]褒封:褒奖封赏。

朝典:朝廷的礼仪制度。

乡评:相传汉代许劭与其兄许靖好一起评论乡里人物,每月更换其品题,时人谓之月旦评。后因以通称乡里的评论为乡评。

[7]清晏:清平安宁。

恩纶:犹恩诏。

[8]策勋:记功勋于策书之上。

盟府:官署名。周朝及诸侯国所置收藏盟约载书、封爵勋策的机构。

征:征表。揭示,体现。

[9]悬知:料想,预知。

丹凤诏:诏书之美称。十六国时,后赵主石虎与皇后在邺城戏关马上为诏书,用五色纸,衔于木制凤口中。侍人放数百丈绯绳,辘轳回转,凤则飞下,谓之凤诏。后世凡大礼则沿用。

黎亭:黎城县古称。

[10]懿孝:指女德和孝道。

表里、旌门:上下文互文。旌表于里门。在家乡表彰他们。

[11]萱堂:代称母亲。

羞:进献。

甘毳(cuì):美食。

[12]双鳞冰可跃:典自"卧冰求鲤"。晋干宝《搜神记·卷十一》:"(王祥)母常欲生鱼,时天寒冰冻,祥解衣,将剖冰求之,冰忽自解,双鲤跃出。"

[13]蒿目:极目远望。借指忧世爱民之情。

[14]秋旻:秋季的天空。

[15]含笑捧毛檄:为母出仕、得官就任之意。典自"捧檄"。东汉人毛义有孝名。张奉去拜访他,刚好府檄至,要毛义去任守令,毛义拿到檄,表现出高兴的样子,张奉因此看不起他。后来毛义母死,毛义终于不再出去做官,张奉才知道他不过是为亲屈,感叹自己知他不深。见《后汉书·刘平等传序》。檄:官符。

田荆:据南朝梁吴均《续齐谐记·紫荆树》载,京兆田真兄弟三人析产,拟破堂前一紫荆树而三分之,明日,树即枯死。真大惊,谓诸弟曰:"树本同株,闻将分斫,所以憔悴,是人不如木也。"兄弟感悟,遂合产和好。树亦复茂。后因以田荆为兄弟和好之典实。

[16]未逮:不及,没有达到。

罔极:无穷尽。

[17]采风国十五:指《诗经》有十五"国风"。

唐魏:西周时的两个诸侯国,分别为尧、舜旧都。唐改国号为晋,晋献公灭魏。唐勤魏俭,风俗淳美。

[18]陟屺(zhì qǐ)、鸨(bǎo)羽:均为《诗经》篇名。

[19]声光:声望,影响。

[20]空桑:指非父母所生,来历不明者。

繄(yī):句首、句中助词。有时相当于"惟"。

[21]蓼莪(lù é)不须删:典自"蓼莪咏废"。《晋书·王裒(póu)传》载:王裒父名仪,为文帝司马,后被司马昭所杀。裒痛父非命,未尝西向而坐,示不臣朝廷。及读《诗》至"哀哀父母,生我劬劳",未尝不三复流涕,门人受业者并废《蓼莪》之篇。《蓼莪》的内容是写孝子追念父母的,为了不致引起王裒的哀痛,故门人受业者废读《蓼莪》之篇。后因以"蓼莪咏废"或"废蓼莪"为追念父母尽心守孝的典故。

南陔:《南陔》本是《诗经·小雅》中的篇名,有名无辞。束晰本《诗序》所言"孝子相戒以养也"之旨,补写成此篇。"循彼南陔",诗意为沿着南陇,去采摘香草,将以供养父母。后以此为孝子养亲的典故。

安陆府志序

谭　篆

辛丑夏,余请告归养[1]。越明年,郡伯张公来守吾郡[2]。是时,军兴旁午,不遑修文事[3]。暨西山告定,疮痍甫息,百坠修举[4],三载政通人和。适云杜王编修朴庵亦以假还里[5],使君日孳孳兴废,首欲修郡志,檄二州五邑[6],各采其事。由是东向而诣京山揖编修王君,南向而诣景陵揖寒河谭子[7]。斋宿而进语曰:"两君职纂修,并以著作承家[8]。文献首郡中,惧旷日久而籍滋亡,是在掌故[9]。"余以椎鲁、忧居棘次[10],不敢诺使君。使君请之固,王子不获辞其请也,乃以丙午受事,不期月而告成[11]。

使君委序于不佞,不佞受而卒业[12],且重有所感也,起而言曰:《周礼》:"太史掌典,以逆邦国之治;掌法,以逆官府之治;掌则,以逆都鄙之治[13]。"其后世国之史乎？"小史掌邦国之志，奠系世，辨昭穆[14]。"其后世省之志、郡之志、邑之志乎？使逾世不述，后何观焉？宜使君之呕呕图此也[15]！且志，原《尔雅》，彰《职方》，《春秋》以下，《晋乘》《楚书》最著矣。如《禹贡》纪郡法也，《周官》秩官法也，《山海经》叙山法也，《水经》叙水法也，相如《与五公子相难》书草木法也，扬子云《九箴》《方言》书土风法也。然而往者不书则遗，存者特书则谀。头白汗青[16]，昔人曾痛之，岂非载笔之难哉！

往先，伯父征君谈宇内名志，康德涵志武功[17]，王敬夫志鄠县，杨升庵志全蜀，张文邦志茶陵，乔景淑志耀州，孔汝锡志汾州，财五六乘耳[18]。即以郡志论，明嘉靖初，有兴都龙飞纪，王太史少泉志之[19]；万历壬寅间，李修撰大泌志之[20]。今又阅六十余年，中间兴革治乱、水旱兵祲之故[21]，昔完而雕、昔肥而瘠，昔之宫庙泮璧，侈为岐邪丰镐之盛者，而今门社城湢尽化为烟榛蔓草之余矣[22]。使君问俗荒丘、访旧遗老，不犹汉漾、三澨之泛失故道耶[23]！今天子复古，西汉五凤、神雀间事，特重二千石[24]，如汲黯之出卧淮阳，张咏之永镇蜀川，褎然增秩如古诸侯，而使君首际其会[25]。则凡风土谣俗，与夫废置因革，使君察之深，习之熟，行之果。时或登宋玉之台，辟浩然之馆，日勤咨诹而严考核，缙绅所言视乡先生[26]，都鄙所阅视闾史、闾府，不特家至而日见之[27]。且将登简而籍之，使其事该而不浮、确而不虚[28]。旌别以著往，美刺以诲来[29]。吾郡风俗之丕变、人文之蔚起[30]，不卓然复盛于今乎？

余与王子适里居，又幸预校正之列[31]。观其所论述，皆生齿息耗、吏治淑慝[32]，与夫幽贞之操、孤嫠之懿、篇翰之垂[33]，沉于山谷、闾巷者，一一可见。且严而有体，赡而不秽[34]；"博而得其要，简而周于事[35]。"王子信博物，实则使君政成化流之暇、宅生居方之余也[36]，宜其言文而传远矣。若夫固河防、均食货、劝循牧、彰名贤，锡民于殷富，以上报朝廷爱养之至意，则大夫业有良法，不啻如古书法也[37]。守而广之，是在后之有位哉[38]！

时皇清康熙六年丁未岁孟冬月榖旦[39]，赐进士第、翰林院检讨，前充庚子科江南乡试正主考、充廷试阅卷官、内翰林弘文院庶吉士，治年通家弟谭篆顿首拜撰[40]。

题解

本文录自清康熙八年（1669 年）刻本《安陆府志·卷首·谭序》第 64 页。谭篆与京山籍进士王吉人为该志纂修。

注释

[1]辛丑：清顺治十八年，1661 年。

请告归养：请假回家奉养父母。请告：请求休假或退休。归养：回家奉养父母。

[2]郡伯张公来守吾郡：指张尊德到安陆府任知府。时景陵县（今天门）为安陆府所辖，故曰"吾郡"。郡伯：知府的别称。因知府掌管一郡，相当于古代的方伯，故称郡伯。

[3]旁午：指事情交错，纷繁。

不遑：无暇，没有闲暇。

修文事：兴修文德教化之事。

[4]西山告定：指茅麓山战役结束。清康熙三年（1664 年）八月，清军剿灭据守湖北兴山县境内茅麓山区数年的李自成余部李来亨。清康熙八年（1669 年）刻本《安陆府志·卷一·郡纪》第 34 页记载了此事。

疮痍甫息：指动乱刚刚平息。

[5]云杜王编修朴庵：指京山人、翰林院编修王吉人。王吉人，字孚伯，号朴庵。

[6]使君：汉代称州刺史为使君。汉以后用作对州、郡长官的尊称。

日孳孳(zī zī)：日夜孳孳。谓日日夜夜勤勉不懈。孳孳：勤勉不懈。

二州五邑：时安陆府辖荆门州、沔阳州，京山县、潜江县、当阳县、景陵县、钟祥县。

[7]揖：拱手行礼。

寒河谭子：指作者谭篆自己。寒河为其世居地。

[8]斋宿：在祭祀或典礼前，先一日斋戒独宿，表示虔诚。

承家：承继家业。

[9]文献首郡中：郡中第一重要的是文献。文献：有关典章制度的文字资料和多闻熟悉掌故的人。

旷日久：旷日长久。指历时长久，久经时日。

掌故：旧制旧例。

[10]椎鲁：愚钝。

忧居棘次：为父母守丧居于乡里。棘次：指庐墓。墓旁搭盖的小屋。

[11]期月：一整年。

[12]卒业：谓全部诵读完毕。

[13]太史掌典，以逆邦国之治；掌法，以逆官府之治；掌则，以逆都鄙之

治:语出《周礼·春官宗伯》。原文为:"大史掌建邦之六典,以逆邦国之治;掌法,以逆官府之治;掌则,以逆都鄙之治。"大史掌握大宰所建王国的六种法典,以迎受天下各国上报的治理情况的文书;掌握八种法则,以迎受各官府上报的治理情况的文书;掌握八种法则,以迎受采邑上报的治理情况的文书。

都鄙:周公卿、大夫、王子弟的采邑,封地。

[14]小史掌邦国之志,奠系世,辨昭穆:小史掌管王国和王畿内侯国的史记,撰定帝系和世本,辨别昭穆的次序。语出《周礼·春官宗伯》。

昭穆:古代宗法制度,在祭祀宗庙祖先时,分别昭穆两侧序位。昭穆的序位是,父昭子穆,以始祖居中,二世、四世、六世位于始祖的左方,称昭;三世、五世、七世位于始祖的右方,称穆。

[15]宜使君之亟亟图此也:意思是张知府急急忙忙地谋划修志这件事是合适的。亟亟:急忙,急迫。

[16]头白汗青:汗青头白。谓书成人老。

[17]伯父征君:指谭元春。后人称谭元春为谭征聘。征聘:征召聘请。明崇祯八年(1635年),天子行荐举法,编修王用予以谭元春名上,谭元春辞不就。

康德涵志武功:指康海为武功纂《武功县志》。下文五个分句句式同此。康海,字德涵,号对山,陕西武功人。状元。所纂《武功县志》饮誉海内。

[18]财五六乘(shèng):为世人认可的地方志仅仅五六种。财:古同"才"。仅仅。

[19]兴都龙飞纪:指《兴都志》。因安陆府原名承天府,府治钟祥是明世宗(嘉靖帝)朱厚熜(cōng)从此即天子位的地方,故云龙飞。

王太史少泉:指京山进士王格。王格,字汝化,号少泉。明嘉靖五年(1526年)进士。太史:翰林。

[20]李修撰大泌:李维桢,字本宁,号大泌山人。修撰:元明清时翰林院职官名。主要职责为掌修国史、实录等。

[21]祲(jìn):灾异。

[22]完而雕:指完好的、衰败的。雕:同"凋"。

泮璧:古代学宫前半圆形的水池形似半块璧玉,所以也称泮水为璧泮、泮璧,引申则指学宫。

岐邠(bīn):周公亶(dǎn)父自邠迁岐,是为岐周。岐:指岐周。岐山下的周代旧邑。邠:指周代创业先人公刘建都于邠地。

丰镐:周的旧都。文王邑丰,在今陕西西安西南丰水以西。武王迁镐。

门社城洫(xù):泛指城乡。社:古代地区单位之一。方六里为社,或二十五家、五十家为社。城洫:城濠。

烟榛(zhēn)蔓草:形容杂草丛生的荒凉景象。烟榛:榛烟。指树丛中缭绕的云雾。蔓草:生有长茎能缠绕攀缘的杂草。泛指蔓生的野草。

[23]不犹汉漾、三澨之泛失故道:比汉水、三澨水泛滥而失去故道还要坏。

不犹:指不同平常,比平常坏。

汉漾:汉水。漾:古水名。汉水上流,源出陕西省宁羌县北嶓(bō)冢山。《尚书·禹贡》:"嶓冢导漾,东流为汉。"孔传:"泉始出山为漾水,东南流为沔水,至汉中东流为汉水。"

三澨水:今天门河。

[24]西汉五凤、神雀间事:我国古代从汉武帝始建年号。汉宣帝时,因神雀集,五凤至,甘露降,黄龙现,认为瑞祥,故先后改为神雀、五凤、甘露、黄龙等年号。

二千石:官秩等级,因所得俸禄以米谷为准,故以"石"称之。自汉朝至三国、两晋、南北朝,二千石亦作为州牧、郡守、国相以及地位与之相当的中央高级官员的泛称。

[25]汲黯之出卧淮阳:典自"卧理淮阳"。《史记》卷一百二十《汲郑列传》。西汉时汲黯为东海太守,治理政事主张清静无为,把握大的要旨,而不苛求小节。汲黯多病,整天卧在室内不出。一年后,东海出现了政清人和的局面。汲黯被汉武帝召为淮阳太守,不受。武帝说:"吾徒得君之重,卧

而治之。"后用卧理淮阳喻指官吏治理有方或声望高,能做到无为而治。

张咏之永镇蜀川:张咏,字复之。北宋太宗、真宗两朝名臣,尤以治蜀著称,曾两次任益州知州。

襃(yòu)然:美好出众的样子。

增秩:增俸,升官。

首际其会:最先遇到这样的好时机。

[26]宋玉之台:兰台,楚宫苑,在今湖北钟祥东。宋玉《风赋》:"楚襄王游于兰台之宫,宋玉、景差侍。"

浩然之馆:当指孟亭。王维路过郢州,在刺史亭画下了孟浩然的画像,名此亭为浩然亭,后改为孟亭。

咨诹(zōu):询问,访问。

乡先生:古时尊称辞官居乡或在乡教学的老人。

[27]闾史、闾府:分别指古代闾巷的小吏,管理闾里文件档案之所。《礼记·内则》说,生子后丈夫报告家宰,"宰告闾史,闾史书为二,其一藏诸闾府,其一献诸州史"。

不特家至而日见之:不只是挨家挨户、天天去见面。语出《孝经·广至德》:"君子之教以孝也,非家至而日见之也。"

[28]登简而籍之:此处指载入府志。

该:通"赅"。完备。

确:真实,准确。

[29]旌别:识别,区别。

美刺：称美与讽恶。多用于诗文。

[30] 丕变：大变。

人文之蔚起：指礼乐教化蓬勃兴起。

[31] 预：参与。

[32] 生齿息耗：人口消长。

淑慝（tè）：善恶。

[33] 幽贞之操：节操高洁的隐士。

孤嫠（lí）之懿：品德美好的寡妇。孤嫠：孤儿寡妇。此处偏指寡妇。

篇翰之垂：经久流传的诗文。篇翰：犹篇章，篇简。一般指诗文。

[34] 严而有体，赡而不秽：严谨得体，笔墨丰赡而文辞又不杂乱。语出《后汉书·班固传论》："赡而不秽，详而有体。"

[35] 博而得其要，简而周于事：内容广博而且得其要点，叙事简明却又周详。语出宋神宗《资治通鉴序》。

[36] 王子信博物：王吉人确实通晓众物。

政成化流：善政施行，德化传布。

宅生：犹言寄托生命。唐张九龄《上封事》："今六合之间，元元之众，莫不悬命于县令，宅生于刺史。"

居方：各居其方，使皆得安其所。

[37] 不啻（chì）如古书法：如同古书称扬的可以效法的名宦。不啻：无异于，如同。

[38] 有位：指居官之人。

[39] 康熙六年：1667 年。

穀旦：良辰，晴朗美好的日子。旧时常用为吉日的代称。

[40] 内翰林弘文院：清顺治二年（1645 年），以翰林院官分隶内三院，称内翰林国史院、内翰林秘书院、内翰林弘文院。内翰林弘文院掌注释古今政事得失，向皇帝和皇子进讲并教诸亲王等。

治："治生"的省略。旧时部属对长官或旅外官吏对原籍长官的自称。

年：科举时代同科考中者互称。

通家：犹世交。

寒河谱引

谭　篆

篆碌碌无才，蒙天祖之眷佑，得叨戊戌之选幸矣[1]。既而获主上德意，知人善任，过于同朝，赐之题曰"与帝同庚[2]"。复亲出其旨，令庚子典试江南，使南中文人入我门下，而登第者大半又幸矣[3]。未几,例上疏乞假归养,以奉老母太夫人余年[4],上果如奏。不意于丙午春遭太母大故,茕茕守制,今当礼成[5]。适逢新主清冲临朝,明年春自是还京叩复,举效微志[6]。但予不可忘先大父之命[7],犹忆先大父未没之时,呼篆而言曰:"汝异日富贵,勿忘我同姓。"篆日夕以未奉此言为耿。而先伯父正则翁亦曰[8]:"此事,余可行也而不行,俟之篆侄可耳。"忽玄宰叔偶坐园亭,道及于兹,云:"在寒河左右,或隔一带之水者,或隔村里之遥者,获侄惠顾,欣然乐悦,不必言矣。独离乱之后,星居他乡,皆吾同宗一本[9]。贤侄意念甚切,余令长男彝叙往前而询识之[10]。凡同姓父老,齿德俱尊,则宜行旌报[11];同姓子弟,文理兼备,则宜行荐拔。而工贾耕凿、微弱弗振者,则宜行匡维[12]。庶几贤侄之愿可毕,又无负尔考之命,而忠孝克全矣。"篆如是应之曰:"唯唯[13]。未知彝叙弟肯欣然往否?"玄宰叔曰:"余有以命,其何能违?"

篆如是直书其由,凡我同姓,派别年湮[14],可弗烦录。惟就今日之父老子弟,详列其名,量力捐金,于本县世德堂垂名著碑,万古流芳。化亲疏之别,而会顾无尤[15];笃本支之源,相爱敬不已,是则引首而不之殚忧也[16]。倘谓借端以致利,无论彝叙弟不肯为,而太史玉章又岂肯为乎哉[17]?

康熙元年仲夏月朔日,寒河篆书[18]。

题解

本文录自 1926 年版、天门市岳口镇徐越村《谭氏宗谱·余编》。原题为《清奉议大夫篆公寒河谱引》。

引:文体名。疏引。旧时募捐簿前简短的说明文字。

注释

[1]叨戊戌之选幸:指清顺治十五年（1658 年）戊戌科谭篆进士及第。叨……幸:叨幸,幸叨。有幸得到他人的好处。叨:犹忝。表示承受之意。

常用作谦辞。

[2]德意:布施恩德的心意。赞美人德行美好。

过于同朝:指受当朝皇帝眷顾,胜

于同僚。同朝:同僚,指同在朝廷任职者。

与帝同庚:清顺治皇帝生于1638年,与谭篆同岁,便书"与帝同庚"相赐。

[3]典试:主持考试。

南中:泛指南方。

登第:科举考试录取时须评定等第,因称应考中试者为登第。相对而言,未中试者谓"不第"或"落第"。

[4]乞假归养:请假回家奉养父母。

太夫人:旧时有地位的人对母亲的敬称。

[5]太母:泛指祖母。

茕茕(qióng):孤单。

守制:旧例居父母或承重祖父母之丧,须谢绝应酬,不得任官、应考、嫁娶等,以二十七月为期满,称为守制。

礼成:仪式终结。

[6]新主清冲临朝:指清康熙皇帝以冲龄继位。清冲:疑为"冲龄"之意,谓年龄幼小,多用于帝王。

举效微志:有尽绵薄之力的意思。微志:谦辞。意思是微小的志向。用来对人称自己的志向或意愿。

[7]先大父:指去世的祖父。

[8]先伯父正则翁:指谭元春之弟谭元方。谭元方,字正则。举人。兵备道副使。

[9]离乱:变乱。常指战乱。

星居:分散居住。

一本:同一根本。

[10]识(zhì):通"志"。记住。

[11]齿德俱尊:年高而有德行。

[12]工贾(gǔ):手工业和商业。

耕凿:耕田凿井。泛指耕种,务农。

匡维:匡正维护。

[13]唯唯:恭敬的应诺声。

[14]年湮(yān):年代久远。

[15]会顾无尤:相聚无怨恨。

[16]是则引首而不之殚忱也:这就是我这篇谱引表达不尽的对宗族的情意。殚忱:原文为"惮忱"。

[17]太史玉章:指作者谭篆。谭篆,字玉章,中进士后为翰林院庶吉士、检讨。太史:翰林。

[18]康熙元年:壬寅,1662年。

朔日:农历每月初一。

重修景陵学宫记

谭 篆

景陵,古竟陵也。邑学宫旧在城内,规模庳隘,宜非瞻依居养之地[1]。父老传百年前,金宪柯公感清河之祥,徙置北郭,即今学庙地也[2]。金宪精堪舆家言,揽辔卜吉,马忽跑地,异而凿之,泉涌石出,是为唐吴道子绘镌先师像[3]。兆食吉[4],遂迁建焉。

其宫,古城环绕,两湖襟带[5]。雉楼屏列于前,凫洲峰插乎左[6]。烟钟霜艇、夏荷秋萍之胜,恢恢爈爈,郁若蟠龙云[7]。庙制:中为文庙、为两庑,前为戟门、为棂星门[8]。庙东为祭器库。戟门左为神橱,东北为启圣祠,左右名宦、乡贤祠。庙后为明伦堂,堂后为尊经阁。东西石坊为表。坊外泮水,方广十亩,四时渟澈[9],不随两湖为消长。阂豁深闃,有严有翼[10],百余年兹矣。

癸未兵燹[11],尊经阁及斋号、官署、祠庖等皆毁,岿然独存者大成殿、明伦堂。己丑火灾,殿复毁,先师木主移置明伦堂[12]。顾瞻泮壁,恫然心目[13]。吾邑数百年缓犨琼宫之盛,一旦鞠为茂草哉[14]!

越数年,西泠顾公巡视楚北,同闽中黄公司李驻节景邑[15],肃礼圣庙,徘徊徙倚,慨然者久之[16]。爰集诸生而语之曰:"郦道元含吞吐柘,陆季疵万羡西江[17],竟陵烟月似吴天,凫慕之矣[18]。以故休风颢气,代钟名哲[19]。在先朝,理学名臣,则鲁文恪莲北公;顾命元老,则周冢宰敬松公、陈司徒正甫公[20];词林宗匠,则钟督学退谷公、谭征聘鹄湾公,骎骎乎其盛之也[21]!今两湖烟月,光照黉宫[22],而顾瞻俎豆,风雨鸟鼠之不恤,无亦多士之憾,而司牧者之职事欤[23]!夫庙者貌也,先王饰庙以隆礼[24],将以报德也。不崇其貌,无以示敬,如兴道何[25]?且道之在天地也,发于山川,泄于人文,而吾身参两焉[26]!是上自日月星辰,下至昆虫草木,所以位育者,胥是赖之[27]。国家举帝王之政,养士取人,率用是理[28]。况景为三澨名区、人文所萃,而庙与学委诸榛棘,如报德何[29]?"

遂有守宪王公、巡宪孟公,先后太守马公、张公,欣然同意。爰偕邑侯刘君、学正王君,各捐官禄,首登役书[30]。而义风所激,竞相举助。凡木石、黝丹髹垩、佣募[31],咸取足焉。而邑侯暨学正又命工图式,敦事者务极弘壮,以合于度[32]。士人勤效职事。不期年,庙学一新[33]。工始辛丑,讫以壬寅[34]。

念兹胶庠重兴落成之日,适当今上改元觐光之始,黄公继至,率群僚从师儒,聿观厥成[35]。复顾诸生而庆之曰:"先师参前倚衡之训,欲随所在见道也,况专业其地者乎[36]！继自今入其门者,如见宗庙之美、百官之富,趋隅仰止[37]、进德修业,庶其升堂入室,用而行之中牟、摄相之政[38],则吾与有官君子及尔多士所当念也!"于是圜桥观者退而皆若有得焉[39]。

是役也,官不纪费,而下不知劳。甍栋杰构[40],迥出城北。危若仰止,逸若履冰[41]。义河之上,巍然焕观。一时师氏弟子咸勃焉兴起[42]。故居是邦,乐有贤士大夫也。勉我同志,倡明正学,以绍前休,庶无负今日父师之教哉[43]！乃公谓是足以振今作后也[44],勒使寓书于篆,属记其盛[45]。篆滥竽史职,届告养归里[46],躬际其盛,不辞诠次[47],其说如此。

题解

本文录自清康熙八年(1669年)刻本《安陆府志·卷三十二·下》第15页。

景陵学官:位于今天门市鸿渐路竟陵中学旧址。学官:清代学校别称。

注释

[1]庳(bēi)隘:低矮而狭窄。

瞻依:表示对尊长的瞻仰依恃、向往效法。古代学校与孔庙并立,故对学宫有瞻仰之说。

居养:养恤的一种,是临时收容抚恤的办法。

[2]金宪柯公:指柯乔。柯乔,字迁之,号双华。荆西道金宪,驻节沔阳。金宪:金事。按察司金事,分巡各道,地位略低于副使,是明代道员的官衔之一。清初沿置,后废除,径称道员。

清河:明代景陵(今天门)城北有河,河上有桥。相传为楚庄王击鼓、清河桥比箭之处。此河今称后濠,连通西湖、东湖;此桥现已复建,位于鸿渐路、后濠上。

学庙:古代学校与孔庙并立,故称。

[3]堪舆家:旧时以相度地形吉凶,为人选择宅基、墓地为业的人。也称形家。

揽辔卜吉:控御马匹缰绳,用占卜的方法选择风水好的地方。原文为"揽卜吉",据清雍正十一年(1733年)刊竟、四库全书本《湖广通志·卷一百十一·艺文》第11页《天门县儒学记》补。

跽(jì):跪。

先师:儒教名词。即已逝世的导师。宋代,先师的称号只属孔子。

[4]兆食吉:预兆吉祥。食吉:语出《大畜卦辞》:"不家食吉。"不使贤人在家中自食可获吉祥。意思是朝廷要广聚贤才。

[5]襟带:山川屏障环绕,如襟似带。襟:衣襟。

[6]雉楼:城楼。

凫:音fú。

[7]烟钟:烟云外传来的钟声。

恢恢爡爡(huò):广大空阔的样子。"爡"是"霩(　kuò)"的异体字。"霩"古同"廓",空阔,开朗。

郁:积聚。

[8]文庙:中国纪念孔子的庙宇。唐玄宗开元二十七年(739年)封孔子为文宣王,因称孔庙为文宣王庙。明以后称文庙,相对武庙(关羽庙)而言。

[9]泮(pàn)水:亦称"泮池"。古代学宫南面的水池。南有北无,半有半无,故称。

淳(tíng)澈:水深而清澈。

[10]闳(hóng)豁:宽敞。

深阒(qù):形容深而幽静。

有严有翼:此处有严整肃穆的意思。语出《诗经·小雅·六月》:"有严有翼,共武之服。"严整肃穆小心,认真对待敌军。严:威严。翼:恭敬。

[11]癸未:明崇祯十六年,1643年。

兵燹(xiǎn):指因战乱所致的焚烧破坏。燹:兵火。

[12]己丑:清顺治六年,1649年。

木主:为死者立的木制牌位,上写称呼、姓名。原文为"本主"。

[13]恫(tōng)然心目:内心衰痛。

[14]叆叇(ài dài):云盛貌。

琼宫:玉饰之宫。

鞠为茂草:谓杂草塞道。形容衰败荒芜的景象。鞠:通"鞫(jū)"。尽。《诗经·小雅·小弁》二章:"踧踧(dí)周道,鞠为茂草。"

[15]西泠(líng):杭州西湖风景区地名,建有西泠桥。此处借指杭州。原文为"西冷"。

闽中:古郡名。秦置。治所在冶县(今福州市)。后以闽中指福建一带。

司李:官名。即司理。李:通"理"。狱官也。

驻节:大官停留在外,或使节驻留于外。

[16]肃礼:严肃礼法。

徙倚:流连徘徊。

慨然:感慨貌。

[17]含巾吐柘:指扬水接纳巾水后汇入柘水。扬水即今西河,在石家河西。巾水即今石家河,俗称东河。柘水即天门河。扬水接纳巾水后从黄潭西三汊河汇入柘水。

陆季疵万美西江:陆羽《六美歌》有"千美万美西江水"之语。原文为"陆季疵万美西江月",据清雍正十一年(1733年)刊竟、四库全书本《湖广通志·卷一百十一·艺文》第11页《天门县儒学记》改。

[18]竟陵烟月似吴天:语出皮日休《送从弟皮崇归复州》。

凤慕:早就仰慕。

[19]休风颢(hào)气:美好的风气弥漫于天地间。

代钟名哲:每一代都会孕育一批有德行有智慧的人。

[20]先朝:前朝。多指上一个朝代。

理学:又称"道学"或"宋明理学"。宋明时期的儒家哲学思想,中国古代哲学发展的最后和最高阶段。

鲁文恪莲北公:鲁铎,字振之,号莲北,谥文恪。

顾命:《尚书》的篇名。取临终遗命之意。后因称帝王临终前的遗诏为顾命。帝王临终前托以治国重任的大臣为顾命大臣。

周冢宰敬松公:周嘉谟,字明卿,号敬松。冢宰:吏部尚书。

陈司徒正甫公:陈所学,字正甫。司徒:户部尚书别称为大司徒。

[21]词林:指文人之群。

宗匠:技艺高超的工匠,常指有重大成就、众所推崇之人。

钟督学退谷公:钟惺,字伯敬,号退谷。官至福建提学佥事。

谭征聘鹤湾公:谭元春,字友夏,号鹤湾。征聘:征召聘请。明崇祯八

年(1635年),天子行荐举法,编修王用予以谭元春名上,谭元春辞不就。

骎骎(qīn):马展足疾驰貌。此处意为盛的样子。

[22]黉(hóng)宫:旧指学宫。

[23]俎(zǔ)豆:俎和豆都是祭祀、宴会用的器具。谓祭祀,奉祀。

不恤:不忧悯,不顾惜。

司牧:旧把治民比作牧畜,因称管理、统治为司牧。

[24]庙者貌也:庙是假托先祖形貌所在。

隆礼:《荀子》用语。尊崇礼之意。

[25]不崇其貌,无以示敬,如兴道何:不崇敬先祖的形貌,就无以表达尊敬,怎能提倡仁义之道呢?

[26]吾身参两:我们自己就是天地山川人文的统一体。

参两:北宋张载哲学用语。语出《周易·说卦》:"参天两地而倚数。"张载吸收了"参"(即三)有"三中含两"的旧训,在《正蒙·参两》中予以发挥。"两",指统一物中包含着矛盾的对立面及其相互作用。"参",指矛盾既对立又统一,亦即天地万物既有对立又合成为统一体。张载认为这是事物的内在本性,也是构成事物运动变化的根本原因。

[27]位育:正治培育,使天地万物各得其所并给以长养抚育。

胥是赖之:全都依赖"道"。胥:全,都。

［28］率用是理：都是同一个道理。率：都。

［29］景为三澨(shì)名区：景陵是三澨流域有名之地。三澨：三澨河。此处指三澨河流域，今京山、天门、汉川一带。

庙与学委诸榛棘(zhēn jí)：文庙和学宫委弃埋没于荆棘之中。

如报德何：怎么报答别人的恩德？

［30］邑侯：明清县长官别称。

学正：学官名。此处指教谕。清代府学官称教授，州学官称学正，县学官称教谕，负责教育所属生员。

役书：此处指徭役榜。

［31］黝(yǒu)丹髹垩(xiū è)：泛指各色涂料。黝丹：黑红两色的漆。髹垩：红黑色的漆和白土。

［32］图式：画出样式。

敦：督促。

弘壮：宏伟雄壮。

度：法则，应遵行的标准。

［33］期(jī)年：一年。期：时间周而复始，一年过去即将开始新的一年，故称期年。

［34］辛丑、壬寅：清顺治十八年(1661年)、清康熙元年(1662年)。

［35］胶庠：泛指学校。胶为周之大学，庠为周之小学。

改元：新君即位，改变年号，称为改元。同一个皇帝在位，也可以多次改元。

师儒：古代指教官或学官。

聿(yù)观厥成：看到成果。语出《诗经·大雅·文王有声》："遹(yù)观厥成。"遹即曰、聿，为发语之词。

［36］先师参前倚衡之训，欲随所在见道也，况专业其地者乎：要牢记先师孔子"参前倚衡"的教导，时时刻刻都要谨慎合礼，何况学宫还是专门培养人的地方。

参前倚衡：语出《论语·卫灵公》：子张问孔子，如何才能使自己到处行得通。孔子回答说："言忠信，行笃敬。"意指言行要讲究忠信笃敬，站着就仿佛看见"忠信笃敬"四字展现于眼前，乘车就好像看见这几个字在车辕的横木上。泛指一举一动，都要谨慎合礼。参：列，显现。前：指眼前。倚：靠。衡：车前横木。

［37］趋隅："抠衣趋隅"的省略。提起衣服前襟，小步走向席角到适当位置坐下。古人在尊长面前时应有的礼貌。因用以指恭敬地谒见尊长。

仰止：仰慕，向往。止：语助词。

［38］庶其：但愿。

升堂入室：古代宫室，前为堂后为室。孔子曾经评价弟子子路(名仲由)："由也升堂矣，未入于室也。"谓子路学习已有成就(升堂)，但还未到更高境界(入室)。见《论语·先进》。后因以升堂入室比喻学问或技艺已造诣精深或深得师传。

中牟：古邑名。春秋晋地。当时在黄河东岸。在今河南南乐、河北大名、山东聊城之间。鲁定公九年晋国范氏家臣佛肸(bì xī)在中牟举兵对抗晋国权卿赵简子,召请孔子,孔子欲往,子路以"佛肸以中牟叛"为由反对,孔子说:"吾岂匏瓜也哉!焉能系而不食?"(《论语·阳货》)然终未去。

摄相:代理宰相。《荀子·宥坐》:"孔子为鲁摄相,朝七日而诛少正卯。"

[39]圜桥观者:指听讲的诸生。《后汉书·儒林传》记载:东汉明帝刘庄到辟雍宣讲经义,"冠带缙绅之人,圜桥门外而观听者盖以万计"。辟雍四门外有水,以节观者,门外皆有桥,观者在水外,故云圜桥。

[40]甍(méng)栋杰构:屋宇宏伟。甍栋:屋梁。杰构:宏伟的建筑。

[41]危若仰止,逸若履冰:屋宇高大,让人生敬仰之情;超越流俗,让人生敬畏之心。

[42]师氏:官名。西周置。掌教育贵族子弟。

[43]以绍前休:谓继承前贤的美好事业。绍:继续,接续。

父师:对长者的尊称。

[44]振今作后:使今后之人振作起来。

[45]勒使寓书:派使者传书。

属(zhǔ):古同"嘱"。嘱咐,托付。

[46]滥竽史职:作者谦称自己以劣充优,担任翰林院检讨之职。

告养:旧称官吏因父母年高,告归奉养。

[47]躬际其盛:躬逢其盛。谓亲身参加了那个盛会。躬:亲身。际:逢。

诠次:选择和编排。此处指作记。

程飞云（解元，获鹿知县，工部营缮司主事）

程飞云（1624—1688年），天门城关人。

清乾隆乙酉（1765年）初版《天门县志·卷十四·宦迹》第21页记载："程飞云，字培风。七岁能文章。入郡，有江夏无双之目，倾动其郡人。父士杰恐颖脱髫齿伤光琢，键户哺之经籍。甲午冠贤书，己亥成进士。初觐承明缀行以出，上目送之，曰：'此甲午湖广解元也。'盖已简在之矣。以司理改获鹿尹。"

李节孝（王太孺人并子占黄）

程飞云

霜封肃立松筠干，彩服欢承堂背萱[1]。孤燕春归帘影寂，和熊夜永杼声喧[2]。名高李卫才何羡，代起苏欧学有源[3]。圣世作忠先孝治，行看六阙树君门[4]【杨炎三世行孝，门树六阙】。

题解

本诗录自清康熙二十一年（1682年）版《黎城县志·卷之四》第27页。署名为"竟陵程飞云"。

占黄：李占黄，山西黎城人。曾任天台知县。

注释

[1]松筠（yún）：松与竹。

彩服欢承：典自"彩衣""舞蝶斑衣"。指孝养父母。出自二十四孝故事。《艺文类聚》卷二十引《列女传》：相传春秋时楚国老莱子事亲至孝，年七十，常著五色斑斓衣，作婴儿戏。上堂，故意扑地，以博父母一笑。欢承：承欢。指侍奉父母，让他们欢喜。

堂背萱:北堂萱。借指母亲。语出《诗经·卫风·伯兮》:"焉得谖草,言树之背。"毛传:"谖草令人忘忧。背,北堂也。"

[2]和熊:形容母善教子。唐朝柳仲郢幼年好学,其母韩氏,曾和熊胆丸,让其夜晚嚼咽,以助勤促学。

[3]李卫:李卫公,即李德裕,追赠卫国公。唐武宗会昌年间仕历六朝,出将入相,是著名的宰相、杰出的政治家。

苏欧:欧苏。指宋文学家欧阳修、苏轼。

[4]六阙:六座牌坊。《新唐书·列传·卷七十》记载:杨炎三代以行孝出名,以至门前树有六座牌坊,自古以来还没有过。

示子三章

程飞云

常作厉人想,题堂亦种书[1]。叹余多岁月,为尔惜居诸[2]。息念恒观理,游神日蹈虚[3]。荷薪诚易事,慕蔺也相如[4]。

春来风雨好,草木见生涯。莺燕尽奔走,林园各为家。扬声贵及旦,采实莫先华[5]。曾读假山记,中峰敢自夸[6]。

公旦古仁者,如何不捷禽[7]?匪直为国故,亦以念家深[8]。当代贤为宝,清时顽岂任[9]?不观百尺干,风雨解龙吟[10]。

题解

本诗录自清光绪甲午(1894年)版、天门市胡市镇程老村《鹤塘程氏世谱·庭训集》第27页。

注释

[1]厉人:身患癞疮的病人。比喻模样丑陋。《庄子·天地》:"厉之人夜半生其子,遽取火而视之,汲汲然唯恐其似己也。"这则寓言以厉(通"癞",皮肤病)人生子担忧,比喻自己导向人生的忧虑和执着。

题堂亦种书:当指作者为书堂题名"种书堂"。种书:书种。读书种子。

指世代相承的读书人。

[2]居诸:《诗经·邶风·柏舟》有"日居月诸,胡迭而微"句,谓日月交替更迭。其中"居"和"诸"为语气助词。后以居诸代指日月或喻指光阴。

[3]息念:去除思想杂念。

观理:注意观察事理。

游神:谓专心致志。

蹈虚:淡泊无为,追求虚无。蹈:遵循。

[4]慕蔺也相如:慕蔺相如。意思是慕贤。

[5]及旦:到早晨。

[6]曾读假山记,中峰敢自夸:指苏洵《木假山记》中有称赞"中峰"之句:"予见中峰,魁岸踞肆,意气端重,若有以服其旁之二峰。"我看到中峰,

魁梧奇伟,神情高傲舒展,意态气概端正庄重,好像有什么办法使它旁边二峰倾服似的。

[7]公旦古仁者,如何不捷(liàn)禽:周朝时周公旦相成王,长子伯禽代父就封,建都曲阜。据说他受封后对鲁地进行了一番变俗革礼的精心治理。捷:按,按压。原文"捷"字"车"残损。

[8]匪直:不只。

[9]贤为宝:贤才受珍爱。

清时:清平之时,太平盛世。

顽岂任:岂能任用愚钝之人。顽:愚钝。

[10]风雨解龙吟:相传下雨前可闻龙吟,故云。解:领会。

景陵风俗论

程飞云

景邑,古风国地也。风氏系出伏羲,而神农氏又崛起南随,结绳画卦,鞭草尝木[1],实开万世生民之始。迄今过风市入其庙,观其车服礼器,市民以时奠飨其祠,肃然若而俨然思,前天下之日月在躬者,犹食楚邑之茅土[2];而风雨其田者,尚茹楚邑之草木也。嗣是而白起之师一过其境,先主之驾信宿其地[3],过荒墟而访遗迹,感慨一往,令人雄心奋发矣。若乃李翱之诗文,实与昌黎相辉映;陆羽之《茶经》,直由筮易而得名[4]。有唐数百年来,惟兹景邑实为冠裳都会焉[5]。是故论其民俗,则醇质而惇悫,犹然睹江汉永广之化也[6]。论其风,

则好古而服奇，犹得见屈宋人文之胜也[7]。论其山川，则沧浪受嶓冢之流，三澨开大别之波[8]；五华挟君山而送青，两湖偕温泉以并泳。真不啻分三湘七泽之雄、九嶷岳衡之胜也[9]。

夫文章之灵，生于山水；政事之才，生于文章。故有明三百年，其一官一能自表见于世者，不俱述。至于文恪之望重远迩，太保之枢典权衡[10]，退谷之好学闻于东南，鹄湾之清思敦其孝友[11]，一时人才先后相望。过是邑者，未尝不有"天下文章"之叹焉。而况夫踵生是里[12]，仰其余风，大其声施，读其遗书而知其传者，复绳绳未有艾乎[13]？他若子良之王于是土，以文章而友沈、谢之侣[14]；裴让之令于是邑，以材敏而当金、宋之衡[15]；姜尹筮仕遂创雄城百雉[16]，程尹一疏至捐楚赋百万[17]，又皆著迹扬勋、惠往开来者也。

夫景邑自嘉、隆以前属于汉，嘉、隆以后隶于沔[18]。其不以属于汉而隶于沔者，知景之不乐于汉而沔之大有和于景也。无如数十年来，凋敝极多，两遭兵革，数罹烟烽[19]。当鄢郢之下流[20]，则时驱马而来游；据江汉之上游，则时扬帆而示武。南河以南，值水则为泽国；北山以北，际旱则为石田[21]。其民之散而耕、士之存而读者，大半皆创痍流徙之余也。夫论东南之形胜，则全楚扼荆扬之邦。全楚之威不壮，则东南犹未为安枕也。论全楚之形势，则景陵控汉黄之险[22]。景陵之民不安，则汉黄犹未为固圉也[23]。赖鸾凤之游于枳棘，故抚字之瘁厥心神[24]。不数年，创民瘝而草野渐有全形矣，泮宫修而焦桐始有遗响矣；石田者渐易而为沃墟，欹倾者复支而为栋梁矣[25]。言其山水，犹寻声而得貌；言其节候，犹披文而见实[26]。诵已往之书，芳风可再[27]；耕百世之田，瘠土多材。安在景邑之治不为天下先，而景邑之俗不再见文王南国之化矣乎[28]？【邑解元程飞云上分巡道吴公论[29]】

题解

本文录自清康熙七年（1668 年）版《景陵县志·卷之六·风土志》第3页。

注释

[1] 结绳画卦：结绳记事和伏羲画卦。

鞭草尝木：指神农鞭百草、尝百草，以知性味。鞭草：神农用赤色鞭子鞭百草，以检验百草性味。

[2] 过风市入其庙：指经过天门市皂市镇时进入五华山伏羲祠。

奠飨(xiǎng)：置酒食以祭祀。

肃然若而俨然思：恭敬庄重、若有所思。语出《礼记·曲礼上》："毋不敬，俨若思。"不要不敬，仪容要端庄稳重，若有所思。

日月在躬者：圣贤王侯。如下文"子良之王于是土"中的竟陵王萧子良即是。语出唐代钱起《象环赋》："循环无极，参日月之在躬；佩服有常，于韦弦而戒事。"在躬：自身。

茅土：指王侯的封爵。古天子分封王侯时，用代表方位的五色土筑坛，按封地所在方向取一色土，包以白茅而授之，作为受封者得以有国建社的表征。

[3] 嗣：接着，随后。

先主之驾：相传刘备逃往夏口(今汉口)，经过天门。至今牛蹄支河沿岸留有诸葛岭、留驾河等遗迹。

信宿：连宿两夜。

[4] 李翱：字习之，陕西成纪(今甘肃泰安东)人。唐代散文家、哲学家。贞元十四年(798 年)进士。曾跟从韩愈学习古文，是古文运动的参加者。

《湖北下荆南道志·卷之六·胜迹、陵墓·天门县》记载："洗墨池，在五华山伏羲祠旁，唐进士李翱读书处。"

昌黎：韩愈，字退之。河南河阳(今孟州市)人，祖籍昌黎，后人称为韩昌黎。唐代著名的文学家、古文理论家。

由筮易而得名：指陆羽取名于卦辞。宋祁《新唐书·陆羽传》记载：既长，以《易》自筮，得《蹇》之《渐》，曰："鸿渐于陆，其羽可用为仪。"乃以陆为氏，名而字之。

[5] 冠裳：本指全套的官服，因借称有官职的士绅。

[6] 醇质：淳厚质朴。

惇愨(dūn què)：敦厚诚实。

江汉永广之化：指本篇末"文王南国之化"。《诗经·周南·汉广》产生于周代江汉流域。诗歌咏叹一南方女子高尚出众，不可求得。

[7] 屈宋：战国后期楚屈原和宋玉的合称。二人均为楚辞代表作家，故并称"屈宋"。

[8] 沧浪：古水名。在今湖北境内。或云汉水之支流，或云即汉水。

嶓(bō)冢：一名嶓山。指今陕西宁强县北汉源所出之山。《尚书·禹贡》："嶓冢导漾，东流为汉。"唐杜佑《通典·州郡》："嶓冢山，禹导漾水，至此为汉水，亦曰沔水。"

三澨(shì)：三澨河。今天门河。

大别:大别山。今汉阳龟山。

[9]三湘七泽:指楚地。三湘:地区名,说法不一,泛指湖南。七泽:相传古时楚有七处沼泽。后以七泽泛称楚地诸湖泊。

[10]文恪:鲁铎,谥文恪。

太保之枢典权衡:指周嘉谟执掌吏部。太保:周嘉谟于崇祯元年(1628年)荐起南京吏部尚书,加太子太保。枢典权衡:执掌吏部。

[11]退谷:钟惺,字伯敬,号退谷。从政及主要文学活动在江苏、福建等地。

鹄湾:谭元春,字友夏,号鹄湾。

清思:清雅美好的情思。

敦:推崇,崇尚。

[12]躔生:生机不断延续。

[13]声施:为世人所传扬的名声。

绳绳:无边际貌,连续不断貌。

艾:停止。

[14]子良之王于是土:南北朝时期南齐宗室、齐武帝萧赜(zé)次子萧子良封竟陵王。萧子良好结儒士,常与文友交流学问。其中以范云、萧琛、任昉(fǎng)、王融、萧衍、谢朓、沈约、陆倕(chuí)最知名,时称"竟陵八友"。

沈、谢:指"竟陵八友"中的沈约、谢朓。

[15]裴让:清康熙三十一年(1692年)版《景陵县志·卷之九·秩官志·守令考》第14页记载:唐,"裴让,权知县事。《唐会要》曰:'宣宗大中五年十

二月,有贼获神门载架。六年四月,以裴让权知县事。'后有知县名自此始。按,裴让,州志已辨其误。唐时无景陵县名,亦无知县名。盖宋时事也。"

以材敏而当金、宋之衡:疑指以干练之才而于宋金时期担当重任。

[16]姜尹筮仕:原文为"姜尹十二",据清康熙三十一年(1692年)版《景陵县志·卷十二》第32页同题文改。姜尹:姜绾。姜任景陵知县时,"修复义河,开陂筑堤,以兴水利。又兴庙学,设乡校"(据章懋《按察使姜君墓表》)。筮仕:古之迷信,人将出仕,先占卜凶吉谓之筮仕。借指初次做官。

百雉:借指城墙。

[17]程尹一疏:指景陵知县程维模上《请均加饷疏》。程维模,富顺人。

[18]嘉、隆:指明代嘉靖、隆庆两朝。

汉、沔:指汉阳府、沔阳府。清道光元年(1821年)版《天门县志·卷之四·沿革》只有天门隶属江夏郡的记载。

[19]无如:无奈。

凋敝:(生活)困苦,(事物)衰败。

数罹(lí)烟烽:屡次遭逢战火。

[20]鄢郢:战国时期楚国的都城,在今湖北宜城县南。

[21]石田:多石而无法耕作的田地。

[22]汉黄:指汉阳府、黄州府。汉

阳府,清康熙三年(1664)属湖北省。辖境约当今湖北长江以北,黄陂以西,孝感、汉川以南,沔阳以东地。

[23]固圉(yǔ):本指使边境安静无事。此处为"安静无事"的意思。

[24]赖鸾凤之游于枳棘:典自"枳棘栖凤"。"枳棘丛中,绝非栖鸾凤之所"的意思。语出《后汉书·仇览传》:"枳棘非鸾凤所栖,百里岂大贤之路?"

抚字:谓对百姓的安抚体恤。

[25]瘳(chōu):病愈。

全形:指形体健康完整无损。

泮宫:古时的学校名称。

焦桐:琴名。东汉蔡邕曾用烧焦的桐木造琴,后因称琴为焦桐。

遗响:余音。

欹(qī)倾者复支而为栋梁矣:欹倾:歪斜,歪倒。为:据清康熙三十一年(1692年)版《景陵县志·卷十二》第38页增补。

[26]言其山水,犹寻声而得貌;言其节候,犹披文而见实:语出《文心雕龙·辨骚》:"论山水,则循声而得貌;言节候,则披文而见时。"描绘山水,便能使人按照声情而得到它的形貌;叙述季节,便能使人披阅文辞而看到时令。

[27]芳风:比喻美好的风格或文章的韵味。

[28]安在景邑之治不为天下先,而景邑之俗不再见文王南国之化矣乎:怎么就知道景陵的治理不是天下最好的,景陵的风俗不会重现周文王美好的教化行于江汉的盛况呢?

安在:何在。此处当理解为"安知"。

文王南国之化:景陵在周时属周南,是周文王盛德善行远播之地。《湖广通志·卷三》说:"禹贡荆州之域,商称荆楚,周文化行江汉,为周南。"《诗经·周南·汉广》等篇,为江汉流域之作。文王:指周文王。西周奠基者,儒家推尊称道的圣王。

[29]分巡道吴公:指时任分巡荆西道吴之纪。吴为清顺治六年(1649年)己丑科进士。

修黑流渡记

程飞云

汉水自鄀郢下[1],径竟邑之西偏,为黑流渡。又下十里为渔泛潭[2]。渔泛潭之有官渡也,以荆潜驿路。黑流渡少偏,居民自以苇筏接济。岁月深久,朽腐破败,不任篙楫。涉斯渡者,凛凛有羊肠吕峡之恐,盖既济而后庆再生焉。岁庚申,吴门钱公来尹是邦[3]。下车之始[4],询疾若,咨利弊。无弊不剔,有利必兴。其大者如清逋累、诘奸慝,除害马之政,擒伏莽之奸[5];赈饥而贫窭以存[6],修堤而倾溃获免。至于捐赀俸、营公署、筑仓廒、修学宫,一皆出己所有,无丝毫派累于民。虽至穷乡远地,东如柳河之桥,西如渔镇之渡,无不竭己力为之。至于黑流市之私渡,不属于官者,亦且捐俸倡率,命帅子洵荣同里耆李三恒等悉力劝募,以共观厥成也[7]。呜呼!前此之为竟邑也者,颓弊层叠[8],疮孔百千。其溃败萎靡不可收拾,有如昔日之朽舟矣。今一载以来,百废修举,焕然改观,即黑流之扁舟亦有如竟邑之重新焉。至其买田以给渡子,免其需索之扰[9];申详以禁游兵,绝其往来之嚣,则又经久无弊之道也[10]。

题解

本文录自清乾隆乙酉(1765年)初版《天门县志·卷之二·建置》第30页。

注释

[1]鄢郢:战国时期楚国的都城,在今湖北宜城县南。

[2]渔泛泽(hóng):旧地名。在今汉江以南、仙桃市郑场镇渔泛村。当时属天门。

[3]庚申:清康熙十九年,1680年。

吴门钱公来尹是邦:吴门人钱永来景陵担任知县。吴门:古吴县城(今苏州市)的别称。钱公:指钱永。尹:元代时称州、县长官为尹。此处是担任知县的意思。

[4]下车之始:旧指新官刚到任。

[5]逋累(bū lèi):指积欠的赋税、债务等。

诘奸慝(tè):问罪于奸恶的人。

伏莽:军队埋伏在草莽中。亦指潜藏的寇盗。

[6]贫窭(jù):指贫穷的人。

[7]里耆:乡里的耆老。

劝募:用劝说的方式募集。

共观厥成:一起出力,并享受取得的成果。

[8]颓弊:破败。

[9]给(jǐ)渡子:供应摆渡的船夫。

需索:敲诈勒索。

[10]申详:向上级官府详细呈报。

游兵:流动不定的军队。

经久无弊之道:持久又无弊端的办法。

太学生高伯仙（高步蟾）墓志铭

程飞云

　　高公讳步蟾,字伯仙;爱天马山,结庐两峰之下[1],故号两峰。其先世为黎亭右族[2]。九世祖升,正统时举孝廉[3]。三传而鸾,以太学生为狄道监牧郎官久[4]。四传为艮斋,公之大父也[5]。艮斋子惊寰,生公。公生而清标令韶,长而好学,善属文,慷慨有大略[6]。久之,以太学生终,君子惜之。

　　公先世雄于赀[7]。及乃祖惊寰公,才气超轶,弗屑屑治生业,经荒爨,家道中落[8]。公以成童失怙,田仅食余夫[9],室庐聊蔽风雨,意泊如也,而奉母则洗腆滑甘不少缺[10]。

　　幼见赏于李赠君冲虚先生[11]。先生有人伦鉴,每以快婿目之[12]。公遂师事先生[13],得其传。于书无所不窥,而尤喜《孟子》。尝曰:"我之学从一部《孟子》中来。"故生平大概不离仁义二字。夫仁义之道,峄山大阐其说,以此历说齐梁间[14],一时淳于、宋钘之徒靡然不得伸其舌,其岩岩太山之气有以慑之也[15]。

　　公以孝奉母,以让友弟,以仁厚疏,旷泽其党族婚友[16]。拯人之危,雪人之冤。贷偿而更恤其后,排纷而自捐其赀[17]。收养孤丐,而残废者不至捐瘠[18];出粟赈施,而远迩疏戚任所资而无德色[19]。以至偿旧负,却奁金,施义冢,表烈贞[20],种种善行,不可殚述。如公者,岂非仗仁而立、扶义而行者耶! 士君子穷居里闬,读古人书,孜孜不遑息[21]。相与谈论,未尝不以圣贤豪杰相期许[22]。究观其所树立,求一二事之几于道不可得[23],岂非好言仁义而不能躬行者之过欤? 闻伯仙之风,夫亦可以愧矣。

　　黎邑自国朝奠鼎越十五年[24],而文风不振。公之伯子星雯始领乡荐[25],可不谓荣焉? 而公犹自奋思,决起霄汉[26]。丁巳赴汴试,年已六十矣,而壮志不稍衰。越五年而殂[27]。呜呼惜哉! 虽其生平干济之才未获稍展[28]，而拒大同之贼，不犯其乡；辞闯逆之官，不挠其节[29]。宽民力于坐画之署，减盐引于立谈之顷，其里人犹乐道之，非其得于学术者宏欤[30]！向使少而掇巍科，抒其怀抱以襄赞国是[31]，其所就何可量也！然公以瘠产蓬居，恢宏旧业，振其声施；子若孙宾宾高鬐焉[32]，不可谓非躬行仁义之效矣。

公有《两峰文集》，子汉雯、垣雯将刊行于世。

卜吉于癸亥年二月十八日祔葬天马山李孺人之墓[33]。述公行实而请志于予，为论次其生平如此[34]。公生于前万历戊午年，卒于今康熙辛酉年。元配李氏。子六：长星雯，丁酉科举人。次汉雯、垣雯，邑学生。次曜雯、庆雯、奎雯，具幼，业儒[35]。孙男三，邑庠生[36]，唐适、明本，俱幼。铭曰：

水淙淙，山巉巉，异人笃生兮潞子之国[37]。钦尔行，峻尔节，蟪伏而鹊起兮光于奕叶[38]。呜呼！怀仁而履义兮，惟此攸宅[39]。

题解

本文录自清康熙二十一年（1682年）版《黎城县志·卷之四·艺文后》第56页。

太学生：在最高学府国子监学习的学生，简称监生，可直接考取举人。

注释

[1]结庐：构建房子。

[2]黎亭：黎城县古称。

右族：古代以右为尊，六朝时重门第，称豪门大族为右族。

[3]正统：明英宗朱祁镇年号（1436—1449年）。

孝廉：明清时对举人的称谓。

[4]狄道：古地名。位于今甘肃临洮县境。

[5]大父：祖父。

[6]清标：谓清美出众。

令韶：聪慧，美好。

属（zhǔ）文：写作。谓连缀字句而成文章。属：缀辑，撰著。

慷慨：性格豪爽。

[7]雄于赀（zī）：富有钱财。雄：富有。

[8]乃祖：先祖。

超轶：谓高超不同凡俗。

弗屑屑治生业：意思是不会辛辛苦苦地去谋生。屑屑：劳瘁匆迫貌。生业：从事某种产业。

荒燹(xiǎn)：指灾荒和战乱。燹：兵火。

家道中落：家业衰败，境况没有从前富裕。

[9]失怙(hù)：失去依靠，特指丧父。怙：依靠。语出《诗经·小雅·蓼莪(lù é)》："无父何怙？无母何恃？"没有亲爹何所靠？没有亲妈何所依？

余夫：古代谓法定的受田人口之外的人。

[10]泊如：恬淡无欲貌。

洗腆：谓置办洁净丰盛的酒食。多指用来孝敬父母或款待客人。

滑甘：代指甘美的食物。

[11]见赏：被赏识。

赠君：古代敬称官员的父亲。

[12]有人伦鉴：善品评或选拔人才。人伦：谓品评或选拔人才。鉴：鉴识。

快婿：称心如意的女婿。

[13]师事：谓拜某人为师或以师礼相待。

[14]峄(yì)山：指孟子。峄山又名邹峄山，在今山东邹县东南。孟子为邹县人。

历说：游说。

[15]淳于：淳于髡(kūn)。战国时期齐国的政治家和思想家。

宋钘(xíng)：又称宋牼、宋荣、宋子。与尹文齐名。战国时期学者，宋尹学派代表人物。

靡然：倒伏的样子。

岩岩太山：高峻的泰山。岩岩：山势高峻的样子。语出《诗经·鲁颂·閟(bì)宫》："泰山岩岩，鲁邦所詹。"

有以：表示具有某种条件、原因等。

[16]厚疏：厚待关系疏远的。

旷泽：广施恩泽。

党族：党羽和亲族。

婚友：有婚姻关系的亲戚、朋友。

[17]贷偿：借贷和偿还。

[18]捐瘠：饥饿而死。

[19]赈施：救济布施。

德色：自以为对人有恩德而表现出来的神色。

[20]奁金：结婚时候的女方陪嫁的礼金和首饰。

义冢：古代官府为掩埋无主尸体而建造的公墓。

烈贞：烈妇。古指重义守节的妇女。

[21]里闬(hàn)：乡里。

不遑：无暇，没有闲暇。

[22]期许：期望，称许。

[23]树立：建树。

求一二事之几于道不可得：找一两件接近于道的事是找不到的。意思是每一件事都合于道。几于道：接近于道。

[24]国朝：指本朝。

奠鼎：传说夏禹铸九鼎象征九州，历商至周，都作为传国重器，置于国都。后因以称定都或建立王朝为奠鼎。

[25]伯子:长子。

领乡荐:唐代由州县地方官荐举进京师应礼部试者称乡荐。后世亦称乡试中试者(举人)为领乡荐。

[26]决起:迅疾而起。

[27]殂:死亡。

[28]干济:谓办事干练而有成效。

[29]闯逆:指李自成。

不挠其节:形容节操刚正。挠:弯曲。

[30]盐引:古代官府在商人缴纳盐价和税款后,发给商人用以支领和运销食盐的凭证。

非其得于学术者宏欤:这不比那些得意于科举功名的人声名宏大吗?

[31]巍科:高级的科举考试。

襄赞国是:辅助君王治理国家。襄赞:佐助。国是:国策,国家大事。

[32]声施:为世人所传扬的名声。

若:和。

宾宾:频频。

高矗(zhù):高飞。

[33]卜吉:谓占问选择吉利的婚期或风水好的葬地等。

祔(fù):合葬。

[34]行实:指生平事迹。

论次:论定编次。

[35]业儒:以儒学为业。以读书求学为业。

[36]邑庠生:明清时期州县学叫邑庠,所以秀才也叫邑庠生。庠生:明清两代府、州、县学的生员别称。

[37]巀巀(jié):高耸。

异人:不寻常的人,有异才的人。

笃生:谓生而得天独厚。

潞子之国:潞子国。本西周潞国,春秋亦称潞子国。在今山西黎城县南古城。

[38]钦尔行,峻尔节:戒慎的行为,高尚的节操。钦:谨慎,诚慎。

蠖(huò)伏而鹊起:生时虽不得志,身后却名声兴起。蠖伏:如尺蠖之屈伏。比喻人不得志。鹊起:比喻名声兴起。

光于奕叶:光耀世世代代。奕叶:累世,代代。

[39]怀仁而履义:义同"蹈仁履义"。遵循仁义之道。

攸宅:疑同"幽宅"。坟墓。

拙庵程先生（程飞云）墓志铭

徐乾学

　　水部拙庵程先生[1]，讳飞云，字培风，楚竟陵人也。东晋新安太守程元谭裔孙有念五公者，宋元之际徙居竟陵东偏，曰泂河口。再传天麟，徙廖家垱。四传繁，始居邑城心街，遂世为竟陵右族[2]。八传鹄，先生高祖也，与兄鸿同肄举子业。鸿以正德癸酉魁楚榜，仕至通州刺史。鹄课子宗稷，志未遂。宗稷生笃斋，为先生大父，德行文艺，有声三楚。为博士弟子员，矢志魁天下；年七十，犹翔步棘闱[3]。考讳士杰，字脱颖，诰赠文林郎[4]。同产五人，齿最幼。笃行孝友，先人田庐，悉让诸昆。筑室村东，迎养双亲终老焉。文学彪炳一时，持介节，言笑不苟，士大夫咸敬礼之。子二：长乘云，字六御，积学，隐居，有三代以上之风；次即先生也。

　　先生生之夕，诰赠君梦神僧至其家，觉而生先生。诰赠君自课之，七岁善属文。应郡试，有"江夏无双"之称。诰赠君不欲小试其技，携归楔户[5]，恣其涉猎今古。久之，应童子科，见赏于学使者李公承尹，每试则冠曹偶[6]。甲午登楚榜第一人。典试者，家莘叟及赵公韫退[7]。两公皆文章宗匠，得先生跃跃自负，不啻欧、梅之于子瞻也[8]。先生天资英妙，六籍、诸史、百家言，寓目即成诵[9]。快意之篇缮写成帙，或风清月白、名花烂漫处，良友过从，出其秘帙。高诵一过，别有会心；轩舞击节[10]，旁若无人。读罢藏箧中，涉旬累月不一观。其操觚也，意兴所至，娓娓数千言，或短幅，清空华赡，无定式，一任气机之所止[11]。于古文辞，喜司马、昌黎、眉山父子[12]。于诗，喜太白、右丞[13]。于时艺，喜鹿门、陶庵、嘉鱼诸子[14]。余为诸生时，读其元墨[15]，已知其所欣赏。语二弟曰："三楚名元，自川楼、鹄湾后[16]，今复见之。"越数年，吾季廷对第一，得缀先生年谱。比引见，先皇帝曰："此甲午湖广解元也。"目送久之。时先生著青毡曳裾华纨间,未免夺色[17],遂同进士出身。

先生性朴遬[18],子弟鲜衣,怒骂辄斥之。履任时,饮冰茹檗[19]。延客一如真率会,然大庆会及嘉宾良友,不吝肆设,务成礼霭接而后止[20]。其接人也,宽和而严毅。喜奖藉后生,集社课校[21],多所成就。族党中掇高科登仕版、以诗文名者,皆出其门。己亥春,携子婿读书鄂城。黄公鸥湄为藩伯,课士江汉书院。先生以数艺杂诸生牍以进,鸥湄愕然曰:"诸生中那得有此?"特置一座,敬礼备至。是秋,增会试一科,遂释褐南宫,候补司李,已而改铨邑令[22]。

乙巳冬,诰赠君及孟太孺人后先弃养。先生哀毁骨立,凄感行道。时景邑苦于征徭。先生偶检遗箧,见先人手书有"收户苦累""邑民无人造福"之语,怆然投袂而起,吁请于各宪[23]。盖景邑自明季积弊相仍,曰收户,曰当年,蠹胥奸民,朋比剥噬,长吏又乐处脂膏中[24],男女老稚系累号泣[25],一邑鼎沸。先生廉得其状,闭户篝灯[26],条析缕陈,数万言,一夕而就。东走鄂城西走郧,数月过家门不入,破产捐资,泣请宪司力遵功令,税粮、驿站,悉领于官[27],一切积弊概除。立石县治前,系累者释,转徙者归,比户焚香尸祝,喁喁然有乐生之心[28]。且孝友性成,未第时,授经村落间,脡脯之资[29],悉以奉甘脂。太孺人茹素数十年,别设斋供无缺。方两枢在堂,邻舍火,先生叩天号呼,风忽转,无恙。爰卜佳城[30],梦神示以向方,夙兴如所往,果得善地,人皆以为诚孝所感云。甫登贤书,即以析箸田庐[31],奉伯氏训,兄子如子,兄之孙如孙。

戊申筮仕鹿泉。值久潦后,饥民十数万日集公廨[32],设法赈救,民免死徙。先生洁己爱民,一蔬一粒不苟取。出按户籍,自携青蚨市饼饵[33]。方有事滇南也,禁旅更番驿骚于道[34]。先生戴星出入飞挽,咄嗟而办[35]。大弁恣睢,胥徒窜匿[36]。先生单骑营伍中,挈羔酒往劳之,相对大嚼,有所需辄抗声曰:"吾民苦累剧矣,无可诛求。吾岂恋恋一官者哉?"弁帅叹服而去。始至盗案数十,一经鞫讞,奏当悉平[37]。乃计诱渠魁,咸革心输款[38]。盗至辄报,先生乘夜领数骑突至其所,皆伏地就缚。黎明入城,邑民大骇。大辟中亦多所平反。宪司异其才,邻邑疑案历载不决者,悉付之。每谳决毕,坐公堂,烧橡烛,摇笔沉吟,顷之,爰书就,皆原本经术,无事钩距[39]。修白鹿书院,进多士课艺,甲乙之人文丕变[40],有遴入史馆者。尝郊行,妇孺夹道拥观,咸目为瑞人。有老妪数辈持新果以献,先生笑而受之。其平易近民,类如此。壬子秋,余典试北闱,先生长嗣大夏以选拔占壁经元[41]。捷音至鹿泉,先生大喜曰:“沆瀣一气[42],吾早知必出徐公门下也。”邑士大夫,下及里胥野老,肩酒牵羊,跻堂上寿,榜联诗歌,遍张门廨,亦一时盛事也。旋奉覃恩敕封文林郎,孺人苏封孺人,二亲皆赠如其秩[43]。

丁巳考满,内擢行人司行人[44],士民拥泣,不得行为人,碑至今穹然道左。是年,余兄弟始得拜先生于邸舍,握手如平生欢。先生出其《鄂渚新诗》及其仲子大濩诸刻示余[45]。余受而读之,矍然曰:“君家父子不减眉山,岂第突过黄初,且浸淫乎汉氏矣[46]。”无何濩谕竹溪[47],卒于官。先生方需次主政,家报至,凄然俶装归籍[48],杜门复理诸生业,课子大夏、大复,孙方莘、方蕙、方苓等。

次年己未,大夏成进士,旋宰山右黎亭。先生命之曰:“利济苍生,莫便于令。须确然视民如己子,事事诚求斯上不负君父、下不负所学也。”大夏至黎,一一如其治谱[49]。先生喜谓少子大复曰:“此汝兄养志事也[50]。”日坐会心亭,与其弟雅等翻阅古史、百家言、理学、经济,无不究极阃奥[51]。时延长吏、二三耆旧,棹小艇,常羊湖天烟月中,分笺唱答,有辋水、柴桑之致焉[52]。丁卯补工部营缮司主事,以疾告未就。时大夏亦膺内擢候补主政[53],给假归。先生曰:“汝无易视部曹也,国家重务咸秉衡于六曹[54]。苟矢靖共[55],何职非效忠之地?”侍养数月,疾大愈。戊辰,楚裁兵反,遐迩骚动。先生戒家人无恐,纳凉亭荫,瀹茗弹棋[56],自若也。不逾月,寇平,乃促大夏赴阙,曰:“石建为丞相,万石君无恙也[57]。汝行矣,正身立朝,以快吾志。”大夏啜泣以行,九月补户部广西司主事。十月,太皇太后祔主入庙[58],降覃恩,先生父子皆以文林郎加封承德郎,孺人苏封安人。十一月,先生以疾考终于家[59]。十有二月,讣至京,大夏为位哭,自宰辅以及百司之在朝者咸致奠[60],素相友善者莫不哀泣之而去。先生德泽可以不朽。其《乡会闱牍》《寿平子评选全稿》《鄂渚新诗》《弄月堂集》,久已行世。

将以己巳年十二月,厝于五华山左[61]。爰驰一介于京邸,属余志而铭之。东坡有言:“轼于天下,未尝志墓。独铭五人,以盛德故。”先生道德文章,焜耀千载[62];而与吾弟立斋同年谱,余与大夏属通家[63],义不容辞。先生生于明天启甲子年六月初九日戌时,卒于康熙戊辰年十一月二十二日申时,享年六十有五。葬于己巳年十二月二十二日寅时,癸山丁向,土名八十家[64]。铭曰:

南邦岳二,曰嵾与衡[65]。九水北注,汉广江清[66]。扶舆磅礴,奇气笃生[67]。轶马班才,鬱龙绣虎[68]。锦瑟和鸣,誉高卓鲁[69]。辎轩锡命,鹓行簉羽[70]。帝咨摭采:“畴若予工[71]?”稽首拜让[72],佥曰[73]:“惟公。”公以诗人,例作水曹[74]。云胡不就[75]?偃仰林皋[76]。苍生望重,实大声宏[77]。穹碑道左,藓驳苔封[78]。于门大启,槐荫满庭[79]。洪支累叶,彯组华簪[80]。凌云一笑,驭彼赤虬[81]。五华山左,蘧滏环流[82]。佳城蟠固,郁郁松楸。左襟右带,凤岭虎丘[83]。官诰叠锡,媲美泷冈[84]。庆流万叶,为龙为光[85]。

题解

本文录自清康熙三十一年(1692年)版《景陵县志·卷之六》第25页。原题为《清敕封承德郎拙庵程先生墓志铭》。据清光绪甲午(1894年)版、天门市胡市镇程老村《鹤塘程氏世谱》补足漏录、缺损文字。

徐乾学:字原一、幼慧,号健庵、玉峰先生,江苏昆山人。顾炎武外甥。探花。刑部尚书。与弟元文(状元)、秉义(探花)皆官贵文名,人称“昆山三徐”。

程飞云墓在八十家,今皂市镇上傅村村委会东约三百米,舒赵湾西北约三百米。

注释

[1]水部公:指程飞云。程飞云擢工部营缮司主事(未就)。水部:唐代工部内设水部郎中、员外郎各一人。明清改为都水司,掌有关水道之政令,

水部亦一直相沿为工部司官的一般称呼。

[2]右族:古代以右为尊,六朝时重门第,称豪门大族为右族。

[3]翔步棘闱:指参加科举考试。翔步:缓步。比喻可以从缓进行的事。棘闱:科举时代试院的别称。古代试士,用棘围试院,以防止闲人擅自进入,故称。

[4]诰赠:明清对五品以上官员的曾祖父母、祖父母、父母及妻室之殁者,以皇帝的诰命追赠封号,叫诰赠。

[5]楗(jiàn)户:闭门。楗:竖插在门闩上使闩拔不开的木棍。

[6]童子科:科举考试中为儿童、少年设立的科目。

见赏:被赏识。

曹偶:侪辈,同类。

[7]典试:主持考试。

韫:音 yùn。

[8]欧、梅之于子瞻:苏轼参加礼部考试时,欧阳修是主考官,梅圣俞是判官。苏轼,字子瞻。

[9]六籍:六经。

寓目:犹过目,观看

[10]轩舞:轻扬起舞。

[11]操觚(gū):执简。谓写作。

清空:古代诗学概念。指空灵清雅的诗歌审美境界。

华赡:华美富丽。多用以形容文辞。

气机:指行文的气势。

[12]古文辞:古文和辞赋。古文是与骈文相对的概念。

司马、昌黎、眉山父子:指司马相如、韩愈和苏洵、苏轼、苏辙父子。眉山:苏轼的代称。苏轼为四川眉山人,故称。

[13]太白、右丞:指李白、王维。

[14]时艺:即时文、八股文。

鹿门、陶庵、嘉鱼诸子:指茅坤、张岱、方逢时。明嘉靖进士茅坤,号鹿门。明末文学家张岱,号陶庵。明进士方逢时,嘉鱼人。

[15]元墨:此处指程飞云乡试墨卷。

[16]三楚名元:指湖广的解元。三楚:后人诗文中多以泛指长江中游以南,今湖南湖北一带地区。此处指湖北。

川楼:吴国伦,字明卿,号川楼子,武昌府兴国州人(今阳新县)人。解元,进士。明朝嘉靖、万历年间著名文学家。"后七子"前期,以李攀龙、王世贞为代表,王世贞死后,吴国伦成为文坛盟主。

鹄湾:谭元春,号鹄湾,天门人。明天启七年(1627年)丁卯科举人,解元。竟陵派创始人之一。

[17]青毡:青色毛毡,由于王献之的故事,自晋以后遂用作士人故家旧物的代称。参见本书第二卷王鸣玉《沈沧洲先生(沈惟耀)去思碑记》注释[21]。

曳裾:意为长襟拖地。汉邹阳用"曳长裾"描绘出入王侯之门的形象。后世用作寄食于权贵门下的典故。

夺色:退色,掉色。吴语。

同进士出身:明清科举定制,凡参加殿试合格,列名三甲者,皆赐同进士出身。

[18]朴遫(sù):朴素。

[19]饮冰茹檗(bò):喝冷水,吃苦味的东西。比喻处境困苦,心情抑郁。也形容生活清苦。茹:吃。檗:俗称黄柏,味苦。

[20]真率会:宋司马光罢政在洛,常与故老游集,相约酒不过五巡,食不过五味。号真率会。见宋邵伯温《闻见前录·卷十》。

大庆:大可庆贺之事。

肆设:设席肆筵。摆酒席。肆:陈设。

成礼:行礼完毕,使礼节完备。

霑(zhān)接:接待。

[21]奖藉:奖借。称赞推许。

课校:校课。考试。

[22]释褐南宫,候补司李:中进士,候补推官。释褐:亦作"解褐"。脱去平民衣服。比喻始任官职。后亦以新进士及第授官为释褐。南宫:明代会试由礼部主持,礼部别称南宫,故礼部试或称南宫试,简称南宫。司李:明清府推官之别称,司李亦即司理,法官之意。

铨:铨选。选才授官。

[23]收户:当指"里甲大差"中的一种名目。清乾隆乙酉(1765年)初版《天门县志·卷十四·宦迹》第22页程飞云传略记载:"若其桑梓之颂,则除里甲大差尤著。明季弊丛,奸胥分纳户色目曰收户,岁易之曰排年。"

投袂(mèi):挥袖,甩袖。形容决绝或奋发。

宪:旧指朝廷委驻各行省的高级官吏。如清代称抚、藩、臬三司为三大宪。

[24]相仍:相沿袭。

当年:疑指上一条注释中的"排年"。排年:古代称里甲轮流值年当差。亦指轮流当差的人。

蠹胥:害民的胥吏。

长吏:指州县长官的辅佐。

[25]系累:捆绑、拘囚。

[26]廉:察考,访查。

篝灯:谓置灯于笼中。

[27]郢:安陆府,古称郢州,治湖北钟祥。

宪司:魏晋以来御史的别称。

力遵功令:恪遵功令。严谨地遵守条令制度。

领:管领。

[28]尸祝:祭祀。

喁喁(yú)然:形容众人向慕之状。

[29]脡(tǐng)脯:晒干的肉。

[30]佳城:传说汉夏侯婴(滕公)生前曾掘地得铭,铭文有"佳城郁郁""滕公居此室"等语,夏侯氏死后遂葬

于此地。后世因以佳城喻指墓地。

[31]析箸:谓分家。箸:筷子。

[32]公廨(xiè):官署。

[33]青蚨(fú):传说古代有种虫,名叫青蚨。捉它的小虫,母虫会飞来,而且不计远近。如果以母虫的血涂钱八十一文,又以小虫血涂钱八十一文,拿去买东西,不管先用母钱或先用子钱,钱都会飞回来。见晋干宝《搜神记·卷十三》。后因以青蚨指钱。

[34]禁旅:犹禁军。

更番:轮流替换。

驿骚:扰动,骚乱。驿:通"绎"。

[35]飞挽:飞刍挽粒。谓迅速运送粮草。刍:草。粒:粮食。

咄嗟(duō jiē):一呼一吸之间,即一霎时,顷刻。

[36]大弁:指武官。

恣睢(zì suī):放纵,暴戾。

胥徒:官府衙役。

[37]鞫谳(jū yàn):审讯议断(狱案)。

奏当:审案完毕向皇帝奏闻处罪意见。当:判罪。

[38]渠魁:即渠帅,首领,多用于地方少数民族头领或敌军主将。

革心:改正错误思想。

输款:犹投诚。

[39]钩距:辗转推问,究其情实。

[40]课艺:考核学业成绩。

甲乙:甲科、乙科的并称。唐代科举进士分甲乙科,故以甲乙代称科举。

丕变:大变。

[41]北闱:明清在北京举行的顺天乡试的别称。闱:指考场。明代实行南、北两京制,故以在北京举行的顺天乡试为北闱,以区别于在南京举行的应天乡试。清沿之,以顺天乡试为北闱,应天乡试为南闱。

长嗣大夏:指程飞云长子程大夏。

经元:举人二至五名称经元。

[42]沆瀣(hàng xiè)一气:沆瀣本指夜间的水气。唐代崔沆任主考官,崔瀣去参加考试,崔沆便录取了他,时人谈论说,一"沆"一"瀣"本来就是一气的。

[43]二亲皆赠如其秩:指将程飞云的职务封赠给他的父母。

[44]考满:旧时指官吏的考绩期限已满。一考或数考为一任,故考满亦常为任满。

内擢:帝王提拔。

行人:官名。明代设行人司,有行人之官,掌传旨、册封等事。

[45]濩:音hù。

[46]黄初:三国时期曹魏的君主魏文帝曹丕的年号(220—226年)。此处指黄初体,三国魏黄初时期诗人的诗歌体式风格。

浸淫:涉足,涉及。

汉氏:指汉代。

[47]谕:任教谕。

[48]需次:旧时指官吏授职后,按照资历依次补缺。

傲(chù)装：整理行装。

[49]治谱：指南齐傅琰家有治县良方，故其家人政绩显著。《南齐书·傅琰传》载，傅琰父子政绩显著，世人认为傅家有"治县谱"，世代相传，不告诉外人。后来把父子兄弟做官、政绩显著称为"治谱家传"。

[50]养志：谓奉养父母能顺从其意志。

[51]阃(kǔn)奥：比喻学问或事理的精微深奥所在。

[52]延：邀请。

常羊：徜徉。

辋水：辋川。指王维。唐诗人王维曾置别业于辋水。

柴桑：指陶渊明。因其故里在柴桑。

[53]膺：接受，承当。

[54]部曹：部属各司的官吏。

六曹：六部。

[55]矢：誓。

靖共：恭谨地奉守，静肃恭谨。

[56]瀹(yuè)茗：煮茶。

弹棋：称弈棋为弹棋。

[57]赴阙：入朝。指陛见皇帝。

石建：西汉河内温人。石奋长子。以孝谨闻。景帝时官至二千石。武帝建元二年(前139年)为郎中令。

万石(dàn)君：西汉石奋以孝谨闻于时，与其子五人皆为二千石，乃号奋为万石君。参见本书第一卷李维桢《松石园记》注释[21]"万石君"。

[58]祔(fù)：合葬。

[59]考终：享尽天年。

[60]宰辅：辅政的大臣。一般指宰相。

[61]厝(cuò)：停枢待葬或浅埋以待改葬。

[62]焜(kūn)耀：明亮照耀。

[63]与吾弟立斋同年谱：指与作者弟徐元文于清顺治十六年(1659年)己亥科同中进士。徐元文，字公肃，号立斋，为该科状元。同年谱：唐代进士入第之后，称同登金榜之人为同年，称同年名录同年谱。

通家：犹世交。

[64]先生生于明天启甲子……土名八十家：这段话据清光绪甲午(1894年)版、天门市胡市镇程老村《鹤塘程氏世谱》补。

甲子：明天启四年，1624年。

戊辰：清康熙二十七年，1688年。

[65]嵾(cēn)：湖北武当山。

[66]九水北注：指"沅渐元辰叙酉澧资湘"九水，北注入洞庭湖。

[67]扶舆：形容盘旋而上，犹扶摇。

笃生：谓生而得天独厚。

[68]轶马班才：有司马迁和班固一样的才能。轶……才：轶才。特殊才能。马班：汉代史学家司马迁和班固的并称。

蛮(luán)：美丽。

[69]卓鲁：东汉时的清官卓茂和

鲁恭。借指廉正的官吏。

[70]辐(yóu)轩:古代使臣乘坐的一种轻车。

锡命:天子有所赐予的诏命。

鹓(yuān)行篿(zào)羽:常作"篿羽鹓鹭"。比喻朝臣。篿羽:排列齐整,若飞鸟的羽翅。比喻古代百官朝见时仪仗行列整齐。鹓鹭:鹓和鹭飞行有序,因此比喻百官朝见时秩序井然。

[71]帝咨摭(zhí)采:指皇上访求选拔人才。摭采:原文为"庶采"。

畴若予工:谁能当好掌管我们百工的官。语出《尚书·舜典》。

[72]稽(qǐ)首:古人行跪拜礼时叩头至地,并在地上停留一会儿。

[73]佥(qiān):都,皆。

[74]水曹:水部的别称。

[75]云胡:为什么。

[76]偃仰:安居,游乐。

林皋:即指林野和水岸之地,泛指山野。

[77]实大声宏:人有了实际行动,名声就会随之而来。

[78]穹碑:圆顶高大的石碑。

[79]槐荫满庭:喻指人丁兴旺。语出苏轼的《三槐堂铭并序》。

[80]洪支累叶:有枝繁叶茂的意思。

影(piāo)组华簪(zān):指子孙富贵。影组:飘扬印绶。华簪:华贵的帽簪,比喻贵官。

[81]凌云一笑:形容生前身后无遗憾,心情宽慰。

驭彼赤虬(qiú):指死亡。传说唐代著名诗人李贺临死前,有个绯衣人驾着赤虬,对他说:"天帝要我来召你。"

[82]蓬澨(yǔn shì):古水名。三澨之一,即京山河。京山河自京山东南流入天门皂市,称长汀河、皂市河。

[83]凤岭虎丘:颂美程飞云墓地风水。尧葬于南岳凤岭,吴王阖闾葬于苏州虎丘。

[84]官诰叠锡,媲美泷(shuāng)冈:天恩叠赐,堪比欧阳修之父。官诰:皇帝封官或赐爵的文件。泷冈:《泷冈阡表》,欧阳修为父亲撰写的墓表。

[85]庆流万叶:福泽绵延万代。

为龙为光:语出《诗经·小雅·蓼萧》:"既见君子,为龙为光。"表示受到天子的恩宠并感到增光。龙光:宠光。

卢　偀（商南知县）

清康熙三十一年（1692年）版《景陵县志·卷之十·人物志·进士》第34页记载："卢偀（yīng），字鸿士。顺治丙戌科举人，己亥科进士。选授商南知县，会吴逆倡乱，不屈，死。事详《忠臣志》。"

清乾隆十三年（1748年）版《商南县志·第八卷·名宦》第11页记载："卢英（偀），湖广天门人（康熙十五年任知县）。康熙十四年，吴逆作乱，伪将军汤入寇屯商属地。至十五年九月，城陷，乃捐躯殉难。十七年，敕赠陕西按察司佥事（括号中的任职时间载于同版县志第七卷第4页）。"

清雍正十一年（1733年）刊竟、四库全书本《湖广通志·卷之第三十四·人物》第14页记载："卢偀，景陵人。授陕西商南知县，在任殉难。于康熙十七年赠陕西按察司佥事。荫一子。谕葬，遣官致祭。"

清雍正十一年（1733年）刊竟、四库全书本《湖广通志·卷首》第5页康熙帝《谕祭陕西商南县知县赠按察司佥事卢偀文（康熙十七年）》："烈士成仁，赍志而殁。忠臣报国，捐躯以从。尔卢偀，矢志忠贞，服官敬慎。值逆贼之煽乱，励臣节以弥坚。临难不屈，甘心殒命。朕用悼焉，特颁祭葬，以慰幽魂。尔如有知，尚克歆享。"

湖　上
卢　偀

荣利稍知止，浮名非所期。徒有笔墨缘，闲作聊自嬉。春动湖上绿，青光摇碧漪。横棹出溪口，凫鸥与我宜[1]。物闲人亦懒，云去不嫌迟[2]。

题解

本诗录自丁宿章编、清光绪九年（1883年）版《湖北诗征传略·卷二十八》第45页。

注释

[1]横棹出溪口：熊士鹏编、清道光癸未（1823年）版《竟陵诗选·补遗》第1页为"沿岸出溪口"。

凫（fú）鸥：凫，水鸟，俗称"野鸭"。鸥指鸥鸟。

[2]物闲人亦懒，云去不嫌迟：熊士鹏编、清道光癸未（1823年）版《竟陵诗选·补遗》第1页为"物闲人亦静，孤云去迟迟"。

二弟离居感书其屋壁

卢 侯

分竹为汝园，分椽为汝室。安栖同一枝，忽焉异蓬荜[1]。烟月逐随人，分照两书帙[2]。人生会有营，自知终须出。所叹东流水，日远复一日。族姓遍里闬，初亦孔怀蜜[3]。骨肉缘天性，人生勿或失。

题解

本诗录自熊士鹏编、清道光癸未（1823年）版《竟陵诗选·补遗》第1页。

注释

[1]蓬荜（bì）：蓬门荜户，用草、树枝等做的门户，指穷人住的房子，常作"自己家里"的自谦辞。

[2]烟月：云雾笼罩的月亮，朦胧的月色。

书帙（zhì）：书卷的外套。

[3]里闬：乡里。

孔怀：原谓甚相思念。语出《诗经·常棣》："死丧之威，兄弟孔怀。"后用为兄弟的代称。

园 橘

卢 侯

庭前有丹橘,青青小作林。敷荣同众卉,贞坚表余心[1]。草木岁月晚,清秋零露深[2]。自尔为佳实,丹子耀南金[3]。常恐严霜至,凋落或见侵[4]。防护感君子,孤根托荫森。

题解

本诗录自熊士鹏编、清道光癸未(1823 年)版《竟陵诗选·补遗》第 1 页。

注释

[1]敷荣:开花。

[2]零露:降落的露水。

[3]自尔:犹自然。

佳实:质优味美的果实。

南金:南方出产的铜。后亦借指贵重之物。

[4]见:助词。表示被动或对我如何。

舟 行

卢 侯

缓缆过秋色,回舟望岛容。正当积雨后,能使瘦村浓。鹿饮沿溪下,僧来近岸逢。坐看云尽处,山影立重重。

题解

本诗录自熊士鹏编、清道光癸未(1823 年)版《竟陵诗选·补遗》第 1 页。

夏　日

卢　偁

正尔幽居地,还堪抱膝吟[1]。新凉生枕后,好鸟息花阴。千里片云驻,两湖荷气深。虑营俱无着,自省风尘心[2]。

题解

本诗录自熊士鹏编、清道光癸未(1823年)版《竟陵诗选·补遗》第1页。

注释

[1]抱膝吟:裴松之注三国魏鱼豢《魏略》:"每晨夕从容,常抱膝长啸。"后以抱膝吟指高人志士的吟咏抒怀。

[2]虑营:"三虑营国"的缩略。三虑营国,指宋景公为了国家宁愿自己受天的惩罚,也不愿迁罚于宰相、人民、收成。虑:考虑。营:经营,治理。

风尘:宦途,官场。

哭　友

卢　偁

未免群情累,何从见古人[1]?大家重璞玉,之子托青磷[2]。径竹荒无主,帷灯隐有神[3]。延陵空挂剑,莫慰平生亲[4]。

题解

本诗录自丁宿章编、清光绪九年(1883年)版《湖北诗征传略·卷二十八》第45页。熊士鹏编、清道光癸未(1823年)版《竟陵诗选·补遗》第2页收录本诗,题为《哭陈秩文》。

注释

[1]群情累:熊士鹏编、清道光癸未(1823 年)版《竟陵诗选·补遗》第 2 页为"群情内"。

[2]璞玉:比喻尚未为人所知的贤才。

之子:这个人。

青磷:俗称"鬼火"。喻指死者。

[3]帷灯:帷幕中的灯光。

[4]延陵空挂剑:典自"挂剑"。表示悼念亡友。春秋时吴国公子季札出使路过徐国,徐君喜爱他的宝剑但又不好意思说出口。季札返回时又经徐国,徐君已死。季札就把宝剑解下系在徐君墓地的树上。

登太行(二首)

卢 偊

太行山色倚云间,连壁巉岩未可扳[1]。三晋雄蟠通楚塞,九河环抱出秦关。阴生巨壑留残雨,雪积层岗照远山。险堑由来不易越,何人跃马走时艰。

千峰盘亘接巑岏,此日凌空万里看[2]。地接邢襄秋色远,云连燕冀朔风寒[3]。暗天苍雨故陵渺,折地黄河大陆宽。临眺不堪还极目,石门萧瑟罢凭栏[4]。

题解

本诗录自熊士鹏编、清道光癸未(1823 年)版《竟陵诗选·补遗》第 2 页。

注释

[1]巉(chán)岩:一种陡而隆起的岩石,如悬崖或崖、孤立突出的岩石。

[2]巑岏(cuán wán):峻峭。

[3]邢襄:河北省邢台市的别称,简称邢,旧称邢州,商周时期封邢国,春秋战国属晋国赵地,成为赵襄子封邑,自赵襄子迁邢,邢地始称邢襄。

[4]石门:疑指石门关。古称石门汛口,太行山中段的重要隘口。位于山西省平定县马山乡七亘村东。

胡鼎生（御史）

清康熙二十三年（1684年）版《湖广通志·卷之第三十四·人物》第14页记载："胡鼎生，字元羹，景陵人。顺治己亥进士。授陕西石泉令，理冤狱，减荒征，邑人德之。丁内艰归。补进贤令。岁大旱，暴露引咎，旋获澍（shù）雨之应。未几，土寇围城，悉力捍御，擒献逆谍。选入台员，寻以疾卒。"

应制诗

胡鼎生

俯伏蓬瀛动，真人坐画楹[1]。开基星斗列，六宇水山成[2]。听政追先烈，勤民尽下情[3]。佢期无阙事，谁识诤臣名[4]？

题解
本诗录自清康熙三十一年（1692年）版《景陵县志·卷之十·人物志·进士》第36页。

应制诗：诗体名。封建时代臣僚奉皇帝之命所作或所和的诗歌。形式多为近体，诗题上大都有"应制""应诏""奉和"等字样，内容多为歌功颂德，也有少数含规谏期望的作品。

注释
[1]俯伏：俯首伏地，多表示恐惧屈服或极端崇敬。

蓬瀛：即蓬莱、瀛洲，皆山名，古代方士传说为仙人所居。

真人：道家称存养本性或修真得道的人。亦泛称"成仙"之人。

画楹：有彩绘的堂柱。

[2]开基星斗列，六宇水山成：意

思是依据天命开创基业、创立制度。何晏《景福殿赋》："雠天地以开基，并列宿而作制。"《史记·天官书》："天有五星，地有五行；天则有列宿，地则有州域。"

　　开基：犹开国。谓开创基业。

　　六宇：犹六合，谓天地四方。

　　[3]听政：坐朝处理政务，执政。

　　先烈：祖先的功业。

　　[4]伹（qú）期无阙事，谁识诤臣名：期望圣明的朝代，政事没有缺陷，谏诤之臣也没有什么可以进谏。化用岑参《寄左省杜拾遗》："圣朝无阙事，自觉谏书稀。"

　　伹：〈方〉他。

　　阙事：失事，误事。

　　诤臣：谏诤之臣。能直言劝谏的臣子。

别 楣（德阳知县）

清康熙三十一年(1692年)版《景陵县志·卷之十·人物志·进士》第36页记载："别楣,字上可。康熙己酉科举人,庚戌科进士。初任直隶宝坻县。在任清慎,邑人思之。复授四川德阳县。移病归,杜门著书,不与外事。"

清乾隆十年(1745年)版《宝坻县志·卷之十一·人物上·名宦》第20页记载："别楣,景陵人。康熙进士。于二十年之任。廉静慈爱,能以至性化人。尝谓:'人同此性,冥顽者汩其天耳。有以激发其天,感斯悔,悔斯改矣。'于断狱时亹亹(wěi)陈说,多叩头泣谢而去。后民间有忿争,其长老辄谕止之曰:'奈何负别侯?'予告归养,百姓扳辕不忍去。"

别楣于清康熙二十年(1681年)任宝坻知县,康熙二十五年(1686年)任德阳知县。

德阳县志序

别 楣

王者,坐明堂而辑瑞[1],合万国之版图而贡之天子。凡列国之疆域、风俗之异同、材产之美丽、人物之俊伟,悉于史册见之,非仅以来贡赋也,实于此彰政教焉[2]。

蜀川险远,僻处天末。寇乱之余,沃野芳区,变而鞠为茂草矣[3]。我圣朝开复,剪除群盗,劳征讨者十有六年[4],而全川始定。薄海内外尧封禹甸之未届者,悉稽首来归[5]。今上御极之二十有三年,宸虑巡狩之典久湮,特驾六龙至鲁郊[6],谒孔庙、登泰岳,泛舟江南。翠华所至,沛泽溥焉[7]。爰征率土之图书,以大《一统》之规模[8],甚盛典也。维兹巴蜀兵燹凋残[9],典籍之藏,烬于劫火;艺材之士,毙于兵凶。文献无征,谨询之寥寥父老,拾残碑断碣而载之耳^[10]。

适遭德阳令缺,予奉节度命摄厥邑篆^[11]。蓬蒿满目,四野丘墟。荒凉之状,倍于他邑。所可幸者,风俗之淳,亦倍于他邑。纪孝子,则如姜如王如辛如张如傅;纪烈女,则如张如赵如闾如安如潘如杜^[12]。肫肫纯诚,煌煌嘉烈;炳若日星,脍炙人口^[13]。论户口之繁庶、土地之膏腴、科第之络绎,固不克比肩如各属^[14]。若较人伦品节之概,不亦与他郡邑大相径庭也哉^[15]!虽蕞尔之区,诚足以取重于采风者矣^[16]。

题解

本文录自清乾隆二十七年(1762 年)版《德阳县志·卷之首·序》第 8 页。原题为《旧志序》,标题下注明"康熙三十四年";作者"别楣"下注明"邑令"。

别楣是清康熙版《德阳县志》的创修者。

注释

[1]明堂:指古代帝王宣明政教的地方。

辑瑞:指会见属下的典礼。

[2]政教:儒家称古代国家的行政教化设施为政教。政指刑禁法制,教指礼义教化。

[3]鞠为茂草:全是茂密的杂草。形容荒凉衰败的样子。鞠:通"鞠(jū)"。尽。

[4]圣朝:封建时代对本朝的尊称。亦用作本朝皇帝的代称。

开复:恢复。

劳征讨:频繁讨伐。劳:频繁,繁多。

[5]薄海内外尧封禹甸之未届者,悉稽(qǐ)首来归:指中国周边国家全都俯首归附。

薄海:本指到达海边,泛指广大地区。统称海内外。

尧封:传说尧时命舜巡视天下,划为十二州,并在十二座大山上封土为坛,以作祭祀。《尚书·舜典》:"肇有十二州,封十有二山。"后因以尧封称中国的疆域。

禹甸:中国的别称,谓中国九州之地。禹治而分成丘、甸。后世因称中国的疆域为禹甸。

未届:指界限没有划到。

稽首:古人行跪拜礼时叩头至地,并在地上停留一会儿。

[6]御极:皇帝登极,即位。

宸(chén)虑:帝王的思虑谋划。

巡狩：谓天子出行，视察邦国州郡。

湮(yān)：埋没。

六龙：古代天子的车驾为六马，马八尺称龙，因以为天子车驾的代称。

[7]翠华：在竿顶饰以翠羽的旗，为皇帝仪仗，也代指皇帝的车驾或皇帝。

沛泽溥焉：盛大的恩泽遍及所到之处。

[8]率土："率土之滨"的省略。指四海之内。

一统：一统志。记全国地理之书。宋元明清皆有。此处指《大清一统志》。

[9]兵燹(xiǎn)：指因战乱所致的焚烧破坏。燹：兵火。

[10]无征：没有实据。

断碣：断碑。

[11]适遘(gòu)：适逢。遘：遇。

节度：官名。节度使的简称。

摄厥邑篆：代理德阳知县。篆：名字印章多为篆文，故称名为篆，称字为次篆。亦以为官印的代称，如代理叫摄篆。

[12]纪孝子、纪烈女：指县志中的孝子、烈女记载。纪：通"记"。

阃：音 yín。

[13]肫肫(zhūn)：诚恳，真挚。

纯诚：纯朴真诚。

煌煌：明亮辉耀貌，光彩夺目貌。

嘉烈：美好、贞烈。

炳若日星：光明灿烂如同日月星辰。

[14]繁庶：众多。

科第：科举考试登第。

固不克比肩如各属：本来就不能与同郡各县并列。

[15]人伦：儒家伦理学范畴。指人与人之间的道德关系和应当遵循的行为规范。

品节：品行，节操。

[16]蕞(zuì)尔：形容小。

取重于采风者：得到采风者的重视。

采风：又称"采诗"。始于周代，是宫廷为搜集民间歌谣而制定的一种制度。朝廷为此专门设有采诗之官。通过采集民间歌谣，来考察时政的得失。

胡鸣皋（临清直隶州知州）

清道光元年(1821年)版《天门县志·卷之二十三·人物》第21页、《天门县志·卷之十九·选举》第22页记载："胡鸣皋,字云翥(zhù),江夏籍。康熙庚戌进士。历知青县、汶川县。汶川有羌寨,曰通山,曰斜堡,东连威州,与威构隙,久占其土地。鸣皋至汶,谕二羌内附,皆踵至,稽首誓供徭役,不敢叛。擢知代州。岁编审州之役法,丁口不随田赋起科。奸吏得富人钱,即移加贫者。鸣皋严惩之,弊尽革。移临清州,州有便民谷二千石,向充官庚,鸣皋悉出之以待赈。岁荒,劝富民输粟赈民。又核丁额,羡余,立从轻减。皆实心惠下云。"

清乾隆五十年(1785年)版《临清直隶州志·卷之六上·秩官》第49页记载："胡鸣皋,湖广江夏。进士。康熙间任直隶临清知州。"

1925年版、天门城关《胡氏宗谱·卷一·城内城外》第5页记载："胡鸣皋,字云翥,号闻庵。己酉科举人,庚戌联捷成进士。直隶州知州。四川辛酉科同考试官。祔父葬江夏马鞍山喻家桥。第三子胡文炳、孙胡章诚葬邑北(天门北)张广桥,胡章诚妻、曾孙胡惟仁葬邑北段家场,第四代孙胡哲光葬邑北五里墩。胡鸣皋祖父胡富以上世系、伯父世系均失记。"

招鹤谣

胡鸣皋

谁云世上无神仙？缥缈当年幻化间。试看武昌城中辛氏楼,橘皮画鹤何翩翩[1]。拍手向君舞,乘云忽飞去。云去还复来,鹤归向何处？吁嗟黄鹤胡不归？黄鹤之楼复崔嵬[2]。下有浩渺不断之江水,上有嶙峋涌月之高台[3]。鹦鹉迷离,凤凰徘徊[4]。吁嗟黄鹤胡不归？

题解

本诗录自清康熙二十六年(1687 年)版《湖广武昌府志·卷之十·艺文志》第 53 页。

注释

[1] 辛氏楼、橘皮画鹤:道教关于黄鹤楼的传说之一。辛氏在此卖酒,一道士常来饮之,辛不要酒钱,道士走时用橘皮在壁上画一黄鹤说:"酒客至拍手,鹤即下飞舞。"辛因此致富。十年后,道士返,取笛鸣奏,黄鹤下壁,载道士直上云天,辛即建此楼追念。

翾翾(xuān):飞貌。

[2] 吁嗟(xū jiē):表示有所感触的嗟叹词。

崔嵬(wéi):高耸貌,高大貌。

[3] 嶙峋:形容山石峻峭、重叠。

[4] 迷离:眯起眼睛。

程大夏（礼部精膳司郎中）

程大夏(1643—1696 年)。清乾隆乙酉(1765 年)初版《天门县志·卷十四·官迹》第 23 页记载："程大夏，字禹奏。水部飞云长子。自幼有声庠序。楚黄方伯鸥湄爱其文，俾读书江汉书院。旋拔明经，登顺天贤书。己未科成进士，授黎城尹。事神治民，一遵鹿泉旧绩。不敲朴其民以征赋而赋起，不鄙褒其士而士端。邑有通神手，特与之杖，钱神不灵；邑有坐枉鬼，力抗其符，白骨再肉。最声入，行取主政。会父疾，假归，欲遂侍养。父以疾愈，促之出，补司农曹。外艰，再起，补本曹。理运米事，例别除伪冒；主盐法，尽革陋规。两者皆足致贿略，以冰心镇之。迁膳部，即召对瀛台，上深加器重。出察通州仓，革宿弊，新仓廒。常严夜忍霜风巡行四衢，以劳致病。差满，卒于京。"

清光绪九年(1883 年)版《黎城县续志·卷二·人物志·名宦》第 11 页记载："程大夏，湖广竟陵人。康熙间以进士任。性平易近人，儿童妇女胥得陈其疾苦，清洁不妄取一钱。又勤于官治，文书不少辍，加意学校，宏奖士类，以文艺请者，抉摘是非不隐。创凿漳湾以便行旅，期月之间，百废俱举……莅任五年，士习民风一变。行取御史，邑人送者如云。后闻其卒，设位祭之，从祀名宦祠。"

岚 山

程大夏

省耕吾所事，出郭趁芳风[1]。松径转苍翠，杏株能白红。人呼悬磴上，鸟瞰夕阳中。还欲扪萝径，结草万木丛。

题解

本诗录自清康熙二十一年(1682 年)版《黎城县志·卷之四》第 22 页。本诗为作者堂叔程雅而作。

注释

[1]省耕:古代帝王视察春耕。此　处泛指官员巡视春耕。

喜雨亭(有序)

程大夏

　　岚山为黎邑八景之一,谓祷雨辄应。余政暇登临,窃计宜建一亭。无何而邑苦旱,步祷于斯,既而果雨,民大悦。因捐俸构数楹,颜曰"喜雨亭",率笔赋此[1]。讵曰"希踵前哲,聊以昭示来兹"云尔[2]。

　　化调玉烛治垂裳,龙德正中时雨旸[3]。油云四岳封中起,寰海清晏觐龙光[4]。拜命莅此甫三载,凋瘵风气亦渐改[5]。无才敢言抚字劳,沃野桑麻春蔼蔼[6]。每于风和景丽时,题彼岚山一登之。回蹊谷狭多荒梗,连峰盘木小洞歇。中有清流夏结冰,春不溢兮冬不竭。岢然祠宇两三间,再拜龙宫势煊赫[7]。有神危坐金碧辉,肃然起敬立岩侧。翘首山腰万松攒,褰裳欲往跋屐难[8]。遥指此中结亭宜,宾僚载酒时跻攀[9]。后有好事登临者,高吟谷响松风澜。迟迟未久蕴隆作,哀鸿嗷嗷满郊郭[10]。司牧何人敢自宽,赤日躬祷忘饥渴[11]。诚积或有鬼神通,前此赤旱转穰丰[12]。中宵不寐深戚戚,走告列神叩龙宫。屏翳倏驾灵霡奔,玉女披衣石燕翻[13]。阿谁倒挽银河泻,四山震荡林木喧。无端风雨百灵集,万壑争流郊原溢。民曰霈足我侯功,谁敢贪天为己力[14]?意者山灵鉴此衷,始愿结亭万木丛[15]。昔人亭成喜值雨,吾喜时雨亭鸠工[16]。置酒落落成高会,词客欣欣载笔从[17]。吟罢掬泉瀹香茗,和风习习响高松[18]。还告我民勤耕耨,岁岁幽吹蜡赛通[19]。

题解

本诗录自清光绪九年(1883年)版《黎城县续志·卷之三·诗》第1页。

注释

[1]率笔:败笔。此处有"信笔"的意思。

[2]讵(jù):岂敢。

踵:追随,继承。

来兹:指未来的岁月,来年。

云尔:语末助词。犹言如此。

[3]化调玉烛:义同"玉烛长调"。颂美四时气候调和,君王治理有方。玉烛:古人称四季气候调和为玉烛,并把它视为人君德美所致。

治垂裳:垂裳而治。后用以称颂帝王无为而治。

龙德正中:本指龙刚好居于正中位,大得其时。此处指圣德播扬。龙德:圣人之德,天子之德。语出《易·乾》:"龙德而正中者也。"朱熹本义:"正中,不潜而未跃之时也。"

时雨旸(yáng):雨旸时若。晴雨适时,气候调和。

[4]油云:语出《孟子·梁惠王上》:"天油然作云,沛然下雨。"后诗文中因以油云指浓云。

寰海:海内,全国。

清晏:安宁平静。

龙光:皇帝给予的恩宠,荣光。龙:通"宠"。

[5]凋瘵(zhài):衰败,困乏。

[6]抚字:谓对百姓的安抚体恤。

[7]烜(xuān)赫:形容名声大、声势盛。

[8]褰(qiān)裳:撩起下裳。

[9]宾僚:宾客幕僚。

[10]蕴隆:暑气郁结而隆盛。

[11]司牧:官吏。

[12]穰(ráng)丰:丰穰。犹丰熟。

[13]屏翳(yì):古代传说中的神名。指云神。

灵霫(lóng):雷神。

石燕:湖南零陵山有石似燕,传说遇风雨则大石小石相随飞舞,风雨停,仍还原为石。诗文中常借以咏雨。

[14]霑(zhān)足:指雨水充分浸润土壤。

[15]意者:表示测度。大概,或许,恐怕。

[16]鸠工:招聚工匠。鸠:聚集。

[17]落落:形容举止潇洒自然,豁达开朗。

高会:盛大宴会。

[18]瀹(yuè):煮。

[19]耕耨(nòu):耕田除草。亦泛指耕种。

豳(bīn)吹:歊(chuī)豳。用籥(yuè)吹奏豳人的乐歌。是古代祈祷风调雨顺、农业丰收的一种仪式。

蜡:古代年终大祭。

式清亭雪月联句

程大夏 程 雅 程方蕙 程方荪

春城残雪荡晴曦【大夏】，坐待东山月上时。退省堂空开玉镜【雅】，式清亭静拥皋比[1]。云横雁阵冲星过【大夏】，院隔松声带漏移[2]【雅】。一榻高悬留韵士【大夏】，半窗疏影动诗思[3]【方蕙】。帘阴昼寂忘官廨【雅】，簶火宵分映客帷【方蕙】。坩鲊偏劳慈母寄，彩衣敢效啬夫私[4]【大夏】。不堪仲叔片肝累【雅】，宁受大人匹练疑[5]【方荪】。暇日貌丰餐杞菊【大夏】，乐郊花满植榆篱[6]【方蕙】。怀仁桑垄存三异【雅】，受事冰心凛四知[7]【大夏】。求友频来千里驾【雅】，怀君欲进万年巵[8]【大夏。时当圣寿节】。蔚蓝一色天如洗【雅】，良宵清景醉莫辞【大夏】。

题解

本诗录自清康熙二十一年(1682年)版《黎城县志·卷之四》第33页。标题下注"时叔雅,子方蕙、方荪读书亭中"。

联句:旧时上层饮宴及友朋酬应所用的作诗方式,由两人或多人共作一诗,相联成篇。

程雅为程大夏堂叔,程方蕙为程大夏次子(嗣程大漢),程方荪为程大夏三子。

注释

[1]皋比:虎皮。古人坐虎皮讲学,后因以指讲席。

[2]漏:古代以漏壶滴漏计时。

[3]一榻高悬留韵士:典自"悬榻"。喻礼待贤士。《后汉书》卷五十三《徐稚传》记载,陈蕃为豫章太守时,特备一榻以接待徐稚,徐稚走后便悬挂起来。

[4]坩鲊(zhǎ)偏劳慈母寄:典自"寄鲊"。称赞子孝母贤。《三国志·吴志·孙晧传》"司空孟仁卒"裴松之注引《吴录》曰:"(孟仁)自能结网,毛以捕鱼,作鲊寄母,母因以还之,曰:'汝为鱼官,而以鲊寄我,非避嫌也。'"《晋书·列女传·陶侃母湛氏》:"侃少为寻阳县吏,尝监渔梁,以一坩鲊遗

母。湛氏封鲊及书，责侃曰：'尔为吏，以官物遗我，非惟不能益吾，乃以增吾忧矣。'"坩：盛物的陶器。鲊：腌鱼。

彩衣敢效啬夫私：典自"彩衣""舞蝶斑衣"。指孝养父母。参见本书第二卷程飞云《李节孝（王太孺人并子占黄）》注释[1]。啬夫：农夫。啬：通"穑"。

[5]不堪仲叔片肝累：典自"仲叔猪肝"。《后汉书》卷五十三《周燮传序》记载，闵仲叔寄居安邑，因贫病买不起肉，每天买猪肝一片，屠户有时不给，被安邑令听得，命县吏照常供给。仲叔知道后，叹道："我岂能以口腹拖累安邑地方！"便离开安邑他去。后即用以表示牵累主人的典实。

匹练：白绢。

[6]乐郊：乐土。

[7]怀仁桑垒存三异：典自"政成驯雉""狎雉驯童"。三异：指汉中牟令鲁恭行德政而出现的三种奇迹。后汉鲁恭宰中年，以德化民。时郡国螟蝗伤稼，独不入其境；有母雉将雏过童子旁，童子仁而不捕。河南尹袁安疑其不实，便派肥亲前去察看。肥亲对鲁恭说："所以来者，欲察君之政迹耳。今虫不犯境，此一异也；化及鸟兽，此二异也；竖子有仁心，此三异也。"事见《后汉书·鲁恭传》。后因以誉人政绩。

受事冰心凛四知：典自"杨震四知"。东汉杨震为东莱太守，道经昌邑，县令王密求见。至晚，以十金送给杨震说："暮夜无知者。"杨震说："天知、地知、我知、子知，何谓无知？"事见《后汉书·杨震传》。受事：接受职事或职务。

[8]怀君欲进万年卮（zhī）：今当圣寿，心系君王，遥进一杯，祝万寿无疆。卮：古代盛酒器。

花 村

程大夏

城南杏可数十株，绿柳间之。北坊有古梨二树，大可数十围，阴蔽亩余，间以红桃翠柳，清泉过其下，括括有声，皆妙境也。每岁花放时，辄与坦公诸君子携尊游焉。

山城南北报花开，傍晚移尊携客来。满目芳菲堪朗咏，不须怀县又新栽[1]。

题解

本诗录自清康熙二十一年(1682年)版《黎城县志·卷之四》第41页。

注释

[1]朗咏:高声吟诵。　　　　　　　晋文士潘岳曾任怀县令,满县遍种桃
怀县:指县令。典自"潘怀县"。　　李,传为美谈。

黎亭八景

程大夏

　　程大夏曰:名山大川之间,佳景存焉。山人野老,日习焉而不知领取;风雅之士,一见赏心,形诸诗歌,即一丘一壑,亦足以千古。何也?代易而风景不殊也。若燕台之玉泉瑶岛,西湖之苏堤六桥,与吾楚之平沙远浦,皆为古今所艳称[1]。而此地八景,仅见于张君遵约之一诗[2],百年来唱和无人,可胜惜哉!予故亟为标出,不使佳景芜没于空山,仍各系以诗,后有作者从而和之,亦登高能赋之选也[3]。如曰西山钼潭必待柳州而始显也[4],则予不敢矣。

　　岚山夜雨:山腹多松,有黑入太阴、雷雨交垂之势[5]。每见峰头云起,其夕必雨,候晴亦然。下有寺,傍有井,祷雨辄应。

　　萧寺晨钟:黎侯城东北道傍,旧有梵宇[6],久成荒墟,每黎明,人经过其处,仿佛闻钟声,日将升,则不闻矣。

　　壶口故关:黎侯城东北十里,即三老令狐茂故地[7],其形若壶,逾东阳五里,即今吾儿峪也,峪有通涉桥。《唐书》:"黎城东有壶口"。

　　黎侯古郭:黎侯受封建城,自殷初以逮今,亦云久矣。其颓垣故址,阴郁明映,若有呵护者。

　　白岩晓烟:烟霏烟消,每盛于晓。古刹千年,投衲颇众[8],火举烟腾,有若云雾,而实杂以人烟者。

　　金牙晚照:黎山惟金牙为最高,一名北极山。夕阳西下,诸山障蔽殆尽,而斜晖则直射金牙,照映光华,晶莹可观。

玉泉漱石：野水潺湲[9]，惊石则沉浸中央，独立无倚。迨秋涛浩渺，而此石愈见矻然[10]，欲仆不仆，若中流之砥柱然。

田溪冽水：溪在县北关，泉发于岚山之腹，丈许即伏，至溪始出焉。溪上杂树交映，云垂烟接；水则嚣尘不染，一清自如。

岚山夜雨

暧暧初生玉女盆，桑麻沃野听潺湲[11]。空山月黯龙嘘并，荒径松深寺掩门。乍听银河天外泻，遥知石燕岭头翻[12]。晨兴一望喜新霁，处处岚光散远村。

萧寺晨钟

空外梵幢何处寻，疏钟隐隐出深林[13]。九秋霜满雁声急，五夜星残客梦侵[14]。栖鹘惊闻彭蠡口，桐鱼远震蜀山岑[15]。谁从定里发深省，虬箭晓催共此心[16]。

壶口故关

重峰绝壁若壶悬，三晋河山险固然[17]。东峙雄关回古道，南临大壑涤清泉【此地有温泉二】。夕阳马首溪桥树，野月鸡声石堡烟。凭吊高风询故老，云横谷口一荒阡。

黎侯古郭

步屧青郊趁晓风，平畴一望草连空[18]。花村水绕松楸路，石陌香残禾黍宫。台圮慕容存古壁，城荒石勒掩深丛【邑有慕容台壁，石勒"故城"[19]】。谁将俊逸参军赋，朗咏千峰夕照中[20]。

白岩晓烟

林壑深深识莽苍，悬岩百丈积冰霜。松门日映人烟集，硐户风生素幕张[21]。那见瀑泉云外落，祇余古刹雨中藏。幢前何日名花发，携酒高吟选佛场【白岩寺旧有牡丹，为沈藩移去。久之，藩花萎而此笋再盛[22]】。

金牙晚照

北极高悬第一峰，凌空涌出金芙蓉[23]。归云半拥丹崖出，落日斜侵翠壁重。洞口花繁垂倒景，城头霞起失高春[24]。无端却忆潇湘水，杳霭渔村晚更浓[25]【旧称"八景"中有"渔村落照"】。

玉泉漱石

百道泉声乱石间,清漳森森出重山。中流直涌苔痕立,一柱高擎野水环。远汲香瓯茶味永,频窥清镜鹤情闲[26]。臣门阒寂心如此,洗耳高风未可攀【邑有颍水,为巢父洗耳处[27]】。

田溪冽水

古渡漳河水浊流,清泉郭外一泓幽。密阴交树潭光落,静影涵空雨气浮。晓日烟花藏远墅,秋风菽黍灌平畴。别来江上扁舟好,暇日溪边感旧游[28]。

题解

本诗录自清康熙二十一年(1682年)版《黎城县志·卷之一》第26页。原文每一小标题之下有自注,自注之后有张遵约的诗。本书将自注集中编排,附于题记之后。

黎亭:黎城县古称。

注释

[1]艳称:称美。

[2]张君遵约:张遵约,单县人。举人。明万历年间任黎城知县。

[3]登高能赋:古代指大夫必须具备的九种才能之一。谓登高见广,能赋诗述其感受。

[4]西山钴潭必待柳州而始显:钴潭在湖南永州市西山西麓,因柳宗元的《钴潭记》而著名。

[5]太阴:幽暗之所。

[6]梵宇:佛寺。

[7]三老令狐茂:令狐茂,壶关县崇贤村人。汉武帝时,被封为"壶关三老"(掌教化之乡官)。

[8]投衲:投奔而来的佛僧。

[9]潺湲(chán yuán):水慢慢流动的样子。

[10]矻(kū)然:坚固的样子。

[11]叆叇(ài dài):云盛貌。

玉女盆:仙女洗浴之处。此处为虚指。

[12]石燕:湖南零陵山有石似燕,传说遇风雨则大石小石相随飞舞,风雨停,仍还原为石。诗文中常借以咏雨。

[13]空外:野外。

梵幢:此处指寺庙。幢:刻着佛号或经咒的石柱子。

[14]九秋:指九月深秋。

客梦:异乡游子的梦。

[15]栖鹘(hú)惊闻彭蠡口:这句说的是寺庙的钟声传播得很远。取苏轼《石钟山记》意境。彭蠡口:鄱阳湖口。

桐鱼远震蜀山岑:这句说的是寺庙的木鱼声传播得很远。桐鱼:此处指僧寺用的木鱼。典出南朝宋刘敬叔《异苑》卷二:"晋武帝时,吴郡临平岸崩,出一石鼓,打之无声,以问张华。华云:'可取蜀中桐材刻作鱼形,打之,则鸣矣。'于是如言,音闻数十里。"岑:山峰,山顶。

[16]定里:谓坐禅习定之中。

虬箭:亦作"虯箭"。古时漏壶中的箭。水满箭出,用以计时。箭有虬纹,故称。

[17]三晋:古地区名。春秋末期,晋国的韩、赵、魏三家贵族瓜分了晋国,建立战国时期的韩、赵、魏三国,史称三晋。今代指山西省。

[18]步屧(xiè):行走,漫步。

[19]慕容台壁:古战场遗址。西燕慕容永屯兵储粮于黎城台壁村附近,与后燕慕容垂各率数万人大战于此,西燕兵败。

[20]俊逸参军赋:指辞赋家鲍照的赋。杜甫的《春日忆李白》有"清新庾开府,俊逸鲍参军"之句。俊逸:高迈超逸,不同凡俗。

[21]磵(jiàn)户:山谷中住屋。常用以指隐士所居。

[22]选佛场:指开堂、设戒、度僧之地。亦泛指佛寺。

白岩寺旧有牡丹,为沈藩移去。久之,藩花萎而此笋再盛:清乾隆三十五年(1770年)版《潞安府志·卷十·古迹》第16页记载,明沈藩爱白岩寺牡丹,移植府中数载。僧梦有紫袍黄盖者至牡丹所,倏不见。晨起视之,新芽出土方寸,而藩府花已槁矣。沈藩:朱元璋第二十一子沈王朱模,封在潞州。笋:嫩的。此处指牡丹新芽。

[23]金芙蓉:荷花的美称。

[24]高舂:日影西斜近黄昏时。原文为"高春"。

[25]杳霭:云雾缥缈貌。

[26]香瓯:此处指茶盅。瓯:杯、碗之类的饮具。

[27]臣门阒(qù)寂心如此:臣子门前人迹阒绝,臣子心境清白如水。化用"臣门如市,臣心如水"。形容做官的宾客众多,却廉洁奉公。语出《汉书·郑崇传》。

洗耳:典自"临河洗耳"。传说高士许由,以清节闻。尧欲以天下让,由以其言不善,乃临河洗耳。一说巢父为许由之号。

[28]旧游:昔日交游的友人。

忠烈诗

程大夏

往代多忠烈,为君守岩疆[1]。武臣握旄节,谋士策庙廊[2]。我公奇男子,赋性称素刚。雄才冠贾董,钜篇迈王杨[3]。少年多折节,执经涉沅湘[4]。弦歌被涢水,射策出为郎[5]。野旷城社圮,茅亭结山冈[6]。鹿豕堪为友,烟霞满书仓。一枰消岁月,十载凛秋霜[7]。逆氛突西至,蜂屯以谷量[8]。尚烦天戈指,势逼爰剪商[9]。士女拥公去,公曰吾何亡?既以身许国,期无负君王。心怀鲁连耻,愤切祢衡狂[10]。正气撼华岳,引颈赴剑铓。忆昔涢水日,坦腹在公堂[11]。练裳非不贵,跃跃志腾骧[12]。自公宰商邑,渭树隔天长[13]。何期乘箕尾,就义而慨慷[14]。功名岂有尽,丈夫贵流芳。圣主甫加意,捍城重睢阳[15]。公固未尝死,于焉庸何伤[16]!

题解

本诗录自清康熙三十一年(1692年)版《景陵县志·卷十一·人物志·忠臣》第76页。本诗为吊天门进士卢俣而作。

注释

[1]岩疆:边远险要之地。

[2]旄节:古代使臣所持的符节。用作信物。

庙廊:朝廷。指以君王为首的中央政府。

[3]贾董:汉贾谊和董仲舒的并称。二人以文才著名。

钜篇:大作。

迈:超越,超出。

王杨:初唐诗人王勃与杨炯的并称。

[4]折节:强自克制,改变平素志行。

执经:手持经书。谓从师受业。

沅湘:沅水和湘水的并称。

[5]弦歌:指礼乐教化。

涢(yún)水:水名。在湖北省北部。出大洪山之阴,东南经随州、应山、安陆、云梦、应城,至汉川涢口入汉。

射策:汉代考试方法之一,类似于抽签考试。主考者将试题写在简策上,按难易大小分为甲乙科,列置案上,让应试者任意拈取,然后根据拈取的问题作答。泛指应试。

[6]城社:城池和祭地神的土坛。代指城镇。

圮(pǐ):毁坏,坍塌。

[7]一枰:枰为古代的一种小坐具,始见和流行于汉代。枰上只可坐一人,故亦称独坐。

[8]逆氛:不祥的云气。多喻凶灾、祸乱。

蜂屯:蜂聚。

谷量:谓以山谷计算牛马等牲畜。极言其多。

[9]天戈:帝王的军队。

剪商:《诗经·鲁颂·閟(bì)宫》中有"实始剪商"句,是说周武王兴兵灭殷商事。后遂用为改朝换代之典。

[10]鲁连:典自"鲁连蹈海"。秦军围邯郸,魏国派新垣衍为使,劝赵国尊秦王为帝,以求取退兵。鲁仲连往见新垣衍,阐述帝秦之害,申明大义,并说:"如果秦王称帝,我就跳东海而死。"最后,说服了新垣衍。

祢衡:东汉末文学家。字正平。少有才辩,而尚气刚傲,好矫时慢物。数称述于曹操。操欲见之,而衡素相轻疾,自称狂病,不肯往,而数有恣言。

[11]公堂:旧时官署的厅堂。

[12]练裳:粗裳布被。

腾骧(xiāng):腾跃貌。引申指宦途得意。

[13]宰商邑:任商南知县。

渭树:"江云渭树"的省略。杜甫《春日忆李白》:"渭北春天树,江东日暮云。何时一樽酒,重与细论文。"渭北:长安一带。江东:长江以南下游地区。后因以江云渭树比喻朋友之间的离情别意。

[14]何期:犹言岂料。表示没有想到。

乘箕(jī)尾:特指大臣之死。典自"骑箕尾"。传说是殷高宗武丁的臣相,统治天下。死后,其精魂化为傅说星,在指向东方的箕尾(二十八宿)上。

[15]圣主甫加意,捍城重睢阳:指卢倓效法张巡死守睢阳,殉难后康熙帝降旨谕祭。

甫:刚刚。

加意:注重,特别注意。

捍城:保卫疆土的将帅。

睢阳:地名。今河南商丘南。唐代安史之乱时张巡固守此城十个月,终因寡不敌众而城破,遂有张睢阳之称。

[16]于焉:从此,于此。

李氏节孝诗

程大夏

韩陵片石堪共语,北来徒说温鹏举[1]。我涉大河登太行,风气悲壮羡北土。土厚水深异人生,绛州碑存碧落文[2]。此碑书者孝子李,高古见称李阳冰[3]。卓哉李氏代有人,遥遥华胄起黎亭[4]。百年声望何自始?有母曰王毓其英。以事父母事舅姑,姑先舅殂剧悲辛[5]。羞以滑甘佐孝养,夫继姑殂子伶仃[6]。上事舅兮下鞠子,子妇母父总一身[7]。天怜节孝成双美,锡以祚允丰嘉祉[8]。五干如桂竹森森,华裾三叶蔚然起[9]。题门节孝大褒旌,节妇之后有孝子。天乎不爽报与施,子以孝名孙复慈[10]。门扬先德蜚誉远,朝野巨笔褒嘉之[11]。我来感此钦世德,一门数世良可师。大取振风纪吾事,风流不坠喜在兹[12]。嗟尔邑人成坊表,盈衢旌额光离离[13]。至孝贞节凡八九,此日褒崇大声施[14]。

噫嘻哉!高节高于北极山,清操清于玉泉水[15]。好将贞珉竖山椒,淳化绛帖附以此[16]。

题解

本诗录自清乾隆三十五年(1770年)版《潞安府志·卷三十七》第17页。

参见本书第二卷程飞云《李节孝(王太孺人并子占黄)》题解。

注释

[1]韩陵片石堪共语,北来徒说温鹏举:称赞碑文内容。北方文士温子昇作《韩陵山寺碑》,即便是初到北方极为自负的庾信,也赞为好文章。典自"韩陵石"。唐张鷟(zhuó)《朝野金载·卷六》:"梁庾信从南朝初至北方,文士多轻之。信将《枯树赋》以示之,于后无敢言者。时温子昇作《韩陵山寺碑》,信读而写其本,南人问信曰:'北方文士何如?'信曰:'唯有韩陵山一片石堪共语。薛道衡、卢思道少解把笔,自余驴鸣犬吠,聒耳而已。'"后

因以韩陵石借指好文章。徒说:空说。

温鹏举:温子昇,字鹏举。北朝魏文学家。

[2]碧落:天空,青天。

[3]此碑书者孝子李,高古见称李阳冰:称赞碑文书法。这块碑的书丹者为孝子李占黄,书法高雅古朴,时人以李阳冰相称。

孝子李:指李占黄,山西黎城人。曾任天台知县。

见称:受人称誉。

李阳冰:字少温,赵郡(今河北赵县)人,李白从叔。唐代书法家、文字学家。曾为当涂令,李白即于此时依他而终。后为李白编诗集并作序。擅长篆书,学秦李斯而能独创一格。

[4]华胄:指显贵者的后代。

黎亭:黎城县古称。

[5]舅姑:称夫之父母,公公婆婆。

殂:死亡。

[6]滑甘:代指甘美的食物。

[7]鞠:养育。

[8]祚胤:当理解为"祚胤"。指福禄和子孙。语出《诗经·大雅·既醉》:"君子万年,永锡祚胤。"

嘉祉:福祉。

[9]五干:喻李母王氏生五子。五子中,两个任知县,一个任别驾。

华裾:犹美服。

三叶:三世。

[10]天乎不爽报与施:老天的酬报毫无差错。

[11]蜚誉:扬名,有声誉。

[12]大取:有"所取者大"的意思。"大取"本为《墨子》篇名。一说该篇"言'兼爱'之道,以墨家之辩术,证成墨家之教义,所重在'道';其所取者大,故曰《大取》"。

[13]盈衢:此处是说大路上坊表密集。

旌额:题额以旌表。

[14]褒崇:赞扬推荐。

声施:为世人所传扬的名声。

[15]北极山:北极山又名金牙,位于黎城县城东北东阳关镇。旧志称"黎山惟金牙为最高"。

玉泉水:黎城县北有玉泉山,南麓有泉水从山岩中涌出,汇流成源泉河。

[16]贞珉(mín):石刻碑铭的美称。

山椒:山顶。

淳化绛帖:此处呼应篇首"绛州碑存碧落文",再次称赞碑文书法"高古"。淳化绛帖为宋代汇帖。北宋潘师旦刻于绛州,故名。大部以《淳化阁帖》为底本,另加增减,编次不同。共20卷。

白岩寺牡丹赋(有序)

程大夏

　　环黎皆山也。山多寺刹,其踞胜地而最古者,莫白岩。若他皆宋元以来,而此独肇基于唐[1],一胜也。寺必题额,而此独字之以山,齐武帝尝登临焉,二胜也。河北地寒,名花难植,而殿前牡丹一丛,曾为藩府所夺[2];紫袍黄盖,芳魂入梦;去而复还,较前更茂,三胜也。壬戌首夏清和,予以省耕偕同人往观焉[3]。正值花放,碧叶紫萼,竞为烂漫。是日也,云岚变彩,榆柳摇青;麦方苗而欲秋,莺向人而频唤。政简多暇[4],愿与吾民乐之;丰稔可期[5],莫非自天赐者? 爰抽赋笔,以纪胜游。赋曰:

　　名园英蕤,宝地仙葩[6]。展春晖而绚彩,依净土以敷华[7]。琼分蕃厘之观,妍夺姚魏之家[8]。香浮夜月兮,锦烂朝霞。孰问法兮祇树,曾一笑兮拈花[9]。

　　白岩寺者,唐初名刹,齐武攸临[10]。洞邃昭泽[11],峰高绣屏。群峦环抱兮壁立耸青,绿畴绣错兮十里云平[12]。古木干直兮如柱,池无涉兮蔓草菁菁。僧过云堂兮昼寂,玉砌花翻兮香生。盖自黄蝶禁里,露扑金钱;沉香亭北,赋抵花笺[13]。脂印仙春之馆,觞飞锦亭之筵[14]。瑞云艳称于金屋[15],花相遣侍乎甘泉。掩群芳而擅美[16],倚东风而独妍。若乃托根净域,分茎沈藩[17]。朱栏移去仍留芳魂,紫袍重来梦回敷荣。心皈佛国,迹扫王门[18]。绣幕珠楼,适以浣其芳洁[19];批风抹月,更足重其清芬[20]。枝枝丛簇兮,萼萼平匀。吐灵葩兮一色,媚空王兮无言[21]。六时曼陀飞雨,万叶贝多翻经[22]。繄白岩之幽异,以牡丹而特闻[23]。

　　惟是龙华法会,结夏芳晨[24]。五色浴香泉之水,群品集甘露之门。冠山则六道紫盖,绕月则一穗黄云[25]。松枝可麈,孰解菩萨之缚[26];梅子方熟,谁现宰官之身[27]? 兹以清时多暇,引兴独遥。爰饬驺从,爰戒宾僚[28]。将阅耕于北阜,观蚕事于东郊[29]。麦吹浪兮万井,溪垂阴兮一桥。桑径曲兮采采,莺羽掷兮交交[30]。锄卧绿莎,观步屧于陇首[31];歌饭黄犊,望飞斾于林梢[32]。及其涉平楚[33],指崇峰;岚烟散,林壑空。叩精蓝兮山麓,礼金粟兮花宫[34]。幢摇慧日兮坐拥芳风,花气蓬勃兮密叶丰茸[35]。娟娟别有幽致,菁菁不留娇容[36]。药栏周回,恍入金碧丛里;茶寮阒寂,如从香水海中[37]。乃有探奇高士,选胜名流,开梵呗而至止,携琴尊以来游[38]。对峰排筵,坐见人行洞口;藉草敷席,时听野鸟啁啾[39]。香飘三昧之酒,盘荐兴平之酥[40]。杞菊可餐,斋厨生其禅喜[41];木楔何隐,海藏肆其冥搜[42]。笑文简之题句,祝飞泉以乍流。叩前代之遗碣,挹清韵而唱酬[43]。俯仰兴怀,不数兰亭嘉会[44];人风可爱,宁减芳园胜游[45]。然则寺以花传,花缘佛卫。灵夺天蟒,香销朱喙。固欧阳之所不能谱,亦徐熙之所不能绘者也[46]。

重为系曰:法王宫里育花王,弥天宝雨平石床[47]。有才莫续《清平调》,作赋常登选佛场[48]。百年此际成高会,好凭驿使寄天香[49]。

题解

本文录自清康熙二十一年(1682年)版《黎城县志·卷之四》第42页。

注释

[1]肇基:谓始创基业。

[2]藩府:明王府别称。

[3]壬戌:清康熙二十一年,1682年。

首夏:农历四月。犹孟夏。

省耕:古代帝王视察春耕。此处泛指官员巡视春耕。

同人:旧时称在同一单位共事者或业内人。

[4]政简:指政事简明。

[5]丰稔(rěn):农作物丰收。

[6]英蕤(ruí):犹英华。

仙葩:仙界的异草奇花。

[7]净土:佛教术语。指清净的国土,为佛家的理想境界,亦为极乐世界。

敷华:犹敷荣。开花。

[8]蕃厘:洪福。

姚魏:"姚黄魏紫"的简称。两种名贵的牡丹花。亦泛指牡丹花。欧阳修《洛阳牡丹记·花释名》:"姚黄者,千叶黄花,出于民姚氏家。此花之出,于今未十年。姚氏居白司马坡,其地属河阳,然花不传河阳而传洛阳,洛阳亦不甚多,一岁不过数朵。钱思公尝曰:'人谓牡丹花王,今姚黄真可为王,魏花乃后也。'魏花千叶而红,始樵者得于寿安山中,卖与魏相仁溥家。魏氏之馆,其池甚大。传者以花初开时,有欲观者人数十钱乃得登舟。至花落,魏氏卒得数十缗钱。"

[9]问法:问佛法。

祇(qí)树:祇树园。印度佛教圣地之一。后用为佛寺的代称。原文为"祇树"。

一笑兮拈花:典自"拈花微笑"。相传释迦牟尼在灵山会上,拈花示众,众皆默然,唯迦叶破颜微笑。佛曰:"吾有正法眼藏,涅槃妙心,实相无相,微妙法门,不立文字,教外别传,付嘱摩诃迦叶。"后用以喻彼此心心相印。

[10]攸:助词。所。

[11]昭泽:大昭泽。古泽薮名。在今山西省祁县、平遥县以西,文水县东南和介休市以北一带。原面积广阔,《尔雅·释地》列为十薮之一。

[12]绣错:色彩错杂如绣。

[13]禁里:宫内。

沉香亭北:原文为"沉香学北"。沉香亭位于唐长安宫城兴庆池东北,因亭用沉香木结构而成,故名。是唐玄宗和杨贵妃赏花娱乐之处。亭前遍植名花异草。每当百花盛开,玄宗即偕贵妃来此亭前赏花作乐。李白《清平调》:"名花倾国两相欢,常得君王带笑看。解释春风无限恨,沉香亭北倚阑干。"就是描写的这种情景。

花笺:精致华美的笺纸。

[14]仙春之馆:唐有御花园仙春馆。《月令广义》:"明皇时,有牡丹名杨家红。盖贵妃匀面而口脂在手,偶印于花上。诏于仙春馆栽之。来岁花开,上有脂印红迹,帝名为'一捻红'。"

觞飞锦亭之筵:美盛的筵席上,大家欢宴畅饮。觞飞:飞觞。指传杯行酒令。

[15]艳称:谓以容色艳美著称。

金屋:华美之屋。

[16]擅美:专美,独享美名。

[17]净域:清净之地,意谓佛门。

分茎沈藩:指白岩寺牡丹为沈王朱模强移于府邸。

[18]皈(guī):皈依。谓身心归向、依托。

迹扫王门:指超出尘世。典自"山英扫迹""山灵勒驾"。《北山移文》有"乍低枝而扫迹"语,叙写山神号召山上的树枝低下来扫除俗士周子的车迹,对假隐士表示厌恶。

王门:犹王庭,帝阙。

[19]浣(wò):污染,弄脏。

[20]批风抹月:犹言吟风弄月。指诗人以风花雪月为吟诵的题材以状其闲适。或形容评论欣赏清风明月,

自然景色。

清芬:比喻高洁的德行。

[21]灵葩:珍奇的花。

空王:佛教语。佛的尊称。佛说世界一切皆空,故称空王。

[22]六时:佛教分一昼夜为六时:晨朝、日中、日没,初夜、中夜、后夜。

曼陀:指曼陀罗花,意思是"悦意花",系梵语音译。也叫"风茄儿",一年生有毒草本植物。法华经言佛说法时,天雨曼陀罗花。

贝多:梵语音译。意为树叶。古印度常以贝多罗树叶写经。

[23]繄(yī):句首、句中助词。有时相当于"唯"。

特闻:非常出名。

[24]龙华法会:佛教语。度人出世的法会。《祖庭事苑》:"龙华树也,其树有华,华形如龙,故名龙华。"

结夏:佛教僧尼自农历四月十五日起静居寺院九十日,不出门行动,谓之结夏。又称结制。

[25]紫盖、黄云:成语"紫盖黄旗"的化用。紫盖、黄旗,均指现于斗牛之间的云气,古代术士以为帝王符瑞。

[26]麾:古代用以指挥军队的旗帜。后又成为宫廷演奏音乐时的指挥工具。

菩萨之缚:菩萨缚。指贪着禅乐。入于禅定所得的喜乐,此乐能资养身心,故称"禅悦食"。亦称"禅乐""禅味"。然贪着禅乐,则被斥为魔业,《维摩经·问疾品》:"贪著禅味,是菩萨缚。"

[27]宰官:特指县官。

[28]爰:于是,就。

饬、戒:戒饬,告诫。

驺(zōu)从:古代贵族高官出行时所带的骑马的侍从。

宾僚:宾客幕僚。

[29]阅耕:疑指官员巡视农耕。

蚕事:养蚕的事。

[30]采采:茂盛,众多貌。

交交:鸟鸣声。

[31]绿莎:泛指绿草地。

步屧(xiè):行走,漫步。

[32]歌饭黄犊:典自"饭牛歌"。相传春秋时卫人宁戚饲牛于齐国东门外,待桓公出,扣牛角而唱此歌。桓公闻而异之,授以大田之职。

[33]平楚:平野。

[34]精蓝:佛寺,僧舍。精:精舍。蓝:阿兰若。

金粟:"金粟如来"的简称。佛名。即维摩诘大士。

[35]幢摇:摇动的经幢。书写佛号或经咒于帛上者称经幢。

慧日:佛教语。指普照一切的法慧、佛慧。

丰茸:草木丰盛茂密貌。

[36]娟娟:姿态柔美貌。

幽致:幽雅别致,幽静雅致。

蒨蒨(qiàn):鲜明,鲜艳。

[37]茶寮(liáo):寺中品茶小斋。

香水海:略称香海。即注满香水的大海。据佛教的传说,世界有九山八海,中央是须弥山,其周围为八山八海所围绕。

[38]梵呗:佛教谓作法事时的歌咏赞颂之声。

琴尊:琴樽。琴与酒樽为文士悠闲生活用具。

[39]啁啾(zhōu jiū):形容鸟叫声。

[40]三味之酒:用三种中草药浸泡的酒。此处并非实指。

兴平之酥:陕西兴平酥,宋代即已闻名。

[41]斋厨:寺院的厨房。

禅喜:参禅、坐禅带来的快乐。

[42]木樨:桂花。

海藏:传说中大海龙宫的宝藏。

冥搜:尽力寻找、搜集。

[43]遗碣:前代留传下来的碑碣。

挹(yì):推崇。

清韵:喻指铿锵优美的诗文。

唱酬:以诗词相唱和。

[44]不数:不亚于。

兰亭嘉会:指东晋王羲之与谢安、孙绰等显达者及隐士文人在兰亭聚会宴咏之事。嘉会:谓众美相聚。

[45]人风:民风,民情。

胜游:快意的游览。

[46]欧阳之所不能谱:指宋欧阳修作《牡丹谱记》一事。

徐熙之所不能绘:指五代南唐徐熙画《牡丹图》一事。

[47]系:志,记。

法王:佛的称号。

[48]清平调:唐代大曲名。后用作词牌。相传开元年间,李白任宫中应制的翰林供奉。时宫中牡丹盛开。玄宗月夜在兴庆宫沉香亭前赏花,杨贵妃侍酒,召李白进清平调词。李白醉吟三章,由李龟年捧檀板歌唱。

选佛场:指开堂、设戒、度僧之地。亦泛指佛寺。

[49]高会:盛大宴会。

天香:特指桂、梅、牡丹等花香。

黎城县志序

程大夏

圣天子膺箓御宇,薄海内外悉登版章[1]。皇矣天府之藏,未有一统车书若斯之盛者也[2]。余观上世所传《山海经》《穆天子传》《西域志》《王会图》以及《星槎胜览》诸书,率皆侈陈域外奇观,以夸示远迤，况禹甸山河隶职方之书者哉[3]！古者司徒掌九州之图以周知其广轮，而又有职方氏以同其贯利，形方氏正疆域使无华离之地[4]。故其时山川险易，男女畜产以及车辇马牛，无不悉诸户版[5]。其公卿士大夫平居坐一室，左右图书，博观而详记之。坐而言，起而行，指麾大定[6]。约略不越数语，皆按图以稽、据籍而求，"物土之宜而布其利[7]"。政刑以修[8]，教化以起，风俗以成，由此其选也。

前十年，余从家君作宰鹿泉[9]。及内召，余又再上春官、登南省[10]，数往来京洛间。西望太行诸山，高插天表，矗亘千百里，徘徊者久之。庚申春[11]，受命莅兹土。见其列峰环抱，二漳交流，村落间往往有陶复陶穴之遗风焉[12]。已而索其志观之，旧者无复存。诸生中李御、李吉二子新辑一书，粗成梗概。两载以来，幸其民淳朴而少讼，催科外皆暇日也[13]。取而阅之，虽人文事迹多所阙略，而山川田赋以及风土沿革诸大端，已悉具于兹[14]，爰加裁定而润色之。欲广为搜罗以成大观，而簿书期会不无萦绕于胸中，未遑也[15]。第编次为四志，类析而条分之，观者燎若列眉矣[16]。夫以参井之文上应天垣，衡漳之水统诸冀方[17]。啸傲箕颖者[18]，开万古高士之风；陈书甘泉者，动当时天子之听[19]。《旄丘》缀乎风雅，潞子纪于《春秋》，孰谓黎为蕞尔邑哉[20]？

今天下名郡巨镇，所在都有。苟其人儇薄而难与为理，其俗顽敝而古治不复[21]。虽坐拥江山之雄图，物华锦烂，娱心骇瞩，奚足尚哉[22]？昔庐陵之治滁也[23]，喜其地僻而事简，又爱其俗之安闲与其岁之丰，而乐与其民游。余于琴歌之暇，亦尝登城而眺。见夫峙者苍然，涌者瀜然[24]。白岩之晓烟缥缈于空际，金牙之夕照掩映于林端[25]。一嗽田溪之水，再拜玉泉之石。时而远寺之钟声隐隐若闻，岚山之雨气飒飒欲来。无俟叩关而问三老，过墟而访故侯[26]，凡志中所载，又一一燎然陈列于俯仰间也。诚使政刑修而教化起、风俗成，有以上报圣天子之休命[27]，则此志亦天府之藏、职方之书所必采者矣。

时康熙二十一年，赐进士出身、文林郎、山西潞安府黎城县知县[28]、楚竟陵程大夏序。

题解

本文录自清康熙二十一年(1682年)版《黎城县志》。

注释

[1]膺箓(lù):谓帝王承受符命。

薄海:本指到达海边,泛指广大地区。统称海内外。

版章:版图,疆域。

[2]皇:光辉、伟大。

天府:皇宫藏物之所。

一统车书:意思是车同轨,书同文,表示国家的统一。

[3]禹甸:中国的别称,谓中国九州之地。禹治而分成丘、甸。后世因称中国的疆域为禹甸。

职方:官名。《周礼》夏官之属有职方氏。掌天下地图及四方职贡。

[4]贯利:指事功和利益。

形方氏:亦省作"形方"。《周礼》官名。掌诸侯国地理封疆。

华离:指国与国间疆界犬牙交错。

[5]户版:户籍,户口。

[6]指麾:指挥。

[7]物土之宜而布其利:察看土地适宜种植什么,然后做有利于生产的布置。语出《左传·齐晋鞌(ān)之战》。

[8]政刑:政令和刑罚。

[9]作宰:出任县令。

[10]内召:古时称大臣被皇帝召见为内召。

上春官:指进京参加会试。春官:

礼部。明清时会试由礼部主持。

登南省:指进京参加会试。南宋时,蜀地文人赴临安参加科举的,称赴南省,以南省代指都城。

[11]庚申:清康熙十九年,1680年。

[12]二漳:指漳河上游的清漳河和浊漳河。

陶复陶穴:古代民居形式。语出《诗经·大雅·绵》。陶复:窑洞。陶穴:古代凿地而成的土室。

[13]催科:催收租税。

[14]悉具:全部具备。

[15]簿书:官署中的文书簿册。代指公务。

期会:谓在规定的期限内实施政令。多指有关朝廷或官府的财物出入。

未遑:表示没有时间或不可能做某件事情。可译为"没有空闲""来不及"等。

[16]燎(liǎo)若列眉:形容非常清楚明白。燎:同"憭"。明白,明了。列眉:两眉对列。谓真切无疑。

[17]参井:参星和井星,位在西南方。

天垣:天星的区域。

冀方:古泛指中原地区。

[18]啸傲箕颍者:相传尧时,贤者

许由曾隐居箕山之下、颍水之阳。

[19]陈书甘泉者:指令狐茂上书讼太子冤一事。令狐茂,壶关县人。汉武帝时封为"壶关三老"。汉武帝在甘泉捕反者,太子兵败南奔出亡。上怒。令狐茂上书讼太子冤,天子感悟。商周时期,壶关县属黎国。

[20]《旄丘》缀乎风雅:指《诗经·邶风·旄丘》。此篇为黎国臣子劝君归国之作。黎城属潞安府,这里属于古代的黎国。旄丘:卫国境内一山丘名,在今河南濮阳县境内,形状是前高后低。

潞子纪于《春秋》:指《春秋》有潞子国的记载。潞子:本西周潞国,春秋亦称潞子国。在今山西黎城县南古城。

蕞(zuì)尔:形容小。

[21]儇(xuān)薄:〈书〉轻佻,轻薄。

顽敝:同"顽弊"。愚鲁。

[22]娱心骇瞩:谓看到后感到愉快、震惊。

奚足尚哉:哪有值得夸耀的呢?

[23]庐陵之治滁:指欧阳修任滁州太守。

[24]滃(wěng)然:水势盛大的样子。

[25]白岩、金牙:黎城境内山名。参见本书第二卷程大夏《黎亭八景》。

[26]叩关:叩门。

三老:古代掌教化的乡官。

故侯:指经历升沉的归隐者。

[27]休命:指帝王或神明的旨意。

[28]康熙二十一年:壬戌,1682年。

文林郎:明清为正七品升授之阶。

常平仓记

程大夏

　　国家财赋,悉领度支,故古称司农为天仓[1]。盖国以民为本,民以食为天。其在《周礼》,廪人掌九谷之数,以待国之匪颁[2];仓人掌粟入之藏,辨九谷之物,以待邦用。是仓者,存救之要术也。故孟冬谨盖藏[3],务积聚;季春则发仓廪,赈贫穷。汉唐以来,如耿寿昌之常平,开皇之义仓,贞观之义仓,皆有裨于当时,取则于后世焉[4]。

　　吾邑自西山进剿,飞刍挽粟,悉征求于收户、当年[5]。民老于狱,田荒于野,而户日以减,赋日以逋[6]。官斯土者视为传舍,其于廨舍仓库之类,委之颓垣荒碛,概不复问矣[7]。曩时有预备税粮国命广储等仓,兵燹之后不克举其一[8]。每至挽输之期,羽檄交驰,不得已而借贮祇园,往往收兑难稽,干没错出[9]。毋论地非其地,且有伤国体焉。

岁己未,吴门钱公膺简命来令是邦[10]。始至之日,询民疾苦,以兴利除害为己任。宽征比,却苞苴,蠲赎锾,革羡余,杜争讼,惩奸胥,清士籍[11],兴学校,谨堤防。期年之后,民之逃者归,居者说[12],而赋日以供,地日以辟。政通人和,百废俱举,公于是建仓于署西以贮漕[13]。其后天子从科臣之请[14],令天下郡县官绅士民皆量力捐输以备荒。比者岁不登,又从台臣之请[15],开纳粟之例以备赈。公于是复建仓于署东以贮谷,颜曰"常平",凡十廒[16]。不动众,不扰民,不请于上以为己功。不数月而工竣,屹然与西仓并峙。邑之相望者,莫不指以为所天在焉[17]:"噫,是非向之景邑也欤哉!"

顾何修而得此善?夫柳子之言曰:"德及故信孚,信孚故人和,人和故政多暇[18]。"盖公之德及而政闲为之也。欧阳子曰:"理繁而得其要则简,简则易行而不违。惟简与易,然后其力不劳而有余[19]。"盖公简且易,故其力不劳而余也。且夫南与漕有定者也[20],谷则无定者也。有定者,下所以事上,其常也,公既为廪焉以安其常;无定者,上所以惠下,其变也,公又为藏焉以济其变。上下常变之际,公之区画也至矣[21]。将见自兹以往,蓄积多而具先备,天无水旱之灾,人无损瘠之苦[22]。景之粟且陈陈相因,红腐而不可食,虽亚夫之细柳,建兴之邸阁,绍兴之丰储,莫有逾于是者[23]。又不啻苏章之活三千余人,王韶之活万余户已也[24]。昔耿寿昌请建常平于边郡,赐爵关内侯,公固即今日之汉司农矣。余有司度之责者于不涸之仓,是不可以无记[25]。

题解

本文录自清康熙三十一年(1692年)版《景陵县志·卷之四》第27页。文前云："常平仓，康熙二十九年，钱侯永建于堂东。捐俸鸠工，移时告成。凡六廒。邑户部主事程大夏撰碑记，树于仓侧，门人戴祁书丹。"原题为《景县新建常平仓碑记》。"下所以事上，其常也"，原文为"下所以事其上也"。均据清乾隆乙酉（1765年）初版《天门县志·卷二十四·余编》改。

常平仓：古代官府为调节粮价、储粮备荒所设置的粮仓。始置于西汉宣帝时。参见本文"耿寿昌"注释。

注释

[1]度支：规划计算（开支）。

司农：官名。上古时代负责教民稼穑的农官。

天仓：星名。属西方七宿中的娄宿。《史记·天官书》："胃为天仓。"张守节正义："胃三星……胃主仓廪，五谷之府也。"《晋书·天文志上》："天仓六星在娄南，仓谷所藏也。"

[2]匪颂：分赐。匪：通"分"。

[3]盖藏：储藏。《礼记·月令》："（孟冬之月）命百官谨盖藏。"郑玄注："谓府库囷仓有藏物。"

[4]耿寿昌：西汉理财家、历算家。宣帝时，任大司农中丞。西汉时期设立常平仓的主要倡议者。汉宣帝五凤年间（前57—前54年），鉴于西北地区粮价不稳，他倡议在西北各郡设立常平仓，积贮粮谷，谷贱时增价收购，谷贵时减价出售，以稳定粮价，并用于备荒赈恤。

开皇：隋文帝杨坚的年号（581—600年）。

义仓：古代仓储的一种。是官府为防备荒年而倡导民间自办的公益粮仓。

贞观：唐太宗李世民的年号（627—649年）。

取则：取作准则、规范或榜样。

[5]西山进剿：指茅麓山战役。清康熙三年（1664年）八月，清军剿灭据守湖北兴山县境内茅麓山区数年的李自成余部李来亨。清康熙八年（1669年）刻本《安陆府志·卷一·郡纪》第34页记载了此事。

飞刍挽粟：迅速运送粮草。刍：草。

收户、当年：参见本书第二卷徐乾学《拙庵程先生（程飞云）墓志铭》注释[23]"收户"、[24]"当年"。

[6]逋（bū）：欠，多指欠税。

[7]官斯土者：在此做官的人。

传舍（chuán shè）：古代供来往行人居住的旅舍。也称客馆、客舍。

廨舍（xiè shè）：官吏办事及居住的处所。是旧时官吏办公处的通称，也叫官署。

委：托付。

颓垣：倒塌的矮墙。

荒碛(qì):荒芜的沙石地。

[8]曩(nǎng)时:从前,过去。

兵燹(xiǎn):指因战乱所致的焚烧破坏。燹:兵火。

[9]挽输:运输。

羽檄交驰:军书接连不断地传送。形容军情紧急。羽檄:古代的一种紧急军事文书,上插羽毛作为紧急标志。亦称"羽书"。

祇(qí)园:祇树园。印度佛教圣地之一。后用为佛寺的代称。

干没:古代表述将公有财产或他人财物据为己有的法律用语。参见本书第一卷胡承诏《南社仓赎买基房小记》注释[4]。

[10]己未:清康熙十八年,1679年。

吴门钱公膺简命来令是邦:吴门人钱永奉命担任景陵知县。吴门:古吴县城(今苏州市)的别称。钱公:指钱永。膺:担当,接受重任。简命:简任,选派任命。令:此处是担任知县的意思。

[11]征比:古代称征用人力和考校服役成绩为征比。

却苞苴(bāo jū):拒绝礼物。苞苴:指馈赠的礼物。

蠲(juān)赎锾(huán):减免赎罪的金钱。

羡余:清代田赋征收银两,铸成银块以弥补损耗为名,加征火耗。当时规定,火耗归公。火耗中剔除公费开支及私人中饱后解交省库的一部分,亦称羡余。

奸胥:奸猾的官吏。

士籍:有士人身份,可以参加考试的名籍簿。

[12]期(jī)年:一年。期:时间周而复始,一年过去即将开始新的一年,故称期年。

说(yuè):通"悦"。

[13]贮漕:收贮税粮。

[14]科臣:明代六科给事中官通称。

[15]比者岁不登:近年歉收。比者:用于句首,表示事实在不久前或近年发生。

台臣:指宰辅重臣。

[16]颜:题写匾额。

廒(áo):收藏粮食的仓房。

[17]所天:在封建社会里,受支配的人称所依靠的人为所天。或指丈夫,或指君主,或指父。

[18]柳子:柳宗元。这句话引自柳宗元《邕(yōng)州马退山茅亭记》。

[19]欧阳子:欧阳修。这句话引自欧阳修《海陵许氏南园记》。

[20]南与漕:指南、漕二粮。均属税粮,合征分解。胡林翼《革除漕务积弊并减定漕章密疏》云:清代,湖北征收北漕、南米,"北漕由丁船兑运京仓,南米由州县解交荆州满营及各标绿营"。

[21]区画:筹划。

[22]损瘠:消瘦羸弱。亦指消瘦

赢弱的人。

[23]亚夫之细柳：西汉名将周亚夫屯军细柳，军营纪律严明。汉文帝前来劳军，未得到将军命令，也不能随便入营。

建兴之邸阁：蜀汉建兴初，诸葛亮攻魏，运米积于斜谷口并修治斜谷邸阁。

绍兴之丰储：指丰储仓，南宋所置国家粮仓名。南宋初为北省仓。绍兴二十七年（1157年）始易以"丰储"之名。诸路上供岁余粮，归丰储仓。

逾：超过，胜过。

[24]不啻(chì)：无异于，如同。

苏章：字孺文，东汉扶风平陵（今陕西咸阳西北）人。安帝时举贤良方正，对策高第，拜为议郎。出为武原令，时逢荒年，他开仓赈饥，救活三千余户。

王韶之活万余户：此典待考。王韶：疑指北宋大将王韶。王经略边疆，抚羌屯田，立下赫赫战功。

[25]余有司度之责者于不涸之仓：作者程大夏写作本文时任户部主事，故有此说。

李梧冈（李世芳）传

程大夏

中宪大夫李梧冈先生，讳世芳，字伯传，黎城进士。其先陇西敦煌人也，在隋帝时，有名嵩者为州司马。其孙睿为黎城尉，迁潞城令，遂家于黎。历宋元数百年，代有闻人[1]。及明英宗时，有锦衣卫尉名浩者，当己巳之变，以忠奋见称于时[2]。浩生英，即先生之父也，为邑学生。次当贡，见其次贡者贫而年长，亟让之[3]。当道高其行谊[4]，至今邑人称美焉。先生生而英毅秀爽[5]，强记博闻，年十八通五经。嘉靖辛卯，以诗经隽于乡。乙未成进士，以高第为刑部主事[6]，升员外郎。时严中贵夺民田，民诉于上，敕下刑部理问[7]。同僚惧祸，不敢直斥。先生执法疏其罪，悉还民田，而阉宦屈服[8]。清直之声震于朝右[9]，随升本部郎中。有盗陵寝物者，株累数百人。先生廉其实，请诛首恶，余皆原释焉[10]。

既而出知陕西巩昌府，巩地处山险，番戎杂错[11]。先生以儒术饰吏治,旌贞良,礼贤能[12],而摧折其豪暴,于是郡内大治。尝遇饥,先生多方赈施[13],旁郡就食者日数百人。复教民穿井溉田而民不苦饥[14]。又其地有茶马禁[15],尝缉获百余人、马百匹、茶百斤者,宜置之法。先生以为荒歉迫之也,悉从末减。又有山祟为幻术以惑人[16],先生檄下之,即遁去。人以为潮州驱鳄之政[17],颂神明焉。及升陕西按察司副使,奉敕整饬固原兵备[18]。去郡之日,穷谷老稚号泣遮留不忍释,乃绘像生祠而尸祝之[19]。

先生以固原为西北重镇,职任匪轻。抵任即修险隘,除戎器,广储峙,数年而盗贼屏息,蕃戎亦望风远遁,边徼宁谧[20]。台省谓其忠勤有茂绩[21],请改授近地而大用之。先生以持满求退,屡请于上,遂得休致[22]。尝曰:"士君子宜甘淡泊而习劳勤,以为大受之资,盖甘淡泊则心清,习劳勤则力健,然后可以胜大任而无覆悚之虞[23]。"先生扬历中外十有八年[24],忠以奉公,诚以爱民;刚肠嫉恶[25],急流勇退,真可谓心清而力健、任艰大而克胜者矣。其生平行实,详于谷泉宿公椿所撰行状中[26]。其卒也,年甫六十有一。其子杭为邑庠生,后亦沦落不偶[27],乡人惜之。常为予道其行实,因为之传,俾后之人闻先生之风,亦足以景仰于不替云[28]。

题解

本文录自清康熙二十一年(1682年)版《黎城县志·卷之四·艺文传》第31页。原题为《中宪大夫陕西按察司副使整饬固原兵备李梧冈传》。

注释

[1]闻人:有名望的人。

[2]己巳之变:也称土木之变。指明英宗被瓦剌俘于土木堡事件。明正统十四年(1449年),瓦剌贵族也先率兵攻明。宦官王振挟持英宗统兵五十万亲征,至大同,闻前方小败,即惊慌后撤,行军至土木堡(今河北怀来县东)被敌军追及,仓猝应战,死伤过半,英宗被俘,王振也为乱军所杀。因这一年是己巳年,故名。

见称:受人称誉。

[3]次当贡,见其次贡者贫而年

长,亟(qì)让之:按等第当选贡生,见名次靠后、贫困而又年长的人,屡次请求,将贡生的名额让给了别人。

[4]当道:指执政者,掌权者。

行谊:品行,道义。

[5]秀爽:犹秀朗。秀美爽朗。

[6]高第:科举考试名列前茅。

[7]严中贵:严姓中贵人。中贵人:专称显贵的侍从宦官。下文"阉宦"即指此。

理问:审理,讯问。

[8]阉宦:宦官。

[9]朝右:位列朝班之右。指朝廷大官。

[10]廉:察考,访查。

原释:赦免释放。

[11]番戎:古代泛称少数民族。

[12]儒术:儒家的原则、学说、思想。

饬:通"饬"。整饬,整治。

旌贞良,礼贤能:表彰忠贞美善,敬重贤能之人。

[13]赈施:救济布施。

[14]穿井:掘井。

[15]茶马禁:指茶禁和马禁。茶禁:朝廷为掌管茶叶产销,禁止私自买卖而颁布的禁令。马禁:限制骑马、买卖马的禁令。

[16]山祟:此处指山中装神弄鬼蛊惑人心的诡秘之人。

[17]潮州驱鳄之政:韩愈为潮州刺史时,为了使当地百姓免受鳄鱼之害,作《祭鳄鱼文》以祭之,命令鳄鱼于五至七日内迁到海里去,否则将诛杀之。传说鳄鱼果然于次日远离潮州而去。后因称贤明官吏为民除害为驱鳄。

[18]奉敕整饬固原兵备:奉旨担任固原"整饬兵备道"一职。

[19]穷谷:"深山穷谷"的省略。与山外距离远、人迹罕至的山岭、山谷。

遮留:拦阻挽留。

生祠:为生者建立的祠庙。宋代凡居官有恩于百姓者,百姓往往立生祠,供奉其画像或塑像。

尸祝:祭祀。

[20]储峙:储备,特指存储物资以备需用。

边徼(jiào):犹边境。

[21]台省:官署名。明都察院、六科通称。都察院称西台,六科称省垣,故有台省之连称。

茂绩:丰功伟绩。

[22]持满:保守成业。

休致:泛指辞官。

[23]劳勩(yì):劳苦,疲劳。

大受:承担重任,委以重任。

覆𫗧(sù):意同"折足覆𫗧"。谓鼎足折断而倾覆所盛之美食,喻在位者智小谋大、力薄任重遂致凶咎。𫗧:代指鼎中的食物,后泛指美味佳肴。

[24]扬历:功名、声威远扬。扬:传播,称颂。历:仕宦经历。

中外：朝廷内外。

[25]刚肠嫉恶：为人刚强正直，憎恨坏人坏事。刚肠：刚直的心肠。

[26]行实：指生平事迹。

行状：亲友为死者所写的叙述生平事迹的文章。

[27]不偶：命运不好。

[28]不替：不废弃。坚持不变。

李金漳先生（李甲寅）小传

程大夏

乡贤李先生[1]，讳甲寅，字九影，金漳其号也，黎城人。以孝廉署安邑教谕[2]，升安平令，敕封文林郎[3]。奏最晋秩，以水部郎终[4]。予治黎之三年始奉上命送入乡贤祠而崇祀焉[5]。

先生文学德政，所在扬历有声[6]。而其生平所志焉而未就者，惟理学一事而已[7]。夫理学，绝响于明季百有余年矣[8]。如姚江、慈溪、河津诸君子，位既崇高，而又生当圣明之世，其时从游者众[9]，相与后先推引，故其成也易，而其声施亦大且远[10]。所最难者，渑池之月川、泰州之艮斋、余干之淑心[11]，或以下僚，或以布衣，直与诸君子统绪相承[12]。虽其践行笃实，足以震动人心，亦其所具之福命有独厚也[13]。

吾先世起家经术[14]，代有积善。王父而上，率角巾深衣，行应规表[15]。其宦于四方也，皆以为有伊洛遗风[16]。而处于道学流失之后，不克大振宗风。从祀乡贤者，仅先大夫东磐公一人耳[17]。

先生虽家近河津，而于曹月川设教之蒲霍二州，亦数百里而遥，乃毅然有志理学。观其与刁君蒙吉往来之书，及所著《辨道录》《斯文正统》诸序，津津乎有泰州、余干之风矣[18]。惜明季无有以讲学为事者，其始也与姚江角，则并象山而攻之[19]；其既也宗姚江者，浸假而流入于二氏[20]；其终也又将二氏与孔孟浑同，而一之附东林、攻东林，倾侧扰攘者数十年[21]。当其实欲奋起而倡明濂洛关闽之学[22]，岂不难哉！先生空抱此志，仅得一刁君与为印证。而刁君亦泯灭无闻焉，良可叹也!

先生事亲也孝,居官也敬,其治民也严明而惠和[23],而其处州闾乡党也惠与义交至焉。理学亦庶几躬行而实践之矣,其详在刁君寿序与志铭中,余不具述。

今先生得偕其弟杏苑公同侍赠君太先生于俎豆之列,父子昆弟,春秋飨祀[24],不已荣哉!使先生生于河津月川之时,得分一席,其崇祀亦不过如是。予过长宁村,见先生子侄若孙比屋而居[25],孝友敦睦,恂恂乎有万石君之遗意焉[26],其杰出者又皆力学而能文,以是知先生之彝教垂裕后昆者深且远也[27]。故采其生平之节略而为之传[28]。

题解

本文录自清康熙二十一年(1682年)版《黎城县志·卷之四·艺文后》第33页。

注释

[1]乡贤:地方上有才德与有声望的人物。

[2]孝廉:明清时对举人的美称。

教谕:清代府学官称教授,州学官称学正,县学官称教谕,负责教育所属生员。

[3]敕封:封建时代朝廷用敕命封赐臣僚爵号。五品以下用敕命授予,称敕封。清代制度,以封典给官员本身称为授,给官员曾祖父母、祖父母、父母和妻室,存者称为封,已死的称为赠。

文林郎:明清为正七品升授之阶。

[4]奏最:考绩列为优等,以此向朝廷上报。

晋秩:进升官职或等级。

水部郎:水部郎中。为工部尚书、侍郎之下的司官。水部为工部四司之一,明清改为都水司,掌有关水道之政令。相沿仍以水部为工部司官的一般称呼。

[5]崇祀:崇拜奉祀。

[6]扬历:功名、声威远扬。扬:传播,称颂。历:仕宦经历。

[7]理学:又称"道学"或"宋明理学"。宋明时期的儒家哲学思想,中国古代哲学发展的最后和最高阶段。

[8]绝响:失传的技艺、学问等。

[9]姚江:指阳明学派创始人王守仁。因王守仁(阳明)为浙江余姚人,

而余姚境内有姚江,故名。

慈溪:指浙江慈溪朱子学派代表人物黄震。黄震继承了朱熹的理气观。

河津:指山西河津河东学派的创始人薛瑄(xuān)。薛瑄尊程朱理学,以躬行复性为宗。

圣明:封建时代对所谓"治世""明时"的颂词。

从游:随从求学。

[10]推引:推荐引进。

声施:为世人所传扬的名声。

[11]渑池之月川:指河南渑池曹端。曹端,字正夫,号月川。明理学家。

泰州之艮斋:指泰州学派创始人王艮。王艮,字汝止,号心斋。明理学家。毕生讲学。

余干之淑心:指江西余干胡居仁。胡居仁,字叔心,号敬斋。明理学家。家世业农,生活困窘。绝意科举仕进,于家乡南谷筑室讲学。

[12]下僚:职位低微的官吏。

统绪:头绪,系统。

[13]笃实:踏实,实在。

福命:享福的命运。

[14]经术:犹经学。

[15]王父:古代亲属称谓。祖父。

角巾:方巾,有棱角的头巾。为古代隐士冠饰。

深衣:古代上衣、下裳相连缀的一种服装。为古代诸侯、大夫、士家居常穿的衣服,也是庶人的常礼服。

行应规表:行为符合规范表率。

[16]伊洛:指宋程颢、程颐的理学。程氏兄弟洛阳人,讲学伊洛之间,故称。

[17]从祀:附祭。孔庙祭祀以孔子弟子及历代有名的儒者列在两庑一体受祭,称为配享从祀。人数历代屡有增减。

先大夫:已故的大夫。

东磐公:指程鸿,字子渐。程大夏高祖程稷伯父。正德癸酉举人。南直通州知州。

[18]习君蒙吉:习包,字蒙吉,晚号用六居士,直隶祁州(今河北安国)人。明天启举人。明清之际学者。

津津:充溢貌,洋溢貌。

[19]象山:指南宋哲学家陆九渊。因陆九渊曾结茅讲学于象山(在今江西贵溪),世称"象山先生"。

[20]浸假:假令,假如。后多用为逐渐的意思。

[21]倾侧:指行为邪僻不正。

扰攘:混乱,骚乱。

[22]倡明:提倡并阐明。

濂洛关闽:宋代理学的四个主要学派。濂指周敦颐的濂溪学派,实属虚构。洛指程颢、程颐创立的洛学学派。关指张载创立的关学学派。闽指朱熹创立的闽学学派。南宋朱熹继承发挥二程特别是程颐的思想,改造、综合了周敦颐和张载的学说,集宋代理学之大成。朱熹死后，"濂洛关闽"遂成为流行的口头语。

[23]惠和：温和仁惠。

[24]赠君太先生：指李金漳之父。赠君：古代敬称官员的父亲。太先生：称老师的父亲，父亲的老师或老师的老师为太先生。

俎(zǔ)豆：俎和豆都是祭祀、宴会用的器具。谓祭祀，奉祀。

飨(xiǎng)祀：享受祭祀。飨：通"享"。

[25]若：和。

比屋：紧邻。

[26]恂恂：温顺恭谨貌。

万石(dàn)君：指一家有五人官至二千石或一家多人为大官者。西汉石奋以孝谨闻于时，与其子五人皆为二千石，乃号奋为万石君。参见本书第一卷李维桢《松石园记》注释[21]"万石君"。

遗意：前人或古代事物留下的意味、旨趣。

[27]彝教：常教，永久不变的教化。

垂裕后昆：为后世子孙留下功业或财产。后昆：后裔，子孙。

[28]节略：概要，摘要。

附

容台公（程大夏）行状

江蘩

容台公，余壬子贡入太学同年友也。后复同官京邸，相契深，相知最悉。丙子八月五日，忽舍我而去，觉联床篝灯、肩随待漏、一切光景，撩我心曲。虽无促之言者，正自不能已已，矧公之子号泣属余为状，余曷敢辞？

公姓程氏，讳大夏，字禹奏，号悟斋。世为竟陵望族，代有闻人。传至公大父赠公，至性笃行孝友，文章彪炳一世。赠公生司空公。司空公生子三，公为长。君幼聪颖，有奇质，童龀善文，赠公早以千里驹目之。顺治甲午，司空公领解，试春官未第，归，键户读书，兼晨夕课公。是时，公方总角，出应试，学使者得其文，如获拱璧，拔置前茅，声腾胶庠。既随司空公入会城肄业，方伯黄鸥湄先生试之，亦击节嘉叹，许以大器。声誉啧啧江汉间，余时闻而异之。己亥，司空公捷南宫，后出为鹿邑宰。公益惜阴绩学，日偕两弟上下今古，遂以高等选拔。予叨缀谱末，乃得一慰夙怀，朝夕依公于太学之舍。公健翮凌霄，是岁即魁北榜。予独复留滞，公不以我偃蹇而弃我也。

阅己未，公成进士。再阅辛酉，选得山西之黎城。予亦职授外吏，风尘奔走，正苦张皇莫及。而闻公之治黎也，谱遵鹿泉，缓催科，革火耗，设四征法，敲扑之声终岁不闻；新学宫，建文昌祠，进邑诸生讲论行艺，捐俸资助单寒，多所成就。而且招徕流亡，开治险道，出在粟以赈穷独，施槥殓以瘗路殣，作歌词以劝善良，立严法以惩奸尻，徒跣祷雨，朔望讲约，纂辑邑志，修建文峰，诸善政腾说人口不绝，余滋愧焉。又闻有富商以私贩得罪，上下已纳其贿，又以五百金赂公。公独抗法却之，卒予杖。有某姓兄弟六人，俱拟重典。公力为请释，全其五人。其不枉法、不轻生，类如此。辛酉、甲子，两充乡试同考，所得皆三晋知名士。时逢覃恩，敕封文林郎，旋奉行取入都考选主政郎，请假归省。丁卯，司空公在籍，推授工部营缮司主事，以疾告。公视膳膝下，雅不欲仕。司空公疾良已，促之行，得户部广西司缺，洁清供职。蒙恩赐蟒缀，再逢覃恩，敕封承德郎，父母如其官。予亦适逢内召，方幸昔之资公以为学者，今得资公以为政也。未几，司空公讣至，公以早违色养，虽扬名显亲，而号恸几绝，即日旋乡，哀感行路。服阙，补本部山西司，司湖滩河（朔），运米事例，公咄嗟办之，一夕而毕。时伪冒甚众，公得其情，尽为剔除。至利诱之不顾，威慑之不动，积弊为之一清。冢宰孝昌熊公谓公身处脂膏，不能自润。宗伯黄冈王公谓公有材有守。如二公者，虽谊属桑梓，然皆素不肯阿其所好者也。是时，大司农马公重公贤能，特荐于上，蒙恩记名，量移本部山东司员外郎，主盐法，尽革陋规。至蒙特旨，委查福建、四川二司米豆，论者荣之。寻迁礼部精膳司郎中，尝侍从瀛台。公以时奏对，皆称上旨。凡值郊祀大典及燕享诸礼，必诚必敬，罔敢陨越，贤能之声日闻于上。行将大用，会通州仓察需人，奉命往任其事。公至，则首革漕运旧规，凡仓储墙垣、守御房屋之朽圮者，悉捐俸修理。日会计于市，中夜巡行于通衢，遂致劳顿成疾。差满复命，日益尫羸，余时往问视，然犹奉行朝政不辍也。阅数日，公忽端坐郎署而逝。余匍匐往询，使者云，公无一他语，惟以世受国恩未及报，太安人在堂，仲氏不幸早亡，季氏又远铎湘南，此身不及终养为恨。噫！遗言若此，生平概可知已。

公视亲戚交游质直无假，接人谦谨和易无城府。虽处事明决，大都归于忠厚。人有急必周之，人有患难必委曲全之，未尝自德。历官内外几二十年，未增田一亩，未构屋一椽。惟喜读书。其乡会闱墨《先花堂文稿》久经行世。所读子史百家，手自汇为《辨体》一书，未授梓。其他著作及散见于《十名家集时艺》，皆为当代名公所推许，今汇集藏于家。

公卒之日，距公生癸未八月之十三日，年五十有四。配卢安人，继沈安人。男三：长方莘，廪生，娶靖州训导谭孙迈女。次方蕙，现任夷陵州训导，出嗣仲弟竹溪公，娶毛氏，系考授县佐毛宫寀女。次方荪,庠生,娶嵩县知县卢志逊女。孙男三,孙女三,俱聘娶名门。

公之梗概若此,余就所记忆序而著之,以复令嗣敬以不朽,俟之名笔云。

中宪大夫、翰林院提督四译馆、太常寺少卿、年眷弟江蘩拜撰。

题解

本文录自清光绪甲午(1894年)版、天门市胡市镇程老村《鹤塘程氏世谱》。

容台公:指程大夏。容台:礼部的别称。程大夏曾任礼部精膳司郎中。

行状:亲友为死者所写的叙述生平事迹的文章。

江蘩:字采伯,号补斋,拔贡,清初湖广汉阳人。官至都察院左都御史。

周寅旸(临潼知县)

清道光元年(1821年)版《天门县志·卷之二十三·人物》第28页记载:"周寅旸(yáng),字秩光(一作先),号别庵。康熙壬戌进士。选陕西临潼知县。为政简易和平。岁荒民饥,王金山、穆义等啸聚摽掠,肆害乡村。寅旸拿歼其魁,余党悉平。时飞蝗入境,虔诚步祷,蝗为退飞。复捐赀乞籴(dí)邻邑,力请缓征豁赋,民赖以生。旋因拂上官意,降闽县丞,佐邑十余载,有政声,闽人志入《循良》。两权邑篆,不避权贵势官。林惟吉、惟兰等武断乡曲,凌虐贫民。寅旸详陈制府,按法治之。旋致仕,丁父艰归,侨居江夏。杜门却扫,不干外事。陈中丞诜、李方伯锡咸器重之。"

清同治五年(1866年)版《郧西县志·卷十二·选举志·举贡》第1页记载:"周寅旸,(康熙)壬戌科(进士)。景陵县寄籍。任陕西临潼县(知县)。考《湖广通志》及《汉阳志》,皆籍汉阳。姑就抄本存。"

清康熙四十年(1701年)版《临潼县志·卷之四·名宦》第22页记载:"周寅旸,郧西进士也。廉静仁慈,以兴除为事。岁当大荒,人不聊生。县有巨憝(duì)王金山在骊山西南,虎服双刃,招结亡命。而河北布袋贼亦抢掠栎阳,风闻甚急。君亲入其室,计捕之,立毙于法。余党皆散,而潼民以宁。昔朱子曰:'韩魏公生平未尝以胆许人,盖自谓也。'今周君之胆,其魏公所许乎!后以轻议去,惜哉!"

章学诚著、1922年吴兴刘氏嘉业堂刊《湖北通志未成稿·名宦》第21页记载:"周寅旸,字秩先,号别庵,天门人,籍郧西。康熙壬戌进士,除临潼知县。为治简易和平,岁荒,奸民啸聚山谷,沿乡剽掠,寅旸访巨魁歼之,余党悉平。飞蝗蔽天而下,寅旸虔祷,蝗即退飞。尝于渭南邻属捐资乞籴,民赖以生。振兴学校,别除积弊,力恳上官请豁逋赋。文武诸生逃荒远出,学使以避考除名,凡数百人,寅旸力请原复。旋诖(guà)吏议,谪闽县典史。官闽十余载,两摄县篆,不避权贵,有势官武断乡曲,乡人患之,寅旸力请大吏,竟抵以法。巡抚李思义重修书院,俾主讲席,士习丕变。丁父忧解官归,侨居江夏,杜门恂谨,不涉时事。巡抚陈诜、布政使李锡咸器重之,岁时一刺外,不往见也。"

创修乾滩周氏谱序

周寅旸

古无姓。生人之得姓者[1]，自黄帝始。盖黄帝之子廿五人，其得姓者十有四人，别为十二姓：曰祁，曰己，曰滕，曰箴，曰任，曰荀，曰僖，曰姞、儇、依，曰二姬、二酉[2]，后之最著。三传而至于喾[3]。喾之元妃姜嫄[4]，生弃，为后稷，为周。次妃有娀氏[5]，生契，为司徒，为商。三妃陈锋氏庆都，生尧，为陶唐[6]。虞虽姚姓，夏虽姒姓[7]，考其世系，实皆轩辕之元孙也[8]。既同出于黄帝一姓之子孙，何后之规模缔造之不同[9]，若是其悬殊也？论者疑之，谓尧敦睦九族，而厘降二女于妫汭[10]，则舜乃同高曾，岂不渎礼不经哉[11]？《尚书》无明文，皆出于迁记[12]，其渊源不可考也，如以迁言为非耶？《国语》曰："有虞氏、夏后氏禘黄帝而祖颛顼，商人禘喾而郊契，周人禘喾而郊稷[13]。"又何以称焉[14]？但迁序"高祖父曰太公，母曰刘媪[15]"，历乎本朝，名氏、里居皆不暇详，何又凭于数千以上之年谱如历历睹记不爽哉[16]！总之上有贤圣者，斯可千古不朽耳。

余以壬戌岁幸博一第[17]。当其旅邸京华时，同榜若上海砺岩[18]、无锡静斋、商州安侯、应山新伯、漳州平和、武昌静庵，以及安陆介庵、临潼星公、萧山石公、武进蓉湖，派皆雁行，气味兰薰[19]，因而推于宜兴，皆联一本。无何二、三十年，有遁迹邱园者，有箕尾上乘者[20]，又有老大无成、羁栖下僚者[21]。曾几何时，回想伯仲氏埙篪吹和，亦何落落不偶也[22]！诸公之子若孙，亦何音闻疏略也[23]！余今偃息闽南[24]，思得明远公始祖后文公十有九公之后演成全谱。前此虽苦于文献之无征[25]，今此又虑居处之晨星，但历乎三百载以后之子若孙，进溯乎三百载以上之祖祖宗宗，使后之人父与父言慈，子与子言孝，父父子子、兄兄弟弟可以百世，可以千世。又非攀缘巨室[26]，曰："某，吾宗也，吾家也。"荒谬不经，迂远不切，亦何惮而不为哉[27]？

是为序。

康熙癸酉年仲冬月[28],十一世孙寅旸谨撰。

题解

本文录自清光绪八年(1882年)版、天门市干驿镇际盛堂《周氏宗谱》。

乾滩:今天门市干驿镇,古称乾滩、乾镇驿。

注释

[1]生人:生民,百姓。避唐太宗李世民讳而改。

[2]别为十二姓:据《史记》《国语》等史籍记载,黄帝共生有二十五子,他给其中的十四个儿子分封了十二个姓氏,姬、姞、酉、祁、己、滕、箴、荀、任、僖、儇、依。其中重复的有姬、酉二姓。别:各自。

姞:音jí。

僖:音xī。

儇(huán):一作嬛(xuán)。

二姬、二酉:指有两子姓重复。

[3]喾(kù):传说中的五帝之一。黄帝子玄嚣后裔,号高辛氏,卜辞中商人以帝喾为高祖。

[4]元妃:本为"元配"之意,指第一次娶的嫡妻(正夫人)。

姜嫄(yuán):周朝始祖后稷的母亲。

[5]有娀(sōng):古代部落名。传说帝喾娶有娀氏之女简狄为妃,生契,为殷始祖。

[6]陶唐:指帝尧。尧初居于陶,后封于唐,为唐侯,故称陶唐。

[7]姒(sì):伯鲧(gǔn)之姓,鲧为尧崇伯,赐姓姒氏。其子禹,受舜禅为夏家,至桀而绝。

[8]元孙:玄孙。指本人以下的第五代。

[9]缔造:指创立大事业。

[10]敦睦九族:使九族亲厚和睦。敦睦:指使亲厚和睦。九族:古代将本宗上溯高祖下及玄孙的九代血亲称为九族。

厘降:下嫁。本谓尧女嫁舜事。后多用以指王女下嫁。厘:吉祥。降:下嫁。

汭汭(wéi ruì):指妫(guī)汭。古水名。在今山西永济南,源出历山,西流入河。《尚书·尧典》:"厘降二女于妫汭。"一作两水。《水经注》:"历山,汭汭二水出焉。南曰汭水;北曰汭水。"按此水同归异源,实为一水,不可强分。

[11]高曾:高祖、曾祖。

渎礼不经:轻慢礼法,不遵守成规定法。

[12]迁记:指司马迁所著《史记》。

[13]禘(dì):古代帝王或诸侯在始祖庙里对祖先的一种盛大祭祀。

祖颛顼(zhuān xū):以颛顼为祖。

颛顼：古代传说中的远古部族首领。黄帝之孙，昌意之子，号高阳氏，鲧、禹、舜均为其后。

郊：古帝王祭祀天地。冬至祭天于南郊，夏至瘗（yì）地于北郊。

[14]称：举行。

[15]迁序：指司马迁《史记》中叙述的。序：通"叙"。表达，叙述。

高祖父曰太公，母曰刘媪：语出《史记·高祖本纪》。

[16]本朝：指自己所处的朝代。

名氏：姓名。

里居：指籍贯。

不爽：不差。无差错。

[17]以壬戌岁幸博一第：指作者于壬戌年成进士。

[18]旅邸：旅馆。此处是旅居的意思。

京华：京城的美称。因京城是文物、人才汇集之地，故称。

同榜：科举考试用语。指科举考试中同科考中的人。

[19]派皆雁行：指字派有序。雁行：指兄弟。意即兄长弟幼，年齿有序，如雁之平行而有次序。

气味兰薰：语出唐朝文学家吕向《美人赋》："颜绰约以冰雪，气芬郁而兰薰。"美人的容颜柔美细腻，仿佛是用冰雪做成的肌肤；气味芳香而浓郁，仿佛兰花散出的香气一般。

[20]遁迹邱园：隐居乡村家园。

邱园：乡村家园。

箕尾上乘（shèng）：谓青云直上，跻身上流社会。上乘：指最高的门阀品第。

[21]老大无成：年纪已大，却一事无成。

羁栖下僚：久居低微职位的官吏。羁栖：寄居作客。

[22]伯仲氏埙篪（xūn chí）吹和：兄弟和睦。埙、篪皆古代乐器，二者合奏时声音相应和。因常以埙篪比喻兄弟亲密和睦。语出《诗经·小雅·何人斯》："伯氏吹埙，仲氏吹篪。"

落落不偶：孤独，不合群。

[23]若：和。

音闻疏略：谓关系疏远。音闻：指声音的传播。

[24]偃息：安卧，闲居。

[25]征：证明，证验。

[26]巨室：旧指世家大族。

[27]荒谬不经：非常荒唐离奇，不合情理。

迂远不切：迂阔不切实际。

亦何惮而不为哉：又有什么可以忌惮而不做的呢？语出朱熹《论语集注》八佾（yì）第三："君子于其所不当为不敢须臾处，不忍故也。而季氏忍此矣，则虽弑父与君，亦何所惮而不为乎？"

[28]康熙癸酉年：清康熙三十二年，1693年。

周士玙（东安知县）

清道光元年(1821年)版《天门县志·卷之二十二·人物·文苑》第23页记载:"周士玙(yú),字东侯。康熙丁丑进士。除东安令,慈惠勤慎。卓荐北行,以内艰归。服阙,卒。生平嗜学,能文。汲引后进。与龚松年、唐建中、曾元迈善。"

"春秋修其"一节
——乡试答卷一道

周士玙

时祭之典行,而孝思为无已焉[1]。盖春秋有未祭武周之心,必有歉焉不安者[2]。修之陈之设之荐之[3],孝思何无已耶? 且孝子事亲,一日不见,则以为恐。其于祭也亦然,一时不举,则亦有抚时而自惕者[4]。若前人之居处服食,一一隐结于中,思之而如或见之,必不徒托之惝恍而无所据[5]。故随时以自将,而典祀于是乎行焉[6]。吾言武周之继述,试一征之,春秋之祭,凡祭不欲数[7],数则恐渎也。故虽日居月诸,为时甚易,而此心之恻恻者[8],制必以时举而罔敢越。祭不欲疏,太疏则苦旷也。故当迎来送往,为感甚迫,而此心之洞洞者[9],典即以时隆而无容息。于是感春露而凄然也,履秋霜而怆然也。言有祖庙可听其旧乎,言有宗器可听其失乎,言有裳衣与时食可听其委之弗顾[10],漠不以供乎? 夫思其祖而不得见音容嗜好,举杳渺而无凭[11],虽有櫕梬而无以宁其体,虽有法物而无以娱其目,虽有衮冕嘉毂而无以章其身、适其口[12]。徒于岁序云迈之际,一寄其隐然无涯之痛,亦安用是备物之虚文为也[13]? 武周之心,既无以自安。且思其祖而若或遇一事一物也,触目而心伤,无以宁其体而并废此櫕梬,无以娱其目而并弃此法物,无以章其身、适其口而并忌此衮冕嘉毅。当此节候是届之日,一视为空存无用之数,亦安用是孝享之虚愿为也[14]？武周之心,更自难安。是故丹膝生色[15],以示新也,修之者有然;大宝时呈,以示守也,陈(之)者有然[16]。绘绣灿列,俨然如在也,设之不容已矣;烹鲜是将,以人奉神也,荐之不容已矣。凡此者皆因时而举,托物见志,以发其孝思于不匮也。而武周之祀事,犹有不尽于此者。

题解

本文录自林祖藻主编、兰台出版社 2014 年版《明清科考墨卷集·第二十三册·第六十九卷》(影印本)第 40 页。版心有"湖广""丙子乡墨"几字。周士琦为清康熙三十五年(1696 年)丙子科举人。

"春秋修其"一节:指《中庸》中"子曰:武王、周公其达孝矣乎"一节。原文为:

子曰:"武王、周公其达孝矣乎!夫孝者,善继人之志、善述人之事者也。春秋修其祖庙,陈其宗器,设其裳衣,荐其时食。宗庙之礼,所以序昭穆也。序爵,所以辨贵贱也。序事,所以辨贤也。旅酬下为上,所以逮贱也。燕毛,所以序齿也。践其位,行其礼,奏其乐,敬其所尊,爱其所亲,事死如事生,事亡如事存,孝之至也。郊社之礼,所以事上帝也。宗庙之礼,所以祀乎其先也。明乎郊社之礼、禘尝之义,治国其如示诸掌乎!"意思是,孔子说:"周武王和周公,大概是最孝的人了吧!这种孝,指的是善于继承先人的遗志,善于续成先人的事业。每逢春秋季节,整修祖庙,陈列祭器,摆设先人的衣裳,供奉时令食品。宗庙中的祭礼,是用以序列左昭右穆各个辈分的。序列爵位,是用以辨别身份贵贱的。安排祭中各种职事,是用以分别子孙才能的。祭后众人轮流酬酒,最卑幼者举杯于稍尊长于自己的,自己先饮一杯,然后酌酒劝饮,这样自下而上地递相劝酬,是将情意、恩惠施及地位卑下者的身上。祭毕的燕饮依照发色而定座次,是用以排列年龄大小的。站在一定的位置上,举行祭祀的礼节,奏起祭祀的音乐,敬那该敬的祖先,爱那该爱的近亲,事奉死者如同事奉他生时一样,事奉亡故的如同事奉他在世时一样,这就是孝敬的极致。祭祀天地的礼节,是用来事奉上帝的。宗庙中的礼节,是用来祭祀自己祖先的。明白了祭天祭地的礼节,懂得了四时进行的大祭小祭的意义,那么,治理国家就如同观看掌中事物一样的清楚简易了!"

注释

[1]孝思:孝亲之思。

无已:无止境,无了时。

[2]武周:周武王和周公。周武王是周文王的儿子,姓姬,名发,谥武。周公名旦,为周武王之弟,辅佐武王伐纣。

歉焉:歉然。不满足貌,惭愧貌。

[3]修之陈之设之荐之:指"修其祖庙,陈其宗器,设其裳衣,荐其时食"。参见本文题解。

[4]抚时而自惕:谓感念时事,自我戒惧。

[5]居处:指日常生活。

惝恍(chǎng huǎng):模糊,恍惚。

[6]自将:自己带着,自己拿着。

典祀:按常礼举行的祭祀。

[7]继述:继承。

征:证明,证验。

数(shuò):屡次。

[8]日居月诸:本指日月。后用以指岁月流逝。居、诸,语气助词。

恻恻:恳切。

[9]洞洞:恭敬虔诚貌。

[10]委:舍弃,丢弃。

[11]杳渺:指幽深晦秘之境。

[12]榱桷(cuī jué):屋椽。

法物:宗教礼器、乐器及依法使用的器具。

衮冕:衮衣和冕。古代帝王与上公的礼服和礼冠。

嘉殽(yáo):美味的菜肴。殽:古同"肴"。

章其身、适其口:使其身华贵,使其味可口。

[13]云迈:时光逝去。

备物:指仪卫、祭祀等所用的器物。

虚文:毫无意义的礼节。

[14]虚愿:不切实际的愿望,空有其愿。

[15]丹雘(huò):本指可供涂饰的红色颜料,此处是涂饰色彩的意思。

[16]陈(之)者:括号中的文字系本书编者据上文"修之者"增补。

公举魏运昌崇祀乡贤呈

周士玙　龚廷飏等

安陆府景陵县进士周士玙、龚廷飏,举人某,贡生某,廪增附生员曾元迈等,乡耆某等呈,为儒行有真、名德无伪,恳采舆论之公、特邀国典之重,以崇正学、以佐文教事[1]。

　　窃惟祀典至重,必行如白璧而后光;贤德宜彰,待附于青云而始显[2]。景陵已故乡绅、原任平江县教谕魏运昌,自其少时,盛有文誉。选拔高等,咸叹思入风云;较艺成均,久称笔端潮海[3]。公卿折节于当年,名流推许于海内[4]。乃犹念士先器识,道在力行[5]。屏二氏邪诐,而归六经之醇[6];黜百家杂说,而宗四子之正[7]。孝弟之谊通于神明,言行之修化及乡国[8]。遁迹湖滨,不慕金玉锦绣之事;司铎平邑,惟讲布帛菽粟之文[9]。严气正性,列黉宫者俱拜师范[10];讲学明道,游泮水者群奉格言[11]。士习丕振乎远方,文教昌明乎百世[12]。方幸解组归来,共切高山之仰[13];岂料典型云亡,忽嗟良木之颓。不获表彰,曷申俎豆[14]?

　　恭遇钦命大宗师、大老爷,道炳日星,望重山斗[15]。试岁科之品题,久悬冰鉴[16];湖南北之人士,浑坐春风[17]。凡属文行可重,皆蒙济南之征[18];况即本绅在时,曾邀冀北之愿[19]。恳以扶树道教之深心,聿行阐扬幽潜之至意[20],敕准本绅崇祀文庙,列主乡贤,俾修德者有所赖以传,闻风者得所感而动,则远迩胥沾、幽明共戴矣[21]。

题解

　　本文录自 1918 年重镌,天门冠盖、华湖、龙河《魏氏宗谱·卷之二·卓行》第 31 页。原题为《清湖广岳州府平江县教谕魏公运昌崇祀乡贤录》。

　　魏运昌:字赓伯,号敬枝、畏斋、读朱轩。清康熙乙丑(1685 年)拔贡,平江教谕。

　　崇祀:崇拜奉祀。

　　乡贤:地方上有才德与有声望的人物。此处指乡贤祠奉祀的乡贤。

注释

　　[1] 安陆府景陵县进士周士玙……以佐文教事:这句话是本文的真正标题。按照常规,奏议或公呈的标题由具体时间、具体人、具体事三个要素构成。"为……事"是奏议或公呈题目中表述主题词的一般格式。它提示奏章或公呈的主要内容,是题目的要素之一。

　　乡耆:乡里中年高德劭的人。

　　国典:国家的典章制度。

正学:谓合乎正道的学说。西汉武帝时,排斥百家,独尊儒术,始以儒学为正学。

[2]祀典:祭祀的仪礼。

青云:比喻高官显爵。

[3]较艺:谓竞争技艺。

成均:相传为五帝时的宫廷学校,西周为国学以教王室子弟的机关。古代的最高学府。唐高宗时曾改国子监为成均监,后人亦称国子监为成均。

[4]折节:强自克制,改变平素志行。

[5]士先器识:士以器局与见识为先。语出《新唐书·裴行俭传》:"士之致远,先器识,后文艺。"器识:器局与见识。

力行:犹言竭力而行。

[6]二氏:指佛、道两家。

邪诐(bì):邪僻。

[7]宗:尊崇。

四子:四子书。指《论语》《大学》《中庸》《孟子》四部儒家的经典。此四书是孔子、曾子、子思、孟子的言行录,故合称四子书。

[8]乡国:家乡。

[9]司铎:谓掌管文教。相传古代宣布教化的人必摇木铎以聚众,故称。

布帛菽粟:比喻虽然平常但是日常不可缺少的事物。菽:豆类总称。粟:谷子。

[10]严气正性:谓气性刚正严肃。

黉(hóng)宫:旧指学宫。

师范:学习的模范。

[11]游泮水:游泮。明清科举制度,经州县考试录取为生员而入学的,称为入泮,也称游泮。泮水:指学宫。

[12]士习:士大夫的习气,读书人的风气。

丕:大。

[13]解组:解下系印的丝带,指辞官。组:丝带。

切:切磋。指学行上切磋相正。

[14]俎(zǔ)豆:俎和豆都是祭祀、宴会用的器具。谓祭祀,奉祀。

[15]大宗师:明清时,由朝廷简派典试府县童生之学政,人称之为宗师,或亦冠以大字。梁章钜《称谓录·学政》:"明李日华《官制备考》:'提学称大文宗、大宗师。'"

大老爷:清代对四、五品官员的尊称。

道炳日星:形容学养深厚。炳日星:光耀如同日月星辰。形容非常盛大。

山斗:泰山、北斗的合称。犹言泰斗。比喻为世人所钦仰的人。

[16]试岁科:岁科试。岁试与科试的合称。参见本书第二卷蒋祥墀《诸暨县试院碑记》注释[2]。

品题:谓评论人物,定其高下。

冰鉴:镜子。比喻明察。

[17]湖南北:洞庭湖南北。平江地处洞庭湖东南,景陵(今天门)位于洞庭湖之北。

浑:全,满。

[18]济南之征:谓汉朝伏生,济南人,秦博士。孝文帝时,欲求能治《尚书》者,天下无有,乃闻伏生能治,欲召之。是时伏生年九十余。

[19]本绅:指魏运昌。

冀北之愿:典自"马空冀北"。比喻人才得到充分的选拔和任用。冀北:《左传·昭公四年》:"冀之北土,马之所生。"《南齐书·王融传》:"秦西冀北,实多骏骥。"因以谓良马产地,并指人才荟萃之所。韩愈《送温处士赴河阳军序》:"伯乐一过冀北之野,而马群遂空……东都固士大夫之冀北也。"

[20]扶树:扶持培植。

道教:道德教化。

深心:深远的心意或用心。

聿:文言助词。无义,用于句首或句中。

幽潜:隐伏。隐微玄奥的道理。

至意:极深远的用意。

[21]敕准:原谓行事得到诏命准许。后泛指经当局许可。

胥:全,都。

幽明:指生与死,阴间与人间。

龚廷飏（蒲州知州）

龚廷飏(yáng)(1677—1733 年)，字庶咸，号东圃。清康熙四十二年(1703 年)癸未科进士。

清道光元年(1821 年)版《天门县志·卷之二十三·人物·宦迹》第 23 页记载："龚廷飏，字庶咸。康熙庚辰进士，未廷对，丁内艰。服阕，除侯官尹。先白上官，谓：'宰当亲民，不敢以承奉邀宠。'能声大著。委决疑狱数十，生十七人。编审丁役，豁无田穷户三千二百七十二丁水粮，免其重赋。邑大水，勘详，吁复豁塌田万三百余亩，仍免灾邑本年租。兴学教士，门下登科第者二十余人。擢守蒲州府，万泉县民怨其长，哗众毁署。廷飏单骑从两隶行县，镇定之，严惩倡者，生全甚多。廷飏遇事铮铮，然孝友悖厚。身嗣世父，后取产均之诸弟，同甘共苦，有古人风。"

清光绪版《山西通志·卷一百十·名宦录》记载："龚廷飏，安陆人。雍正三年由进士知蒲州。居心恺测，莅事严明。重农惠商，吏民怀服。建坊东关，以志遗爱焉。性耽吟咏，于蒲坂名胜，考核甚详，并刊有《虞迹图考》行世。"

朱仙镇

龚廷飏

中原望旌旗，岳军来色喜。提戈拜表行，金鼓震千里[1]。直抵黄龙下，痛饮真易耳[2]。讵中书生言，朝奸方矫旨[3]。仓皇诏班师，一日十二使[4]。男女哭干霄，相从如归市[5]。岂不念众心，侯也尊天子。宋室未中兴，其端实在此。徒余后人悲，遗庙河之涘[6]。老松吼战声，古镇荒营垒。生铁铸穷奇，长跪不知耻[7]。诛恶于身后，公愤岂今始。同时有英雄，军中含恨死。卓旗笑魏公，长城终已矣[8]。

题解

本诗录自熊士鹏编、清道光癸未(1823年)版《竟陵诗选·卷十》第13页。

朱仙镇:隶属于河南省开封市祥符区。与广东佛山镇、江西景德镇、湖北汉口镇同为全国"四大名镇"。传为战国魏人朱亥故里,朱亥曾以屠宰为业,颇有名望,被屠户尊为"仙人",因得名朱仙镇。南宋绍兴十年(1140年),岳飞大败金兵于郾城,乘胜追击至此。这年七月,岳飞率中路北伐军奋勇突进,先在郾城打败了金兀术精锐部队,获得郾城大捷,然后"进军朱仙镇,距汴京(即今开封市)四十五里,与兀术对垒而阵,遣骁将以背嵬五百奋击,大破之,兀术遁还汴京"(《宋史纪事本末》卷七十)。岳飞眼看汴京指日可下,兴奋地对将士们说:"直抵黄龙府,与诸君痛饮耳!"此时主张投降的宋高宗赵构和宰相秦桧却命令岳飞退兵。岳飞拒不执行命令,秦桧竟在一天内下发十二道金牌,迫令岳飞火速退兵。岳飞愤慨地说:"十年之力,废于一旦!"岳飞撤军后,已收复的大片土地,包括朱仙镇在内,又重新沦入金兵铁蹄的践踏之下。岳飞撤回南宋后,惨遭秦桧以"莫须有"的罪名杀害,成为千古奇冤。人们为了纪念岳飞,在朱仙镇建立了岳王庙。

注释

[1]拜表:上奏章。

[2]黄龙:黄龙府。在今吉林农安县古城,辽代军事重镇,金太祖完颜阿骨打后长期驻此。

[3]讵:岂。

矫旨:假托帝王诏命。

[4]一日十二使:指秦桧在一天内下发十二道金牌,迫令岳飞火速退兵。

[5]干霄:高入云霄。

归市:趋向集市。形容人多而踊跃。语出《孟子·梁惠王下》:"仁人也,不可失也,从之者如归市。"

[6]遗庙河之涘(sì):指后人在朱仙镇贾鲁河边建岳飞庙。

[7]生铁铸穷奇,长跪不知耻:指岳飞庙内秦桧的铁铸跪像。穷奇:古代恶人的称号。谓其行恶而好邪僻。

[8]魏公:张浚,字德远,汉州绵竹(今属四川)人。徽宗时进士。南宋大臣,力主抗金,与岳飞、韩世忠并称三大将。遭遇符离惨败,次年病死。封魏国公,谥忠献。

杨忠愍祠

龚廷飏

须眉想见直臣风，过客低徊感慨同[1]。岂比苍鹰击凡鸟，惜无丹槛表孤忠[2]。一官未了心偏苦，万死何伤胆更雄。敢为先生吟浩气，古廊寒叶落秋虫。

题解

本诗录自熊士鹏编、清道光癸未(1823年)版《竟陵诗选·卷十》第14页。

杨忠愍(mǐn)：杨继盛，字仲芳，号椒山，容城(今河北容城县北河照村)人。明嘉靖二十六年(1547年)进士。历南京兵部右侍郎，因劾大将军仇鸾误国，贬官。后复起为刑部员外郎改兵部武选司，劾权相严嵩十大罪状，下狱受酷刑，被杀。明穆宗即位后，追赠太常少卿，谥忠愍。杨忠愍祠在江苏省镇江市焦山上。保定府也有纪念杨忠愍的旌忠祠。

注释

[1]直臣：直言谏诤之臣。

[2]丹槛：典自"丹槛折"。臣子犯死直谏的典实。参见本书第一卷周嘉谟《南中奏牍叙》注释[3]"攀赤墀之槛"。

舜迹八咏

龚廷飏

诸 冯

虞都发迹自诸冯，村落于今忆帝宫。一片云山三晋北，数家烟树两河东[1]。顽亲傲弟烝烝地，浚井耕田慄慄躬[2]。故土庙新瞻大孝，蒲人俎豆思无穷[3]。

河 滨

诸冯村外古陶滨,想见重华手泽新[4]。器别方圆能赋物,功兼水火用前民。坡中委土还余烬,窑底残沙似有神。熔铸经纶无巨细,暂将大冶寄河津[5]。

历 山

受终事业起躬耕,寂寞深山较雨晴。子职当供往田意,亲心未顺泣天情。扶犁晓出披星冷,荷畚宵归带月明。闻说川原将曙候,居人犹耳叱牛声。

雷 泽

雷首山前太华东,洪荒初辟一渔翁。蛇龙未放横流外,鱼鳖丛生泛滥中。网罟张时朝雾白,钓竿下处夕阳红[6]。侧微且不忧巢窟,甘旨供亲愿已终[7]。

妫 汭

历山深处涧溪幽,二水源分亦合流。在下有鳏升孝德,钦哉帝女降河洲[8]。苍苍野竹珮声杳,细细清泉琴韵留。尧日型于观化始,征庸端的布勋猷[9]。

薰风楼

薰歌一曲手中吟,民愠民财系帝心[10]。此日楼高千里目,当年风送五弦琴。河明槛外曾流韵,山对檐前是赏音[11]。煮海奇才徒窃取,虞廷解阜法垂今[12]。

双 井

谟盖都君绩又新,天生匪空得全伦[13]。喜忧不改因心乐,水火难攻大孝身。自昔一诚能济变,至今双井志其神。广传寄语人间子,好把晨昏各慰亲。

陶 器

瓮出河滨野老犁,有虞法物至今遗[14]。奇淫不事形浑朴,火土全销色陆离。辅相结绳同耒耜,儿孙周鼎与商彝[15]。诸冯庙里时陈设,宗器明禋万古垂[16]。

题解

本诗录自清光绪十二年(1886年)版《永济县志·卷二十二·艺文》第58页。总标题为本书编者所加。本诗署名"知州龚廷飏"。龚廷飏于清雍正三年(1725年)任蒲州知州。

本诗所咏舜迹均在蒲州所辖永济县。《孟子·离娄下》:"舜生于诸冯。"《墨子·尚贤下》:"昔者,舜耕于历山,陶于河滨,渔于雷泽,灰于常阳。"参见本书第二卷龚廷飏《修诸冯村虞帝庙引》题解、注释。

诸冯:古地名。传说为舜的出生地。

河滨:相传为舜制陶之地。

历山:一名雷首山,俗名龙头山,位于永济市西南。《读史方舆纪要》蒲州:"历山,州东南百里。相传即舜所耕处,上有历观。"

雷泽:一名雷水。在永济市蒲州镇南。源出雷首山,南流入黄河。相传为"舜渔雷泽"处。

妫汭(guī ruì):古水名。一作"沩汭"。妫水弯曲之处,在永济市南,相传是尧二女嫁于舜的地方。

薰风楼:在蒲州古城。清光绪十二年(1886年)版《永济县志·卷三·古迹》第39页记载,唐河中节度使王仲荣为战胜黄巢而建。宋真宗登楼,以此地为虞旧都、舜帝作《南风歌》而更名薰风楼。明崇祯九年(1636年)复建,不久废。

双井:指舜井。清光绪十二年(1886年)版《永济县志·卷三·山川》第16页记载:"舜井,在东关古城内。东西二井相对。"

陶器:此处指古陶罐。参见本书第二卷龚廷飏《题古陶罐》。

注释

[1]三晋:古地区名。春秋末期,晋国的韩、赵、魏三家贵族瓜分了晋国,建立战国时期的韩、赵、魏三国,史称三晋。今代指山西省。

两河:北宋合称河北、河东地区为两河。相当于今山西与河北中、南部一带。

[2]顽亲傲弟烝烝地:《尚书·尧典》云:"父顽、母嚚(yín)、象傲。克谐以孝。蒸蒸乂不格奸。"舜是瞽(gǔ)叟的儿子,他的父亲很顽劣,母亲很嚚张荒谬,弟弟象又傲慢无礼。舜仍能克尽孝道,使一家人处得很和谐。并以孝道来修身自治,而感化那些邪恶的。

烝烝:谓孝德之厚美。

慄慄(lì):戒惧貌。

[3]蒲人:蒲州人。

俎(zǔ)豆:俎和豆都是祭祀、宴会用的器具。谓祭祀,奉祀。

[4]重华:虞舜的美称。相传舜目重瞳,故名。

手泽:犹手汗。后多用以称先人或前辈的遗墨、遗物等。

[5]经纶:整理丝缕、理出丝绪和编丝成绳,统称经纶。引申为筹划治理国家大事。

大冶:古称技术精湛的铸造金属器的工匠。

[6]网罟(gǔ):捕鱼及捕鸟兽的工具。

[7]侧微:卑贱。

且不:暂且不,姑且不。

甘旨:美味的食物。

[8]有鳏(guān):此处指舜。鳏:无妻或丧妻的男人。

钦哉:感叹词。

[9]尧日:"舜年尧日"的省略。比喻太平盛世。

型:型范。此处指成为法式。

观化:观察教化。

征庸:谓被征召任用。《尚书·舜典》:"舜生三十征庸。"孔传:"言其始见试用。"

端的:始末,底细。

勋猷(yóu):功勋。

[10]薰歌一曲手中吟,民愠民财系帝心:化用《南风歌》的旨意。《南风歌》是一首表现上古太和气象的诗歌,传为虞舜所作。其歌曰:"南风之薰兮,可以解吾民之愠兮。南风之时兮,可以阜吾民之财兮。"手中吟:虞舜曾抚琴歌南风,故云。

[11]流韵:谓经久不绝的感人乐音。

赏音:知音。

[12]煮海奇才徒窃取:煮海为盐是空手盗取自然财富。煮海:"铸山煮海"的省略。指采铜矿铸钱,煮海水为盐。形容积极开发和利用自然资源。

虞廷:指虞舜的朝廷。相传虞舜为古代的圣明之主,故亦以虞廷为圣朝的代称。

解阜:语出《南风歌》。为百姓排忧解难,增加百姓收入。参见上文注释[10]。

法:范式。

[13]谟盖都君绩又新:指家人变着法子谋害舜。化用《孟子·万章上》"谟盖都君咸我绩"。原文的意思是,谋害舜都是我的功劳。

都君:舜的代称。《史记·五帝本纪》:"(虞舜)一年而所居成聚,二年成邑,三年成都。"

天生匦空得全伦:指舜掘井,父亲和胞弟下土填井,舜从暗道逃生,仍和气以待。《史记·五帝本纪》:"后瞽叟又使舜穿井,舜穿井为匦空旁出。舜既入深,瞽叟与象共下土实井,舜从匦空出,去。"

匦空:暗穴,隧道。空:通"孔"。

[14]法物:宗教礼器、乐器及依法使用的器具。

[15]辅相结绳同耒耜(lěi sì),儿孙周鼎与商彝:意思是这些陶器与舜时治

国、生活、生产相关,后人视作商彝周鼎。

　　辅相:辅助。此处指舜辅相尧二十八年。

　　耒耜:翻土所用的农具。耒为其柄,耜为其刃。

　　周鼎、商彝:商彝周鼎。泛称极其珍贵的古董。彝、鼎:古代祭祀用的鼎、尊等礼器。商周的青铜礼器。

　　[16]明禋(yīn):洁敬。指明洁诚敬的献享。

题古陶罐

龚廷飏

　　犁滨出瓮,陶器犹新;
　　不奇不窳,想见圣人[1]。
　　雍正三年八月廿二日,蒲州刺史、楚郢龚廷飏熏沐敬题[2]。

题解

　　本题词录自水野清一、日比野丈夫著,孙安邦、李广洁译,山西古籍出版社1993年版《山西古迹志》第266页。原文无标题。山西永济帝舜村有东大庙,庙内放着一个很大的素陶罐,罐上刻有如上文字。参阅本书第二卷龚廷飏《舜迹八咏·陶器》。

注释

　　[1]犁滨:指舜耕作、制陶之地。滨:河滨。相传为舜制陶之地。

　　窳(yǔ):粗劣。

　　[2]雍正三年:乙巳,1725年。

　　楚郢:指湖广安陆府。安陆府古称郢州,治湖北钟祥。

　　熏沐:斋戒占卜前,沐浴并用香料涂身,以表示对神灵的尊敬。

题解州关帝庙联

龚廷飏

作者春秋,述者春秋[1],立人伦之至,涑水与洙泗共远[2];
山东夫子,山西夫子[3],瞻圣人之居,条峰并泰岳同高[4]。

题解

　　本联录自卫龙、杨明珠编,文物出版社 2006 年版《山西解州关帝祖庙楹联牌匾》第 122 页。引用时依据句末平仄调换了上下联的顺序。龚廷飏时任山西蒲州知州。解(当地人读 hài)州本蒲州解县,故治原在今运城市盐湖区解州镇。解州为关羽故里。关帝庙位于解州镇西关,为全国现存最大的关帝庙。

注释

　　[1]作者春秋,述者春秋:孔子作《春秋》,是中华传统儒学的说教者;关羽读《春秋》,是中华传统文化精髓忠义信勇的实践者。关羽常夜读《春秋》。

　　作者、述者:语出《礼记·乐记》:"作者之谓圣,述者之谓明。"原意是指能够制礼作乐的圣人,能够阐述成说的贤人。作者:开始,创作者。述者:继承阐述者。

　　春秋:我国第一部编年体史书。相传为孔子据鲁史修订而成。

　　[2]人伦之至:做人的标准。语出《孟子·离娄上》:"圣人,人伦之至也。"圣人是做人的标准。

　　人伦:儒家伦理学范畴。指人与人之间的道德关系和应当遵循的行为规范。

　　至:极。指标准。

　　涑(sù)水:今称涑水河,发源绛县横岭关下,流经闻喜、夏县、运城、临猗,入永济伍姓湖后,西入黄河。

　　洙泗:指洙、泗二水。古时二水自今山东泗水县东合流西下,至鲁国首都曲阜北,又分为二水,洙北泗南,"洙、泗之间",即孔子聚徒讲学之所阙里。后世因以洙泗代称鲁国的文化和孔子的教泽。

　　[3]山东夫子:指孔子。儒家尊称孔子为"文夫子"。

　　山西夫子:指关羽。儒家尊称关羽为"武夫子"。

　　[4]条峰:指中条山,又名雷首山。在山西省永济市东南,西起雷首,迤逦而东,直接太行。山狭而长。因西为

华岳，东为太行，此山居中，故名中　　条山。

上开泗港堤十不便书

龚廷飏

呈为仰体咨询盛意，奸言乱听，谨陈开河弊端，恳恩严饬永禁事[1]。

盖闻周爰咨诹，既每怀而靡及[2]；迩言必察，亦执两以用中[3]。恭惟都天大老爷望重申甫，学宗程朱[4]，抚琴未及期月，治谱几于有成[5]。如革火耗、减关税，平米价、发积谷诸大政[6]，亦既言无虚发，事求实效，而犹治益求治，广询博采，下及刍荛[7]，虽古圣贤闻言则拜之盛，何以过此？第言路既开，即不无大奸巨棍，饰词剿说，以似乱真，如景陵刘晟妄呈开掘一条是也[8]。

伏读宪示[9]，有曰："岂无探源之论，可以不恃堤防而永无水患者乎？"此大老爷自有神算，当非浅学所可妄窥。窃意自古治河之法，不越贾让三策：下策，增卑培薄，即今之堤防是也。中策，多张水门，以便蓄泄，今世亦有用之者。至其上策，则徙冀州民之当水冲者。夫民徙则地废，地废则田废，田废则赋废。以百姓产业、国家赋税，一旦付之东流，是以自古及今，空传美谈，而不敢措之实事也。虽然，让所言者犹民与地之当水冲者耳，何至取不当水冲之民而鱼鳖之，不当水冲之地而芦苇之？让所言者犹徙一方，以为天下计耳。何至剜全邑之肉，补一隅之疮，如刘晟妄议乎？都天大老爷保赤诚，求博访，策略总为民利起见。利九而害一，大老爷犹不忍言。若利一而害九，大老爷岂肯为乎？请将开掘弊端、不便于国计民生者，为我都天大老爷详切陈之[10]——

泗港既筑二百余年，明丁太监用形家言，而水泛皇陵，须开泗港，令其北绕，以图升恒[11]。阖邑请命，中止。我朝顺治十二年，潜人刘若金于故明宏光朝为刑部，愤然议开，以图壑邻。官民力争，中止。

县志、石碑,班班可考,大老爷一电即知。历年久远,故道已失。大役若兴,糜费无穷,金钱巨万,势必上动内帑[12],劳民伤财,未知何年可告成工。一不便也。

七十二垸水患,何得归咎泗港之塞?泗港已筑二百余年,岂二百余年以前,七十二垸皆完固乎?据刘聂呈云:"汉水之害,至今岁尤甚。"得无泗港去岁始筑耶?目今七十二垸,又何尝不已淹者半而未淹者亦半乎?彼有堤防,彼自玩抗不修,即如聂所条,到嘴口听其水来水去[13]。自作之孽,于谁归咎?且七十二垸不过景南一隅。泗港一开,波涛全邑。养其一指而失肩背。二不便也。

据刘聂呈云:"泗港复开,于潜、沔、荆州皆有益。"按:《水经》云:"汉水自荆城流绕当阳,又东南流绕云杜。"云杜,古竟陵也。荆踞上游,泗港之开,徒能鱼景,何益于荆?若以沔论,沔水界江、汉之间。江溢则浸其东南,汉溢则浸其西北。以四面受敌之沔,岂泗港之开所能补救乎?此皆虚词耸听[14],原无足辩。至云益潜,按:《尔雅》云:"水自汉出为潜。"是潜江得名原以水也。前此四十五年,三官殿堤溃,淹没景陵。潜之竹根滩堤溃,亦被淹没。本年,叶家滩堤溃淹没,而潜之周家月堤溃,亦被淹没。未闻景既沧海而潜即金瓯也。安潜以困景,尚曰邻国为壑,景困而潜终不安,计不两失乎?三不便也。

有河必有堤。景陵堤塍仅在县南一带,水利厅犹席不暇暖[15]。泗港一开,县东、县西、县北,俱要筑堤为命,势必非一水利官所能巡视矣。大老爷探源之论,本欲不恃堤防,如刘聂呈,不又添如许多堤防乎?四不便也。

景陵地处洼下,泗港一开,如顶灌足,城郭、仓库立沉波底。谚曰:"开了泗港堤,景陵是个养鱼池。"五不便也。

据刘聂呈云:"七十二垸周围三百余里耳。"泗港一开,巨壑者为景陵,横溢者为京山,直冲者为汉川,甚而应城、而孝感、而云梦,皆其波及者矣。以土地广狭论之,七十二垸何如数县?以民人众寡论之,七十二垸又何如数县?六不便也。

闻泗港一开,河身当废田产若干,堤塍当废田产若干,崩洗当废

235

田产若干,沉塌当废田产若干。田产既废,国非其国。七不便也。

景陵钱粮四万有零。在山乡与大河南者,不过十之三、四。在泗港下流者,实居十之六、七。泗港一开,水天一色,四万有零之钱粮作何派减?八不便也。

泗港久筑,有故道而庐舍者矣。小民耕食凿饮,鸡犬桑麻,涵濡于数百年之深[16]。忽欲转徙他方,哀哀妇子,去将何之?河道淤塞既久,故老凋谢殆尽。百姓闻一议开,即惊惧而不知所出。或曰此是故道,或又曰彼是故道。水势骤至,若漂群蚁于杯水耳,数万生灵汩沉昏垫[17]。九不便也。

泗港久筑,有故道而坟墓者矣。"潜寐黄泉下,千载永不寤",已为古诗所悲。但生为太平之人,死得一抔之土[18],未可谓非厚幸。泗港一开,大水冲洗,白杨萧萧之魂,又作洪波森森之魄[19]。食蝼蚁而不足[20],葬江鱼而无余。不但新鬼含冤,旧鬼哭耶!有明太宰周嘉谟《上钱按台书》亦云:"无论田产宅地尽受其害,即先人遗骸亦遭其没。"如刘晟呈指数万生灵以为七十二垸计,犹可言也。抛数万白骨以为七十二垸计,尚可言乎?昔文王泽及枯骨[21],谅大老爷有同心矣。十不便也。

夫事,必悉其源委,审其利害,而后可进说于大人君子之前。晟呈:"不知何年下流尽筑堤为垸。"盖自五代时高季兴节度荆南,筑堤以障汉水,事经七、八百年矣,亦将皆令其复旧乎?又云:"人踞水之地,非水没人之田。"洪荒以前,洪水泛滥,举世皆水之地也。大禹疏瀹[22],人居平土,亦为踞水之地乎?狂瞽之言[23],真堪喷饭。至云"安陆以上,河宽与江等,渐下渐窄",不知由安陆而下,在荆门,则有泽口河以泄其势;在潜江,则有县河口河以泄其势[24];在景陵,则有牛蹄口河以泄其势。如此而犹溃决,真人事不修所致矣!尚欲多开河道,亏赋损民,毋乃不和于室而作色于父耶[25]?凡此巧言蔽聪,亦知天地不容。又从而预为之防,曰:"民好横议[26]"。夫《书》曰:"畏于民岩[27]。"孟子曰:"民为贵。"朝廷所爱惟民,大老爷所抚惟民。民得其所,乌得有议;民受其害,又乌得无议?刘晟乃欲遂一己之私,防万民之口乎？万民之议，必议之公；刘晟之议，正议之横者也。且刘晟生于景陵，长于景陵，一旦欲鱼鳖景陵，螺蚌景陵，总缘贪图邻贿，遂致残毁父母之邦。忍心害理，一至于此！

廷等一卷自守，非公正不敢发愤[28]。躬逢大老爷求言若渴，从谏如流，亦思陈一得以自效。况复奸言妄渎，廷等利害切身肤，敢将开掘诸弊，迫切上呈。伏乞都天大老爷立将刘晟所呈开掘一议严饬，永行禁止。景陵幸甚！汉川诸县幸甚！为此具呈须至呈者[29]。

康熙四十八年[30]。

题解

本文录自清光绪二十年（1894 年）竟陵阁邑版《襄堤成案·卷一》第 9 页。原题为《进士龚廷飏上开泗港堤十不便书》。

泗港：明代"汉江九口"之一。当时属潜江，今属天门市张港镇。泗港与小泽口、大泽口的开塞之争，是明清时期两湖平原众多的水利纷争中的三个纷争事件。

注释

[1]"呈为……禁事"一句：这一句是本文的真正标题。

仰体：谓体察上情。

盛意：盛情。

严饬(chì)：严加整治。

[2]周爱咨诹，既每怀而靡及：要普遍地挨家挨户地调查访问，每每想起还有不周到的地方。语出《诗经·小雅·皇皇者华》。

[3]迩言必察：肤浅之言务必明察。语出《诗经·小雅·小旻》："维迩言是听，维迩言是争。"迩言：浅近、肤浅之言。

执两以用中：掌握住过与不及的两头，取用其间。意谓对待、处理事物要不偏不倚，恪守中庸之道。"执其两端用其中"的简语，儒家所倡导的哲学方法。执：掌握。两：指过与不及的两端。

[4]都天大老爷：大老爷为清代对四、五品官员的尊称，冠以"都天"，有"在上的大老爷"的意思。

申甫：周代名臣申伯和仲山甫的合称。后代借指贤佐。

程朱：指北宋程颢、程颐和南宋朱熹。以此为代表的理学学派，也称"程朱理学"。

[5]抚琴：同"鸣琴"。原文为"抚禁"。《吕氏春秋·察贤》："宓(mì)子贱治单(chán)父，弹鸣琴，身不下堂而

单父治。"后因用鸣琴称颂地方官简政清刑,无为而治。

期月:一整年。

治谱:指南齐傅琰家有治县良方,故其家人政绩显著。《南齐书·傅琰传》载,傅琰父子政绩显著,世人认为傅家有"治县谱",世代相传,不告诉外人。后来把父子兄弟做官、政绩显著称为"治谱家传"。

[6]火耗:元代于产金地征税时,往往多于应征数,以为铸币时的损耗。明清时指赋税正项之外加征的税额。

[7]刍荛(chú ráo):割草打柴,也指割草打柴的人。指草野之人。

[8]第:只是。

饰词:掩饰真相的话,托词。此处当理解为掩饰真相,不说真话。

剿(chāo)说:因袭别人的言论作为自己的说法。

聂:音zhěng。

[9]宪示:官府的告示,上司的训示。

[10]详切:详细恳切。

[11]形家:旧时以相度地形吉凶,为人选择宅基、墓地为业的人。也称堪舆家。

皇陵:指显陵,明兴献皇帝陵。在今湖北省钟祥市东。

升恒:祝颂事业发达的套语。

[12]内帑(tǎng):封建时代皇室的库藏及其资财。

[13]玩抗:抗玩。玩忽抗命。

刬(lóu):堤坝下面排水、灌水的口子,横穿河堤的水道。

[14]虚词:空话,假话。

[15]堤塍(chéng):堤坝和田界。

席不暇暖:谓席子未及坐暖即离去。形容忙于奔走,无时间久留。

[16]耕食凿饮:常作"凿饮耕食"。犹言掘井而饮,耕田而食。谓百姓乐业,天下太平。

涵濡:涵养滋润。

[17]汩沉:埋没。

昏垫:指困于水灾。

[18]一抔(póu)之土:一捧泥土。泛指坟墓。

[19]淼淼(miǎo):水势广阔无际的样子。

[20]蝼(lóu)蚁:蝼蛄及蚂蚁。

[21]文王泽及枯骨:语出《吕氏春秋·异用》:"文王贤矣,泽及髊(cī)骨。"泽及枯骨:恩泽施及于死去的人。形容恩德深厚。

[22]疏瀹(yuè):疏浚,疏通。

[23]狂瞽(gǔ):愚妄无知。

[24]安陆:指安陆府府治钟祥。

县河口河:指芦洑河。明万历《承天府志》:"潜水即汉水分流,始入曰芦洑河。"芦洑河经杨林洲,过竹根滩,过排沙渡,抵达潜江县城东北,以下称县河。

[25]不和于室而作色于父:"怒其室而作色于父"的化用。家里不和却迁怒于他人。父:父老,年长的人。

[26]横议:恣意议论。

[27]畏于民岩:顾及民众中的不同意见。岩:参差不齐之意,一说谓民情险恶。

[28]发愤:发泄愤懑。

[29]须至呈者:特此上呈。须至……者:旧时公文行文结尾时的套语。上行、平行与下行公文都使用。"须至"以下,大多写本公文的名称。"须"是必须、应当、一定的意思。"至"是到,关系到、牵涉到、接触到的意思。

[30]康熙四十八年:己丑,1709年。

重修天门尊经阁启圣祠记

龚廷飏

材之难,能任其事之难,任其事而能终其事之尤难。邑侯潘公常念尊经阁芜废[1],倡捐二百金,三年而未成。己亥夏[2],吾友刘子敬存等毅然以其事为己任。阁竣,更以所余金钱增修启圣祠。前后七月,祠阁并竣。余尔时以心丧未除,未与奔走之劳[3]。然窃尝从旁微窥,诸君斋宿于庙,数月不一过其门。金钱出入,必大书特书,悬诸国门[4]。虽饔飧之费[5],不以一文取诸公。大冬严雪飞洒,颓庑几盈寸,而诸君同两司铎,夜半会计[6],绝无倦容,至拾木屑以续灯,其勤苦如此。

嗟乎!任天下而尽如此也,可不谓难焉?夫尊圣人必尊圣人之所自出[7],此之谓孝;敬其事始终无一毫苟且,此之谓廉。以诸君出而任国家事,当必大有可观也。

祠成,邑侯倩余纪其事[8]。余观修祠始末、祠制广狭,程太史书巢于阁中序之详矣[9]。余特有感于一邑一事之微;足见人材之大可为,取人之贵以实,而因冀当世之以人事君者。维时董其事者[10],吴子蠹庵、江子绍元、樊子郅章、王子全石东华、夏子咸万、崔子别江潜友、吴子颜勖、谭子用宾、温子渐逵、徐子懋昭、吴子炎州、熊子今南、张子尊一也。

康熙庚子长夏撰并书[11]。

题解

本文录自清乾隆乙酉(1765年)初版《天门县志·卷之五·学校》第9页。

注释

[1]邑侯潘公:指时任景陵知县潘经世。邑侯:明清县长官别称。

[2]己亥:清康熙五十八年,1719年。

[3]心丧:古时谓老师去世,弟子守丧,身无丧服而心存哀悼。泛指无服或释服后的深切悼念,有如守丧。

与:参与。

[4]国门:泛指一般城门。

[5]饔飧(yōng sūn):早饭和晚饭,饭食。

[6]两司铎:此处指教谕、训导。司铎:谓掌管文教。相传古代宣布教化的人必摇木铎以聚众,故称。

会计:管理及出纳财务。

[7]所自出:指诞生圣贤的祖先。

[8]倩余纪其事:请我记载这件事。

[9]程太史书巢于阁中序之详:程翙撰写的、安放于阁中的《重修尊经阁启圣祠记》记载很详细。

程太史:程翙,字修龄。天门进士。以翰林院检讨致仕。曾撰《重修尊经阁启圣祠记》。太史:翰林。

[10]董其事:主持其事。

[11]庚子:清康熙五十九年,1720年。

长夏:指阴历六月。

修诸冯村虞帝庙引

龚廷飏

蒲坂为有虞旧都,而诸冯即虞帝故里。孟子曰:"舜生于诸冯是也。"诸冯在蒲之西北,距城三十里许,向属舜陶里[1]。余嫌其以帝名名里,里人亦恶"陶"之音近"逃",请余更其名。余曰:"诸冯村在焉,即名诸冯里,可乎?"里人曰:"唯唯[2]。"

村东有阜,阜上有庙,庙之圮也久矣[3]。里人欲易而新之,进而请曰:"大夫曷为文以告蒲之乐襄其事者[4]?"余思夫古圣人之能使后世不能忘者,虽其生平所过之地,犹徘徊不能去,况其里闬乎[5]?间尝过河滨,涉雷泽,登历山,游妫汭[6],其上均有舜庙云。是村也,顽父允若之地也,嚚母烝乂之区也,傲弟郁陶之所也[7]。孰无父母,孰鲜兄弟?夫畴不罢然高望、悠然遐思者[8]?且夫舜集五帝之终,开三王之始,际中天之运,致复旦之休[9],其神圣为何如?而孔子止赞之曰孝,孟子仅称之曰人。自天子以至于庶人,尽人也,均可立人之道者也;尽子也,均宜有孝之思者也。今圣天子三年之孝始终无间,斋居疏食,引见臣工,著素服,薄海内外至有闻圣孝而感激涕零者矣[10]。宜诸冯人之欲举舜庙而堂皇其规模、丰盛其俎豆也[11]。彼闻风兴起者,独吾蒲人哉?夫宣上孝治达下孝思,以追崇千古大孝之圣,刺史事也[12]。于是乎书。

附《舜陵辩》:

丁未之春,廷自太原返蒲,绕道谒舜陵,即孟子所谓"鸣条"也[13]。窿窿者冈,巍巍者陵,炳炳者孟子之言[14]。乃自司马子长有"崩苍梧、葬九嶷"之说[15],后人竟信史而不信经,异矣!廷肃拜之余,遍寻碑记,得张明经《前后二辩》[16],其言确凿有据。因抄录付梓,以俟诸博学君子。

题解

本文录自清光绪十二年(1886 年)版《永济县志·卷二十·艺文》第 58 页。

龚廷飏于清雍正三年(1725 年)任蒲州知州。永济为蒲州所辖。

虞帝:即舜。

引:文体名。疏引。旧时募捐簿前简短的说明文字。

注释

[1]舜陶里:舜制陶之地。陶:烧制陶器。

[2]唯唯:恭敬的应诺声。

[3]阜:土山。

[4]曷:何不。

襄:相助,辅佐。

[5]里闬(hàn):乡里。

圮(pǐ):毁坏,坍塌。

[6]间尝过河滨,涉雷泽,登历山,游妫汭(guī ruì):作者足迹所至,均为舜迹。间尝:犹曾经。参见本书第二卷龚廷飏《舜迹八咏》题解。

[7]顽父允若之地也,嚚(yín)母烝乂(zhēng yì)之区也,傲弟郁陶之所也:《尚书·尧典》云:"瞽子,父顽、母嚚、象傲。克谐以孝,烝烝乂,不格奸。"舜是瞽(gǔ)叟的儿子,他的父亲很顽劣,母亲很嚚张荒谬,弟弟象又傲慢无礼。舜仍能用孝心使家庭长久地安定,使他们不至于做坏事。

允若:顺从。

烝乂:有兴盛、安定的意思。《象祠记》:"克谐以孝,烝烝乂。"大意是舜用孝心能使家庭和睦,兴盛,安定。乂:安定。

郁陶:思念之貌。

[8]畴:谁。

罩(gāo)然:高远貌。罩:通"皋"。

[9]五帝:传说中的上古帝王,说法不一,以伏羲、神农、黄帝、尧、舜为五帝的说法居多。

三王:夏禹、商汤、周文王。我国历史上被认为是三代之贤君。

际中天之运:运际中天,世运正旺的意思。际:达到,接近。

复旦:《尚书大传·虞夏传》:"日月光华,旦复旦兮。"郑玄注:"言明明相代。"意谓光明又复光明。当时比喻舜禹禅让。

休:自请辞去官职。

[10]斋居疏食:斋居时吃粗糙的饭食。

臣工:群臣百官。

薄海:本指到达海边,泛指广大地区。统称海内外。

[11]堂皇:指高大宽敞的殿堂。此处是使高大宽敞的意思。

俎(zǔ)豆:俎和豆都是祭祀、宴会用的器具。谓祭祀,奉祀。

[12]刺史:明清为知州别称。

[13]鸣条:地名。山西省运城市鸣条岗有舜陵。

[14]窿窿(lóng):高起,突出。

炳炳:光明。

[15]司马子长:司马迁,字子长。

[16]张明经《前后二辩》:张京俊作《舜陵辩》和《舜陵后辩》。前文否定了司马迁的观点,指出舜陵在安邑曲马村;后文否定舜陵在安邑曲马之说,并断言"今蒲州东南八十里有苍陵谷……以竹书断之,古必有苍梧之名"。张京俊,清康熙安邑县人,例贡生。

明经:明清时称贡生为明经。

募铸东禅寺钟说

龚廷飏

钟,古乐器也。《三百篇》中,见于《颂》者《执竞》篇曰:"钟鼓喤喤[1]。"《那》篇曰:"庸鼓有斁[2]。"此庙中之钟也。见于《雅》者《灵台》篇曰:"於论鼓钟[3]。"此辟雍之钟也[4]。《彤弓》篇曰:"钟鼓既设[5]。"此朝中之钟也。《宾筵》篇曰:"钟鼓既设。"此宴会之钟也。见于《风》者《关雎》篇曰:"钟鼓乐之[6]。"此房中之钟也。《山有枢》篇曰:"子有钟鼓,弗鼓弗考[7]。"此民间之钟也。

夫唐俗最俭[8],民间犹有钟鼓可见。古先王礼明乐备,所以移风易俗者,端在繁文缛节、宣幽导滞之中[9]。自后世礼乐不兴,而所谓礼器、乐器者,渐失其传。幸而存者,又茫然不知其所用。即如钟,仅庙、朝中有之。直省州县[10],则仅文庙中有之,然多设而弗考。独浮屠氏庙俱有钟[11],钟俱晨昏击,自是钟声常盛于佛教。而人之习而忘之者,竟视钟为刹中物[12]。

邑东禅寺僧豁然、映空辈,将铸佛殿钟。钟高若干尺,围若干尺,重若干斤,殆古所谓镛乎。镛费甚巨,僧欲乞余一言募于众。余盖念民间乐器之不能复古,而深叹先王遗风独流于浮屠氏,尚忍随僧之声乎哉!然子美《奉先寺》句云:"欲觉闻晨钟,令人发深省[13]。"不闻之我教,而闻之彼教,亦犹礼失而求之野也[14]。且东禅踞邑东湖之中,帝出乎震,震东方也[15];雷一发声,百果草木皆甲坼[16]。邑人士合力以洪东寺之钟声,未必不大有裨益。虽然,余儒也,儒言佛恐不足取信,乃现头陀身而为说偈[17]。偈曰:"从闻思修[18],闻莫如钟。声大小扣,法南北宗[19]。出林翔鸟,渡水惊龙。耳边钟边,悟者自逢。他日之钟,钟在人耳;今日之钟,钟在吾纸。愿出于僧,钟自僧始;力出于众,钟以众起。"

题解

本文录自清道光元年(1821年)版《天门县志·卷之十七·寺观》第4页。

东禅寺:清道光元年(1821年)版《天门县志·卷之十七·寺观》第2页记载:"东禅寺在东湖中,旧号乾明。创始,唐僧机锋、智远。"

说:又称"杂说"。论说文的一种。原指策士进说献谋的游说之辞。汉以后指表示说明或申说事理的文章。此处相当于"引"。旧时募捐簿前简短的说明文字。

注释

[1]三百篇:指《诗经》的篇数。后也用以代称《诗经》。

执竞:《诗经·周颂》的篇名。执竞的意思是自强不息。

喤喤(huáng):形容大而和谐的声音。

[2]那:《诗经·商颂》的篇名。

庸鼓有斁(yì):大钟大鼓相和齐鸣。庸:通"镛"。大钟。有斁:即斁斁。形容乐器声音盛大的样子。

[3]灵台:《诗经·大雅》的篇名。下文"彤弓"为《诗经·小雅》的篇名。"宾筵"指《诗经·小雅·宾之初筵》。

於(wū)论(lún)鼓钟:啊,和谐的钟鼓之声。於:叹词。表示感叹、赞美。可译为"呀""啊"。论:有条理,有节奏。

[4]辟雍:西周时天子设于王城的学校。取四周有水、形如璧环为名。

[5]钟鼓既设:钟鼓架设齐备。

[6]关雎(jū):《诗经·周南》的篇名。

钟鼓乐之:敲击钟鼓,使她快乐。

[7]山有枢:《诗经·唐风》的篇名。

子有钟鼓,弗鼓弗考:你有钟与鼓,却不击不敲。鼓:击鼓。考:敲。

[8]唐:西周时的诸侯国,为尧旧都。唐改国号为晋,晋献公灭魏。旧谓唐勤魏俭,风俗淳美。

[9]端:全,都。

繁文缛节:谓烦琐的仪式或礼节。

宣幽导滞:指培养造就人才。宣、导:引导。幽、滞:幽滞,隐沦而不用于世。

[10]直省:清代直隶与诸省连称。

[11]浮屠氏庙:佛寺。浮屠氏:佛教徒。浮屠:佛教名词。梵文佛陀旧译,一译浮图。

[12]刹(chà):佛塔顶部的装饰,即相轮。亦指佛塔、佛寺。

[13]子美《奉先寺》:指杜甫《游龙门奉先寺》。

[14]我教、彼教:分别指儒教、佛教。

礼失而求之野:常作"礼失求诸野"。意谓古礼失传,可以在民间访求。

[15]帝出乎震,震东方:万物出生于震,因为震卦是象征(万物由以萌生的)东方。语出《周易》:"帝出乎震,齐乎巽。"意思是主宰大自然生机的元气使万物出生于(象征东方和春分的)震,生长整齐于(象征东南和立夏的)巽。

[16]雷一发声,百果草木皆甲坼(chè):语出《易·解·彖(tuàn)传》:"雷雨作而百果草木皆甲坼。"

雷一发声:易经第五十一卦,震为雷。此处承上文"震东方也"。

甲坼:种子外皮开裂而发芽。坼:裂开。原文为"甲拆"。

[17]头陀:梵语称僧人为头陀。

偈(jì):梵语"偈陀"的简称,也译为颂,是一种佛家常用诗体,一般每首四句,每句字数相等。

[18]闻思修:修学佛法的三大次第。闻:谓听闻佛法。由闻而思,由思而修,由修而证,乃修学通途。

[19]南北宗:佛教禅宗自五祖弘忍以后分为南、北二宗。

附

龚君东圃(龚廷飏)墓志铭

李 绂

岁壬子,余见龚君东圃所为厥弟巽飏庐墓记,嘉其家孝友,心向往之。明年,巽飏来谒。又数月,君卒。因来乞文,志君墓。辞不获,乃按状志之。

君讳廷飏,字庶咸,东圃其别号。先世居江西南康【即南昌】府。高祖讳滨,始迁湖广今为天门县人。曾祖讳则敬,生而有文在手,曰"孝"。善事其亲,继母没,庐墓三年,事载郡志。祖讳仲鹄,举进士不第,生子二人:次讳松年,有儒行,君考也;君世父讳宽,无子,以君嗣。嗣考、本身考并以君仕遇覃恩,赠封文林郎。

君生早慧,八岁工属对,十三为文章,同学皆畏服。故大学士沁州吴公时方巡抚湖广,课士,拔君第一。已而郡试、学使试,并第一,年始十九岁。已卯年二十有三,即举于乡。明年庚辰会试中式,遽归。癸未补廷试,三甲第三人。以知县需次于家,益发愤读经济书。

庚寅选授福建侯官知县。侯官附郭邑,号难治。君至,辨疑狱十余事,治豪强抗赋者,声大起。故事,闽、侯二令,日起居院司大吏,君独谓令亲民,不当奔走废事,列状请惟朔望谒,后令至今赖之。遇事执法,势要莫能挠。一日昏夜,有吏传巡抚谕,取四囚病故状,君以无明文不从。明日巡抚意亦悟,止斩一人。课士劝农,编审派累,请免玥江虚赋,惠政日益多。岁辛卯分校乡试,得士冠其榜,一士乞同舍生文中式,内场莫知也,事觉并解君任,寻得白,民千百欢呼,拥舁君返衙。七年而政成。本生考殁,去官治丧。又三年,始赴补。皇上特命往山西,以知州用,遂补直隶蒲州。蒲俗颇悍,所属万泉令督粮急,奸民聚众千人毁县门,令逾垣出,告民叛。君单骑挟二役,驰至县,谕以利害。民感泣出,首祸者执归治之,威信大行。修虞帝祠,以崇先圣。应诏举薛孝子,以导风化。政有余闲,而精勤弥励。岁丁未以失报河清免官,民仓皇如失父母,争写君像祀之。

君天性纯挚。庚辰礼闱中式,将廷试,心动驰归。比至家,母程孺人果病剧,侍汤药,数日始殁,人咸异之。本生考殁,去官治丧,服阕心丧,三年不出。曰:"服可杀,哀不可杀也。"待诸弟亲爱,出嗣大宗,未尝异财产。罢官归,谋仿范氏义田,收恤族属,未成,遽卒,雍正十有一年八月二十有三日也,得年仅五十有七。娶谭氏友夏先生曾侄孙女,无子,以君仲弟、侍御君长子光海嗣。所著《仕学轩文集》藏于家。君以名进士通籍,居官循良,居家孝友,法应得铭。铭曰:

渤海政隆,荆楚德充。龚氏双美,克备于乃躬。世再绝而续,以昌其大宗。刻石写辞,识诸幽宫。千秋罦如,弗陨厥封。

赐进士出身、经筵讲官、兵部右侍郎、临川李绂撰。

题解

本文录自清光绪六年(1880年)版、天门市横林镇鄢滩村《龚氏族谱》。标题原为《廷飏公墓志铭》。

李绂(fú):字巨来,号穆堂,江西临川县城荣山镇人。清康熙四十八年(1709年)进士。官至直隶总督。清代著名政治家、理学家和诗文家。

程　翅（翰林院检讨）

　　清道光元年(1821年)版《天门县志·卷之二十二·人物》第16页记载："程翅，字修龄。康熙己丑进士，以检讨致仕。蓬门却扫，座客常盈，专以接引后学为事。谆切往复，不惮再三；或继烛见跋，未尝倦也。初，翅以孝廉任郴州学正(原文为'柳州学正'，据乾隆版《天门县志·卷十六》第十五页程翅传略改)，擢施州教授。进诸生，各视其所能而教之。赵中丞申乔深契焉，累膺荐剡。晚年居乡，不履公庭，品斯崇矣。"

之任郴州

程　翅

　　岩泉飞白练，湖岫拥青螺[1]。清绝好山水，苍然秋色多。征帆此中去，何处吊湘娥[2]。宛鼓云和瑟，依稀带女萝[3]。

题解

本诗录自熊士鹏编、清道光癸未(1823年)版《竟陵诗选·卷七》第11页。

之任：赴任，上任。

注释

[1]湖岫（xiù）：湖和山。岫：峰峦。

[2]湘娥：即湘夫人。传说尧女娥皇、女英嫁予虞舜为妻，舜涉方死于苍梧，二妃堕湘水中，为湘夫人。

[3]云和瑟：云和，山名，谓以云和山之木所制之琴瑟。

女萝：植物名，即松萝。多附生在松树上，成丝状下垂。

之任施州

程 翅

路入羊肠曲，门穿虎穴幽。遥临巴子国，已近夜郎秋[1]。树杪飞泉出，峰腰积雪浮[2]。兹游如太白，问月一倾瓯[3]。

题解

本诗录自熊士鹏编、清道光癸未（1823 年）版《竟陵诗选·卷七》第 11 页。

注释

[1]巴子国：古诸侯国名。巴人所建。领有今重庆、鄂西一带，都城在今重庆市北。

夜郎：汉时我国西南地区古国名。

在今贵州省西北部及云南、四川二省部分地区。

[2]树杪(miǎo)：树梢。

[3]瓯：杯、碗之类的饮具。

重修尊经阁启圣祠记

程 翅

邑尊经阁，明邑人唐尧举、朱万祚同建。万历癸丑，梁侯从兴补修[1]。迄今才百四十年耳，竟栋折墙倾，草蔓榛莽，砾场确圃，难以名状[2]。每见贝叶昙花、珠宫香阜[3]，唐宋时建者多巍峨璀璨，岂传灯煮汞家护惜苦心，非我心所能仿佛也[4]？邑潘侯丙申行奠[5]，目击欲修，以水旱频仍停止。阅四载，乃捐俸，招两铎及绅士商民集事，庀材鸠工[6]。刘公清史、聂公镛暨邑绅士吴亭、江之怍、樊憎孙[7]、王荣璞、刘寅壹、夏用和、崔汜、崔沱、王荣琏、吴天骥、熊上林、张世爵、吴学勤、谭大象、徐德晋等，或引义劝输[8]，或宿庑纠督。凡阅七月，而折者、倾者皆突兀峥嵘[9]。朱氅龙幕，俨然遗像，恍同亲炙[10]。设笾贮经暟洁[11]，俱称重建。

启圣祠深二丈有奇，广七尺许。中龛奉木主，旁二龛列配享[12]。凡殿庑门亭以及内外垣墙，无不次第修葺。后之人尚相与护惜而绸缪之，无为传灯煮汞[13]。子所窃笑，是则公之志也夫！

题解

本文录自清乾隆乙酉(1765年)初版《天门县志·卷之五》第8页。

注释

[1]梁侯从兴:指时任景陵知县梁从兴。梁为南海人，进士。侯:邑侯。明清县长官别称。

[2]榛莽:丛杂的草木。

确圈:石多土薄之地。确:确瘠。石多土薄，亦指石多土薄之地。

[3]贝叶:印度贝多罗树(菩提树、觉树)之叶。

珠宫:指道院或佛寺。

香阜:佛寺的别名。

[4]传灯煮汞家:指佛家、道家。传灯:佛家指传法。佛教以灯象征智慧，众生因智慧而解脱，故称教导佛法为传灯。煮汞:古代术士用朱砂、水银来提炼仙丹。

护惜:保护爱惜。

仿佛:效法。

[5]邑潘侯:指时任景陵知县潘经世。

行莫:指行祭祀之礼。

[6]两铎:两司铎。此处指教谕、训导。

庀(pǐ)材鸠工:准备材料，招聚工匠。形容建筑工程的准备。庀:准备。鸠:聚集。

[7]愇:音wèi。

[8]引义劝输:指晓之以理，劝人捐资。引义:引用义理。

[9]峥嵘:高峻深邃，气象非凡貌。

[10]龛(kān):供奉佛像、神位等的小阁子。

亲炙:亲自受熏陶、教益。炙:火烤肉。比喻熏陶。

[11]笥(sì):方形盛器。以竹或苇编成。此处指存放经书的箱子。

暟(kǎi)洁:洁美。

[12]木主:为死者立的木制牌位，上写称呼、姓名。原文为"本主"。

配享:贤人或有功于国家文化的人，附祀于庙，同受祭飨。

[13]绸缪:连绵不断。

无为传灯煮汞:此处指不费力气就能传扬儒教。

唐建中（翰林院庶吉士）

清道光元年(1821年)版《天门县志·卷之二十二·文苑》第17页记载："唐建中，字赤子。康熙癸巳举人，联捷成进士，选庶常。少力学，工诗文。随兄时模宦游徐州。以借籍不成，受知学使许时庵，名传江左。时林将军女能诗，建中赘居其家，与相唱和。既而学使携之北上，肄业成均。旋归楚，乡试登贤书。通籍后搞(chī)藻木天，王公大人争购求笔墨。忽弃官，游历燕赵、齐鲁间，渡河涉江，抵吴会。山川名胜，古今遗迹，供其啸咏。有《邓尉山梅花诗》三十首、《牡丹百韵》，大江南北，无不传诵。殁之日，白衣会葬者数千人。旅榇(chèn)未归，全集莫睹，惜哉！"

清乾隆乙酉(1765年)初版《天门县志·卷十五·卓行》第4页记载："唐胜学，住陶溪潭……其孙邑诸生朝奎，生建中，振其家声。"

清光绪十七年(1891年)版、天门市马湾镇榨屋村朱家潭《唐氏宗谱·卷九·倧公房世系》第4页记载："时梁，字赤子，号作人，即建中。朝奎四子。中康熙癸巳恩科第十名举人，联捷进士，钦点翰林学士。公笃行孝弟，诰封公及太母宾天之日，水米不入者数日，后止饮粥蔬食者三年。视诸侄无异己子。自幼英敏好学。初侍诰封公就养伯兄徐任，冒徐籍入试，日成七艺。学政许公讳汝霖巳拔取首卷入泮，后知为楚人，怜才不忍舍，捐资入国子监太学生，其评文有'生年未弱冠，才华不异老。宿淬忍吾将，以大成卜子。岂独于淮北有空群之叹'等语。生平著作甚多，其巳刊刻行世者，文则有《默稼轩沿原集》，诗有《江南诗草》。值康熙四十四年，圣驾南巡，《试和御制回舟常州府是夜甘霖大霈元韵七言律二首》取第二卷，进呈《恭迎銮舆诗》二首，《恭和御制耕织图诗》七言绝句、五言古风各三十三首。有在京《踏灯词》，有在朱邸《秋猎篇》。复游江浙，有《南游草》，有《东明寺》《牡丹百韵》《邓尉山看梅三十首》各集。葬陶溪南朱团汤湖戴家门前，巽乾兼巳亥。娶吴氏，生子一：毓徐。续林氏，生子二：毓京、毓蓟。二氏均与夫合葬。"

李斗撰、清嘉庆二年(1797年)版《扬州画舫录·卷四·新城北录中》第9页记载："唐建中，字天门，号南轩，进士，官翰林。有诗文集。后死于行庵，口念西园不置。主政(马曰琯——本书编者)厚赙以归其丧。"

张扬(huī)之等主编《中国历代人名大辞典·下》第 2039 页记载:"唐建中,清湖北天门人,字赤子,一字作人。康熙五十二年进士,官庶吉士。恃才自负,散馆时举笔过迟,竟以不终卷免官。游燕赵齐鲁间;晚年侨居扬州。有《周易毛诗义疏》《国语国策纠正》(《国朝耆献类征初编》卷一二四)。"

进呈诗(四首)

唐建中

康熙四十四年四月二十二日,驾幸金陵[1]。臣刘授易同武陵臣王为壤、竟陵臣唐建中各进册页一部[2],赋七言近体四章,至西流马家桥恭迎车驾。上问云:"你们是什么人?"奏云:"臣等是湖广贡监生[3]。迎接圣驾,进呈册页的。"又问:"你们三个都是湖广人么?是湖广那一府?还是湖南,是湖北?"奏云:"臣等三个都是湖广,也有湖南的,也有湖北的。"又问:"你们如何这等远来,可有别的事情么?"奏云:"臣等湖广蒙皇上先年剿灭吴逆,后又剿除夏贼,去年又剿平红苗[4]。连年蠲租肆赦,乡试广额[5],养恤老人,沐恩深厚,感戴不尽。臣等歌颂功德,并无别的事情。"奏毕,天颜大悦,问:"这册页上可是诗吗?"奏云:"是诗。"上谕:"你们都交与江宁府,等他呈进来,候朕亲试。"至二十四日,齐集江省应诏者五百余人[6]。上钦差掌院学士揆,恭捧御制诗题,会同两江总督阿,巡抚宋、刘,学院张,锁院考试,驾前侍卫分号巡绰[7]。二十七日放榜,取中三十名,臣唐建中第二。钦点钱荣世、庄楷、丁图南、吴襄、洪声等五人随驾,其余听便赴京[8],启奏录用。又将进呈册页三十三名并官员进册页者共四十余名,钦定去取。臣等三人俱蒙优录,前列一等。伏念臣等草莽微臣,得觐天颜,复蒙考试,赓和龙章[9],所进册页芜词俚句,又荷奖赏,盖极一时之隆遇也[10]。谨志旷典,永矢勿谖云[11]。

东南佳气五云浮,玉烛全调彩仗留[12]。只为耕桑烦圣虑,不辞车驾发神州。花迎龙驭熏风暖,柳拂霓旌湛露流[13]。却看华封三致祝,而今薄海尽怀柔[14]。

万家箫鼓颂安流,疏浚全功出庙猷[15]。淮水一泓归海渎,河源九曲沃田畴[16]。平成大地阳春满,康阜群黎宠眷周[17]。宵旰更思垂善后,金根銮辂控骅骝[18]。

木凤金鸡下九天,引恬引养及高年[19]。屡宽执法三千令,更散司农亿万钱[20]。海澨即今沾雨露,嵩呼是处动山川[21]。太平有道龙颜迎,拜舞衢歌达御筵[22]。

楚尾吴头一水连,湖湘望幸已多年[23]。器车银瓮来衡岳,仙韭苹花足汉川[24]。黄鹤楼邀三醉客,朱陵洞祝九如篇[25]。微臣草泽依南徼,愿接彤云近日边[26]。

题解

本诗录自清光绪十七年(1891 年)版、天门市马湾镇榨屋村朱家潭《唐氏宗谱·卷二·诗》第 1 页。

进呈:犹进献。

注释

[1]康熙四十四年:1705 年。

驾幸:皇帝车驾来临。

[2]册页:分页装潢成册的字画。

[3]贡监生:明清时生员入国子监读书者叫贡生,又称贡监。

[4]先年:往年,从前。

吴逆:指吴三桂。

夏贼:当指夏国相。吴三桂女婿。吴三桂阵营中实际上的二号人物。湖南、江西战场的总指挥。

红苗:苗族的一支。主要分布在今湘西、鄂西南、川东南及黔东等地区。此处指湖南凤凰的红苗。

[5]蠲(juān)租:免除租税。

肆赦:犹缓刑,赦免。

广额:指放宽考试录取的名额。科举时代,遇朝廷庆典,常有此举,以示恩惠。

[6]江省:江南省。清康熙初年,改江南承宣布政使司为江南省,范围大致相当于今上海市、江苏省和安徽省以及江西省婺源县、湖北省英山县、浙江省嵊泗列岛等地。

[7]掌院学士:指翰林院掌院学士。清代沿袭明制设翰林院,其长官为掌院学士,以大臣充任。

揆(kuí):掌管。

锁院:指科举考试的一种措施。考生入试场后即封锁院门,以防范舞弊。

巡绰:巡察警戒。

[8]听便:随时。

[9]伏念:旧时致书于尊者多用之。伏:敬词。念:念及,想到。

赓和:续用他人原韵或题意唱和。

龙章:对皇帝文章的谀称。

[10]芜词:芜杂之词。常用作对自己文章的谦称。

俚句:俚语。方言俗语,民间浅近的话语。

隆遇:优厚的待遇。多指皇帝的宠幸。

[11]旷典:稀世盛典。

永矢勿谖(xuān):发誓永远不要忘记。永矢:发誓永远要(做某事)。常用于否定语前。矢:通"誓"。谖:忘记。

[12]五云:五色云彩。指皇帝所在。

玉烛全调:常作"玉烛长调"。颂美四时气候调和,君王治理有方。玉烛:古人称四季气候调和为玉烛,并把它视为人君德美所致。

彩仗:彩饰的仪仗。

[13]湛露:喻君主之恩泽。

[14]华封三致祝:典自华封三祝。传说唐尧游于华,华地守封疆之人,祝其寿、富、多男子。语出《庄子·天地》。后多以华封三祝为祝颂之词。

薄海:本指到达海边,泛指广大地区。统称海内外。

[15]庙猷:朝廷的谋划与方略。

[16]海渎:泛称江海。

[17]平成:万事安排妥帖。

康阜:谓使之安乐富庶。

群黎:万民,百姓。

宠眷:谓帝王的宠爱关注。

[18]宵旰:宵衣旰食。天不亮就穿衣起床,天晚了才吃饭。宵:夜。旰:晚上,天色晚。

金根:"金根车"的简称。以黄金为饰的根车。帝王所乘。

銮辂(lù):犹銮驾。

控:驾驭。

骅骝:周穆王八骏之一。泛指骏马。

[19]木凤:典自"木凤衔书"。后因以称美皇帝传诏。

引恬引养:语出《尚书·梓材》:"引养引恬。"孔颖达疏:"能长养民,能安民。"引恬:长安定。引养:长养,奉养。

[20]三千:语出《尚书·吕刑》:"五刑之属三千。"后因以三千指古代所有的刑罚。

司农:指户部尚书。汉代官名,掌管钱粮。东汉末改为大农,由魏至明,历代相沿,或称司农,或称大司农。此处指户部。

[21]海澨(shì):海滨。

嵩呼:旧时臣下祝颂皇帝,高呼万岁,叫嵩呼。

[22]拜舞:跪拜与舞蹈。古代朝拜的礼节。

衢歌：街头巷尾的歌谣。指民歌。

[23]楚尾吴头：亦作吴头楚尾。吴、楚，东周时的吴国和楚国。其交界处，在今江西省北部、南昌一带，西部为楚，东部为吴，双方比邻，恰若首尾相连，故称吴头楚尾。

湖湘：此处指湖广。清康熙三年（1664年）湖广分为湖北、湖南两省，至雍正元年（1723年）湖广才分闱，雍正二年（1724年）才有湖南巡抚之职。

望幸：谓臣民、妃嫔希望皇帝临幸。此处指前者。

[24]器车：谓器与车。器，指银瓮丹甄之类。车，指山车垂钩之类。古代认为是盛世出现的祥瑞之物。

银瓮：银质盛酒器。古代传说常以为祥瑞之物。政治清平，则银瓮出。

汉川：指汉水。

[25]三醉客：指吕洞宾。传说吕洞宾三醉岳阳楼。

朱陵洞：又名水帘洞。位于衡山风景名胜区南岳镇水帘村东北，居紫盖峰麓。为香炉峰和吐雾峰之间一谷口瀑布。据传为道教朱陵大帝居所，古称朱陵洞、紫盖仙洞、仙人洞、南界之仙都。又传大禹为治水来南岳求金简玉书，曾在此举行祭祀典礼。

九如篇：指《诗经·小雅·天保》："如山如阜，如冈如陵；如川之方至，以莫不增……如月之恒；如日之升；如南山之寿，不骞不崩；如松柏之茂；如不尔或承。"九如本为祝颂人君之词，因连用九个"如"字，并有"如南山之寿，不骞不崩"之语，后因以九如为祝寿之词。

[26]南徼（jiào）：南方边陲，南部边界。

愿接彤云近日边："瞻云就日"的化用。比喻臣下对君王的崇仰和追随。

恭贺御制回舟至常州府是夜甘霖大霈元韵

唐建中

秉耒朝朝咏大田，川原共庆雍熙年[1]。千疆已洽盈宁喜，万里犹烦宵旰乾[2]。雨过麦畦闻穛稏，风行水面起潺湲[3]。龙舟到处恩波溥，不独昆陵拜舞虔[4]。

麦熟秧青高下田，恰沾时雨又逢年。瑞生薄海歌双穗，泽沛真人御九乾[5]。五夜慈云舒浩荡，一篙新水长潺湲[6]。巡行康阜传宸藻，还有南天望幸虔[7]。

遍野歌声赋大田,五风十雨庆尧年[8]。精诚上格恩如海,膏泽旁流德象乾[9]。洒道已曾沾霡霂,回舟更喜接潺湲[10]。欣闻睿藻来丹凤,午夜从知默祷虔[11]。

燕掠平芜水满田,一篙新绿报长年。良苗应节怀生意,好雨知时答睿乾[12]。罨画有山横翠黛,飞流无处不潺湲[13]。要知薄海沾涓滴,岂独江南祝颂虔。

恭誊御制元韵(康熙帝《回舟至常州府是夜甘霖大霈》):"夏浅云高惜阪田,江南比岁赖丰年。麦秋遍野堪收获,灵雨愆期倍惕乾。夜半篷窗闻淅沥,晓来练浦听潺湲。此行往返无他事,益见民情远近虔。"

题解

本诗录自清光绪十七年(1891 年)版、天门市马湾镇榨屋村朱家潭《唐氏宗谱·卷二·诗》第 4 页。前两首原题为《恭贺御制回舟至常州府是夜甘霖大霈元韵七言律诗二首》,后两首原题为《御试前题元韵七言律诗二首》。康熙帝元诗附于后两首之下。

御制回舟至常州府是夜甘霖大霈元韵:指康熙帝《回舟至常州府是夜甘霖大霈》。元韵:原韵。

参见唐建中《进呈诗(四首)》题记。

注释

[1]秉耒:执耒。

雍熙:谓和乐升平。

[2]盈宁:圆满、安宁。

宵旰:宵衣旰食。天不亮就穿衣起床,天晚了才吃饭。宵:夜。旰:晚上,天色晚。

乾:指君主。

[3]稞秜(bà yà):稻名。

潺湲(chán yuán):水慢慢流动的样子。

[4]昆陵:即昆仑山。古代传说为神仙所居之地。

拜舞:跪拜与舞蹈。古代朝拜的礼节。

[5]薄海:本指到达海边,泛指广大地区。统称海内外。

双穗:俗传谷生双穗,是上天要出贵人的征兆。

真人:《史记·秦始皇本纪》:"始皇曰:吾慕真人,自谓'真人',不称

255

朕。"后因指统一天下的所谓真命天子。

九乾:九天。高远的天空。

[6]五夜:即五更。

[7]宸藻:指帝王的诗文。

望幸:谓臣民、妃嫔希望皇帝临幸。此处指前者。

[8]大田:沃土。语出《诗经·小雅·大田》:"大田多稼。"

尧年:古史传说尧时天下太平,因以尧年比喻盛世。

[9]格:感通。

恩如海、德象乾:上下文互文。帝王之恩德如海如天。

[10]洒道:清扫道路。

霡霂(mài mù):小雨。

[11]睿藻:指皇帝或后、妃所作的诗文。

[12]睿乾:此处指皇帝的勤勉敬慎。

[13]罨(yǎn)画:色彩鲜明的绘画。多用以形容自然景物或建筑物等的艳丽多姿。

迎銮诗

唐建中

巍巍乾泽满坤舆,五色云龙拥帝居[1]。紫府梧高仪瑞凤,洪河浪静舞神鱼[2]。庙谟炳焕垂金鉴,睿藻缤纷重石渠[3]。四海承平天子圣,清时里巷日长舒。

山岳效灵海不波,仍频睿虑视长河[4]。耕桑但为黔黎计,指授宁辞翠辇过[5]。芳草承恩迎藻卫,流莺解语应鸾和[6]。蠲租赐酺频年事,圣泽真春雨露多[7]。

省方齐颂太平年,未许民间费一钱[8]。野老剪芹争上寿,书生载笔亦朝天[9]【时下御试之诏】。迎銮翠麦呈三秀,入座熏风润五弦[10]。夹道嵩呼仙仗近,讴歌拜舞圣人前[11]。

翘首乘舆岂一方,荆南望幸意偏长[12]。三花枣待神仙馔,九畹兰因王者香[13]。水满洞庭承浩荡,云深岳麓护琳琅[14]【岳麓书院有御书匾额】。天恩冒遂朝宗愿,早晚龙车指凤凰[15]。

题解

本诗录自清光绪十七年（1891年）版、天门市马湾镇榨屋村朱家潭《唐氏宗谱·卷二·诗》第6页。题下注："康熙四十四年四月二十三日，臣建中恭呈七言律诗四首。"

迎銮：迎接皇帝。銮：銮驾。皇帝的车驾。

注释

[1]乾泽：此处指皇帝的恩泽。

坤舆：地的代称。

[2]紫府：道教称仙人所居。

仪：来。

神鱼：象征吉祥的鱼。《汉书·宣帝纪》："东济大河，天气清静，神鱼舞河。"

[3]庙谟：朝廷的谋略。

炳焕：鲜明华丽。

睿藻：指皇帝或后、妃所作的诗文。

石渠：阁名。西汉皇室藏书之处，在长安未央宫殿北。石渠阁实际上是皇家图书馆兼学术讨论的所在地。

[4]睿虑：指皇帝的思考。

[5]黔黎：黔首黎民。指百姓。

指授：犹指示。

翠辇：饰有翠羽的帝王车驾。

[6]藻卫：言随从护卫服饰之华丽。

鸾和：鸾与和。古代车上的两种铃子。

[7]蠲（juān）租：免除租税。

赐酺（pú）：秦汉之法，三人以上不得聚饮，朝廷有庆典之事，特许臣民聚会欢饮，此谓"赐酺"。后世王朝遂为一种宴饮庆祝活动。

[8]省方：指省视四方。

[9]野老剪芹：语出嵇康《与山巨源绝交书》："野人有快炙背而美芹子者，欲献之至尊，虽有区区之意，亦已疏矣。"后遂以献芹谦言自己赠品菲薄或建议浅陋。

上寿：古称上寿百二十岁，中寿百岁，下寿八十岁。后泛指高寿。

[10]三秀：灵芝草的别名。灵芝一年开花三次，故又称三秀。

熏风润五弦：称颂为政清明。《孔子家语·辩乐解》："昔者舜弹五弦之琴，造《南风》之诗。"熏风：东南风，和风。

[11]嵩呼：旧时臣下祝颂皇帝，高呼万岁，叫嵩呼。

仙仗：指皇帝的仪仗。

拜舞：跪拜与舞蹈。古代朝拜的礼节。

[12]乘舆：借指帝王。

望幸：谓臣民、妃嫔希望皇帝临幸。此处指前者。

[13]三花枣待神仙馔：典自"食枣

约"。刘向《列仙传·安期先生》记载：秦始皇东游，安期生请见，与语三日三夜。安期生留书："后数年来求我于蓬莱山。"《史记·封禅书》："少君(李少君)言上(汉武帝)曰：'臣常游海上，见安期生。安期生吃巨枣，大如瓜。'"后遂以"食枣约"指仙人的约会。明高启《赠李外史》诗："何当共赴食枣约，三花醉折春濛濛。"

九畹：指兰花。语出《楚辞·离骚》："余既滋兰之九畹兮，又树蕙之百亩。"

[14]琳琅：借指美好的事物。指优美诗文、珍贵书籍。此处指岳麓书院的御书匾额。

[15]天恩冒遂朝宗愿：希望皇帝临幸荆南，让那里的百姓朝见天子，遂心遂愿。冒：覆盖。朝宗：古代诸侯春、夏朝见天子。后泛称臣下朝见帝王。

凤凰：常用来象征瑞应。

长安街踏灯词

唐建中

玉烛调三正，银灯彻九霄[1]。繁花开火树，列炬散星桥[2]。双阙光璀璨，千门影动摇[3]。蒸云成锦绣，映雪作琼瑶。处处烘银蜡，家家护绛绡[4]。并攒百枝丽，高点九华标[5]。焰射黄金榜，辉联碧绮寮[6]。裂缯夸绚烂，剪纸费镌雕[7]。阿育三更塔，秦淮五月桡[8]。何曾输月窟，直欲胜庭燎[9]。望去宜通夜，行来可达朝[10]。千丛难给赏，百戏更相招[11]。苍鹘沿街唤，参军夹路跳[12]。秧歌声宛转，竹马势腾骁[13]。丑恶番僧面，颠狂越女腰[14]。袈裟长倒着，粉墨任横描。杂沓衕衕逼，喧阗市井器[15]。闹如风浚叶，沸似雨前潮。齐掺祢衡鼓，群吹弄玉箫[16]。鸥弦当道拨，凤管隔帘调[17]。油炷兰缸爇，香和柏子烧[18]。雷轰因爆竹，雾重为焚椒。春意姗姗动，寒威冉冉消[19]。梅融须绽蕊，柳暖合抽条。翡翠千轮拥，珊瑚万骑骄。踏歌纷绮縠，结队杂蝉貂[20]。公子遗金弹，佳人落翠翘[21]。广衢人击毂，分路客扬镳[22]。游女皆如画，阿谁最放娇[23]？长裙应解舞，短鬓未全撩。巧笑知无敌，微词讵敢挑[24]？徘徊争片晌，伫立向深宵。谁惜金莲尽,同怜玉漏遥[25]。莫教天欲曙,安得斗回杓[26]？有客怀吟椠,何人乞酒瓢[27]？依稀嗅兰麝,佛仿听英韶[28]。天乐云间下,御香云外飘。鸣琴逢大舜,击壤际神尧[29]。帝里风光异,皇都气象饶。儒生何以报？一咏太平谣。

衢衢【京师街道】。豗【音灰。豗豗:哄声】。杓【音标。斗柄也】。

题解

本诗录自清光绪十七年(1891年)版、天门市马湾镇榨屋村朱家潭《唐氏宗谱·卷二·诗》第6页。题下注:"限二萧四十韵。"

踏灯:元宵节上灯市看灯。

注释

[1]玉烛调:常作"玉烛长调"。颂美四时气候调和,君王治理有方。玉烛:古人称四季气候调和为玉烛,并把它视为人君德美所致。

三正:中国古代三种不同岁首的历法的总称。正指正月,三正指夏正、殷正和周正。史书记载夏代历法以正月为正月,殷代历法以十二月为正月,周代历法以十一月为正月。三种历法有三种正月的设置,或以为那个历史时代有三种历法在交替使用,所以称为三正。

[2]列炬:排列的火炬。

星桥:神话中的鹊桥。

[3]双阙:古代宫殿、祠庙、陵墓前两边高台上的楼观。

[4]绛绡:红色绡绢。绡为生丝织成的薄纱、细绢。

[5]九华:花朵繁茂。

标:标致,俊美。

[6]碧绮寮(liáo):碧色的绮窗。绮寮:雕刻或绘饰得很精美的窗户。

[7]裂缯(zēng):撕裂丝织品。皇甫谧《帝王世纪》:"妹喜好闻裂缯之声而笑,桀为发缯裂之,以顺适其意。"

镌雕:雕刻。原文为"镌凋"。

[8]阿育三更塔:阿育塔,即塔。阿育王改奉佛教后,传说于各地建立八万四千塔,故名。

五月桄:原文为"五月挠"。

[9]月窟:月宫,月亮。

庭燎:古代庭中照明的火炬。

[10]通夜:通宵。

[11]百戏:古代乐舞杂技的总称。

[12]苍鹘(hú)、参军:唐宋时"参军戏"的角色名。李商隐《骄儿诗》:

"忽复学参军,按声唤苍鹘。"刘大杰《中国文学发展史》第二十一章下篇一:"所谓参军,便是戏中的正角,苍鹘便是丑角一类的配角,两者相互问答,其作用则调谑讽刺,兼而有之。"

[13]腾骁:骁腾。奔驰飞腾。

[14]番僧:即喇嘛僧。指西番之僧。

[15]衚衕(hú tòng):即胡同。北方对小街小巷的通称。

逼:狭窄。

喧豗(huī):哄闹声。喧:声音大且繁闹。豗:水撞击声。

[16]掺:指古代乐曲演奏中的一种击鼓之法。

祢(mí)衡鼓:典自刘义庆《世说新语·言语》:"祢衡被魏武谪为鼓吏,正月半试鼓,衡扬枹(鼓槌)为《渔阳掺挝》(鼓曲名),渊渊有金石声。"

[17]鹍弦:用鹍鸡筋做的琵琶弦。

凤管:笙箫或笙箫之乐的美称。

[18]兰缸:燃兰膏的灯。亦用以指精致的灯具。

蒸(ruò):烧。

[19]冉冉:渐进貌。

[20]踏歌:拉手而歌,以脚踏地为节拍。

绮縠(hú):绫绸绉纱之类。丝织品的总称。原文为"绮縠"。

[21]遗(wèi):馈赠。

金弹:金制的弹子。

翠翘:古代妇人首饰的一种。形状似翠鸟尾上的长羽,故名。

[22]广衢(qú):大路。

击毂(gǔ):车毂相碰。形容车辆拥挤。

[23]阿谁:犹言谁,何人。

放娇:撒娇。

[24]巧笑:美好的笑。

微词:委婉而隐含讽谕的言辞,隐晦的批评。

讵:岂。

[25]金莲:指花灯。

玉漏:古代计时漏壶的美称。

[26]斗回杓(biāo):北斗斗柄回转。古人以北斗斗柄所指方向确定四时、气节。斗柄回转,说明春天到来。杓:斗柄,指北斗柄部的三颗星。北斗共七星,第一星至第四星像斗,第五星至第七星像柄。

[27]怀吟椠(qiàn):指带着记事板,以备随时记述所吟之诗。椠:木板。古代书写工具。

[28]兰麝:兰与麝香。指名贵的香料。

英韶:古乐《五英》《韶》的并称。相传帝喾(kù)作《五英》,舜作《韶》乐。泛指优美的音乐。

[29]鸣琴逢大舜,击壤际神尧:称颂太平盛世,政治清明。

鸣琴逢大舜:典自《孔子家语·辩乐解》:"昔者舜弹五弦之琴,造《南风》之诗。"

击壤际神尧:典自"击壤讴歌"。

相传帝尧时,一老者边击壤,边唱道:"日出而作,日入而息,凿井而饮,耕田而食,帝力于我何有哉?"后以击壤指歌颂太平。

临高台

唐建中

临高望秋水,寒镜出尘函[1]。碧藓净孤渚,苍云阴半崖[2]。风传隔院笛,叶送下江帆。正有南来雁,离情孰寄缄?

题解

本诗录自丁宿章编、清光绪九年(1883 年)版《湖北诗征传略·卷二十八》第44 页。

注释

[1]函:匣子。

[2]半崖:当为"半岩"。

过祖氏水亭

唐建中

出阁夏犹浅,闭门春已迟。草深骑马路,花过听莺时。远水白明镜,乱山青入池。城南风景地,不是少人知。

烟生山未紫,取道傍城偎。一片泉声出,谁家水槛开[1]。游鱼依草戏,宿鸟拂檐回[2]。留兴还谋醉,池荷作酒杯。

题解

本诗录自丁宿章编、清光绪九年(1883 年)版《湖北诗征传略·卷二十八》第45 页。

注释

[1]水槛:临水的栏杆。　　　　　　　[2]宿鸟:归巢栖息的鸟。

再同莫文中等游城南至丰台仍过祖氏水亭(三首)

唐建中

不尽城南兴,招邀复此行。故人官道柳,唤客寺门莺。一路风兼雨,众山阴复晴。谁云天亦妒,游屐有余清[1]。

帘影漾横塘,开尊对夕阳[2]。鸠鸣桑葚落,雉起麦苗香。野老频争席,村伶自作场[3]。幸无拘忌客,潦倒酒垆傍[4]。

未到水亭边,何人又管弦?听君歌宛转,容我舞蹁跹。风月真无价,池台信有缘[5]。请看荷叶大,昨日尚如钱。

题解

本诗录自熊士鹏编、清道光癸未(1823年)版《竟陵诗选·卷十四》第19页。

注释

[1]游屐:游人穿的木屐。　　　　　潦倒:形容酒醉。

[2]开尊:举杯。尊:盛酒器。　　　酒垆:卖酒处安置酒瓮的砌台。

[3]村伶:乡村艺人。　　　　　　　亦借指酒肆、酒店。

[4]拘忌:拘束顾忌。　　　　　　　[5]信:果真,的确。

邓尉山看梅花

唐建中

川原淳朴意闲闲,为住梅花十亩间[1]。何处疏篱偏界水,谁家高阁正临山[2]。雪深荒径骑驴去,月满空庭放鹤还。遍地玉英春不管,石田冷落鹿胎斑[3]。

题解

本诗录自熊士鹏编、清道光癸未(1823 年)版《竟陵诗选·卷十四》第 20 页。

邓尉山:位于苏州市西南。因东汉司徒邓禹隐居于此,故名邓尉山。此山又以香雪海著名,梅林遍布,早春时节,梅花如海,洁白似雪,冷艳吐香。邓尉探梅,是苏州一带居民传统习俗。

注释

[1]川原淳朴意闲闲:丁宿章编、清光绪九年(1883 年)版《湖北诗征传略·卷二十八》第 45 页作"川原浩渺意闲闲"。

[2]界水:接水。

[3]玉英:花之美称。

石田:多石而无法耕作的田地。

鹿胎斑:指梅花。因花瓣形如鹿斑。

月下次陈沧洲韵

唐建中

坐爱凉波满太清,罗衣渐觉露华盈[1]。闲看萤火当檐没,乍听虫声绕砌鸣[2]。长笛有情连小苑,哀笳何事起高城[3]?来朝休把青铜镜,白发悬知一夜生[4]。

题解

本诗录自熊士鹏编、清道光癸未(1823 年)版《竟陵诗选·卷十四》第 20 页。

注释

[1]坐:因,由于,为着。

凉波:月光。

太清:天空。

露华:清冷的月光。

[2]砌:台阶。

[3]小苑:小花园。

哀笳:悲凉的胡笳声。　　　　　　　[4]悬知:料想,预知。

端午竹枝

唐建中

无端铙鼓出空舟,赚得珠帘尽上钩[1]。小玉低言娇女避,郎君倚扇在船头[2]。

题解

本诗录自《搜韵·影印古籍》中的袁枚《随园诗话·卷四》第5页。诗前云:"己未冬,余乞假归娶,路过扬州,转运使徐梅麓先生止而觞之。席无杂宾,汪度龄应铨、唐赤子建中,皆翰林前辈。余科最晚,年最少,终席敬慎威仪,不敢发一语。但见壁上有赤子先生《端午竹枝》云……"李斗撰、清嘉庆二年(1797年)版《扬州画舫录·卷十一·虹桥录下》第2页收录本诗。诗前诗后云:"唐赤子翰林《端午诗》云……皆此类堂客船也。"唐赤子:唐建中,字赤子。堂客船是专供女眷游览的画舫,四面垂帘。

竹枝:乐府《近代曲》之一。本为巴渝一带民歌,唐诗人刘禹锡据以改作新词,歌咏三峡风光和男女恋情,盛行于世。后人所作也多咏当地风土或儿女柔情。其形式为七言绝句,语言通俗,音调轻快。

注释

[1]无端:谓无由产生。

铙(náo)鼓:铙和鼓。泛指打击的响器。《扬州画舫录》作"铙吹"。

赚得:骗取。

[2]小玉:泛称侍女。

娇女:"左家娇女"的省略。左思《娇女诗》有"吾家有娇女,皎皎颇白皙"之句,后以左家娇女指美丽可爱的少女。

郎君:通称贵家子弟为郎君。

金陵移梅歌

唐建中

梅花谱牒祖扬州,东阁一株传千秋[1]。浩然君复虽好事,输与何逊先风流[2]。流风逸韵今犹在,游客不用一钱买。城外园亭郭外村,春来一望花如海。马家兄弟偏好奇,渡江屡泊燕子矶[3]。十里江梅看不足,老树更访六朝遗【金陵有六朝梅,屡萎屡苏】。六朝老树梦未醒,求其儿孙凤台顶。藐姑射仙今有无,书院不夸梅花岭【梅花书院,君家所建[4]】。岭上十月梅未开,带花谁送暗香来?艇摇桃叶渡头桨,根连雨花台上苔。苔厚根繁健步百,帘卷春风过香陌。不入广陵涛外庄,径投参佐桥边宅[5]。宅边近接玲珑馆,中罗罗浮白石笋[6]。天然劲直七丈人,掩映冰霜十三本。有客沽酒招我曹,鼓两马君诗兴豪。从此赋咏补《离骚》,且为梅花贺其遭。傲骨铁干逢石交,蜀冈平挹摄山高[7]。亦有金粉同南朝,不须怅望隔江潮[8]。但恐当时何郎花,嘲君贵远轻东家[9]。美哉客花惠然肯,幸莫过江化为杏[10]。

题解

本诗录自全祖望等人编、清乾隆十二年(1747年)刻本《韩江雅集·卷一》第2页。

韩江雅集是清代扬州诗社之一,活跃于乾隆初年,经常聚会的地点在街南书屋、马氏行庵和让圃。代表人物是"五君":胡期恒、唐建中、方士庶、厉鹗、姚世钰。后又有"后五君":刘师恕、程梦星、马曰琯、全祖望、楼锜。韩江即邗(hán)江、邗沟。

注释

[1]东阁:阁名。蜀州(治今四川崇庆)东亭。杜甫《和裴迪登蜀州东亭送客逢早梅相忆见寄》:"东阁官梅动诗兴,还如何逊在扬州。"

[2]君复:林逋(bū),字君复,后人称和靖先生,钱塘(今浙江杭州)人。

北宋诗人。终生不仕，亦不婚配，隐居于西湖孤山，养鹤种梅，以为乐事，世称其为"梅妻鹤子"。

何逊：南朝梁诗人。有五言古诗《扬州法曹梅花盛开》。

[3]马家兄弟：指马曰琯（guǎn）、马曰璐。马曰琯，字秋玉，祁门人。清乾隆丙辰举博学鸿词。著名盐商、藏书家，为清代前期扬州徽商代表人物。

[4]藐姑射（yè）仙：原指姑射山的得道真人，后泛指美貌女子。语出《庄子·逍遥游》："藐姑射之山，有神人居焉，肌肤若冰雪，淖（绰）约若处子；不食五谷，吸风饮露。"

君家：指马家兄弟。

[5]广陵：扬州古称。秦置广陵县，西汉置广陵国，东汉改为郡，治所在广陵（今扬州市）。

参佐桥：扬州二十四桥之一，是唐朝江南胜景之一。

[6]玲珑馆：扬州东关街中段的街南书屋，又称小玲珑山馆。

石笋：溶洞中竖立的钟乳。石笋可作小庭、墙角边的点缀，也可立池内、山上。

[7]蜀冈：扬州地名，为广陵古城所在。

平挹（yì）：平视。挹：舀，汲取。

[8]金粉同南朝："金粉南朝"指偏安江南绮靡繁华的宋、齐、梁、陈等朝代。

[9]何郎花：指何逊咏梅。何郎即何逊，青年时即以文学著称，为当时名流所称道。周密《齐天乐》云："宝屑无痕，生香有韵，消得何郎花恼。"

[10]惠然肯："惠然肯来"的省略。语出《诗经·邶风·终风》："终风且霾，惠然肯来。"后多用作对客人的来临表示欢迎之词。

微雪初晴集小玲珑山馆得青韵

唐建中

六花昨夜兆三白，客子入门松竹青[1]。鸥泛舍南冰未合，梅移江北雪初经【前会同赋《金陵移梅歌》】。虎头蘸笔留鸿爪，雀啄临池坠鹤翎[2]。藏老凭君师此景，华颠只着一星星【叶君震初为会中诸君写照[3]】。

题解

本诗录自全祖望等人编、清乾隆十二年(1747 年)刻本《韩江雅集·卷一》第 11 页。

注释

[1]六花:雪花。雪花结晶六瓣,故名。

三白:三度下雪。

[2]虎头:东晋画家顾恺之,字长康,小字虎头。

鸿爪:比喻往事留下的痕迹。

临池:指练习书法。

鹤翎:喻指白色的花瓣。

[3]华颠:白头。指年老。

写照:写真。指画人的肖像。

消寒初集晚清轩分韵得尤韵

唐建中

长至弥旬气似秋,消寒故事亦重修[1]。背阳眠爱陆鲁望,棹雪兴虚王子猷[2]。东阁梅因冬暖绽,西园客为晚晴留。渡淮人亿去年集,知倚赵家吹笛楼【汧江太史客淮未返[3]】。

题解

本诗录自全祖望等人编、清乾隆十二年(1747 年)刻本《韩江雅集·卷三》第 1 页。

消寒:旧俗入冬后,亲朋相聚,宴饮作乐,谓之"消寒会"。

注释

[1]长至:冬至。自冬至以后白昼渐长,故称冬至为长至。

弥旬:满十天。

[2]背阳眠爱陆鲁望:语出陆龟蒙

《别墅怀归》云:"水国初冬和暖天,南荣方好背阳眠。"鲁望:陆龟蒙,字鲁望。

棹雪兴虚王子猷:指王羲之子王

子猷下着大雪划船访戴安道。据《世说新语》,王子猷居山阴,夜大雪,眠觉,开室,命酌酒。四望皎然,因起彷徨,咏左思《招隐诗》。忽忆戴安道,时戴在剡,即便夜乘小船就之。经宿方至,造门不前而返。人问其故,王曰:"吾本乘兴而行,兴尽而返,何必见戴?"

[3]泙(píng)江太史:指程梦星。程梦星,号泙江。太史:翰林。

二月五日集筱园梅花下用香山诗为起句

唐建中

二月五日花如雪,幸未离披白满林[1]。傍水傍山高士意,一觞一咏美人心。迟迟歌恐笛吹落,点点灯疑月肯临[2]。老去春来忘作客,放狂好续乐天吟[3]。

题解

本诗录自全祖望等人编、清乾隆十二年(1747年)刻本《韩江雅集·卷四》第4页。

筱(xiǎo)园:程梦星私家园林。

注释

[1]离披:纷纷下落貌。

[2]迟迟:舒缓,从容不迫的样子。

肯临:疑为"惠然肯来"的化用。语出《诗经·邶风·终风》:"终风且霾,惠然肯来。"后多用作对客人的来临表示欢迎之词。

[3]放狂:放纵性情,不受拘束。

乐天:引申为安于处境而无忧虑。

打麦词

唐建中

四月不爱黄鹂鸣,四郊但爱打麦声。健妇腰镰幼妇饷,村村便觉轻雷响[1]。连枷响处麦飞芒,行人如闻饼饵香。扬州今年少三白,被陇却多青青麦[2]。立夏一雨如倾河,不晴将如二麦何[3]?

题解

本诗录自全祖望等人编、清乾隆十二年(1747 年)刻本《韩江雅集·卷四》第12 页。

注释

[1]健妇:健壮精干的妇女。

[2]三白:三度下雪。

[3]二麦:大麦、小麦。

养蚕词

唐建中

吴女缫丝吴儿络,上货多替扬州作[1]。扬州女儿学养蚕,半习辛勤半是憨。春寒茧薄轻如羽,不碍娇儿簇艾虎[2]。愁说二月杭嘉湖,雹打桑叶桑焦枯。蚕饥不为吴娘叹,扬州那有好锦段[3]?

题解

本诗录自全祖望等人编、清乾隆十二年(1747 年)刻本《韩江雅集·卷四》第14 页。

注释

[1]上货:上等货物。

[2]艾虎:古俗,端午日采艾制成虎形的饰物,佩戴之谓能辟邪祛秽。

[3]吴娘:吴地美女。

锦段:今作"锦缎"。

咏淳于棼宅

唐建中

浮生皆若梦,逐膻尽如蚁[1]。谁真梦乘车,亲入鼠穴里?得意向南柯,古有淳于子。醒来说与人,寻思心应喜。同时李公佐,游戏续稗史[2]。盖以唤庸庸,君辈亦如此[3]。那知片晌荣,千年传邑里。至今广陵郭,过者长徙倚[4]。沿村觅古槐,为问何株是。乃知痴人心,但解夸金紫[5]。妖梦犹津津,大梦可知矣[6]。何怪梦中人,漏尽犹不止[7]。

题解

本诗录自全祖望等人编、清乾隆十二年(1747年)刻本《韩江雅集·卷五》第5页。

淳于棼(fén)宅:江苏扬州古迹。唐李公佐作传奇小说《南柯太守传》,叙述游侠之士淳于棼,家住广陵郡(今扬州)东,宅南有大古槐一株,常与朋辈豪饮槐下。一日大醉,由二友人扶归家中,昏然入睡。梦至槐安国,娶公主,封南柯太守,荣华富贵,显赫一时。醒后,在庭前槐树下掘得蚁穴,即梦中之槐安国。南柯郡为槐树南枝下另一蚁穴。但见群蚁隐聚其中,积土为城郭台殿之状,与梦中所见相符,于是感人生之虚幻,遂栖心道门,弃绝酒色。

注释

[1]浮生:语本《庄子·刻意》:"其生若浮,其死若休。"以人生在世,虚浮不定,因称人生为浮生。

[2]稗史:记载民间轶闻琐事的书。与正史有别。

[3]庸庸:昏庸,平庸。

[4]徙倚:犹徘徊,逡巡。

[5]金紫:古代文武官员佩饰之物。即"金印紫绶"的简称。此处指封赠的荣誉。

[6]妖梦:反常之梦,妖妄之梦。

大梦:古人用以喻人生。

[7]漏尽:刻漏已尽。谓夜深或天将晓。

觅句廊晚步

唐建中

墙东曲折度回廊,石丈森森映竹郎[1]。粉壁如云影偏好,纵无新月有斜阳。

觅句虚称百步廊,贤昆义手已成章[2]。原来只为邯郸侣,撚断吟髭对夕阳[3]。

题解

本诗录自全祖望等人编、清乾隆十二年(1747年)刻本《韩江雅集·卷五》第8页。

觅句廊:扬州街南书屋(小玲珑山馆)内十二景之一,是主人寻觅诗句的地方。街南书屋为盐商马曰琯、马曰璐兄弟的别墅。

注释

[1]石丈:奇石的代称。宋叶梦得《石林燕语·卷十》:"米芾诙谐好奇……知无为军,初入州廨,见立石颇奇,喜曰:此足以当我拜。遂命左右取袍笏拜之,每呼曰'石丈'。"

竹郎:竹的美称。

[2]贤昆:贤良的兄长。

义手:拱手。

[3]邯郸侣:此处有"学步者"的意思。

撚(niǎn):捻。

吟髭(zī):诗人的胡须。

咏西湖仆夫泉送樊榭（厉鹗）归钱唐

唐建中

圆师【智圆也】得泉因艺竹，艺竹之仆真不俗[1]。谁饮而甘锡此名？应从诗友林君复[2]。钱唐归客今林逋，侍史还如颖士奴[3]。劚泉好解相如渴，我起回樽劝仆夫[4]。

题解

本诗录自全祖望等人编、清乾隆十二年（1747年）刻本《韩江雅集·卷六》第1页。

仆夫泉：在杭州孤山岩穴间。

樊榭：厉鹗，号樊榭。清代著名诗人、词人。

钱唐：钱塘。古县名。地在今浙江省。古诗文中常指今杭州市。

注释

[1]艺竹：种植竹子。

[2]锡：赏赐。

林君复：林逋，字君复。北宋初年著名隐逸诗人。

[3]侍史：古时侍奉左右、掌管文书的人员。此处指下文"相如"。

颖士奴：唐代文学家萧颖士性情严酷，虐待仆人。此仆服事他已有十多年，然而颖士往往毫不容情地加以鞭打。仆人虽不堪虐待，却因爱主人之才而不肯离去。王定保《唐摭言》卷十五："有一仆事之十余载，颖士每以捶楚百余，不堪其苦。人或激之择木，其仆曰：'我非不能他从，迟留者，乃爱其才耳。'"

[4]劚（zhú）：挖。

相如渴：汉武帝的侍臣中有个有名的大臣是司马相如，他患有糖尿病，极度需要喝水。武帝宫中有很多水，但就是不肯赐给司马相如一杯喝。李商隐《汉宫词》："侍臣最有相如渴，不赐金茎露一杯。"

回樽：掉转酒杯。

题方环山（方士庶）所藏明宁王画

唐建中

镜湖今海岳，手眼两擅场[1]。屋如书画舫，今古慎收藏。宝绘三箧富，粉墨四壁张[2]。我为读画至，拌作一日忙。入门岚翠扑，氤氲当中堂[3]。松桧森盘挐，云气何茫茫[4]。是日天微翳，忽若雨雪滂[5]。问是何人笔，乃能变炎凉？拭眼辨小玺，前代宁献王[6]。我闻高帝子，餐云如稻粮[7]。日遣匡庐使，收云满革囊[8]。放之云斋内，飘渺看翱翔。有时磅礴起，解衣师飞抢[9]。罨山山欲动，贴水水生光[10]。当其图此日，无乃在南昌。请看尺幅际，瑷瓍翁苍苍[11]。何怪挂君屋，不受帷幕幛。他乐不敢请，移床卧其旁。恐是庐山影，五老相颉颃[12]。更听瀑布响，非独云可望。君言君休矣，且起引一觞[13]。明朝请临此，送君光文房[14]。

题解

本诗录自全祖望等人编、清乾隆十二年（1747 年）刻本《韩江雅集·卷六》第 11 页。

方环山：方士庶，字洵远，一作循远，号环山，又号小师道人，安徽歙县人，后居扬州。清代书法家。

明宁王：明宁献王朱权，系明太祖朱元璋第十六子（《明史》称第十七子），原封大宁（今河北省）。从朱棣（成祖）起兵，夺取建文帝位后，遂被改封南昌。

注释

[1]擅场：谓技艺超群。

[2]三箧：三箱。

[3]氤氲（yīn yūn）：浓烈的气味。多指香气。

[4]盘挐（ná）：形容纡曲强劲。

[5]翳（yì）：晦暗不明。

[6]玺：印。

[7]高帝：开国皇帝的谥号之一。简称高帝。此处指明太祖朱元璋。

[8]匡庐：庐山。相传周有匡姓七兄弟结庐隐居于此，故名。

革囊：皮口袋。

[9]飞抢:迅速飞落。

[10]罨(yǎn):覆盖,掩盖。

[11]尺幅:指小幅的纸或绢。泛称文章、画卷。

叆叇(ài dài):云盛貌。

蓊(wěng):草木茂盛。

[12]五老:庐山东南,因山的绝顶被垭口所断,分成并列的五个山峰,仰望俨若席地而坐的五位老翁,故人们便把这原出一山的五个山峰统称为五老峰。

颉颃(xié háng):谓不相上下,相抗衡。

[13]引一觞:指举杯饮酒。引觞:持杯。

[14]临:照样子模仿字画。

解秋次元微之韵得第三首韵

唐建中

朝夕弄药裹,心不思醉乡[1]。出入倚藜杖,足难履周行[2]。因病得闲适,如渴饮元霜[3]。次第数秋色,又对菊花黄。

题解

本诗录自全祖望等人编、清乾隆十二年(1747 年)刻本《韩江雅集·卷八》第 6 页。

“解秋”为本诗的标题。

“次元微之韵”指依次用元稹《解秋十首》中第三首的“乡”韵作诗。元微之:元稹,字微之。

注释

[1]药裹(guǒ):药囊。

醉乡:指醉酒后神志不清的境界。

[2]藜杖:用藜的老茎做的手杖。质轻而坚实。

周行:大路。

[3]元霜:神话中的一种仙药。

题青冢图

唐建中

咄哉徐君真好奇,劝客一饮连十卮[1]。酒酣手持青冢图,邀客为作青冢诗。

自言边地尽飞狐,青冢犹在边西陲[2]。世人但闻图经说,我昔从军亲见之[3]。前临黑河后祁连,黄沙千里胡马迷。其地万古无春风,但见白草常离离。一抔独戴中华土,青青之色长不萎[4]。我时往拜值寒食,系马冢前古柳枝[5]。此柳亦疑汉宫物,枝枝叶叶皆南垂。下有无名之石兽,上有无主之荒祠。兽腹依稀青冢字,刻画认是唐人为。祠中络绎献湩酪,碧眼倒地呼阏氏[6]。至今牧儿不敢上,飞鸟绝声马不嘶。却为奇迹人罕见,擅场画手黄生宜[7]。请看惨淡经营处,山川粉墨无参差[8]。按图一一为指点,百口称快含嗟咨[9]。

有客引满前致问:“先生图斯焉取斯[10]?”呜呼噫嘻!先生之意客岂知?男子有才女有色,往往自爱如山鸡[11]。王嫱本是良家子,对镜顾影常矜持[12]。一朝选入深宫里,风流不数西家施[13]。谁知承恩亦在貌,君王莫辨妍与媸[14]。但愿君王辨妍媸,妾辞远嫁呼韩邪[15]【音移】。所以喟然越席起,仰天不复挥涕洟[16]。五鼎生烹主父肉,马革死裹伏波尸[17]。古之烈士多如此,高山河水当怨谁?此意天地为感动,坟草四时回春姿。徐君之才满一石,白首著书十指胝[18]。新诗句句在人口,清如珊瑚敲玻璃。可怜三载饥臣朔,文章酷召数命奇[19]。虽从王门掌书记,时平不须投毛锥[20]。非无要路与捷径,丈夫致身羞以赀[21]。正如明妃恃其貌,倔强不肯赂画师[22]。人生遭遇有不一,侘傺岂即非良时[23]?假使明妃宫中死,安得香名流天涯?披图知君心独苦,别有块垒非蛾眉[24]。君不见杜陵咏怀生长明妃村,乃与庾信宋玉蜀主诸葛同伤悲[25]。

题解

本诗录自查为仁著、清乾隆六年(1741年)版《莲坡诗话·卷中》第6页。诗前云:"徐芬若从军沙漠,路经青冢,徘徊竟日,嘱虞山黄遵古鼎绘其图以归。都下名士以为奇观,竟赋诗咏之。竟陵唐赤子建中诗曰。"胡凤丹编、清光绪三年(1877年)版《青冢志·卷十·艺文·古今体诗》第14页收录本诗,题下注:"国朝唐建中,字赤子,竟陵人。"文后注:"《莲坡诗话》"。

徐芬若:徐兰,字芬若、芝仙,江南常熟人。流寓北通州以终。擅长白描人物,诗无一语不奇。

青冢:指汉王昭君墓。在今内蒙古自治区呼和浩特市南。传说当地多白草而此冢独青,故名。

虞山黄遵古鼎:黄鼎,字尊古,江苏常熟人。善画山水。虞山:山名。位于常熟境内。此处借指常熟。

注释

[1]咄哉:表示惊诧的短语。

卮:古代一种酒器。

[2]自言边地尽飞狐,青冢犹在边西陲:"自言"以下,至"山川粉墨无参差",为徐兰(徐芬若)"自言"的内容。

[3]图经:附有图画、地图的书籍或地理志。

我:指徐兰(徐芬若)。

[4]一抔(póu):一抔土。指坟堆。

戴:捧,举。

[5]寒食:寒食节。节日名。在清明前一日或二日。

[6]恫酪(dòng lào):取马奶制酪。指马酪。

碧眼:旧指胡人。此处指胡人石像。

阏氏(yān zhī):汉代匈奴单于、诸王妻的统称。

[7]擅场:谓技艺超群。

黄生:指黄遵古。

[8]惨淡经营:指作画前先用浅淡颜色勾勒轮廓,苦心构思,经营位置。

参差:差池,差错。

[9]嗟咨:慨叹。

[10]引满:谓斟酒满杯而饮。

[11]自爱如山鸡:比喻顾影自怜。典自"山鸡照影"。《艺文类聚·卷七十·服饰部下·镜》:"《异苑》曰:山鸡爱其毛羽,映水则舞。魏武时,南方献之,公子苍舒,令以大镜其前,鸡鉴形而舞,不知止,遂乏死。"

[12]顾影常矜持:自我欣赏的意思。矜持:自鸣得意,自负。

[13]不数:不亚于。

[14]承恩:蒙受恩泽。

妍与媸(chī):漂亮与丑陋。

[15]呼韩邪:名稽侯珊,汉宣帝神爵四年(前58年)立为单于。后为兄郅支单于所败,于宣帝甘露二年(前52年)归附西汉,次年率其部属南迁汉光禄塞下(今内蒙古固阳县西南)。汉元帝将宫中美女王昭君嫁给他为妻。在西汉王朝的支持下,他迅速恢复了对匈奴全境的统治,为古丝绸之路西部的社会安定做出了重大贡献。自从呼韩邪归附西汉之后,匈奴与汉朝保持了长达六七十年的睦邻友好关系。

[16]涕泗(tì):眼泪和鼻涕。

[17]五鼎生烹主父肉:典自"五鼎烹"。《汉书·主父偃传》:"大丈夫生不五鼎食,死则五鼎烹耳。"意思是说,人生在世,不应草木一生,不是轰轰烈烈地生,便当轰轰烈烈地死。后因用为咏不甘默默一生情愿轰轰烈烈死去之典。

马革死裹伏波尸:典自"马革裹尸"。用马皮把尸体包裹起来。谓英勇作战,死于战场。《后汉书·马援传》:"男儿要当死于边野,以马革裹尸还葬耳,何能卧床上在儿女子手中邪?"伏波:汉将军名号。西汉路博德、东汉马援都受封为伏波将军。

[18]才满一石:典自"才高八斗"。形容富于文才。语出《南史·谢灵运传》:"天下才共一石,曹子建独得八斗,我得一斗,自古及今共用一斗。"

胝(zhī):手脚掌上的厚皮,俗称茧子。

[19]饥臣朔:指东方朔。《汉书·东方朔传》:"朱儒长三尺余,奉一囊粟,钱二百四十。臣朔长九尺余,亦奉一囊粟,钱二百四十。朱儒饱欲死,臣朔饥欲死。"后因以臣朔为东方朔的简称。

召:召致,引来。

数命奇:命运不好。数:命运,命数。奇:不偶,不好。古代占法以偶为吉,奇为凶。

[20]王门:王爷的邸第。

掌书记:专职的高级文字秘书。唐代节度使的幕僚中有掌书记。此处当指徐兰(徐芬若)从军时任掌书记之类职务。

时平:时世承平。

不须:《青冢志》作"不复"。

毛锥:毛笔的喻称。以束毛为笔,其形如锥,故云。

[21]要路:显要的地位。

致身:原谓献身。后用作出仕之典。

赀(zī):同"资"。货物,钱财。

[22]正如明妃恃其貌,倔强不肯赂画师:指王昭君不肯贿赂画工毛延寿,被画出丑状,而不被汉元帝召幸。明妃:汉元帝宫人王嫱字昭君,晋代避司马昭(文帝)讳,改称明君,后人又称之为明妃。

[23]侘傺(chà chì):失意而神情恍惚的样子。

[24]披图:展阅图籍、图画等。

块垒：指心头郁积的愤懑与愁苦。

[25]君不见杜陵咏怀生长明妃村，乃与庾信宋玉蜀主诸葛同伤悲：《咏怀古迹五首》是杜甫于唐代宗大历元年（766年）在夔州（治今重庆奉节）写成的组诗。组诗分别吟咏了庾信、宋玉、王昭君、刘备、诸葛亮在长江三峡一带留下的古迹，赞颂了五位历史人物的文章学问、心性品德、伟绩功勋，并对这些历史人物凄凉的身世、壮志未酬的人生表示了深切的同情，并寄寓了自己仕途失意、颠沛流离的身世之感。

杜陵咏怀生长明妃村：指杜甫《咏怀古迹（其三）》咏王昭君遗迹。首联云："群山万壑赴荆门，生长明妃尚有村。"据《一统志》记载："昭君村，在荆州府归州东北四十里。"其址，即今湖北秭归县香溪。杜甫写这首诗的时候，正住在夔州白帝城。这是三峡西头，地势较高。他站在白帝城高处，东望三峡东口外的荆门山及其附近昭君村，构想出群山万壑随着险急的江流，奔赴荆门山的雄奇壮丽的图景。

江峰集序

唐建中

闲尝流览古人之诗集[1]，多断自中年以后，而早年之作绝少。惟杜子美东郡趋庭、登兖州城楼有诗，眉山兄弟从其父入汴京道中有诗[2]，其他无闻焉。岂诗之为道，必待学之久而后工耶？

前辈程洴江先生自史馆入直，其所为诗，固啧啧人口[3]。予往在京师，读之久矣。及客游扬州，又见其《江峰集》，为初年读书江村时作，而入都得于道中者附之。何先生工诗之早耶？夫禅家之学有顿、有渐渐者[4]，节节而为之。顿则豁然易以贯通，是惟得之天者多耳。先生聪敏过人，凡文人所为之事无不为，凡文字所有之体无不有。当其在江村奉尊人水部公之训，方刻励应制举，日事占毕，而出其余情以为诗[5]。其咏史怀古，风格在陈正字、李青莲之间[6]。而《江村十三咏》《乞瑶草二十二章》，且成于弱冠以前，已足与辋川、襄阳相颉颃[7]，斯岂徒求之学力耶？天之所予，盖已迥然不侔矣[8]。昔钱考功以《湘灵鼓瑟》登第,其平生尝闻有人诵"曲终江上"之句,卒以此受知于主司[9]。先生之以"江峰"名集,当时得无取此耶[10]? 或以为流连光景,江南之山浮江而来者,相与数晨夕于几案间,则先生工诗之早,又未必非江山之助也?

竟陵唐建中。

题解

本文录自程梦星著、清乾隆十二年(1747年)刻本《今有堂诗集·江峰集》。

注释

[1]闲尝:亦作"间尝"。犹曾经。

[2]杜子美东郡趋庭、登兖州城楼:指杜甫到兖州看望父亲,写下《登兖州城楼》,首联云:"东郡趋庭日,南楼纵目初。"趋庭:指孔子之子趋而过庭,并闻孔子言诗礼事。后引申为晚辈接受长辈的教诲。

眉山兄弟从其父入汴京:指宋嘉佑元年(1056年),苏轼、苏辙兄弟跟随父亲苏洵赴当时的首都汴京(今河南开封)赶考。

[3]程洴(píng)江:程梦星,号洴江。

史馆:国史馆,为翰林院附属机构。

入直:亦作"入值"。谓官员入宫值班供职。

啧啧:叹词。表示赞叹、叹息、惊异等。

[4]有顿、有渐渐者:指佛教语顿悟、渐悟。顿悟:谓不假时间和阶次,直接悟入真理。渐悟:谓渐次修行,心明累尽,方能达到无我正觉境界。与"顿悟"相对。

[5]尊人水部公:指程梦星的父亲程文正,扬州人,清康熙三十年(1691年)中进士,为翰林院庶吉士,任工部都水司主事。

刻励:刻苦勤勉。

制举:以制科取士称制举。此处指科举。

占毕:诵读,吟诵。

余情:谓充沛的情趣。

[6]陈正字:指宋诗人陈师道。陈师道,字履常,一字无己,自号后山居士,彭城人。官至秘书省正字。后因称陈正字。

李青莲:指李白。李白别号青莲居士。

[7]弱冠:古时以男子二十岁为成人,初加冠,因体犹未壮,故称弱冠。

辋川:指王维。唐诗人王维曾置

别业于辋水。

襄阳：指孟浩然。孟浩然为襄阳人。

颉颃(xié háng)：谓不相上下，相抗衡。

[8]侔(móu)：齐等，相当。

[9]钱考功以《湘灵鼓瑟》、曲终江上：唐代诗人钱起以《省试湘灵鼓瑟》诗最为有名。尾联云："曲终人不见，江上数峰青。"钱起曾任考功郎中，故世称钱考功。与韩翃(hóng)、李端、卢纶等号称"大历十才子"。

登第：科举考试录取时须评定等第，因称应考中试者为登第。相对而言，未中试者谓"不第"或"落第"。

受知：受人知遇。

主司：科举的主试官。

[10]得无：犹言能不；岂不，莫非。

附

三月晦日追悼唐南轩馆丈（唐建中）

程梦星

嗟哉唐南轩，竟以不食死。易箦犹著书，未闻卧床第。家具余青毡，遗籍纷故纸。友朋致赗赙，帷殡相料理。买棹送之归，扶榇得令子。两月江上行，十日九风雨【叶】。丹旐苦飘飖，素帐愁沾洒。高天空冥冥，长波浩瀰瀰。岚光幻苍莽，极目怅迢递。昨日有书来，汉滨舟暂舣。羁阻弗克前，征帆滞西指。隐隐天门山，相去盈尺咫。一水襟带间，邈若隔千里。首邱愿尚虚，遭厄事已每。造物恒妒才，胡为定尔尔？

昔余客京师，结纳类英伟。荆楚三数人，如君少伦比。声誉动公卿，避席辄惊起。其如蹎场屋，投合费磨揣。碌碌踏软红，四十强未仕。幸值万寿恩，还家就乡试【叶】。甲乙掇巍科，题名两癸巳。廷对策天人，遴选授吉士。鸾坡时徘徊，花砖亦徙倚。车马喜联镳，笔砚欣接几。尚论述古先，积习厌华靡。但谐故旧欢，何必桑与梓。

余忽丁内艰，仓皇急南徙。君乃同羝羊，藩篱屡触骶。扬州寻凤好，瞻乌咏爰止。襟怀自跌荡，雅俗均一视。遂为时流轻，而致群小诋。避迹江之南，流转金陵市。朝看白门花，暮泛秦淮水。东山访谢安,新亭吊周顗。本脱无妄灾,翻致求全毁。终以清白身,超超涤尘滓。故山久不返,遥遥越十载。五亩荒菊松,三径凋兰芷。因循事远游,荐剡荷知己。编纂奉明诏,职司订前史。将以别银根,更藉分亥豕。淹博乃见推,罗致入朱邸。尊崇俨傅师,请教愿长跪。适馆丽轩楹,授餐洁潎瀙。举步鲜柢梧,发议尽诺唯。久抑快所遭,同侪为私喜。君意殊不然,旦夕戒行李。颓然如不胜,瞯焉若将浼。力辞始言归,弃之等敝屣。侨寓仍邗上,禆被萧寺里。松关白昼闲,竹阁青霄庳。寂处忘饥寒,公门屏车轨。不烦乞米僧,恐益县尹耻。迩年僦屋居,苔藓上阶圮。考古治春秋,创辟获妙解。左氏汰浮夸,公谷择精采。窃取宣父义,我知亦我罪。晚年学周易,河洛窥奥旨。殚思穷象数,卜筮效揲卦。更使音韵谐,讽诵叶宫徵。问字宾客来,清言自娓娓。后起赖奖藉,绝口勿臧否。澹泊罔所干,昨非觉今是。前车鉴既往,庶几免尤悔。

此邦多寓公,高旷寡其耦【叶】。维时安定公,卜居亦来此。逸老六七辈,宴集合尚齿。白傅会洛中,图绘差可拟。余年称最少,卢狄敢仰企。忆君积诗逋,挑战殊未已。饮酒更强余,屡激坚壁垒。无何易分张,乐事去如驶。马子筑行庵,重聚如创始。让圃才西兴,弹指又东峙。嬉春与结夏,酬倡真密迩。感秋与消寒,早日预咨启。开轩咏大木,次韵逮众卉。听莺到日斜,对酌趁月胐。君性剧疏懒,后至逾刻晷。搦管耽苦吟,篝灯共延俟。拙作颇草草,措词惭陋鄙。拙速而巧迟,肯以此易彼。有时约联句,韩孟儗怪傀。有时期叠和,元白略形似。钞写盈数千,与年并增累。删订付剞劂,卷帙业装庋。独惜君未见,乘风驾鲸鲤。每于小集时,缅怀追杖履。素心十四五,独少斯人在。况今当暮春,三月日将晦。往岁于此日,记君悬弧矢。黄垆既云杳,何处奠觞醴?古稀虽已过,岂遽谓遐纪?彭殇齐妄作,百年那相待?宁乏赫赫名,究同草木萎。地下亦伤春,焉用问真宰?晓风含凄清,晚云互暧叇。招魂赋楚些,女萝怨山鬼。薤露悲莫闻,长歌作哀诔。

题解

本诗录自程梦星著、清乾隆十二年(1747年)刻本《今有堂诗集·琴语集》第31页。《全谢山(全祖望)先生年谱》记载："乾隆十年乙丑(1745年)四十一岁……天门唐南轩建中卒。"次年春,程梦星与诸诗人聚集于行庵悼念故友唐建中,作此诗。

晦日:农历每月最后的一天。

馆丈:翰林前辈对后辈的称呼。

程梦星:字伍乔,一字午桥,号洴(píng)江,江都人。清康熙壬辰(1712年)进士。丁艰后即不出。主诗坛数十年。

唐君赤子(唐建中)墓志铭

彭维新

君讳建中,字赤子,一字作人。宋直臣唐介之裔,居竟陵。祖某、父某,皆种学绩文而艰于遇。一夕,同感异梦生君。君初生,张目四顾,光睒睒逼人,举室惊异。岁周试晬盘,频握笔画地,若作字状。四岁受书里塾,目数行下。年余,四子书、《易》《书》《诗》《孝经》《小学》悉能记诵,更授以《小戴记》,如宿读。师讶之,对云:"闻他学童诵此,已耳熟矣。"试令背诵,自《曲礼》至《玉藻》,无只字讹漏。兼工属对,冲口应如响,由是夙慧名噪乡里。寻祖与父见背,键户益恣读诸书。年十三四,老儒于经史子集有未悉,多就问之。然赋性矫厉,作制义及诗、古文辞,一字不肯犹人,下笔滚滚不能休,俄顷可尽十数纸。久困童子试,年近三十矣,乡人讽以降格为文,终不改。

其从兄有著籍江南徐州者,君往依。适学使许时庵先生按徐,君以徐籍求自试。许公迟回,君大言:"当世岂无杜正元其人?惟所命。"公意欲抑之,试以枯冷题七,度未必能副。君不起草,七艺立成,词意警拔。公大惊赏,谓徐士曰:"黄茅白苇中得朱草芝英,足为徐光矣。"优擢为弟子员,时康熙壬午岁也。明年,圣祖仁皇帝南巡,君走诣行在献诗赋。当是时，东南进诗颂者千余人，诏大臣面试，拔其尤惟四十余人，君与焉。恩赐国子生，随驾入京师，复改注竟陵籍。三应京兆乡试，皆不售。归楚，恭逢癸巳万寿特科，登乡荐，成进士，选翰林院庶吉士。

君声名籍甚，公卿皆愿交，而君素不喜见权贵，人恒与疏远。惟笃于友谊，寓舍无隔宿粮而坐客常满，凡一面之识有急必周，迫则付衣物质库，率以为常。有值拂意事者辄往，备为宽譬，悉心殚力拯之泥淖，往往自废其事。友有过，显斥不相假，退无后言。常有德于故人子，后其人骤贵，反相忌，扼君于险，君遇之如故。

乙未届散馆，君自恃才敏强记，答同试者窃问疑义，元元本本，重叠剖说，日向晡始自举笔，以不终卷被放，恬如也。某邸慕其名，礼聘授经书，处之华馆，食饮与俱。一日，偕一善弈者同饭，君艴然辞出，挽之不肯留。侨居扬州，扬贾人薮习侈靡又诡托文雅，妄自标置，群冀结君为声誉。君欲矫之，恒着布袍敝履，宴游集拒不赴。有致重资丐屏幛文者，亟麾去，曰："唐赤子焉能为卖菜佣作文字缘乎？"辖榷使及守令至门，亦不与见。

嗜书卷、山水成癖。所居荒僻，蓬蒿没人，而卷轴叠架盈几，日夕披吟。虽晨炊数断，闻异书必多方购得乃已。往在京师与余共游西山，值陡崖，小径劣容足，君攀石角、藤根跻其巅，周览吟啸良久，不得下，尻脊抵磊砢，几败，意大适。余官浙藩时，君春杪来访，赠以买山资近百金，劝之还竟陵。欻辞去，夏五复至，谓余曰："旧闻浙东多奇山水，幸得所赠为游资，偕诗友某某数人、画师一人，凡天台、天姥、金庭、桐柏、五泄诸胜，足迹殆遍。昼出游，夜递假寺观以居，相与赋诗、撰记、绘图，雨亦然，今已成巨轴。以暑热故，惟未一到龙湫、雁荡为憾耳。"问其归橐，向尽矣。其旷怀高致多类此。

著有《周易毛诗义疏》《国语国策纠正》，竖义创辟，多前人所未发。诗文皆有奇气，无因袭语。钟退谷、谭寒河，君乡先辈也，幼时即抨击其著述。

素与方灵皋友善，诏九卿举博学宏辞，灵皋时为小宗伯，欲举君，虑其不赴，使客喻意。君大诧，曰："欲荐而使我知，此典不光矣。"峻拒再四而止。

某年月日以疾卒于扬州，年若干。其子某奉其櫬归葬竟陵，灵皋贻余书属为墓志，以未得家状迟之。叠以书来趣，祗据君平昔所告语，及吾辈所见所闻，略著其梗概如此。铭曰：

狂耶狷耶，胡可转耶？ 如斯人者，今其可得见耶？

题解

本文录自彭维新著、清道光二年（1822 年）版《墨香阁集·卷八》第 11 页。原题为《翰林院庶吉士唐君赤子墓志铭》。

彭维新：字肇周，号石原，又号余山，茶陵人。清康熙四十五年（1706 年）进士。累官协办大学士，管理户部。坐事免，起授都察院左都御史。

张继咏（青浦知县）

清道光元年(1821年)版《天门县志·卷之二十三·人物》第24页记载:"张继咏,字次崖。康熙乙未进士。知青浦县,调镇洋未赴,卒。青浦,滨海大邑,赋广事繁。继咏治邑三年,兼摄华亭。以青浦旧逋,因公镌级。民间传其去职,两邑之人,暑月走汗,遮拥旌门,吁留慈母。祇此兴学课农,缓征急恤,扶弱抑强,豁枉出滞,一切以精诚结之,故载《扳留集》。"

吴江区档案局、吴江区方志办编,广陵书社2014年版《吴江知县》第261页记载,张继咏(?—1738年),乾隆二年(1737年)六月署。字次崖,号菊源,湖北天门人。康熙五十年(1711年)辛卯科举人,五十四年(1715年)乙未科徐陶璋榜三甲93名进士。雍正二年(1724年)任青浦知县。青浦赋广事繁,什么事情都想整齐划一地办好实在不容易。他在青浦三年,兴学重农,缓征科,急抚恤,扶弱抑强,平反冤假错案,清积案,空监狱。又同时兼任华亭知县。当上面因为积欠赋税要处理时,两县民众以为他犯事罢官,便群起拥塞衙门不让离开,最终以降级留任。士绅们因此有《攀留集》,王原为之作序。乾隆三年(1738年)六月,调署镇洋县,还未到任即去世。(引用时文字略有改动)

中国第一历史档案馆馆藏赵弘恩奏折称:原署震泽县张继咏名下,应追承修底定桥工核减银壹百肆两陆钱陆厘叁毫。先经请咨该故员原籍安陆府天门县,查明张继咏家产已于原任青浦、华亭二县任内应完塘工银两各案追变无存,取结报部,奉准部文:"行查任所,如果并无产业,无可著追,即取具印结保题。"……湖北省咨报:"张继咏已经身故,伊弟张继良一贫如洗,实属家产全无。具结请免。"

附

攀留集序

王 原

雍正二年,景陵张侯以名进士来宰吾邑。清绝一尘,才长四应。

不假刑威而奸尻慑服，无事姑息而闾井粢宁。赋不征而自集，讼不禁而自无。盖其诚心为质，开诚布公，若风之尚草、雨之化禾，有相感相孚于不自知者。期年而民信，再期而民乐。诵声洋溢，被于邻壤。今年夏，忽有前令远年漕项吏议去官之传闻，侯方摄篆华邑，遄归，束装候代，怡然以得释负担为乐。而四民震骇，如失慈母，罢市辍耕，自城镇以逮乡曲，自土著以暨流移，莫不奔走号呼，仓皇迫切。南则府厅提帅，北则方岳参藩；近则近方驻节，远则督抚提刑，吁达舆情，攀辕借寇，重跰接迹，绎络道途。上台方缮疏胪陈，而邸抄旋至，止议镌级，前言属讹。民乃鼓舞庆生，如失子还家、枯鱼得水。侯见民情若此，亦复不忍言去。

侯高堂具庆，前岁迎养至署，晨昏侍奉，曲尽孝道。而太翁义方勖勉，惟以报国爱民为竞竞。凡侯之修于身、施于政、被于民者，得之庭训有素。即如今秋异常水灾，侯奉聘入闱，护理者逡巡前却，不遽详报。太翁谆笃传语，促令星夜缮文，恐邮程稽缓，给费专差达民疾苦，如救焚拯溺。呜呼！青民何幸得贤父母，父母复有贤父母耶！移孝作忠，侯以孝于亲者忠于君，而吾邑先获覆被焉，诚幸事也！

邑人汇留侯诸稿成，余乐书其事以序其首简。

雍正四年丙午重九，青浦八十一翁王原。

题解

本文录自王原著、清光绪辛卯（1891 年）版《西亭文钞·第五卷》第 16 页。

王原：本名原深，字令诒，一字学庵，晚号西亭，上海青浦人。清康熙二十七年（1688 年）进士。官工科给事中，以直言降级归。工诗。学以濂洛为宗。

曾元迈（御史）

曾元迈（1669-1734年），天门城关人。府邸在鸿渐路原鸿渐小学一带。清乾隆乙酉（1765年）初版《天门县志·卷十六·文苑》第16页记载："曾元迈，字循逸。凤慧天禀，有孝行，脱颖早而晚成。康熙癸巳举人，戊戌进士。选入庶常，三年授编修。读中秘书，益演迤恣肆，其所学久而得会归。有密友在朱相国轼幕，欲引元迈前谒门下，柬招之。谢曰：'相公固心如水，仆又可以热借釜耶？'固弗往。寻充会典馆纂修。丙午典试江南。赍赐叠及。许事竣，省母。复命擢御史。遇事敢言，不避严显。其《端士习》《振吏治》两疏，以为养蒙于豫，叙官以能，尤建言得其体要云。"

清道光元年（1821年）版《天门县志·卷之二十二·文苑》第17页记载："曾元迈，字循逸，号严斋。康熙癸巳举人，戊戌成进士，选庶常，三年授编修。有密友在朱相国轼幕，欲引谒门下，柬招之，固谢弗往。寻充会典馆纂修。丙午典试江南，得士彭启丰，后以会状第一人仕至尚书。元迈秉性刚正。及擢御史，遇事敢言，不避严显。其《端士习》《振吏治》两疏尤得体要。著有《制义专稿》，卓然名家。子道亨、时亨登甲乙科。孙继祖，字蒿圃，以字行，工诗文，安贫不遇。"

章学诚著、1922年吴兴刘氏嘉业堂刊《湖北通志未成稿·名宦》第12页记载："曾元迈，字循逸，号严斋，天门人。母郑孕十四月，梦月入怀而生元迈。少而秀巍，成童斐然。年五十余始举于乡，康熙戊戌成进士，由翰林改监察御史。有大僚以功当论赏，进止失仪，元迈疏劾，上嘉其直，为减赍予。又请定外官任满之例，大约谓：'大计之年，卓异行取者数人，贪污黜罚者数人，其余不升不黜之员率皆假借考语，一概留任，以至道府州县有任十数年不升不黜者，同知、通判、丞簿、教官以及杂职有任至廿余年不升不黜者。请下吏部，嗣后官员定以三年为满一任，凡非卓异与非贪污者，果有士民安其政教，公恳留任，或监司知其材能，力保留任，或自陈有所兴革，未及成功，愿乞留任，必督抚题明，方准供职，如无前留任之故，即不混许久仕，亦不勒令休致，听其候新官交代后，以原品解归。若归里之后，材德增修，声望昭著，许在内公卿科道，在外督抚藩臬，各以所知荐举，复得起用。如此则仕宦无永锢之途，而既用之官勉图后效。选补无久占之缺，而将用之得及时效力矣。至留任者,六年再考,若仍无卓异可升,无贪污可黜,益当解任归里,其起用与否,听诸公论可矣。若再有恳留、保留、陈留如前三者之故,必督抚察其情事真实,方准听其三考。至于三考九载,则但有黜陟之分,而无解任之例。盖九载而有功者,必循良有德,专以教化治人,至于久而果有明效,此当从优升擢者也。九载而无功者,即是贪恋禄位,庸懦无为,有功不兴,有弊不除,再难宽贷。更有别过,从重治罪,即无一罪过,亦必革去职衔,永不叙用,断难复邀解任之例,希图起复矣。《书》曰:三载考绩,黜陟幽明,此唐虞中正之法,历代用之而未尽者也。'乡先达某为故大学士朱轼素交,欲荐元迈于门下,辞曰:'朱公天下模楷,然不愿无故苟合,辱知己荐。'其耿介如此。雍正甲寅辛,年六十有六。"

名教罪人诗

曾元迈

忠正维臣节,逢迎坏士风。不思名义重,徒献媚词工。宽法流移外,公评讽刺中[1]。归宜图晚盖,应保此身终[2]。

题解

本诗录自故宫博物院编、海南出版社 2000 年版《故宫珍本丛刊·名教罪人》(影印本)第 335 页。原无标题。诗前有"翰林院编修曾元迈"几字。

名教罪人:旧对违背礼教之人的谴称。雍正皇帝赐钱名世"名教罪人"匾额。

上海书店出版社 1999 年版《名教罪人》出版说明:雍正初年发生的钱名世因投诗年羹尧获罪案,是清代文字狱诸案中比较特殊的一个案例。其中尤其令人惊讶,并引起后人訾议的,主要集中在雍正对这一案件的特殊处理方法:对案犯不杀不关,著作不禁不毁,令钱名世的"同类"写诗对他进行群众性的"大批判";而这些"大批判"材料,又要由钱名世自己出钱刻印。

注释

[1]宽法:犹言从宽处理。　　　　　[2]晚盖:比喻改过自新。
流移:流亡,迁移。

夜饮北塘即事

曾元迈

林塘地僻独清幽，携酒行来渐近秋。红藕花中频放艇，青山醉后一登楼。遥汀鹭影栖烟稳，积水蛙声叫月愁。为我添杯招胜友，余鲭不向五侯求[1]。

题解

本诗录自熊士鹏编、清道光癸未（1823年）版《竟陵诗选·卷十》第18页。

即事：以当前事物为题材的诗。

注释

[1]余鲭（zhēng）不向五侯求：典自"五侯鲭"。五侯：指汉成帝母舅王谭、王根、王立、王商、王逢时，因同日封侯故号为五侯。鲭：为肉和鱼的杂烩。五侯鲭指汉代娄护合王氏五侯家珍膳而烹成的杂烩。后指佳肴。

赠刘将军

曾元迈

纵横沙塞几经秋，乞得云山汗漫游[1]。愁阵自今能却敌，醉乡何患不封侯[2]。骅骝已放还安步，鹅鹳无惊有钓舟[3]。莫道雄心除未尽，辟人犹自看吴钩[4]。

题解

本诗录自丁宿章编、清光绪九年（1883年）版《湖北诗征传略·卷二十九》第4页。

注释

[1]汗漫:形容漫游之远。

[2]愁阵:指借酒消愁。

醉乡:指醉酒后神志不清的境界。

[3]骅骝:泛指骏马。

鹅鹳:水鸟天鹅与鹳鸟。

[4]辟人:谓驱除行人使避开。

吴钩:春秋吴人善铸钩,故称。后
也泛指利剑。钩:兵器,形似剑而曲。

海淀至西堤

曾元迈

千里园林旧洞天,一泉分出数溪烟[1]。已环殿阁成冰镜,旋引宫渠入稻田。花偶过墙风半面,柳因近水日三眠。思乡夜梦潇湘景,今见潇湘在眼前。

题解

本诗录自熊士鹏编、清道光癸未(1823年)版《竟陵诗选·卷十》第18页。

注释

[1]洞天:道教称神仙的居处,意谓洞中别有天地。后常泛指风景胜地。

中秋兴感(三首)

曾元迈

昨夜秋风梦故园,丹枫江上白云村。洞庭月出芙蓉冷,应照离人枕上魂。

巾柘江头有钓矶,料当佳节倚荆扉[1]。高堂望月思游子,游子何年趁月归?

去年今夕武昌游,月色江声满鹤楼。遥想筵前相送客,几人箫管在轻舟。

题解

本诗录自熊士鹏编、清道光癸未(1823年)版《竟陵诗选·卷十》第18页。

注释

[1]巾柘:指巾水和柘水。巾水即　今石家河,俗称东河。柘水即天门河。

陆子茶经序

曾元迈

人生最切于日用者有二:曰饮,曰食。自炎帝制末耜,后稷教稼穑,烝民乃粒[1],万世永赖,无俟觑缕矣[2]。唯饮之为道,酒正著于《周礼》,茶事详于季疵[3]。然禹恶旨酒,先王避酒祸[4]。我皇上万言谕曰:"酒之为物,能乱人心志。"求其所以除痟去厉、风生两腋者,莫韵于茶[5]。茶之事其来已旧,而茶之著书始于吾竟陵陆子,其利用于世亦始于陆子。由唐迄今,无论宾祀燕飨,宫省邑里[6],荒陬穷谷,脍炙千古[7]。逮茗饮之风行于中外,而回纥亦以马易茶,大为边助[8]。不有陆子品鉴水味,为之分其源、制其具、教其造与饮之类,神而明之,笔之于书而尊为经,后之人乌从而饮其和哉[9]?

余性嗜茶。喜吾友王子闲园宅枕西湖,其所筑仪鸿堂,竹木阴森,与桑苎旧址相望[10]。月夕花晨,余每过从,赏析之余,常以西塔为骋怀之地,或把袂偕往,或放舟同济[11],汲泉煎茶,与之共酌于茶醉亭之上,凭吊季疵当年披阅所著《茶经》,穆然想见其为人[12]。昔人谓其功不稷下,其信然与[13]!迩时余即欣然相订有重刊《茶经》之约,而资斧难办[14]。厥后余以一官豹系金台[15],今秋奉命典试江南,复蒙恩旨归籍省觐[16],得与王子焚香煮茗,共话十余载离绪。王子因出平昔考订音韵,正其差讹[17],亲手楷书《茶经》一帙示余,欲重刊以广其传,而问序于余[18]。余肃然曰:"《茶经》之刻,向来每多脱误,且漶灭不可读[19],余甚憾之。非吾子好学深思,留心风雅韵事,何能周悉详核至此! 亟宜授之梓人,公诸天下,后世岂不使茗饮远胜于酒,而与食并重之,为最切于日用者哉?"同人闻之,应无不乐襄盛事[20],以志不朽者。是为序。

　　时雍正四年,岁次丙午,仲冬月之既望日,年家眷同学弟曾元迈顿首拜撰[21]。

题解

本文录自国家图书馆藏,清雍正七年(1729 年)己酉重刊、仪鸿堂藏版陆羽《陆子茶经》。

注释

[1]耒耜(lěi sì):古代耕地翻土的农具。耒是柄,耜是下端的起土部分。

后稷:周之先祖。相传姜嫄(yuán)践天帝足迹,怀孕生子,因曾弃而不养,故名之为"弃"。虞舜命为农官,教民耕稼,称为"后稷"。

烝(zhēng)民乃粒:语出《尚书·益稷》:"烝民乃粒,万邦作乂(yì)。"百姓有粮食吃,天下才能安定。烝民:众民,百姓。

[2]无俟觏缕(luó):不用等待详述。

[3]酒正:周朝酒官。职掌宫廷造酒、用酒。

季疵:陆羽,一名疾,字鸿渐,又字季疵。

[4]禹恶(wù)旨酒:语出《孟子·

离娄下》:"禹恶旨酒,而好善言。"禹不喜欢美酒,却喜欢有价值的话。旨酒:美酒。

裯(gù):用同"祸"。

[5]痟(xiāo):通"消"。头部酸痛的一种疾病,发于春天。

厉:古同"疠""癞"。恶疮。

风生两腋:形容饮茶、嗜茶者会有飘飘欲仙之感,实际反映了一种道家情愫。语出卢仝(tóng)《走笔谢孟谏议寄新茶》:"七碗吃不得也,唯觉两腋习习清风生。"

韵:风雅。风韵雅致。

[6]宾祀:祭祀。

燕飨(xiǎng):亦作"燕享""宴飨""宴享"。古代帝王饮宴群臣。

宫省:指设在宫中的官署,如尚书

省、中书省等。

邑里：乡里，乡间。

[7]荒陬(zōu)：辽远的边地。陬：隅，角落。

穷谷：谷的尽头。指荒远偏僻的山野。

脍炙(kuài zhì)：比喻诗文优美，为人传诵称道。脍：细切的肉。炙：烤肉。

[8]逮：到，及。

回纥(hé)亦以马易茶：西北少数民族也以马换茶。回纥：维吾尔族的古代译名。

边助：助边。资助边防。

[9]神而明之：弄清楚玄妙的事理。语出《易·系辞上》："神而明之，存乎其人。"本谓易道高深玄妙，只有圣智之人才能明白。后指对事物运用之妙，在乎各人的领悟。神：指事物的奥妙、道理。明：弄清楚。

乌：怎么。

[10]王子：指王淇。王淇，字瞻依。

桑苎：桑苎庐。陆羽故居。原在天门西湖西塔寺附近。

[11]过从：往来，交往。

骋怀：放开胸怀。

把袂(mèi)：拉住衣袖，表示亲密。

[12]披阅：浏览，阅读。

穆然：肃敬，恭谨。

想见：由推想而知道。

[13]信然：确实如此。

[14]资斧：费用。

[15]匏系金台：意思是虽有一官半职，却久不得升迁。

匏系：匏瓜系而不食。旧时用来比喻不得出仕，或久任微职，不得迁升。

金台：黄金台的简称。比喻延揽士人之处。

[16]典试江南：主持江南省科举考试之事。江南：省名。清顺治二年(1645年)以南直隶改置，治今江苏南京市。清康熙六年(1667年)分置江苏、安徽二省。

归籍省觐(xǐng jìn)：返回故里，探望父母或其他尊长。

[17]音韵：也叫做"声韵"。汉字声、韵、调的总称，又用作音韵学的简称。此处指文字。

差讹：差错，失误。

[18]一帙(zhì)：一册书，一套书。

示余：让我看。

问序于余：向我要序。请我作序。

[19]漶(huàn)灭：模糊，无法辨识。

[20]襄：帮助。

[21]雍正四年：丙午，1726年。

既望：农历十五日为望，十六日为既望。

年家眷同学弟：这是按清初翰林的称谓习惯对人的自称。《词林典故》："凡翰林前辈东称年家眷同学弟。"督抚与下僚称年家眷弟。州县与生监、盐当等商人,亦称年家眷弟。年家:本义为科举考试中同榜登科者互称年家。同学弟:本义为旧时对同官的自谦的称呼。

静用堂偶编序

曾元迈

孝昌涂先生之于学,务在真知而允蹈之[1],非欲以言见者也。然讲且肄者历数十年,理味会心[2],随录所得,成书数种。为《谨庸斋札记》,为《守待录》,为《存斋闲话》,洎诸杂著[3],藏静用堂中。虽先生未尝轻出以示人,而海内知有是书者甚多。每私以请于门人子弟,其门人子弟苦于钞传之难遍,请付诸梓,而力不能尽刻,则取其论学者为《学言一》《学言二》,《学辨一》《学辨二》;论政者为《政言一》《政言二》。其他鸿文钜笔、因事而发者,具载文集,不以入编。惟训诫、箴铭,皆下学之精要、政事之基本所不敢遗[4]。而古、近体诗亦拣其吟咏理致者百余首附焉[5],合为上、下二编。编成,其门人魏君亦晋、赵君曰睿,余齐年友也,因属余为之序[6]。

夫余何足以知先生之学?虽然,亦尝进而承先生之教矣。先生论天命之性惟有一善,而圣贤之心惟有一敬。惟性之无不善也,则求知于此,求行于此,必务究其理一分殊之故[7],而凡异说之以无善为宗者必黜焉[8]。惟心之无不敬也,则主此求知,主此求行,必务纯其静存动察之功[9],而凡异说之以打破敬字直造本体为高者必黜焉。即其以燕闲而谈政事,未及详究经法,胪陈条件[10],而要以尽人尽物者推其善之所同,安人安百姓者充其敬之所积,欲有志之士平日深培其学养之源,以沛然于事为之际[11]。而凡智术权变出于异学,恣睢万物之心者[12],皆在所必黜也。是岂先生之好辨哉[13]?所辨于彼者不真知其非,则所辨于此者不真知其是。既未洞然于彼非此是之真,则虽言论行事始亦依仿于此。而中情回惑,未尝不疑彼说之可以两存,久且疑彼说之可以合一,又久之而疑彼说之高奇实出吾说之上。

盖自元迄明，讲学之书充栋。而自许、薛数真儒外，无不浸淫于异说者[14]。至于姚江、蕺山，借尼山之坛坫，传桑门之宗旨[15]，百余年间，邪徒昌炽，靡所不至[16]。虽以东林之贤者痛辟其非[17]，然燎原未扑，而焦烂及之矣。此在彼之创立新说，快翻窠臼，亦何尝料其流毒世教如此甚烈[18]！而提宗一差，猖狂莫挽，孰谓学之是非可不早辨也哉？惟先生念百家之狂澜必有砥柱，而圣道之大闲必有干城[19]，故其为学择精守固而辨之必力。

今学者于《静用堂》之书，虽未骤睹其全，第得是编而精究之[20]，则凡动静之一原、外内之合道，所以著其同者，既如百川之归海而争趋，至于公私义利之不可混，孔释、朱陆之不可合[21]。所以著其异者，又如群阴之见日而皆散，亦可抉择于是非之际。而由是以适于圣贤之路无难矣。或谓学贵行而不贵讲，又奚以是编为[22]？不知徒讲而不行者，亦先生所深恶也。然岂谓行者而可不讲乎？农言粟，女言布，工商言货财，正以行在此者所讲必在此也，士之讲学亦犹是耳。善乎！熊文端公之言曰[23]："世无孔文仲、韩侂胄其人者，而吾党先自放倒[24]，绝口不谈。"吾悲其志之荒也，盖因不讲而决其不行矣。若先生所言皆以言其真知允蹈之物，有欲行先生之行者，其必讲于先生之学乎？

时康熙五十七年，岁次戊戌，长至月[25]，竟陵后学曾元迈顿首拜撰。

题解

本文录自涂天相著、清康熙刻本《静用堂偶编》。涂天相，字燮庵，号存斋，一号迂叟，孝感人。清康熙四十二年（1703年）癸未科进士。官至工部尚书。

注释

[1]真知：正确而深刻的认识。　　会心：领悟，领会。

允蹈：恪守，遵循。　　[3]洎(jì)：到。

[2]肄：学习，练习，演习。　　[4]训诫：教导和劝诫。此处指教

理味：温习、体会。　　导和劝诫的文字。

箴（zhēn）铭：文体。古代用于规诚的文章，其中大都是用以劝诚和勉励自己的。

下学：谓学习人情事理的基本常识。

精要：精华要点。

[5]理致：义理情致。此处指要旨深刻。

[6]齐年：指科举制度下同科登第。

属（zhǔ）：古同"嘱"。嘱咐，托付。

[7]理一分殊：宇宙间有一个最高的"理"，而万物各自的"理"只是最高的"理"的体现。北宋程颐提出的关于一与多、一理与万物关系的命题。理一：指一、一理。分殊：指多、万物。

[8]黜（chù）：废除，取消。

[9]静存动察：朱熹工夫论思想的概括。"静"时以"敬"涵养，"动"时以"致知"体察。

[10]燕闲：公余之时，闲暇。

胪（lú）陈：逐一陈述。

条件：逐条逐件。此处指各条要旨、各种意见。

[11]尽人尽物者推其善：语出《礼记·中庸》："唯天下至诚，为能尽其性；能尽其性，则能尽人之性；能尽人之性，则能尽物之性；能尽物之性，则可以赞天地之化育；可以赞天地之化育，则可以与天地参矣。"充分发挥人与物的本性，完美无缺地实行"诚"的道德，达到培育他人，化育万物，与天地齐名的道德顶峰。

安人安百姓者充其敬：修养自己，保持严肃恭敬的态度，使上层人物安乐，使老百姓安乐。语出《论语·宪问》：子曰："修己以敬""修己以安人""修己以安百姓"。

沛然：充裕无缺的样子。

[12]智术：才智与计谋，智慧与权术。

权变：随机应变。

异学：旧指儒家以外的其他学派、学说。

恣睢（zī suī）：放纵，放任。

[13]好辨：好辩。辨，通"辩"。

[14]许、薛：指元代大儒许衡、第一位在明代从祀孔庙的薛瑄。

浸淫：涉足，涉及。

[15]姚江：即阳明学派。因其创始人王守仁（阳明）为浙江余姚人，而余姚境内有姚江，故名。

蕺（jí）山：即蕺山学派。晚明刘宗周为救王学之弊而讲学于山阴的蕺山书院，一时从游者称蕺山学派。

尼山：原名尼丘山，为孔子降生地，因孔子名丘，为避圣讳，易名。

坛坫（diàn）：议坛。

桑门：佛教称谓，即沙门。

[16]昌炽：犹猖獗，猖狂。

靡所："靡"否定的动词又带上宾语"所"的形式。表示"没有……人（或事、物等）"。

[17]东林：指明末东林党。

痛辟:痛加驳斥。

[18]窠臼:现成格式,老套子。

世教:指当世的正统思想、正统礼教。

[19]大闲:基本的行为准则。

干(gān)城:比喻捍卫或捍卫者。干:盾。城:城郭。

[20]第:只是。

精究:精心研究。

[21]孔释:儒家与佛教的并称。

朱陆:指南宋理学家朱熹与陆九渊。他们在理学基本概念及治学方法上有争辩。在世界的本源、物质与精神的关系这些哲学的根本问题上,朱陆是一致的,但又有许多差异。

[22]学贵行而不贵讲:学所宝贵的在于付之实行,而不在于仅仅知道道理。语出司马光《答孔文仲司户书》:"学者贵于行之,而不贵于知之。"讲:明白,知晓。

又奚以是编为:又为什么编这个集子呢?

[23]熊文端:熊赐履(1635—1709年),字青岳,又字敬修,号九素,别号愚斋,湖北孝感人。清顺治十五年(1658年)进士。官至东阁大学士、吏部尚书,谥文端。

[24]孔文仲:字经父,临江新淦(今江西新干)人。宋嘉祐六年(1061年)进士第一。哲宗朝,历秘书省校书郎、左谏议大夫,官至中书舍人。后入党籍,与弟武仲、平仲俱以文名,合称"清江三孔"。

韩侂(tuō)胄:字节夫,相州安阳(今河南安阳)人。韩琦之曾孙。以荫入官,南宋宁宗时拜相,封平原郡公,后以伐金失败被诛。

放倒:犹放下,停止。

[25]康熙五十七年:1718年。

长至月:即有冬至之月。自冬至以后白昼渐长,故称冬至为长至。

周　璋（上高知县）

清乾隆乙酉（1765年）初版《天门县志·卷十六》第20页记载："（周士玛）弟璋，字达夫。康熙戊戌进士，除上高令。丙午同考。三年罢归，闭户著述，掌教兰台书院。璋与士玛皆借兄提携以成，璋复受业士玛，相继成名，名噪甚。性恬无忤，惟涉嫌疑，介不可夺。所善谭一豫、一经，夏用临诸子。草书有怀素、张旭遗法。士玛书亦工。"

清同治九年（1870年）版《重修上高县志·卷五·秩官·知县》第38页记载："周璋，湖广天门。进士。雍正三年任。"

佚题

周　璋

云含树色千花满，竹里泉声百道飞。自有神仙鸣凤曲，并将歌舞报恩辉。

题解

本诗录自周璋书法作品。

自娱草序

周　璋

诗文之贵贵以真，真者性情之谓也[1]。夫性情岂必一辙哉[2]？自古文人之自成一家言者[3]，大都各随其志所存、才所优、时命所遭、境物所感触[4]。性情之真，勃不自禁[5]，而因寄之诗歌文字，以自写其激昂慷慨、歌泣喜怒之情,而彼此前后不必相仿,是之谓性情之文。噫! 求性情于月露风云之内,岂复有几微之存哉[6]!

今观卢子二期《自娱》诸草,庶几近之,二期之自命太高,随笔点窜,苍然无近人色[7],诚如昔人所云:"远古风味,求合于世俗之耳目,则疏也[8]。"且其不世者惊才,无碍者辨才[9],如剑倚天外空所依傍,如御生马羁靮不施[10]。彼循循尺寸者,安能望其项背耶[11]? 顾二期之时命殊多奇矣。冲霄之鹤,久懊恨于樊笼;千里之麒,屡鸣号于槽枥[12]。纵道义充腴,必不以遭逢坎壈减其气骨[13]。然而牢骚悲愤之感触于境物者,古人亦所时有,又安在二期之能默默不自鸣也夫? 是故借酒杯以浇魂礧,咏川岳而抒啸傲[14]。时豪放如太白,时穷愁若虞卿[15];时如宋玉悲鸣,时如彭泽闲远[16]。体裁各异,悲壮迥殊[17]。然总皆以自写其性情,断不肯拾慧齿牙,贻故纸堆物之诮也[18]。

是集也,予甚爱玩之[19]。惜俭于力不能佐二期付之梓。然玉光难掩,虎气必腾,终当存而俟之。

题解

本文录自清同治九年(1870 年)版《重修上高县志·卷十二·艺文·序》第 13 页。

自娱草:指《自娱堂六草》,卢从志撰。《重修上高县志·卷八·人物·文苑》第 36 页记载:"卢从志,字二期,河北岸人。诸生。思恩知府瑜之孙也。弱冠即工诗文。与进士黄光岳最善……著有《自娱堂六草》,高安朱文端公、知县事竟陵周璋、白沙黄光岳序而梓之,今传于世。"

注释

[1]性情:思想感情。

[2]一辙:同一车轮碾出的痕迹。比喻趋向一致。

[3]自成一家言:有独到见解而自成一家的学说或著作。司马迁所著《史记》的著述宗旨之一。

[4]时命:时运,命运。

[5]勃不自禁:兴盛而不能自我控制。

[6]几微:些微,一点点。

[7]自命:自许,自己认为。

点窜:删改,修改。

人色:指人面部的血色。

[8]远古风味,求合于世俗之耳目,则疏也:语出苏轼《与鲜于子骏书三首(之二)》。原文为:"所惠诗文,皆萧然有远古风味。然此风之亡也久矣。欲以求合世俗之耳目,则疏矣。"

[9]不世者惊才:指惊世之才。不世:不是每代都有的。犹言非常,非凡。惊才:有惊人的才华。

无碍者辨才:辨才无碍。本是佛教用语,指菩萨为人说法,义理通达,言辞流利,后泛指口才好,能辩论。

[10]剑倚天外空所依傍:"一空依傍"的意思。没有任何依靠。也指在文学、艺术上能够独立创新而不依凭模仿。

御生马羁靮(jī dí)不施:骑着未经驯服而又没有束缚的马。生马:未经驯服的马。羁靮:马络头和缰绳。比喻束缚。

[11]循循尺寸:遵循规矩。循循:遵循规矩貌。

望其项背:形容赶得上或达得到。

[12]懊恨:怨恨,悔恨。

槽枥:养马之所。

[13]充腴:丰满,肥胖。此处是充足的意思。

坎壈(lǎn):不平,失意,不得志。

气骨:指作品的气势和骨力。

[14]磈礧(kuǐ lěi):同"块垒"。指心头郁积的愤懑与愁苦。

啸傲:放歌长啸,傲然自得。指言谈举止自由自在,不受礼俗约束(多指隐士生活)。

[15]虞卿:战国时游说之士。他出身平民,因游说赵孝成王,为赵上卿,受相印,故称虞卿。战国后期,赵国社会矛盾复杂,形势日衰,虞卿无心政治生涯,随弃相印去魏。晚年穷困于梁,从事学术研究。

[16]宋玉悲鸣:宋玉流传作品,以《九辩》最为可信。《九辩》首句为"悲哉秋之为气也",故后人常以宋玉为悲秋悯志的代表人物。

彭泽闲远:陶渊明是中国第一位田园诗人,其诗闲远。钟惺《古诗归》:"陶诗闲远,自其本色,一段渊永淹润之气,其妙全在不枯。"彭泽:陶渊明曾任彭泽令,后因以为代称。闲远:安闲清高。

[17]迥殊:迥别,很不一样。

[18]诮(qiào):嘲笑,讥刺。

[19]爱玩:喜爱而研习,喜爱而玩赏。

龚健飏（御史）

清道光元年(1821年)版《天门县志·卷之二十三·人物》第25页记载："龚健飏,字丙三。雍正甲辰进士。好经学,冲怀若虚,孜孜恐不及。为人公正不阿,毅然有为。释褐除工部主事,殚心部事。擢升御史。昌言谠(dǎng)论,多报可允行。以巡漕疏漕弊甚悉,不当重人意,龃龉(yǐ hé)之,被议镌行人。上特授兵部主事,行大用之,健飏益感激黾勉,以劳卒官。丧归,家徒四壁。后数年,桐城方宗伯苞铭其外碣,谓侍御入台,奏西直门外驰道宜甃(zhòu)石免潦途,奏稽核门禁,奏出太仓粟平市价,人并称之。又云雍正九年旱,言官得直陈时政。君建议夺情任职须急停止,同台俱相视袖手,不肯署名。君拂袖出院,具疏独奏,竟付通政司,适以阖门听议,不得上。其巡视南城,有豪家以内主杀婢关说,数十寿千金乞勿治。君持益力,疏请乞弗以属部臣自治,卒论如律。"

张㧑之等人主编的《中国历代人名大辞典·下》第2144页记载："龚健飏(？—1731年),清湖北天门人,号惕斋。雍正间进士。累官御史。伉直敢言,特旨授兵部主事。通诸经,尤好《春秋》,尝作《胡传辨》十余篇(《国朝耆献类征初编》卷一三六)。"

名教罪人诗

龚健飏

漫向私门独献诗,一生名节负清时[1]。看来媚态羞童子,谈及行踪鄙市儿[2]。临照岂能容魍魉,乾坤何处着须眉[3]。遥颁宸翰维风俗,立品端方士贵知[4]。

题解

本诗录自故宫博物院编、海南出版社 2000 年版《故宫珍本丛刊·名教罪人》（影印本）第 326 页。原无标题。诗前有"工部额外主事龚健飏"几字。参见本书第二卷曾元迈《名教罪人诗》题解。

注释

[1]私门:权势之家,权贵者。清时:清平之时,太平盛世。

[2]市儿:市井好利之徒。

[3]临照:从上面照察。比喻察理。

[4]遥颂宸(chén)翰:雍正皇帝赐钱名世"名教罪人"匾额。宸翰:帝王的墨迹。

立品端方:培养庄重正直的品德。

郊 行(二首)

龚健飏

不觉前驱远,平郊望转赊[1]。日晴闲卧犊,风急冷啼鸦。峻岭盘松古,危桥架木斜。却怜秋色好,随意摘幽花。

一年频过此,旧路是耶非。隐隐烟中磬,萧萧竹外扉。水消滩作界,天远树成围。霜信增惆怅,云边白雁飞[2]。

题解

本诗录自熊士鹏编、清道光癸未(1823 年)版《竟陵诗选·卷十》第 14 页。

注释

[1]赊:远,阔。

[2]霜信:霜期来临的消息。

胎产心法序

龚健飏

一介之士,苟存心于利物,于人必有所济,矧更择一艺以自居者,其为功于世可胜言哉[1]!卜氏有言曰:"虽小道,必有可观论者[2]。"谓如农圃医卜之属,四者之中精其业,匀足以济世。然而农圃为圣人所弗道,卜筮之学,君平而后鲜得其传[3]。则夫士大夫从博览之余,一分其聪明才力,以寄其爱人利物之心者,要莫如医之一途为雅驯而功溥[4]。虽然,难言之矣。盖人禀阴阳五行之气,以生命于天者,既不无厚薄之殊,而其继也,或伤于寒暑,或纵于嗜欲,或苦于抑郁劳瘁,与夫一切戕生拂性之端[5],种种相攻,求疾病之不起也,得乎?苟非有挟岐黄之术者以调剂其间,则斯人贸贸[6],亦大觉可哀。故诸家之中,唯医道为难;而医道之中,惟治胎产为更难也。

余同寅友阎君文侯,器宇宏深,善气迎人[7]。且于书无所不窥,于艺无所不通,而尤留心医学。每谓"妇人胎产,所关非小",诚以受胎之后调养有法,临产之际保护有方,既产之时调理有术,稍一弗慎,则存亡判于俄顷,生死关乎两人。尝见庸医多误,辄为嗟叹不置[8]。爰及诸名家所论说,而折衷之以己意,著为《胎产》一书,颜曰《心法》[9]。余于共事之暇,得阅其概,因取而读之。其于药性脉理,辨析于毫芒;征验引据[10],融会乎古今,诚业斯道者之津梁也[11]。良由阎君居心仁恕,常怀利物,故即一艺之微,而亦必笔之于书,以觉世而训俗[12]。今方特膺圣天子简命监使西粤[13],固将推是心以措之经纶,设施行见事业烂然[14],有以上报圣主特达之知,下慰寮友期望之雅,则其溥利苍生[15],正无穷也,岂特肘后丹方徒令人向,阎君多种杏树哉[16]!然是书亦急宜付之梨枣,以功业医者[17]。竣后幸寄一卷示予[18],勿相忘也。是为序。

赐进士出身、楚竟陵年家眷同寅弟龚健飏拜书于燕台客舍[19]。时雍正三年秋八月[20]。

题解

本文录自阎纯玺著、清雍正八年(1730年)版《胎产心法》。阎纯玺,字诚斋、文侯。原籍河北上谷(易县),因父任六安州守备,遂在六安定居。曾任广西左江观察使。《胎产心法》为产科专著。胎产:胎前产后之总称,即妇女孕育之事也。心法:泛指授受的重要心得和方法。

注释

[1]利物:益于万物。

矧(shěn):况且。

[2]卜氏:孔子晚年弟子。姓卜,名商,字子夏。以文学著称,为孔门四科十哲之一。

虽小道,必有可观论者:就是小技艺,一定有可取的地方。语出《论语·子张》:"虽小道,必有可观者焉。"小道:儒家贬称礼乐政教以外的学术、技艺。

[3]君平:汉高士严遵的字。隐居不仕,曾卖卜于成都。

[4]雅驯:典雅纯正,文雅不俗。

功溥:功绩广大。

[5]戕生:伤害生命。

拂性:谓违反人的本性或本意。

[6]岐黄:岐伯和黄帝。相传为医家之祖。借指中医医生或医书。

贸贸:昏庸糊涂。

[7]同寅:旧称在一处做官的人。

器宇:仪表,气概。

善气:和悦的神色。

[8]不置:不舍,不止。

[9]颜:题名。

[10]征验:应验,证实。

引据:引证。

[11]业:以……为业,从事于。

津梁:比喻能起桥梁作用的人或事物。

[12]居心仁恕:心地仁爱宽容。

觉世:谓启发世人觉悟。

训俗:教化民众。

[13]膺圣天子简命:承当圣贤君主的选任。膺:担当,接受重任。简命:简任,选派任命。

监使西粤:指阎纯玺任广西左江观察使。监使:带京朝官等寄禄官而任职者,称"知监事",简称"知监",其职掌等略同于"知府事"。西粤:古代广西的别称。

[14]设施行见事业烂然:施展才能,显现出事业前景灿烂的势头。设施:谓施展才能。烂然:显明灿烂的样子。

[15]特达:特出,特殊。

寮友:同僚。

溥利:普施利益。

[16]特:但,仅,只是。

肘后:谓随身携带的。指医书或

药方。

丹方:相传的验方。

多种杏树:指行医誉满天下。相传三国时吴国董奉为人治病不取报酬,但求患者于病愈后在其宅旁种杏树,日久杏树成林。此后,"杏林"美名誉满天下,"医林"一语被"杏林"所代替。

[17]梨枣:旧时刻版印书多用梨木或枣木,故以梨枣为书版的代称。

功业:功勋事业。此处活用为动词,助力于建功立业。

[18]示予:给我看。

[19]年家眷同寅弟:参见本书第二卷曾元迈《陆子茶经序》注释[21]"年家眷同学弟"。

[20]雍正三年:乙巳,1725年。

获族谱及历代祖先像赞记

龚健飏

余家世居福建光泽牛田里[1],盖晋大夫坚公之后也。自坚公传至凤公,自凤公传至顺公。顺公为江右节度使,兴利除弊,悉中民隐[2],民敬爱之如父母。及秩满当归,民不忍舍,扳留溪上者以亿万计[3]。公时持戟与民约曰:"吾与尔以此戟卜天意,可乎?我当留,戟即立;我当去,戟即倒。"于是掷戟于溪,溪故急流,民呼吁之声震动山岳,戟果立。公叹曰:"此真天意矣!"遂止江右。有子九人,八登显位。一时之盛,古今无两,后乃称为戟溪龚。戟至今存,每大比之年,子孙有登贤书者,戟即流汗[4]。多寡以汗点为验,人称神灵焉。后传至千四郎贵蠲公,析居长港[5]。贵蠲公传至敏公,敏公生国佐、国杰、国辅。(辅)公生浃公、滨公、汰公、淮公。滨公即余本支祖也。

滨公生而奇特,因家贫习商贾业,往来三楚间[6],累万金。见竟陵山川秀丽,风俗醇美,欣然曰:"是可以长吾子孙矣!"乃卜居焉[7]。子则敬公,生有异纹在手,曰"孝"。事继母以孝闻。庐墓三载,芝产其侧[8],人以为纯孝所感,事载省志。则敬公生仲鹤、仲鹄公,兄弟能属文,试辄第一,时有"龚氏两状元"之目[9]。仲鹄闻庵公,余祖也,以丁亥拔贡捷顺治甲午北闱[10]。一时与游者,皆海内名士,以故声震天下。时长港诸父老群望其归里祭祖,公虽许之,而迟迟其行者,意有待也[11]。后以困于公车,此志遂未果[12]。生我伯父讳宽及我父封君讳松年号诚斋,诚斋公幼而失怙[13],独侍祖母魏太夫人。家中落,公卓然自立,刻意读书。未几即补弟子员食饩[14],方谓归里告祖,可继父志。而时命不犹,抱愿未伸[15],日以受之我祖者训。余兄弟五人,卯、庚两岁,伯兄东圃捷南宫,时遭先母程太孺人之变,亦蹉跎未及往[16]。后任闽侯邑,我父就养署中。舟过南昌,有《恭述祖德诗》一章,其题曰:“南昌,乃先人故里也。瞻望之余,恭慕祖德,述诗一章,以示子进飏、巽飏、遵飏[17],待入闽,以示长子廷飏。”时余以应试弗获侍侧,故未及余也[18]。

今余以庚子乡荐、辛丑上春官不利[19],秋九月,仰体祖父未竟之志,买舟游江右,兼以南昌令李石湖系余年家好友[20],借此归扫先墓。有东道主及抵署后为访长港。其伯叔、兄弟、子侄辈闻之,俱大喜,以舆车来迎。既至,罗拜毕[21],有七十老翁者,名仲藩,字彦华,淮公孙也,导余前往,指三石门谓余曰:“此浃、汰、淮三公旧门。门内之堂,为各房公堂,四旁即三公子姓所居也[22]。”指一废址谓余曰:“此尔祖滨公旧居也。”旋至一山坡下,树木畅茂,指谓余曰:“此尔我公祖敏公坟也。”自敏公坟而南,面临瑶湖,背枕群山,有坟巍然临乎其上,指谓余曰:“此国辅公坟也。”由南转东,东有坟数家,前有华表,题曰:“水拱山环胜境,地灵人杰佳城[23]。”指谓余曰:“此国佐、国杰及浃、汰、淮三公与汝高祖妣饶氏诸坟也。”西南里许,有大士阁,指谓余曰:“此吾家香火也。家庭辈于祭扫后辄休憩其上,登之可望吾先人坟墓。曷往观乎?”阁僧见余至,因以题额,请余颜曰[24]:“旭华山阁。”并赘其由于后,志不忘也[25]。

次日,出余祖则敬公、闻庵公、我父诚斋公各手札,与余从伯祖昔庵公藏稿见示[26],又各出伊祖画像索题。而以素纸乞书者,纷集殊不可当[27]。一夕,汤孙侄语余曰[28]:“侄藏有历代族谱与各祖像赞,叔欲见乎?”余曰:“是所愿也。”汤孙乃捧呈案上。余拂去尘垢,见其纸色黳暗,心知为远年物。及披阅之,首叙谱系,每一祖像后即有赞或本身敕命[29]。其题赞者,如晋之王右军,唐之韩退之,宋之朱晦翁、张横渠、苏东坡、文文山,明之刘伯温、罗一峰等,皆理学名臣[30],其他尤不可胜数。余窃惊喜,以为得见所未见,因语同行黄子尚陶曰:"是真传家宝物也!"夫自晋唐宋明以迄于今,历千数百年之久,中间不知几经兵燹、几经播迁矣[31]!而此卷犹得完然无损,岂非有神灵呵护者哉?黄子曰:"是皆君诸祖考积德所致,各名公精英所存,故至是也。抑君今日之来,安知非冥冥之中有属望于君者[32],故令君见之耶?且是卷之流传,非贤者莫能保守,亦非贤者莫能表彰,君得无意乎?"余诺之,因遂奉与俱归。

归之日,乃悬之中堂,设酒馔以妥先灵[33],为文告我祖父。命五、七弟率子侄环拜之。五弟曰:"祖父未竟之志,兄能继之,可谓无忝所生矣[34]。顺公所遗之戟,兄见之乎?"余曰:"是在山阴祠堂中。余以区区贤书,不足为顺公光[35],不及祭,故弗获见。然族人辈为余言甚详,且曰,庚子春,戟发汗二点,以为必售两人[36]。及江右榜发,家止一人,群谓戟失信。及余往长港,始惊喜,曰,戟不我欺矣。夫为人子孙,而不能取验于戟,当亦有志者之所羞也。吾愿弟勉之,即能取验于戟矣。而又逡巡不敢遽看此戟[37],当又有志者之所不满也,吾尤愿与弟共勉之。"乃为记,以示后之绳武者[38]。

时大清雍正甲辰,赐进士出身、奉赠中宪大夫、官监察御史蕉屏健飓撰[39]。

题解

本文录自清光绪六年(1880 年)版、天门市横林镇鄢滩村《龚氏族谱》。

像赞:画像上的题词。

注释

[1]光泽:今福建光泽县。

[2]江右:古人在地理上以东为左,以西为右,故江西又名江右。

节度使:总揽一区军、民、财政的重要军政长官。始置于唐代,因授职时,由朝廷赐给双旌双节,可以节制辖区内的军事和行政,故称节度使。

民隐:民众的痛苦。

[3]秩满:谓官吏任期届满。

扳留:挽留。

亿万:极言其数之多。

[4]大比:科举考试。明清时特指三年一次的乡试。

登贤书:科举考试用语。指乡试中举。贤书:本义指举荐贤能的名单。

[5]黼:音fǔ。

析居:分别居住。谓分家。

[6]三楚:战国楚地疆域广阔,秦汉时分为西楚、东楚、南楚,合称三楚。后多以泛指今湖南、湖北一带。

[7]卜居:原指用占卜的办法选择定居处所。古时人以火灼烧龟甲取兆,来预测吉凶祸福,称为卜。后世以卜居泛指择地定居。

[8]庐墓:古人为父母或师长服丧时在墓旁修筑小屋守墓,称为庐墓。

芝:灵芝。古人以为瑞草。

[9]仲鹄:清光绪六年(1880年)版、天门市横林镇鄢滩村《龚氏族谱》记载:"龚仲鹄,号闻庵。顺治丁亥拔贡,甲午顺天举人。改授郴州桂东县教谕。墓在陈家冈利涉埠。"

属(zhǔ)文:写作。谓连缀字句而成文章。属:缀辑,撰著。

目:称。

[10]拔贡:科举制度中选拔贡入国子监的生员的一种。参见本书第三卷附录《部分科举名词汇释》第3条。

捷顺治甲午北闱:参加清顺治甲午科顺天乡试中举。

捷:指科举及第。

顺治甲午:清顺治十一年(1654年)甲午科。

北闱:明清在北京举行的顺天乡试的别称。闱:指考场。明代实行南、北两京制,故以在北京举行的顺天乡试为北闱,以别于在南京举行的应天乡试。清沿之,以顺天乡试为北闱,应天乡试为南闱。

[11]意有待:此处指意在等待更高的功名。因为龚仲鹄中举后授官,还不是进士。语出欧阳修《泷(shuāng)冈阡表》:"非敢缓也,盖有待也。"

[12]公车:古代应试举人的代称。此处指举人。

[13]封君:因子孙显贵而受封典的人。

失怙(hù):失去依靠,特指丧父。怙:依靠。语出《诗经·小雅·蓼莪(lù é)》:"无父何怙?无母何恃?"没有亲爹何所靠?没有亲妈何所依?

[14]补弟子员食饩(xì):即"补廪食饩"。廪生一般为资历较深、由国家供给饭食的生员。经岁、科两试,成绩优秀,一等前列的,增生可依次升为资历较深的廪生,称补廪。

弟子员:指经本省各级考试考入府、州、县学学习者,通称秀才。参见本书第三卷附录《部分科举名词汇释》

第3条。

食饩:指明清时经考试取得廪生资格的生员享受廪膳补贴。亦即成为廪生。

[15]不犹:指不同平常,比平常坏。

[16]卯、庚两岁:指龚廷飏相继参加清康熙三十八年(1699年)己卯科乡试和清康熙三十九年(1700年)庚辰科会试。龚廷飏参加庚辰科会试,成为贡士,但因母故,回家守孝,没能参加接下来的殿试。三年后,龚廷飏参加会试、殿试,中进士。

伯兄东圃:指长兄龚廷飏。龚廷飏,号东圃。

南宫:指礼部会试,即进士考试。

蹉跎:耽搁。

[17]瞻望:仰望,仰慕。

巽:音xùn。

[18]侍侧:指侍奉于尊长之侧。

未及余:没有提到我。

[19]乡荐:唐代由州县地方官荐举进京师应礼部试者称乡荐。后世亦称乡试中试者(举人)为领乡荐。

上春官:指进京参加会试。春官:礼部。明清时会试由礼部主持。

不利:不顺利。指落第。

[20]仰体:谓体察上情。

年家:科举考试中同榜登科者互称年家。

[21]罗拜:罗列而拜,围绕着下拜。

[22]子姓:泛指子孙、后辈。

[23]佳城:墓地。

[24]颜:题写匾额。

[25]赘其由于后,志不忘:将事由附记在后面,以铭记不忘。赘:通"缀"。连缀,附着。

[26]从伯祖:父亲的堂伯父。

昔庵公:龚奭,号昔庵。昔:原文为"习"。

见示:敬辞。对方把某物给自己看。

[27]坋(bèn)集:聚集。

[28]汤孙:泛指子孙。

[29]敕命:明清两代封赠六品以下官职的命令称敕命。

[30]理学:又称"道学"或"宋明理学"。宋明时期的儒家哲学思想,中国古代哲学发展的最后和最高阶段。

[31]兵燹(xiǎn):指因战乱所致的焚烧破坏。燹:兵火。

播迁:流离迁徙。

[32]属(zhǔ)望:期望,期待。

[33]以妥先灵:祭祀祖先。妥:泛指祭祀。先灵:祖先的神灵。

[34]无忝(tiǎn)所生:不要辱没了你的父母。忝:玷污。所生:生身父母。

[35]余以区区贤书,不足为顺公光:凭我区区举人的功名,不足以为顺公增光。

[36]售:货物卖出去。比喻考中(士人中试,换得施展才能的机会)。

[37] 逡（qūn）巡：徘徊，欲行又止。遽（jù）：急。

[38] 绳武：继承先人业迹。

[39] 雍正甲辰：雍正二年，1724 年。

中宪大夫：文散官名。清代正四品概为中宪大夫。

监察御史：清代监察御史是督察府、州、县的高级官员。

蕉屏健飏：龚健飏，号蕉屏。

附

龚君（龚健飏）墓碣

方 苞

君姓龚氏，讳健飏，号惕斋，湖广天门县人也[1]。初因其弟巽飏索交于余[2]。余时衰疾，趋走内廷，终岁仅一再见。君每以不能亲近从问经书为言。

厥后闻君以陈漕弊为重人所龁，部议降调[3]，乃考其行于所习者。始知君自司工部，即勇任公事。及入台，奏"砌驰道，核门禁，粜仓粟以平市价"，并惬众心[4]。而尤为时所称者，巡视南城，有主母杀婢，势家也[5]。君奏请自治，不送刑部。属托百方，卒持法不移[6]。雍正九年旱，诏谕科道联名直陈时政[7]。君首议"在任守制，当急停[8]"，同僚相视，不敢署名。君遂具疏独奏，付通政司[9]，会挂部议，不得上。调行人司，方需次[10]，特旨授兵部主事。以在台中数言事，其名犹简在圣心也[11]。君益自奋励，将有所设张，而未数月，遽以疾卒[12]。始巽飏及吾门，试春官不第，将尽弃所学而专心于《三礼》[13]，及归亦遽卒。

龚氏世居福建，至南唐，越国公之子顺为江西节度使，遂留江西，既而迁于竟陵，近千年无显者，至君之祖，始举乙科。及君兄弟五人，而登甲科者二，乙科者一[14]，众皆谓"龚氏其昌"矣。而仕者、学者皆不遂而无年，理数有不可诘者[15]，独其志行犹不没于士大夫之口。君于诸经四书皆有编纂，尤好《春秋》，作《胡传辨》十余篇。惜乎！君生时，余未得与面讲也[16]。

君之祖仲鸰[17]，顺治甲午举人。父讳松年，廪贡生，以长子廷飏敕封文林郎[18]。妻程氏，封孺人[19]。君以子学海遇乾隆三年覃恩[20]，赠奉政大夫。妻谭氏，赠宜人。子三：长光海，嗣世父[21]；次学海，次文海。女二。君以甲寅十二月合葬谭宜人之墓，在本县利涉铺先兆，未有铭幽之文[22]。君卒后四年，学海以庶吉士属余教习[23]，请铭。余多事未暇，及归里检箧笥，失君行状[24]。乾隆九年秋九月，复以状来，乃叙而铭之，以列外碑[25]。铭曰：

职方张而柄移，志甚盛而身萎[26]。惟天造之难测，幸素履之无亏[27]。

题解

本文录自《搜韵·影印古籍》中的方苞《望溪先生文集·卷十三·碑碣》第32页。原题为《兵部主事龚君墓碣》。主事：清代为正六品，与郎中、员外郎并列为六部司官。墓碣：墓碑的别体。形状与墓碑有区别。方者谓之碑，圆者谓之碣。

方苞：字灵皋，号望溪，安徽桐城人。桐城派创始人。官至礼部侍郎。

注释

[1]健飏：原文为"健阳"。

[2]巽(xùn)飏：原文为"巽阳"。
索交：交往。

[3]以陈漕弊为重人所龁(hé)，部议降调：因上陈巡漕疏漕之弊，被重臣毁伤，吏部议处降级调离。
重人：朝廷中执掌大权的人。
龁：齮(yǐ)龁。本义是咬。引申为毁伤，陷害，倾轧。

[4]驰道：也叫御道。秦汉时帝王出巡时车马行驶的专用道路。
粜(tiào)：卖粮食。
并惬众心：都能让大家满意。惬心：快心，满意。

[5]势家：有权势的人家。

[6]属(zhǔ)托：叮嘱、托付。属：通"嘱"。
持法：执法。

[7]科道：明清时督察院所属的吏、户、礼、兵、刑、工六科给事中及十五道监察使的统称。

[8]首议：倡议。
守制：旧例指父母或祖父母死后，须谢绝应酬，不得任官、应考、嫁娶等，以二十七月为期满，称为守制。

[9]通政司：官署名。明代始设通政使司，简称通政司。清代沿置，掌内外章奏和臣民密封申诉之件。俗称

银台。

[10]行人司:官署名。明初置,以进士充任。掌传旨、册封等事。

需次:旧时指官吏授职后,按照资历依次补缺。

[11]数(shuò):屡次。

简在圣心:简在帝心。为皇帝所知晓。简:在,存留。

[12]设张:张设。部署,设置。

遽(jù):急,仓促。

[13]春官:礼部的别名。会试在京城,由礼部主持。

三礼:汉以后对儒家经典《周礼》《仪礼》《礼记》的合称。

[14]甲科、乙科:明清称进士为甲科,举人为乙科。

[15]无年:无年寿,寿命不长。

理数:天理,天数。

[16]面讲:面叙。

[17]仲鹄:原文为"仲鄂"。

[18]廪贡生:参见本书第三卷附录《部分科举名词汇释》第3条。

敕封:封建时代朝廷用敕命封赐臣僚爵号。五品以下用敕命授予,称敕封。清代制度,以封典给官员本身称为授,给官员曾祖父母、祖父母、父母和妻室,存者称为封,已死的称为赠。

[19]孺人及下文奉政大夫、宜人:参见本书第三卷附录《清代文职和命妇封赠品级表》。

[20]覃恩:广施恩泽。旧时多用以称帝王对臣民的封赏、赦免等。

[21]嗣世父:指给大伯父龚廷飏做嗣子。世父:大伯父。后用为伯父的通称。

[22]利涉铺:今天门市九真镇利涉村。

先兆:预见。

未有铭幽之文:没有墓志铭。

[23]学海以庶吉士属(zhǔ)余教习:学海被选为翰林院庶吉士,恰好遇到我在翰林院作教习。

属:恰好遇到。

教习:学官名。训课庶吉士者曰教习。

[24]箧笥(qiè sì):竹编的箱子。

行状:亲友为死者所写的叙述生平事迹的文章。

[25]外碑:疑指相对于墓中的墓志而言的墓志铭。

[26]职方张而柄移:职事正在施张,却遭权势转移。

[27]素履之无亏:清廉公正。素履:白色无文彩的鞋。无亏:保守志行无损缺。

谭卜世(户部山东司主事)

清乾隆乙酉(1765年)初版《天门县志·卷十六·文苑》第20页记载:"(谭一泰)子卜世,字凤司。郡庠生。己酉拔贡,雍正壬子举人,乾隆丙辰进士。授户部山东司主事,卒官。卜世九岁而孤,母萧安人课之学,受经于从父大有。大有,故理学孙邃(yuǎn)弟子,故其学相师承,皆不失矩镬(yuē)。大有于弟子中尤爱卜世,谓颖异,将造学刚方,将受范也,乃卜世卒,慰其孺帷画获之志、严师赠策之期。七年郎署以醇谨称。诗文皆藉藉重都下,又余事矣。天夺之年,未见施设,命也夫!"

咨呈嵇曾筠复两浙停止帑本裁减公费事折

谭卜世等

该臣等查得[1],乾隆元年十二月内,总理事务处抄出[2],据李卫奏称:"浙江盐务公费银内拨出银八万两,系从前奏准借给各商营运之项,今日何停止给买?"又称:"前盐臣谢赐履奏:'留公费十二万五千余两,系各商自备应用,必不可已之公费。'等语。今日何裁减归公之处?应交户部行文嵇曾筠分晰报部闻[3]。"等目。随行文去后[4]。

今据大学士、管理浙江总督嵇曾筠咨称[5]:"两浙各商借领帑本,从前缓急通融,行之甚便,乃年来经理之员奉行未善[6]。不论场灶产盐多寡,先仅商帑多获羡余[7],以为急公。而借帑之商又指帑盐为名,勒令灶户首先剪配[8],将自出己资之商,悉行压下,无盐配引[9]。及至捆盐[10],逼掣发往应卖地方,则又以帑本应得先销,不许别商公卖,昂价垄断,无所不至。遂使不借帑之商引目难完,惰误课饷[11]。以济商之帑,转为病商之事[12]。且借帑之人均非殷实,安保必无亏空？应行停止。又，每年商捐引费银一十二万□千六百余两，经管理盐政谢赐履奏明，以□切费用之需。前日盐价昂贵，诚恐有累□□□。查原定各项内重复支领尚有浮多之处，是以将商输引费一项酌议裁减银四万余两，俾商人减一分之浮费[13]，百姓即受一分之实惠。俱经具折奏明，奉旨俞允，相应分晰咨覆[14]。"等语。查停借商人帑本并减公费银两一案，既据浙督嵇曾筠将从前奏明缘由，分晰咨部，理合奏闻存案[15]。为此谨奏。

乾隆二年六月初九日，户部额外主事谭卜世、户部员外郎阿敏尔图[16]。

题解

本文录自谭卜世奏折。原件藏中国第一历史档案馆，档案号为 03-0609-010。标题为本书编者所加。

咨呈：具文呈报。

两浙：指浙江省。今浙江省以富春江等为界分为浙东、浙西。

帑(tǎng)本：清代皇室和地方官衙对盐商放债所取得的利息，也是皇室和地方官衙的高利贷收入。皇室对盐商贷放的债本称内府帑本，地方官衙贷放的债本叫京外帑本。

注释

[1]该：代词。指上文说过的人或事物(多用于公文)。

臣等：明清时期的题本、奏折以及直接上报皇帝的文书中两个或两个以上的行文者在皇帝面前表示自称的用语。此处指户部额外主事谭卜世、户部员外郎阿敏尔图。

查得：经查考而得到的结果。明清时期，凡主管官员向上级分析所述案情，引申内容，说明办理方式时，文书中即用此语领起叙述，表示上述内容有档案或事实可查。

[2]总理事务处：清代军机处是处理全国军政大事的重要机构，设立于清雍正七年(1729年)，因用兵西北、处理紧急军务而设。初称军需房或军机房。次年，改称军机处。清雍正十三年(1735年)曾一度废军机处，改设总理事务处。

[3]分晰：清楚，清晰。

[4]去后：旧时公文用语。用作公文关联语。多用于事情办理之经过，

表明此件公文到达之后,立即发到有关机关查问结果。

[5]咨:是一种行文规格较高,一般用于地位相等但不属于同一系统的高级衙门、官吏之间的平行公文文种。清代在京各部院之间,各部院与各省总督、巡抚、将军之间,各总督、巡抚、司道和总兵之间等有事商议,均可用咨文。

[6]经理之员奉行未善:经办的人落实不力。奉行:遵照实行。

[7]场灶:盐场上的煮盐灶。亦借指盐场。

羡余:盈余,剩余。

[8]帑盐:发帑收余盐。

灶户:旧时设灶煎盐的盐户。名称始见于五代。后亦作各种盐户的通称。

[9]盐配引:当指"盐引"。古代官府在商人缴纳盐价和税款后,发给商人用以支领和运销食盐的凭证。

[10]捆盐:疑指"毛盐"。将捆盐包拆卸的称为净盐,未改捆者称为毛盐。

[11]引目:古时获准销售的货物凭单。开列有品种、分量等。

惰误课饷:贻误国家税收。

[12]病商:此处指损害盐商。

[13]浮费:不必要的开支。

[14]俞允:允诺,答应。《尚书·尧典》:"帝曰:'俞。'"

咨覆:咨复。用咨文回复对方。该语表示平级机关收到对方来文后,用咨文回复对方的用语。此语除出现于文书开首处的事由套语中外,还更多地出现于文书末尾的请求语句中。

[15]咨部:此处指用咨文告知户部。

理合:照理应当。旧时公文用语。用作上行文归结语。

奏闻:臣下将情事向帝王报告。

[16]乾隆二年:丁巳,1737年。

额外主事:明清时为各部司员的低级官吏。一般由没有考中庶吉士的进士充任,也可以由皇帝赏赐。清代六部之下设司,其主管官是郎中,副手是员外郎,再下是主事。在额定郎中、员外郎、主事之外,又设额外郎中、额外员外郎、额外主事。额外主事不是实任官,要入部学习三年期满,才有实任的资格。

龚学海（贵东道）

龚学海（1715—1774年），天门城关庆云街人。

清道光元年（1821年）版《天门县志·卷之二十三·人物》第29页记载："龚学海，字务来，号醇斋，一号晴峰，晚号和倪老人。年八岁，塾师讲'予欲无言'章，学海跃然曰：'天是闭口孔子，孔子是开口天师。'奇之。随父健颙入都，以监生中己酉顺天副榜第一，时年十四。乾隆丙辰举本省乡试第四，联捷成进士。入翰林，晋侍读学士、通政司副使。充壬戌会试同考官，会状元金甡（shēn）出其门，因事降调。久之，补内阁侍读学士，遣祭西岳。旋出为兖沂曹道兼黄河道，开引河化险为平。以病归。起补岳常澧道。楚南溺女成风，立法严禁；著婆心苦口劝民歌，俗为之变。旋以挂误补贵州古州同知兼署丹江。逆苗香要等聚众攻丹江。丹江土城卑薄，恃江水为限。学海闻报查办，先期尽收江船，苗不得渡。会大雨暴涨，苗众星散。香要恃勇匿密箐（qìng）中，学海设计擒获之。钦使未至而苗已平。云贵督抚吴达善、李湖上其状，上嘉奖之有实心任事、整饬攸资之谕，即擢贵东道。甲午，年六十，卒官。著有诗文集各四卷。其刊行者《之官杂记》《湘泛小草》。孙世元，字仁甫，号一斋。少孤力学，工诗文词，食饩有名。学使初公招入幕，以优贡肄业国子监，待铨盐大使。年四十三终。"

韦谦恒奏折《题报贵东兵备道龚学海病故日期事》称："据贵东兵备道龚学海家人邹瑞报称：窃家主龚学海于本年肆月底得染时疾，服药罔效，于五月二十八日未刻在署病故。呈乞转报……本署司查得：贵东兵备道龚学海，年五十九岁，系湖北天门县人。由乾隆贰年进士钦点翰林院庶吉士。肆年散馆，授职编修。陆年升授翰林院侍读学士。柒年充日讲官起居注，转补通政使司右通政，因保举亲兄助教不合降调。拾陆年补授光禄寺少卿。拾捌年升授通政使司参议。贰拾年升授内阁侍读学士。贰拾贰年奉旨帮办内阁学士事务。贰拾肆年奉旨著在阿哥书房行走，拾贰月补授山东兖沂曹道。贰拾捌年告病回籍。贰拾玖年病瘥，补授湖南岳常澧道。叁拾贰年因失察属员亏空案内降贰级调用，拣发贵州委用。叁拾肆年题补古州同知，是年拾贰月贰拾叁日到任。叁拾五年奉上谕升授今职，是年拾月拾叁日到任。叁拾陆年因失察奸民案内部议革任，蒙前抚李部院奏请从宽留任。

叁拾捌年苗疆叁年俸满,详题留任。"(韦谦恒奏折原件藏中国第一历史档案馆,档案号为02-01-003-006827-0006,上奏时间为清乾隆三十九年六月十三日)

张㧑之等人主编的《中国历代人名大辞典·下》第2144页记载:"龚学海,清湖北天门人。乾隆二年进士,任岳常澧道。常微服行乡曲,咨访民间疾苦,兴利除弊,宵小敛迹(《国朝耆献类征初编》卷二一一)。"

登岳阳楼(二首)

龚学海

高楼百尺俯层澜,驻马登临此大观[1]。三楚地连云梦迥,五湖天入洞庭宽[2]。中年白发驰驱迫,盛世苍生衽席安[3]。谁似牧之风韵好,古梅花下独盘桓[4]。

翘首飞仙去不回,振衣欢自日边来[5]。烟萦极浦青成盖,云叠遥峰翠作堆。范老文章少陵句,湘灵声曲楚骚才[6]。汀兰岸芷何时发,我欲临风酹酒杯[7]。

题解

本诗录自清光绪十七年(1891年)版《巴陵县志·卷七十六》第51页。署名龚学海,注明"号醇斋,天门人。进士。乾隆中官岳常澧道"。陈左高著、上海画报出版社2004年版《历代日记丛谈》第47页转引孟超然《使粤日记》云:"(岳阳楼)楼左有仙梅亭,中悬吕仙像。闻北有燕公楼,今已废矣。余所居西偏两楹,亦极宏敞。龚观察学海新刻诗二首,在楼前。余碑刻鲜有佳者。"

注释

[1]层澜:叠起的波浪。

大观:盛大壮观的景象。

[2]三楚:泛指长江中游以南,今湖南湖北一带地区。

五湖:泛指江湖。

[3]衽(rèn)席:泛指卧席。

[4]牧之:杜牧,字牧之。

[5]振衣:抖衣去尘,整衣。

[6]范老文章少陵句:指范仲淹《岳阳楼记》一文和杜甫《登岳阳楼》中

的名句："吴楚东南坼,乾坤日夜浮。"

湘灵:古代传说中的湘水之神。语出屈原《楚辞·远游》:"使湘灵鼓瑟兮,令海若舞冯夷。"

声曲:音声曲调。

楚骚:指战国楚屈原所作的《离骚》。

[7]汀兰岸芷:岸芷汀兰。岸边的香草,水旁的兰叶。多用以指湖泊、池塘岸边的景色。语出范仲淹《岳阳楼记》。

酹(lèi):把酒洒在地上表示祭奠或起誓。

渡洞庭湖

龚学海

一苇烟中行,湖光渺无极。风浪望不惊,鱼鳞细如织。杲杲晴日晖,蛟龙深藏匿[1]。自谓入江口,扬帆到瞬息。岂料事不常,狂飙忽倾仄[2]。雨云逐波涛,天宇讶昏黑[3]。空中声怒号,童仆颜缩恧[4]。率尔施篙桨,仓卒不如式[5]。涡漩水中央,何由生羽翼? 余乃呵止之,一任长年力[6]。遂令舟中人,向晚得安食。始知出险才,局中见精识[7]。此理在目前,后来慎勿惑。

题解

本诗录自熊士鹏编、清道光癸未(1823 年)版《竟陵诗选·卷十》第 14 页。

注释

[1]杲杲(gǎo):太阳明亮貌。

[2]倾仄:同"倾侧"。指行为邪僻不正。

[3]讶:迎接。

[4]缩恧:畏缩。

[5]率尔:轻率,急遽。

如式:按照规矩。

[6]长年:长工。

[7]精识:见解精确。

得都中诸公手书

龚学海

八年离凤阙,旧侣尽公卿[1]。梦里云霄路,天边剑履声[2]。临风怀倍切,对月字增明。奖借劳知己,班联愧盛名[3]。

题解

本诗录自熊士鹏编、清道光癸未(1823 年)版《竟陵诗选·卷十》第 15 页。

注释

[1]凤阙:皇宫,朝廷。

[2]剑履:经帝王特许,重臣上朝时可不解剑,不脱履,以示殊荣。

[3]奖借:称赞推许。

班联:指朝官。

湘江舟行

龚学海

欲浣风尘镜里颜,潇湘远忆正相关。一江浪白初无月,两岸烟青忽有山。野艇自横人渡后,夕阳时见鸟飞还。小篷窗外科头客,吟尽苹洲未是闲[1]。

题解

本诗录自熊士鹏编、清道光癸未(1823 年)版《竟陵诗选·卷十》第 15 页。

注释

[1]科头:谓不戴冠帽,裸露头髻。

寄东园僧不波

龚学海

早悟空王断俗缘,义溪流水柘皋烟[1]。古香焚罢云生榻,清磬敲余月在天。石路可能随客过,经堂犹记抱书眠。庭中老鹤休相笑,不叩禅关十八年[2]。

题解

本诗录自清道光元年(1821年)版《天门县志·卷之十七·寺观》第8页。东园:指东园禅院。在天门旧县城东门外一里许。

注释

[1]空王:佛教语。佛的尊称。佛说世界一切皆空,故称空王。

义溪:指义河。天门河流经城区的一段。据姜绾《竟陵义河记》,天门河"东距红花港,西至雁叫门,中为义河"。

柘皋:指柘水。指天门河上游一段,俗称渔薪河。皋:沼泽,湖泊。

[2]禅关:禅门。

恭谒亚圣庙敬赋古风一首

龚学海

揽风古邹南,停骖驻城阙[1]。肃衣拜遗范,登降企瞻谒[2]。崇殿赫轩敞,钟虞静森列[3]。青翠蟠桧松,斑斓绣碑碣。罃然发高望,精意沁毛发[4]。缅思下学初,异论若轇轕[5]。七篇见羹墙,大道本昭揭[6]。句宣忝东鲁,夙怀慰饥渴[7]。寤寐殷民风,拊循惧颠蹶[8]。步趋何敢云?庶几奉津筏[9]。奕奕有贤裔,冠裳严对越[10]。型俗端在兹,率祖慎锐轫[11]。讵惟树乔木,深念重门阀[12]。正学今昭明,微言炳星月[13]。愿言交勉旃,典型践先哲[14]。

庚辰阳月朔日,恭谒亚圣庙,敬赋古风一首,并简乐闲老世台[15]。

义溪龚学海稿[16]。

题解

本诗录自孟庙碑刻。原碑现存孟庙启圣殿院甬道东侧,西向。高1.30米,宽0.64米,厚0.15米。碑文漫漶,据清乾隆三十五年(1770年)版《兖州府志·卷之二十九·艺文志五》第21页,李彬、郑建芳、侯新建主编,齐鲁书社2019年版《孟庙孟府孟林碑刻集》第105页所载订补。

亚圣庙:孟庙。位于山东省济宁市邹城市亚圣府街,为历代祭祀战国思想家孟子之所。亚圣:特指孟子。元文宗时,封孟轲为邹国亚圣公;明世宗时,去其封号,只称亚圣。

龚学海于清乾隆二十五年(1760年)任兖沂曹道。兖沂曹道治兖州,兖州府领滋阳、曲阜、邹、泗水、滕、峄、汶上、阳谷、寿张十县。清乾隆三十五年(1770年)版《兖州府志·卷之十二·职官志》第9页记载:龚学海,湖广天门县人。乾隆二十五年任(兖沂曹道)。毛嘉梓,乾隆二十八年(1763年)任(兖沂曹道)。

注释

[1]停骖(cān):停车。骖:驾车的侧马。

城阙:城门两边的望楼。

[2]遗范:犹遗像。

企瞻:犹瞻仰。

[3]轩敞:宽敞明亮。

钟虡(jù):一种悬钟的格架。上有猛兽为饰。

森列:森严排列。

[4]睪(gāo)然:高远貌。睪:通"皋"。

高望:登高远望。

精意:犹精神。

[5]缅思:遥想。

下学:谓学习人情事理的基本常识。

异论:此处指异于孔孟之道的言论。

轇轕(jiāo gé):交错,杂乱。引申为纠缠不清。

[6]七篇:七篇文章。特指《孟子》。该书七篇,故称。

羹墙:语出《后汉书·李固传》:"昔尧殂之后,舜仰慕三年,坐则见尧于墙,食则睹尧于羹。"后以羹墙为追念前辈或仰慕圣贤的意思。

[7]旬宣忝东鲁:指作者任兖沂曹道道台。旬宣:周遍宣示。忝:辱,有

愧于。常用作谦辞。

夙怀：平素的情怀。

[8]寤寐：醒与睡。常用以指日夜。引申指日夜思念、渴望。

殷民风：富裕百姓、教化百姓。

拊循：安抚，抚慰。

颠蹶：困顿挫折。"颠"字原文有"足"字旁。

[9]庶几：希望，但愿。

津筏：渡河的木筏。多比喻引导人们达到目的的门径。

[10]奕奕：一代接一代。

贤裔：圣贤的后代。

冠裳：本指全套的官服，因借称有官职的士绅。

对越：称赞，颂扬。

[11]型俗：世间楷模。

率祖：遵奉祖先。

輗轫（ní yuè）：比喻事物的关键。輗为大车车杠（辕）与前端衡木连接的销子。轫为小车车杠与前端衡木连接的销子。

[12]讵：岂。

[13]正学：谓合乎正道的学说。

微言：精深微妙的言辞。

炳：照耀。

[14]交勉旃（zhān）：互相勉励。旃：助词。之、焉二字的合读。

典型践先哲：以先哲为典范。典型：典范。践：依循。先哲：先世的贤人。

[15]庚辰：清乾隆二十五年，1760年。

阳月：农历十月的别称。

朔日：农历每月初一。

简：通"谏"。谏诤，直言规劝。

世台：对世交晚辈的尊称。

[16]义溪：指义河。天门河流经城区的一段。此处代指天门。龚学海《寄东园僧不波》有"早悟空王断俗缘，义溪流水柘皋烟"的诗句。龚学海为天门城关庆云街人，庆云街滨天门河。此据姜绾《竟陵义河记》记载，天门河"东距红花港，西至雁叫门，中为义河"。

乾隆乙酉春月谒东山先生（刘大夏）祠敬赋二律

龚学海

司马勋名孰比肩，松岩令绪仰高贤[1]。见称曹长由倾德，不相先生合有天[2]。千里湖湘归间气，一时鱼水炳遗编[3]。草堂邈矣东山麓，两赋空传到客年[4]。

落日荒祠路未纡,抠衣再拜起长吁[5]。无双士后谁模楷,第一流间此步趋[6]。崇几炉香帘乍卷,古碑苔径坐初铺。澧阳移檄垂青史,雅慕闽中蔡敬夫[7]。

题解

本诗录自清光绪元年(1875年)版《刘忠宣公遗集·附录诗》第12页。清光绪八年(1882年)版《华容县志·卷十四下·诗》第18页收录第一首。

乾隆乙酉:清乾隆三十年,1765年。

东山先生祠:刘忠宣公祠。原在华容城内小北门街。东山先生:刘大夏,字时雍,号东山,湖广华容(今属湖南)人。官至兵部尚书。辅佐孝宗实现"弘治中兴"。追赠太保,谥号忠宣。

注释

[1]司马:兵部尚书的别称。

令绪:伟大的事业或业绩。

[2]见称曹长由倾德:疑指刘大夏成进士,选庶吉士,本该留馆,却自请吏职,任职方主事,再迁郎中,尽革兵曹旧弊,所奏多称上意,尚书倚之若左右手。见称:受人称誉。曹长:唐人好以他名标榜官称,尚书丞郎、郎中相呼为曹长。倾德:疑指尽德。

合有天:合乎天道。

[3]间气:旧谓英雄伟人,上应星象,禀天地特殊之气,间世而出,故称。

鱼水:比喻君臣相得。

[4]草堂邈矣东山麓:明弘治十一年(1498年)秋,刘大夏连上三疏称病辞官,归乡后在东山下筑草堂,读书其中。

两赋空传到客年:疑指刘大夏针对危害军民十六件事、兵政十害,两次

奏陈革除重大积弊,而这些功绩已成过往。赋:陈述。到:原文为"对",据清光绪八年(1882年)版《华容县志·卷十四下·诗》第18页改。客年:去年。

[5]纡:弯曲,绕弯。

抠衣:提起衣服前襟。古人迎趋时的动作,表示恭敬。

长吁:长叹。

[6]无双士:指国内独一无二的人才。此处指陶安。陶安对朱元璋的功劳不亚于刘伯温,朱元璋亲赐"国朝谋略无双士,翰苑文章第一家"的堂联。

模楷:楷模,榜样。

第一流:第一等。刘义庆《世说新语·品藻》:"桓大司马下都,问真长曰:'闻会稽王语奇进,尔邪?'刘曰:'极进,然故是第二流中人耳。'桓曰:'第一流复是谁?'刘曰:'正是我

辈耳。'"

步趋:追随,效法。

[7]澧阳移檄垂青史,雅慕闽中蔡敬夫:指蔡复一下檄议创刘忠宣公祠。据清乾隆二十五年(1760年)版《华容县志·卷之二·建置志》第34页记载,明万历四十年(1610年),分守参政蔡复一下檄议创并捐地募建刘忠宣公祠,特祀明兵部尚书刘大夏。

澧阳:指蔡复一。明万历三十九年(1611年),蔡复一出京,任湖广参政,驻节澧阳。

移檄:发布文告晓示。

雅慕:甚为仰慕。

闽中蔡敬夫:蔡复一,字敬夫,号元履,福建泉州府同安县金门人。明万历二十三年(1595年)进士。明天启中,以兵部右侍郎总督贵州、云南、湖广军务兼贵州巡抚。

同谢别驾渡黄河

龚学海

清晓河壖早驻鞍,挂帆斜日耸奇观[1]。九天星宿昆仑远,八月波涛渤澥宽[2]。隐隐沙痕浮远岸,微微树色锁烟峦[3]。乘风破浪平生事,共济洪流取次看[4]。

题解

本诗录自熊士鹏编、清道光癸未(1823年)版《竟陵诗选·卷十》第15页。

别驾:官名。汉为刺史的佐史,刺史巡视辖境时,别驾乘驿车随行,故名。宋代以后,称通判为别驾。

注释

[1]河壖(ruán):河边地。

[2]渤澥(xiè):渤海的古称。

[3]烟峦:雾笼罩的山峦。

[4]取次:随便,任意。

题晴川烟树图

龚学海

横笛吹箫漾碧流,片帆高挂楚天秋。之官意味真潇洒,绝胜坡翁赤壁游[1]。

登临把酒晚风前,梦里江烟二十年。乍喜披图乡路熟,茫茫树色认晴川[2]。

鹤楼相对白云遥,山势龟蛇斗沉寥[3]。佳句定教人搁笔,风流重说顾东桥[4]。

题解

本诗录自熊士鹏编、清道光癸未(1823年)版《竟陵诗选·卷十》第15页。

注释

[1]之官:上任,前往任所。

坡翁:苏东坡。

[2]披图:展阅图籍、图画等。

树色:树木的景色。

[3]沉寥(xuè liáo):指晴朗的天空。

[4]佳句定教人搁笔:据说李白上黄鹤楼游览,看见崔颢的诗,只写了两句:"眼前有景道不得,崔颢题诗在上头。"

风流重说顾东桥:顾璘评崔颢《黄鹤楼》诗曰:"一气浑成,太白所以见屈。"顾东桥:顾璘,字华玉,号东桥居士,江苏苏州人。明代文学家。弘治进士,累官至南京刑部尚书。任湖广巡抚时写下《七律·题黄鹤楼》。

满江红·泪洒湘娥

龚学海

泪洒湘娥,凝恨处,几茎斑竹[1]。谁复料,有沩之后,殒躯尤酷[2]。顾影讵忘随彩凤，此身无奈逢青犊[3]。肯从容，视息强偷生，凭凌辱！

直拼向，泉台宿；曾不畏，刀环触。只用全绣袎，老奴频嘱[4]。但使香存兰桂紫，何辞血染薜芜绿[5]。似清风岭上断肠诗，人愁读[6]。

题解

本词录自刘有洪辑、清乾隆二十三年（1758年）版《沩宁烈妇刘母胡孺人诗纪二卷·卷之一》第4页。作者龚学海名下注"内阁侍读学士"。

中国人民政治协商会议湖南省宁乡县委员会文教卫体委员会编、2000年版《宁乡文史》第十辑第233页收录本词。词前云："当时，宁乡一家拥有田亩数千的大户——南塘刘氏，已在县城南侧另购别墅，挈眷来居。顺治三年（1646年）六月间，张献忠率部由荆襄南下湘中，进驻宁乡。刘氏主人刘兆之听讯，惊恐异常，便只身先逃归南塘。其妻胡氏，年方二十八岁，携两岁幼儿名曰先胤的，随老仆人王端友亦顺南塘方向逃归。行至花桥，突遇起义部队。胡氏当机立断，将怀中幼儿交与仆人，曰：'此刘氏一脉，请护之归交主人。花桥为我死所，明日可领我夫来收我尸。'王端友背着这两岁的幼儿，经凫山径返南塘，告其主人。越日，同至花桥，见胡氏尸横杂草之中，身无完肤，而面色如生，遂收葬于南塘附近的象鼻山。后兆之再娶无出。先胤生有四子，次子之铨，生子有洪，乾隆初举进士。令福建南漳，有政绩。尝入京奏事，得与京都名士相接，请为诗歌以旌其曾祖母之节烈，遂刊《刘烈母诗纪》一卷行世，时在乾隆二十三年秋。"《刘烈母诗纪》作者中有湘人龚学海，时为内阁侍读学士，他写的一首《满江红》词委婉曲折地道出了这事的经过。"（本书编者按：《沩宁烈妇刘母胡孺人诗纪二卷》卷首将龚学海列入"同乡"，此处"同乡"是指湖广同乡，后人以为龚学海是"湘人"，有误）

注释

[1]湘娥、斑竹：传说尧女娥皇、女英嫁予虞舜为妻，舜涉方死于苍梧，二妃堕湘水中，为湘夫人。舜死之后，他的两个妃子哀哭，泪水洒遍湘水边的竹林，遂成斑竹。

[2]有沩（wéi）：沩汭（ruì）。水名。在今山西省永济市南，相传是尧二女嫁于舜的地方。借称舜的配偶娥皇与女英。有：词缀。

[3]讵：岂。

青犊：新莽末年河北地区较为强大的一支农民起义军。后泛称农民起义军。

[4]只用全绣褓,老奴频嘱:只因为保全褓褓中的幼儿,频频叮嘱老奴。绣褓:覆裹婴儿的绣被。

[5]兰桂:兰和桂。二者皆有异香,常用以比喻美才盛德或君子贤人。此处比喻子孙。

蘼芜:草名。芎䓖(xiōng qióng)的苗,叶有香气。

[6]清风岭上断肠诗:清枫岭在浙江省嵊县北。岭多枫树,故名。至元中,临海民妻王氏,有令姿,被元军掠至师中。千夫长杀其翁婆及夫而欲犯之,妇誓死不从。后随师过清枫岭,啮指蘸血题诗石上,云:"君王无道妾当灾,弃女抛儿逐马来。夫面不知何日见,此身料得几时回。两行清泪偷频滴,一片愁眉锁未开。回首故山看渐远,存亡两字实哀哉!"写毕,投岩下死。后人易名为"清风岭"。

题镇远大王滩亭联

龚学海

到岸猛回头,听潕阳第一滩声,浪与篙争,好仗神威资利济[1];
顺流须努力,看黔国万重山水,峰随舵转,全凭忠信涉波涛。

题解

本联录自雷岳编注、贵州人民出版社 2007 年版《妙联荟萃·中国历史文化名城镇远》第 26 页。原题为《大王滩》。署名为"龚学海"。联后注:"根据向知方先生辑《贵山联语》、胡君复编《古今联语汇选》、台湾省广文书局出版《楹联丛编》第四、五册所载,以及黄永锡老先生生前口述收录。""大王滩在镇远县蕉溪镇境内,为潕阳河第一大滩,水势汹猛,滩险流急。古人为了过往船只平安,免遭覆舟之虞,于北岸立伏波庙,以求神佑。此联即悬之于此庙,竟然不胫而走,于海内广为流传,且被台湾省广文书局列为'才子巧对菁华'联。"

注释

[1]潕(wǔ)阳:潕阳河,发源于贵州瓮安,经施秉、镇远流入湖南沅江。潕:"潕"的异体字。

利济:救济,施恩泽。

题黄平飞云洞联

龚学海

洞辟几时？抚孤松而不语[1]；
云飞何处？输老鹤以长闲[2]。

题解

本联录自胡君复编、1922年版《古今联语汇编二集·名胜二》第17页。原题为《天门龚学海题黔中飞云洞联》。

飞云洞：在贵州黄平东坡山，又名飞云崖，似洞非洞，内部极宽。洞内石乳倒垂，形成各种天然的怪异形象。清代鄂尔泰曾称此为"黔南第一胜景"。

注释

[1]抚：敲，拍。此谓轻轻敲打   [2]输：表露。
之意。

题贵阳府治图云关联

龚学海

两脚不离大道，吃紧关头，须要认清岔路；
一亭俯看群山，占高地步，自然赶上前人。

题解

本联录自胡君复编、1918年版《古今联语汇选·初集·名胜二》第30页。该书《名胜一》第27页也收录本联，命题为《明郡守田汝成题南高峰联》，联中的"一亭"作"一楼"。

图云关：为老贵阳九门四阁十四关之一，位于今贵阳森林公园北门入口处。

题钟谭合祠(天下文章祠)联

龚学海

真契可忘年,笑畈寒河,古道千秋照颜色[1];
雅音能绝俗,中原北地,骚坛七子谢风流[2]。

题解

本文录自 1921 年版、天门沔阳汉川《钟氏族谱》,1926 年版、天门市岳口镇谭台村《谭氏宗谱·余编》。

钟谭合祠旧址在天门市鸿渐路与四牌楼路交汇处东北,原市教委办公楼所在地。

注释

[1]真契:知己,意志相合者。

笑畈寒河:指钟惺、谭元春。钟惺为天门市皂市镇人,皂市有笑城遗址,钟惺葬于附近。谭元春居天门市南寒河。笑畈:指笑城。

[2]雅音:正音,有益于风教的诗歌和音乐。

绝俗:超绝世俗。

骚坛七子:指明代中叶倡言"文必秦汉,诗必盛唐"的前后七子。明弘治、正德年间李梦阳、何景明、徐祯卿、边贡、康海、王九思、王廷相七人,并以文章名世,称"前七子"。又明嘉靖、隆庆时期李攀龙、谢榛、梁有誉、宗臣、王世贞、徐中行、吴国伦七人,亦以文章名世,称"后七子"。骚坛:文坛。

谢风流:指不再风行。谢:衰败,衰落。

请举秋报大礼疏

龚学海

光禄寺少卿加一级臣龚学海谨奏,为请举秋报大礼,以备祀典,以崇圣治事[1]。

臣窃惟王者父天母地，事天一如事亲。宗庙之礼，禘祫而外，四时备享[2]。其祀天也，冬圜丘，春祈谷，夏大雩[3]；至享帝则秋祭也。唐虞、三代以来，典制虽异而祀义则同，简册具存，班班可考[4]。我皇上乘乾御宇[5]，敬天勤民，祈谷、冬祀诸大礼，每岁躬亲，复特举常雩示为民祈祷至意[6]，古制备祀事明，千载一时也。所犹未举行者，季秋享帝大祀耳。

臣闻，雩祈也，祈百谷之雨也；享报也，报百谷之成也。有祈必有报，祭之礼也。且夫祭天所以法天，四德备而为乾[7]，四时具而成岁。秋享之祭，协春祈以伸崇报，岁祀全而天人合。圣天子隆举斯礼，端在今日。

臣谨按：季秋享帝之文，载在《月令》；而秋祀昊天、上帝，《开元礼》亦复明著可稽。程子云[8]："古者一年之间，祭天甚多。春则因民播种而祈谷，夏则恐旱暵而大雩，以至秋则明堂[9]，冬则圜丘，皆人君为民之心也。"钦惟我皇上爱养黎元[10]，有加无已。当夫万宝告成[11]，普天丰乐，皆上天锡佑之恩。仰请皇上举行季秋享帝大祀，以答天庥[12]，以合于四时备祭之义，洽四海之欢心，益展圣主敬天勤民至意，百司群僚曷胜忭舞[13]。至其规制仪文之详，仰祈敕下礼臣[14]，敬谨集议，恭呈睿鉴[15]，要于酌古宜今。斯所为，式来兹而光前牒者也[16]。

微臣学识谫陋，典礼未谙，何敢冒昧陈奏，仰渎天听[17]？但幸际礼乐明备之时，承乏执事奔走之末，敬献刍荛，用抒忧悃[18]。是否有当，伏乞圣明训示，臣无任悚惕屏营之至[19]。谨奏。

乾隆十八年正月二十一日。

题解

本文录自龚学海奏折。原件藏中国第一历史档案馆。

秋报：秋收时祭祀，报答神力。

疏：旧指臣下向皇帝陈述意见的章奏。

注释

[1]加一级:加级是清代议叙法之一,是对官员的一种奖励方式。

圣治:至善之治。亦用以称颂帝王之治迹。

[2]禘祫(dì xiá):古代帝王祭祀始祖的一种隆重仪礼。

[3]圜(yuán)丘:古代帝王冬至祭天的地方。后亦用以祭天地。

祈谷:帝王祭祀谷神、祈祷丰收的典礼。

大雩(yú):古时求雨的祭名。凡遇大旱所举行的祈雨典礼,称大雩。

[4]唐虞:尧舜。

三代:夏商周三个朝代。

典制:典章制度。

简册:以竹为简,合数简为册。事少则书之于简,事多则书之于册。指史册。后泛指书籍。

[5]乘乾御宇:驾驭、掌握天地和宇宙。

[6]常雩:古代为百谷祈雨而举行的祭祀。

[7]法天:效法自然和天道。

四德备而为乾:元、亨、利、贞为四德,这就是《易》中的乾卦。

[8]程子:程颐。

[9]旱暵(hàn):不下雨而干旱。

明堂:天子理政,百官朝拜之所,举凡朝会、祭祀、庆赏、选士诸大典,都在此举行。

[10]钦惟:发语词。犹言敬思。

爱养:爱护,养育。

黎元:百姓,民众。

[11]万宝:各种作物的果实。

[12]天庥(xiū):上天的庇佑。

[13]曷胜:何胜,不胜。

忭(biàn)舞:高兴得手舞足蹈。忭:喜乐的样子。

[14]仪文:礼仪形式。

[15]集议:百官会议重大政事的制度。

睿鉴:御览,圣鉴。

[16]式来兹:作为来年的式范。来兹:指未来的岁月,来年。

[17]微臣:卑贱之臣。古代官吏用来对君主称自己。

谫(jiǎn)陋:浅陋。

仰渎(dú):冒犯。仰:旧时书信中下对上的敬辞。

天听:帝王的视听。

[18]承乏:所任职位一时无适当人选,暂由自己来充数。旧时在任官吏常用的谦辞。

执事:举行典礼时担任专职的人。

奔走:驱使。

刍荛(chú ráo):本指割草打柴。此处为浅陋的见解,自谦之词。

抒忱悃(kǔn):表达真心诚意。

[19]无任悚(sǒng)惕屏营之至:非常惶恐,到了极点。无任:犹不胜,非常。悚惕:恐惧小心。屏营:惶恐貌。

代为奏谢皇上传令训饬天恩

龚学海

学海蒙皇上高厚隆恩，由同知超擢道员，当何图报？乃因欧韵清颇悉苗事，遂专委以访察苗情，而于欧韵清所作之事转不留心体察，以致该犯敢于如此不法。即将学海从重治罪，属分所应得。荷蒙皇上天恩，传令训饬，真乃感愧无地。惟有益加奋勉，以期仰报圣恩于万一。伏恳代为奏谢。

乾隆三十七年三月十四日。

题解

本文录自刘统勋奏折。原件藏中国第一历史档案馆，档案号为 02-01-003-006640-0003。刘统勋时任大学士兼吏部尚书。

湖南全省苗志序

龚学海

《周礼》职方氏掌邦志，辨九服之舆图，藏之王府[1]。苗之属，自"干羽既格[2]"，蔓延于荆、豫、梁、益间，则固职方氏所隶也。后世郡国有志，盖昉诸此[3]，而苗独缺焉。世所传洞蛮记、瑶峒杂志诸书，特纪其诡异、怪变之事，足资谈助而已，于治道无补也[4]。国家重熙累洽，幅员之广，超轶前代[5]。而吾楚以南，绵亘千里，为苗、瑶巢窟。结发椎髻之伦[6]，与土著之民杂错而处。治之无术，其足烦封疆有司之虑者屡矣[7]。

予友晴川段君，以名孝廉起家，县令而丞、而牧、而守[8]。所历皆"苗疆"，而于楚南为最久。于山川道里、风土嗜好，靡不烛照而数计之[9]。公余之暇，裒辑古今得失之故[10]，而参以己所见闻，汇成《楚南苗志》一书。丙子,以补官来京师,出以视予[11]。予受而卒业[12],为之掩卷三叹也。夫古今治苗之道,大约不越抚与剿二端。而行之卒鲜效者,非抚与剿之说不可行,而所以扼其要而中其情者,未之素讲也[13]。即以楚南论,自湖以西,如辰、沅、靖,密迩黔、蜀[14]。其间重岗复岭,丛篁密箐,复道一线,回旋盘郁[15]。苗处其中,如兔之有窟,蚁之有穴。彼据其险,而吾持素不习之众以制之[16]。故击楚则窜蜀,搜粤则遁黔。踪迹飘忽,顷刻莫知其所。曩前明时,合三省之力,迄十余年,而始得一当[17]。盖所以耗敝天下者[18],得不偿失矣!而矫其弊者,又往往持羁縻之说[19],优柔姑息,养痈蓄奸。夺其利而予之,以苦亦驯,至于不可裁制而止。呜乎!苗亦人类,虽好剽轻生[20],其习俗使然。而畏威怀信之良[21],终未尝泯灭。得其要而驭之,使恩威并著,亦安有不易治者哉?

段君之书,考核精当,而于风俗、险阻、兵汛、防范,尤加之意焉[22]。语曰:"问途于已经[23]。"得是书准而行之[24],于苗疆之治不无裨补也。方今圣人,在御久道化成[25]。往者永顺一隅,率先被化[26]。而永绥、乾、凤,厅营棋布[27],数十年遂成乐土。干羽之格,此真其时。而段君是书适出,洵足以昭王会而备职方氏之采也欤[28]!

乾隆丙子菊秋望日,内阁侍读学士,加四级,学弟龚学海拜撰[29]。

题解

本文录自段汝霖著、清乾隆二十三年(1758年)刻本《楚南苗志》第13页。段汝霖,字时斋,号梅亭,汉阳人。由举人历官建宁府知府。《楚南苗志》乃汝霖为湖南永绥同知时所著。

注释

[1]职方氏:官名。《周礼》夏官之属有职方氏。掌天下地图及四方职贡。

九服:王畿以外的九等地区。

舆图:地图。

王府:指帝王收藏财物或文书的府库。

[2]干羽既格:指有苗归顺而偃武修文。语出王阳明《象祠记》:"意象之死,其在干羽既格之后乎!"想来象死,

大约是在舜舞干羽,有苗已经归顺之后吧!干羽:盾和雉尾。古时舞人所拿的两种舞具。武舞拿干,文舞拿羽。干羽一起舞,表示偃武修文。格:至,来。亦引申为归服、归顺。

[3]郡国:郡和国的并称。汉初,兼采封建及郡县之制,分天下为郡与国。郡直属中央,国分封诸王、侯,封王之国称王国,封侯之国称侯国。南北朝仍沿郡、国并置之制,至隋始废国存郡。后亦以郡国泛指地方行政区划。

昉(fǎng):起始。

[4]洞蛮:古代对南方少数民族的蔑称。

瑶峒(dòng):即瑶洞。瑶族居住地。

谈助:谈话的资料。

治道:治理国家的方针、政策、措施等。

[5]重(chóng)熙累洽:谓前后功绩相继,累世升平。

超轶:超越,胜过。

[6]结发椎髻:结如椎之髻。古代指南方人的妆饰。

[7]封疆有司:类似封疆大吏、封疆大员、封疆大臣。明代都指挥使、布政使、按察使和清代的总督、巡抚总揽一省或数省的军政大权,类似古代分封疆土的诸侯,故称。封疆:本指聚土而成之疆界标记,引申为封疆而治之诸侯。有司:官吏和官署泛称。古代

设官分职,各有专司,故称。

[8]晴川段君:段汝霖为汉阳人,故以晴川指代汉阳。

孝廉:明清时对举人的称谓。

丞、牧、守:指由县官累迁府丞、州官、府官。州官称牧,郡官称守。

[9]道里:道路村落。

烛照:明察,洞悉。

[10]裒(póu)辑:收集辑录。

[11]补官:补授官职。

视予:给我看。

[12]予受而卒业:我收下这部书,阅读完毕。卒业:谓全部诵读完毕。

[13]扼其要而中其情:抓住了要点而又符合内在的实际情况。

素讲:素常讲习。

[14]湖:此处指洞庭湖。

密迩:贴近,靠近。

[15]丛篁密菁(qìng):丛生的竹子、茂密的竹林。

复道:高楼间或山岩险要处架空的通道、阁道。

盘郁:曲折幽深貌。

[16]持素不习之众以制之:带着平素就不熟习这一带情况的士卒来制服他们。

[17]曩(nǎng):从前,过去。

始得一当:指征剿之事方才停当。

[18]耗敝:耗费损害。

[19]羁縻:笼络,怀柔。

[20]好剽轻生:好强悍而不爱惜自己的生命。

[21]怀信：怀抱忠诚。

[22]加之意：加意。注重，特别注意。

[23]问途于已经：问路要向走过此路的人打听。

[24]准：依照。

[25]方今圣人，在御久道化成：语出《易·恒》："圣人久于其道而天下化成。"圣人应变随时，得其长久之道，所以能光宅天下，使万物从化而成也。

[26]被化：以恩德感化到。

[27]厅：清代于新开发地区设厅，与州、县同为地方基层行政机构。其长官为同知或通判。

[28]洵足以昭王会：边地朝贺天朝的盛况实在值得显扬。

洵：诚然，确实。

王会：旧时诸侯、四夷或藩属朝贡天子的聚会。《旧唐书·南蛮传》："中书侍郎颜师古奏言：'昔周武王时，天下太平，远国归款，周史乃书其事为《王会篇》。'"《王会篇》所记述的是边远地方少数民族各国使臣向周王朝输诚朝拜的盛况。后借以咏边地朝贺天朝之典。

[29]乾隆丙子：清乾隆二十一年，1756年。

内阁侍读学士：官名。清代内阁设此官。虽名侍读，实不掌侍读，而掌典校本章，总稽翻译。

锦江公五十寿序（节选）

龚学海

闽汀山水奇秀，扶舆清淑之气磅礴而郁积，往往笃生伟人[1]。予每逢此邦之士，必细询其贤豪几辈，予门下士张子源长独称述长汀锦翁吴先生之贤不去口[2]。予虽未与之邂逅，神交者已非一日。甲戌正月人日为锦翁览揆之辰，源长先期邮札入都，索予侑觞之文[3]。源长诚悫忠信，其言不妄，而锦翁又其弟北游姻戚[4]，故源长知之甚悉。予素重其人，不得而辞。

尝谓天人之际应答如响，修诸己者固无愿外之心，而内敦本行外彰厚德，则天地感而神明鉴，于以迎迓吉祥，久若珪璋之合、取携之便也[5]。予于锦翁尤有足征者，盖翁孝友君子也[6]。当其事两尊人时，循陔采兰，深爱发于颜面，视膳之旨否，问衣之燠寒[7]，饮食动止无不适也。事继母亦如之。昆季六人，棣萼相辉，埙篪和乐，蔼然无几微之间[8]。待诸侄教以礼法，一如己子，曾无歧视。至于居乡以厚道自期，族党戚属之间，谋其不逮则尽厥心焉，济其不足则殚厥力焉[9]。以及桥梁道路捐资倡修诸义举，尤不胜述。夫富不期于陶猗[10]，期于好施。若徒拥膏腴，缓急莫应，只为有识所鄙。今翁随力所及以行仁者之方，宜乎远近以王邴相拟也[11]。

翁相貌魁梧，雅擅文武才，慨然有万里风云之志，谓功名可拾取，而竟潦倒乡闱，久困诸生，遂援例膺岁荐[12]。于是恬虑息机，耽于林泉，延访名师[13]，教诲诸子。入则图书满架，子姓罗列，一堂雍睦[14]。偕德配黄孺人，以礼相庄，内外秩然，下及臧获，俱有自得之色[15]。出则与野老逸民杯酒相欢以乐太平[16]。时或挟弓矢，驰逐阪原[17]。当怒马独出，飞禽骇兽，应弦而倒，礓礓坠坡间[18]。殆苏氏所谓方山子之流欤[19]？说者谓君抱伟略，卒不得伸，以为翁惜。予谓君子惟在自立何如耳，用之于国，动天地而降休征[20]；行之于家，感鬼神而集纯嘏[21]。古人云："至当之谓德，百顺之谓福[22]。"今翁之盛德足以召致百顺，不匮而锡类，因心而笃庆，其于感应之道昭昭矣[23]。天人之际何远焉？……

当此服官之年，益懋修其德，由是而耄耋而期颐[24]，年愈高而德愈进。若苍松之不雕，白璧之无玷。异日者安车蒲轮，天朝远锡，且为一代升平之人瑞，又奚必不得伸其伟略为翁惜哉[25]？遂书此以为祝釐之辞[26]。谨序。

题解

本文录自陈日源主编、国际文化出版公司 2001 年版《培田：辉煌的客家庄园》第 361 页。注明"本文作者为翰林院侍读龚学海"。文字、标点有改动。

注释

[1] 闽汀:福建长汀。福建连江培田古属汀州管辖。

扶舆清淑之气磅礴而郁积:清和之气盘旋升腾、磅礴积聚。语出韩愈《送廖道士序》:"衡山之神既灵,而郴之为州,又当中州清淑之气蜿蜒扶舆磅礴而郁积。"衡山之神十分灵验,而郴州作为一个州,又正处于中原清淑之气盘旋升腾、磅礴积聚之处。扶舆:形容盘旋而上,犹扶摇。清淑:清和。郁积:蓄积,积聚。

笃生:谓生而得天独厚。

[2] 门下士:犹门生。

不去口:不离口。

[3] 甲戌:清乾隆十九年,1754年。

人日:旧俗以农历正月初七为人日。

览揆(kuí):代称生辰。

侑觞:劝酒,佐助饮兴。

[4] 诚悫(què):诚朴,真诚。

北游:往北方游历。

姻戚:姻亲。

[5] 天人之际应答如响:语出《宋史·列传四十·寇准传》:"《洪范》天人之际,应若影响。"应答如响:对答有如回声。形容答话敏捷流利。

愿外:指贪慕范围以外之事。语出《礼记·中庸》:"君子素其位而行,不愿乎其外。"君子守着自己现时所处的地位而行事,不羡慕行其地位以外的事。

内敦本行外彰厚德:注重自身道德修养并广施恩德于人。本行:指作为立身之本的德行。厚德:深厚的恩德。

迎迓(yà):迎接。

珪璋:古代贵重的玉制礼器。

[6] 足征:足够的凭证。

孝友:孝顺父母、友爱兄弟。

[7] 尊人:对他人或自己的父母的敬称。

循陔(gāi)采兰:语出《诗经·小雅·南陔》:"循彼南陔,言采其兰。"诗意为沿着南陇,去采摘香草,将以供养父母。后因以为孝子养亲的典故。

视膳之旨否,问衣之燠(yù)寒:看膳食是否鲜美,问衣服是否单薄。旨:美味。燠寒:寒燠。冷热。

[8] 昆季:兄弟。长为昆,幼为季。

棣萼:比喻兄弟。《诗经·小雅·常棣》以棠梨树的华、萼互相依靠来比喻兄弟间的骨肉联系。后遂用为咏弟兄亲密之典。

埙篪(xūn chí):埙、篪皆古代乐器,二者合奏时声音相应和。因常以埙篪比喻兄弟亲密和睦。语出《诗经·小雅·何人斯》:"伯氏吹埙,仲氏吹篪。"

蔼然:温和、和善貌。

几微之间:一点点空隙。

[9] 族党:聚居的同族亲属。

不逮:不及。

尽厥心、殚厥力：竭尽心力。厥：其。

[10]陶猗：古代富商陶朱公（范蠡）和猗顿的并称。后泛指富人。

[11]王邴（bǐng）：疑指三国时仕魏的北海人王修、邴原。王修被推举为孝廉，他让给了邴原，孔融没有答应。事见陈寿《三国志·魏书·袁张凉国田王邴管传》。

[12]雅擅：甚为擅长。

潦倒乡闱，久困诸生，遂援例膺岁荐：参加乡试落第，长时间都只是一名秀才，于是引用成例被推举为岁贡。乡闱：科举时代士人应乡试的地方，亦代指乡试。岁荐：岁贡。清代，每岁循序推出，用不着考，挨到谁就是谁，一般称为挨贡。

[13]恬虑：恬愉绝虑。

息机：摆脱世务，停止活动。

耽：喜好。

延访：延请求教。

[14]子姓：泛指子孙、后辈。

雍睦：犹和睦。

[15]德配：旧时用作对别人妻子的尊称。

相庄：相互敬重。多用于夫妇之间。

臧获：古代对奴婢的贱称。

自得：自己感到得意或舒适。

[16]逸民：隐退不仕的人，失去政治、经济地位的贵族。

[17]阪：山坡。

[18]怒马：奋马。

磔磔（zhé）：象声词。鸟鸣声。

[19]殆苏氏所谓方山子之流欤：大概是苏轼所说的方山子之类吧。苏轼在黄冈有个好友陈慥（zào），字季常，号方山子。苏轼《方山子传》："方山子，光黄间隐人也……庵居蔬食，不与世相闻，山中人莫识也。见其所著帽方耸而高，曰：'此岂古方山冠之遗像乎？'因谓之'方山子'。"

[20]休征：吉祥的征兆。

[21]纯嘏（gǔ）：大福。

[22]至当之谓德，百顺之谓福：做事最为恰当这就是积德，万事顺利这就是有福。语出张载《正蒙·至当》。至当：最恰当。

[23]不匮而锡类：孝心不竭则神灵赐福。语出《诗经·大雅·既醉》："孝子不匮，永锡尔类。"孝子孝心永不竭，神灵赐您好福气。

因心而笃庆：有亲善仁爱之心则福泽丰厚。语出《诗经·大雅·皇矣》："维此王季，因心则友。则友其兄，则笃其庆，载锡之光。"这位王季好品德，对兄友爱热心肠。王季热心爱兄长，他使周邦福无疆，天赐王位显荣光。

感应：谓神明对人事的反响。

昭昭：明白，显著。

[24]服官：为官，做官。

懋修：勤勉修习。

耄耋（mào dié）：犹高龄，高寿。

期颐:一百岁。

[25]安车蒲轮:安车的轮子用蒲草包裹,以防颠簸。用以迎送德高望重的人,表示优礼。汉武帝派使者用这种车去迎接经学家鲁申公入朝,传为佳话。安车:可以安坐的小车。古代一般的车没有坐具,乘车要站着。可以安坐的车是高级别的人才可以坐。

天朝远锡:指朝廷赐命。天朝:朝廷的尊称。

人瑞:人事方面的吉祥征兆。亦指有德行的人或年寿特高者。

奚必:何必,不必要。

[26]祝釐(lí):祈求福佑,祝福。

李公(李飞云)碑像赞

龚学海

於戏[1]！公盖汉之循吏而宋之大儒也[2]。褆躬则正而不苟,宅心则仁而有余[3]。料事则如镜斯莹,接人则如春之舒[4]。始公之来,政成乎驯雉;今公之去,风高乎悬鱼[5]。然犹恳恳勤勤,不忍遽也[6]。展皋比以登座,环济济之生徒[7]。每谈经而竖议,觉寐者而疾呼[8]。溯渊源之有自,盖公实得之乡先生曰张子横渠[9]。综一生之得力,流教泽于兹隅[10]。

於戏！公留人喜,公去人思。公诚归矣,何以留之? 留之不得,貌而图之[11]。我人瞻仰,公长留兹。

题解

本文录自清道光元年(1821年)版《天门县志·卷之十一·学校》第61页。

李公:指时任知县李飞云。李飞云,字步月,陕西华阴人。清乾隆十七年(1752年)任天门知县,乾隆十九年(1754年)修天门书院。

注释

[1]於戏(wū hū):亦作"於熙",犹"於乎"。感叹词。就是"呜呼"用于吉祥或没有悲伤的情况下的另一种写法。

[2]循吏:守法循理的官吏。

[3]祗(zhī)躬:安身,修身。

宅心:居心,存心。

[4]如镜斯莹:像镜子一样光洁透明。指能洞察一切。

[5]政成乎驯雉:典自"政成驯雉""狎雉驯童"。后汉鲁恭宰中牟,以德化民。时郡国螟蝗伤稼,独不入其境;有母雉将雏过童子旁,童子仁而不捕。事见《后汉书·鲁恭传》。后因以誉人政绩。

风高乎悬鱼:典自"悬鱼"。二十四廉故事之一。汉太守羊续,有人送他生鱼,他将鱼挂在中庭,下次再送时即指悬挂的鱼,以杜绝再度送礼。见《后汉书·卷三十一·羊续传》。后即以悬鱼比喻清白廉洁。

[6]不忍遽(jù):"不忍遽舍"的省略。不忍心就这样仓促地离开。

[7]皋比:虎皮。古人坐虎皮讲学。后因以指讲席。

[8]竖议:立议,建议。

[9]有自:有由来,有根源。

乡先生:古时尊称辞官居乡或在乡教学的老人。

张子横渠:张载,字子厚,陕西眉县横渠镇人。北宋著名儒者、思想家。

[10]教泽:教化或教育的恩泽。

[11]貌而图之:把相貌画下来。

林青山先生(林愈藩)墓志铭

龚学海

湖南酃县令林君[1],谢病告归,垂七载。既卒之明年,其侄兴宗偕其门人章廷翮,徒步走二千余里,手一纸,泣而请曰:"吾叔父病且死矣。属纩先二日犹强起执笔,命亲布左右,丐一言以不朽[2]。"余视字迹模糊、依稀可辨者曰:"此生得一知己,可以无恨。"

呜呼!吾何以得此于林君哉?当君宰酃时,余适观察岳常澧[3],恨无握手缘也。乙酉之秋监试内帘,君以分校应选[4],一见欢然,叙言甚洽。凡君苦心衡文及余整肃场规,早暮忘倦,两人者交相为喻[5],而不问外人者之知否也。未几,君解组归去,余送行,有"最喜身闲好著书"之句[6],君读之大喜。抵家则以书报,曰:"某屏踪山林,足不入城市,惟寝食紫阳遗籍[7],求其至是,以稍酬夙愿。"孰知其编辑未竣,而赍志以殁耶[8]！此余所以临风悼惜,而不仅为知己零落之感也。

君讳愈蕃,字青山。其先世闽人,称九牧林氏,后徙楚南之宜章。曾祖讳荣长,不仕。祖讳昌斌,父讳德隆,皆赠文林郎[9]。赠公挈眷来蜀[10],遂为中江人。

君生有异质,八岁入家塾,受四子书,喜闻古者忠孝廉让之事,端严如老成[11]。随其兄香远读书馆所,拾薪执爨[12],克修弟道。始为文,即有大家风范,赠公见而异之。年十七,受知于学使莲峰周公,补弟子员[13]。以家贫营馆谷,佐高堂菽水[14],常取朱子《小学》《近思录》《白鹿洞学规》为及门讲习,一时翕然[15],以师道尊之。甲子登贤书[16],至辛未始成进士。需次期届,例当谒选[17],而君锐意潜修,实有在于荣禄显达之外者。乃复杜门授徒,益肆力于儒先著作,泛览经济有用之书[18],贯通古今,源流毕彻。

迨之官酃邑[19],而君年已五十矣。酃俗好讼,善交纳官长,更以演戏耗财[20]。君首严讼棍、却馈献,余以次颁示饬禁[21],民有神君慈母之戴。政暇,则延子弟讲课文艺,训以立身行己之要。士风佻达[22],为之一变。乡氓入公庭,引至坐下,亲询疾苦,开陈律令中易犯各条[23],晓譬再四,群知悚惕[24]。他若修邑乘、葺学宫,倡率众力,汲汲图之[25]。维时办职之吏,有哂其迂且拙者[26],君不之顾也。

郡守李君文在稔知君贤,撮其循迹荐之大中丞[27]。而君以长兄垂暮,切温公抚背之思,引病请去[28],坚不肯留。片帆西指,便晤原籍数十年未曾见面之姊。白头赋别,感动路人。比归,而君兄幸无恙,朝夕省视,友于蔼然[29]。

君居恒自念,每思扶植纲常、羽翼圣教[30],故随所睹记,必以身心性命为之根柢。闲居寡营,爰取《四书集注》排纂《读朱求是编》[31],考订各家同异,荟萃的当,比于精金[32]。惜编成上下论而疾作,不克卒业[33]。呜呼！岂非蔡九峰所谓不幸者与[34]？

君内行修饬[35]。居父母丧,哀毁循礼;仲兄殁,未尝饮酒茹荤。动止俱有法度。教人以衣冠必整、拜揖必肃[36],见者望而知其为青山弟子也。性务本色,不肯以涂饰悦人[37]。铨选时[38],有劝其染须赴验者,君正色拒之,曰:"入官之始,敢以欺罔负咎耶?"与人交,笃于道义,周恤旅困,扶病拯危[39]。有人所难能者,然于君皆小节,不具录[40]。余独叹夫处为醇儒、出为循吏,两者相须而难以兼得也[41]。君出处较然不苟,砥砺终身,庶几无愧[42]。章生久游君门,谓君嗜学如饥渴之于饮食,嗜嘉言懿行如奇珍异玩[43],相依为命。信矣夫[44]!吾无以易斯言也[45]。

君娶钟氏,再娶陆氏,皆无子。抚侄孙资畅、资恪为承祀孙[46]。享年五十有八,以乾隆三十六年十二月十一日卒。兴宗等即以是月十九日葬君于祖茔之侧,遵遗命也。

所著《青山堂文集》,散体浸淫八家,诗赋皆自出机杼[47],多可传者。乃为之铭曰:

学敛华而为朴[48],官未老而就闲。生平矻矻,延斯文一脉,而梦想于河汾伊洛之间[49]。铭幽载实[50],慰我青山。

【乾隆五十四年[51],岁次己酉,九月二十六日,孙资恪、畅立石。】

题解

本文录自1930年版《中江县志·卷之二十一·文征》第11页。原文标题下署名为"天门龚学海撰"。据中江县地方志编纂委员会编纂、2016年版《中江县志》(嘉庆版点校本)第322页校订。

注释

[1]酃:音 líng。

[2]属纩(zhǔ kuàng):谓用新绵置于临死者鼻前,察其是否断气。指临终。

丐:求。

[3]宰:任县令。

观察岳常澧:任岳常澧道道台。观察:明清时道的行政长官别称观察。

[4]乙酉:清乾隆三十年,1765年。

内帘:清代科举考试的考务人员分为内帘和外帘两部分。内帘人员包括出题阅卷的官员和内监考、内收掌。其余人员均为外帘。为防止舞弊,考试期间内帘和外帘严禁接触。

分校:科举时校阅试卷的各房官。

[5]衡文:品评文章。特指主持科

举考试。

交相为喻:相互告知,彼此知晓。

[6]解组:解下系印的丝带,指辞官。组:丝带。

喜:原文为后人改动的"是",据2016年版《中江县志》(嘉庆版点校本)改。

[7]紫阳:宋代理学家朱熹的别称。朱熹之父朱松曾在紫阳山(在安徽省歙县)读书。朱熹后居福建崇安,题厅事曰紫阳书室,以示不忘。后人因以紫阳为朱熹的别称。

[8]赍(jī)志以殁:抱着没有实现的志愿死去。赍:带着,怀抱着。

[9]文林郎:明清为正七品升授之阶。

[10]赠公:古代敬称官员的父亲。

挈眷:携带家眷。

[11]异质:特异的资质、禀赋。

四子书:指《论语》《大学》《中庸》《孟子》四部儒家的经典。此四书是孔子、曾子、子思、孟子的言行录,故合称"四子书"。

端严:端庄严谨。

老成:成年。

[12]拾薪执爨(cuàn):捡柴做饭。执爨:司炊事。

[13]受知:受人知遇。

学使:即学政。地方专管考试的官。

弟子员:指经本省各级考试取入府、州、县学学习者,通称秀才。参见本书第三卷附录《部分科举名词汇释》第3条。

[14]馆谷:指作馆,教私塾或任幕宾。

高堂:指父母。

菽水:豆与水。指所食唯豆和水,形容生活清苦。常以菽水指晚辈对长辈的供养。

[15]及门:指受业弟子。

翕然:指一致称颂。

[16]登贤书:科举考试用语。指乡试中举。贤书:本义指举荐贤能的名单。

[17]需次:旧时指官吏授职后,按照资历依次补缺。

期届:期限已到。

调选:官吏赴吏部应选。

[18]杜门:闭门。

肆力:尽力。

儒先:犹先儒。

经济:治理国家。

[19]迨:等到。

之官:上任。

[20]交纳:结交。

演戏:装模作样,用以欺瞒他人或取得信任。

[21]讼棍:指妄兴诉讼、无理缠讼或挑唆诉讼从中谋利的人。

馈献:奉送礼物。

余:之后,以后。

颁示:发布,通告。谓公布出来,使人知晓。

饬禁：饬令禁止。

[22]士风：士大夫的风气。

佻(tiāo)达：轻薄放荡，轻浮。

[23]乡氓：横行在乡村的人。

开陈：解说。

[24]晓譬：犹晓喻，开导。

悚(sǒng)惕：恐惧小心。

[25]邑乘(shèng)：县志，地方志。

倡率：倡导。

汲汲：心情急切貌。

[26]哂(shěn)：讥笑。

[27]稔知：犹素知。

撮其循迹荐之大中丞：挑取作为循吏的事迹，向巡抚举荐他。

大中丞：明清时巡抚别称。

[28]抚背：抚摩脊背。表示安慰、关切等。

引病：托病。

[29]省视：查看，探望。

友于：兄弟友爱之义。

蔼然：温和、和善貌。

[30]居恒：安闲度日。

纲常："三纲五常"的简称。

羽翼：辅佐，维护。

圣教：旧称尧、舜、文、武、周公、孔子的教导。

[31]寡营：欲望少，不为个人营谋打算。

排纂：编撰，编辑。

读朱求是编：指《论语读朱求是编》二十卷。

[32]的当：恰当，稳妥。

精金：精炼的金属。亦指纯金。

[33]惜编成上下论：原文为《惜编成论语》，据2016年版《中江县志》(嘉庆版点校本)改。上下论：指《论语集注》。后人把朱熹集注的《论语》分为《上论集注》《下论集注》，简称《上论》《下论》。

卒业：完成未竟的事业或工作。

[34]蔡九峰：蔡沈，字仲默，建阳(今属福建)人，因隐居九峰，学者称九峰先生。曾师事朱熹。南宋理学家。

[35]内行：平日家居的操行。

修饬：行为端正不违礼义，或谨严不逾规矩。

[36]拜揖必肃：原文无"揖"，据2016年版《中江县志》(嘉庆版点校本)增补。

[37]涂饰：谓着意修饰装扮。

[38]铨选：选才授官。

[39]笃：笃厚。

周恤：周济，接济。

旅困：羁旅困顿。

拯危：拯救受难的百姓。

[40]小节：小事。

具录：详尽记录。

[41]处为醇儒、出为循吏、两者相须：居家不仕，就是学识精粹纯正的儒者；出仕，就是善良守法的官吏，两者互相依存。处：居家不仕，隐居。醇儒：学识精粹纯正的儒者。循吏：善良守法的官吏。相须：互相依存，互相配合。

[42]较然不苟:正直,不苟且。

庶几:希望,但愿。

[43]游:求学。

嘉言懿行:美言善行。

[44]信:果真,的确。

矣夫:语气词连用。用于叙述句末,表示较强的赞叹、感慨的语气。可译为"啊"。

[45]易:改变,更改。

[46]承祀:承嗣。旧时无子者以近支兄弟或他人之子为后嗣。

[47]青山堂文集:原文为"敬义堂文集",据2016年版《中江县志》(嘉庆版点校本)改。

散体:不要求词句整齐对偶的文体。

浸淫:涉足,涉及。

八家:指唐宋八大家。

机杼:比喻诗文创作中的新巧构思和布局。

[48]学敛华而为朴:指治学有成而又不尚浮华。敛华:"敛花就实"的省略。落花后结果。

[49]矻矻(kū):勤劳不懈的样子。

河汾:黄河与汾水的并称。亦指山西省西南部地区。隋代绛州龙门(今山西稷山)人王通设教河汾之间,受业者千余人。后以河汾指称王通及其学术流派。

伊洛:指宋代程颢、程颐的理学。程氏兄弟洛阳人,讲学在伊水和洛水之间,故称。

[50]铭幽:幽铭。墓志铭。

[51]乾隆五十四年:1789年

附

请留降调之熟练道员龚学海以资弹压苗疆折

李 湖

贵州巡抚臣李湖跪奏,为恭吁圣恩,请留熟练道员,以重苗疆事。

窃臣于乾隆三十六年九月初七日接准部咨:"贵东道龚学海失察所属清平县苗人吴阿银买收奸徒宋升荣等伪造逆照案内,部议降二级调用。系革职留任之员,应行革任。奉旨:'依议。'钦此。"臣当即转行布、按两司。钦遵在案。

伏查:古州、下江一带,层峦密箐,苗情凶悍,必须熟练强干大员,始足以资弹压。龚学海前在下江同知任内,时值党堆逆苗不法。该员首先发觉,闻报即行查办,并预收下江船只,令其不得过河猖獗。

钦奉谕旨以龚学海始终实力任事，补授贵东道。该员升任以来，感激天恩，力图报效。一切巡查边隘、调剂地方、稽察汉奸、兴革利弊，俱能认真办理，不辞劳瘁。古州距省较远，凡有见闻，即时具禀到臣，俾得就事斟酌，甚资其力。现委督编保甲、稽查挽运诸要务，皆属妥帖周详。今因失察奸民，议以革任处分，固所应得。但以新辟苗疆，且经上年逆苗香要滋扰之后，若遽易生手，恐边境苗情一时骤难周知，致于机宜未协。

臣不揣冒昧，仰恳圣恩俯念员缺紧要，可否从宽将龚学海暂免革任，俾得驾轻就熟，以策后效？则该员受恩愈重，图报愈切，于苗疆既获收治理之益，即臣亦得资其指臂之助矣。臣因边要需才起见，谨恭折吁奏，伏乞圣主训示遵行。谨奏。

乾隆三十六年九月初七日。

题解

本文录自李湖奏折。原件藏中国第一历史档案馆，档案号为 04-01-12-0145-070。

乾隆皇帝朱批："所奏甚是。此本盖因不出名，朕疏忽看过了，即有旨谕。不想汝能如是执奏，甚属可嘉，有大臣风。勉之！"

李湖：字又川，江西南昌人。乾隆进士。自知县历藩臬至巡抚，任贵州、云南、湖南、广东等地。卒后赠尚书衔，谥恭毅。

邵如崙（临淄知县）

邵如崙(lún)（1740—?）。清道光元年（1821年）版《天门县志·卷之二十三·人物》第26页记载："邵如崙，字角三。乾隆丁巳进士。选知临淄县。下车值岁歉，即捐俸赈饥。邑士民感激相劝，集粟数千石，全活甚众。所部旧有温泉，涸久。谚云：'温泉开，清官来。'如崙至之明年，泉溢，民以为符。寻罢官，贫不能归，授徒稷下，弟子多成名者。"

题姻母胡门刘孺人贞节赞（为光煦嗣母作）

邵如崙

緊维女士，衍泽燃藜[1]。爰相清门，人钦其仪[2]。心难任命，矢志靡移[3]。克殚乃心，犹子保持[4]。庆贻来哲，彤管扬辉[5]。敬尔作赞，用告贤嗣[6]。

题解

本诗录自胡书田纂、清道光乙巳（1845年）版、天门市干驿镇小河村《胡氏宗谱·卷十二》第6页。原文"邵如崙"后有"邑孝廉"三字。

姻母：对兄弟妻之母、姐妹夫之母以及疏亲前辈之妻的称呼。或称姻伯母。

嗣母：出继的儿子称所继嗣一方的母亲。

注释

[1]緊(yī)：句首、句中助词。有时相当于"唯"。

女士：旧谓有士人操行的女性。

衍泽燃藜：意思是刘孺人生在刘家，是上苍的恩泽。衍泽：广布恩泽。

燃藜：典自"藜阁家声"。此处指刘家。

参见本书第一卷陈所学《四六积玉序》注释[19]"蓺燃太乙"。

[2]爰相清门：意思是出嫁素称书香门第的胡家。相：妻。也可解释为治理。清门：书香门第。

人钦其仪：人们敬佩她，以她为女中楷模。

[3]任命：谓听任命运的支配。

矢志靡移：矢志不移。发下誓愿决不改变。

[4]克殚乃心：能竭尽心力。乃：

代词。其，他的。

犹子保持：视嗣子如己出，精心抚育。犹子：谓如同儿子。保持：保护扶持。

[5]庆贻来哲：将福泽留给后代。来哲：后世高明的人。

彤管扬辉：意思是刘孺人的事迹载入史册，发出光辉。彤管：赤管的笔。专指女子事迹的记载。

[6]贤嗣：贤良的后代。

邵氏宗谱序

邵如崙

夫花枝，开夫并蒂，共得锦绣之春；庇其同根，无判荣枯之景。是以棠阴美满，皆著东陵之发育[1]。

盖我祖先发源于章水，复迁地于共城。由是斗室潜修，已幸甲科蔚起[2]；分枝聚族，亦欣子姓蕃生[3]。生齿频增，志趣各异[4]。数家迁宅，几处买邻[5]。前明正德朝，我祖鹰公偕侄玺、发二公议去吴山，皆游楚水。穷幽选胜，越境遥问夫鹤楼[6]；泛宅浮家，分歧才经夫牛峡[7]。二公沿江南向，为注念黄蓬之山；我祖入汉北行，欲怡情红花之港[8]。此后虽支分派别，似住夫东头西头；而前溯流穷源，异处夫南海北海。盖不能聚处者势相隔也，而常与往来者情相通也。

崙祖武必绳，父书是读；桂攀秋月，花看春风[9]。题名斐姓字之香[10]，及第为祖宗之盛。亦会作去年之崔护，似前度之刘郎[11]。重到复州[12]，群香萃处，话及将来纂谱。溯洪都之旧系[13]，至瓒、麒、麟诸公而终；念鄂省之新支，自鹰、玺、发三公为始。左昭右穆[14]，接派序以分编；收族敬宗，统亲疏而合刻可耳。追符泗水，摄篆临淄，拟待赋《归去来辞》，与渔樵耕为伍，则可以伸夙志而表微忱也[15]。盖试牛刀而肺石必昭，著蚕绩而心枢频远[16]。形劳案牍[17]，心忘家私，而于谱牒之修，未暇与赞一词，时萦五内者久矣。兹因手书遥寄，知高曾之矩递重新；衷曲稍安，取宗族之本支百世[18]。第念竟陵脉络、沔水渊源，居虽属迢远，妙术难寻夫宿地；谱必合为编纂，睦族好效夫中天[19]。然今族党不相合者亦多故也[20]。或以尊凌卑，或以强欺弱；或恃人众而暴寡[21]，或恃家富而虐贫；或有桀骜难驯因微嫌而肆逆[22]，或有愚顽妄动忌约束而成仇。将奋拳而寄慨，角弓以试遂[23]，夫亲爱之意更切齿而争操宝剑，大伤祖考之心。尚望序联欢，共防手足之折；令原急难[24]，勿令骨肉之离也哉。

崟抚民而胞与为怀，柯戒虎牙之猛；收族而支持共念，仇怜鱼肉之残[25]。忆江西一脉流传，犹水源可溯至；湖北两支繁衍，勿轸域而各分[26]。谱系重修，睹枝叶而知同本；简编合纂，寿枣梨不没群流[27]。所冀百千万亿后世，将异派合流，海可探夫星宿；则慎终追源[28]，祖不至于遗忘，此崟区区承先启后之深心也，族党其鉴而不忽。

乾隆二十三年，岁次戊寅，孟春月，迁楚六世孙、赐进士出身、山东青州府临淄县正堂如崟敬撰[29]。

题解

本文录自 1992 年版、天门市横林镇《邵氏宗谱》。原文无标点，文字有错漏。原题为《如崟公序》。该谱记载，邵如崟属龙潭湾（今天门市竟陵办事处官路社区）支系。

题解

[1]棠阴：棠树树荫。比喻惠政或良吏的惠行。典自"憩棠"。《史记·燕召公世家》："召公巡行乡邑，有棠树，决狱政事其下，自侯伯至庶人各得其所，无失职者。召公卒，而民人思召公之政，怀棠树不敢伐，歌咏之，作《甘棠》之诗。"《诗经·召南·甘棠》："蔽芾甘棠，勿翦勿败，召伯所憩。"召公、召伯即邵公、邵伯。

东陵：复姓。相传为秦东陵侯邵平之后。亦为汉邵平的别称。

[2]甲科：明清称进士为甲科。

蔚起：蓬勃兴起。

[3]子姓：泛指子孙、后辈。

[4]生齿：人口，人民。

[5]买邻：谓择邻而居。

[6]越境：越过省界或国境。

[7]泛宅浮家：谓以船为家。

分歧：分叉。

[8]注念：思念，思虑。

红花之港：红花港。旧地名。在天门河左岸，天门城区竟陵东路南，原市木材公司北。

[9]祖武必绳，父书是读：依祖先的足迹继续走下去，读父亲读过的书册。比喻继承祖辈事业。祖武必绳："绳其祖武"的化用。绳：继承。武：足迹。

桂攀秋月：蟾宫折桂。攀折月宫桂花。科举时代比喻应考得中。此处特指中举。

花看春风：科举登第。取意于孟郊《登科后》："春风得意马蹄疾，一日看尽长安花。"此处特指成进士。

[10]题名斐姓字之香：意思是，金榜题名，姓苑流芳。斐：原文为"裴"。姓字：姓氏和名字，犹姓名。"

[11]去年之崔护：取崔护《题都城南庄》诗意："去年今日此门中，人面桃花相映红。人面不知何处去，桃花依旧笑春风。"崔护：原文为"崔萱"。

前度之刘郎：前度刘郎。上次来过的刘郎。比喻到旧地重游的人。刘义庆《幽明录》说，东汉时有刘晨、阮肇二人，曾在天台山遇到仙女，回家后又入天台。度：次，回。郎：指青年男子。也是旧时对一般男子的敬称。

[12]复州：古地名，先后治竟陵（今天门）、沔阳（今仙桃）。

[13]洪都：江西省旧南昌府的别称。因隋唐宋三朝地为洪州州治，又为东南都会，故有此名。明曾置洪都府，旋改南昌府。

[14]左昭右穆：宗庙祭祀，排列祖宗牌位次序，称左昭右穆，以始祖牌位居中，二世、四世、六世，位于始祖的左方，称"昭"；三世、五世、七世位于右方，称"穆"。

[15]迨符泗水，摄篆临淄：指作者任临淄知县。上下文为互文。迨符：等到受命于泗水（临淄）。摄篆：代理。篆：官印的代称。

归去来辞：指陶渊明《归去来兮辞》。此处指像陶渊明一样辞官归田。

夙志：平素的志愿。

[16]肺石必昭：有冤案必昭雪。肺石：古时设于朝廷门外的赤石。民有不平，得击石鸣冤。石形如肺，故名。

蚕绩：蚕桑和纺绩。

心枢：医家养生修为类名词。此言心当如枢机之运转。

[17]形劳案牍：案牍劳形。文书劳累身体，形容公事繁忙。

[18]高曾之矩递：自高祖曾祖有序相传的世系。

衷曲:内中。

本支百世:谓子孙昌盛,百代不衰。本支:本枝。主干与枝叶。原文为"本之百世"。

[19]中天:天运正中。比喻盛世。

[20]族党:聚居的同族亲属。

[21]暴寡:欺凌、迫害人少势弱的一方。

[22]肆逆:横行不法,背叛作乱。

[23]寄慨:寄托感慨。

角弓以试遂:疑指张弓搭箭。角弓:以兽角为饰的硬弓。此处指张弓。遂:古代射箭的人所穿的臂衣。

[24]令原急难:指兄弟去世。语出《诗经·小雅·常棣》:"脊令在原,兄弟急难,每有良朋,况也永叹。"脊令是一种水鸟,栖于水,如今在陆地,失去它的栖息地,因而边飞边叫寻找同类,就像兄弟在急难中互相帮衬。后因以"令原之戚"指兄弟去世的悲伤。原文为"蛉原急难"。

[25]胞与:民胞物与。民众都是我的同胞手足,万物都是我的伙伴朋友。表示仁爱之至。北宋张载的伦理学说。

柯:法则。此处是执法的意思。

仇:合。

[26]轸域:范围,界限。

[27]谱系重修,睹枝叶而知同本;简编合纂,寿枣梨不没群流:原文为"谱系重修,睹枝叶而知同一本;简编合纂,寿枣梨不设群流"。

寿枣梨:刻印成书,使其长久流传。枣梨:谓雕版印刷。旧时多用枣木或梨木雕刻书版,故称。

[28]慎终追源:常作"慎终追远"。慎重地办理父母的丧事,虔诚地祭祀远代的祖先。此处意思侧重于追寻源头、追念祖先。

[29]乾隆二十三年:1758年。

正堂:明清两代称府县的长官。

附

审理参革邵如崙侵冒麦价一案折(节录)

杨应琚

据布、按二司招开问得壹员邵如崙,年伍拾壹岁,系湖北安陆府天门县人。由乾隆贰年丁巳科进士选授临淄县知县,于乾隆拾叁年陆月初壹日到任。

状招:"如崙缘乾隆拾肆年奉文采买麦石,柒月拾柒日赴藩库领银叁千两,托伊戚宫成范采买。开报每仓石需银壹两叁钱。宫成范自拾捌日起至贰拾叁日止,先后赴县属各集场,凭经纪于纪等共收买麦玖百叁拾石,每仓石纹银壹两壹钱肆分捌厘。当有监生于德舆等陆户烦经纪评价巣卖麦石,每仓石纹银壹两壹钱肆分捌厘,共买麦叁百伍拾石,先后共买麦壹千贰百捌拾石,实止用银壹千肆百陆拾玖两肆钱肆分。如崙不合听信伊戚宫成范之言,以修仓、运脚、铺垫等费无从开销,不将实价报明,竟开报壹千陆百陆拾肆两,计多开麦价银壹百玖拾肆两伍钱陆分。"

　　兹于乾隆拾捌年肆月初壹日,据报该参令邵如崙病痊前来,随即查卷集讯问:"邵如崙,你是那里人? 多少年纪? 由何项出身? 几年上到临淄县任? 乾隆拾肆年奉文领价买麦,如何将银派给绅襟大户、地多庄农人家,短价勒令大斗交仓,冒开价值,侵蚀肥己? 如今奉文严审,据实供来!"

　　据供:"犯官今年伍拾壹岁,湖北安陆府天门县人。由乾隆贰年丁巳科进士选授临淄县知县。乾隆拾叁年陆月初壹日到任。乾隆拾肆年伍月里奉文买麦伍千石。那时临淄麦价每仓石尚需银壹两柒钱伍分不等。故此没有敢请价采买。到柒月初旬,麦价渐平,每石需银壹两叁钱伍分,随详明并具印领送司。到柒月拾柒日,蒙发银叁千两到县。访得麦价又减落了伍分,当将开仓日期麦价又减伍分缘由详报,一面就托亲戚宫成范去集上零星采买。拾捌、拾玖两日,先在桐林集买了叁百叁拾石,贰拾、贰拾壹贰叁等日,又在五路口、朱家集、白兔丘等处买了陆百石,陆续买了玖百叁拾石麦子,俱是自己雇车运上仓的。当时就有于德舆、于宗鲁、王子范、齐佳士、谢允吉、孙笃庵陆家,都说家里有麦,恐零星上集有折耗,情愿要整卖,当凭经纪们说定了价值。宫成范向各人买了多的壹百石,少的肆伍拾石,共买了叁百伍拾石,连前通共买了壹千贰百捌拾石麦子。因麦价顿减,每仓石库平纹银实止价银壹两壹钱肆分捌厘,共实用银壹千肆百陆拾玖两肆钱肆分。犯官原要报明,因犯官修仓、铺垫、运麦、上仓脚费等项就在这麦价里用了。随后麦价也就长了,不敢再买存库,止有麦价银壹千叁百叁拾陆两了。前项杂费没有报补，宫成范说不如就在这麦价内一总开销了。犯官听了他，所以麦价里没有补还，就被访参了。这是实在情节，并没壹字虚谎，是实。"

诘问："你采买麦石，并不向市集平价采买，都是勒派富户，每银壹百叁拾两令交市斗麦子伍拾石，合仓斗就有壹百贰拾伍石，算来价值每仓石止有壹两零肆分。你开报壹两叁钱，不是每石侵银贰钱陆分，买麦壹千贰百捌拾石，共侵银叁百叁拾贰两捌钱，原参确凿，如何止说侵银壹百玖拾肆两伍钱陆分？"

又供："犯官采买麦石，内中虽有监生于德舆们陆家，实都是他们自己怕折耗，要趸卖麦子，凭经纪评定，照依市价交易买卖，实没有派买的事。犯官若要派买，自必先发监当，商合绅襟大户。如今请查临淄拾壹家监当店合绅襟大户，何曾派及？犯官若果派买，希图短价侵蚀，自应将叁千两银子一总发与富户，便可多得盈余，还肯零星采买，尚存了壹千叁百多银子？且派买麦子，富户也是不愿的。自然要传他们到来，发了银子，停的数日，方好催他上仓，最快也要拾日、半个月。今自乾隆拾肆年柒月拾柒日领到银子，拾捌日开仓收买起，贰拾叁日就停止了。伍日工夫，如何就派买得及壹千贰百捌拾石麦子都已交仓这样迅速呢？况派买也无大罪。犯官已经认了冒销重罪，若果有派买的事，为什么不承认呢？至于各集市斗有肆斗贰升合一仓石的，也有伍斗合一仓石的，并非市斗都是肆斗合一仓石，伍拾石就有壹百贰拾伍石。临淄一带地方从前连年荒歉，乾隆拾肆年柒月间也并没有壹两零肆分壹仓石的贱麦子。不但折报可查，就把邻县的折报核较也就晓得了。况且采买麦子，各处市价多寡不同；就是壹县之中，早晚市价长落不一。这壹两壹钱肆分捌厘壹石的卖价，委是实在价银，再没丝毫浮冒的了。见有经纪、卖主在案下，都可问得的。犯官已经认了壹百玖拾肆两零银子，罪名总是一样，何苦为了百来两银子，只管争辩呢？"

求详情又问："据你说修仓铺垫运脚等项杂费，用了麦价，但近地采买例不开销。你修仓铺垫从前也没有详明，因何就用了壹百玖拾肆两多银子,有何凭据呢?"

供:"这修仓铺垫运脚等项既不准开销,犯官情愿设法完缴就是了。"

又问:"当时四乡买麦,难道只托宫成范壹人,没有办事的家人长随么? 如今何处去了?"

供:"犯官原是一介穷员,并无收买。家人就有几个长随,也不敢轻托他。宫成范老年至戚,故此托他采买麦子。那时原有一个雇工小厮叫寿儿,跟着宫成范的。犯官被参之后,各人星散去了。宫成范又死了。寿儿是江南人,久已回去了,是实。"

问:"李伟,你今年多少年纪了? 是那年充当仓书的? 乾隆拾肆年柒月内,邵前县领帑采买麦石,你是经承。查当时麦价每仓石止需银壹两零肆分,你如何从前拟报要壹两叁钱? 如何派令绅衿大户庄农,每领银壹百叁拾两,即勒要交市斗伍拾石,交仓便合仓石壹百贰拾伍石了? 邵前县实在侵冒了若干帑银? 你既不禀阻于前,又不首明于后,定是分肥无疑了。如今奉文严审,你可逐一据实供来!"

供:"小的今年肆拾肆岁。是乾隆拾贰年应充仓房书办的。乾隆拾肆年伍月内,奉文采买麦石。其时市价每仓石要壹两柒钱伍分,故此不敢请买。至柒月中旬始减至壹两叁钱伍分,俱有报折为凭。后来奉催严切,至柒月初叁日,邵本官始详请领价奉司,发银叁千两到县。那时麦子已贱了伍分,当将开仓日期及麦子减价伍分具报本官,把银子托他亲戚宫成范赴各集场买麦。因麦价平减,实在每石纹银壹两壹钱肆分捌厘。宫成范在各集场共买麦玖百叁拾石,都是宫成范自己雇了小车运来上仓的。那时有监生于德舆、于宗鲁、齐佳士、谢允吉、孙笃庵、王子范陆个人,都有麦子,怕零卖折耗,要趸粜,先后在集上寻买主,都是经纪们对宫成范说了,替他们评了价钱,一共买了麦叁百伍拾仓石,麦子也是宫成范自己雇了车子运上仓来,小的量收的。后来因麦价长了,也就不买了。实在并不是派买,也无交市斗折算的事。听的本官说,用了壹千陆百陆拾肆两银子了,止买得壹千贰百捌拾石麦子。其实,小的只顾收麦记数,不知道集上买麦价值多少,这要问经纪们的。那杂费实在用了多少,浮冒了多少,这要问本官。小的不敢妄供。"

诘问:"查原参款内是访实用银壹百叁拾两,买市斗伍拾石,即有仓石壹百贰拾伍石,是每仓石止用银壹两零肆分,都是勒派绅襟大户、庄农地多的人发银缴麦,极其确凿。如今供的一味朦混,必要严审了。"

邵如崙侵冒麦价银壹百玖拾肆两零伍钱陆分,在壹千两以下,应依律拟斩,准徒五年,仍将侵冒银两照例勒限完缴。

乾隆拾捌年伍月初拾日。

题解

本文录自杨应琚(jū)奏折。原件藏中国第一历史档案馆,档案号为02-01-07-05175-006。标题为本书编者所加。原文万余字。

杨应琚:字佩之,号松门,出生于青海西宁,汉军正白旗人。荫生。曾任两广总督、闽浙总督、陕甘总督,东阁大学士。撰写本折时署理山东巡抚。

陈大经（南康同知）

陈大经,字和衷,号直台,天门市干驿镇西湾村四组(东湾)人。

清道光元年(1821年)版《天门县志·卷之二十三·人物》第27页记载:"陈大经,字和衷。幼颖悟好学。父以独子节其勤,暑夜弗与膏,常以香炷映字默识。乙卯举于乡,壬戌成进士。授知江西分宜县,惩浇风,出枉狱。有被盗杀之道旁者去,或以诬其婿证具。大经核词辨貌,遽释之,果获真盗。又一盗陷其仇家。大经饰一胥,进盗党识之,不能办,乃脱诬者,一邑以为神。大吏常以自访四案发鞫,语皆无根,立请豁之。移知浮梁,力行保甲以安闾井。最入擢南康同知。工文章,精衡鉴。癸酉分校江西乡试卷,入闱梦得三元。揭晓,则胡翘元、戴第元、彭元瑞三人并以大才出门下,名与梦符,后皆贵登台阁云。"

陈大经墓在天门市干驿镇界牌村六组正南约三百米。

鸡鸣寺

陈大经

鸡鸣古寺郁苍苍,山色晴空接汉阳。楼上月明通桂气,池中露冷净荷香。征帆历历飞前浦,古木森森抱佛堂。从说汉臣留古迹,无边极目尽沧桑。

题解

本诗录自清同治十二年(1873年)版《汉川县志·卷八·寺观》第25页。诗前云:"鸡鸣寺,在鸡鸣乡田二河。明成化年建,崇祯七年重修,咸丰四年兵燹,同治初重修。天门陈大经诗……"鸡鸣寺位于今汉川市田二河镇二河村二组。相传三国时,曹操兵败乌林,逃至此地,筑城以驻兵。一日寅夜,曹操闻关羽兵将至,令军士伪作鸡鸣而遁。"鸡鸣天晓"为旧时汉川八景之一。

天工，人其代之

——乡试答卷一道

陈大经

工出于天，旷职者当戒矣[1]。夫君之工，实天之工也。天工人代，则庶官其可旷哉[2]？且圣天子乘权御宇，一时之分猷分念者[3]，莫不谓惟天子使矣。不知位有崇卑、事无大小，凡属国家之事，无非天以之属天子，而天子以之属庶官者也。庶官何以当无旷哉？夫官非徒拥虚位以自高，必有其工也。工属于官，则殿最攸分，固当恪恭乃职[4]，以求己身之无过。然官又不仅凛君命以诞敷[5]，实原于天也。工原于天，则鉴观在上，尤必乾惕是凛，以邀维皇之宠绥[6]。何也？天工，人其代之也。思天之布化也，春秋著其德刑，寒燠征其舒惨，厥工著矣[7]。特天有其理而不能自治其事，不得不以调燮之能寄之，宣猷之[8]，佐其克代之，则奉若之能也。夫日月星辰，无非奉天以为运行，则堂陛之祇承，一同霄汉之经纬，而昭事可不维虔欤[9]？思天之宣治也，水火并制其胜，土谷互效其能[10]，厥功赫矣。特天有其道而不能自建其功，不得不以节宣之宜寄之，参赞之[11]，人其克代之，则辅相之贤。夫雷霆风雨，无非本天以为节宣，则大君之有命，俨然上帝之临汝，而修和可不时叙欤[12]？知乎此，而简择不可以不慎矣[13]。浚明者家事皆天事，亮采者邦政皆天政，宣猷布治悉准乾行也[14]。所以辟门吁俊，凛乎日鉴之在兹，而不敢稍形其衮越[15]。知乎此，而器使不可以不详矣[16]。翕受之广如代天，而翕受敷施之当如代天而敷施[17]，以爵以禄悉本天命也。是故熙载奋庸，恍乎帝谓以相待，而不敢自专其建置[18]，审是而庶官奚可旷哉[19]？

题解

本文录自清雍正十三年（1735年）版《湖广湖北乡试录·雍正十三年乙卯科》第32页。陈大经名列该榜第三名。

天工,人其代之:谓天的职司由人代替执行。天工:天功。天的职任。古以为王者法天而建官,代天行职事。其:祈使副词。宜,当。语出《尚书·皋陶谟》:"无旷庶官,天工,人其代之。"

注释

[1]旷职:旷废职守。指不称职。

[2]庶官:各种官职。

[3]圣天子:圣贤君主。

乘权御宇:此处指凭借君权统治天下。

分猷:犹分谋,分管。

[4]殿最:泛指等级的高低上下。

攸:助词。所。

恪恭:恭谨,恭敬。

[5]诞敷:遍布。

[6]鉴观:察视。

乾惕:日乾夕惕。形容自早至晚勤奋谨慎,不敢懈怠。语出《易·乾》:"君子终日乾乾,夕惕若厉,无咎。"乾乾:自强不息貌。惕:小心谨慎。

宠绥:指帝王对各地进行抚绥。

[7]布化:施行教化。

德刑:恩泽与刑罚。

寒燠(yù):犹苦乐。

舒惨:表示"苦乐""好坏""阴晴""丰歉"等两个对立概念并举的词语。

厥:其。

[8]调燮:犹言调和阴阳。古谓宰相能调和阴阳,治理国事,故以称宰相。

宣猷:明达而顺乎事理。

[9]奉天:奉行天命。

堂陛:指朝廷。

祗(zhī)承:犹祗奉。敬奉。

昭事:勤勉地服事。昭:通"劭"。

[10]土谷:土地神和五谷神。

[11]节宣:指或裁制或布散以调适之,使气不散漫,不壅闭。

参赞:协助谋划。

[12]大君:天子。

上帝之临汝:上帝临汝。临:视。语出《诗经·大雅·皇矣》一章:"上帝临汝,毋贰尔心。"上帝亲自来照临,你们不要有二心。

修和:谓施教化以和合之。

时叙:承顺,顺当。时:通"承"。

[13]简择:选择。

[14]浚明:明治,治理清明。

天事:谓上天对人事的反映。

亮采:辅佐政事。

乾行:犹乾道,天道。

[15]辟门:谓广罗贤才。

吁俊:求贤。

褰越:轻慢而违礼。

[16]器使:量材使用。

[17]翕受:合受,吸收。

敷施:犹布施。

[18]熙载:弘扬功业。

奋庸:谓努力建立功业。

建置:犹建树。

[19]审是:知道这一点。

贺陈母詹孺人八秩令旦寿序

陈大经

先大祖自离罗阳卜居于楚[1],地虽遥,往来犹络绎也,越几何时稍疏间矣。经奉简命,承乏宜川[2],幸邻桑梓,而缩地无方,心长耿耿耳。季秋,伯兄存朴履宗邦,谒祖堂,省先兆,与吾族长幼环焉交拜于寝,欢忭鼓舞,两浃旬余,情孔渥矣[3]。暨旋轸,得族兄尚子手教并诗章[4],读之身遥神迩不自禁,其一往而深也。中附一缄特索文,以寿族兄程万北堂氏[5]。经于此未敢诺也,曰:"闺闼中无非无仪[6],曷由纪其行以垂不朽乎?"

乃吾兄覼缕道之曰[7]:"程万兄者,系籍圆桥,族之质而秀、纯而理者也。盘桓浃旬间,衔杯酒,共话言,鱼鱼雅雅,绝无几微佻达不检之气见诸眉吻[8]。拜其母詹太君,年八十,端肃雝泰,步履坦如,心窃异之,以为此真程万兄之圣善慈萱也[9]。闻太君自归魁翁,适丁濇约,常操少君之瓮,(绩)敬姜之麻,举德耀之案[10],锱存铢贮渐近盈。宁魁翁捐馆[11],太君志愈励,力愈坚,操作愈勤。曰:'吾儿不堕家声,吾乃有以报泉下人,无怍也。'肖君四,服先畴,就外傅,各业居职,无或淫心舍力以嬉[12]。今者孙曾满前,几于颔不胜点,佥谓太君诚陈氏之勋臣、阃室之纺砖[13]。太君之事毕矣,乃犹未也。祖祠久圮,族彦志图兴复,或且难之。太君怂恿备至[14],语程万曰:'宗灵不栖,曷贵有后人?又曷望于其子?斯职斯任,非一木可支。苟不竭蹶以襄厥成[15],无为贵丈夫矣。'夫人之督其子者,惟是连阡陌、掇青紫[16],而太君超然独远。今之楹丹桷耸者,咸啧啧于太君,以为与有劳焉,洵知言哉[17]!程万兄卜是月吉辰,集霞觞为上寿[18]。计我宗属,汝以文意切切也,汝其操觚无后[19]。"

经曰:"诺。独念夫太君享高龄、膺全祉,先后启承,两有攸赖,早已坐收千万祀无穷之寿于不朽。纵今岁历期颐,且难争胜,区区饰轮不几赘乎[20]？虽然是役也,酬族彦于斯,溯本源于斯,致款款于斯,笔墨所至,神与俱焉,盖犹夫伯兄曩者合长幼于寝环焉交拜时不啻也[21]。"是为序。

时皇清乾隆壬申菊月榖旦,赐进士出身、文林郎、知分宜县事、署萍乡县正堂[22],加三级,愚侄大经和衷氏顿首拜撰。

题解

本文录自1998年版、江西省抚州市乐安县罗陂乡《罗阳陈氏十八修族谱·第一册·寿序·第67号》。原题为《贺陈母詹氏魁名性三孺人八秩令旦寿序》。

注释

[1]大祖:始祖。此处指始迁祖。

[2]承乏:所任职位一时无适当人选,暂由自己来充数。旧时在任官吏常用的谦辞。

[3]寝:宗庙中藏祖先衣冠的后殿。此处代指宗祠。

欢忭(biàn):欢喜快乐。

浃旬:十天,一旬。泛指十天左右的时间。

孔渥(wò):很深厚。

[4]旋轸:还车,回车。

手教:即手书。对来信的敬称。

[5]北堂:指母亲的居室。代指母亲。

[6]闺阃:妇女所居内室的门户。借指女眷。

无非无仪:无非:犹"无违"。无仪:犹言"无邪"。仪:通"俄"。邪。语出《诗经·小雅·斯干》:"无非无仪,唯酒食是议。"无偏无邪多柔顺,料理农务烧烧饭。

[7]覼(luó)缕:详述。

[8]鱼鱼雅雅:威仪整肃貌。雅:通"鸦"。鱼行成贯,鸦飞成阵,故称。

佻达:轻薄放荡,轻浮。

[9]雝(yōng)泰:此处当为和善安闲的意思。

圣善:聪明贤良。后借为对母亲的美称。语出《诗经·邶风·凯风》:"母氏圣善,我无令人。"母亲聪慧又明理,我们兄弟不成材。

慈萱:母亲。

[10]适丁:适逢,恰遇。

濇(sè)约:此处疑指不如意。濇:同"涩"。不滑溜,不通畅。

操少君之瓮:《后汉书》卷八十四《列女传·鲍宣妻传》记载,勃海鲍宣妻者,桓氏之女也,字少君。宣尝就少君父学,父奇其清苦,故以女妻之,装送资赙甚盛。拜姑礼毕,提瓮出汲。修行妇道,乡邦称之。

(绩)敬姜之麻:《国语·鲁语下》载,春秋时文伯歜(chù)已为鲁相,其母敬姜犹纺绩不辍,歜问之,敬姜曰:"今我,寡也,尔又在下位,朝夕处事,犹恐忘先人之业,况有怠惰,其何以避辟!"后遂以敬姜犹绩为富贵而不忘根本的典实。原文无"绩"。

举德耀之案:典自"举案齐眉"。德耀:东汉隐士梁鸿之妻孟光,字德耀。原文为"德辉"。

[11]捐馆:抛弃馆舍。死亡的婉辞。

[12]肖君:此处指肖子。

服先畴:耕作于先人所遗的田地。

就外傅:外出从师。

滥心舍力:放纵心智、不尽力劳作。

[13]阃(kǔn)室:内宅。

纺砖:用以镇定纺车之砖。

[14]怂恿:从旁劝说鼓动。

[15]竭蹶:尽力。

以襄厥成:佐助其成。

[16]连阡陌:"田连阡陌"的省略。形容田地广阔。

掇青紫:"掇青拾紫"的省略。获得高官厚禄。青紫:本为古时公卿绶带之色,因借指高官显爵。

[17]与:参与。

洵知言哉:确实是有见识的话呀。知言:有见识的话。

[18]霞觞:犹霞杯。借指美酒。

上寿:古称上寿百二十岁,中寿百岁,下寿八十岁。后泛指高寿。

[19]操觚(gū):执简。谓写作。

[20]期颐:一百岁。

饰轮:此处指安车蒲轮。安车的轮子用蒲草包裹,以防颠簸。用以迎送德高望重的人,表示优礼。安车:古代可以坐乘的小车。

[21]款款:诚恳,忠实。

不啻(chì):无异于,如同。

[22]乾隆壬申:清乾隆十七年,1752年。原文为"乾隆之壬申"。

正堂:明清两代称府县的长官。

寄乐安知县李梦瑰书

陈大经

别经数月,每怀光辉,不禁仰霁月、披和风[1]。而遇之小价自省回述[2],又老哥宴尔之庆,殊欠申贺,歉仄无已[3]。乃荷关注,问讯家严，古道照人，实深铭刻[4]。

启者，近闻署理乐安[5]，缘此地乃先人旧籍，自明迄今百余年，未通往来。天启年间，先祖官福建布政使司[6]，曾致祭于先人之墓，立有碑碣。其地，乃邑之罗陂里，与伍姓联村。有先祖名世贞，自此地迁于楚之竟陵。世贞祖殁，归厝于此[7]。望老哥传唤罗陂陈姓绅衿[8]，问其年老者：昔明季湖北竟陵，今改天门县，世贞一支子孙，福建布政使司复升户部尚书陈所学，来此竖碑，与附近伍姓酿成大案。其年老居民，必有能记忆者。查明地方离城远近，坟基、碑碣存否，赐一知音，以便差丁致祭。此乃天假之缘，使老哥署理乐安印务[9]，弟因得以远溯本原，亦祖宗之幸也。专候回音。

乾隆十七年壬申五月十八日[10]。

题解

本文录自陈心源纂修、1948 年版、天门市干驿镇松石湖《陈氏宗谱·卷六下·艺文》。璁：音 cōng。

注释

[1]仰霁月、披和风：化用成语"霁月光风"。指雨过天晴时的明净景象。用以比喻人的品格高尚，胸襟开阔。

[2]小价：即小厮。对自己仆人的谦称。

[3]老哥：成年男性间的尊称。

宴尔：燕尔，新婚的代称。

歉仄：遗憾，抱歉。

[4]荷：承受，承蒙。特指承受恩惠，多用于书信中表示感激。

古道照人：以淳厚古朴之诚待人。

[5]启者：旧时书信中开始陈述之套语。启：陈述。古代书札称书启。

署理：清朝吏部铨选制度。指内外官缺出，差委品级相近官员代理其职之制。

[6]先祖：指陈所学。陈时任福建布政使。

[7]归厝（cuò）：归葬。人死后将尸体运回故乡埋葬。

[8]绅衿（jīn）：泛指地方绅士。绅：古代士大夫系的大带子，代指做官的人，或退职官僚。衿：青衿，学中生员的服式，代指有秀才以上身份的人。

[9]印务：官印和职务。

[10]乾隆十七年：1752 年。

谢 兰（明通榜）

谢兰，清乾隆十八年（1753年）癸酉科举人，乾隆十九年（1754年）甲戌科（通榜）进士。

胡母鲁孺人六十节寿征诗启

谢 兰

间尝溯徽音于彤史，遐仰女箴[1]；阐懿德于绛帏，久钦闺诚[2]。窃叹巾帼之行，无取英奇[3]；然而贞烈之操，多由患难。则有胡母鲁太孺人者，蕙性天成，苕姿夙裕[4]。衍东冈之遗派，相槐里之名宗[5]。甘操箒而偏勤，能改妆而习苦。无何饕风虐雪，夫罹二竖之灾[6]；致令影只形单，氏矢两毛之愿[7]。环顾而宗枝是择，禋祀无虞[8]；端居而闺范克昭[9]，养教兼备。在母也，情殷似续，谓"比儿即是佳儿[10]"；在子也，念切瞻依，云"抚我何异生我[11]"？以今正月，适届六旬。哲嗣定秀，既舞彩于北堂，欢承色笑[12]；复奉笺于南国，遍乞表扬。松操鹤龄，督学既已表其节[13]；竹素管彤，辀轩还待旌其门[14]。

予夙忝葭莩，敢辞葑菲[15]。恭成芜启，便锡瑶章[16]；伏冀吟坛，同彰潜德[17]。表徽音于一代，是谓女宗[18]；介遐祉于千秋，良云寿母尔[19]。

癸酉举人、甲戌明通、常德府教授、姻愚弟谢兰顿启。

题解

本文录自胡书田纂、清道光乙巳（1845年）版、天门市干驿镇小河村槐源《胡氏宗谱·卷十二》第7页。

节寿：指节操、福寿。

注释

[1]间尝：犹曾经。

徽音：犹德音。指令闻美誉。

彤史：指记载宫闱生活的宫史。此处指记载女子芳泽的史册。

遐仰：遥相仰慕。

女箴：女师箴。封建社会中一种劝诫妇女的文辞。

[2]懿德：美德。

绛帏：绛帐，即红色纱帐。指讲座、讲台。典自太常官韦逞之母宋氏(宣文君)"隔绛帏而授业"，教授《周礼》。

闺诫：旧指妇女应遵守的戒条。

[3]英奇：英俊优异。指杰出的人才。

[4]蕙性："兰心蕙性"的略语。芝兰的心性，蕙草的性格。比喻心地善良、高洁。

苕姿凤裕：称颂女性姿容一向美好。苕姿：像凌霄花一样的姿容。比喻容貌之美。

[5]衍东冈之遗派，相槐里之名宗：指胡母鲁孺人出身鲁家，出嫁胡家，两家都属望族。

东冈：东冈岭。今天门市干驿镇松石湖东北、华严湖南一带呈东西向高地的统称。1954年，制高点在干驿镇沙嘴村毛家墩。六湾村鲁家八房湾是鲁铎出生地，"东冈鲁氏"的主要世居地。

遗派：遗脉。

相：选择。

槐里：指安徽歙县槐源。天门市干驿镇小河村胡氏由此分支迁入天门。

名宗：有名望的宗族。

[6]无何：不久。

饕(tāo)风虐雪：狂暴肆虐的风雪。

罹(lí)：遭受苦难或不幸。

二竖：原指春秋时晋侯梦中所见的两个病魔。后用来喻指所患疾病。多指较重的病。

[7]氏矢两毛之愿：指胡母立下终身守节的心愿。矢……愿：立下心愿。两毛：二毛，斑白的鬓发。

[8]环顾而宗枝是择，禋祀无虞：指胡母从同族后辈中挑选嗣子，以延续香火。

宗枝：指同宗之支派。亦指同族关系，或后嗣。枝亦作支。

禋(yīn)祀：泛指祭祀。本指古代祭天神的一种礼仪，先烧柴升烟，再加牲体及玉帛于柴上焚烧。

无虞：没有忧患，太平无事。

[9]端居：平居，安居。

阃(kūn)范克昭：妇德显扬的意思。阃范：指妇女的道德规范。克：能够，胜任。

[10]情殷:深切的情意。

比儿:侄儿。

佳儿:称心的儿子。

[11]念切:思念格外深切。

瞻依:意为仰望、倾慕之情不胜依依。

[12]哲嗣:对别人儿子的敬称,等于说令嗣。

舞彩:典自"彩衣""舞蝶斑衣"。指孝养父母。参见本书第二卷程飞云《李节孝(王太孺人并子占黄)》注释[1]。

北堂:指母亲的居室。代指母亲。

欢承色笑:旧称侍奉父母为"承色笑"。欢承:承欢。侍奉父母,让他们欢喜。色笑:和颜悦色。

[13]督学:学政的别名。明清派驻各省督导教育行政及考试的专职官员。管理一省教育的最高行政长官。

表其节:立石碑、赐匾额以颂扬其节操。表:旌表。

[14]竹素管彤:记载女子事迹的史册。竹素:犹言竹帛,指史册。管彤:即"彤管"。赤管的笔。专指女子事迹的记载。

辒(yóu)轩:古代使臣乘坐的一种轻车。

旌其门:封建社会旌表所谓忠孝节义的人,由朝廷官府赐给匾额,张挂门上,叫做旌门。

[15]忝(tiǎn):辱,有愧于,常用作谦辞。

葭莩(jiā fú):芦苇秆里面的薄膜。比喻远房的亲戚。

葑(fēng)菲:比喻微贱鄙陋(常用作谦辞)。葑:芜青(蔓菁)。菲:萝卜一类的菜。

[16]芜启:对自己书信的谦称。

锡:通"赐"。给予,赐给。

瑶章:对他人诗文、信札的美称。

[17]伏冀:恭请。

吟坛:诗坛,诗人聚会作诗之处。

潜德:不为人知的美德。

[18]女宗:指春秋时宋鲍苏之妻。鲍苏仕卫三年,另娶外室,妻谨遵妇道,孝事翁姑,坚贞自守,不肯离去。宋公旌表其间,称为女宗。意谓女子可以师法的人物。

[19]介:通"丐"。乞,祈求。

遐祉:绵延不断的福泽。

寿母:长寿的母亲。

刘显恭（翰林院庶吉士）

清道光元年（1821年）版《天门县志·卷之二十二·人物·文苑》第26页记载："刘显恭，字云峰，号惺斋。乾隆丙子乡试第三名举人，丁丑联捷成进士。选庶常，未散馆，告归。田园诗酒怡情，无入仕意。居泊江，修水榭，筑花坞，常著文章自娱，高华典雅，后进竟传诵之。"

登黄鹤楼

刘显恭

黄鹤秋风夜，危楼徙倚频[1]。涛声飞木末，月影截江漘[2]。玉笛六朝梦，金沙千佛身[3]。白云横彼岸，欲渡恐迷津[4]。

题解

本诗录自熊士鹏编、清道光癸未（1823年）版《竟陵诗选·卷十》第17页。

注释

[1]危楼：高楼。

徙倚：犹徘徊，逡巡。

[2]木末：树梢。

江漘（chún）：江边。

[3]六朝：合称中国历史上均以建康（南京）为都的东吴、东晋、宋、齐、梁和陈，是三世纪初到六世纪末前后三百余年的历史时期的泛称。

[4]迷津：找不到渡口，多指使人迷惘的境界。

宿修莲庵

刘显恭

大块同冥寂,严威逼远岑[1]。冻鸦栖未稳,寒犬吠如瘖[2]。孤磬老僧夜,一灯羁客心[3]。何来云外雁? 嘹唳度江浔[4]。

题解

本诗录自丁宿章编、清光绪九年(1883 年)版《湖北诗征传略·卷二十九》第3 页。

注释

[1]大块:大自然,大地。

冥寂:幽静。

严威:犹威力,威势。

远岑:远处的山。

[2]瘖(yīn):同"喑"。嗓子哑,不能出声;失音。

[3]羁客:旅客,旅人。

[4]嘹唳:形容声音响亮凄清。

度:原文为"渡",据熊士鹏编、清道光癸未(1823 年)版《竟陵诗选·卷十》第 17 页改。

江浔:江边。

胡必达（兵部武选司主事）

　　清道光元年(1821 年)版《天门县志·卷之二十二·人物·文苑》第 26 页记载："胡必达,字孚中,号月岩。乾隆己卯举人,丙戌进士。选庶常,改兵部武选司主事。分校《四库全书》,总裁器重之。因疾乞归,杜门读书,不干外事。性孝友,事嗣母及生母,曲蘖孺慕,丧葬尽礼;与弟莹和洽无间。为人简穆。大义所关,必侃侃正论,听者折服。历掌兰台、蒲阳、天门书院,造就有方。门下领乡荐、捷南宫者多人。悉佳山水,游历遍东南。晚年谢绝人事,吟咏自适。有劝付梓者,笑谢之。警句如:

　　《晚眺》云:'半潭秋水碧,一树晚烟青。'

　　《示弟》云:'道可安心得,事须掉首看。'

　　《秋虫》云:'草根庭际露,客馆雨中声。'

　　《秋郊晚步》云:'晚烟平断垄,落木瘦空村。'

　　《梅花》云:'但是赏音多寂寞,由来风格在高寒。'

　　《客馆》云:'月当旅邸偏如水,人到中年易感秋。'

　　《秋柳》云:'红雨梦遥沽酒市,青灯人静读书堂。'

　　皆唐音。年六十六卒。"

　　胡必达为胡承诏胞弟胡承诺第四代孙。墓在石家庙西,石家庙今属天门市石家河镇石庙村。

登岳阳楼

胡必达

　　一眺收南楚,人登最上楼。气吞湘水阔,身并岳云浮。日落归鸿阵,天空渺芥舟[1]。临风怀范老,胸臆大川流[2]。

题解

本诗录自丁宿章编、清光绪九年(1883 年)版《湖北诗征传略·卷二十九》第 4 页。

注释

[1]芥舟:比喻小舟。芥:小草也。　　[2]范老:指范仲淹。

登少陵台

胡必达

揽胜初经齐鲁地,寻幽独上少陵台。遥瞻泰岱峰千仞,倒泻沧溟海一杯[1]。自昔几挥诸葛泪,于今不为子山哀[2]。荒城古殿空陈迹,尚忆南楼纵目来。

题解

本诗录自熊士鹏编、清道光癸未(1823 年)版《竟陵诗选·卷十四》第 22 页。

少陵台:位于山东兖州城内府河北岸,为唐朝东郡兖州城门楼旧址。因杜甫曾登此楼而得名。

注释

[1]泰岱:即泰山。泰山又名岱宗,故称。

沧溟:大海。

[2]诸葛泪:此处指杜甫借感叹历史人物诸葛亮来抒发自己功业无成、壮志难酬的情怀。杜甫《蜀相》:"出师未捷身先死,长使英雄泪满襟。"

子山哀:此处指杜甫感叹庾信晚年《哀江南赋》极为凄凉悲壮,暗寓自己的乡国之思。庾信,字子山。杜甫《咏怀古迹·其一》:"庾信平生最萧瑟,暮年诗赋动江关。"

谒张睢阳庙

胡必达

唐代衣冠土一堆,睢阳庙貌独崔嵬[1]。长江不尽孤臣泪,夜月如闻画角哀[2]。天许功名成郭李,人同忠义有南雷[3]。英灵飒爽山河壮,曾向玄元恸哭来[4]。

题解

本诗录自熊士鹏编、清道光癸未(1823 年)版《竟陵诗选·卷十四》第 22 页。

张睢(suī)阳:张巡。睢阳,地名,今河南商丘南,唐代安史之乱时张巡固守此城,遂有张睢阳之称。

注释

[1]庙貌:庙宇及其中的神像。

崔嵬(wéi):高耸貌,高大貌。

[2]画角:古管乐器。传自西羌。形如竹筒,本细末大,以竹木或皮革等制成,因表面有彩绘,故称。发声哀厉高亢,古时军中多用以警昏晓,振士气,肃军容。帝王出巡,亦用以报警戒严。

[3]郭李:唐郭子仪、李光弼的并称。

南雷:指协助张巡镇守睢阳的将军南霁云、郎将雷万春。

[4]玄元:谓天地未分时的混沌一体之气。亦泛指天宇、天空。

邵伯晓发

胡必达

寒流不可泛,关梁数易舟[1]。冰坚淮水腹,霜重楚人头[2]。雁影分乡思,鸥情笑宦游[3]。晓来晻霭散,回首见邗沟[4]。

题解

本诗录自熊士鹏编、清道光癸未(1823年)版《竟陵诗选·卷十四》第21页。

邵伯:湖泊。位于江苏省扬州市邗(hán)江县北部、里运河西。北接高邮湖。

注释

[1]关梁:关口和桥梁。泛指水陆交通必经之处。这些地方往往设防戍守或设卡征税。

[2]楚人头:"吴头楚尾"的化用。楚人头如同"楚尾"。楚尾:指古代楚地下游一带。

[3]鸥情:比喻隐退的心情。

宦游:旧谓外出求官或做官。

[4]晻(ǎn)霭:昏暗的云气。

邗沟:也称邗水、邗江、邗溟沟等。春秋时吴王夫差为争霸中原,引江水入淮以通粮道而开凿的古运河。

过京口

胡必达

京口双峰峙,迢遥接汉阳[1]。帆随江浦远,路绕楚天长[2]。胜地人怀古,残年客忆乡。数行云里雁,先我过潇湘。

题解

本诗录自熊士鹏编、清道光癸未(1823年)版《竟陵诗选·卷十四》第21页。

京口:古城名。在今江苏省镇江市。

注释

[1]汉阳:"汉阳江"的略称。长江的别称。

[2]江浦:泛指江河。

读杜诗

胡必达

莫以词人例,千秋国士风[1]。酸辛悲剑阁,慷慨吊隆中[2]。看剑雄心跃,溅花老泪红[3]。满怀匡济切,弦外有丝桐[4]。

题解

本诗录自熊士鹏编、清道光癸未(1823年)版《竟陵诗选·卷十四》第21页。

注释

[1]国士:一国中才能最优秀的人物。

[2]酸辛悲剑阁:杜甫《野老》诗云:"长路关心悲剑阁,片云何意傍琴台。"剑阁:剑门关。

慷慨吊隆中:杜甫入蜀后,曾拜谒成都武侯祠、先主祠、夔州八阵图、白帝城武侯庙、先主庙,留下多篇凭吊诸葛亮的诗句。

[3]看剑雄心跃:杜甫《夜》诗云:"独坐亲雄剑,哀歌叹短衣。"

溅花老泪红:杜甫《春望》诗云:"感时花溅泪,恨别鸟惊心。"

[4]匡济:"匡时济世"的略称。谓挽救艰困的局势,使转危为安。

弦外有丝桐:指弦外之音。丝桐:指琴。古人削桐为琴练丝为弦,故称。此处指乐曲。

老 将

胡必达

绣剑犹堪试,雕弓久已藏。心寒榆塞月,鬓飒玉门霜[1]。许国心憔悴,谈兵气慨慷[2]。南山射虎处,隐隐暮云黄[3]。

胡必达

题解

本诗录自熊士鹏编、清道光癸未(1823 年)版《竟陵诗选·卷十四》第 21 页。

注释

[1]榆塞:泛称边关、边塞。语出《汉书·韩安国传》:"累石为城,树榆为塞,匈奴不敢饮马于河。"

[2]许国:谓将一身奉献给国家,报效国家。

[3]南山射虎:汉代名将李广在南山打猎,看见草中有石,以为是老虎,便拉弓放箭,箭头隐没进石中,走近一看,原来是块大石头。李广退回原处再射,可再也射不进去了。

汉江晚泛

胡必达

诸峰倒影下晴川,大别山头晚扣舷[1]。秋水白分渔子棹,夕阳红映酒人船[2]。遥看塔影高如斗,静听蝉声细若弦。愿把飞仙楼上笛,临风吹散楚江烟。

题解

本诗录自熊士鹏编、清道光癸未(1823 年)版《竟陵诗选·卷十四》第 22 页。

注释

[1]大别山:今汉阳龟山。　　酒人:好酒的人。

[2]渔子:捕鱼为业的人。

花台寺

胡必达

花雨霏何处,荒台向晚登[1]。钟声黄叶寺,笠影夕阳僧。似我宜初地,凭谁悟上乘[2]?归途不萧瑟,烟霭一层层。

题解

本诗录自丁宿章编、清光绪九年(1883年)版《湖北诗征传略·卷二十九》第4页。

花台寺:清道光元年(1821年)版《天门县志·卷之十七·寺观》第34页记载:"花台庙,在县北三十里。万历中邑庠胡观光建。"

注释

[1]向晚:傍晚。

[2]初地:佛教寺院。

凭谁:疑问语气。正面意谓"没谁"。

上乘:佛教语。即大乘。公元一世纪左右逐步形成的佛教派别。在印度经历了中观学派、瑜伽行派和密教这三个发展时期。北传中国以后,又有所发展。大乘强调利他,普度一切众生,提倡以六度为主的菩萨行,如发大心者所乘的大车,故名大乘。

人日笑月庵即事

胡必达

灵辰初出户,缓步过香林[1]。老耽禅悦味,春发妙明心[2]。槛柳舒清昼,湖云叠午阴[3]。寺僧贫似我,一衲到于今。

云水苍茫处,泠然释子居[4]。春风宜过客,暇日此精庐[5]。啜茗甘同露,拈花悟是虚[6]。佛前开笑口,不待月升初。

题解

本诗录自熊士鹏编、清道光癸未(1823 年)版《竟陵诗选·卷十四》第 22 页。

人日:旧俗以农历正月初七为人日。

注释

[1]灵辰:旧时谓正月初七为人日,亦称"灵辰"。

香林:禅林。

[2]耽禅悦味:耽味禅悦。亦谓潜心学佛。禅悦:进入禅定,愉乐心神;学禅参禅,感到喜悦。

发妙明心:许下妙明的心愿。妙明:佛教术语。妙明的真心,即无漏的真智。语出《楞严经·卷一》:"发妙明心,开我道眼。"

[3]清昼:白天。

午阴:中午的阴凉处。常指树荫下。

[4]泠(líng)然:寒凉貌,清凉貌。

释子:僧徒的通称。取释迦弟子之意。

[5]精庐:精舍。佛寺,僧舍。

[6]啜(chuò)茗:饮茶。

拈花悟是虚:典自"拈花微笑"。相传释迦牟尼在灵山会上,拈花示众,众皆默然,唯迦叶破颜微笑。佛曰:"吾有正法眼藏,涅槃妙心,实相无相,微妙法门,不立文字,教外别传,付嘱摩诃迦叶。"后用以喻彼此心心相印。

折杨柳

胡必达

杨柳扬春丝,离亭骢马去[1]。不愁折柳条,愁见柳絮飞。

题解

本诗录自熊士鹏编、清道光癸未(1823 年)版《竟陵诗选·卷十四》第 19 页。

注释

[1]离亭:即古代道旁的驿亭。远者称离亭,近者称都亭。

骢(cōng)马:青白色的马。

梅　花

胡必达

海上虚传贯月槎，寻芳那得到天涯[1]。临风愿化庄周蝶，绕遍西湖十里花[2]。

题解

本诗录自熊士鹏编、清道光癸未（1823 年）版《竟陵诗选·卷十四》第 19 页。

注释

[1]贯月槎（chá）：传说尧时西海中发光的浮木。借指舟楫。

[2]庄周蝶：庄周做梦化为蝴蝶。此典多咏春、花、蝶、梦之诗。

杏花（三首）

胡必达

绛云簇簇袅春烟，半在山城半水边[1]。何处箫声吹正晚，一枝斜出酒楼前。

饧香粥白近清明，燕子呢喃雨乍晴[2]。梦转晓窗红影瘦，隔墙初听卖花声。

吴天霜冷楚天长，瓜步前头唤小航[3]。四十里程江水阔，短篷烟雨过维扬[4]。

题解

本诗录自熊士鹏编、清道光癸未（1823 年）版《竟陵诗选·卷十四》第 19 页、第 22 页。

注释

[1]绛云:红色的云。传说天帝所居常有红云拥之。

[2]饧(xíng):糖稀。

[3]瓜步:地名。在江苏六合东南。有瓜步山,山下有瓜步镇。古时瓜步山南临大江,南北朝时屡为军事争夺要地。步:今写作"埠"。

小航:建康浮桥名。在今江苏省南京市南秦淮河上。

[4]维扬:扬州的别称。

万寿大桥引

胡必达

竟陵东北七十里曰皂市,市有山曰五华,邑中八景,"樵唱"居一[1]。旧为风氏国[2],今则巨镇。骚人文士、商客贩夫聚焉。其麓有河曰长汀,盖往来要区也。山溪一涨,水势四涌,牵车服贾者每望洋而踯躅[3]。相土地之宜,揆人情所利,盖莫善夫石桥[4]。然大厦非一木所能成,必赖随愿乐布,举以众擎[5]。庶几石梁克建,与七星第五共垂无既[6]。况竣功勒石,不没善缘[7],又与长汀之流同永耶!是宜踊跃欢欣、群起而攸之[8]。

题解

本文录自清道光元年(1821年)版《天门县志·卷之七·建置·市镇》第18页。

万寿大桥:在天门市皂市镇长汀河(老皂市河)上。

引:文体名。疏引。旧时募捐簿前简短的说明文字。

注释

[1]樵唱:指竟陵八景中的"五华樵唱"。

[2]风氏国:天门市皂市镇古为风国地,为风国古都,故别称风城。

[3]服贾(gǔ):经商。

望洋而踯躅(zhí zhú):因茫然而徘徊不前。

[4]相土地之宜,揆(kuí)人情所

利:选择合适的地方,揣度怎样对人员往来有利。

相……宜:相宜。合适,符合,合理。

揆:度量,揣度。

盖莫善夫石桥:大概没有比建一座石桥更好。

[5]随愿乐布:顺随心愿乐意布施。

举以众擎:一起出力,把东西举起来。比喻大家同心协力就容易把事情办成。擎:往上托举。

[6]庶几石梁克建,与七星第五共垂无既:但愿石桥建成,与北斗共同传留,永不消失。

庶几:希望,但愿。

七星第五:指北斗。七星指北斗。北斗由七颗星组成,故名。第五指玉衡星,北斗七星第五星名,代称北斗。

无既:无穷,不尽。

[7]不没善缘:不使大家的资助埋没。善缘:犹言布施。

[8]伙(cì):帮助,资助。

邹曾辉（大姚知县）

清道光元年（1821年）版《天门县志·卷之二十三·人物》第31页记载："邹曾辉，字实旃，号桐轩。乾隆乙酉、丙戌联捷成进士。少负俊才，试辄冠军。为文力追正始。年四十三始捷南宫。仕云南大姚知县，恩威并济，讼息盗敛。时滇南铜运派役甚繁，大为民累。辉力陈其害，改长运。姚有河塘，灌山田万亩，岁久淤塞，设法疏浚，为利甚溥。捐俸建书院，置膏火田二百亩。会课诸生，多所造就。己亥、庚子两充房考，所取皆知名士。莅姚五载，循声懋著。制军赠联有'三十年来名进士，四千里外好郎官'之句。年老乞休。著有《瓯香集》《松雨亭集》。寿八十三。"

清王椷（hán）著、清乾隆庚子（1780年）版《秋灯丛话·卷十三》第1页记载："邹曾辉，字实旃，天门人。乾隆乙酉乡试，房考周君夜闻室内窸窣有声，疑为鼠也。命仆烛视，无所见。自起烛之，声自卷箱中出，启视，仍无所见。取一卷阅之，即邹卷也。系欲荐而嫌其近墨调者，不为意，复掷箱内。寐移时，忽闻有数百妇女声，或哭或笑，或歌或吟，满室哄然，惊寤不能成寐，异而荐之，获隽。榜后邹来谒，以所闻诘之，邹云：'忆数年前，邑令修县乘，曾襄其事，访得节孝妇女若干名，捐金受梓，殆谓是欤？'邹丙戌联捷成进士，现任云南大姚令。"（本书编者按：王椷历直隶临城，湖北当阳、天门知县，所至有廉能声。长于文笔。华莹校点、黄河出版社1990年版《秋灯丛话·卷十三》第214页题名为《卷箱中窸窣声》）

早秋同友人读书岳庙（二首）

邹曾辉

笑对渔翁问虎溪，轻舟指我镜湖西[1]。风生古树蝉争响，日照深林鸟乱啼[2]。竹径人稀惟草长，蓬门市远觉云低。向来百丈红尘合，到此回头望已迷。

十亩缁庐傍小塘,诗人到此共清凉[3]。琴书都带烟霞气,笔墨还沾舍利香[4]。野外衣冠半耆旧,田家风俗自羲皇[5]。怡情最是春阴里,细雨蒙蒙湿海棠。

题解

本诗录自熊士鹏编、清道光癸未(1823年)版《竟陵诗选·卷十》第19页。

注释

[1]虎溪:在今江西九江市南庐山西北麓东林寺前。东晋慧远法师居庐山,流泉绕寺,送客从不过溪桥,时虎辄鸣号,故名虎溪。

[2]风生古树蝉争响:丁宿章编、清光绪九年(1883年)版《湖北诗征传略·卷二十九》第4页作"风生古树蝉争噪"。

[3]缁庐:此处指岳庙。缁:借指僧人。因僧尼穿黑衣。

[4]舍利:释迦牟尼佛遗体火化后结成的坚硬珠状物。又名舍利子。

[5]耆旧:故老,年老的旧好。

羲皇:指上古伏羲时代。

萧蔚源（赞皇知县）

萧蔚源(1753—?)。清道光元年(1821年)版《天门县志·卷之十九·选举》第34页、第35页记载："萧蔚源，号印浦。(乾隆)戊戌科(进士)。直隶武清、浙江孝丰知县。有官声。多著作。"

清光绪二年(1876年)版《续修赞皇县志·卷之十四·职官》第4页记载："萧蔚源，湖北天门人。进士。(乾隆)五十八年六月任(知县)。"

汤之盘铭曰章总论

萧蔚源

许白云曰[1]："章内五新字，皆非新民之新[2]。《盘铭》以自新言，《康诰》以民之自新言，《诗》以天命之新言[3]，然新民之意却只于中可见。"此说非也。试问，传者释新民[4]，全不著到新民新字上讲，毕竟所释何事？愚谓，章内五新字，皆是新民之新。通章主脑，只是作新民一句[5]；全副精神，又只在个作字上。作是作底新民之事，自新是作新源头[6]。作新先无，自新如何作得出来？新命是作新[7]，究竟作新不到，新命终是作未到手。不然诗书所载，不少明德、受命之辞[8]。德何以不曰明德，必曰新德？谓其为新民之本也。命何以不曰受命，必曰新命？谓其为新民之终也。总是一个作新民新字，推前推后，说法讲家只缘作字认不真，又误会注中自新之民新字为本文新字[9]，便把新民本义落了空，一空而彻首彻尾皆空矣。胡云峰曰[10]："上章释明明德[11]，故此章之首曰日新、又新，所以承上章之意。下章释止于至善，故此章之末曰无所不用其极[12]，又所以开下章之端。义理接续，血脉贯通，此亦可见大段[13]。"何尝不是？然本章不只是过脉语[14]，须将本章实义是何如看清，然后可去讲上下章血脉。若如时讲所云彻底无新民本旨，则看首节便是通释明明德[15]，工夫只在自新上，下面则应乎人而顺乎天，皆明明德之效也。非释明明德之义，而何看末节便是通释止至善？前三节以自新与新民平分。汤之日新又新，岂反不如卫武之明德[16]？文武之作新新命，岂独不若前王之新民？况彼尚无结语，此则明结以无所不用其极乎，非释止至善之义而何是[17]？此章释明明德也好，释止于至善也好，而但不可以释新民也，又何上下章过脉之可言？须知通章都是说底新民，首末二节，传者并无承上起下之意。首节是以自新为新民引端，乃以著圣经明明德于天下，壹是皆以修身为本之义，故后传释齐、治、平各章，层层推本修身，盖有微指[18]。后三节接连一片，皆主新民言之。末节只顶中二节收结新民，不顶首节非通言止于至善也，承上起下之语，亦是隔壁小注云[19]。此章虽有自新、新民、新命三项，总以新民作主，盖自新者新民之本，新命者新民之应也。此是正论[20]，但应字不若易极字妙。余详各节内。

题解

本文录自萧蔚源著、清嘉庆己卯（1819年）版《四书习解辨·大学·卷二·汤之盘》第26页。该书收入2015年版《稀见清代四部辑刊·第五辑》，本文在第145页。本文为《大学》第三章"汤之盘铭曰"解读辨析后的总论，原题为《总论》。

汤之盘铭曰：指《大学》第三章："汤之《盘铭》曰：'苟日新，日日新，又日新。'"商汤的《盘铭》上说："如果一日洗刷干净了，就应该天天洗净，不间断。"引申为，道德修养果真一天能够自新，就要天天自新，永远自新。盘铭：古代刻在盥洗盘器上的劝诫文辞。

注释

[1]许白云：许谦，字益之，号白云山人，世称白云先生，金华人。元代理学家、教育家。

[2]新民：使民更新，教民向善。

[3]《盘铭》以自新言，《康诰》以民之自新言，《诗》以天命之新言；《盘铭》以个人自新而言，《康诰》以劝人自新而言，《诗》以承天命立新朝而言。

《大学》原文为:汤之《盘铭》曰:"苟日新,日日新,又日新。"《康诰》曰:"作新民。"《诗》曰:"周虽旧邦,其命维新。"商汤的《盘铭》上说:"如果一日洗刷干净了,就应该天天洗净,不间断。"《尚书·周书·康诰》篇上说:"劝勉人们自新。"《诗经》上说:"周虽是古老的邦国,但却承受天命建立新王朝。"

自新:意谓自强不息,日有新得。

[4]传(zhuàn)者:阐述经义的人。

[5]主脑:主旨,中心。

[6]底:此,这。

作新:教化百姓,移风易俗。

[7]新命:指上文"天命之新"。承受天命建立新王朝。

[8]诗书:《诗经》和《尚书》。

明德:光明之德,美德。

受命:受天之命。古帝王自称受命于天以巩固其统治。

[9]说法:宣讲宗教教义。

讲家:解说经传的儒师。

本文:正文。

[10]胡云峰:胡炳文,字仲虎,号云峰,婺源人。宋元之际儒学家,程朱学派传人。

[11]明明德:《大学》三纲(明明德、新民、止于至善)之首。儒家所追求的道德修养目标,彰明完美而光明的德性。前一个"明"字用作动词,彰明。《大学》开篇:"大学之道,在明明德,在新民,在止于至善。"大学(相对于"小学"而言的"大人之学"——穷理正心、修己治人的学问)的功能,在于彰显光明的德性,在于让民众弃旧图新,在于达到最良善的境界。

[12]止于至善:处于最完美的境界。止于:处在,达到。参见上一条注释。

无所不用其极:谓无处不用尽心力。

[13]义理:文辞的思想内容。

血脉:比喻贯通事物的脉络。

大段:犹大略,大体。

[14]过脉:诗文中承前启后贯通上下的段落。

[15]通释:疏通解释。

[16]卫武:卫武公。春秋时卫国国君,名和。修政治国,和集其民。

[17]非释止至善之义而何是:非……而何。表反问的固定格式,强调肯定的意义。可译为:"不是……又是什么(谁)呢?"

[18]圣经:旧指儒家经典。

壹是:一概,一律。

微指:精深微妙的意旨。

[19]通言:统言,笼统地说。

小注:注释。清时亦专指四书五经中的小注。

[20]正论:正确合理的言论。

坦园公(蒋光宗)传

萧蔚源

　　先生讳光宗,字绍文,号坦园。先世由江右迁竟陵[1]。至十一代两仪公补州司马衔,夙丰于赀[2]。生先生昆季六人,先生其次君也。两仪公年四十余辞世,先生诸弟少小,长兄西文公又善病,家中食指甚繁[3]。先生佐兄经理,家政井然。延师课读,忠敬不倦,昆弟皆得列名成均[4]。堂构日益宏,产业日益增[5]。非有兼综之才乌能若此乎[6]?乃复拨冗读书,以贡生屡入棘闱[7],卓有能文声,其才更不可及矣。

　　夫家庭琐屑,最为难处,况以繁重之家而又处极难之势。乃先生经纬得宜,完先人未完之绪[8],一门和乐,数十年内外无间言[9],则又其恻之性与恬退之识而非徒以才也[10]。先生嗣君天锡[11],为余妹丈。往来密迩[12],知之甚悉,不敢以虚语相饰。但即其为善于家,盖亦有足多者焉。

　　赐进士出身、敕授文林郎、知直隶真定府赞皇县事[13],加五级、纪录五次,姻愚侄萧蔚源顿首拜撰。

题解

本文录自1919年版、天门市净潭乡状元村《蒋氏族谱》。

坦园公:蒋光宗。蒋祥墀堂叔祖父。

注释

[1]江右:古人在地理上以东为左,以西为右,故江西又名江右。

[2]夙丰于赀(zī):往昔家财殷实。赀:通"资"。

[3]食指甚繁:人口众多。食指:指家庭人口。

[4]成均:相传为五帝时的宫廷学校,西周为国学以教王室子弟的机关。古代的最高学府。唐高宗时曾改国子监为成均监,后人亦称国子监为成均。

[5]堂构:殿堂或房舍的构筑。

产业:指家产。

[6]兼综:兼理,综合。

[7]拨冗:于繁忙中抽出时间。

贡生:参见本书第三卷附录《部分科举名词汇释》第3条。

棘闱:科举时代试院的别称。古代试士,用棘围试院,以防止闲人擅自进入,故称。

[8]经纬:规划治理。

绪:前人未完成的事业,功业。

[9]间言:闲言。非议,异议。

[10]悱恻:忧思抑郁。

恬退:淡于名利,安于退让。

[11]嗣君:称别人的儿子。

[12]密迩:贴近,靠近。

[13]敕授:皇帝任命低级官吏的文书称敕授。清制,六品以下以敕命授官。

文林郎:明清为正七品升授之阶。

知直隶真定府赞皇县事:直隶真定府赞皇县知县。知:主持,执掌。

蔡 楫（荆州府教授）

清道光元年(1821年)版《天门县志·卷之二十三·人物》第27页记载："蔡楫,字廷蔚,号云槎(chá)。少喜任侠,既乃折节读书,文名噪甚,困诸生者二十载。乾隆辛卯举于乡,应聘主讲潞安府台林书院,弟子多以名显。庚子会试,中进士第九名。性孝友,虑归班需铨知县,不获早荣封父兄,改教,选荆州府教授,兴学育才,开馆明伦堂,负笈从者,不远数百里。为文独抒心得,不屑乞灵故纸。李侍郎云门潢至比之罗文止、杨维节云。著有《学庸讲义》《西爽轩文集》,待梓。年六十六,卒于官。"

附

同年云槎蔡公（蔡楫）墓志铭

汪如洋

癸丑春,同年云槎蔡公之季息东屏,以试用儒官将归楚,来辞予。予嘉而勉之,为书以贻公。不两月而公讣忽至。呜呼! 天何夺我友之速耶! 忆昔分手都门,南北迢递。庚戌春,东屏来成均肄业时相过从,因得悉公兴居,并读其近年所作制义,卓然可传,谓天将假之年,以富其著作,而今竟捐馆矣。适有自南来者,告以公窀穸封有日,其孤乞予言,以志其墓。微所请,予亦安得无词?

公世居天门皂市五华山之阳,距前明钟伯敬先生故居里许。其先世多隐德。年伯希翁生丈夫子二,公其次也。少习举子业,为诸生二十年,辛卯举于乡。其时,两尊人已先后即世矣。方一年,伯母之无恙也,以伯氏未举子为忧。迨公仲子生,即以付伯氏。又十年,而伯氏得男。公仍命所后子依之如初,又出己产酌与之,以安其心。乙巳岁,恭遇覃恩,例赠父母外,复请貤封兄松为文林郎、嫂王氏为孺人。

时伯氏寿七十,白发未带,望阙泥首。公复迎至学舍,率子若孙奉霞觞以祝之。呜呼!观公之友可以知公之孝矣。

公捷礼闱时,与予等十卷同呈睿览,予愧居庐先。而公虑归班需时,不获早荣其先,又欲伯氏生被殊恩,遂就郡博铨荆南。荆于古为名地,为扶风杨龟山之遗泽,后先辉映。公本其心得者以教人,随所叩问,析精详,无不得其意以去,裹粮从游者多至数十人。呜呼!其笃于学者耶,其有味夫万卷百城之言,而不以彼易此者耶!公负性慷慨,见义必为。遇戚党有急,辄倾身佐之;与人接,乐易可□□。乡举后屡赴计偕。燕赵秦晋之邦,所与交游者,至今犹歌思焉。

公素无病,迩年患食少,然善自调摄,不以为苦,而人亦不见其悴。今年孟夏间,伯氏以寿终。老年折翼,用尽伤心,精神遂减于前。先是年嫂胡孺人携两孙媳及曾孙至署,凡三阅月,其冢子及降服子亦至。病中惟望季心切。适东屏于五月十日抵署,伏地问安。旋启笥,出予手书并诸年友所赠诗及批点文稿呈榻前。公览之狂喜,起步中庭,执曾孙手,与之言笑为乐。孰知阅一日而顷赴玉楼召耶!

呜呼!公仕虽不显,而登贤书、成进士,文章上陈黼座,亦足以偿其稽古之勤矣。年将及耄,举案眉齐,有子克家,孙曾蔚起,孝友之食报于兹,益信公岂有毫发遗恨哉!

公讳楫,字廷蔚,号云槎。乾隆辛卯举人,庚子会试第九名进士。任湖北荆州府教授。生于雍正六年七月十四日辰时,以乾隆五十八年五月十二日卯时卒于官署。子三:长宗隆,国学生,娶邱氏。次宗峄,出继伯氏。次宗岱,廪贡生,国子监肄业期满,以训导发本省试用,娶邹氏,继聘方氏。长女适里中邹士伟,次女适里中汪尚德,三女适汉邑国学生刘修式。孙三:长恒飔,次恒曜,次恒超。曾孙琇章。将以是年九月初四归葬□□□□阡,作□□□向。予悲良友之凋谢,而任黎之谊不可以或忘也,爰志之而系以铭。铭曰:

昔大罗天,肩拍群贤。今芙蓉馆,袖挹列仙。於戏吾友,内行纯全。事兄如父,兄寝门前。教法安定,官比郑虔。劬躬寿后,礼义罔愆。胡天不吊,绛帷寂然。丹旐载道,马鬣是阡。於戏吾友,允臧终焉。式瞻佑启，簪绂绵绵。

赐进士及第、翰林院修撰、国使馆纂修、上书房行走，前提督云南学政，年愚弟汪如洋顿首拜撰。

【江陵受业孙芝书丹。】

题解

本文录自蔡楫墓志。标题原为《赐进士出身敕授文林郎湖北荆州府教授同年云槎蔡公墓志铭》。

同年：唐代进士入第之后，称同登金榜之人为同年。

汪如洋为状元，官至云南学政。撰写本文次年即卒，年仅40岁。

蔡楫墓在天门市皂市镇上傅村七组（原蔡家村七组）东约四百米蒙口山南坡。

蒋祥墀（都察院左副都御使）

蒋祥墀（chí）（1762—1840 年），字丹林，一字盈阶，号端邻居士、散樗（chū）老人，天门市净潭乡状元村人。有《散樗老人自纪年谱》《印心堂诗集》《印心堂制义》传世。自蒋祥墀起，蒋门五代进士，两登鼎甲，为湖北著名的甲科世家。

1921 年版《湖北通志·卷一百四十·人物志十八》第 11 页记载："蒋祥墀，字丹林，天门人。乾隆庚戌进士，授编修。嘉庆三年副主浙江乡试，十年，充会试同考。升国子监司业，累迁至祭酒，改少詹事。历奉天、顺天府丞，通政司副使，再转光禄寺卿、宗人府丞，擢左副都御史，以事降光禄寺卿，复授左副都御史，再以事降鸿胪寺卿。年老休致，主讲金台书院者数年。卒年七十八。"

蒋祥墀葬刘马家嘴，今净潭乡前七村五组（前福湾）东约五百米。

万策衍龄诗五律百章（选三）

蒋祥墀

皇上五旬万寿，恭纪《万策衍龄诗五律百章》。

谨序：嘉庆十有四年己巳冬十月六日，恭逢我皇上五旬万寿庆辰，仁风翔洽，协气弥纶，中外臣民嵩呼华祝[1]。臣备员胄监，仿虞室和声之律，稽《周官》教乐之文，宣德导情不能自已[2]。臣谨按《易》大衍之数五十，二篇之策，万有一千五百二十，是万为大衍之盈数诗之，颂祷人君[3]，俱以万寿致词。《天保》言"万寿无疆"，《江汉》言"天子万寿"，然皆一再及之，未有长言引伸于无尽者[4]。皇上德该万有、福备万全，由五旬开庆衍[5]，至于亿万万龄，因撰《万策衍龄诗五律百章》。章以万字标题，共四千言，稍伸翘祝之忱，用希仰窥圣量于万一焉，谨拜手稽首以献[6]。

万龄肇庆【纪圣寿五旬也[7]】

萝图昭瑞景,松栋蔼祥烟[8]。箓启重华日,筹开大衍年[9]。九如天保定,十有福洪延[10]。泰策京垓兆,恩辉遍八埏[11]。

万岁纪元【纪丙辰登极也[12]】

垓埏瞻继照,元日仰垂裳[13]。周甲乾坤会,重申福禄长[14]。符望歌复旦,蒙眷溯昭阳【高宗纯皇帝癸巳告天,皇上早膺昊眷[15],至丙辰登极,计二十四年】。大丙开轩纪【伏读御制《丙辰元旦》诗云:"灵台重纪丙辰年"】,珍符启运昌[16]。

万载锡范【纪亲承训政也[17]】

泰运唐虞际,钦哉帝范垂[18]。礼尊天下养,道作圣人师[19]。允执传心日,丕承训政时[20]。面稽超史册,祗肃奉型仪[21]【御制《继德堂诗》有"庭训亲承敢怠忘"句】。

祭酒臣蒋祥墀恭进。

题解

本诗及序录自雅昌艺术网刊载的蒋祥墀书法作品照片。

衍龄:延龄。

注释

[1]嘉庆十有四年己巳:1809年。

仁风:形容恩泽如风之流布。旧时多用以颂扬帝王或地方长官的德政。

翔洽:周遍。

协气:和气。

弥纶:统摄,笼盖。

中外:朝廷内外。

嵩呼:旧时臣下祝颂皇帝,高呼万岁,叫嵩呼。

华祝:华封三祝的缩略。传说唐尧游于华,华地守封疆之人,祝其寿、富、多男子。语出《庄子·天地》。后多以华封三祝为祝颂之词。

[2]备员胄监:指作者时任国子监祭酒。备员:充数,凑数。胄监:即国子监。

仿虞室和声之律,稽周官教乐之文:大意是依照宫廷诗文的法式。

虞室:指虞舜。虞舜非常重视通过音乐、诗歌的熏陶,以塑造贵胄高洁庄重的人格,使其成为有德之人,最终达到和谐人伦之目的。

和声:调和声调,协和声调。

周官:又称"周官经"或"周礼"。书名。搜集周王朝官制和战国时代各国制度而成。近人考定为战国时作品。

教乐:乐教。《礼记》用语。指用乐教化百姓。

宣、导:引导。谓发抒导引使畅快。

[3]大衍:《周易》著筮用语。"大"指至极,"衍"指演算。《易·系辞上》:"大衍之数五十。"魏王弼注:"演天地之数,所赖者五十也。"唐孔颖达疏引京房曰:"五十者,谓十日、十二辰、二十八宿也。"后亦称五十为"大衍之数"。今有人考"大衍之数五十"后脱去"有五"二字。《易·系辞上》称:"天数二十有五,地数三十。"用这五十五个数可推演天地间一切变化。

二篇之策,万有一千五百二十,万为大衍之盈数:语出《周易》:"二篇之策,万有一千五百二十,当万物之数也。"《易经》的上下两篇,六十四卦。六十四卦阴阳爻各一百九十二爻,阳爻乘以三十六,阴爻乘以二十四,其和即为此数。这相当于万物的数目。二篇:指《易经》的上下两篇。

万为大衍之盈数:意同"万物大衍之盈数"。盈数:指十、百、万等整数。

诗之:赋诗。

颂祷:赞美祝福。

[4]《天保》言"万寿无疆":《诗经·小雅·天保》云:"君曰卜尔,万寿无疆。"先君说要祝愿您,祝您万寿永无疆。

《江汉》言"天子万寿":《诗经·大雅·江汉》云:"作召公考,天子万寿。"做成纪念康公铜簋(guǐ),"敬颂天子万寿无期"。

一再及之:指《诗经》中一次又一次出现"万寿无疆"。

长言:引长声音吟唱。语出《礼记·乐记》:"言之不足,故长言之;长言之不足,故嗟叹之。"光说还不够尽兴,所以就拉长声调来说;拉长声调说还不够尽兴,所以就吁嗟咏叹起来。

[5]该:古同"赅"。完备。

万有:犹万物。

庆衍:福延。

[6]翘祝:翘首预祝。

用:以。

圣量:圣人的言语、文字、行为。

拜手稽(qǐ)首:朝见皇帝时的"三叩九拜"。古代一种隆重的跪拜礼。拜手:古人行跪拜礼时两手相拱,低头至手。因头不至地而至手,故曰拜手。稽首:古人行跪拜礼时叩头至地,并在地上停留一会儿。

[7]圣寿:皇帝的年寿和生日。

[8]萝图:指疆宇。

[9]箓(lù):古称上天赐予帝王的符命文书。

重华日:比喻圣君惠政时代。重华:虞舜的美称。

大衍年:指五十岁。

[10]九如天保定:《诗经·小雅·

《天保》:"如山如阜,如冈如陵;如川之方至,以莫不增……如月之恒;如日之升;如南山之寿,不骞不崩;如松柏之茂;如不尔或承。"本为祝颂人君之词,因连用九个"如"字,并有"如南山之寿,不骞不崩"之语,后因以九如为祝寿之词。

十有福洪延:疑指嘉庆帝承受乾隆帝的绵延洪福。十有:疑指"十全"。蒋祥墀《五风十雨赋》:"皇上五福颂成,十全功具。"十全:乾隆帝自称所建武功的十个方面。

[11]泰策:疑指泰卦。王弼《周易注》:"泰者,物大通之时也。"天气下降,地气上升,二者相交,万物和畅。策:古代卜筮用的蓍草。

京垓兆:古代以十兆为京,十京为垓。极言众多。此处指万众。

八埏(yán):八方的边际,八方。古人认为九州(中国)之外有八埏。

[12]丙辰:清嘉庆元年,1796年。

[13]垓埏:天地的边际。指极远的地区。

继照:语出《离》卦《大象传》中的"继明照于四方"。言能继天子而明照四方。

元日:吉日。

垂裳:垂裳而治。原指穿着长大的衣裳,无所事事而天下治理得很好。后用以称颂帝王无为而治。

[14]周甲乾坤会,重申福禄长:指乾隆帝丙辰登极,在位六十年,垂裳而治,取象于乾坤两卦;如今嘉庆帝登极,也是丙辰,可谓世世代代,福泽绵长。《易·系辞下》:"黄帝、尧、舜垂衣裳而天下治,盖取诸乾、坤。"周甲:满六十年。干支纪年一甲子为六十年,故称。重申:此处有反复延伸的意思。

[15]复旦:《尚书大传·虞夏传》:"日月光华,旦复旦兮。"郑玄注:"言明明相代。"意谓光明又复光明。当时比喻舜禹禅让。

溯昭阳:追溯到乾隆癸巳年。昭阳:岁时名。十干中癸的别称,用于纪年。

高宗纯皇帝:乾隆帝。乾隆帝庙号高宗,谥号法天隆运至诚先觉体元立极敷文奋武钦明孝慈神圣纯皇帝,谥号的重点在"皇帝"之前的最后一个字"纯"。

告天:祭告天帝。

早膺昊眷:早就受到先帝的眷顾器重。指乾隆帝密立十五子永琰(后为嘉庆帝)为太子。昊:昊天。比喻父母的恩情深重。

[16]大丙:此处指上一个丙辰年——乾隆元年丙辰年。大:有"时间更远"的意思。

灵台:古时帝王观察天文星象、妖祥灾异的建筑。

重纪:一个朝代内重复使用的年号。如元世祖、元顺帝均用"至元"作年号,后代叙述元顺帝至元时事,则加"重纪",以资区别。此处指嘉庆帝与乾隆帝登极年都是"丙辰"。

珍符:珍奇的符瑞。

[17]训政:旧时皇帝退位为太上皇,嗣皇帝仍须禀承训示处理大政,或皇太后垂帘听政,皆谓之训政。

[18]泰运唐虞际:逢尧舜之大运。泰运:大运,天运。唐虞:尧舜。

钦哉:感叹词。

[19]礼尊天下养:国家尊崇礼法,就可以调养天下人的欲望。

[20]允执:"允执厥中"的略语。谓言行符合不偏不倚的中正之道。

传心:指儒家的道统传授。

丕承:很好地继承。

[21]面稽:谓勉力考察。面:通"勔"。勔古同"勉",勉励。

祗(zhī)肃:恭敬而严肃。

型仪:仪型。楷模,典范。

子立镛幸胪首唱祥墀纪恩敬赋(四首)

蒋祥墀

谱例寻常诗赋不载。其有纪述君恩为海内仅见之事,谨将原稿附入,以志荣庆焉[1]。

嘉庆辛未,子立镛幸胪首唱释褐[2]。时祥墀忝官司成[3],纪恩敬赋四首。

堂东喜擢一枝先,天锡臣家巧作缘[4]。养翮初成惭燕翼,探珠预兆说骊眠[5]【文昌诞辰,祥墀为楚省公车求签[6],有"家有骊珠自不贫"句,同人即以为立镛先兆】。渊源梓里难追步【顺治己丑,黄冈刘克猷先生殿元[7],至今百六十年】,似续兰盟忝附肩[8]【谓同年吴玉松令嗣蔼人修撰[9]】。报到泥金惶悚集,抚衷何以答陶甄[10]?

看花归去马蹄新,贺举枌榆绮宴陈[11]【归第日,南北省公举贺宴】。抗席谊联师若弟[12]【旧例,请历科鼎甲前辈东向坐,新鼎甲西向坐。是日,座师胡印渚先生,读卷师汪瑟庵先生、陈雪香先生,补廪考优师茹古香先生,乡试座师王伯申先生,会试房师彭宝臣先生在座[13]】,传衣人作主兼宾[14]【谓宝臣先生】。欢生堂北含饴母【家慈现年八十有一】,喜动陔南舞彩身[15]。墨扁奉来京兆尹,一家香瓣登前因[16]【京兆初颐围先生为两舍弟入泮师[17]，少京兆汪东序先生为王伯申先生乡试房师】。

熏章入奏展葵私，稽首彤阶酌旧仪[18]【旧例，四品不得为子弟中式谢恩[19]。立镛十卷进呈，上以第三名拔置第一[20]。拆封时向读卷大臣垂询籍贯，当邀温奖，因于次日缮折，奏谢蒙恩召对】。特达九重亲拔选，殊荣两世愧论思[21]。献诗名早邀宸鉴[22]【乙丑，立镛曾由举人恭献东巡诗册，今蒙垂问】，传德家偏荷帝咨【上云："尔家有世德。"祥墀恐惶稽首叩谢天恩】。励品读书钦圣训，归铭楹几凛君师[23]。

联翩蔼吉谒宫墙，此会偏欣际遇昌[24]。拥座先生呼老父，参阶弟子有儿郎[25]。花分上苑亲簪帽，酒酌公庭手递觞[26]。更喜寅僚师谊叠【满大司成多饶峰先生为宝臣先生乡试房师，少司成毛宁树先生为拨房师董小槎先生会试房师】，璧池佳话播朝廊[27]。

题解

本诗录自1919年版、天门市净潭乡状元村《蒋氏族谱》。原无标题。

幸胪(lú)首唱：指荣获状元。胪：传胪。即唱名。科举制度中，贡举殿试后放榜，宣读皇帝诏命唱名之典礼，叫传胪。古代以上传语告下为胪，即唱名之意。首唱：指状元。状元系殿试首位被唱名者，故称。

阅读本诗时，可参阅本书第三卷蒋立镛《纪恩述德篇八十韵》。

注释

[1]荣庆：荣华幸福。

[2]嘉庆辛未：清嘉庆十六年，1811年。

释褐：亦作"解褐"。脱去平民衣服。比喻始任官职。后亦以新进士及第授官为释褐。

[3]忝(tiǎn)官司成：愧为国子监祭酒。忝：辱，有愧于。常用作谦辞。司成：大司成。周代掌教国子（王及公卿大夫子弟）之官。唐代于唐高宗李治在位时一度改国子监为司成馆，祭酒为大司成。后恢复旧名。历代相沿以司成为国子监祭酒的别称。

[4]堂东：东堂。唐礼部南院的东墙。五代王定保《唐摭言·杂记》："进士旧例于都省考试，南院放榜，张榜墙乃南院东墙也。"

[5]养翮(hé)：养到羽毛长大。典自晋代高僧支遁爱鹤，放鹤归自然的故事。

燕翼:谓善为子孙后代谋划。语出《诗经·大雅·文王有声》)。

探珠:"探骊得珠"的缩略。传说古代有个靠编织蒿草帘为生的人,其子入水,得千金之珠。他对儿子说:"这种珠生在九重深渊的骊龙颔下。你一定是趁它睡着摘来的,如果骊龙当时醒过来,你就没命了。"事见《庄子·列御寇》。后以探骊得珠喻应试得第或吟诗作文能抓住关键。下文"骊眠""骊珠"均与此同典。

[6]文昌:指文昌帝君。民间和道教尊奉的掌管士人功名禄位之神。民间传说农历二月三日是文昌帝君诞日,士子们一般都到庙中或道观中有文昌殿的地方去礼拜。

公车:古代应试举人的代称。汉代应举之人均用公家车马接送,后便以公车作为入京举人的代称。

[7]刘克猷:刘子壮,字克猷,湖广黄州(今湖北黄冈市)人。清顺治六年(1649年)己丑科状元。

殿元:即状元。殿试第一名。

[8]附肩:谓相与比并。

[9]吴玉松:吴云,字润之,号玉松。安徽休宁县长丰人,寄籍江苏吴县(今江苏苏州)。吴信中之父。

令嗣:指才德美好的儿子。

蔼人:吴信中,字阅甫,号蔼人。清嘉庆十三年(1808年)戊辰科状元。

[10]泥金:本指用金和胶水制成的金色颜料。此处指泥金帖子。用泥金涂饰的笺帖。唐以来用于报新进士登科之喜。

惺悚(sǒng):惶恐,害怕。

抚衷:抚持忠心。

陶甄(zhēn):烧制陶器。比喻化育,培养造就。

[11]看花归去马蹄新:化用孟郊诗句。唐代诗人孟郊多次赴考不中,四十七岁进士及第后,作《登科后》:"昔日龌龊不足夸,今朝放荡思无涯。春风得意马蹄疾,一日看尽长安花。"

枌(fén)榆:乡名。汉高祖的故乡。借指故乡。

绮宴:华美丰盛的筵宴。

[12]抗席:并立,抗衡。

若:和。

[13]鼎甲:科举制度中状元、榜眼、探花之总称。以鼎有三足,一甲共三名,故称。

座师:明清两代举人进士对主考官的尊称。

读卷师:读卷官。明清殿试时负责阅卷的考官。按制度,殿试由皇帝亲策,考官无权主裁,故称读卷,以朝臣进士出身者为之。

补廪考优师:指生员时的老师。补廪:明清科举制度,生员经岁、科两试成绩优秀者,增生可依次升廪生。此处泛指廪生。

房师:明清乡、会试中试者对分房阅卷的房官的尊称。清顾炎武《生员论中》:"有所谓主考官者,谓之座师;

有所谓同考官者,谓之房师。"

[14]传衣人:谓传授师法或继承师业的人。

[15]堂北:北堂。指母亲的居室。代指母亲。

含饴(yí)母:谓含饴弄孙的祖母。饴:用米、麦制成的糖浆,又称麦芽糖或糖稀。含饴弄孙,意为含着糖浆逗弄孙儿,后沿用此语形容老年人的闲适生活。

家慈:对人称自己的母亲。

陔南:南陔。《南陔》,本是《诗经·小雅》中的篇名,有名无辞。束皙本《诗序》所言"孝子相戒以养也"之旨,补写成此篇。"循彼南陔",诗意为沿着南陇,去采摘香草,将以供养父母。后因以为孝子养亲的典故。

舞彩身:典自"彩衣""舞蝶斑衣"。指孝养父母。参见本书第二卷程飞云《李节孝(王太孺人并子占黄)》注释[1]。

[16]京兆尹:京城地方行政长官习称。京兆:行政区划名。汉代京畿的行政区划名。汉太初元年(前104年)改右内史置京兆尹,分原右内史东半部为其辖区,即今陕西西安市以东至华阴之地。职掌相当于郡太守。因地属畿辅,故不称郡,为三辅之一,后世因称京都为京兆。

香辦:辦香。佛教语。犹言一辦香。佛教禅宗长老开堂讲道,烧至第三炷香时,长老即云这一辦香敬献传

授道法的某某法师。后以一辦香指师承或仰慕某人。

前因:佛教语。谓事皆种因于前世,故称。

[17]舍弟:对别人谦称自己的胞弟。

入泮:明清科举制度,经州县考试录取为生员而入学的,称为入泮,也称游泮。泮:泮宫,即古代的学宫。

[18]熏章:疑指谢恩表忠的奏章。

葵私:私衷如葵花之向太阳。

稽(qǐ)首:古人行跪拜礼时叩头至地,并在地上停留一会儿。

旧仪:犹古礼。

[19]四品:四品官。蒋祥墀时任国子监祭酒,正四品。

中式:科举考试合格。

[20]立镛十卷进呈,上以第三名拔置第一:指读卷大臣阅卷后拟定名次,将前十名试卷进呈,嘉庆皇帝将蒋立镛从阅卷大臣所排的第三名钦定为第一名。拔置:提拔安插,提拔放置。

[21]特达九重:特殊知遇之恩直达九天。

两世:指蒋祥墀、蒋立镛父子两代。

论思:讨论,思量。

[22]宸(chén)鉴:谓皇帝审阅,鉴察。

[23]励品:敦品励学。敦促品德修养,勉励勤奋学习。

圣训:帝王的训谕、诏令。

归铭楹几凛君师:归家后因敬畏天子而将圣训作为座右铭。君师:古代君、师皆尊,故常以君师称天子。

[24]联翩蔼吉谒宫墙:在吉庆连绵的氛围里朝见皇上。联翩:形容连续不断。蔼吉:吉庆遍布。

际遇:机遇,时运。

[25]参阶:在形阶上参拜。

[26]上苑:皇家的园林。

簪帽:簪花,戴花。清制,每科殿试后,新进士赴孔庙行释褐礼。届时国子监预备红花、香烛、酒果以接待。诸进士由状元率领行礼后,更易补服,诣彝伦堂拜祭酒、司业,祭酒、司业向一甲三名进酒,并为其簪金花;诸进士则由属官接待,仪礼同前,簪红花。

公庭:朝廷,公室。宴请新科进士的恩荣宴在礼部举行。

[27]寅僚:同僚。同在一衙门为官者的互称。

拨房:科举时代乡试,试卷分房审阅,由房官推荐给主考决定取舍。因每房中额各有定数,而每房试卷好坏不一,往往形成各房中卷多寡不均。将中卷超额房内的试卷,拨入中卷少的房内,通过该房推荐录取,谓拨房。

璧池:古代学宫前半月形的水池。借指太学和皇帝的选士之所。

朝廊:朝堂,朝廷。

香山道中所见

蒋祥墀

香山路指菊花香,猎猎风生马上凉。出土麦针初冒绿,垂堤柳线半摇黄。才离城市秋思劲,遥看山村野兴长。列队貔貅争鼓舞,圣皇阅武趁重阳[1]。

题解

本诗录自蒋祥墀著、张盛藻批校,清道光间抄本《印心堂诗集》。

注释

[1]貔貅(pí xiū):古籍中的两种猛兽。多连用以比喻勇猛的战士。

圣皇:对皇帝的尊称。

阅武:讲习武事。

殿试榜发孙元溥一甲三名及第再赋二律纪恩志喜

蒋祥墀

　　讲堂师父廿三年【辛未,立镛释褐,余适官祭国】,又写含饴志喜篇[1]。岂有阴功资蚁渡,何期甲第得蝉联[2]。高曾旧泽杯棬在,殿陛新恩雨露偏[3]。十卷初呈垂问切,已蒙温语识名先[4]。

　　桐木骊珠卜并论【辛未,文昌签云:"家有骊珠自不贫。"癸巳,签云:"祥风丽日瑞云屯,坐看庭木长桐孙。"】,果然丽日瑞云屯[5]。人联翼轸星初聚【江西汪、曹二君相距二百余里,与楚接壤】,燕启枌榆谊共敦【岁前,重修湖广会馆,为归第公所[6]】。金榜昔曾欢大母【立镛中时先慈年八十有一】,玉堂今亦见雏孙[7]。阖家荣幸皆天赐,此后从何答九阍[8]。

题解

　　本诗录自蒋祥墀著、张盛藻批校,清道光间抄本《印心堂诗集》。本诗为作者之孙蒋元溥中探花而作。

注释

[1]讲堂师父廿三年:指自嘉庆辛未(1811年)蒋立镛中状元,到道光癸巳(1833年)蒋元溥中探花,其间23年。

[2]阴功:迷信的人指在人世间所做而在阴间可以记功的好事。

甲第:科举考试中的第一等。

[3]高曾:高祖和曾祖。

杯棬(quān):一种木质的饮器。

[4]十卷初呈垂问切,已蒙温语识名先:指读卷大臣阅卷后拟定名次,将前十名试卷进呈,嘉庆皇帝将蒋立镛从阅卷大臣所排的第三名钦定为第一名。嘉庆皇帝听说是蒋祥墀之子,说蒋家世有隐德。参见本书第三卷蒋立镛《纪恩述德篇八十韵》作者自注及注释。

[5]桐木骊珠卜并论:参见本书第三卷蒋立镛《纪恩述德篇八十韵》作者自注及注释。

桐孙:桐树新生的小枝。后以桐孙称美他人子孙。

[6]枌(fén)榆:乡名。汉高祖的故乡。借指故乡。

[7]玉堂:官署名。汉侍中有玉堂署,宋以后翰林院亦称玉堂。

[8]九阍(hūn):九天之门。后借喻帝王的宫门。此处指朝廷。

回文诗(七律十五首)

蒋祥墀

咸临叶化大文同,纪甲重开绍运隆[1]。函镜留辉离继照,唱铙传令巽宣风[2]。諴和象验归辰北,焕炳书瞻聚璧东[3]。缄凤五云祥捧日,縿斿绕瑞效呼嵩[4]。

谦冲仰训式温恭,瑞应文昌际治醲[5]。拈藻韵篇裁月露,讲筵经义豁钟镛[6]。渐摩广学崇丁祀,睹听环雍在戊逢[7]。添额榜恩鸿选博,翘瞻共颂起儒宗[8]。

覃恩锡罢迂旌幢,缮葺重辉玉映窗[9]。岚彩倒涵洲渺渺,井波回泻水淙淙[10]。三厅起秀夸松竹,四库储珍撷芷江[11]。簪盍众贤承德谕,骖鸾舞听韵玱瑽[12]。

金盘掌上日辉迟,月纪阳春令协时[13]。深柳拂梢旗阴桂,落花吹影盖飞芝。临河玉鉴涵文藻,接岛琼山映彩楣[14]。林鹊噪声先报喜,骎骎驾备驭蚪螭[15]。

洲盈草绿引风微,簇笋班联驻骅骓[16]。球戛玭声铃动索,扇移云影鸟飞翚[17]。彪彪彩仗排旌羽,袅袅香烟曳衮衣[18]。优遇礼门金烛撤,樵薪萃庆有光辉[19]。

冰条署迥壁藏书,古制尊师谒礼初。征鼓听同陈策箧,奉璋环共拥簪裾[20]。兴文翼道崇仪展,佑国酬勋祝悃摅[21]。仍典持严箴一敬,承明有碣旧传庐[22]。

庭中榜额绚丹涂,序继皇谟圣合符[23]。星日灿题楦并楀,雾烟霏篆楷兼模[24]。铭珍励品敦琼璧,训宝储才毓梫梧[25]。型典式瞻钦谕炳,青钱选重礼文敷[26]。

琼瑶满架入签题,赡雅资深测管蠡[27]。成集考图观壁左,汇文传本校园西[28]。英茎制萃亭储宝,汉魏碑颂室聚奎[29]。瀛峤积书藏院秘,清华露湛夜然藜[30]。

芳春赏宴列庭阶,缦纠云蒸郁气佳[31]。潢汉谱辉麟定角,莘莘鸣叶凤鸣谐[32]。香觥泛露仙茎挹,翠脯摇风瑞箑排[33]。光宠荷恩天禄接,堂东荫遍绿阴槐[34]。

纱笼艳曲绮筵开,妙舞更番几溯洄[35]。霞绚海瀛登陆褚,雪霏梁馆集邹枚[36]。花砖五度人趋院,药砌层翻影上台[37]。嘉宴礼成轩乐奏,沙堤重望寄盐梅[38]。

柯亭盼赏艳摘春,藻黼联辉接席珍[39]。歌再起歌赓集富,咏原依咏发声醇[40]。和衷勖治期悬鼓,见道征文屏饰轮[41]。珂振集贤群听竦,哦吟写意寓陶甄[42]。

毫烟落纸拂香芸,恺乐陈诗赋韵分[43]。高曲叠声金振玉,众竿环立海垂云。操歌汉宴台联咏,仿律唐诗殿彻闻。叨坐末员微技展,璇琅继响附仙群[44]。

坳堂玉映澈心源,赉予频施广乐尊[45]。苞络阐醇含至味,瀼溪传派溯源真[46]。蛟蟠墨影池含润,凤组缣函轴纪恩。交泰志麻扬盛美,抄增典实载辒轩[47]。

僚官众集喜随銮,抃舞同时献悃丹[48]。谣进壤歌儒播化,颂传舆论士腾欢[49]。翘翘秀发华林杏,冉冉香披昼省兰[50]。遥望景星文运应,霄云绚采振鹓鸾[51]。

天中日丽景斓斑,远轸文罩广泽颂[52]。躔映斗辉连汉倬,律调风化洽瀛寰[53]。年丰报瑞孚坛坎,地益征图贡海山[54]。平荡会逢时皞皞,编摩职忝豹窥斑[55]。

题解

本诗录自聂铣敏编、清嘉庆十四年(1809 年)文德堂刻本、国家图书馆藏《蓉峰诗话·卷之一》第 24 页。本为三十首,该书实录十五首。

聂铣敏按语云:"嘉庆九年仲春月,上幸翰林院,赓诗锡宴,一遵旧章……上特赏编修臣蒋祥墀回文诗,云……诸什回环读之成上下平三十首,而意义各别,亦可谓锦心绣口,极才人之能事矣。"

蒋祥墀自撰、道光年间刻本《散樗老人自纪年谱》记载:"九年甲子,余年四十三,派修《词林典故》纂修,充国史馆提调,恭纂高宗纯皇帝本纪。二月,皇上幸翰林院,恭进回文诗七律三十首,用上下平韵。皇上亲选特取七人,余居首焉。"其子立镛按语云:"谨案回文诗册,都城传钞,几于纸贵,至有镌铜板作扇面者。叔父巾波公曾书一分,在鄂城刻之。时某王书负盛名,雅重府君书,朝中晤见索观诗册,或谓应书呈一分,府君以体制攸关不之与也。"

回文诗:古典诗歌中杂体诗之一。指一种可以倒读的诗篇,后发展成为可以回旋往复、循环诵读皆成诗章的诗体。

按顺读选择部分词语注释,注释从简。

注释

[1]大文:宏大的文章,伟大的作品。

绍:承继。

运隆:国运隆昌。

[2]离继照:与"极照"同。《易·离》:"明两作,《离》,大人以继明照于四方。"本谓《离》卦两离继明,光照四方。因离为火,为日,为君,故后以极照喻颂帝王圣明如日光普照天下。

唱铙:铙歌。军中乐歌。传说黄帝、岐伯所作。汉乐府中属鼓吹曲。马上奏之,用以激励士气。也用于大驾出行和宴享功臣以及奏凯班师。

巽(xùn):东南方。

宣风:宣扬风教德化。

[3]諴(xián):和洽。

辰北:北辰。北极星。

焕炳:谓词采明丽。

壁东:东壁。《晋书·天文志上》:"东壁二星,主文章,天下图书之秘府也。"因以称皇宫藏书之所。原文为"璧东"。下文"冰条署迥璧藏书""成集考图观璧左"中的"璧"原文均为"璧"。

[4]縿斿(shān liú):泛指旌旗。縿:古时旌旗的正幅。斿:古同"旒"。古代旌旗下边或边缘上悬垂的装饰品。

呼嵩:嵩呼。旧时臣下祝颂皇帝,高呼万岁,叫嵩呼。

[5]谦冲:虚心,和善,胸怀宽广。

瑞应:古代以为帝王修德,时世清平,天就降祥瑞以应之,谓之瑞应。

醲(nóng):浓厚。

[6]讲筵:王宫中讲论儒家经义之处。此处是讲论儒家经义的意思。

钟镛:泛指大钟。

[7]渐摩:浸润,教育感化。

丁祀:指丁祭。旧时于每年阴历二月、八月第一个丁日祭祀孔子,称丁祭。

环雍:学宫。

戊逢:指春秋逢第二个月的第一个戊日祭朱熹。明景泰七年(1456年),礼部勘合春秋仲月上戊日(即每季第二个月的第一个戊日)两祭朱熹。

[8]翘瞻:仰盼。

儒宗:儒者的宗师。

[9]覃恩:广施恩泽。旧时多用以称帝王对臣民的封赏、赦免等。

锡:赏赐。

迓(yà):迎接。

旌幢:借指仪仗。旌:古时对旗的通称。幢:旧时作为仪仗用的一种旗帜。

缮葺:谓修理房屋、墙垣等。

[10]岚彩:犹岚光。

倒涵:倒映。

[11]四库:古代宫廷藏书之所。

芷汫(chǎi shēng):有学者认为应是"芷茳(jiāng)"。芷:香草名。即白芷。茳:茳蓠。一种香草。

[12]簪盍:谓朋友相聚。

骖(cān)鸾:谓仙人驾驭鸾鸟云游。

琤瑽(chēng cōng):象声词。形容弹拨弦乐所发的声音,或形容流水声。

[13]金盘:承露之盘。

[14]玉鉴:比喻皎洁的月亮。

[15]骎骎(qīn):马展足疾驰貌。

蚘螭(chī):当为"虬螭"。传说中的虬龙与螭龙。

[16]班联:行次连接,形容密集。

驻跸(bì):帝王出行,途中停留暂住。

骓(fēi):驾在车辕两旁的马。

[17]球戛:谓击响玉磬,敲击玉片。

翚(huī):疾飞。

[18]彪彪:颜色鲜丽貌。

彩仗:彩饰的仪仗。

旌羽:旌旗。因有羽饰,故称。

曳:穿着。

衮衣:古代帝王及上公穿的绘有卷龙的礼服。

[19]优遇:优待。

礼门:指孝友的门族。

楢(yǒu)薪:木柴。

[20]陈策篋:把小书箱排列开来。

奉璋:捧献玉璋。

簪裾(jū):古代显贵者的服饰。

[21]悃愊(kǔn shū):表达至诚之情。

[22]箴:劝告,劝诫。

承明:承明庐。汉承明殿旁屋,侍臣值宿所居。

[23]榜额:匾额。

序继:继序。继绪。谓承继先代功业。

皇谟:皇帝的谋划。

[24]榱(cuī)、桷(jué):榱桷。房上的椽子。桷:方形的椽子。

[25]琮璧:玉制礼器。亦指珍贵的物品。

毓(yù):生育,养育。

槚(jiǎ)梧:梧槚。梧桐与山楸。两者皆良木,故以并称,比喻良材。槚:楸树的别称。

[26]型典:典型。典范。

式瞻:敬仰,景慕。

青钱:比喻优秀人才。

礼文:指礼乐仪制。

[27]签题:题签。指书、卷册。

赡雅:广博而高雅。

[28]传本:流传于世间的版本。

[29]英茎:《汉书·礼乐志》:"颛顼(zhuān xū)作《六茎》,帝喾(kù)作《五英》。"后以《英》《茎》泛指古代的雅乐。

[30]瀛峤(qiáo):海边的山岭。

露湛:露浓貌。

夜然藜:典自"藜阁家声"。参见本书第一卷陈所学《四六积玉序》注释[19]"藜燃太乙"。然:"燃"的本字,燃烧。

[31]缦纠(jiū):纤缓缭绕貌。

云蒸:指升腾的云气。

[32]潢汉:银河。

菶萋(běng qī):草木茂盛貌。

[33]香觚:疑指酒杯。

挹:指吸取。

瑞箑(shà):疑指扇子。

[34]光宠:恩典,宠幸。

荷恩:蒙受恩惠。

天禄:天赐的福禄。

堂东:东厢的殿堂或厅堂。古代

多指皇宫或官舍。

[35]艳曲:爱情歌曲。

绮筵:华丽丰盛的筵席。

妙舞:美妙之舞。

更番:轮流替换。

溯洄:逆流而上。

[36]海瀛:指渤海瀛洲。

陆褚:指唐代大书法家陆柬之、褚遂良。

梁馆:疑指梁元帝时代建筑物。刘禹锡《荆州道怀古》:"南国山川旧帝畿,宋台梁馆尚依稀。"

邹枚:汉邹阳、枚乘的并称。北魏郦道元《水经注·睢水》:"梁王与邹、枚、司马相如之徒极游其上。"两人皆以才辩著名当时。后因以邹枚借指富于才辩之士。

[37]花砖五度:唐时内阁北厅前阶有花砖道,冬季日至五砖,为学士入值之候。唐代李肇《翰林志》记载,唐代翰林学士入署,常视日影为候。唐德宗朝翰林学士李程性懒,日影至前阶八砖(常人应为五砖)方入署。人称八砖学士。后世常用此典咏翰林学士。

药砌:疑与典故"红药翻阶"有关。南朝齐谢朓《直中书省》诗:"红药当阶翻,苍苔依砌上。"后世常用红药翻阶作为标志中书省的典故,也用于咏芍药花。

[38]礼成:仪式终结。

沙堤:唐代专为宰相通行车马所

铺筑的沙面大路。

盐梅:盐和梅子。盐味咸,梅味酸,均为调味所需。亦喻指国家所需的贤才。

[39]柯亭:在今浙江绍兴市西南,一名"千秋亭",又名"高迁亭",以产良竹著名。汉蔡邕取以制笛。后以柯亭竹借指美笛或比喻良才。

艳摛(chī):摛艳。铺陈艳丽的文辞。

藻黼(fǔ):黼藻。指华美的辞藻或文字。

席珍:坐席上的珍宝。比喻儒者美善的才学。

[40]赓:赓诗。和诗。

[41]勖(xù):勉励。

悬鼓:典自"悬鼓待椎"。《渊鉴类函·乐·鼓》引明代陈耀文《天中记》载,宋范仲淹一日携子纯仁访民家,民舍有鼓为妖。仲淹对纯仁说:"此鼓久不击,见好客至,故自来庭寻椎。"令纯仁削椎以副之,鼓立碎。后因以悬鼓待椎比喻急不可待。

见道:洞彻真理,明白道理。

征文:验证文才。

饰轮:此处指安车蒲轮。安车的轮子用蒲草包裹,以防颠簸。用以迎送德高望重的人,表示优礼。安车:古代可以坐乘的小车。

[42]听竦:竦听。恭听。

陶甄(zhēn):烧制陶器。比喻化育,培养造就。

[43]香芸:芸香一类的香草。俗呼七里香。有特异香气,能去蚤虱,辟蠹奇验,古来藏书家多用以防蠹。

恺乐:庆祝作战胜利的军乐。

韵分:分韵。数人相约赋诗,选择若干字为韵,各人分拈,依拈得之韵作诗,谓之分韵。

[44]叨坐末员:愧为小官员。叨:犹忝。表示承受之意。常用作谦辞。

璈(áo)琅:琅璈。古玉制乐器。

[45]坳堂:堂上的低洼处。

心源:犹心性。佛教视心为万法之源,故称。

赉予:赏赐,赐予。

广乐:称美雅乐。

[46]至味:最美好的滋味,最美味的食品。

瀼(ráng)溪:今江西瑞昌境内。《九江府志》:"瀼溪,在瑞昌县南五十步,唐元结尝居寓此。"

[47]交泰:指君臣之意互相沟通,上下同心。

典实:典故,史实。

輶(yóu)轩:古代使臣乘坐的一种轻车。

[48]抃(biàn)舞:因欢欣而鼓掌舞蹈。形容极度欢乐而手舞足蹈的情状。抃:鼓掌。

悃(kǔn)丹:丹悃。赤诚的心。

[49]壤歌:即《击壤歌》。相传帝尧时,一老者边击壤,边唱道:"日出而作,日入而息,凿井而饮,耕田而食,帝

力于我何有哉?"后成为歌颂太平盛世之典。

播化:播植化育。谓天地普生万物。

[50]翘翘:众多貌。

秀发:指植物生长繁茂,花朵盛开。

华林:茂美的林木。

冉冉:柔弱下垂貌。

[51]景星:大星,德星,瑞星。古谓现于有道之国。

文运:文学盛衰的气运。

鹓(yuān)鸾:比喻朝官。

[52]斓斑:色彩错杂鲜明貌。

远轸(zhěn)文章:疑指声教之盛、

覃恩之远。

[53]躔(chán):日月星辰在黄道上运行。亦指其运行的轨迹。

汉焯(zhuō):指银汉。

风化:犹风教,风气。

瀛寰:即世界。地球海洋、陆地的总称。

[54]坛坎:供祭祀用的土台和坑穴。古代祭山林丘陵于坛,祭川谷于坎。亦泛指祭祀之处。

[55]平荡:扫荡平定。

皞皞(hào):广大自得貌,心情舒畅貌。

编摩:犹编集。

职忝:忝职。愧居其职。

望衡图为熊两溟(熊士鹏)题

蒋祥墀

先生饱读书五车,磊落胸藏天地庐。诗笔纵横一万里,山川览胜神蘧蘧[1]。讲学武昌十五秋,闲来携酒登南楼。二别中峰尽在目,直欲濯足江汉流[2]。冯栏不尽登临乐,还向楼头抱衡岳[3]。洞庭波涛思渺然,十二青螺自卓荦[4]。惜不得平叔紫金丹,遥躔朱鸟控黄鹤[5]。又不得长房缩地方,移取湘帆九面置之几研角[6]。何物丹青工描摹,为君写作《望衡图》。足踏芒鞋首戴笠,一童抱琴来于于[7]。扪星未观意气壮,开云已觉精诚孚[8]。指点层峦插天出,雁声几阵飞过无。拟将振衣祝融顶,仰逼帝座通吸呼[9]。岣嵝禹碑扫薛读,石青字赤多模糊[10]。碣来归订游山草,眼界何止空蓬壶[11]。愧我卅年老京洛,偬居久被尘网络[12]。一览此图神欲飞,愿与同订寻山约。

题解

本诗录自丁宿章编、清光绪九年(1883 年)版《湖北诗征传略·卷二十九》第23 页。

熊两溟:熊士鹏,字两溟。

注释

[1]蘧蘧(qú):悠然自得貌。

[2]二别:指大别山与小别山。大别山即今汉阳龟山。小别山即今位于汉川市马鞍乡的甑山。

[3]冯(píng):同"凭"。凭借,依靠。

衡岳:南岳衡山。

[4]渺然:空虚渺茫、心无着落的样子。

青螺:喻青山。

卓荦(luò):超绝出众。

[5]平叔:张用成,本名伯端,字平叔,号紫阳,活动于北宋时期,浙江临海人,他的道教著作有《悟真篇》等。宋神宗熙宁二年(1069 年),张遇刘海蟾授以"金液还丹火候之诀"。

紫金丹:古代方士所谓服之可以长生的丹药。

朱鸟:疑与"朱鸟化南岳"有关。上古神话传说南岳是朱鸟变的,头在衡阳回雁峰,尾在长沙岳麓山。

控黄鹤:典自"王乔控鹤"。相传周灵王太子王子乔喜吹笙,学凤鸣,道士浮丘公接他上嵩山。三十年后,有人找到他,他说:"叫我家里人在七月七日那天在缑氏山等我。"到时候,王子乔骑着白鹤在山顶上向大家招手。见刘向《列仙传·王子乔》。后因以控鹤指得道成仙。控:驾驭。

[6]长房缩地:葛洪《神仙传·壶公》云,汉代费长房有神术,能缩地,把很远的地方缩到眼前,顷刻可到。

几研:几砚。几案和砚台。

[7]芒鞋:用芒茎外皮编织成的鞋。亦泛指草鞋。

于于:徐行的样子。

[8]扣:抚摸。

孚:为人所信服。

[9]祝融顶:祝融峰,南岳衡山的最高峰。据说因古代火官祝融生前常游息于此、死后葬此而得名。

帝座:星名。即帝坐。

[10]岣嵝(gǒu lǒu)禹碑:南岳岣嵝峰古碑,九行七十七字,字体奇异,人不能识。传说为夏禹治水至南岳时所刻,人称"禹碑""禹王碑""神禹碑""岣嵝碑"。长沙岳麓山上也有一内容相同的碑。

[11]朅(qiè)来:犹言来。归来,来到。

游山草:指游山诗文的初稿。

蓬壶:即蓬莱。古代传说中的海

中仙山。

[12]京洛:指西晋的京都洛阳。泛指国都。此处"老京洛"是说自己宦游于京城,汲汲于功名。与"京洛尘"意思相关。晋陆机《为顾彦先赠妇》诗之一:"京洛多风尘,素衣化为缁。"后以京洛尘比喻功名利禄等尘俗之事。

僦(jiù)居:租屋而居。

题杨忠烈公(杨涟)小像

蒋祥墀

岂有贪赃杨大洪,竟将一死报光宗[1]。当其顾命扶幼冲,九重数目给事中[2]。自此感激摅孤忠,宸极要正趣移宫[3]。况复叶韩同协恭,天下喁喁望熙雍[4]。何来委鬼茄花红?内外售奸蒙帝聪[5]。二十四罪弹章封,大义凛然褫群雄[6]。苟济于国忘匪躬,阍夫虽死肯优容[7]。黄芝生狱何葱茏,六君子兮一朝同[8]。峨峨大节凌丹穹,至今遗像元精通[9]。虎坊桥畔我拜公,公之孙子其追从【湖广乡祠崇祀公像】。

题解

本诗录自杨涟著、清道光十三年(1833年)版《杨忠烈公文集·附表忠录》第33页。参见本书第一卷周嘉谟《表忠歌》题解。

注释

[1]光宗:朱常洛。明第十四代皇帝。即帝位,改元泰昌。

[2]当其顾命扶幼冲,九重数目给事中:指杨涟时任兵科右给事中,却成为顾命大臣,是"自以小臣预顾命"。万历帝向众大臣托孤。

顾命:《尚书》的篇名。取临终遗命之意。后因称帝王临终前的遗诏为

顾命,帝王临终前托以治国重任的大臣为顾命大臣。

幼冲:谓年龄幼小。

九重:指帝王。

数目:屡次目视。

[3]摅(shū):抒发,表达。

宸(chén)极要正趣(cù)移宫:指杨涟于泰昌元年(1620年)迫李选侍移

宫。宸极：借指帝王。趣：古同"促"。催促，急促。

[4] 叶韩：指叶向高、韩爌(kuàng)。

协恭：勤谨合作。

喁喁(yóng)：仰望期待貌。

熙雍：和乐貌。

[5] 委鬼茄花红：指魏忠贤与熹宗的乳母客(音且)氏把持朝政。明天启年间，北京城流传一首民谣："委狗当朝主，茄花满地红。"

[6] 二十四罪弹章封：指杨涟疏参魏忠贤犯有二十四大罪行。

褫(chǐ)：夺。

[7] 匪躬：谓忠心耿耿，不顾自身。

阍(àn)夫：昏聩糊涂的人。

优容：安闲自得貌。

[8] 黄芝生狱何葱茏，六君子兮一朝同：据说诏狱里边土地庙前的一棵树上，六月间忽然长出一枝黄芝，生长很快，等东林六君子都到狱中时，那黄芝已是颜色鲜艳，光彩照人，几人仔细观看，正好六瓣。过了一个多月，六君子被害，这枝黄芝也自行凋落了。

六君子：杨涟与左光斗、魏大中、周朝端、袁化中、顾大章皆为忠贤构死，世称六君子。

[9] 峨峨：高貌。

元精：天地的精气。

奉题封公旸谷先生（林宾日）遗照诗

蒋祥墀

有子才如千里鹤，依栖庭树振清音[1]。蓬莱仙骨文章重，江海洪流寄托深。到处声闻天早许，斯民饥溺力能任。此中多少恩勤在，犹是先生饲养心[2]。

道光壬辰四月，奉题封公旸谷先生遗照，即请少穆年大哥大人正之[3]。年家愚弟蒋祥墀拜稿。

题解

本诗录自蒋祥墀书法作品。作品影印件原载黄泽德编、福建人民出版社 1992 年版《林公则徐家传饲鹤图暨题咏集》第 46 页。原无标题。

封公：封建时代因子孙显贵而受封典的人。

旸(yáng)谷先生：林宾日(1749—1827年)，原名天翰，字孟养，号旸谷，籍贯侯官(今福州)。林则徐之父。

注释

[1]清音：清越的声音。

[2]恩勤：恩即殷，殷勤，辛辛苦苦地。指父母尊长抚育晚辈的慈爱和辛劳。语出《诗经·豳(bīn)风·鸱鸮(chī xiāo)》。

[3]道光壬辰：清道光十二年，1832年。

少穆年大哥：指林则徐。林则徐，字少穆，与蒋祥墀之子蒋立镛为同榜进士，故称"年"，又因为林则徐为长子，故称"大哥"。

御书印心石屋诗

蒋祥墀

印心石，印心石，由来生傍资水湄[1]。沅澧湘江环其外，洞庭君山汇其归。双阙相向洞门启，十丈壁立何厜㕒[2]。锡名未详肇何代，舆图无传人少知[3]。石上结屋有赠公，传经到老称人师[4]。宫保读书始于此，后以石屋名其诗[5]。自从出山官中外，崇朝霖雨敷苍黎[6]。东南半壁赖旋斡，劳心忘家兼忘私[7]。此石峥嵘自终古，此屋数椽成茆茨[8]。朅来述职向枫宸，十余昼接常出迟[9]。嘉谟嘉猷尽入告，奏对一一符书思[10]。忽尔垂询到闾里，山川屋宇皆诹咨[11]。诗屋书屋再三审，惶感不知指所之。诘朝召对他未及，内侍奉出宸翰题[12]。宫保稽首喜无极，先人庐舍生光辉[13]。恩辉岂止贲庐舍，又为重写磨崖碑[14]。磨崖字如擘窠大，横扫烟雾蟠蛟螭[15]。欢噪盈廷争聚睹，斯人斯屋交口推[16]。复许持归谒邱墓，山神拥护增崔巍[17]。检点厅事岂旋马，他日合筑金沙堤[18]。忆昔先皇南巡日，驻跸洒翰题西溪[19]【康熙三十八年，上南巡，幸高士奇西溪山庄，御书"竹窗"二字以赐】。内廷侍书亦偶见【康熙四十三年，上御便殿作书，召内直翰林赐观。赐陈元龙"爱日堂"扁、查升"淡远"二字】,未闻宠赐到封圻[20]。宫保心本是铁石,如石投水逢昌期[21]。定见坚持鬼神鉴,人言罔恤无危疑[22]。君心臣心两相印,此屋千载真一时。

噫嘻哉! 我亦堂额印心字,我心匪石胡转移[23]? 未成一事济一物,年光荏苒鬓如丝[24]。自分何术可娱老,惟有招邀二仲相追随,遥望宫保石屋海角与天涯[25]。

题解

本诗录自邓显鹤编、清道光二十年(1840年)刻本《资江耆旧集·资江盛事》第13页。署名"原任左副都御史蒋祥墀丹林天门"。邓显鹤编纂、岳麓书社2010年版《资江耆旧集》第1098页收录。

印心石屋:陶澍(shù),字子霖,号云汀,湖南安化人。清嘉庆七年(1802年)进士,总督两江,赠太子太保。洞庭资水畔有石出于潭,方正若印,名曰印心石。陶澍幼时随父读书,书斋在此石北岸,名曰印心石屋。清道光十五年(1835年),陶澍入京觐见,道光帝得知印心石屋的来历,为陶澍题"印心石屋"四字。陶澍倍感荣宠,除于道光十六年(1836年)在安化县资江某处摩崖勒石外,还在两江总督所辖重要城镇摹刻立碑。当时不少官僚、文人写诗作文,对此事大加颂扬,陶澍请幕府魏源编辑成册。魏源有《御书印心石屋诗文录叙》记此事。

注释

[1]湄:岸边,水和草相接的地方。

[2]双阙:两山夹峙的地方。

崔巍(zuī yí):山势险峻。

[3]锡:通"赐"。给予,赐给。

肇:开始,创始。

舆图:地图。

[4]结屋:构筑屋舍。

赠公:古代敬称官员的父亲。

人师:指德行学问等各方面可以为人表率的人。

[5]宫保:太子太保、少保的通称。

明代习惯上尊称太子太保为宫保,清代则用以称太子少保。此处指陶澍。

后以石屋名其诗:指陶澍有《印心石屋诗文集》。

[6]中外:朝廷内外。

崇朝:终朝,整个早晨。

霖雨:甘雨,时雨。比喻济世泽民。

敷:施,布。

苍黎:百姓。

[7]东南半壁:指陶澍任两江总

督。清康熙六年(1667年)后江南省虽已分为江苏、安徽两省,但统辖江苏、安徽、江西三省的总督仍称两江总督。

旋斡(wò):运转。

[8]峥嵘:不寻常。

终古:久远。

茆(máo)茨:茅茨。指简陋的居室。

[9]朅(qiè)来:犹言来。归来,来到。

枫宸(chén):宫殿。宸:北辰所居,指帝王的殿庭。此处指帝王。

昼接:"昼日三接"之省。一日之间三次接见。形容深受宠爱礼遇。

[10]嘉谋嘉猷(yóu):治国的好谋略、好规划。嘉谟:好计谋。嘉猷:治国的好规划。猷:谋略。

奏对一一符书思:按照笏板上的备忘录对答皇帝。语出《礼记·玉藻》:"将适公所,宿齐戒,居外寝,沐浴,史进象笏,书思对命。"大夫有事去宫里朝君,头一天要斋戒,独居正寝,沐浴更衣。手下小史进呈象牙笏板,大夫考虑如何对答国君,一一记在笏板上。奏对:臣属当面回答皇帝提出的问题。

[11]垂询:旧称上对下有所询问。

闾里:乡里。

诹(zōu)咨:咨诹。咨询,访问。

[12]诘朝召对他未及:指次日早晨,道光皇帝召见陶澍,别的都未谈及。诘朝:明晨,第二日。诘:犹"翌"。

召对:君主召见臣下令其回答有关政事、经义等方面的问题。

内侍:宦官。

宸翰:帝王的墨迹。

[13]稽(qǐ)首:古人行跪拜礼时叩头至地,并在地上停留一会儿。

[14]贲(bì):华美光彩貌。此处是使其华美光彩的意思。

磨崖碑:山崖石壁上镌刻的文字。

[15]擘(bò)窠:此处指擘窠书,直接书写的特大字的通称。写字、篆刻时,为求字体大小匀整,以横直界线分格,叫擘窠。擘:划分。窠:框格。

蛟螭(chī):犹蛟龙。亦泛指水族。

[16]欢噪:喧闹。

[17]邱墓:坟墓。

[18]检点厅事岂旋马:察看狭小的堂屋,仅能掉转马身。语出《宋史·李沆传》:"治第封丘门内,厅事前仅容旋马。"检点:查点。厅事:私人住宅的堂屋。

他日合筑金沙堤:疑指陶澍任两江总督的政绩。金沙堤位于杭州西湖。清雍正九年(1731年),李卫疏金沙港,在苏堤第五桥(东浦桥)西筑堤63丈,名金沙堤。清道光十年(1830年),陶澍任两江总督,与巡抚林则徐疏浚江南河流,号为数十年之利。

[19]驻跸(bì):帝王出行,途中停留暂住。

洒翰:挥笔书写。

[20]内直:在宫内值勤。

扁:古同"匾"。匾额。

封圻(qí):指封疆大吏。

[21]昌期:兴隆昌盛时期。

[22]罔恤:无忧无虑。

危疑:怀疑,不信任,疑惧。

[23]我亦堂额印心字:指作者蒋祥墀书堂上的题额也有"印心"二字。

匪石:非石,不像石头那样可以转动。形容坚定不移。

转移:改变。

[24]未成一事济一物:意思是自己身为朝廷大臣,却没有实现济民的抱负。

[25]自分:自料,自以为。

娱老:指汉疏广、疏受告老归乡,散金设宴款待故旧,欢度晚年事。

招邀:邀请。

二仲:指汉羊仲、裘仲。《初学记》卷十八引汉赵岐《三辅决录》:"蒋诩字元卿,舍中三径,唯羊仲裘仲从之游。二仲皆推廉逃名。"后用以泛指廉洁隐退之士。

题法源寺联

蒋祥墀

信修上人。

不去不来真面目,

常清常静是心源。

题解

本联录自吕铁钢、黄春和著,华文出版社 2006 年版《法源寺》第 265 页。

题沈阳书院联

蒋祥墀

地近圣居,洙泗宫墙瞻数仞[1];

基开王迹,镐丰钟鼓振千年[2]。

题解

本联录自于戮编著、农村读物出版社 2004 年版《历代咏钟对联精选》第 22 页。沈阳书院,在沈阳市中街,建于清初。

注释

[1]圣居:皇帝居住的地方。此处指沈阳故宫。

洙泗:指洙、泗二水。古时二水自今山东泗水县东合流西下,至鲁国首都曲阜北,又分为二水,洙北泗南,"洙、泗之间",即孔子聚徒讲学之所阙里。后世因以洙泗代称鲁国的文化和孔子的教泽。

宫墙瞻数仞:与"墙高数仞""数仞墙""夫子墙"同典。《论语·子张》:子贡曰:"夫子之墙数仞,不得其门而入。"春秋时子贡用被数仞高墙所围比喻孔子德业高深,不易被人认识。后因用数仞墙比喻人的学问精深。

[2]王迹:犹言王业,帝王创业的功迹。

镐丰:丰镐。西周都城名。在今西安市长安区西普渡村一带。周文王灭崇国后,在崇国腹地沣河西岸建新都丰邑,自岐山周原迁都于此。周武王即位后。又在沣水东岸与丰邑相对建镐京。武王虽迁于镐,但丰宫未改,同时使用丰、镐两京。

钟鼓:钟和鼓。古代礼乐器。

题蒋氏宗祠联

蒋祥墀

维新辉祖烈,
有谷育孙良。

题解

本联录自 2013 年版《天门市志》第 543 页。

挽戴兰芬联

蒋祥墀

重华第一元,看三锡永恩,天意方期大用[1];
复命才周月,痛四年视学,臣心未了平生。

题解

本联录自网络版"中安在线·徽文化·名人·古代名人"刊载的《天长状元戴兰芬的故事》。

戴兰芬:字畹香,号湘浦(一作湘圃),安徽天长人。清道光二年(1822年)壬午恩科状元。清道光八年(1828年)充福建乡试主考官,人称选士公平。十年,任陕甘学政,整顿学规,杜绝弊端,为人称道,以至连任。清道光十三年(1833年)迁翰林院侍读学士,上任一月卒,享年52岁。工诗。著有《香祖诗集》《望明轩诗赋》。

注释

[1]重华:旧喻帝王功德相继,累世升平。

三锡:古代帝王尊礼大臣所给的三种器物。

天意:帝王的心意。

阳春白雪赋

蒋祥墀

搜名言于宋玉,矜善对于楚襄[1]。维雄材之杰出,有雅曲之专长[2]。邀新声于黄竹,超逸调于迷阳[3]。境渐入佳,休数巴人下里[4];乐乌可已,俄焉刻羽引商[5]。奏夏不若摛春,春台游化[6];赋风还能咏雪,雪馆生凉。其为阳春也,描摩令节,点缀芳辰[7]。题翻阶之红叶,写出沼之白苹[8]。偕芳游于虎仆,延佳赏于龙宾[9]。鼓催上苑之声,林花写韵[10];吟入西堂之梦,池草生春[11]。其为白雪也,琼蕊词雕,璇霄句积[12]。赋传岁暮之篇,帖仿时晴之格。霏管下而镂青,走行间而飞白[13]。独含冷艳,风前咏絮之才[14];更得清新,灞上寻梅之客[15]。其分歌也,章匪蝉联,操殊鹄别[16]。发煦煦之丽春,逗霏霏之轻雪[17]。出韵吻而生温,清词肠而消热[18]。序宛招夫烟景,箫闻吹暖之天[19];时纵届乎炎威,弦应飞霜之节。其互歌也,气转燠寒,声通温肃[20]。倨矩句钩,同工异曲[21]。清裁三弄,春带雪而函三[22];妍逞六么,雪肖春而出六[23]。咏岭头之春小,微烘雪压之花[24];歌陇首之雪丰,已兆春耕之谷[25]。春中而赓冷调,想片雪之点洪炉[26];雪后而舞薰琴,拟和春之回阳谷[27]。于是音方袅袅,乐更陶陶[28]。春如满室,雪直飞涛[29]。艳动绮罗,赛月中之霓羽[30];点分玉屑,奏太平之琅璈[31]。鱼知此地之春,戏听层浪;鹤舞今年之雪,降集九皋[32]。看止雨于窗前,吹疑周穆[33];会起风于台上,歌肇汉高[34]。声动满坑,听惊四座[35]。操出南音,语高楚些[36]。几成古调之弹,莫觅同声之和。风微和而鼓扇,扇定称歌;水细冻而滴珠,珠原成唾[37]。春方娄尾,犹蹈厉而发扬[38];雪已回头,尚淋漓而顿挫[39]。方今治谱虞弦,乐周陈雅[40]。卷阿赋而盈廷,击壤歌而满野[41]。颂复旦以诚倾,振遏云而句寓[42]。畅韵阳之元气,凤羽来仪[43];集艳阳之宏词,蝶仙争惹[44]。志殷同调,愿鸣盛世之声和[45];才愧长言,谬附吉人之词寡[46]。

题解

本文录自鸿宝斋主人编、清光绪二十年(1894年)版《赋海大观·卷九》第32页。标题下有"以阳春白雪曲高和寡为韵"几字。

阳春白雪:战国时楚国的高雅歌曲名。宋玉《对楚王问》:"客有歌于郢中者,其始曰《下里》《巴人》,国中属而和者数千人;其为《阳阿》《薤(xiè)露》,国中属而和者数百人;其为《阳春》《白雪》,国中属而和者不过数十人而已。"李周翰注:"《阳春》《白雪》,高曲名也。"后因用以泛指高雅的曲子。

注释

[1]矜:自夸,自恃。

楚襄:指战国时楚襄王。

[2]维:表示判断,相当于"乃""是""为"。

雄材:同"雄才"。

雅曲:典雅的乐曲。

[3]邈:高远,超卓。

新声:新作的乐曲,新颖美妙的乐音。

黄竹:《穆天子传·卷五》载,周穆王往苹泽打猎,"日中大寒,北风雨雪,有冻人,天子作诗三章以哀民",首句为"我徂黄竹"。本为传说中的地名,后即用指周穆王所作诗名。其诗亦为后人伪托。

逸调:超脱世俗的曲调。

迷阳:无所用心,诈狂。

[4]巴人下里:下里巴人。古代民间通俗歌曲。下里:乡里。巴:古国名,地在今川东、鄂西一带。

[5]刻羽引商:引商刻羽。古乐律音阶有宫、商、角、徵、羽以及变徵、变宫。商声在五音中最高,称"引";羽声等较细,称"刻"。"引商刻羽",谓曲调高古、讲求声律的演奏。宋玉《对楚王问》:"客有歌于郢中者……引商刻羽,杂以流徵,国中属而和者不过数人而已;是其曲弥高,其和弥寡。"

[6]摛(chī):铺陈。

春台:春日登眺览胜之处。

游化:云游教化。

[7]描摩:当为"描摹"。

令节:佳节。

芳辰:美好的时光。

[8]翻阶之红叶:典自"红药翻阶"。南朝齐谢朓《直中书省》诗:"红药当阶翻,苍苔依砌上。"后世常用红药翻阶作为标志中书省的典故,也用于咏芍药花。

[9]虎仆:笔名。虎仆系小兽,以其尾毛制笔,故名。

龙宾:守墨之神。唐冯贽《云仙杂记·陶家瓶余事》:"玄宗御案墨曰龙香剂。一日,见墨上有小道士如蝇而行。上叱之。即呼'万岁',曰:'臣即墨之精——黑松使者也。凡世人有文者,其墨上皆有龙宾十二。'上神之,乃以分赐掌文官。"后因用指名墨。

[10]上苑:皇家的园林。

[11]西堂:泛指西边的堂屋。宋玉《九辩》有"澹容与而独倚兮,蟋蟀鸣此西堂"之句。

[12]琼蕊:玉英,玉花。

璇霙(yīng):雪花。

[13]飞白:中国书画技法。指用笔的枯笔露白书画法。最初出现在书法的用笔上,如汉魏宫阙中的题字有飞白书。后写意画发展起来讲求书法用笔,飞白被用于写意画上,以表现枯荣、虚实、速度和力度等效果。

[14]冷艳:形容素雅美好。

风前咏絮之才:据《晋书·王凝之

妻谢道韫传》,谢安家宴,天忽下雪,谢安问:"这雪像什么?"侄儿谢朗说:"撒盐空中差可拟。"侄女谢道韫说:"未若柳絮因风起。"谢安大为称赞谢道韫的这句诗。世遂称谢道韫有咏絮之才。亦泛指有写诗之才的女子。

[15]灞上寻梅之客:宋代孙光宪《北梦琐言·卷七》:"或曰:'相国(郑綮)近有新诗否?'对曰:'诗思在灞桥风雪中驴子上,此处何以得之?'盖言平生苦心也。"明程羽文《诗本事·诗思》:"孟浩然诗思在灞桥风雪中驴子背上。"后因以踏雪寻梅形容文人雅士赏爱风景苦心作诗的情致。

[16]分歌:疑指独歌、自吟。与下文"互歌"相对而言。

章匪蝉联:诗章并头尾蝉联而有上递下接。《柳亭诗话·卷十九》:诗有一题数首,次章起句即从首章结句蝉联而下者,《三百篇》后始于曹子建。《赠白马王彪》"我马玄以黄",即继曰"玄黄犹能进",凡五六见。

操殊鹤别:琴曲不同于《别鹤操》。《乐府诗集·琴曲歌舞》:"崔豹《古今注》曰:别鹤操,商陵牧子所作也。娶妻五年而无子,父兄将为之改娶。妻闻之,中夜起倚户而悲啸。牧子闻之,怆然而悲,乃援琴而歌,后人因取为乐章焉。《琴谱》曰:琴曲有四大曲,别鹤操其一也。"这是古代四大琴曲之一,弹奏恩爱夫妻被拆散的悲怨。

[17]煦煦:温暖貌。

丽春:美丽的春天。亦比喻词藻华美。

霏霏:飘洒,飞扬。

[18]韵吻、词肠:文思的形象的说法。

[19]序:时序。时间的先后,季节的次序。与下句"时"同义。

[20]互歌:疑指对歌。

燠(ào)寒:冷热。

[21]倨矩句钩:乐曲小的回环如同矩尺的直角,大的回环如同弧形的弯钩。语出《礼记·乐记》:"倨中矩,句中钩。"

[22]三弄:古曲名。即梅花三弄。

函三:谓包含天、地、人三气。

[23]六么:六幺令。唐教坊曲名,后用为词牌。幺是小的意思,因此调羽弦最小,节奏繁急,故名。

出六:花分瓣叫出。花生六瓣。此处指花开。

[24]岭头:山顶。

[25]陇首:泛指高山之巅。

[26]赓:赓诗。和诗。

[27]薰琴:舜琴。《孔子家语·辩乐解》:"昔者舜弹五弦之琴,造《南风》之诗。"后因以称颂为政清明。

阳谷:传说中的日出之处。

[28]袅袅(niǎo):悠扬婉转。

[29]直:简直。

[30]绮罗:泛指华贵的丝织品或丝绸衣服。

霓羽:霓裳羽衣。

[31]玉屑:比喻雪末。

琅璈(áo):古玉制乐器。

[32]九皋:曲折深远的沼泽。

[33]吹疑周穆:《穆天子传》有"吹笙鼓簧,中心翱翔"之句。周穆:指周穆王。

[34]歌肇汉高:汉高祖刘邦还乡,召父老纵酒畅饮,作《大风歌》。

[35]满坑:指奏乐时声音遍及各处。后用以形容盛多、充满,到处都是。语出《庄子·天运》:"在谷满谷,在坑满坑。"

[36]南音:南方的音乐。

楚些(suò):《楚辞·招魂》是沿用楚国民间流行的招魂词的形式而写成,句尾皆有"些"字。后因以楚些指招魂歌,亦泛指楚地的乐调或《楚辞》。

[37]珠原成唾:典自"咳唾成珠"。《庄子·秋水》:"子不见夫唾者乎?喷则大者如珠,小者如雾。"后以咳唾成珠比喻言语不凡或诗文优美。

[38]娄尾:最后,末尾。

蹈厉而发扬:同"发扬蹈厉"。本指舞蹈时动作的威武。后用以形容精神奋发,意气昂扬。蹈:顿足踏地。厉:颜色勃然如战色也。

[39]淋漓而顿挫:酣畅而又声调抑扬,有停顿转折。

[40]虞弦:虞,虞舜。因舜的先人在虞,所以称有虞氏,又称虞舜。后即以虞弦指琴。参见上文"薰琴"注释。

乐周:诸乐四处奏起。

[41]卷阿:《诗经·大雅》篇名。

击壤:《击壤歌》。相传帝尧时,一老者边击壤,边唱道:"日出而作,日入而息,凿井而饮,耕田而食,帝力于我何有哉?"后成为歌颂太平盛世之典。

[42]复旦:《尚书大传·虞夏传》:"日月光华,旦复旦兮。"郑玄注:"言明明相代。"意谓光明又复光明。当时比喻舜禹禅让。

过云:使云停止不前。形容歌声响亮动听。语出《列子·汤问》:"薛谭学讴于秦青,未穷青之技,自谓尽之,遂辞归。秦青弗止。饯于郊衢,抚节悲歌,声振林木,响遏行云。薛谭乃谢求反,终身不敢言归。"

句寓:疑与"寓辞"同义。寄辞,托意。

[43]凤羽来仪:语出《尚书·益稷》:"箫韶九成,凤皇来仪。"箫韶之乐演奏九遍,扮演凤凰的舞队错落相间,仪态万方。

[44]蝶仙:仙蝶。此处指彩蝶。本指栖于广东省罗浮山云峰岩下蝴蝶洞的彩蝶。相传为葛洪遗衣所化,故称。

[45]殷:盛。

同调:音调相同,比喻有相同的志趣或主张。

[46]长言:引长声音吟唱。语出《礼记·乐记》:"言之不足,故长言之;长言之不足,故嗟叹之。"光说还不够尽兴,所以就拉长声调来说;拉长声调

说还不够尽兴,所以就吁嗟咏叹起来。

吉人之辞寡:语出《易·系辞下》:"吉人之辞寡,躁人之辞多。"善良之人的言辞很少,急躁之人的言辞多。

五风十雨赋

蒋祥墀

《论衡》:"太平之世,五日一风,十日一雨。"又见京房《易候》[1]。

稽郅治之同天,睹祥光之满宇[2]。丰稔取以十千,咸登符乎三五[3]。玉烛而四时调,玑衡而七政抚[4]。纠云华旦,绘成庆霄之图[5];瑞露景星,歌入升平之谱[6]。箕毕好而攸同,阴阳和而相辅[7]。通呼吸于七十二牖,风令乘权[8];参来往于三十六宫,雨期按部[9]。抚《易候》以详占,有《论衡》之兼取[10]。

当夫铜乌树表,石燕凌空[11];光风乍转,零雨其濛[12]。风伯兼程,经番而独行遇雨[13];雨师并道,知节而入夜随风[14]。姤自天来,恰得天干之半[15];坎孚地上,适占地数之终[16]。舒再度之和飔,当过三三径里[17];洒八纮之灵澍,合消九九图中[18]。风能风人,雨能雨人[19],知天事之依乎人事;五日画石,十日画水,叹化工之具有画工[20]。

尔乃空穴初来,甘泉遥集。五桥渡乎竹园,十步滋夫兰隰[21]。摇舞蕫而蒲扇微和,滴闰芭而桐添余汁[22]。逐蜂须而飘蕊,楝候遥临[23];灌鼠耳而濯枝,槐芽乍湿[24]。吹蕡阶之荣落,望弦不爽毫厘[25];趁梅子之送迎,春夏才交九十。倘遇秋风归里,终朝赋菊一之章[26];还看宿雨洗兵,弥月咏捷三之什[27]。

是以飒尔祛尘,密如散缕。气早盛于土囊,机先蒸于础柱[28]。宴传枌社之词,祷谢桑林之舞[29]。播休和于帝舜,五弦奏夫熏风[30];洽至治于神农,旬日名为谷雨[31]。吹回列御,风输定已三周[32];洒遍嵩车,雨点如催一鼓[33]。九曲而风应节,一月之所得半赢[34];三日而雨为霖,初阳之复来待补。光泛中和尺上,几度花朝[35];兴添重九杯中,又滋菊圃[36]。应东方而入律,十旬之暇未休[37];逢大衍而占期,五沃之膏应溥[38]。皇上五福颂成,十全功具[39];瑞应祥飙,灵招甘澍[40]。鹊巢验而无违,鱼星知而不误[41]。鸣条罔虑,经林而如赴前期;破块不惊,洒道而弗离故步[42]。鼓舞合天之二十五数,余春色之几分[43];涵濡周期之三百六旬,敛神功而全度[44]。仪瞻鸡羽,相风应五雨之占[45];恩沛凤书,喜雨欣十风之布[46]。士永矢于卷阿,农争趋乎陇路[47]。自是泰交呈象,献和风甘雨之诗[48];还应大有书年,陈瑞麦嘉禾之赋[49]。

题解

本文录自某网发布的蒋祥墀书法作品照片。原件有错字、衍字,可能是后人的抄件。余丙照编、清道光七年(1827年)版《赋学指南·卷三》引用蒋祥墀《五风十雨赋》数句以为赋中名句。

注释

[1]论衡:东汉王充著。汉代主要的唯物论和无神论著作。

又见京房《易候》:指上述引自《论衡》的语句,又见于京房所著《易飞候》。《太平御览》卷十引汉京房《易飞候》:"太平之时,十日一雨,凡岁三十六雨,此休征时若之感。"

京房:字君明,东郡顿丘(今河南清丰西南)人。西汉今文《易》学"京氏学"的开创者,律学家。本姓李,推律自定为京氏。他学《易》于孟喜的门人焦延寿,以"变通"说《易》,好讲灾异,借自然界的灾异来附会朝政。

[2]郅(zhì)治:大治。

同天:谓共存于人世间。

[3]丰稔(rěn)取以十千:义同"岁取十千"。表示农业收成好。语出《诗经·小雅·甫田》:"倬(zhuō)彼甫田,岁取十千。"广阔的大田,年产粮以万数。丰稔:农作物丰收。十千:一万。极言其多。

咸登符乎三五:义同"咸五登三"。谓帝德广被,同于五帝而超于三王。三五:指三皇五帝。《史记·司马相如列传》:"方将增泰山之封,加梁父之事,鸣和鸾,扬乐颂,上咸五,下登三。"《汉书·司马相如传下》引此文,颜师古注:"咸,皆也,言汉德与五帝皆盛,而登于三王之上也。"

[4]玉烛而四时调:义同"玉烛长

调"。颂美四时气候调和,君王治理有方。玉烛:古人称四季气候调和为玉烛,并把它视为人君德美所致。

玑衡而七政抚:根据日月和五星的变化,推知人事。《尚书·舜典》:"在璇玑玉衡,以齐七政。"孔传:"七政,日月五星各异政。"孔颖达疏:"七政,其政有七,于玑衡察之,必在天者,知七政谓日月与五星也。"占星术家根据日月和五星的变化,来推测人事的吉凶祸福和王朝的兴衰更替。

玑衡:"璇玑玉衡"的简称。古代观测天体的仪器。清乾隆时有玑衡抚辰仪。

抚:顺应,依循。

[5]纠云华旦:祥云缭绕,光华照耀。化用先秦无名氏《卿云歌》:"卿云烂兮,纠缦缦兮。日月光华,旦复旦兮。"那片有着祥瑞之气的彩云是多么璀璨光明啊!它在空中轻轻浮动,舒卷自如。日月的光辉普照世间万物,一天又一天永不止息。纠:结集,连合。华旦:吉日良辰,光明盛世。

庆矞(yù):庆云、矞云,均为祥瑞云的云气。

[6]景星:大星,德星,瑞星。古谓现于有道之国。

[7]箕毕:箕与毕为二星宿名,据传箕星主风,毕星主雨。

[8]七十二牖:周明堂中的宫室。周明堂是周天子宣明政教的地方。凡朝会、祭祀、庆赏、选士、养老、教学等

大典,都在此举行。此处与下文"三十六宫"泛指宫室房屋。语出《大戴礼记·盛德》:"明堂者,古有之也,凡九室,一室而有四户八牖,三十六户,七十二牖,以茅盖屋,上圆下方。"

风令乘权:意思是风行使职权。风令:旧时以风为天地之号令,能动物通气。乘权:利用权势。倚仗权势。

[9]参:夹杂。

三十六宫:参见"七十二牖"注释。

[10]抚《易候》以详占,有《论衡》之兼取:意思是《易飞候》和《论衡》中都有据风雨推测朝政的记载。抚:占有。

[11]铜乌:铜制的乌形测风仪器。亦称相风乌。

树表:树梢。

石燕:湖南零陵山有石似燕,传说遇风雨则大石、小石相随飞舞,风雨停,仍还原为石。诗文中常借以咏雨。

[12]光风:雨过天晴之和风。其时草木鲜明光亮,故称。

零雨其濛:下着蒙蒙的小雨。语出《诗经·豳(bīn)风·东山》:"我来自东,零雨其濛。"零雨:徐徐而下之雨。

[13]风伯:神话传说中称主司刮风的天神。用以指风。

[14]雨师:古代传说中司雨的神。用以指雨。

并道:与前文"兼程"意思相同。

[15]姤(gòu)自天来,恰得天干之

半:指姤卦预示天下有风,而姤卦是个
"复筮卦",所用天干为已、庚、辛、壬、
癸、甲,是天干中的一半。

姤:姤卦。主卦是巽卦,卦象是
风。《易·姤》:"象曰:天下有风,姤。"

天干:甲、乙、丙、丁、戊、已、庚、
辛、壬、癸为十干,是中国古代用来表
示次序的符号。与十二地支配合以计
算时日。

[16]坎孚地上,适占地数之终:坎
的本义是低陷不平的地方,坎卦代表
水,而在"生成数"中,地居最末。

坎孚:坎为卦名,象征水和险难
等。孚为诚信。语出《易·坎》:"习
坎:有孚。"《象》曰:"习坎,重险也。水
流而不盈,行险而不失其信。"

地数:《周易》把数分为天数、地
数,以一、三、五、七、九等五个奇数为
"天数",以二、四、六、八、十等五个偶
数为"地数",象征阴、阳两种不同性质
的事物。古代《河图》将一、二、三、四、
五称作"生数",六、七、八、九、十称作
"成数"。其中逢单为奇数,属天;逢双
为偶数,属地。配合五行,即构成"天
一生水,地六成之;地二生火,天七成
之;天三生木,地八成之;地四生金,天
九成之;天五生土,地十成之"的关系。

[17]和飔(sī):此处指和风。飔:
飔风,即疾风。

三三径:宋杨万里《三三径》诗
序:"东园新开九径,江梅、海棠、桃、
李、橘、杏、红梅、碧桃、芙蓉九种花木,
各植一径,命曰三三径。"

[18]八紘(hóng):八方太极远的
地方。

灵澍(shù):及时雨。

九九图:九九消寒图,汉族岁时风
俗。消寒图是记载进九以后天气阴晴
的"日历",人们寄望于它,来预卜来年
丰歉。一共有九九八十一个单位,所
以才叫做九九消寒图。从冬至算起,
以九天作一单元,连数九个九天,冬天
就过去了。当时围着家眷数九亦被视
为逍遥境界。

[19]风能风(fēng)人,雨能雨
(yù)人:语出刘向《说苑·贵德》:"吾
不能以春风风人,夏雨雨人,吾穷必
矣!"我不能用和煦的春风吹拂人们,
用清凉的夏雨滋润人们,我的困窘是
必然的。

[20]五日画石,十日画水:五天画
了一块石头,十天画了一股流水。比
喻精心构思,谨慎创作。语出杜甫《戏
题王宰画山水图歌》:"十日画一水,五
日画一石,能事不受相促迫,王宰始肯
留真迹。"

化工:自然形成的工巧。与"画
工"相对。

画工:谓雕琢刻画工巧。

[21]兰隰(xí):此处指兰圃。隰:
低湿之地。

[22]摇舞萐(shà)而蒲扇微和,滴
闰芭而桐添余汁:意思是微风徐来,如
蒲扇摇舞;细雨滋润,催桐树发花。

蓂:古书上说的一种植物,叶大可做扇。

闰:通"润"。滋润。

芭:通"葩"。

[23]逐蜂须而飘蕊,楝候遥临:风中蜜蜂的须子上粘着花蕊的香粉,谷雨时节也就远道而来。

楝候:当指谷雨时节。南朝宗懔《荆楚岁时记》:"始梅花,终楝花,凡二十四番花信风。"根据农历节气,从小寒到谷雨,共八气,一百二十日。每气十五天,一气又分三候,每五天一候,八气共二十四候,每候应一种花。谷雨:一候牡丹、二候荼蘼、三候楝花。

[24]灌鼠耳而濡枝,槐芽乍湿:雨里槐树嫩芽初生,形如鼠耳。

鼠耳:谓像鼠耳朵样子。《艺文类聚》卷八八引《庄子》:"槐之生也,入季春五日而兔目,十日而鼠耳。"

[25]蓂(míng)阶:指蓂荚。传说中尧时的一种瑞草。《竹书纪年·卷上》:"(尧时)又有草夹阶而生,月朔始生一荚,月半而生十五荚,十六日以后日落一荚,及晦而尽,月小则一荚而不落,名曰蓂荚,一曰历荚。"后以此借指时光、日期。

望弦:农历初七、初八(上弦),二十二、二十三(下弦)和十五日(望)。

不爽:不差。

[26]终朝:整天。

章、什:上下文互文,指诗篇、诗歌。

[27]宿雨:前夜的雨。

洗兵:洗刷兵器。形容军队出征或告捷。典自周文王兴兵伐商,临行前遇雨,认为是上天帮助冲洗兵器和甲胄。

[28]土囊:洞穴。

机:先兆,征兆。

础柱:柱础。承柱的础石。

[29]枌(fén)社:枌榆。乡名。汉高祖的故乡。借指故乡。

祷谢:谓祷请鬼神等免去灾难。

桑林之舞:桑林,商汤时的乐曲名,配合该乐曲的舞蹈即为桑林之舞。

[30]休和:安定和平。

五弦奏夫熏风:语出《孔子家语·辩乐解》:"昔者舜弹五弦之琴,造《南风》之诗。"

五弦:古乐器。即五弦琵琶。

熏风:东南风,和风。

[31]至治:至善至美的政治。

旬日名为谷雨:十天才下的雨叫谷雨。语出《尸子》:"神农氏治天下,欲雨则雨,五日为行雨,旬为谷雨,旬五日为时雨。"谷:有善意、好意。

[32]列御:指春秋时郑穆公时列御寇。《庄子·逍遥游》称列御寇能御风而行。

三周:三度环绕。

[33]嵩车:典自"甘雨随车"。《太平御览》卷一〇引谢承《后汉书》:"百里嵩字景山,为徐州刺史。境旱,嵩出巡遽,甘雨辄澍。东海、祝其、合

乡等三县父老诉曰：'人等是公百姓，独不迁降？'回赴，雨随车而下。"谓甘雨随百里嵩车而至，以解一境之旱。后用甘雨随车比喻地方官施行德政。

[34]应节：适应节令。

[35]中和尺：唐贞元五年(789年)正月，德宗下诏，以二月一日为中和节，要求百姓彼此之间以刀和尺为礼相赠。德宗也向大臣赐尺，意味着天子对度量衡标准的掌控。

[36]重九杯：当指重九饮酒的酒杯。古人逢重九，必登高、饮酒、赏菊。

[37]应东方而入律，十旬之暇未休：化用"东风入律，百旬不休"。语出汉东方朔《海内十洲记》："臣国去此三十万里，国有常占：东风入律，百旬不休；青云千吕，连月不散。"

应东方而入律：义同"东风入律"。春风和煦，律韵协调。常用以称赞太平盛世。

十旬之暇未休：本义为十旬休暇未休。唐代官吏十天休假一次，十旬即休假日。但此处当为"百旬不休"的意思，指太平盛世，连绵不尽。

[38]逢大衍而占期，五沃之膏应溥：以大衍之数推测，天下应是沃土遍布。

大衍：《周易》蓍筮用语。"大"指至极，"衍"指演算。《易·系辞上》："大衍之数五十。"魏王弼注："演天地之数，所赖者五十也。"唐孔颖达疏引京房曰："五十者，谓十日、十二辰、二

十八宿也。"后亦称五十为"大衍之数"。今有人考"大衍之数五十"后脱去"有五"二字。《易·系辞上》称："天数二十有五，地数三十。"用这五十五个数可推演天地间一切变化。

五沃：沃土。土质肥沃的上等土壤。

溥：广大，普遍。

[39]五福：旧时所说的五种幸福。《尚书·洪范》："五福：一曰寿，二曰富，三曰康宁，四曰攸好德，五曰考终命。"

十全：乾隆帝自称所建武功的十个方面。

[40]祥飙：祥风。

甘澍(shù)：甘雨。适时好雨。

[41]鹊巢验而无违：指喜鹊营巢而出入口不会正向太岁。《说文》："鹊，知太岁所在。"《本草·四十九卷》："喜鹊营巢，开户背太岁。"太岁为古代天文学中假设星名，与岁星(木星)相应，又称岁阴与太阴。

鱼星：星宿名。有一星，属尾宿。《晋书·天文志上》："鱼一星，在尾后河中，主阴事，知云雨之期也。"

[42]鸣条、破块：语出王充《论衡·是应》："风不鸣条，雨不破块，五日一风，十日一雨。"和风轻拂，树枝不发出声响；细雨润地，不毁坏农田。旧时认为这是贤者在位，天下大治的征象。后以"风不鸣条，雨不破块"比喻社会安定，世事太平。

前期:已往的约定。

故步:旧踪,原路。

[43]鼓舞:转动。

合天之二十五数:天数,即 1 至 10 这 10 个自然数中的奇数。五个奇数相加得 25。语出《周易》:"天数二十有五,地数三十,凡天地之数五十有五。此所以成变化而行鬼神也。《乾》之策二百一十有六,《坤》之策百四十有四,凡三百有六十,当期之日。"

[44]涵濡:滋润,沉浸。

周期之三百六旬:指《乾》《坤》之策共三百六十,犹一年的日数。期:周年。

神功:神灵的功力。

全度:保全救护。

[45]仪瞻鸡羽:"仪羽"的化用。

仪羽:仪禽。凤凰的别称。凤凰来舞而有容仪,古人以为瑞应。鸡:为与下文"凤书"错综而作"鸡",实为凤。

[46]凤书:指皇帝的诏书。

十凤之布:原文为"十行之布"。据上文"五雨之占"改。

[47]永矢:发誓永远要(做某事)。

卷阿:《诗经·大雅》篇名。此处代指儒业。

陇路:田间小路。陇:古同"垄"。土埂。

[48]泰交呈象:呈泰交象。呈现天地交而万物通之象。语出《易·泰》:"天地交,泰。"谓天地之气相交,物得大通。

[49]大有书年:书大有年。书写大丰收之年。

大洪山志序

蒋祥墀

高君育亭,余故人兰圃先生子也[1]。寓书京邸,以所辑《大洪山志》属余勘定,且乞言以弁其首[2]。

忆少时试于郡[3],距洪山百里而近。三峰耸峙,宛然在目;林壑参差,隐见于烟云缥缈间。心向往之,而不及登览其胜。释褐后,备员史馆,兰圃以明经教习官学,时得接晤[4]。每酒酣耳热,为余道洪山甚详,不仅百里外望得其仿佛已也。自兰圃下世,二十余年,余宦辙久羁[5],终无游山之缘。今老矣,乃得披览育亭之书于数千里外。其体例完善,考据精博,足以资儒雅之观览,备辑乘之采择[6]。视葛稚川之记幕阜,康对山之志武功[7],古今人未必其不相及也。余虽生平未登此山,凡山川之胜概,建置之废兴,人文之钟毓[8],物产之珍奇,以及名胜之迹、幽异之事,与夫古今金石之文、风骚流览之作,靡不于几席间得之,又何必凭高陟险,身游其地,而始足快耶?

斯志也,与斯山垂不朽矣。

竟陵蒋祥墀丹林书。

题解

本文录自清道光甲午(1834 年)版《大洪山志》。

注释

[1]兰圃:高钧,字秉之,号兰圃,随州人。乡举屡荐不第,清嘉庆五年以恩贡充正黄旗教习官。

[2]弁(biàn)其首:放在卷首。

[3]郡:此处指安陆府府治,今湖北省钟祥市郢中街道办事处。

[4]释褐(hè):亦作"解褐"。脱去平民衣服。喻始任官职。后亦以新进士及第授官为释褐。

备员:充数,凑数。

明经:明清时称贡生为明经。

接晤:接近晤面。

[5]宦辙:指仕宦之路,为官之行迹、经历。

[6]輶(yóu)乘:輶轩。古代使臣乘坐的一种轻车。

[7]葛稚川之记幕阜:葛洪,字稚川,自号抱朴子,丹阳句容县(今江苏省句容县)人。东晋道教理论家、医学家、炼丹术家。他在幕阜山修炼数年,写下《幕阜山记》。幕阜:幕阜山,在湘、鄂、赣三省交界处,主峰在平江县北部。

康对山之志武功:康海,字德涵,号对山。陕西武功人。状元。所纂《武功县志》饮誉海内。

[8]钟毓(yù):"钟灵毓秀"的缩略。凝聚。指天地间所凝聚的灵秀之气。钟:汇聚,凝聚。毓:养育。

德阳新志序

蒋祥墀

"九州之志谓之《九邱》。邱，聚也，谓土地所生、风气所宜，皆聚于此书也。"说本孔安国《尚书序》[1]。刘知几称史氏流曰郡书、曰都邑簿、曰地理书[2]，后世郡邑志仿此。

我朝开国，史馆初修《一统志》，饬下礼部[3]，征天下省志及郡邑志汇送史馆，以资采择，体至重也[4]。昔余膺馆职[5]，充史馆提调兼总纂，得以备观各省郡邑志。四川《德阳县志》为吾邑别君楣所创始[6]。君以康熙九年进士二十五年任德阳令，甫三年即去任[7]。其时地广民稀，典籍缺如，搜采为难。又迫于时日，其叙述不能赅备宜也[8]。乾隆九年，吾乡安陆阚君昌言重修之[9]。二十七年，丰润周君际虞续修之[10]。皆滥觞别本，并载原序于简端[11]。有曰："纪孝子则如姜、王、辛、张，传烈女则如张、赵、阚、安[12]。人伦品概与他郡邑大相径庭[13]。"真得修志之大要[14]。今之存史馆者，是也。

嘉庆十七年，钱塘吴君经世以复修《一统志》奉文重辑[15]，盖距今二十余年矣。古闽裴淡如明府复加修纂[16]，名曰《新志》。裴君之宰德阳也，惠民爱士，素著循声[17]。凡所以裨益夫土地、维持夫风气者，靡不厘然具举[18]。如坛垣、考棚、演武厅、三造亭、节孝总坊[19]，及修祭祀礼乐器、购置书籍，皆关地方要务。因思有所纪载，以为后人续补之资[20]，并旧志之当补修与前任之宜续载者，均不可积久而归诸澌灭也[21]，于是有《新志》之作焉。其分门甚简，其汇举甚详，其考证甚精，其收录宽而不滥，较之旧志，诚焕然一新矣。抑吾思之，天地有日新之化机，人事有维新之运会[22]；旧者新之基也，新者旧之渐也[23]，后之视今亦犹今之视昔。

德阳为蜀之名区[24]。为宰者留心政典，接续而修明之[25]，俾土地益见蕃昌，风气益增淳厚[26]。则谓此志之以新补旧也可，即谓以新启新也亦可。

道光十七年丁酉季秋月上浣[27],赐进士出身、诰授通奉大夫、鸿胪寺卿、前都察院左副都御使、古竟陵蒋祥墀序并书[28]。

题解

本文录自清道光十七年(1837年)版《德阳县新志·卷首·旧序》。

注释

[1]九州之志谓之《九邱》:语出《左传·昭公十二年》疏。原文为:正义曰:"孔安国《尚书序》云:伏羲神农黄帝之书谓之三坟,言大道也;少昊颛顼高辛唐虞之书谓之五典,言常道也;八卦之说谓之八索,求其义也;九州之志谓之九丘,丘聚也,言九州所有、土地所生、风气所宜皆聚此书也。"

九邱:九丘。古书名,是传说中我国最古老的书籍之一。为避孔丘讳,将"丘"写作"邱"。

孔安国:西汉经学家。孔子十一世孙。曾向申公学《诗》,向伏生学《尚书》,并对司马迁有所传授。他从孔子住宅壁中得古文《尚书》十余篇,开古文《尚书》学派。

[2]刘知几:唐代史学家、史学理论家。他从历史编纂学的角度,将唐以前的历史著作分为"正史"与"杂著"两大类。对于"正史",又按其著作的源流分为六家,即尚书家、春秋家、左传家、国语家、史记家、汉书家。按其编纂体例,又分为"编年""纪传"二体。对于"杂著",则按内容分为"偏记""小录""家史""别传""地理书""都邑簿"等十流。

[3]一统志:记全国地理之书。宋元明清皆有。此处指《大清一统志》。

饬:古同"敕"。告诫,命令。

[4]体至重:意思是这件事至关重要。

[5]膺:担当,接受重任。

[6]吾邑别君楣:指天门人别楣。别楣于清康熙二十年(1681年)任宝坻知县,二十五年(1686年)任德阳知县。参见本书第二卷别楣《德阳县志序》注释。

[7]甫:才。

[8]赅备:完备。

[9]安陆阚(kàn)君昌言:阚昌言,湖北安陆人。进士。清乾隆九年(1744年)重修《德阳县志》。安陆:安陆郡,宋元明清为德安府。德安府辖境相当今湖北安陆、广水、应城、云梦、孝感等市、县地。

[10]丰润周君际虞:丰润人周际虞,主修清乾隆二十七年(1762年)版《德阳县志》。丰润:今唐山市丰润区。

[11]滥觞(làn shāng)别本:发端于别楣所创《德阳县志》。滥觞:本指

江河发源处水很小，仅可浮起酒杯。后比喻事物的起源、发端。

简端：书首。

[12]阍：音 yín。

[13]人伦：儒家伦理学范畴。指人与人之间的道德关系和应当遵循的行为规范。

品概：品格，气节。

[14]大要：要旨，概要。

[15]钱塘吴君经世：吴经世，字捧日，号秋樵，钱塘人。清嘉庆十二年（1807 年）任、十九年（1814 年）复任德阳知县。

[16]古闽裴淡如明府：古闽人裴淡如知县。古闽：今福建闽侯。裴淡如：裴显忠，清道光十年（1830 年）任，十三年（1833 年）、十七年（1837 年）复任德阳知县。明府：汉有以明府称县令，唐以后多用以专称县令。

[17]宰：主管、主持。

循声：指为官有循良之声。

[18]裨益：使受益。

靡不厘然具举：没有一件不兴办的。厘然：清楚，分明。

[19]坛垣：古代举行祭祀、誓师等大典用的土和石筑的高台。

[20]纪载：记载。纪：通"记"。

资：凭借。

[21]澌（sī）灭：消失干净。

[22]抑：文言发语词。

化机：变化的枢机。

运会：时运际会。

[23]渐：成长，滋长。

[24]名区：指有名之地。

[25]政典：本指治国的典章。唐代刘秩集历朝制政典之大成，撰《政典》。杜佑以此为基础，增开元礼等篇，成《通典》。此处指地方志。

修明：阐发弘扬。

[26]俾：使。

蕃昌：繁盛。

淳厚：敦厚质朴。

[27]清道光十七年：1837 年。

季秋月：秋季的最后一个月，农历九月。

上浣：唐宋官员行旬休，即在官九日，休息一日。休息日多行浣洗。因以上浣指农历每月上旬的休息日或泛指上旬。

[28]诰授：朝廷用诰命授予封号。清制，五品以上以诰命授官，故称诰授；六品以下以敕命授官，故称敕授。授：古代朝廷封典的一种。清代制度，以封典给官员本身称为授，给官员曾祖父母、祖父母、父母和妻室，存者称为封，已死的称为赠。

通奉大夫：文散官名。为从二品升授之阶。

鸿胪寺卿：官名。为鸿胪寺长官，专掌迎送宾客，册封番邦和吉凶庆吊方面的事务。正四品。

都察院左副都御使：都察院是明清时期中央负责监察的官署。清朝置左都御史（满、汉各 1 人，从一品）、左

副都御史（满、汉各 1 人，正二品）为主
官，而右都御史及右副都御史则作为
总督、巡抚的加衔。

蒋氏族谱序

蒋祥墀

家之有谱，犹之国有史、邑有乘[1]。古仁人君子不忍使其渊源之无所考、族姓之无所系，与夫后裔之无所承，而详审迟回[2]，不敢臆断之所为作也。尝考欧阳文忠谱例[3]，有曰："姓氏之来也远，上世多亡不见。谱图之法，断自可见之世[4]。"后之修谱者多宗之[5]。如我蒋氏，多引伯龄封蒋为说[6]。夫"诸侯不敢祖天子，大夫不敢祖诸侯[7]"，《礼》有明文。况功令颁示，更不宜远引致起僭越[8]。故不若欧阳氏"断自可见"之说为足据也。

吾祖公璟公自明洪武初年，由江西迁湖广竟陵华严湖殷家城着籍。至四世珪公中宣德乙卯孝廉，任四川合州训导，升泸州合江教谕[9]。瑛公以天顺岁贡任南溪主簿[10]。瓒公以沔阳籍岁贡任博野教谕。兄弟竞爽，文行卓著[11]，载在邑乘，可考而知。迄今历十有余世，族户繁衍约六百余家。其间掇科第、选明经、登仕版者，代有其人[12]。惟是世远年湮，旧传谱牒俱经销毁，仅存抄谱，未加厘定，敬宗收族之道缺如也[13]。

乾隆乙卯春，先大夫晴峰公以族中公议寄语墀曰[14]："汝孟塘叔匏系于外，簿书鞅掌[15]，无暇笔墨。修谱之事，族中皆于汝是望。"墀以事属烦难，非详细考订不可，遂迁延数年。己未秋，以父忧回籍[16]。族中复议此事，谓谱不溯所自出，终同卤莽[17]。遂促墀为江西之行。

墀按：家中旧抄云，江西蒋德璋公生陃、隆。陃公生公晃、公晁、公暄，住南昌县云团村。隆公生公景、公昂、公晟，公昂住饶州府安陆洲官团村，公景公始由饶州迁楚。又云"景一从璟，有兄弟公瑜、公

璞、公瑄同迁"等语。墀乃携抄往查,抵南昌、饶州并临江、新喻、抚州、乐安诸处搜寻。五阅月[18],见江西蒋氏得姓之祖皆同出一源,自迁徙靡常,虽同郡异县者,皆各以其迁祖为始祖。逐谱查对,支派亦不能尽合,俱无所谓德璋、隆、陃诸名。间有书迁湖广竟陵者,名既不符,时代亦不合。惟南昌丰城杨夏坊蒋家楼之谱云,八十世蕃宗公由江南常州出为丰城尉,遂家焉。由蕃宗公传十六世,有璟公、琛公。按之时代差近,惟名下空白,未详迁地。始疑公璟"公"字或为祖父通称,家中旧抄或系讹传。如安陆府旧名安陆州,讹以为江西之安陆州。竟陵之官一某团、云一某团,讹以为江西之官团、云团,依稀附会,类此甚多,然亦未敢遽断也[19]。遂将谱节录,归与族之长老共相商酌。仍本欧阳氏"断自可见"之语,以公璟公为始迁华严之鼻祖,就各房旧抄合而序之。璟祖以下五世总叙,以见源之合;六世以下分叙,以见支之分。其前河一支,则为江西同祖与公璟公先后迁楚而后复同祠者。其处旧抄载世居江西新喻,自济公宦卒,汉文、汉武由陕西行商而归,文坐贾池河,武坐贾石牌,下至乾滩驿,则当以济公为乾滩隶籍之鼻祖,而次第叙焉。至有由华严、乾滩而迁于远地者,务彼此皆有确据,始得载入。否则宁阙之,以俟参考,示无敢滥也。

世系而外,次及祠基、祠宇,昭妥侑之灵;祭品、祭田,明禋祀之典[20]。载茔域以严侵越[21],述封诰以志显扬[22],详绅士以隆奖劝[23]。他如懿行、闺范之表彰[24],宗约、艺文之罗列,凡皆谱内之所必及而未敢草率从事者,遂合族众而分任之。司监局则有某某,司参阅则有某某,司编次则有某某,司校对则有某某,司收掌则有某某,司经费出入则有某某。撰纂之事,族命,墀不敢谢,而惴惴焉恐其不逮[25]。阅一年而谱竣,虽诸人共襄之力,孰非祖若宗默为呵护以底厥成耶[26]?自今而后,庶几睹此谱者[27],咸昭然于源流根本之所自来,尊卑长幼之不可紊,相与家敦礼让,世守箕裘,肫肫乎上治旁治下治,俾百世谱牒缠绵周浃于乌可已[28],是则墀之厚望而愿与共勉者。

十四代孙祥墀浣手谨叙[29]。

题解

本文录自 1919 年版、天门市净潭乡状元村《蒋氏族谱》。原标题为《序》。

注释

[1]邑有乘(shèng):县有县志。

[2]详审迟回:周密审慎、迟疑不决。

[3]欧阳文忠谱例:欧阳修所创谱例。欧氏世系表又称横行体,为欧阳修所创。它世代分格,五世一表,人名左侧有一段生平记述,由右向左横行。

[4]姓氏之来也远,上世多亡不见。谱图之法,断自可见之世:语出欧阳修《欧阳氏序吉州庐陵县儒林乡欧桂里》:"谱例曰:姓氏之出,其来也远,故其上世多亡不见。谱图之法,断自可见之世,即为高祖,下至五世玄孙,而别自为世。"

断自可见:指以世系接续可考的始迁祖为一世祖。

[5]宗:尊崇。

[6]伯龄封蒋:周公第三子伯龄封于蒋,子孙以国为氏(见《唐书·宰相世系表》)。

[7]诸侯不敢祖天子,大夫不敢祖诸侯:诸侯是庶子,不能像天子那样拥有祖庙;大夫是庶子,不能像诸侯那样拥有祖庙。语出《礼记·郊特牲》。

[8]僭(jiàn)越:超越本分行事。

[9]孝廉:明清时对举人的美称。

训导:学官名。明清府、州、县学皆设训导,为府学教授、州学学正、县学教谕的副职。

教谕:清代府学官称教授,州学官称学正,县学官称教谕,负责教育所属生员。

[10]主簿:官名。宋以后各县知县下设主簿,为知县辅佐。

[11]竞爽:争胜。

文行:文章与德行。

[12]掇科第:科举考试登第。掇:考取。

选明经:被推选为贡生。明经:明清时称贡生为明经。

登仕版:名列仕版。指做官。仕版:记载官吏名籍的册子。也引申指仕途,官场。

[13]厘定:整理,考定。

收族:以尊卑亲疏之序团结族人。

[14]乾隆乙卯:清乾隆六十年,1795 年。

先大夫:指已故而又做过官的父亲或祖父。此处犹先父。

[15]孟塘:蒋其晖,字吉占,号孟塘。举人。知县。蒋开径第三子为蒋其暄(蒋祥墀父),第四子为蒋其晖。

蒋祥墀祖屋台基前有东西向约两百米长的卧牛形塘堰,今称孟堰。

匏系:匏瓜系而不食。旧时用来比喻不得出仕,或久任微职,不得迁升。

簿书鞅掌:谓公事烦劳。鞅掌:忙碌不停。

[16]己未:清嘉庆四年,1799年。

父忧:丁父忧。遭逢父亲丧事。

[17]所自出:指诞生圣贤的祖先。

卤莽:粗疏,轻率。

[18]五阅月:经过五个月。阅:经过,经历。

[19]遽(jù)断:马上断定。

[20]昭妥侑(yòu)之灵:彰显安置先祖亡灵的仪式。妥侑:安坐、劝饮。原文为"妥佑"。

明禋(yīn)祀之典:彰显祭祀先祖的典礼。禋祀:古代祭天神的一种礼仪。先烧柴升烟,再加牲体、玉帛等于柴上焚烧。也泛指祭祀。

[21]茔域:古指墓地。

侵越:指越界侵犯。

[22]封诰:皇帝赐给的封号。

显扬:称扬,表彰。

[23]奖劝:表彰鼓励。

[24]懿行:善行。

闺范:指妇女应遵守的道德规范。此处指遵守道德规范的妇女。

[25]不逮:比不上,不及。

[26]共襄:共同来协助。

以底厥成:以底成。以取得成功。

[27]庶几:希望,但愿。

[28]箕(jī)裘:家传的事业。参见本书第一卷陈所学《祭始祖文》注释[14]。

肫肫(zhūn):诚恳的样子。

上治旁治下治:语出《礼记·大传》:"上治祖祢,尊尊也。下治子孙,亲亲也。旁治昆弟,合族以食,序以昭穆,别之以礼义,人道竭矣。"往上端正先祖先父的名分地位,这是尊崇正统至尊。往下确定子孙的继承关系,这是亲爱骨肉至亲。从旁理顺兄弟的手足情谊,用聚食制度来联合全族的感情,用左昭右穆的族规排列辈分,用礼仪来区别亲疏长幼,人道伦常就都体现无遗了。治:正。有规矩,严整。

周浃:周匝,遍及。

[29]浣手:洗手。表示虔诚恭敬。

钟氏族谱序

蒋祥墀

吾邑之有钟氏,旧族也;钟氏之有伯敬先生,传人也[1]。先生生于明万历之朝,癸卯举于乡,庚戌登会榜,官至南礼部郎中、督学福建。与谭友夏先生相友善,故并称钟谭。自《诗归》一选,力挽王李颓波,天下文章莫大乎是[2]。而后世乃从而攻击之,何与？夫伯敬先生岂徒学不可及,即其品行,亦粹然有道之儒[3]。余尝读其《家传》,其高、曾、祖、父,世有醇行[4]。先生至性蔼然,拳拳于庭闱之间,无一事一语不可对圣贤而质衾影,非世人所得知也[5]。顾世虽攻击之,而文苑则载之,所著《史怀》则录之,《隐秀轩集》则存之,诸书评语则《四库》采之;后裔差徭则邑令谕免之;邑中钟谭合祠则春秋祀之,家庙圆通庵则志乘而永守之,先生不已足不朽与[6]？

今其族裔重纂族谱,问序于余[7]。其谱上接江右[8],分著于吾邑之华湖、皂市,支派渊源,了如指掌,何容予赞一词哉？但一仰溯先生之学与行,而不胜景行之慕[9]。即望其族裔丕承前绪,各思饬纪敦伦,守耕读而光阀阅[10],则先生之所默慰矣。

嘉庆二十五年,岁次庚辰,仲秋月,翰林院编修、嘉庆戊午科浙江副主考、都察院副都御使、同里蒋祥墀拜序[11]。

题解

本文录自1921年版、天门沔阳汉川《钟氏族谱·卷一·原序》。

注释

[1]旧族:指旧时曾有一定社会政治地位的家族。

传人:指声名留传到后世的人。

[2]王李:明代王世贞、李攀龙的并称。

颓波:比喻衰颓的世风或事物衰落的趋势。

莫大乎是:没有比这更好的。

[3]岂徒:何止。

粹然有道之儒:纯正而又明白事理的大儒。

[4]醇行:淳行。仁厚的德行。

[5]至性:多指天赋的卓绝的品性。

蔼然:温和、和善貌。

拳拳:诚恳、深切的样子。

庭闱:内舍。多指父母居住处。

质衾影:"衾影无愧"的意思。指在私生活中无丧德败行之事,问心无愧。

[6]志乘(shèng):志书。此处指载入县志。

不已:岂非。

[7]问序于余:向我要序。请我作序。

[8]江右:古人在地理上以东为左,以西为右,故江西又名江右。

[9]景行:高尚的德行。

[10]丕承前绪:很好地继承前人的事业。

饬纪:整饬纪纲。

敦伦:谓敦睦人伦。

阀阅:泛指门第、家世。

[11]嘉庆二十五年:1820年。

署名原文为"前清翰林院编修、嘉庆戊午科浙江副主考、都察院副都御使,嘉庆二十五年,岁次庚辰,仲秋月,同里蒋祥墀拜序"。

嘉庆庚辰华湖魏氏续修支谱序

蒋祥墀

魏氏,吾邑望族。先世由柏乡徙苏,至三甫公始徙豫章[1],旋徙楚。其支派之隶华湖与冠盖、龙河者,与余里居甚近,世联婚媾[2]。余总角时见其族之合浦、汇古、松棚诸君子[3],与余若兄为文社友。而余叔与松棚同试郡县,且与曙岚同游泮[4],笔墨之交,联络最久,因悉其家世最详。前明如瞻之廉使,节勋烂如,与周、陈、鲁三家后先辉映固已[5]。我朝如赓伯学博,教授平江[6],著述不愧名儒。即近若石亭、钝翁先生,文行卓然,学者多宗仰之[7]。其他硕彦宏儒,诗文彪蔚,以及忠孝节义、表表人群者[8],不可胜数,非独以族户藩衍夸盛也。

兹者魏子敬亭重纂族谱,编类成牒。时偕钝翁公冢孙体敬与余表兄薇垣[9],请序于余,余因得观全谱。读其叙跋及记事、表扬、艺苑、家规十六条、初学规、女训诸篇,并申明家规公论议举户首书,而憬然于魏族之所以盛者,胥在乎此[10]。夫世之修谱者众矣,其远引牵附、自诬其祖者无论已[11],然或谱欲聚之而势转涣,谱欲亲之而情转疏。虽有谱如无谱者,非谱不足恃,失其所以谱之意也[12]。今观魏氏之谱,而知先人之教与后人之遵其教者,实有所以谱之意存焉。以孝弟为先,以勤俭为本,以睦姻任恤为尚[13];为士者不重文艺而重品望,居官者不争爵秩而争风节[14],其旨切而近,其规严以明,其垂训婉以深,显而易晓。魏之族人,家藏一谱,朝夕披阅之,且朔望宣讲之[15],与之优游餍饫中心安焉[16],不见异物而迁焉。风俗日厚,人才益日出。吾于是不独知魏氏前此之所由盛,而并卜其后之绵绵翼翼者,有以永箕裘于无替也[17]。是为序。

题解

本文录自1918年重镌,天门冠盖、华湖、龙河《魏氏宗谱》。

嘉庆庚辰:清嘉庆二十五年,1820年。

注释

[1]豫章:古代区划名称。江西建制后的第一个名称,即豫章郡(治南昌县)。

[2]华湖:华严湖,古地名,今天门市干驿镇匡台村、马湾镇华湖村一带。

冠盖:古地名,今天门市卢市镇徐台村。

龙河:古地名,今天门市卢市镇汪台村、魏场村。旧有黄龙河,流经卢市镇北汪台、魏场一带,汉北河开挖后淤塞。

婚媾(gòu):古代婚姻的别称,又作"昏媾"。

[3]总角:古未冠(不足二十岁)男子的一种发式。古时因不剪发,儿童头发长后,于发根处把它们扎在一起,垂于脑后,则称总发。若分作左右两股,扎成两束,则称作总角。因其像两牛角而称。

汇古:魏正钰,字琢夫,号汇古,天门人。魏明寰(钝翁)长子。庠生。

松棚:魏正璧,字宝臣。魏明寰(钝翁)次子。

[4]游泮:明清科举制度,经州县考试录取为生员而入学的,称为入泮,也称游泮。泮:泮宫,即古代的学宫。

[5]瞻之廉使:魏士前,字瞻之。榆林道,按察司副使。廉使:按察使。

节勋:节操勋名。

烂如:烂然。显明灿烂之貌。

周、陈、鲁三家:指天门市干驿镇周嘉谟、陈所学、鲁铎三大家族。

[6]赓伯学博,教授平江:魏运昌,字赓伯,号敬枝、畏斋、读朱轩。清康熙乙丑(1685年)拔贡,平江教谕。崇祀乡贤。学博:清代州、县学官之

别称。

[7]石亭:魏云峰,字巨山,号石亭。贡生。被推为"赓伯传人"。

钝翁:魏明寰,字迪中,号霖九,别号钝翁。清乾隆庚午(1750年)副车(乡试中副榜者)。直隶州同知。

宗仰:推崇景仰。

[8]硕彦宏儒:常作"硕彦名儒""鸿儒硕学"。指学识渊博、造诣很高的学者。

彪蔚:文采华美。

表表:卓异,特出。

[9]冢孙:长孙。冢:长,大。

[10]憬然:清清楚楚。

胥:全,都。

[11]远引牵附:从远处引证、牵强附会。

[12]失其所以谱之意:失去修谱的宗旨。

[13]睦姻任恤:和睦亲邻、救济贫苦。语出《周礼·地官·大司徒》:"二曰六行:孝、友、睦、姻、任、恤。"睦:亲于九族。姻:亲于外亲。任:信于友道。恤:振忧贫者。

[14]文艺:指撰述和写作方面的学问。

爵秩:爵位和俸禄。

风节:风骨节操。

[15]朔望:朔日和望日。农历每月初一和十五。亦指每逢朔望的朝谒之礼。

[16]优游餍饫(yàn yù):多作"优柔餍饫"。指在从容之中体味其中的含义,得到满足。优游:从容自得。餍饫:饱食,引申为满足。

[17]绵绵翼翼:连绵不绝、有次序。

箕(jī)裘:家传的事业。参见本书第一卷陈所学《祭始祖文》注释[14]。

替:废弃,断绝。

鹄山小隐诗集序

蒋祥墀

　　吾邑诗派,自前明钟谭二先生提唱宗风[1],《诗归》一选,力洗王李颓波,天下学者靡然从之[2]。我朝文运蔚兴,百余年来,邑之媲美流风,各随其姿,学所至摘藻扬芬,以著名邑乘者所在多有[3]。而述作宏富,淹贯诸家,卓然自成一队,则有熊两滇学博焉[4]。学博少擅隽才,发名最晚[5]。自为诸生,肆力于经史子集,穷流溯源,远近士多从问字[6]。凡所居停及游历所至,每有吟咏,各成一集。忆自乙丑公车北上,携以示余,已衷然十数卷[7]。是年春闱成进士,以知县即用[8],辞不就,盖不欲以潇洒自得之怀羁绊于名缰利锁中也。随选武昌教授,自以儒官为读书本色,居之晏如[9]。武昌为会垣所在,当事钜公及各郡县诣省者,无不企慕高义,争相引重[10]。学博自礼接外,不事趋谒,日与诸生研经讲艺,纵谈樽酒[11]。闲暇则乘兴独往登黄鹤楼,看江流瀚浩,芳草晴川,入我怀抱,不觉气象万千,有撼岳阳、蒸云梦光景[12]。如是者盖又十数年,而学博之诗境进矣。乃取旧稿,益加汰择[13],汇为《鹄山小隐诗草》,得若干卷。鲍觉生、朱咏斋两学使皆为之序,并载法时帆先生评札题词[14],亦安容余之赘语哉?然余与学博里居最近,相交又最久,深知其品地之超卓、学力之深宏[15],乃得成此奥如旷如、幽渺拔俗之境,真可谓继乡先生之流派而不复落其窠臼者[16]。愿与海内士共质之[17],而不得私为一乡一邑之美也。于是乎书。

嘉庆戊寅仲春[18],愚弟蒋祥墀顿首拜撰。

题解

本文录自熊士鹏著、清嘉庆乙亥(1815 年)版《鹄山小隐诗集》。

注释

[1]钟谭:指钟惺、谭元春。

提唱:提倡。

宗风:文学艺术各流派独有的风格和思想。

[2]王李:明代王世贞、李攀龙的并称。

颓波:比喻衰颓的世风或事物衰落的趋势。

靡然从之:谓群起效法。

[3]流风:前代流传下来的风气。

多指好的风气。

擒(chī)藻:铺陈辞藻。意谓施展文才。

扬芬:扬名。

邑乘(shèng):县志,地方志。

[4]述作:指著作,作品。

淹贯:深通广晓。

熊两溟学博:熊士鹏,字两溟。学博:清代州、县学官之别称。

[5]少擅隽才:少时才智出众。

发名:扬名。

[6]肆力:尽力。

经史子集:古代文献的总称。本指我国传统图书分类的四大部类。经部包括儒家的经典和小学方面的书。史部包括各种历史书和某些地理书。子部包括诸子百家的著作。集部包括诗、文、词、赋等总集、专集。

问字:据《汉书·扬雄传》载,扬雄多识古文奇字,刘棻(fēn)曾向扬雄学奇字。后来称从人受学或向人请教为问字。

[7]公车:古代应试举人的代称。汉代应举之人均用公家车马接送,后便以公车作为入京举人的代称。

裒(póu)然:汇集。

[8]春闱:唐宋礼部试士和明清京城会试,均在春季举行,故称春闱。

即用:清代铨选官员有即用之制。谓遇缺即可补用。

[9]教授:清代府学官称教授,州学官称学正,县学官称教谕,负责教育所属生员。

晏如:安定,安宁,恬适。

[10]会垣:省城,都市。

当事:当权者。

钜公:指权贵。

引重:标榜,推重。

[11]诸生:明清两代称已入学的生员。俗称秀才。

纵谈樽酒:一边毫无拘束地谈论,一边喝酒。

[12]撼岳阳、蒸云梦:语出孟浩然《望洞庭湖赠张丞相》:"气蒸云梦泽,波撼岳阳城。"云梦泽水汽蒸腾,岳阳城受到洞庭湖波涛的摇撼。

[13]汰择:挑选。

[14]学使:学政的别称。明清派驻各省督导教育行政及主持考试的专职官员。

评札:书评札记。

[15]品地:品格。

[16]奥如旷如:深邃幽僻与空旷辽阔。风景分为旷奥的想法最早见于柳宗元的《永州龙兴寺东丘记》:"游之适,大率有二:旷如也,奥如也,如斯而已。"这是风景旷奥概念的雏形。

幽渺拔俗:深幽而微小、超出凡俗。

乡先生:古时尊称辞官居乡或在乡教学的老人。此处指篇首"钟谭二先生"。

[17]质:评断。

[18]嘉庆戊寅:清嘉庆二十三年,1818年。

雀砚斋诗集序

蒋祥墀

　　莲涛先生文名素著,不以诗鸣者也[1]。尝从各督学试牍见所为括帖诸作,而古今体未之或见[2]。

　　余与先生居隔百余里,而不同郡。幼少握晤,乡会科又互为后先[3]。己未谒选都门,始订交[4]。自出宰黔阳,七千里云树迢遥,尺素偶通,寸悃莫达[5]。逮赋闲后十年,乡邦学者尊如山斗[6]。而余又久羁京邸,良觌莫由[7],求其著作一读不可得。兹冬读礼回籍,先生适应王邑侯修志之聘,图史随身[8],好学不倦。纂辑之余,颐情吟咏[9]。因出其诗集三卷,属序于余[10]。

　　余维今之以诗鸣者,往往写其抑郁不平之气[11]。或吟风啸月,自托于高人达士,放荡不羁,而不必有所为真性情者。虽欲以诗自鸣,而先失其所以鸣之本,其鸣犹弗鸣也。先生少以颖异之才,读书万卷,每属文辄为当代巨公所称许[12]。知己之感,复注于楮墨间[13]。虽未获珥笔词馆和其声以鸣盛,而以名进士作循良吏[14]。自出山以至归田,凡获上信友,爱民取士,忆家训后[15],与夫山川景物,流露于赠答题咏者,无不清新古淡,语语从肺腑中达出。其真朴如乐天诗,老妪可解;而典核又如工部诗,无一字无来历[16]。反复读之,想见古人忠爱之遗意焉[17]。先生虽不以诗鸣,而先生之诗超矣,先生之学粹而品峻矣[18],何必以诗鸣,又何必不以诗鸣哉？是为序。

　　愚弟蒋祥墀拜手[19]。

题解

　　本文录自清张锡毂著、清嘉庆己卯(1819 年)版《雀砚斋诗集》。张锡毂,字莲涛,沔阳(今属洪湖市曹市镇)人。清乾隆五十四年(1789 年)己酉科进士。曾任贵州开泰县知县、黄平州知州。

注释

[1]鸣:闻名,著称。

[2]督学:督学使者。学政的别称。明清派驻各省督导教育行政及主持考试的专职官员。也称学使。

试牍:试卷。

括帖:帖括。泛指科举应试文章。明清时亦指八股文。

古今体:诗体名。古体诗和今体诗。古体诗:对近体诗而言。形式有四言、五言、七言、杂言等,不要求对仗,平仄与用韵比较自由。后世使用五言、七言者较多。今体诗:对古体诗而言,亦称近体诗。凡五七言律、排律、律绝,皆属今体,形成于唐代。

[3]握晤:握手晤面。

乡会科:指乡试、会试。

[4]己未:清嘉庆四年,1799 年。

调选:官吏赴吏部应选。

订交:谓彼此结为朋友。

[5]出宰:由京官外出任县官。

云树迢遥:语出杜甫《春日忆李白》:"渭北春天树,江东日暮云。"当时杜甫在渭北,李白在江东。诗句假借云树表达思念的感情。指亲友分隔在遥远的两地。

尺素:古人以绢帛书写,常长一尺许,故称写文章所用的短笺为尺素。亦用作书信的代称。素:白色的生绢。

寸悃(kǔn):诚心。

[6]逮:到。

赋闲:罢官闲居、失业无事。

乡邦:指同乡的人。

山斗:泰山北斗。比喻德高望重或有卓越成就而为人们所尊重敬仰的人。

[7]久羁京邸:长期滞留京城。

良觌(dí)莫由:没有机会欢聚。

[8]读礼:古人守丧在家,读有关丧祭的礼书,因称居丧为读礼。

应王邑侯修志之聘:指张锡毂应天门知县王希琮之邀,纂修《天门县志》。

图史:图书和史籍。

[9]颐情:涵养性情。

[10]属(zhǔ)序于余:请我作序。

[11]今之以诗鸣者,往往写其抑郁不平之气:化用韩愈《送孟东野序》语句:"大凡物不得其平则鸣。""乐也者,郁于中而泄于外者也。择其善鸣者而假之鸣。"

[12]属(zhǔ)文:写作。谓连缀字句而成文章。属:缀辑,撰著。

巨公:大师,大人物。

[13]楮(chǔ)墨:纸墨。

[14]珥笔词馆:此处泛指文学侍从之臣。珥笔:史官、谏官或近臣侍从,把笔插在帽子上,以便随时记录。珥:插。词馆:翰林院。

和其声以鸣盛:语出韩愈《送孟东野序》:"抑不知天将和其声而使鸣国家之盛邪?"不知道上天要使他们的声音和谐,而使他们为国家的兴盛发出声音呢?

循良吏:奉公守法的官吏。

[15]获上信友:取重于上面,取信于朋友。语出《中庸》:"获乎上有道:不信乎朋友,不获乎上矣。"

忆家训后:眷顾家庭,教育子孙。

[16]真朴如乐天诗,老妪可解:白居易作诗,力求浅白,老妪能解。真朴:纯真朴实。

典核又如工部诗,无一字无来历:杜甫作诗,句句用典。典核:典雅而确实。无一字无来历:古代诗学概念。

语见黄庭坚《答洪驹父书》:"自作语最难,老杜作诗,退之作文,无一字无来处。盖后人读书少,故谓韩、杜自作此语耳。"

[17]遗意:前人或古代事物留下的意味、旨趣。

[18]学粹而品峻:学术精通而又品行高洁。

[19]拜手:古人行跪拜礼时两手相拱,低头至手。因头不至地而至手,故曰拜手。

史疑序

蒋祥墀

士不读史,无以处事;不具读史之识,亦无以读史。

吾邑前明钟伯敬尝著《史怀》[1],本朝彭石浪谷叟复著《史疑》,皆读史之大关键也。《史怀》起春秋、国语,迄两汉、三国。上下数百年之间,剖析微芒,要皆举其大纲,比人缀事,自出其明心慧眼而论断之,其大旨在有益于经世[2],而不屑为文士之学。《史疑》则自唐虞夏商周[3],以逮唐宋元明,其时代较备,其条举较多。而其立论则撼其独解新机、奇情冷趣[4],发前人所未发,论史而不徒取证于史。其取义与《史怀》各殊,而实足与《史怀》并存也。顾钟谭并显于世,著述流传甚夥[5]。《史怀》详《明史·本传》,大江南北,家藏一帙。而《史疑》则无传者,盖石浪为当时逸叟[6],闭户著书,销声灭迹,不以传世为心者,至今里居、名字莫得而考。兹于旧友李茂才见瑞家得见抄本,并云有《史疑》二集,其一集无传。然观此集,已可想见其一集,并可想见其生平全集与其人也。嘻! 石浪传矣。

嘉庆二十五年桂月朔八日,邑人蒋祥墀序[7]。

题解

本文录自彭石浪著、清末刻本《史疑》。彭石浪,字上征,天门市麻洋镇人。清康熙年间在世。

注释

[1]钟伯敬:钟惺,字伯敬,号退谷。

[2]微芒:微茫。隐秘暗昧,隐约模糊。

比人缀事:比照人物缀合史事。

经世:治理国事。

[3]唐虞:尧舜。

[4]摅(shū):抒发,表达。

[5]夥(huǒ):多。

[6]逸叟:遁世隐居的老人。

[7]嘉庆二十五年:庚辰,1820年。

桂月:指农历八月。其月桂花盛开,故称。

朔八日:初八日。

续同书序

蒋祥墀

蝉不知雪,以所不睹不信人也;井蛙不可语海,拘于墟也[1]。天地古今之大,载籍之繁[2],一事而屡见,一言而叠出,每人而同名,异地而同称,知一而不知二为陋,知九而不知一亦为陋,此司马温公所以有"书有未曾经我读"之叹也[3]。

长白福禹门大理初官翰林,留心搜讨,纂辑甚富[4]。寻由坊阶擢卿职,趋公之暇,不废铅椠[5]。凡史鉴诸书[6],无不博览。而于事之相同者,另加标识[7],仿前人同书旧本,为《续同书》之抄。其征引甚详,其考核亦晰,使人展卷读之,如入五都之市,百宝烂然[8],直如得未曾有,良可喜也。昔张燕公初苦性不能记,后得绀珠一枚,过目不忘,遂成鸿儒,为一代大手笔[9]。禹门即日综核典要,晋掌文衡,为天下士林所瞻仰[10]。凡有所投,入目瞭然。悔读《南华》之讥[11],吾知免矣。而观其好学之心,亹亹不倦[12],方将推而广之。同之外更有同,同之中更有其不同。加以折衷提要之功,得于心而征于事[13],所以赞谟猷而佐升平者,胥基于此[14]。读书之用,其有既乎[15]?

道光二年壬午正月望后[16],竟陵蒋祥墀序。

题解

本文录自福申辑、清道光万时若等刻本《续同书》。见北京出版社 2000 年版《四库未收书辑刊》(影印本)拾辑拾壹册第 533—834 页。

注释

[1]蝉不知雪,以所不睹不信人也:语出桓宽《盐铁论·相刺》:"以所不睹不信人,若蝉之不知雪。"因为不是自己所见过的,所以就不相信别人,这就如同知了不知道雪一样。

井蛙不可语海,拘于墟也:语出《庄子·秋水》:"井蛙不可以语于海者,拘于虚也。"井底的青蛙不可以同它谈大海的事,这是因为受到地域的局限。墟:本字为"虚"。场所。

[2]载籍:书籍,典籍。

[3]司马温公:司马光。司马光卒后追赠温国公,故名。

书有未曾经我读:意思是即使读书万卷,依然无法遍读天下典籍。有人认为这句话为欧阳修所言。

[4]长白福禹门大理:福申,字保之,号禹门,满洲正蓝旗人。进士。曾任大理寺卿。官至都察院左副都御史、内阁学士兼礼部侍郎衔。长白:地名。

搜讨:搜寻,访求。

纂辑:编集。

[5]寻:不久,接着,随即。

由坊阶擢卿职:指嘉庆二十五年(1820 年),福申由詹事府詹事升大理寺卿。坊指春坊,清朝詹事府置左右春坊。

趋公:行走于公府。指忙于公差。

铅椠(qiàn):古人书写文字的工具。铅:铅粉笔。椠:木板片。

[6]史鉴:泛称史籍。《史记》与《资治通鉴》为我国史书代表著作,故用二者为我国史籍的代称。

[7]标识:标明,做出标志。

[8]五都之市:指汉代仅次于长安的洛阳、邯郸、临淄、宛、成都五大城市,因此泛指大城市。

烂然:显明灿烂之貌。

[9]张燕公初苦性不能记,后得绀(gàn)珠一枚,过目不忘:典自"绀珠"。相传唐开元间宰相张说有绀色珠一

颗,或有遗忘之事,持弄此珠,便觉心神开悟,事无巨细,焕然明晓,因名记事珠。见五代五仁裕《开元天宝遗事·记事珠》。后因以比喻博记。玄宗时张说被拜为中书令,封燕国公。

鸿儒:大儒。泛指博学之士。

大手笔:称工于文辞有大成就的人。

[10]综核:谓聚总而考核之。

典要:重要的典籍。

文衡:科举考试以文章试士取士,评文如以秤称物,故曰文衡。

士林:指文人士大夫阶层、知识界。

[11]悔读《南华》:宋计有功《唐诗纪事·温庭筠》:"令狐绹(táo)曾以旧事访于庭筠,对曰:'事出《南华》,非僻书也。或冀相公燮理之暇,时宜览古。'绹益怒,奏庭筠有才无行,卒不登第。庭筠有诗曰:'因知此恨人多积,悔读《南华》第二篇。'"后以悔读《南华》为慨叹学识渊博而不为人所容的典故。

[12]亹亹(wěi)不倦:形容兴趣盎然,毫不感到厌倦。亹亹:同"娓娓"。不倦的样子。

[13]折衷:指调和不同意见或争执。

提要:摘出要领。

征:证明,证验。

[14]赞谟猷:以谋略相助。

胥:全,都。

[15]既:穷尽,终尽。

[16]道光二年:1822年。

望后:望日之后。农历十五日为望日。

陈清端(陈瑸)诗集叙

蒋祥墀

昔余厕职史馆,每览粤东《陈清端公传》,知公以清操介节受知圣祖[1],以为古人中亦不可多得,辄心向往之。今观丁瑶泉司马所编诗集、年谱,益叹公之清介[2],虽本天性,亦其学力有以成之也。

公自束发受书,博通经史[3]。既而教读四方,手披口吟,寒暑无间[4]。其学以濂溪为宗,《太极》《西铭》等书须臾未尝离,盖留心理学者甚专[5]。至成进士、登仕版[6],年已四十余矣。夫有理则无欲[7],无欲而后可以有为。故自为令以至开府,其所施为无不求合于理而出于至诚[8]，未尝有惊世骇俗之事。而相时度势，凡有裨国计民生[9]，必竭力为之，而无所留余。其精审处至于毫发无憾[10]，而复不失之琐碎。传所谓"治举大纲不为烦苛"者，非无所本而然也[11]。用能上膺主知，生荷非常之褒嘉，殁受逾格之锡予，天下后世未有不闻风而兴起者，尚何待以诗存哉[12]？然存公之诗，亦足征公之学与公事业之所自出，且见公之敦笃伦常，眷怀桑梓，拳拳于师友者，无非出于至性至情，非徒事业之彪炳史册已也[13]。至于诗之力宗古法与不必绳束于古，具见于司马叙中，而不之赘云[14]。

道光二年壬午冬至日，竟陵蒋祥墀叙[15]。

题解

本文录自陈瑸(bīn)著、丁宗洛编注，清道光四年(1824 年)版《陈清端诗集》。

陈瑸：字文焕，号眉山，广东海康(今雷州)人。清康熙三十三年(1694 年)进士。福建巡抚、闽浙总督。明清岭南三大清官之一。深研宋儒理学著作。卒后追授礼部尚书，谥清端。

注释

[1] 厕职：谦辞。混杂于某职位。厕：杂置，参与。

史馆：国史馆，为翰林院附属机构。

粤东：广东省的别称。

清操：高尚的节操。

介节：刚直不随流俗的节操。

受知：受人知遇。

圣祖：康熙皇帝的庙号。

[2] 丁瑶泉司马：丁宗洛，字正叔，号瑶泉，雷州市调风镇调铭村人。清代学者。清嘉庆十三年(1808 年)举人。嘉庆二十四年(1819 年)，选授山东济宁州同知，历署昌邑、乐陵、曲阜等县事。司马：后世称府同知曰司马。

清介：清正耿直。上文"清操介节"的省略。

[3] 束发：古代男孩成童时束发为髻，因以为成童的代称。

受书：谓接受文化教育。

博通：广泛地通晓。

经史：经籍、史书。

[4] 教读：教书。

披：翻开，翻阅。

无间：没有空隙。

[5] 濂溪：指北宋理学家周敦颐。濂溪本为水名，源出今湖南道县西都庞岭，东北流入沱水。周为道县人。

学者称为濂溪先生,并称其学派为濂溪学派。

太极:指周敦颐撰写的哲学著作《太极图说》。该书由《太极图》和《说》组成。

西铭:北宋张载著。原为《正蒙·乾称篇》的一部分。

理学:又称"道学"或"宋明理学"。宋明时期的儒家哲学思想,中国古代哲学发展的最后和最高阶段。

[6]登仕版:名列仕版。指做官。仕版:记载官吏名籍的册子。也引申指仕途,官场。

[7]有理则无欲:有天理则无人欲。宋代理学家把"天理"解释为封建的伦理纲常,"人欲"解释为人的生活欲望,并认为二者不容并立。

[8]为令:做县令。

开府:古代指高级官员(如三公、大将军、将军等)成立府署,选置僚属。

施为:作为。

至诚:极其真挚诚恳的心意。

[9]相时度势:观察时机,估计其发展趋向。

裨:补助。

[10]精审:精密确实。

[11]治举大纲不为烦苛:陈瑸理政,会抓住事情的关键,不崇尚繁杂严苛。《清史稿·列传六十四·陈瑸传》:"瑸为治,举大纲,不尚烦苛。"烦苛:繁杂苛细。多指法令。

非无所本而然:并不是没有依据才这样。

[12]用:因此。

上膺主知:承受当今皇上知遇。

褒嘉:褒奖。

逾格:破格。

锡予:赐给。

兴起:因感动而奋起。

何待:用反问的语气表示不须、用不着。

[13]征:证明,证验。

自出:出自。

敦笃:敦厚笃实。

伦常:本指封建伦理道德。此处指天伦,指父子、兄弟等天然的亲属关系。

眷怀:眷顾,关怀。

桑梓:语出《诗经·小雅·小弁》:"维桑与梓,必恭敬止。"看到桑树梓树林,恭敬顿生敬爱心。因桑梓为父母所种,故应恭敬。东汉以来一直以桑梓借指故乡或乡亲父老。

拳拳:诚恳、深切的样子。

至性至情:淳厚的性情,特指孝敬至亲的感情。

非徒:不仅,不但。

[14]司马叙:指篇首提到的"丁瑶泉司马"所作的序。

不之赘:"不赘之"的倒装。不赘:不说多余的话。书信结尾的套语。意谓不再多言。

[15]道光二年壬午:1822年。原文为"道光壬午二年"。

447

归田稿序

蒋祥墀

　　岁癸未春，兰陔大令书来，以请假归里告，并赍其诗文六卷请正于余[1]。余骇然曰："兰陔固工于文而非工于诗者也，且工于时文而非工于古文者也[2]。"及取而诵之，诗专咏史，自春秋以逮汉唐[3]，无所不备。较之前贤李西涯，古史乐府体裁虽不同，而评断差足相仿[4]。文亦多论古之作，卓识伟词多出心得[5]，以真挚之气行之。乃叹兰陔性情本深、蓄贮又厚，一变制举之业，便登著作之林，不繁绳削而自与合[6]。加之学与年进，阅历多而识解愈老，故能吐纳如此[7]。自其补官郏邑，廉静仁慈[8]，有古良吏风。不数年，调补繁区大吏，业以贤能上于朝[9]。余方盼其入都瞻对，仰荷宸褒，俾之大展所长[10]，为一时栋梁之寄，胡为乎一声归去，辄毅然不可复留耶？

　　噫！余与兰陔别，忽忽将十五年[11]。计其岁，甫及五十耳[12]。《礼》云："五十服官政[13]。"又云："七十而致仕[14]。"然则兰陔他日东山再出，余固不能无后望焉。而其诗与文，无论仕与不仕，充其孜孜不已之心，自当愈积愈多而愈精，有不能量其所至者，此六卷固其嚆矢也夫[15]。

　　赐进士出身、太常寺卿、通家生蒋祥墀叙[16]。

题解

本文录自孙珩著、清道光丁酉（1837 年）刻本《归田稿》。

孙珩，字汝苘，号兰陔，福建惠安人。清嘉庆十四年（1809 年）进士。河南郏县知县，调商丘知县，后以循政举荐知州。清道光二年（1822 年）引疾归里。

注释

[1]癸未：清道光三年，1823 年。

大令：古时县官多称令，后以大令为对县官的敬称。

赍（jī）：带着。

请正：请求指正。

[2]骇然：惊讶的样子。

时文：时下流行的文体。旧时对科举应试文体的通称。

古文：文体名。原指先秦两汉以来用文言写的散体文，相对六朝骈体而言。后则相对科举应用文体而言。

[3]逮：到。

[4]李西涯：李东阳，字宾之，号西涯。

评断：评判裁断。

差足：略可，尚可。

[5]伟词：壮美瑰丽的文词。

[6]制举：以制科取士称制举。此处指科举。

不繁绳削而自与合：言创作诗文不需要加以纠正或修改，自然合于规矩。语出韩愈《樊绍述墓志铭》："其富若生蓄万物，必具海含地负，放恣横纵，无所统纪，然而不烦于绳削而自合也。"绳削：指木工弹墨、斧削。引申指纠正，修改。

[7]吐纳：指发声。

[8]补官：补授官职。

郏(jiá)邑：河南郏县。

廉静：谓秉性谦逊沉静。廉：品行端正。

[9]繁区：事务繁重的地方。

业以贤能上于朝：已经在考察中列为贤能而上奏于朝。

[10]瞻对：朝见奏对。

仰荷：敬领，承受。

宸(chén)褒：帝王的褒奖。

俾：使。

[11]怱怱：倏忽，急速貌。

[12]甫：才。

[13]五十服官政：五十而作官从政，主管部门行政事务。语出《礼记·曲礼上》："五十曰艾，服官政。"五十岁为艾，主管部门行政事务。

[14]七十而致仕：七十岁辞去官职。语出《礼记·曲礼上》："大夫七十而致事。"大夫一级的官员到了七十岁，就要把职务上交而退休。致仕：古代官员年老或因病交还官职，辞官退居，犹近世之退休。

[15]孜孜不已：勤勉从事，努力专一，不肯停息。

嚆(hāo)矢：响箭。因发射时声先于箭而到，故常用以比喻事物的开端。犹言先声。

[16]太常寺卿：官名。为太常寺长官，专司祭祀礼乐。金元明清，太常卿一般为正三品或从三品，列各寺卿之首。

通家生："通家友生"的省略。通家：世交。友生：师长对门生自称的谦词。

小罗浮草堂古文全集序

蒋祥墀

壬午岁杪,梁子柱臣同门以吾师鱼山先生文集见示,且言先生诗集与所临所书各帖刊行已久,前后续得文集九卷,将以付梓,并代嗣君士镳属墀为序[1]。墀惟甲辰春闱叨出先生房荐,后虽亲炙有日[2],恨未获窥悉先生之德,又何敢以序先生之文?然景仰私衷,不能自已,用忆素所聆训与梁子所称述者一扬榷之[3]。

窃思古称三不朽:立功、立德、立言[4]。惟言本于德,方为有德之言,而著之文则尤不可袭取者。先生植品端醇,自居乡以迄登朝,处己接物,动循矩矱[5]。其才识渊博,研史穷经,无不融贯,而不为章句之学[6]。顾先生学深道重,仍复平易近人,不稍作睥睨状[7],学者皆尊师之。凡所讲说,必以躬行实践为勖,力辟元虚之旨,真有德者气象也[8]。经师人师,夫谁间焉[9]?故其发而为文,以胸中实得之理,穷流溯源。下笔辄数千言,无汗漫艰深之患,俾学者相悦以解[10]。如卷首所登经论诸作,足以羽翼经传不浅[11]。其他序传、碑记、铭跋等篇,质而实,简而括[12],宛转而周详。其气熊熊,真汉唐之笔墨软[13]!昔史公得江山之助,今先生遍游五岳,其殆是矣[14]。又闻先生题赠亡友,必衣冠起立,朗诵一过,如与其人对揖,则先生之不苟为文可知。至乡约及书院规条与各杂著,文笔驰纵正大,率皆切当简明[15],有裨风俗、学术,实可遵行不易者。况先生孝友,尤古所难。殁后乡人呈请从祀乡贤[16],朝廷允之。先生之德足不朽矣,岂复以立言重哉?然即其文以概其言,洵为有德之言,非世人之所为剿袭雷同、无关风教者可语[17]。然则斯集之传,固当与先生之诗及其书法并垂千古也夫,先生其真古人哉!

时道光三年癸未夏四月上浣,太常寺卿、国子监祭酒、受业蒋祥墀谨序[18]。

题解

本文录自冯敏昌著、清道光丙午(1846 年)刻本《小罗浮草堂文集》。

小罗浮草堂文集《冯敏昌文集》。冯敏昌,字伯求,号鱼山,钦州人。清乾隆戊戌进士。刑部主事。冯敏昌是清代中期粤地著名诗人,在岭南诗坛的地位比较突出,与张锦芳、胡亦得并称"岭南三子"。

注释

[1]岁杪(miǎo):年底。

同门:同出一师门下的同学。

见示:敬辞。对方把某物给自己看。

嗣君:称别人的儿子。

属(zhǔ):古同"嘱"。嘱咐,托付。

[2]惟:想,考虑。

甲辰:清乾隆四十九年,1784 年。

春闱:唐宋礼部试士和明清京城会试,均在春季举行,故称春闱。

叨:犹忝。表示承受之意。常用作谦辞。

房荐:科举考试房官所推荐之文卷。

亲炙:亲自受熏陶、教益。炙:火烤肉。比喻熏陶。

[3]私衷:内心。

用:因此。

称述:称扬述说。

扬榷:商榷,评论。

[4]立功、立德、立言:语本《左传·襄公二十四年》:"(穆叔曰:)大上有立德,其次有立功,其次有立言。"

[5]植品:树立人品,培植好品行。

端醇:端正纯厚。

登朝:进用于朝廷。

处己:对待自己。

接物:谓与人交往。

矩矱(yuē):规矩法度。矱:尺度。

[6]章句之学:分析古书章节句读的学问。

[7]睥睨(pì nì):斜视。有厌恶、傲慢等意。

[8]勖(xù):勉励。

元虚:玄虚。使人摸不透的花招、手段。因避清康熙帝玄烨名讳改。

气象:气度,气局。

[9]经师:泛指传授经书的大师或师长。

人师:指德行学问等各方面可以为人表率的人。

间:参与。

[10]汗漫:形容漫游之远。

俾:使。

[11]羽翼:辅佐,维护。

经传:儒家典籍经与传的统称。传是阐释经文的著作。

[12]质而实:质实。语言平直。

简而括：简括。简要而概括。

[13]汉唐：汉代和唐代。因两代的文治武功都很盛，故常常并称。

[14]史公：指司马迁。

殆：大概，几乎。

[15]驰纵：松弛不收。

正大：雅正弘大。

率皆：都是。

切当：贴切恰当。

[16]从祀：附祭。孔庙祭祀以孔子弟子及历代有名的儒者列在两庑一体受祭，称为配享从祀。

乡贤：地方上有才德与有声望的人物。

[17]洵：诚然，确实。

剿袭：剽窃，抄袭。

风教：指风俗教化。

[18]道光三年：1823 年。

受业：弟子对老师自称受业。

印心堂制义自叙

蒋祥墀

时文为应制作也[1]。售世之文，若欲皆可传世，恐场中仓猝，既未易构，而衡文者所学与所好各殊，安能一律绳之[2]？然谓传世之文必不可售世，则既失古人创为制义之旨，又未免渺视司衡[3]，而概欲降格相从，以苟投时好，致文风愈趋于下，即士习益流于卑，甚非朝廷以文取士之意[4]。而其所为传世者，又必求为简短幽深之作，自出新意，谓如此而后传，吾未见其真能传矣。

夫制义代圣贤立言，总在发挥题理，摹写题神，按切题位[5]。以意为主，而以词辅之。有宜专用意者，用词则痴拙[6]；有宜兼用词者，无词则空疏[7]。而意与词又必运之以气，无气则如泥塑木偶，生趣索然。昌黎所谓"气盛则言之长短与声之高下皆宜"者也[8]。

余性鲁钝，年十二癸巳始学为文[9]。至己亥、庚子[10]，略识理绪，文始就范，而可存者究少。辛丑游泮，至庚戌成进士[11]，九年中所作皆为人拾去。通籍后偶课读拈笔[12]，亦无多篇。己卯丁忧回籍[13]，搜寻旧稿，十得一二。辛巳复抵都，三年来闲居课孙，时有所作，聊以遣兴而已[14]。自揣生平，幸以文博科第，究碌碌无所表见，殊愧因文见道之学[15]。而自少至老，几经辛苦。昌黎诗云："可怜无益费精神，有似黄金掷虚牝[16]。"深用自悔而又不忍尽抛之，因汇集若干篇，并叙吾所以论文之概[17]，以印之知心者，而不复计其为传世、为售世云。

道光四年甲申二月上浣，印心堂主人自识[18]。

题解

本文录自蒋祥墀著、清道光癸卯（1843年）重镌、南京图书馆藏《印心堂制义》。原题为《自叙》。

印心堂制义：蒋祥墀撰，为自撰八股文集。印心堂：蒋祥墀书堂名。制义：即八股文。

注释

[1]时文：时下流行的文体。旧时对科举应试文体的通称。

应制：特指应皇帝之命写作诗文。亦以称其所作。

[2]售世：犹行世。流行于世。

场中：指科举考场上。

衡文：品评文章。特指主持科举考试。

绳：衡量。

[3]渺视：小看，轻视。

司衡：负责评阅试卷。

[4]降格相从：降低标准，顺从别人。

以文取士：明清时，政府用考试八股文取士方式给予士人功名，选拔官吏的科举制度。取士：选取士人。

[5]代圣贤立言：科举时代，考试规定用八股文，题目出自《四书》《五经》，但要用古人思想行文，并且只能根据几家指定的注疏发挥，绝对不许有自己的见解。故称"代圣贤立言。"语出方苞《进四书文选表》："而况经义之体，以代圣人贤人之言。"立言：指著书立说。

题理：指文章各部分的内在逻辑联系。

摹写题神：疑指揣摩题旨依题作文。摹写：依样描画。题神：疑指题旨。诗文命题的主旨。

按切题位：指合乎文章的命题。八股文的题目取自儒家经书，写作内容又要以宋朱熹的《四书集注》等为据,"代圣贤立言",故特别强调切题或扣题。

[6]痴拙:愚笨。

[7]空疏:空虚浅薄。

[8]气盛则言之长短与声之高下皆宜:后人浓缩为"气盛言宜",韩愈关于作者道德修养与文辞关系的论断。语见韩愈《答李翊书》:"气,水也;言,浮物也。水大而物之浮者大小毕浮,气之与言犹是也。气盛则言之长短与声之高下者皆宜。"气盛指作者道德修养达到很高的境界。他认为,只要气盛,则发言、著文,无论言之长短,声之高下,都会是适宜的。

[9]癸巳:清乾隆三十八年,1773年。

[10]己亥:清乾隆四十四年,1779年。

庚子:清乾隆四十五年,1780年。

[11]辛丑:清乾隆四十六年,1781年。

游泮:明清科举制度,经州县考试录取为生员而入学的,称为入泮,也称游泮。泮:泮宫,即古代的学宫。

庚戌:清乾隆五十五年,1790年。

[12]通籍:指初做官。亦谓做了官,朝中有了名籍。籍:挂在宫门外的名单牌。竹片制成,二尺长,上写姓名、年龄、身份等,出入宫门查对之用。

课读:谓进行教学活动,传授知识。

[13]己卯:清嘉庆二十四年,1819年。

丁忧:古代官员遇父母亡故,一般均解除官职,守丧三年(实际为二十七个月),称为丁忧。丁:当。

[14]辛巳:清道光元年,1821年。

课孙:教孙子读书。

遣兴:抒发情怀,解闷散心。

[15]表见:显示,显现。

因文见道:从文中去见道。通过文辞来了解作品所表现的思想内容。韩愈以为就学习而言,要因文见道;就创作而言,要文以载道。

[16]可怜无益费精神,有似黄金掷虚牝(pìn):语出韩愈《赠崔立之评事》。虚牝:空谷。亦比喻无用之地。

[17]用:因此。

论文:评论文人及其文章。

[18]道光四年:1824年。

识(zhì):通"志"。记。

政余书屋文钞序

蒋祥墀

王子汉槎,余乙丑分校礼闱所得士也[1]。其人磊落光明,其文沈浸浓郁[2]。其居家则孝友雍睦,其居官则忠信廉能[3]。本其淑诸身者,出而淑世[4],为国出力,为民请命,不畏艰险,不避嫌怨,以故誉者半,毁者亦半[5]。汉槎不以毁誉动于心,惟知尽己之为忠,可谓古之循吏也[6],亦可谓豪杰之士也。然其披星戴月,奔走于风尘扰攘之中,昕夕閟间几何,不久疏简毕致,有"一行作吏,此事遂废"之叹耶[7]。

汉槎独仕不废学[8],公余之暇,仍理旧业。今年春,邮寄所作《政余书屋文钞》数卷,属余鉴定[9]。余观其《西陲告捷颂》,直嗣"三百篇"遗响[10]。评论史事,多发前人所未发;解辨六经,实足羽翼经传,非詹詹小言所可比[11]。论三代正朔,聚讼千古[12]。汉槎独具只眼,谓举正于中为真夏时,商周不过以建丑建子为岁首,非改月也[13]。若夫上复书与序记传铭诸作,均入唐宋人阃奥而不涉其门限者[14]。昔人云:"文章须自出机杼[15]。"此之谓也。

人谓汉槎所学若此,而所遇若彼,咸以为惜[16]。诚使汉槎大展其猷为,以佐天子休明之治,必不能政有余闲,而与山林岩穴之儒抗手,著作以垂不朽,则汉槎之足以信今而传后者,究在此不在彼[17],岂不幸哉?

道光十年,岁次庚寅,十月,通家生蒋祥墀序[18]。

题解

本文录自王泉之著、清道光庚寅(1830年)刻本《政余书屋文钞》。王泉之,字星海、汉槎,湖南清泉县(今衡阳市)人。清嘉庆十年(1805年)乙丑科进士。历知江西铅山、安仁、进贤等县,升直隶知州,署赣州知府。

注释

[1]余乙丑分校礼闱:清嘉庆十年(1805年)乙丑科,蒋祥墀充会试同考。分校:科举时校阅试卷的各房官。礼闱:指礼部或其考试进士的场所。

[2]沈浸浓郁:语出韩愈《进学解》:"沉浸酖(nóng)郁,含英咀华。"沉浸在意味浓厚的典籍里,细细咀嚼体味书中的精华。沈浸:亦作"沉浸"。多比喻潜心于某种事物或处于某种境界及思想活动中。浓郁:味浓厚。比喻古代典籍中的义蕴、意味。

[3]孝友雍睦:孝顺父母、友爱兄弟,与人相处和睦。孝友:孝顺父母、友爱兄弟。雍睦:和睦。

忠信廉能:忠诚信实,清廉能干。

[4]本其淑诸身者,出而淑世:本原于修身,出仕则济世。本:根本。淑诸身:淑身。以善修身。淑世:济世。

[5]誉者半,毁者亦半:"毁誉参半"的化用。诋毁和赞誉各占一半。

[6]循吏:善良守法的官吏。

[7]风尘:风起尘扬,天地昏暗。比喻世俗的扰攘。

扰攘:混乱,骚乱。

昕(xīn)夕:朝暮,谓终日。此处指一朝一夕。

罔间:不分。

疏简:散漫,随便。

一行作吏,此事遂废:一经作了官吏,便失去了原来的生活情趣。语出

嵇康《与山巨源绝交书》:"一行作吏,此事便废。"

[8]仕不废学:做了官也不荒废学业。

[9]属(zhǔ):古同"嘱"。嘱咐,托付。

[10]嗣:接着,随后。

三百篇:指《诗经》的篇数。后也用以代称《诗经》。

遗响:余音。

[11]羽翼:辅佐,维护。

经传:儒家典籍经与传的统称。传是阐释经文的著作。

詹詹小言:细碎而不合大道的言论。语出《庄子·齐物论》:"大言炎炎,小言詹詹。"詹詹:言词烦琐、喋喋不休的样子。小言:不合大道的言论。

[12]三代:夏商周三个朝代。

正(zhēng)朔:一年第一天开始的时候。谓帝王新颁的历法。正朔就是古代帝王易姓受命,必改正朔;故夏、殷、周、秦及汉初的正朔各不相同。自汉武帝后,直至现今的农历,都用夏制,即以建寅(夏历正月)之月为岁首。正:一年的开始。朔:一月的开始。

聚讼:众说纷纭,久无定论。

[13]独具只眼:具有独到的眼光和见解,想别人所未想。

举正:指出谬误,加以纠正。

夏时:夏代的历法。

建丑:指以夏历十二月(丑月)为岁首的历法。属殷正。

建子:指以夏历十一月(子月)为岁首的历法。属周正。

改月:指宋代胡安国《春秋传》提出的"夏时冠周月"之说。胡安国以为孔子修《春秋》,将"冬十一月"改为"春正月"。

[14]复书:答复来信,亦指回复的信。

阃(kǔn)奥:本指深邃的内室。比喻学问或事理的精微深奥所在。

门限:门槛。

[15]文章须自出机杼:文章的命意和构思,有自己独创的新意和风格。机:指织布机。杼:指布机引线的梭子。语出《魏书·祖莹传》:"文章须自出机杼,成一家风骨。"

[16]遇:际遇。机遇,时运。此处指从政为官。

咸:皆,都。

[17]猷(yóu)为:谋略和作为。

休明:美好清明。

山林岩穴:借指隐居。岩穴:山洞。语出《庄子·山木》:"夫丰狐文豹,栖于山林,伏于岩穴,静也。"丰狐文豹分别指毛长得十分丰厚的狐狸、皮毛长得很美的豹。

抗手:匹敌。

在此不在彼:在于"所学"而不在于"所遇"。意思是王泉之的成就在于"政有余闲""著作以垂不朽",而不在于"大展其猷为,以佐天子休明之治"。

[18]道光十年:1830年。

通家生:"通家友生"的省略。通家:世交。友生:师长对门生自称的谦词。

南行吟草序

蒋祥墀

庚戌,山东同年十人榜下,用京员者牟松岩、赵序堂、徐石渠、田怀雨四人[1],封棣堂、匡麦坡皆卒老于家。其候补授县令者,则桂未谷、王采轩、李楚帆与紫庭兄四人焉。紫庭同年以嘉庆戊午选陕西榆林令,有政声。甫十年,即乞假归里,闭户著书,以课读为乐[2],同人辈遂莫由相晤。寻哲嗣蓉塘观察、藕塘光禄兄弟同登甲戌进士,选馆分部,花萼相辉,士林荣之[3]。紫庭兄时复来都,不久旋归。回忆紫陌寻春之岁,至今盖四十七年,而兄归道山已十六年矣[4]。

今藕塘光禄出其《南行吟草》一卷,属余为序[5]。盖宰榆时采铜滇南纪行之作,往返二万里,时阅三年之久[6],沿途寄兴即景抒怀。于楚北,渡汉江,登黄鹤楼,吊鹦鹉洲。于湘南,观洞庭、岳阳,登岳麓山,上回雁峰。于黔阳,游飞云岩,览圣果亭。于粤西,过苍梧,走大矶滩、七星岩,观隐山六洞。于滇,则侨寓最久[7]。游尖山、蛇山、金殿诸山,涉近华浦、西洋江,寻燕子、清溪二洞。自叙云:"文章得江山之助。"亶其然乎[8]!至于谒韩文公庙,过四皓墓,谒伏波庙,还过隆中,于古名臣遗迹,辄慨慕久之不能去[9]。又或瞻兄寄子、访友哭朋,情真语挚,出于天性之自然。甚至哀挽旧仆,亦长言之不足[10]。其他守风阻雨、恼云望月,及作《东武五思》以述怀归,皆寄托遥深,从无抑郁牢骚之意。

昔人云:"诗思积然后流,流然后发[11]。"余观紫庭同年之诗,知其所积者厚矣。假令展其抱负,发为勋业[12],当必有大过人者。乃徒以宰官终,虽援例太守,亦赋闲不出,得毋所发不足副所积与[13]?今蓉塘观察、藕塘光禄年甫逾强仕,已秉英筹、跻卿阶,官职声名隆隆日上,未必非乃翁之所积有以发之也[14]。因叙其诗及之。

道光十六年丙申冬至月上浣,年愚弟蒋祥墀拜手并书[15]。时年七十有五。

题解

本文录自王应垣著、清道光十六年(1836年)雨萝山房刻本《南行吟草》。王应垣,字紫庭,诸城人。清乾隆五十五年(1790年)庚戌科进士。官榆林知县。

注释

[1]榜下:指榜下知县。新中进士,陛见以后即被任用去做知县,叫榜下知县。

京员:即京官。

［2］课读：谓进行教学活动，传授知识。

［3］寻：不久，接着，随即。

哲嗣：对别人儿子的敬称，等于说令嗣。

蓉塘观察：王琦庆，字景韩，号蓉塘。先后任直隶霸昌道、广东粮道。观察：明清时道的行政长官别称观察。

藕塘光禄：王玮庆，字袭玉，号藕塘。先后任光禄寺卿、左副都御史、礼部右侍郎等职。光禄：指光禄寺卿。

选馆：馆选。清制，殿试后举行朝考，分列等级，前列者用为庶吉士，称馆选。

分部：谓部署，分派。

花萼相辉：花朵与花萼交相辉映。比喻兄弟同享美名。

士林：指文人士大夫阶层、知识界。

［4］紫陌：指京师郊野的道路。

归道山：旧时称人死为归道山。道山：传说中的仙山。

［5］属（zhǔ）：古同"嘱"。嘱咐，托付。

［6］阅：经过，经历。

［7］侨寓：侨居，寄居。

［8］亶（dǎn）其然乎：实在是这样啊。

［9］慨慕：感叹仰慕。

［10］长言：引长声音吟唱。语出《礼记·乐记》："言之不足，故长言之；长言之不足，故嗟叹之。"光说还不够尽兴，所以就拉长声调来说；拉长声调说还不够尽兴，所以就吁嗟咏叹起来。

［11］诗思积然后流，流然后发：语出刘向《说苑·贵德》："夫诗思然后积，积然后满，满然后发，发由其道而致其位焉。"诗思：做诗的思路、情致。

［12］勋业：功业。

［13］宰官：特指县官。

援例：引用成例。

赋闲：罢官闲居、失业无事。

得毋：即"得无"。莫非，能不，该不会。

［14］强仕：四十岁的代称。语出《礼记·曲礼上》："四十曰强，而仕。"

秉英荡（dàng）：持符节。英荡：古代竹制的符节，持之以作凭证，犹汉代的竹使符。后亦泛指外任官员的印信和证件。

跻卿阶：置身九卿行列。

乃翁：他的父亲。

［15］道光十六年：1836 年。

上浣：指农历每月上旬的休息日或泛指上旬。

拜手：古人行跪拜礼时两手相拱，低头至手。因头不至地而至手，故曰拜手。

和陆放翁七言律诗序

蒋祥墀

余与位斋大兄暌违将二十年矣,回翔冷斋[1],著述甚富。兹于其子铎计偕以其《和陆诗》二卷示余[2]。余读东坡集中,有《和陶诗》一册,盖取其生平事迹与渊明相仿者,藉题发之,所谓得其性之所近也。今位斋天怀恬退[3],有放翁赋咏自得之意。和放翁之诗,殆心乎放翁之人,而追而慕之,亦犹坡公之于渊明耳[4]。放翁诗集不下万首,登上寿,吾又于位斋卜之[5]。

愚弟蒋祥墀序。

题解

本文录自赵育坤著、清道光间刻本、南京图书馆藏《和陆放翁七言律诗》(《和陆诗草》)。原文无标题。赵育坤,字位斋,河南邓州人。清乾隆四十四年(1779年)举人,任商城教谕,升直隶武邑知县,移广平,嗣改郾城训导。所撰《和陆放翁七言律诗》二卷,又名《和陆诗草》。陆放翁:陆游,字务观,自号放翁。

注释

[1]大兄:对朋辈的敬称。

暌(kuí)违:别离,隔离。

回翔:指任职或施展才干。

[2]计偕:举人赴会试者。

示余:让我看。

[3]天怀:出自天性的心怀。

恬退:淡于名利,安于退让。

[4]殆:大概。

坡公:对苏轼的敬称。

[5]上寿:古称上寿百二十岁,中寿百岁,下寿八十岁。后泛指高寿。

卜:推断,预料。

天门会馆落成记

蒋祥墀

邑馆之建,创议于庚午[1]。寻以相度不得其地,迄今七年。始建于宣武门外之街东,地临通衢,自外来者,下车甚便,距内城亦仅数武[2]。馆屋宏敞,足以息公车、集公宴。至于增其式廓,则俟捐有余赀而徐图之[3],抑余更有望焉。会馆为荟萃人才、敦崇桑梓之地,必当以德义相劝、勋节相劘[4]。入为乡党矜式,出为国家桢干,斯馆与有光耳[5]。

天门旧称景陵,雍正初年始改今名[6]。前明如周冢宰、李宗伯、陈司农、徐中丞、鲁祭酒诸公,勋名志节,照耀史乘[7]。而钟谭诗学[8],力挽颓风,尤为名满天下。景仰前贤,卓哉伟矣!我朝人文蔚起,举孝廉者二百四十余人,登进士者四十七人,入翰林者十人,膺拔萃科者科率三人[9]。内而科道、部曹,外而州县、府道、抚督、提镇,皆有其人[10]。即以迁寓他乡,犹有发名成业、巍然为当代倚重者[11]。

余忝副台垣,罔所报称[12],惟愿同邑诸君子,益绍前修[13],青云共励。或以政事著,或以文章显,或以风节高,各思精白乃心,以冀树国模而端乡望,则同斯馆者之厚幸也夫[14]!

嘉庆丙子小春月上浣,都察院左副都御使蒋祥墀撰[15]。

题解

本文录自清道光元年(1821年)版《天门县志·卷之七·建置·公庙》第7页。撰文时间据《湖北文征》补。

该志记载:"天门会馆在京师宣武门外街东。嘉庆庚午,邑人蒋祥墀【时官国子监祭酒】,与熊开阳【时官农曹】、罗家彦【编修】、李逢亨【河督】、张祖骞【知县】、程守伊【知县】、夏仪【知县】、蒋祥堡【盐大使】、程德润【主事】、萧蔚源【知县】、熊瑾【郎中】、熊士鹏【教授】,纠同邑人捐资创建。至丙子年落成。有记。"(程守伊原名程明懋——本书编者)

注释

[1]庚午:清嘉庆十五年,1810 年。

[2]通衢(qú):四通八达的大道。

武:半步,泛指脚步。

[3]式廓:广大。

余赀(zī):富余的资财。

[4]敦崇:崇尚。

相勖(xù):互相勉励。

相劘(mó):相互砥砺。

[5]矜式:敬重并效法。

桢干:支柱。筑墙所用的木柱,竖在两端的叫"桢",竖在两旁的叫"干"。

与:给予。

[6]雍正初年始改今名:指清雍正四年(1726 年),为避康熙陵寝(景陵)名讳,改景陵县为天门县。

[7]周冢宰、李宗伯、陈司农、徐中丞、鲁祭酒:指周嘉谟、李维桢、陈所学、徐成位、鲁铎,均为天门进士。

志节:志向和节操。

史乘(shèng):乘,春秋时期晋国史书名。后世称一般史书为史乘。

[8]钟谭:指钟惺、谭元春。竟陵派创始人。

[9]举孝廉:指乡试中举。孝廉:明清对举人的雅称。

入翰林:点翰林。殿试朝考后,新进士授翰林院庶吉士的,称为点翰林。

膺拔萃科者科率三人:当选拔贡者每科大约三人。拔萃:清代用以代称拔贡。参见本书第三卷附录《部分科举名词汇释》第 3 条。率:大概,大略。

[10]科道:明清六科给事中与都察院各道监察御史的合称。

部曹:明清各部司官通称为曹。源于汉代尚书分曹治事。

府道:指知府、道台。

抚督:明清总督和巡抚的合称。

提镇:清代提督军务总兵官、镇守总兵官连称。

[11]发名成业:显扬名声,成就事业。指成就科举功名。

[12]忝(tiǎn)副台垣:愧任都察院左副都御使。台垣:官名统称。用以称明都察院与六科。台指御史台,以之称都察院。垣指墙垣,六科给事。

罔所报称:没有什么来报答。

[13]益绍前修:更应当继承前贤美善的德业。

[14]精白乃心:你的心要纯净洁白。

乡望:指乡里中有名望的人。

厚幸:大幸。

[15]嘉庆丙子:清嘉庆二十一年,1816 年。

小春月:农历十月。

诸暨县试院碑记

蒋祥墀

余弟宰暨阳,吏治之余[1],尤留心文教。暨邑人材最盛,每逢岁科县试,官廨浅窄,不足以资关防、拔真士[2]。于是议建试院,卜地于毓秀书院之左[3]。凡所规画,闳敞坚固[4]。阅三载而后成,遣人走京师,嘱余为之记。

余唯天下事,莫为之前,虽美弗彰;莫为之后,虽盛弗传[5]。暨邑自汉朱翁子创兴文教,嗣是代有闻人[6]。嘉庆戊午,余奉命典试浙江[7],于暨邑得正副榜六人,皆一时名士。呜呼!何其盛也。其前乎此者之渊源有自[8],而后乎此者之蔚起无穷,皆于此可知矣。

今者既有书院以藏修于平日[9],又有试院以鼓舞于临时,后之学者步武前修,益自奋励[10],盖不唯领乡荐、题雁塔,视昔有加,而即此比户弦歌,人知礼义,乡邻风俗之美亦于是焉在[11]。

题解

本文录自清宣统二年(1910年)版《诸暨县志·卷十四》第23页。文前有"左副都御史天门蒋祥墀为记"几字。

诸暨县试院:在浙江诸暨,旧时举行岁科县试的场所。清道光十五年(1835年)八月竣工。知县蒋祥堡倡建。

注释

[1]余弟:指作者之弟蒋祥堡。清宣统二年(1910年)版《诸暨县志·卷二十一》第57页记载:"蒋祥堡,字巾波,天门人。廪贡。道光九年由盐大使升任(知县),双任俸满,推升知州。"

宰暨阳:任诸暨知县。诸暨县旧称暨阳县。

吏治:此处同"吏事"。政事,

官务。

[2]岁科:岁试与科试的合称。

岁试:亦称岁考。明清甄别生员学业优劣和取录生员的考试。由各省提学道(学政)巡回至各府州主持,属院试之一。多在府城或直隶州治所举行,先试生员,继试童生。

科试:亦称科考。明清时期每届乡试前由各省提学官巡回所属各学举行的考试。由在岁试中获第一、二等成绩的生员参加。凡名列前茅者,即取得参加乡试的资格。

县试:清代由县官主持的考试。取得出身的童生,由本县廪生保结后才能报名赴考。

官廨(xiè):官署,官吏办公的房舍。

真士:有操守、才能之士。

[3]卜地:择地。

[4]闳(hóng)敞:高大宽敞。

[5]莫为之前,虽美弗彰;莫为之后,虽盛弗传:语出韩愈《与于襄阳书》:"莫为之前,虽美而不彰;莫为之后,虽盛而不传。"没有人给他引荐,即使有美好的才华也不会显扬;没有人做继承人,即使有很好的功业、德行也不会流传。

[6]朱翁子:朱买臣,字翁子,西汉会稽吴人。家贫,好读书,卖薪自给。妻以为羞而离去。后至长安上书,曾任会稽太守。

嗣:接着,随后。

闻人:有名望的人。

[7]嘉庆戊午:清嘉庆三年,1798年。

典试:主持考试。

[8]渊源有自:有根据,有来源。

[9]藏修:指专心学习。

[10]步武:跟着前人的脚步走。比喻模仿、效法。

前修:犹前贤。

奋励:激励,振奋。

[11]领乡荐:唐代由州县地方官荐举进京师应礼部试者称乡荐。后世亦称乡试中试者(举人)为领乡荐。

题雁塔:唐神龙(唐中宗年号)以后,新进士有题名雁塔之举。故指中进士。

比户弦歌:家家户户受礼乐教化。

于是焉:于是乎。

华严八景征诗启

蒋祥墀

盖闻先贤托迹，山川竞效其灵[1]；古史采风，草木亦留其韵[2]。裴相国堂开绿野，把酒论文[3]；王右丞墅得蓝田，弹琴赋咏[4]。平泉十里，作间居揽胜之区[5]；剡水一川，遂乞老还乡之愿[6]。然而园称独乐，温公未肯同人[7]；台起三层，宏景亦多绝物[8]。

何若卜邻自昔，祖宗邱墓之乡；聚族于斯，童子钓游之处。到眼皆成妙趣，四时之佳兴自同；会心便作新诗，八景之大观聿备[9]。灵钟地脉，秀起人文，则有月到天心，华湖秋朗；波涵镜影，奁堰春生。鼓枻一声，巾带河边唱晚；腰镰几曲，珍珠岭上歌遥。陂连草以皆青，暮村雨细；洞环山而有雪，午枕风凉。影射文昌，若木开千家之晓[10]；声来乐有，蒲牢吼半夜之霜[11]。是皆名自旧传，如假安排于天造；形非虚构，偶资点缀于人工。绘野田一幅之图，休依城市；写平壤连村之乐，不比山庄。

环拱祠基，辉煌谱牒。凡我宗坛鸿笔，文馆雄材，生长斯方，幸侧身于诗礼[12]；见闻有素，宜摘藻而咏歌[13]。裁吟风啸月之词，潇湘叶调[14]；逞范水模山之艺，云梦吞胸[15]。辨体则悉展所长，不碍元纁异彩[16]；谐声则各从其类，无须笙磬同音。或叠韵连篇，迥异雕虫小技；或分章拈句，亦堪窥豹一斑[17]。拔乎其尤，未敢诩萧楼之选[18]；得未曾有，不殊采隋璧之珍[19]。从看旧德先畴，添遗闻于佳话[20]；岂特良辰美景，记乐事于赏心哉[21]！谨启。

华严秋月、奁堰春波，珠岭樵歌、巾河渔唱，青陂暮雨、雪洞午风，文昌朝霁、乐有宵钟。

题解

本文录自1919年版、天门市净潭乡状元村《蒋氏族谱·艺文》第26页。

"华严八景"分布在华严湖以北、南支河两岸,今净潭乡状元村、蒋三台村、蒋场村。

查堰:塘堰名。位于今状元村七组(汪家台)蒋立镛墓东南约两百米。

珠岭:珍珠岭。丘陵名。位于今蒋场村蒋家场北百余米。

巾河:南支河。

青陂:青陂塔。地名。位于今状元村十组。

雪洞:小型建筑群名。其中石砌洞窟为蒋祥墀、蒋立镛读书处。位于今状元村六组东约五十米。

文昌:文昌阁。位于今蒋场村三组(蒋家场街)。

乐有:乐有庵。位于今蒋三台村皮家月西约五十米。

注释

[1]托迹:犹寄身。多指寄身方外,或遁处深山或贱位,以逃避世事。

[2]采风:又称"采诗"。始于周代,是宫廷为搜集民间歌谣而制定的一种制度。朝廷为此专门设有采诗之官。通过采集民间歌谣,来考察时政的得失。

[3]裴相国堂开绿野:指唐宪宗朝宰相裴度午桥别墅中的堂名"绿野堂"。

[4]王右丞墅得蓝田:指王维在辋川的蓝田别墅。

[5]平泉:唐李德裕所筑之平泉山庄,故址在今河南洛阳市南。

[6]剡水:剡溪。书圣王羲之是最早归隐剡水的人之一。

[7]园称独乐、温公:指司马光所建独乐园。北宋洛阳名园之一。司马光卒后追赠温国公。

[8]台起三层、宏景:指陶弘景筑三层台。南朝齐东昏侯萧宝卷无道,陶弘景筑三层楼,终日闭门不出,唯听吹笙以自娱,特爱听风吹松树发出的声响。

[9]聿:文言助词。无义,用于句首或句中。

[10]若木:传说"若木"指神话中的大树,生长于西方太阳降落之处。后人诗文中常引此典代指太阳。

[11]蒲牢:古代传说中的一种生活在海边的兽。据说它吼叫的声音非常宏亮,故古人常在钟上铸上蒲牢的形象。

[12]侧身:厕身,置身。

[13]摛(chī)藻:铺陈辞藻。意谓施展文才。

[14]潇湘叶调:疑指"潇湘神",又名《潇湘曲》。词牌名。始见于刘禹锡

咏湘妃词。叶:"协"的异体字。

[15]云梦吞胸:义同"胸吞云梦"。云梦:古泽薮名,通常指今湖北省潜江市西南一带或包括洞庭湖在内。比喻胸怀博大,气度恢弘。语本司马相如《子虚赋》:"吞若云梦者八九,其于胸中曾不蒂芥。"

[16]辨体:写作开始阶段对作品类型、体裁的辨认和识别。

元纁(xūn):即玄纁。指黑色的币帛。古代帝王常以玄纁为征聘贤士的赘礼。

[17]分章拈句:指"拈题分韵"。旧时文人集会作诗的一种方式。拈题是各人自认或拈阄定题目。分韵是在限定的韵部中自认或拈定诗韵。

[18]拔乎其尤:选取其中特异者。

萧楼之选:当指梁昭明太子萧统所编《文选》。萧统凭借东宫藏书三万卷,筑文选楼,招纳才学之士,讨论典籍,商榷古今。所编《文选》三十卷,是中国最早的一部诗文总集。

[19]隋璧之珍:成语"隋珠和璧""楚璧隋珍"的化用。泛指珍宝。楚璧:春秋时楚国卞和发现的宝璧,因名。隋侯珠:相传春秋时隋侯出行,见大蛇被伤中断,使人以药敷之,蛇乃能走。岁余,蛇衔明珠以报之。事见晋干宝《搜神记·卷二十》。后以隋侯珠、灵蛇珠比喻珍奇、俊才和智慧。

[20]先畴:先人所遗的田地。

[21]特:但,仅,只是。

李培园(李逢亨)神道碑

蒋祥墀

正面碑文:

兵部侍郎兼都察院右副都御史、总督河南山东河道、提督军务,加三级,培园李府君之神道碑。

碑阴碑文:

故荣禄大夫、河东河道总督培园李公终于第,同朝震悼,一时走使数千里,吊问者不绝于道。而乡人无老幼贤愚,咸咨嗟流涕、临哭尽哀。可谓荣矣。

　　谨按:公讳逢亨,字恒斋,号培园。故诰赠荣禄大夫、崇祀乡贤莲村公之次子也。世居湖北天门县,幼从莲村公徙居竹溪。溪邑与陕西平利接壤,遂占籍平利。公少颖异,而莲村公时勖以敦品力学,辄能领受。弱冠补弟子员。乾隆丁酉……充四库馆校录。书成,议叙分发直隶。时有王府并旗人争地,两案屡年莫决。公随钦差往勘,密访得实,立予平反。使者称快,大加优礼。旋补蓟州州判。丁父忧回籍,哀毁尽礼。服除,补霸州州判。州故有民堰,公率士民培筑,至今赖之。擢三角淀通判。公□视堤工……大水骤至,东安、武清二县竟免水患。嘉庆六年辛酉,直隶大水,永定河漫溢,上命使臣会勘。公陈修筑机宜,悉中窾要,荐擢南岸同知。十一年丙寅,河水异涨,公昼夜抢护。时溜劈堤身数十丈,万难措手。公默祷河神,溜忽仆掣,人咸惊为神仙。大……旨嘉奖,赏换四品顶戴,记名以知府用。十四年己巳,授河间府知府。河间素称难治。公清厘积牍,严惩讼痞,一郡获安。未几,永定河出险,公往督办修防及灾赈事宜,诸臻妥善。擢授永定河道……涕零,□□□报……询及全河形势,公敷陈机要,了如指掌,□□嘉悦。旋以奏告安澜,赏戴花翎,并予优叙。永定旧有金门闸座,年久淤塞。公请将龙骨、海墁升高,以资分泄,并移建灰坝于南岸上头,以备盛涨。复于凤河东堤之东、运河西堤之西筑堤拱卫□出……上嘉其能,擢河东河道总督。公念受任愈重,报称愈难。昕夕劳瘁,刻无暇暑。于河防疏浚机宜,讲求备至。两载之间,河流顺轨。上宠嘉之,□颁赏福字、鹿肉。□□□□□□者,以添筑土坝与水争地为……上念公无愆,□□□□□□尤关紧要……命公以三品顶戴□□□永定河总理,皆异数也。二十四年,永定河漫口。大学士吴璥等驰往督修,公专办南岸各工。九月,工竣。以公年逾七袠,传令回省。抵家□□□□□放怀山水间,绝口不言公事。

　　……而沉毅□□不随人为□□任河督日,每有保荐,必择实心任事、劳绩夙著者。不受嘱托,一秉大公。以故人……治河……

……子二人。长藩,任湖南常宁县知县,以干济知名;次荫,蚤卒。孙男五人:长笃庆,次安庆,三长庆,四善庆,五余庆。曾孙佛保……

……孰□□□□□动九□□□□□而使公遭屯。惟诚格天兮,信……民,金城峨峨兮,□□□□□神□□□以昌其身,以利后人。

赐进士出身、光禄寺卿兼都察院右副都御使□□□□□□□□□□□□翰林院编修□嘉庆戊午科浙江乡试副主考蒋祥墀□撰。

赐进士出身、户部员外郎、军机处行走、前宗人府主事、内阁中书、侍读……李昌平书丹。

大清道光四年,岁次甲申。

题解

李培园:李逢亨(1744—1822年),字培元,号恒斋,又号培园。生于湖北天门,迁居湖北竹溪,寄籍陕西平利。清乾隆四十二年(1777年)丁酉科拔贡。官至河东河道总督(正二品),告老还乡时授荣禄大夫(从一品)。李逢亨曾于1815年冬,回到出生地风波湖轭头湾李家台(今天门市杨林办事处王施村八组),为先人立碑,向宗亲赠送自纂的《李氏族谱》。李逢亨是北京天门会馆的创修人之一。

神道碑:又叫"神道表"。指墓道前的石碑,也指石碑上记录帝王、大臣生前活动的文字。

李逢亨墓在兴安府(今陕西省安康市)赵台山下。神道碑高3.15米,风化严重,现藏安康市文庙。

婴玉朱君(朱文珮)墓志铭

蒋祥墀

海盐婴玉朱君,余主浙闱所得士也[1]。五上春官不第[2]。嘉庆甲戌又以今阁学令弟虹舫宫允与分挍回避[3]，怏怏出都门，年过五十而进取之志不衰。逾岁选余杭县教谕，将满任，卒于官，未葬也。道光丙戌，犹子昌颐捷南宫[4]，廷试赐第一人及第。长子美镠是夏觐兄入都，谒余，出行状求志墓[5]，诺之而未果。今年秋邮书至，云已择地于宿坊庄田，汇龟筮皆从，将以阳月葬[6]。余与君两世交，不敢以不文辞。

谨按：君元名孙垣，更名文珮，字婴玉，一字小珊。裔出徽国文公，先世有仕元至嘉兴路海盐州主簿者，居盐，因占籍焉[7]。赠光禄大夫曾祖，邑庠生，讳拱乾；祖附贡生，候选同知，讳廷抡，皆以惇行闻于乡[8]。赠奉政大夫父，附贡生，讳星炜，孝行蒙旌，传具国史。子二，长即修撰父[9]，君其次也。少颖悟，读书目数行，下文有奇气。钱唐潘侍御一见异之，以子妻焉，是为潘安人[10]。乾隆甲辰，车驾南巡，戊申临幸津淀，皆献诗赋，屡拜荷囊白金文绮之赐[11]。赠公望子成名，君矢志远游，应京兆试，一时宗工如大兴朱文正公、平湖沈文恪公、南汇侍郎吴公及其弟阁学吴公、吴江编修吴公[12]，皆叹赏其才。若固始太仆祝公、归安中丞张公、灵石太守何公，皆其同课友也。京居八载，屡试不售[13]。南旋，两遭大故，家多宿逋[14]，产割且尽。游学皖江、豫章，伯兄卒，旋里，料量家政暇，即手一编，盛寒暑不辍。戊午举于乡，而君先以功臣馆书成议叙至是，铨江南华亭县主簿，不就，壹志公车，虽屡上屡踬，家无儋石[15]，不顾也。君顾身伉爽[16]，嫉恶若仇，事不当理者，面斥之。洞悉地方利弊，慨然有济世之心，然卒得教官。教官，故冷署鲜事，权为之者，取充位而已。君独侃侃不污[17]，课士子以公，规僚友以正，事上官以诚。一署永嘉，再摄金华，三权遂昌，任余杭者六年，始终能行己志。晚而学益粹，气益和，布衣脱粟[18]，陶陶自得。然当计偕之年[19]，犹跃然自奋，叹息唏嘘者累日。

平生拳拳于师谊。阁学吴公，其座主也[20]，晚归吴淞。君岁往省视，如在都时。房师嘉定方伯李公守嘉郡[21]，往来尤数。其入都也，必首谒余，必以土物挚[22]。业师皆里门硕彦，存者敬礼，殁者赒恤，罔攸间更^[23]。邃于内行^[24]，母孙宜人之卒也，三千里星奔，哀毁骨立，卒以己所得封典貤赠外大父母^[25]。侍赠公疾，衣不解带。营窀穸于邵湾，手一锸立风雪中，与役徒均劳苦^[26]。抚两犹子如己子，不冠不见嫂。潘安人，故名族，工诗绘，临殁以未事舅姑泪盈眦^[27]，不能瞑。君神伤者累载，终身不续。训子弟尤严，每曰："我家十叶芹香，至汝叔始大门户。我虽忝升斗，所志未竟。汝曹勉为之！"笃爱犹子。昌颐卒魁天下，君虽不及见，人以此服其卓识。

工书及兰竹山水，不多作。尤耽诗。少嗜髯苏，后出入少陵、昌黎间，效皮陆^[28]。虽悲愁愤懑，语多温厚。著《春华秋实斋稿》五卷，《诗余》一卷。

余维君家世鼎盛，科第甲一邑^[29]。君才行尤卓卓，卒赍志以殁，岂天之报施有然有不然^[30]？抑将啬其遇于生前而丰其报于生后乎^[31]？呜呼伤已！

君年六十。生于乾隆癸未三月二十四日，卒于道光壬午八月初二日。安人潘生于乾隆丙戌九月初二日，先于乾隆丁未十月二十九日卒京寓，年二十二。侧室薛氏、夏氏、陆氏、杜氏^[32]，薛、陆、杜先卒。子五：长美镠，候选训导，夏出。次美鏊，江西候补府经历，陆出。三钟贵，郡庠生，杜出，故。四钟庆，陆出；五钟秀，夏出，均业儒。女一，适钱唐候补盐课大使蒋名勤施，夏出。孙六人，俱幼。以庚寅十月初六日合葬海盐之开济乡，薛、陆、杜从。铭曰：

山海灵气，萃于胥川^[33]；保世滋大，垂五百年^[34]。穆穆朱君，昭金粹玉^[35]；何以俪之？钟徽郝蹢^[36]。嘉颂载第，金绮帝褒^[37]；贤书载登，珪璋士翘^[38]。胡不清华？何不民社？胡乃一毡^[39]？曲高和寡。郁郁神剑，地埋其光^[40]；森森桂树，天靳其芳^[41]。大涤之山，古堆仙宅^[42]；君胡不乐？竟返其魄^[43]。昔之望君，紫陌花香^[44]；今之铭君，黄泉路长。善靡不昌，德无弗报；谓予不信，视此宅兆^[45]。

赐进士出身、诰授通议大夫、都察院左副都御史、通家友生、天门蒋祥墀撰^[46]。

题解

本文录自朱丙寿纂修、清光绪十七年（1891 年）刻本、浙江海盐《朱氏宗谱·卷之二》第 21 页。原题为《敕授文林郎余杭县教谕候升知县貤赠承德郎翰林院修撰婴玉朱君墓志铭》。国家图书馆地方志家谱文献中心编、北京燕山出版社 2006 年版《清代民国名人家谱选刊续编》第 77—79 册收录该谱。本文在第 77 册第 191 页。

注释

［1］浙闱：指浙江乡试。

［2］春官：礼部的别名。会试在京城，由礼部主持。

［3］阁学令弟虹舫宫允：指朱方增。朱方增，字寿川，号虹舫。清嘉庆六年（1801 年）辛酉恩科进士。内阁学士兼礼部侍郎。阁学：清代称内阁学士。令弟：对他人之弟的敬称。宫允：（唐以下）詹事府左、右中允的别称。

分挍（jiào）：分校。科举时校阅试卷的各房官。

［4］犹子：侄子。

昌颐：朱昌颐。清道光六年（1826 年）丙戌科状元。

捷南宫：参加进士考试，中进士。南宫：指礼部会试，即进士考试。

［5］镠：音 liú。

觐（jìn）：进见，访谒。

行状：亲友为死者所写的叙述生平事迹的文章。

［6］龟筮：占卦。古时占卜用龟，筮用蓍，视其象与数以定吉凶。亦指占卦的人。

阳月：农历十月的别称。

［7］徽国文公：指朱熹。卒后追谥文，追封徽国公。

占籍：上报户口，入籍定居。

［8］惇（dūn）行：敦行，笃行。惇、敦古字通。

［9］修撰：此处指状元朱昌颐。状元及第初授修撰。

［10］子：专指女儿。

安人：封建时代命妇的一种封号。明清时，六品官之妻封安人。

［11］车驾：帝王所乘的车。亦用为帝王的代称。

荷囊：紫荷。古时尚书令、仆射、尚书等高官朝服外负于左肩上的紫色囊。

文绮：华丽的丝织物。

［12］赠公：古代敬称官员的父亲。

应京兆试：进京参加科举考试。京兆：京都。参见本书第二卷蒋祥墀《子立镳幸胪首唱祥墀纪恩敬赋（四首）》注释［16］。

宗工：犹宗匠，宗师。指文章学术

上有重大成就,为众所推崇的人。

[13]不售:货物卖不出去。比喻考试不中(士人应试未中,没能换得施展才能的机会)。

[14]大故:指父母丧。

宿逋(bū):久欠的税赋或债务。

[15]议叙:清制于考核官吏以后,对成绩优良者给以议叙,以示奖励。议叙之法有二,一加级,二记录。

铨:铨选。选才授官。

踬(zhì):谓事情不顺利,处于困境。

家无儋(dàn)石:谓家中贫乏,存粮极少。

[16]伉爽:刚直豪爽。

[17]侃侃:刚直。

[18]脱粟:糙米。只去皮壳、不加精制的米。

[19]计偕:举人赴会试者。

[20]座主:唐宋时进士称主试官为座主。至明清,举人、进士亦称其本科主考官或总裁官为座主。或称师座。

[21]房师:明清乡、会试中试者对分房阅卷的房官的尊称。清顾炎武《生员论中》:"有所谓主考官者,谓之座师;有所谓同考官者,谓之房师。"

方伯:古代一方诸侯中的领袖称方伯。明清布政使皆称方伯。

[22]挚:通"贽"。见面礼。

[23]硕彦:指才智杰出的学者。

周攸间更:未曾间断变更。攸:助词。无义。

[24]内行:平日家居的操行。

[25]貤(yí)赠:谓将本身和妻室封诰呈请朝廷移赠给先人。

[26]窀穸(zhūn xī):墓穴。

役徒:服劳役者。

[27]舅姑:称夫之父母,公公婆婆。

[28]髯苏:苏轼的别称,以其多髯故。

皮陆:皮日休与陆龟蒙齐名,世称皮陆。

[29]科第:科举考试登第。

[30]赍(jī)志以殁:抱着没有实现的志愿死去。赍:带着,怀抱着。

报施:报应。

[31]啬其遇:不得志。啬:少。

[32]侧室:妾。

[33]胥:语气助词。

[34]保世滋大:保持宗族世代相传并且更加强大。保世:谓保持爵禄、宗族或王朝的世代相传。

[35]穆穆:仪容或言语和美。

昭金粹玉:闪光的金子、纯美的玉石。

[36]俪:配偶。

钟徽郝躅:典自"钟郝同钦"。刘义庆《世说新语·贤媛》记载,晋司徒王浑之妻钟氏是三国魏太傅钟繇(yáo)的曾孙女,与弟媳郝氏皆有德

473

行。钟夫人虽然门第高,却与郝夫人相互尊重。郝不以贱下钟,钟不以贵陵郝,时人称钟夫人之礼、郝夫人之法。后以钟郝作咏妇德的典故。徽:美善的。躅:足迹。

[37]嘉颂:赞颂,颂词。

载第:品第,评定。载:词缀。嵌在动词前边。

[38]贤书载登:登贤书。科举考试用语。指乡试中举。贤书:本义指举荐贤能的名单。

珪璋:比喻高尚的人品。

士翘:杰出之士。翘:特出的样子。

[39]清华:谓门第或职位清高显贵。

民社:指州、县等地方。亦借指地方长官。

一毡:指清寒贫困者。亦指清寒贫困的生活。

[40]郁郁:幽暗貌。

[41]靳:吝惜。

[42]大涤之山:大涤山为余杭的两大名山之一。

[43]返其魄:死而复活。

[44]紫陌:指京师郊野的道路。

[45]宅兆:墓地。

[46]通家:世交。

友生:师长对门生自称的谦词。

附

赠蒋丹林先生祥墀休致联

姚元之

帝许高年娱岁月,
天留余力课孙曾。

题解

本联录自蒋祥墀自撰、清道光间刻本《散樗老人自纪年谱》第52页。清道光十四年(1834年)蒋祥墀奉诏休致。原文无标题。

姚元之:字伯昂,桐城人。官至都察院左都御使。

蒋丹林先生（蒋祥墀）童子钓游图

陶　澍

箬笠棕衣跐朱履，籊籊一竿钓新水。乍疑天竺古先生，谁识汉皋旧童子？先生名在白玉堂，早曾濯足陵扶桑。扶桑望望瀛洲客，香草芊眠来楚泽。三槐九棘列清班，出入承明振朝籍。文章一字国门悬【先生两司风宪，三任光禄，再摄奉常。为大司成时，长郎廷对第一，释褐拜父于成均】，收取声名四十年【用旧句】。鲫鱼座上多名士，锦鲤堂前常跃渊。大儿海上钓鳌手【谓笙陔殿撰】，小儿烹鲜蜀江口。文孙总角骑赤鳞【令孙誉侯，癸巳探花】，花插一枝贯之柳。此皆磊落少年人，人言先生仍未叟。童颜不改大人心，孺歌遥和沧浪后。

往者入谢枫阶前，玉砖摇影花连翩。天子临朝赐颜色，自是卿家绵世德。世德绵绵子又孙，岿崱汉上森龙门。闲福由来天畀予，卧游权作烟霞主。鉴湖不乞贺知章，某水兴怀杨少府。况兼饥溺廑江乡，身在云天心故土。古人八十始钓璜，争及先生已辞组。惟余恋阙五夜情，报国儿曹力加努。扁舟一叶拟槎头，漫羡桐江弄烟雨。太史如闻动客星，斯图永作传家谱。

题解

本诗录自陶澍著、清道光庚子（1840年）版《陶文毅公全集·卷五十六·诗集》第32页。

陶澍：参见本书第二卷蒋祥墀《御书印心石屋诗》题解。

童子钓游图：蒋祥墀自撰、清道光间刻本《散樗老人自纪年谱》第53页记载，道光四年（1824年）甲申，作童子钓游图。道光十三年（1833年）癸巳，作童子钓游图第二图。蒋立镛按：道光十五年（1835年）乙未，"是岁，陈芝楣方伯寄题府君钓游图，并觅名手黄谷原另画长卷，卞序于首。后有陶云汀宫保、林少穆中丞诸作"。陶云汀宫保指陶澍，林少穆中丞指林则徐。

题蒋丹林先生祥墀童子钓游图
即次自题原韵

林则徐

三世蓬瀛海内稀，老臣恋阙忍言归。仙心自领烟霞趣，乡梦遥怜岁月非【原诗有楚北连岁水荒之感】。炳烛光明娱蔗境【老尤笃学，著述益闳，书法浸淫魏晋。四海人士，莫不宗仰】，垂竿滋味话苔矶。红尘何异青山住，万卷围身昼掩扉。

康强早越古来稀【今岁七十又五】，就养真成大老归。小字珠丝神奕奕【比两辱手书，小楷精妙】，长歌石屋想非非【赠陶云汀宫保《印心石屋长歌》，浩气流行，老斫轮手也】。遥知却杖摩铜狄，那惜投簪换石矶。因老得闲闲得健【来书自言如此】，东窗红日傲黄扉【公悬车后，取"睡觉东窗日已红"之句，镌为小印】。

题解

本诗录自林则徐著、清光绪丙戌（1886 年）版《云左山房诗钞·卷四》第 14 页。林则徐全集编辑委员会编、海峡文艺出版社 2002 年版《林则徐全集·第六册·诗词》第 179 页，本诗标题下写作时间为道光十六年（1836 年）。

己卯杂诗之谢吾师蒋丹林副宪（蒋祥墀）

龚自珍

十年提倡受恩身，惨绿年华记忆真。江左名场前辈在，敢将名氏厕陈人【谢吾师蒋丹林副宪语】。

题解

本诗录自龚自珍著、王佩诤校，中华书局 1959 年版《龚自珍全集·第九辑》第

441 页。原题为《杂诗,己卯自春徂夏,在京师作,得十有四首》,本诗为第七首。

己卯:清嘉庆二十四年,1819 年。

副宪:副都御史的雅称。

龚自珍:与魏源并称"龚魏",为近代著名启蒙思想家。

本诗中"提倡"的意思是,佛教中师父向徒弟提唱宗教教义加以引导。"受恩身"指龚自珍 17 岁入国子监,受业于蒋祥墀。"惨绿年华"指风华正茂的青年时期。惨绿:淡绿色。

挽蒋丹林祥墀联

林则徐

廿五科领袖蓬瀛,羡三代芸香,翰墨文章贻泽远;
四十载回翔槐棘,怅八旬箕驭,江湖廊庙系心多。

题解

本联录自林则徐全集编辑委员会编、海峡文艺出版社 2002 年版《林则徐全集·第六册·诗词》第 328 页。原载沈祖牟辑《云左山房文钞·附》。